# PÉTALES AU VENT

VIRGINIA C. ANDREWS

*Fleurs captives*

# PÉTALES AU VENT

Traduit de l'américain par Michel DEUTSCH

FRANCE LOISIRS
123, boulevard de Grenelle, Paris

Ce roman a paru sous le titre original : *Petals on the Wind*

Édition du Club France Loisirs, Paris,
avec l'autorisation des éditions J'ai Lu


ISBN 2-7242-9632-X

*Pour Bill et Gene*
*qui se rappellent quand.*

# PREMIÈRE PARTIE

## ENFIN LIBRES !

Que nous étions jeunes, le jour de notre évasion ! Nous aurions dû exulter de nous être enfin échappés de l'étouffante prison où nous étions séquestrés. Dans l'autocar poussif qui roulait vers le sud, nous aurions dû déborder d'une joie à fendre l'âme. Mais si nous éprouvions quelque allégresse, cela ne se voyait pas. Pâles et muets, nous regardions par la fenêtre, effrayés par tout ce qui s'offrait à notre vue.

La liberté ! Existe-t-il un mot plus merveilleux ? Non, il n'en existait pas, même si les mains froides et squelettiques de la Mort se tendaient encore pour nous saisir, à moins que Dieu ne fût quelque part, dans ce car peut-être, veillant sur nous. C'était un de ces moments de notre vie où nous devions croire à quelqu'un.

Les heures s'étiraient au fil des kilomètres. Le car faisait des arrêts fréquents qui nous mettaient les nerfs à vif. Il s'arrêtait pour laisser descendre des gens et en faire monter d'autres. Il s'arrêtait parce que le chauffeur avait besoin de faire la pause ou de manger un morceau. Il s'arrêta pour charger une énorme négresse qui attendait, solitaire, à l'intersection d'une route secondaire. Il lui fallut une éternité pour grimper et hisser tous les paquets dont elle était encombrée. Quand, finalement, elle s'assit, nous franchissions la frontière séparant la Virginie de la Caroline du Nord.

Oh ! Quel soulagement de ne plus être dans l'Etat où nous avions vécu notre captivité ! Pour la première fois depuis bien des années, je commençai à me sentir détendue.

Nous étions les plus jeunes voyageurs. Chris avait dix-sept ans et il était extraordinairement beau avec ses longs cheveux blonds et bouclés qui lui arrivaient au ras des épaules. Ses yeux bleus, frangés de cils noirs, rivalisaient avec l'azur du ciel d'été et sa personnalité avait l'éclat d'un jour ensoleillé — il était rayonnant, malgré tout ce que notre situation avait de sinistre. Son nez droit au dessin délicat avait acquis depuis peu une force et une maturité qui laissaient deviner qu'il serait le portrait fidèle de notre père, le genre d'homme qui fait battre le cœur de toutes les femmes sur lesquelles se posera son regard — et qui le fera battre même s'il se pose ailleurs. Il affichait une expression confiante — il avait presque l'air heureux. Il l'aurait peut-être même été s'il n'y avait eu Carrie. Mais quand il la regardait, son front se plissait et l'inquiétude assombrissait ses yeux. Il se mit à gratter la guitare accrochée à son épaule en fredonnant *Oh Susannah !* d'une voix douce et mélancolique qui me déchirait l'âme. Nous nous dévisageâmes et, aux souvenirs que nous rappelait cette chanson, une poignante tristesse s'abattit sur nous. Nous ne faisions qu'un, Chris et moi. Je ne pouvais pas le regarder longtemps : je me serais mise à pleurer.

Ma petite sœur était pelotonnée en chien de fusil sur mes genoux. Elle avait huit ans mais était si malingre, si souffreteuse que l'on aurait dit un bébé de trois ans. Ses yeux immenses et voilés recelaient plus de noirs secrets et d'obscures souffrances qu'une enfant de cet âge n'aurait dû en connaître. C'étaient les yeux d'une vieille femme. Elle n'espérait plus rien. Ni le bonheur ni l'amour — plus rien. Car elle avait été frustrée de toutes les joies de son enfance. Etiolée et apathique, elle paraissait près de basculer dans la mort. Quelle torture de la voir affronter une si terrible solitude maintenant que Cory n'était plus là !

Moi, j'avais quinze ans. Nous étions en novembre 1960. Je voulais tout, j'avais soif de tout et ma terreur était de ne pas trouver dans la vie de compensation à tout ce que j'avais perdu. J'étais crispée sur mon siège, et j'aurais hurlé si jamais un nouveau malheur surgissait. J'étais le cordeau d'une bombe à retardement, je savais que, tôt ou tard, j'exploserais et anéantirais tous les habitants de Foxworth Hall.

Chris posa sa main sur la mienne comme s'il lisait dans mes pensées et devinait que j'étais déjà en train de tirer des plans pour prendre ma revanche sur ceux qui avaient essayé de nous détruire.

— Ne fais pas cette tête, Cathy, me dit-il à voix basse. Tout va s'arranger. On s'en sortira.

C'était l'éternel optimiste, convaincu que, en dépit de tout, du pire naîtrait le meilleur. Seigneur ! Comment pouvait-il encore le croire après la mort de Cory ?

— Il nous faut tirer le meilleur parti de ce qui nous reste, Cathy, poursuivit-il. Et ce qui nous reste, c'est nous. Nous devons tirer un trait sur le passé et repartir à zéro. Nous devons croire en nous, croire en nos talents. Alors, nous obtiendrons tout ce que nous voulons. C'est comme cela que ça marche, Cathy, pas autrement. Il n'y a pas d'autre solution.

Son rêve était de devenir un modeste petit médecin, passant ses journées dans une salle d'examen, au milieu des misères humaines. Moi, j'aspirais à quelque chose d'infiniment plus exaltant — et il m'en fallait une vraie montagne ! Je voulais que tous mes rêves romantiques se réalisent. Je serais un jour la danseuse étoile la plus célèbre du monde — ni plus ni moins.

*Alors, elle verrait, maman !*

*La garce ! Je souhaite que Foxworth Hall brûle de fond*

*en comble ! Que tu ne dormes plus jamais d'un cœur serein dans ton lit de parade en forme de cygne ! Que ton gigolo de mari prenne une maîtresse plus jeune et plus belle que toi ! Je souhaite qu'il te fasse souffrir comme tu le mérites !*

— Cathy, fit Carrie d'une voix presque inaudible, je ne me sens pas tellement bien. C'est tout chamboulé dans mon estomac...

Je fus saisie d'effroi. Son petit visage chiffonné était d'une pâleur anormale et ses cheveux, jadis si brillants, pendaient en mèches raides et ternes. Sa voix n'était qu'un frêle chuchotement.

— Encore un peu de courage, ma chérie, lui dis-je en l'embrassant pour essayer de la réconforter. Nous allons bientôt t'emmener chez le docteur. On ne va pas tarder à arriver en Floride et, une fois là-bas, personne ne nous gardera plus jamais prisonniers.

Elle se fit toute molle dans mes bras, tandis que je contemplais d'un air morne les touffes de mousse espagnole qui pendaient aux branches des arbres, signe irréfutable que nous étions toujours en Caroline du Sud. Il fallait encore traverser la Georgie. Nous étions loin d'être arrivés à Sarasota !

Brusquement, Carrie fut prise d'une crise d'étouffement et de nausées. Prévoyante, j'avais rempli mes poches de serviettes en papier, au dernier arrêt, et je pus l'essuyer. Puis je confiai la petite à Chris et m'agenouillai pour nettoyer le plancher. Mon frère s'installa à ma place et essaya de baisser la vitre pour jeter les serviettes souillées mais elle refusa obstinément de s'ouvrir malgré tous ses efforts. Carrie, maintenant, pleurait.

— Tu n'as qu'à les glisser entre la banquette et la tôle, soufflai-je à Chris.

Mais le chauffeur avait un œil de lynx. Il avait sûrement observé notre manège dans le rétroviseur :

— Eh ! les mômes, là-bas ! hurla-t-il. Trouvez un autre moyen de vous débarrasser de vos cochonneries !

Je me résignai, faute de mieux, à tout fourrer dans la

poche extérieure de la sacoche du Polaroïd de Chris qui me tenait lieu de sac à main.

— Pardon, sanglotait Carrie en s'accrochant farouchement à Chris. Pardon ! Je l'ai pas fait exprès. Dis, est-ce qu'on va nous envoyer en prison ?

— Mais bien sûr que non ! Dans deux heures, on sera en Floride. Tâche seulement de tenir le coup jusque-là. Si on descendait maintenant, on perdrait le prix des billets et ce n'est pas le moment de dépenser de l'argent inutilement.

A présent, Carrie était secouée de frissons et des gémissements s'échappaient de ses lèvres. Je tâtai son front. Il était moite et elle n'était plus pâle mais livide ! Exactement comme Cory peu avant sa mort.

Je demandai au bon Dieu d'avoir une fois au moins pitié de nous. N'avions-nous pas assez souffert ? Fallait-il que notre martyre se prolonge éternellement ? Je me retins pour ne pas rendre, moi aussi, quand Carrie recommença à vomir. Je n'arrivais pas à comprendre comment elle pouvait avoir encore quelque chose à restituer. Elle était maintenant presque inanimée dans mes bras.

Ce fut le moment qu'un voyageur odieux choisit pour protester d'une voix de stentor. Du même coup, les autres passagers du car, compatissants, prirent un air embarrassé, ne sachant trop comment nous aider. Le regard de Chris croisa le mien, chargé d'une question silencieuse : qu'est-ce qu'on peut faire ?

La panique montait en moi. C'est alors que l'énorme matrone noire se leva et se dirigea vers nous en tanguant dangereusement, un sourire rassurant sur les lèvres. Elle s'était munie de sacs en papier qu'elle me tendit pour que j'y fourre mes serviettes sales. Sans prononcer un mot, elle me tapota l'épaule, chatouilla Carrie sous le menton puis me mit dans les mains une poignée de chiffons sortis d'un de ses paquets.

— Merci, murmurai-je avec un pâle sourire, tout en nous nettoyant plus efficacement tous les trois.

Quand j'eus terminé, elle récupéra ses chiffons, les enfourna dans le sac et recula d'un pas mais resta là, comme pour nous protéger. Elle était si grosse, empaquetée dans sa robe bariolée, qu'elle bouchait toute la travée. Je lui adressai un nouveau sourire reconnaissant auquel elle répondit après m'avoir lancé un clin d'œil.

— Cathy, dit Chris qui avait l'air de plus en plus inquiet, Cathy, il faut faire examiner Carrie par un médecin, et vite.

— Mais nous avons pris des billets pour Sarasota !

— Je sais mais il y a urgence.

Notre bienfaitrice, dont le sourire se voulait toujours aussi rassurant, se pencha sur ma petite sœur. Elle posa sa grosse main noire sur le front de Carrie, lui tâta le pouls et se mit à gesticuler bizarrement.

— Elle ne sait pas parler, me souffla Chris. C'est le langage des sourds-muets.

Je haussai les épaules pour expliquer à la grosse dame que nous ne comprenions rien à ses signes. Elle fronça les sourcils puis, remontant son chandail rouge, elle sortit de la poche de sa robe un bloc multicolore sur lequel elle griffonna rapidement quelques lignes avant de me le tendre.

*Mon nom Henrietta Beech. Entends mais pas parler. Petite fille très très malade. Besoin bon docteur.*

Je la dévisageai dans l'espoir d'obtenir de plus amples informations.

— Connaissez-vous un bon docteur ?

Elle hocha énergiquement la tête et se mit à écrire sur un autre feuillet — vert, celui-là.

*Chance pour vous que je sois dans car. Peux vous conduire chez mon petit docteur. Très bon docteur. Le meilleur.*

— Eh bien ! s'exclama Chris quand je lui eus montré la note, pour tomber sur quelqu'un capable de nous indiquer un médecin valable, il faut qu'on soit né sous une bonne étoile !

— Dites donc, chauffeur ! s'écria le mauvais coucheur. Conduisez cette gosse à l'hôpital en vitesse ! Si j'ai payé ma place, ce n'est pas pour voyager dans un autocar qui empeste le vomi !

Les autres passagers lui lancèrent des coups d'œil réprobateurs. Je voyais la figure du conducteur dans le rétroviseur. Il était rouge de colère — ou, peut-être, d'humiliation. Nos regards se croisèrent.

— Je suis désolé, s'excusa-t-il, mais j'ai une femme et cinq gosses et, si je ne respecte pas l'horaire, on me mettra à la porte et ils n'auront plus de quoi manger.

Et, devant mes supplications muettes, il bredouilla :

— Saloperie de dimanche ! En semaine, ça baigne dans l'huile et puis voilà cette saleté de dimanche qui s'amène !

Henrietta Beech en avait apparemment assez entendu. Elle reprit son bloc, gribouilla quelque chose et me montra le produit de ses réflexions :

*L'homme qui conduit déteste les dimanches. Il ne veut pas s'occuper petite fille malade. Ses parents réclament deux millions dollars à compagnie pour dommages et intérêts.*

A peine Chris avait-il eu le temps de prendre connaissance de ce morceau de littérature qu'elle se dirigeait déjà en chaloupant vers l'avant du car. Elle brandit la note sous le nez du chauffeur. Celui-ci la repoussa d'un geste impatient mais elle ne se tint pas pour battue et, la seconde fois, il s'efforça de lire le message tout en surveillant la route.

— Mais bon Dieu de bon Dieu ! soupira-t-il. Pour aller à l'hôpital le plus proche, il faudrait que je fasse un détour de trente kilomètres !

Nous étions fascinés, Chris et moi, par les gesticulations de l'éléphantesque dondon qui n'étaient pas plus limpides pour le chauffeur que pour nous. Elle eut une fois de plus recours à son bloc. Je ne sais pas ce qu'elle écrivit, ce coup-là, toujours est-il que le conducteur bifurqua et prit une petite route conduisant à une localité du nom de Clairmont. Henrietta Beech resta à côté de lui, manifestement pour le guider mais non sans nous adresser un sourire aussi radieux que réconfortant pour nous assurer que tout irait bien.

Bientôt, nous roulions dans de larges rues paisibles bordées d'arbres qui formaient une voûte harmonieuse et d'imposantes demeures aristocratiques, agrémentées de terrasses ou de clochetons. Bien que la neige fût déjà tombée une ou deux fois sur les montagnes de Virginie, les mains froides de l'automne ne s'étaient pas posées ici. Les érables, les hêtres, les chênes, les magnolias conservaient presque intégralement leur parure de l'été et certains étaient encore en fleur.

Le chauffeur était persuadé que les indications de Henrietta Beech étaient de la plus haute fantaisie et, pour être franche, j'étais du même avis. Parce que, quand même, ce n'est pas dans des quartiers résidentiels comme ceux-là que l'on implante des centres hospitaliers ! Mais au moment où je commençais à me poser des questions, l'autocar s'immobilisa brutalement devant une grande maison blanche dominant une petite butte, entourée d'une vaste pelouse et de parterres fleuris.

— Allez, les mômes ! nous cria le chauffeur. Embarquez tout votre saint-frusquin ! Vous n'aurez qu'à demander le remboursement de vos billets ou à les faire valider.

Il sauta à terre, ouvrit la soute à bagages et en sortit une bonne quarantaine de valises avant d'arriver aux deux nôtres. Je suspendis la guitare et le banjo de Cory à mon épaule et Chris prit Carrie dans ses bras avec la plus tendre douceur.

Henrietta Beech, telle une grosse mère poule, nous fit longer au pas de charge le mur de brique mais, quand nous fûmes devant la terrasse, je marquai un temps d'hésitation. Il y avait deux portes noires. Sur l'une d'elles, était fixée une plaque de cuivre : CONSULTATIONS. De toute évidence, nous étions chez un médecin qui avait son cabinet à domicile. J'avisai un homme assoupi dans un fauteuil d'osier blanc, sur la terrasse. Notre bonne Samaritaine, un sourire épanoui aux lèvres, s'approcha de lui et lui posa doucement la main sur le bras. Comme il ne bougeait pas, elle nous fit signe de réveiller nous-mêmes le dormeur puis, toujours par gestes, nous expliqua qu'elle allait nous préparer de quoi manger.

J'aurais préféré qu'elle reste là pour nous présenter et expliquer au docteur pourquoi nous faisions ainsi irruption chez lui un dimanche. Tandis que nous avancions sur la pointe des pieds et que la peur m'étreignait, je respirais une odeur de roses et j'éprouvais un sentiment de déjà-vu, comme si je connaissais cet endroit.

— Encore une de ces saloperies de dimanche, murmurai-je à l'oreille de Chris. Peut-être qu'il ne sera pas content qu'on vienne ainsi le déranger.

— Les médecins ont l'habitude d'être dérangés, même les jours fériés. Vas-y, réveille-le.

Il était grand et il portait un costume gris clair. Un œillet ornait sa boutonnière. Ses pieds étaient posés sur la balustrade. Je le trouvais plutôt élégant. Il avait l'air tellement détendu que cela me faisait peine de le secouer et de l'obliger à reprendre le collier.

— Vous êtes bien le Dr Paul Sheffield ? lui demanda Chris qui avait lu son nom sur la plaque.

Carrie, qu'il portait dans ses bras, avait les yeux clos. Sa tête était rejetée en arrière et le vent léger jouait dans ses longs cheveux d'or.

Le Dr Sheffield se réveilla sans enthousiasme. Il nous regarda longuement comme s'il n'en croyait pas ses yeux. Bien sûr, nous devions avoir une drôle d'allure, avec tous nos vêtements superposés. Il secoua la tête comme s'il voyait trouble. Quels beaux yeux il avait ! Des yeux noisette, pailletés de reflets d'azur et d'émeraude qui m'engloutissaient, m'absorbaient littéralement. Il semblait un peu étourdi et encore trop ensommeillé pour arborer son masque professionnel qui lui aurait interdit de me détailler en s'attardant ainsi sur ma poitrine et mes jambes. Son regard remonta vers mon visage. Il avait l'air hypnotisé par mes cheveux. Ils étaient beaucoup trop longs, je le savais, coupés à la diable, trop pâles et cassants.

— Vous êtes bien le docteur, n'est-ce pas ? insista Chris.

— Oui, je suis le Dr Sheffield, dit-il finalement, tournant son attention vers mon frère et ma petite sœur.

Il reposa prestement les pieds par terre, se leva et se pencha sur Carrie dont il souleva les paupières.

— Depuis combien de temps cette enfant est-elle inconsciente ? demanda-t-il après avoir scruté ses yeux bleus.

— Quelques minutes, répondit Chris qui avait tellement potassé de manuels médicaux durant notre captivité qu'il était presque un docteur, lui aussi. Elle a vomi trois fois dans le car, puis elle a commencé à avoir des frissons et à transpirer. C'est une dame qui voyageait avec nous, une certaine Henrietta Beech, qui nous a conduits chez vous.

Le médecin nous expliqua que Mme Beech était sa gouvernante et sa cuisinière, après quoi il nous fit entrer par la porte CONSULTATIONS. Cette partie de la demeure comprenait deux petites salles d'examen et un bureau. Il s'excusa de l'absence de son infirmière.

— Déshabillez votre petite sœur, me dit-il. Ne lui laissez que sa culotte.

Chris sortit en trombe pour aller chercher les valises que nous avions laissées dehors. Adossés au mur, le cœur étreint par l'angoisse, nous regardâmes ensuite le médecin prendre la tension, le pouls et la température de Carrie, écouter son cœur de face et de dos. A ce moment, elle avait repris conscience et il lui demanda de tousser. Mais pourquoi fallait-il donc que rien ne nous soit épargné ? me demandai-je. Pourquoi le sort nous était-il toujours contraire ? Etions-nous aussi fautifs que le prétendait la grand-mère ? Carrie était-elle condamnée à mourir, elle aussi ?

— Ma petite Carrie, fit le docteur d'une voix chaude, nous allons te laisser un moment ici pour que tu te reposes. (Je la rhabillai et il la recouvrit d'une légère couverture.) N'aie pas peur. Nous serons dans mon bureau, juste au fond de l'entrée. Cette table est un peu dure, je sais bien, mais essaie de dormir pendant que je parlerai avec ton frère et ta sœur.

Elle l'écoutait, fixant sur lui ses grands yeux éteints. Peu lui importait vraiment que la table fût dure ou pas.

Quelques minutes plus tard, le Dr Sheffield était assis derrière un vaste et impressionnant bureau, les coudes sur son sous-main. Il commença sur un ton grave, visiblement préoccupé :

— Vous me paraissez tous les deux embarrassés et mal à l'aise. Ne vous inquiétez pas : vous ne me privez pas de distractions dominicales, c'est une chose dont je n'ai guère le goût. Je suis veuf et, pour moi, le dimanche est un jour comme les autres.

Oui... il avait beau dire, il semblait fatigué comme quelqu'un qui travaille trop. Je m'installai avec gêne à côté de Chris sur le divan de cuir havane. Le soleil qui pénétrait par les fenêtres nous éclairait en plein, alors que le visage du médecin était dans l'ombre. Je me sentais inconfortable, j'avais l'impression d'être moite et, me rappelant brusquement pourquoi, je me relevai vivement et dégrafai ma jupe du dessus, toute sale. Le mouvement de surprise du docteur quand je l'enlevai me fit le plus grand plaisir. Comme il s'était absenté de la salle d'examen quand j'avais déshabillé Carrie, il ne s'était pas rendu compte que j'avais deux vêtements passés l'un sur l'autre. Lorsque je me rassis à côté de Chris, je n'avais plus que ma jolie robe bleue, toute propre.

— Vous portez toujours deux robes, le dimanche? s'enquit-il.

— Seulement les dimanches où je suis en fuite, répondis-je du tac au tac. Nous n'avions que deux valises et il nous fallait de la place pour transporter les choses de valeur que nous mettrons en gage lorsque la nécessité s'en fera sentir.

Chris me lança un coup de coude pour me faire comprendre que j'avais la langue trop longue mais je connaissais les docteurs — grâce à lui, surtout — et on pouvait faire confiance à celui-là. Cela se lisait dans ses yeux. Nous pouvions tout lui dire, absolument tout.

— Comme ça, vous vous êtes sauvés, murmura-t-il. Pourquoi ? Parce que vos parents vous ont refusé quelque gâterie ?

Oh ! Si seulement il connaissait la vérité !

— C'est une longue histoire, dit alors Chris, et, avant tout, nous voulons savoir ce que vous pensez de la santé de Carrie.

— Oui, vous avez raison. Parlons de Carrie. (Il enchaîna sur un ton professionnel :) J'ignore qui vous êtes, d'où vous venez et pourquoi vous avez jugé bon de vous sauver, mais cette enfant est malade. Très malade. Si nous n'étions pas dimanche, je la ferais hospitaliser aussitôt pour la soumettre à des examens auxquels je ne peux procéder ici. Si j'ai un conseil à vous donner, c'est de prendre immédiatement contact avec vos parents.

Exactement ce qu'il fallait dire pour me paniquer !

— Nous sommes orphelins, riposta Chris. Mais ne vous inquiétez pas pour vos honoraires. Nous avons de quoi vous payer.

— Si vous avez de l'argent, tant mieux, vous en aurez besoin. (Il nous étudia longuement d'un regard scrutateur.) Deux semaines d'observation devraient suffire pour détecter la cause du mal dont souffre votre sœur et que je ne discerne pas immédiatement.

Nous étions stupéfaits. Que la maladie de Carrie fût d'une telle gravité nous laissait sans voix. Pendant ce temps, il nous donna le chiffre approximatif des frais que l'hospitalisation entraînerait. Ce fut un nouveau coup de massue. Dieu du ciel ! L'argent volé qui constituait notre viatique ne paierait pas une semaine d'hôpital ! Alors, deux...

Mon regard croisa le regard atterré de Chris. Qu'allions-nous faire ? Nous ne pouvions pas assumer une pareille dépense.

Le médecin devina sans peine notre problème.

— Vous êtes toujours orphelins ? demanda-t-il d'une voix douce.

— Oui, toujours, rétorqua Chris sur un ton de défi. (Il me décocha un coup d'œil sévère pour m'intimer l'ordre de la boucler.) Une fois qu'on est orphelin, on le reste. Maintenant, dites-nous quel est votre diagnostic et ce que vous êtes en mesure de faire pour guérir notre sœur.

— Pas si vite, jeune homme. J'ai d'abord quelques questions à vous poser. (Il n'avait pas haussé la voix mais la fermeté avec laquelle il s'était exprimé laissait clairement entendre de quel côté était l'autorité.) Pour commencer, comment vous appelez-vous ?

— Christopher Dollanganger. Elle, c'est ma sœur, Catherine Leigh Dollanganger. Et, croyez-le ou ne le croyez pas, Carrie a huit ans.

— Pourquoi voulez-vous que je ne vous croie pas ?

Il avait parlé calmement. N'empêche que, tout à l'heure, dans la salle d'examen, il avait sursauté quand je lui avais dit l'âge de Carrie.

— Nous nous rendons parfaitement compte qu'elle est très petite pour son âge.

— C'est vrai, elle est petite. (Il me dévisagea, dévisagea mon frère, puis, les bras toujours croisés, se pencha en avant dans une attitude à la fois cordiale et confidentielle et je me raidis dans l'attente de ce qui allait suivre.) Ecoutez, il faut cesser de nous regarder en chiens de faïence. Je suis médecin et tout ce que vous me confierez demeurera entre vous et moi. Si vous voulez vraiment aider votre sœur, cessez de me raconter des mensonges. Si vous ne me dites pas la vérité, non seulement vous me ferez perdre mon temps, mais vous mettrez la vie de Carrie en danger.

Nous l'écoutions en silence en nous tenant la main, épaule contre épaule. Je sentis que Chris frissonnait, ce qui eut pour effet de me faire frissonner à mon tour. Nous avions trop peur, beaucoup trop peur pour parler franchement. Qui nous aurait crus ? Nous avions accordé notre confiance à des gens qui étaient censés en être dignes. Comment pourrions-nous nous fier encore à quelqu'un ? Et pourtant, cet homme... Il y avait en lui quelque chose de familier, comme si je l'avais déjà rencontré.

— Bon... Si c'est tellement difficile, laissez-moi encore vous poser quelques questions. Vous allez me dire ce que vous avez mangé les uns et les autres à votre dernier repas.

Chris poussa un soupir de soulagement.

— Notre dernier repas, c'était le petit déjeuner. Nous l'avons pris très tôt et nous avons mangé la même chose tous les trois : des hot dogs avec des frites et du ketchup. Et des milk-shakes au chocolat. Carrie n'a presque rien avalé. Elle est très difficile pour la nourriture, même quand c'est bon. A vrai dire, elle n'a jamais eu beaucoup d'appétit.

Le docteur nota le renseignement en fronçant les sourcils.

— Donc, vous avez mangé exactement la même chose tous les trois ce matin et Carrie a été la seule à avoir des vomissements ?

— Oui. La seule.

— Cela lui arrive-t-il souvent ?

— Souvent, non. De temps à autre.

— C'est-à-dire ?

— Eh bien, deux fois la semaine dernière et à peu près cinq fois dans le mois. Cela m'a inquiété. Plus les crises deviennent fréquentes, plus elles ont l'air de gagner en violence.

La façon dont Chris éludait la question me mettait en fureur ! Encore maintenant, après tout ce qu'elle avait fait, il s'efforçait de protéger notre mère. Peut-être fut-ce mon expression qui le trahit : le docteur se tourna vers moi comme s'il devinait que ma réponse serait plus complète.

— Vous êtes venus me voir pour que je vous aide et je ne demande pas mieux, mais je ne peux rien faire si vous ne me dites pas tout. Je ne peux pas ouvrir cette enfant pour savoir ce dont elle souffre. Il faut qu'elle me dise ou que vous me disiez ce qui cloche chez elle. J'ai besoin d'avoir tous les éléments pour faire mon travail. Je sais déjà qu'elle est sous-alimentée, qu'elle a manqué d'exercice et qu'elle n'est pas assez développée pour son âge. Je constate que vous avez tous les trois les pupilles dilatées et mauvaise mine, que vous êtes maigres et affaiblis. Et, franchement, je ne comprends pas pourquoi le problème financier vous fait hésiter alors que vous avez au poignet des montres de prix et que vous portez des vêtements qui ont dû coûter une petite fortune — et qui vous vont d'ailleurs comme un tablier à une vache ! J'avoue que cela me dépasse. Vous êtes là avec des montres en or incrustées de diamants, des vêtements luxueux, de mauvaises baskets aux pieds et vous me racontez des demi-vérités. Eh bien, moi, je vais vous dire un certain nombre de vérités vraies ! J'ai tout lieu de craindre que votre petite sœur ne soit atteinte d'une grave anémie, poursuivit-il en martelant ses mots. Et du fait de cet état d'anémie, elle est vulnérable à une multitude de maladies infectieuses. Sa tension est dangereusement basse. Et il y a, je le sens, un élément, une donnée qui m'échappe. Alors, je vous le dis tout net : que vous avertissiez ou non vos parents, il faudra la faire hospitaliser demain et il ne vous restera plus qu'à mettre vos montres au clou, si vous voulez lui sauver la vie. Maintenant, si elle entre à l'hôpital dès ce soir, les examens commenceront demain à la première heure.

— Faites ce que vous jugez nécessaire, dit Chris d'une voix atone.

Je me levai d'un bond et me précipitai vers le bureau.

— Attendez une minute ! Mon frère ne vous a pas tout dit.

Je me retournai pour lancer à Chris un regard noir auquel il répondit par un regard non moins farouche qui m'enjoignait de ne pas révéler toute la vérité. *Ne t'en fais pas,* pensai-je amèrement, *je ferai tout ce que je pourrai pour la protéger, notre précieuse génitrice !*

Il dut deviner mes pensées, car les larmes lui montèrent aux yeux. Dire qu'il pouvait encore s'apitoyer sur le sort de cette femme après tout ce qu'elle lui avait fait, à lui et à nous tous ! Ses larmes me fendaient le cœur mais ce n'était pas sur elle que je pleurais, c'était sur lui qui avait une telle adoration pour elle, c'était sur moi qui avais une telle adoration pour lui, c'était sur tout ce que nous avions partagé et souffert.

Il hocha la tête comme pour me donner le feu vert et je commençai à faire au docteur un récit qui dut lui paraître invraisemblable. D'emblée, il était visible qu'il croyait que je mentais ou, à tout le moins, que j'exagérais. Pourquoi, alors que tous les jours, les journaux racontaient les choses terribles que des parents aimants et affectueux faisaient subir à leurs enfants ?

— ... Alors, après que papa eut trouvé la mort dans cet accident, maman nous a expliqué qu'elle croulait sous les dettes et qu'elle ne pouvait pas gagner sa vie pour nous nourrir tous les cinq. Elle a commencé à écrire à ses parents en Virginie. Tout d'abord, ils n'ont pas répondu mais, un jour, une lettre est finalement arrivée. Elle nous a appris à ce moment-là que ses parents vivaient dans une somptueuse maison, là-bas, et qu'ils étaient fabuleusement riches, mais qu'elle avait été déshéritée parce qu'elle avait épousé son demi-oncle. A présent, il fallait abandonner tout ce que nous possédions. Nous dûmes laisser nos bicyclettes dans le garage et elle ne nous laissa même pas le temps de dire au revoir à nos amis : le soir même, nous prenions le train et partions pour les Montagnes Bleues.

» Nous étions contents d'aller vivre dans une grande et

belle maison, mais beaucoup moins enthousiastes à l'idée de faire la connaissance d'un grand-père qui nous faisait l'impression d'être un homme méchant. Notre mère nous avait prévenus qu'il faudrait que nous restions cachés jusqu'à ce qu'elle ait reconquis son affection. Rien qu'une nuit, nous avait-elle promis, deux ou trois au maximum. Alors, nous pourrions descendre et le rencontrer. Il était très malade, une maladie de cœur, et ne montait jamais au premier. Aussi, nous serions en sécurité en haut à condition de ne pas faire de bruit. La grand-mère mit le grenier à notre disposition pour nous servir de salle de jeux. Il était immense mais sale et plein de souris, d'araignées et autres bestioles. Mais nous avons eu vite fait de nous apercevoir que le grand-père ne pardonnerait jamais à sa fille de s'être mariée avec son demi-frère et que nous serions toujours à ses yeux la « progéniture du diable ». Nous étions condamnés à vivre en reclus jusqu'à sa mort !

Je poursuivis, sans me laisser impressionner par l'expression incrédule et offusquée du Dr Sheffield :

— Et comme si être enfermés dans une seule et unique pièce avec juste un grenier comme cour de récréation ne suffisait pas, nous n'avons pas tardé à constater que la grand-mère nous haïssait, elle aussi ! Elle nous remit une longue liste de choses autorisées et de choses interdites. Nous n'avions pas le droit, par exemple, de regarder par la fenêtre, ni même d'ouvrir les épais rideaux pour avoir un peu de jour.

» Au début, les repas qu'elle nous montait dans un panier pique-nique n'étaient pas mauvais mais, peu à peu, la situation se gâta et nos menus finirent par être exclusivement composés de sandwiches, de pommes de terre en salade et de poulet froid. Jamais de dessert parce que les sucreries provoquent des caries et qu'il n'était pas question que l'on aille chez le dentiste. Mais, évidemment, quand c'était l'anniversaire de l'un ou de l'autre, maman nous apportait en fraude des glaces, des tartes, des tas de choses. Oh ! il faut reconnaître qu'elle n'était pas avare de cadeaux, elle croyait réparer ainsi le mal qu'elle nous faisait. Comme si des livres, des jeux, des jouets pouvaient compenser tout ce que nous perdions — notre santé, notre foi en nous. Et le pire était que, peu à peu, nous perdions aussi notre foi en elle !

» Une autre année commença. Cet été-là, nous n'eûmes pas une seule fois sa visite. Ce fut seulement en novembre qu'elle monta nous voir pour nous annoncer qu'elle s'était remariée et avait passé tout ce temps en Europe, pour son voyage de noces ! Je l'aurais étranglée ! Elle aurait pu nous prévenir. Mais non, elle était partie sans un mot d'explication ! Elle nous avait rapporté des cadeaux somptueux, des vêtements qui ne nous allaient pas, persuadée que cela nous dédommagerait de tout. Mais cela ne remplaçait absolument rien. Finalement, j'ai réussi à convaincre Chris qu'il fallait nous sauver et tant pis pour l'héritage. Il n'était pas d'accord parce qu'il pensait que le grand-père pouvait mourir d'un jour à l'autre et qu'il voulait aller au collège puis faire ses études pour devenir un docteur... comme vous.

— Un docteur comme moi..., murmura le Dr Sheffield avec un étrange soupir. (Il y avait de la sympathie dans ses yeux mais, aussi, quelque chose qui assombrissait son regard.) C'est une bien singulière histoire, Cathy. Une histoire difficile à croire.

— Attendez, je n'ai pas fini ! Je ne vous ai pas raconté le plus épouvantable. Le grand-père est mort, finalement. Il avait couché notre mère sur son testament. Mais il avait rajouté un codicille disant qu'elle n'hériterait pas de son immense fortune si elle avait des enfants. Et que, s'il s'avérait qu'elle en avait eu de son premier mariage, elle devrait restituer tout ce qu'elle aurait hérité ou tout ce qu'elle aurait acquis avec cet argent.

Je m'interrompis. Chris, très pâle et bouleversé, m'adressa une muette imploration. Mais il n'avait pas d'inquiétude à avoir : je n'avais pas l'intention de parler de Cory.

— J'en viens maintenant, docteur, à ce mystérieux élément que vous ne parvenez pas à définir, la cause des crises de vomissements de Carrie. Et des nôtres car il nous arrive aussi parfois d'en avoir. C'est tout ce qu'il y a de simple. Voilà... Quand notre mère s'est rendu compte qu'elle ne pourrait jamais avouer qu'elle avait des enfants et hériter en même temps, elle a décidé de se débarrasser de nous. La grand-mère a commencé à nous gaver de beignets. Nous nous jetions naturellement dessus mais ce que nous ne savions pas, c'était que de l'arsenic était mêlé au sucre dont elle les saupoudrait.

Et voilà... c'était dit.

Des beignets empoisonnés pour adoucir notre captivité, une captivité avec laquelle nous trichions grâce à la fausse clé en bois que Chris avait fabriquée et qui nous permettait de quitter subrepticement la pièce où nous étions séquestrés. Neuf mois durant, nous nous étions ainsi glissés dans la luxueuse chambre à coucher de notre mère pour dérober tous les billets d'un dollar sur lesquels nous pouvions mettre la main. Et, durant ces neuf mois, presque une année, sans le savoir, nous mourions lentement mais sûrement.

— Nous avons vécu trois ans quatre mois et seize jours dans cette chambre, docteur.

Quand je fus arrivée à la fin de ce long récit, le Dr Sheffield me regarda en silence, à la fois apitoyé, atterré et soucieux.

— Comme vous voyez, docteur, conclus-je, vous ne pouvez pas nous obliger à aller raconter tout cela à la police. On jetterait notre grand-mère et notre mère en prison mais nous en subirions les conséquences, nous aussi. Je ne pense pas seulement à la publicité qui serait faite autour de nous, mais également à la séparation. On nous mettrait dans des orphelinats différents ou à l'Assistance publique et nous avons juré de rester ensemble — toujours !

Chris, qui contemplait le tapis, dit alors sans lever les yeux :

— Soignez notre sœur. Faites tout ce qu'il faut faire pour la guérir et nous trouverons un moyen de vous payer.

— Pas si vite, Chris, répliqua le Dr Sheffield avec une patience inaltérable. Vous avez vous aussi absorbé de l'arsenic, Cathy et vous, et il est indispensable que vous subissiez les mêmes examens que Carrie. Regardez-vous un peu. Vous avez une mine de papier maché, vous êtes maigres comme des clous, vous dépérissez à vue d'œil. Vous avez besoin de suralimentation, de repos, de beaucoup de soleil et d'air pur. Je peux peut-être faire quelque chose pour vous aider.

— Vous êtes un étranger, docteur, fit Chris sur un ton de respect, et nous ne demandons ni charité ni pitié. Cathy et moi ne sommes pas malades et affaiblis à ce point-là. C'est Carrie qui est la plus touchée.

Je me tournai vers lui et lui adressai un regard indigné. Nous aurions été idiots de repousser l'aide de cet homme bon, rien que pour sauvegarder un peu de notre amour-propre, déjà si souvent mis à mal. Une fois de plus, quelle importance ?

— Les frais sont moins élevés pour les patients qui ne sont pas hospitalisés, poursuivit le médecin comme si nous avions d'ores et déjà accepté son offre généreuse. Il n'y a ni chambre ni pension à payer. Alors, écoutez-moi. Ce n'est qu'une suggestion que vous êtes libres de refuser et, dans ce cas, nul ne vous empêchera de poursuivre votre voyage... A propos, où comptez-vous aller ?

— En Floride, répondit Chris d'une voix mal assurée. A Sarasota. Cathy et moi avions l'habitude de nous balancer au bout de cordes attachées aux poutres du grenier. Et on a pensé qu'en s'entraînant, on pourrait devenir trapézistes.

En l'entendant formuler notre projet tout haut, je

trouvai soudain que c'était une idée stupide et je m'attendais à voir le docteur éclater de rire. Mais il n'en fit rien. Il eut simplement l'air attristé.

— Sincèrement, Chris, je serais navré de vous voir risquer votre vie de cette façon tous les deux et, en tant que médecin, je ne peux vous autoriser à partir dans l'état où vous êtes. Ma morale personnelle et l'éthique médicale s'opposent à ce que je vous permette de reprendre la route sans avoir reçu les soins qui s'imposent. Le bon sens voudrait que je m'en lave les mains sans me préoccuper de ce qui peut arriver à trois jeunes fugueurs. Comment puis-je savoir si l'affreuse histoire que vous m'avez racontée n'est pas un tissu de mensonges destinés à provoquer ma compassion ? (Un sourire bienveillant atténua ce que ces paroles pouvaient avoir d'offensant.) Et pourtant, mon intuition me pousse à vous croire. Vos vêtements luxueux, ces montres et ces baskets que vous avez aux pieds, votre teint pâle et votre regard hanté sont autant de témoignages de votre sincérité.

Cette voix douce et mélodieuse, où passait un soupçon d'accent du Sud, laissait peut-être Chris insensible mais, moi, j'étais sous le charme.

— Allons, continua-t-il, oubliez votre amour-propre, oubliez ces histoires de charité. Acceptez mon hospitalité. Il y a douze pièces vides dans cette maison. C'est le bon Dieu qui a fait monter Henrietta dans ce car pour qu'elle vous conduise ici. C'est un vrai bourreau de travail et il n'y a jamais un grain de poussière, mais elle se plaint constamment que douze pièces et quatre salles de bains sont d'un entretien trop lourd pour une seule personne. Derrière la maison, j'ai un jardin d'un hectare et demi et j'emploie deux jardiniers pour m'aider car je ne peux pas y consacrer assez de temps. (Ses yeux brillants se tournèrent vers Chris.) En échange de mon hospitalité, vous me donnerez un coup de main pour tondre les pelouses, tailler les haies et préparer la terre pour l'hiver. Cathy pourra aider aux soins du ménage. Savez-vous faire la cuisine, Cathy ?

Moi, faire la cuisine ? Il se moquait de moi ou quoi ? Pendant plus de trois ans de séquestration, nous ne disposions même pas d'un grille-pain pour nos tartines du petit déjeuner, et nous n'avions ni beurre ni margarine.

— Non, répliquai-je hargneusement, je ne sais pas faire la cuisine. Je suis une danseuse. Et quand je serai célèbre, je ferai comme vous : j'engagerai une cuisinière. Je n'ai aucune envie d'être aux fourneaux, de faire la vaisselle et de m'occuper des bébés d'un monsieur. Ce n'est pas ma vocation.

— Je vois, fit-il, impassible.

— Je ne voudrais pas que vous me preniez pour une ingrate. Je ferai tout ce que je pourrai pour aider Mme Beech. J'apprendrai même à faire la cuisine pour elle — et pour vous.

— Très bien. (Ses yeux étaient rieurs.) Vous serez une danseuse étoile, Chris sera un médecin illustre. Mais croyez-vous que c'est en faisant les acrobates dans un cirque en Floride que vous y arriverez ? Je suis assurément d'une autre génération, sans imagination sans doute, et je suis incapable de comprendre votre raisonnement mais pensez-vous vraiment que ce soit là faire preuve de bon sens ?

Maintenant que nous étions loin de notre chambre-prison et du grenier, dans la pleine lumière de la réalité, eh bien, non, cela n'avait pas de sens commun. C'était une chimère puérile, sotte et irréaliste.

— Vous rendez-vous compte que vous serez en concurrence avec des acrobates professionnels, des gens entraînés depuis la plus tendre enfance à faire ce métier et issus de longues lignées d'artistes forains ? Ce ne sera pas facile. Certes, il y a quelque chose dans vos yeux, j'en conviens, qui me dit que vous êtes un garçon et une fille très déterminés et que vous obtiendrez sans aucun doute ce que vous cherchez, si vous le voulez assez résolument.

Mais vos études ? Et Carrie ? Que fera-t-elle lorsque vous vous balancerez sur vos trapèzes ? Non, pas la peine de me répondre, ajouta-t-il vivement en me voyant ouvrir la bouche. Je suis certain que vous êtes capable de me sortir un argument convaincant, mais je dois vous dissuader de mettre ce projet à exécution. Il faut d'abord que vous vous occupiez de votre santé et de celle de Carrie. Vous pouvez d'un jour à l'autre tomber malades comme elle et de façon aussi foudroyante. Après tout, vous avez tous les trois été victimes des mêmes privations.

*Pas tous les trois — tous les quatre,* me murmura une petite voix intérieure. Mais je ne fis pas allusion à Cory.

— Si vous voulez dire que vous envisagez de nous garder sous votre toit jusqu'à ce que Carrie soit guérie, nous vous en sommes extrêmement reconnaissants. (Une lueur de méfiance brillait dans les prunelles de Chris.) Nous ne ménagerons pas notre peine et quand nous partirons, nous vous rembourserons tout ce que vous aurez dépensé pour nous, jusqu'au dernier sou.

— C'est bien ce que je voulais dire. Mais vous n'aurez rien à rembourser dès l'instant que vous aiderez aux soins du ménage et du jardin. Comme vous voyez, il ne s'agit ni de pitié ni de charité. C'est simplement un arrangement d'affaires, profitable à tout le monde.

## LA NOUVELLE MAISON

Et ce fut ainsi que tout commença. Nous investîmes en douceur la maison du docteur et sa vie. Nous le subjugâmes — c'est maintenant une évidence. Nous occupâmes d'emblée une place essentielle dans sa vie, comme s'il n'eût vécu qu'une existence vide avant notre arrivée. Cela aussi, je le sais, maintenant. Il nous donnait l'impression que nous lui rendions service en égayant par notre jeune présence une vie fastidieuse et solitaire, que nous étions très généreux d'accepter de la partager. Oh ! Comme nous désirions croire en quelqu'un !

Il nous installa, Carrie et moi, dans une vaste chambre avec deux lits jumeaux et six grandes fenêtres — quatre au sud et deux à l'est. Nous nous regardâmes, Chris et moi, aussi consternés l'un que l'autre. Pour la première fois depuis un temps infini, nous n'allions donc pas dormir dans la même pièce !

Je ne voulais pas le quitter et affronter la nuit seule avec Carrie, qui ne saurait me protéger comme me protégeait mon frère. Je suppose que le Dr Sheffield devina qu'il devait nous laisser seuls, se retirer. Ce fut seulement alors que Chris parla :

— Il va falloir être prudents, Cathy. Il ne faut pas qu'il soupçonne...

— Il n'y a rien à soupçonner, dis-je, l'interrompant. C'est fini.

Mais je détournai les yeux parce que, même à présent, je pressentais que ce ne serait jamais fini. *Oh ! maman, regarde ce que tu as suscité en nous laissant grandir tous les quatre enfermés dans une seule et unique pièce, alors que tu savais, que tu savais mieux que n'importe qui d'autre ce qui en résulterait !*

— Embrasse-moi et souhaite-moi bonne nuit, murmura Chris. Et, ici, il n'y aura pas de punaises.

Nous nous embrassâmes, nous nous souhaitâmes bonne nuit et ce fut tout. Les larmes aux yeux, je le vis battre en retraite et s'éloigner dans le couloir sans me quitter du regard.

Carrie poussa un hurlement et gémit :

— Je pourrai pas dormir toute seule dans un petit lit comme ça ! Je vais tomber ! Cathy, pourquoi qu'il est si petit ?

Il fallut que Chris et le Dr Sheffield reviennent pour déménager la table de chevet qui séparait les lits jumeaux qu'ils poussèrent ensuite l'un contre l'autre. Ainsi, cela faisait comme un grand lit. Carrie fut ravie mais, de nuit en nuit, le fossé entre les deux lits s'élargissait progressivement tant et si bien que quand je me réveillais — j'avais toujours eu le sommeil agité —, j'avais une jambe et un bras dans le trou.

J'adorais la chambre que nous avait donnée Paul. Elle était ravissante avec son papier bleu clair et ses rideaux assortis. Bleue était aussi la moquette. Nous avions chacune une chaise tapissée de jaune vif. Les autres meubles étaient blanc cassé. C'était exactement le genre de chambre qui convenait à une jeune fille, sans gravures représentant l'enfer accrochées aux murs. L'enfer, c'était dans ma tête qu'il se trouvait : le passé que je ne cessais de ressasser. Maman aurait pu trouver une autre solution si elle l'avait vraiment voulu.

— Elle n'avait pas besoin de nous séquestrer ! C'était sa cupidité, sa vénalité, c'était cette maudite fortune... et Cory est mort de cette insatiable avidité !

— N'y pense plus, Cathy, me dit Chris un autre soir en me souhaitant bonne nuit.

J'avais terriblement peur de lui faire part de mes appréhensions. J'enfouis ma tête contre sa poitrine.

— Chris, ce que nous avons fait, c'était un péché, n'est-ce pas ?

— Cela ne se reproduira plus, répondit-il d'une voix ferme.

Puis il me repoussa et sortit en courant presque comme si je l'avais chassé. Je voulais mener une vie claire et ne faire de mal à personne, surtout pas à lui. Et pourtant, je ne pus résister : vers minuit, je me levai et allai chez Chris. Il dormait. Je me glissai dans son lit. Le grincement des ressorts du sommier le réveilla.

— Cathy ! Qu'est-ce que tu fais là ? s'exclama-t-il.

— Il pleut, chuchotai-je. Laisse-moi seulement rester un petit moment à côté de toi. Après, je partirai.

Nous ne bougions pas, nous ne respirions même pas. Et soudain, sans nous en être rendu compte, nous fûmes dans les bras l'un de l'autre et il m'embrassait avec une ardeur à laquelle je ne pouvais pas ne pas répondre. C'était mal, c'était un péché ! Pourtant, je ne souhaitais pas vraiment qu'il s'arrête. La femme assoupie en moi sortit de son sommeil, voulant ce que Chris voulait, mais l'autre part de moi-même, lucide et réfléchie, le repoussa :

— Mais tu es fou ! Je croyais que tu avais dit que cela ne se reproduirait plus jamais.

— Tu es venue, balbutia-t-il d'une voix rauque.

— Pas pour cela !

— De quoi crois-tu que je suis fait ? D'acier trempé ? Ne recommence jamais, Cathy !

Je regagnai ma chambre et me recouchai. En larmes, parce qu'il ne serait pas là pour me réveiller si j'avais un cauchemar. Il n'y avait personne pour me consoler, personne pour me communiquer sa force. Mais une pensée effrayante me vint à l'esprit quand je me remémorai soudain les paroles obsédantes de maman — étais-je donc tellement semblable à elle ? Allais-je devenir une de ces femelles qui ont besoin de s'accrocher à un homme qui les protège ? Non ! Je me suffisais à moi-même !

Je crois que ce fut le lendemain que le Dr Sheffield m'apporta les gravures. Il y en avait quatre, représentant des ballerines dans des poses différentes. A Carrie, il fit cadeau d'un vase d'opaline contenant de délicates violettes artificielles. Il savait déjà qu'elle avait la passion du violet et du rouge.

— Faites tout ce qu'il vous plaira pour vous sentir chez vous dans cette chambre, nous dit-il. Si la couleur de la tapisserie ne vous plaît pas, nous la changerons au printemps.

Je le regardai en ouvrant de grands yeux. Au printemps, nous ne serions plus là ! Tandis que Carrie contemplait son bouquet de fleurs artificielles, je pris sur moi pour dire au docteur ce qu'il fallait que je lui dise :

— Nous ne serons plus ici au printemps, docteur.

Aussi, nous ne pouvons pas nous permettre de nous attacher à ces chambres que vous nous avez données.

Il était déjà sur le seuil mais il s'immobilisa et se retourna. Il était grand, un mètre quatre-vingt-cinq ou davantage, et très large d'épaules.

Son regard s'assombrit et ce fut avec tristesse qu'il murmura :

— Je croyais que vous vous plaisiez dans cette maison.

— Mais oui, je m'y plais, me hâtai-je de répliquer. Tous les trois, nous l'aimons bien. Seulement, nous ne pouvons pas profiter éternellement de votre bonté.

Il se borna à hocher la tête et sortit.

Paul conduisait tous les jours Carrie à l'hôpital. Au début, c'étaient des pleurs et des cris et elle refusait obstinément d'y aller si je ne l'accompagnais pas. Elle prétendait qu'on lui faisait subir des choses atroces et qu'on la harcelait de questions.

— Tu sais que nous ne nous racontons jamais de mensonges entre nous, Carrie. Nous nous disons toujours la vérité. Mais ce n'est pas une raison pour parler à tout le monde de notre vie dans la chambre où nous étions enfermés, tu comprends ?

Elle braqua sur moi ses yeux au regard hanté.

— J'ai dit à personne que Cory m'a laissée pour aller au ciel. A personne sauf au Dr Paul.

— Tu le lui as dit... à lui ?

— J'ai pas pu faire autrement, Cathy.

Elle enfonça la tête dans son oreiller et éclata en sanglots.

Ainsi donc, le Dr Sheffield était au courant. Il savait que Cory était théoriquement mort à l'hôpital d'une pneumonie. Comme ses yeux étaient tristes ce soir-là quand il nous interrogea, Chris et moi, pour connaître jusqu'aux moindres détails tous les symptômes du mal auquel avait succombé le petit garçon.

— Je suis heureux de pouvoir vous dire que, contrairement à ce que nous craignions tous, cet empoisonnement par l'arsenic n'a pas détérioré de façon irréversible l'organisme de votre petite sœur. Ne me regardez pas comme cela ! Je n'ai pas révélé votre secret mais il m'a bien fallu indiquer aux techniciens du laboratoire dans quel sens orienter leurs recherches. J'ai inventé toute une histoire : que c'était un empoisonnement accidentel, que vos parents étaient de bons amis à moi et que je songe à vous adopter.

Je poussai un soupir de soulagement.

— Alors, Carrie vivra ?

— Oui, elle vivra — à condition qu'elle ne fasse pas de trapèze volant. (Il sourit de nouveau.) J'ai pris mes dispositions pour vous examiner à votre tour tous les deux demain — si vous n'y voyez pas d'objections.

Oh que si, j'en voyais ! Je n'avais pas du tout envie de me déshabiller et de le laisser me tripoter, même en présence d'une infirmière. Mais quand je fus nue sur la table, nue sous une sorte de robe de chambre en papier, le Dr Sheffield n'était plus celui dont les yeux ne me quittaient pas quand nous étions dans la maison. Il m'ausculta comme il avait ausculté Carrie et me posa encore davantage de questions. Des questions embarrassantes.

— Cela fait donc plus de deux mois que vous n'avez pas eu vos règles ?

— Je n'ai jamais été régulière de ce côté-là. J'avais douze ans quand elles ont commencé et, deux fois, il ne s'est rien passé. Pendant trois mois la première fois et pendant six mois la seconde. Cela m'a inquiétée mais Chris s'est documenté dans un des ouvrages médicaux que maman lui avait apportés et il m'a dit que la tension, l'angoisse pouvaient dérégler les filles. Vous ne pensez pas que... je veux dire... est-ce que j'ai quelque chose d'anormal ?

— Je n'en ai pas l'impression, vous me paraissez tout à fait normale en dehors du fait que vous avez mauvaise mine, que vous êtes trop maigre et que vous faites un peu d'anémie. Chris aussi, d'ailleurs, mais, parce que c'est un garçon, il est moins touché. Je vais vous prescrire un traitement à base de vitamines à tous les trois.

Je poussai un soupir de soulagement quand ce fut terminé et que je pus me rhabiller et m'enfuir du cabinet où les infirmières du Dr Sheffield me regardaient d'une drôle de façon.

Je me ruai tête baissée dans la cuisine où Mme Beech préparait le dîner. A ma vue, un large sourire s'épanouit sur son visage de pleine lune, si lisse qu'on eût dit un ballon de caoutchouc. Jamais je n'avais vu de dents aussi éblouissantes que les siennes.

— Dieu ! que je suis contente que ce soit fini ! m'écriai-je en me laissant tomber sur une chaise. (Je m'emparai d'un couteau pour peler les pommes de terre.) J'ai horreur de me faire tripoter par les docteurs. Je préfère le Dr Paul quand il est en civil.

Elle me lança un sourire malicieux et arracha une feuille rose du bloc qu'elle gardait en permanence dans la poche de son tablier blanc et empesé qui la faisait ressembler à un édredon.

Je savais maintenant qu'elle était muette de naissance. Bien qu'elle essayât de nous apprendre son langage gestuel, nous n'étions pas encore assez calés pour soutenir une conversation rapide. Et je crois bien que j'avais un faible pour les notes qu'elle rédigeait à toute vitesse dans son style super-abrégé. *Docteur dit jeunes gens besoin beaucoup viande saignante,* avait-elle écrit, *fruits et légumes frais mais doucement avec féculents et sucreries. Il veut vous donner muscle, pas graisse.*

Depuis deux semaines que nous savourions les petits plats de Mme Beech, nous avions déjà grossi, même Carrie qui était pourtant si chipoteuse. A présent, elle mangeait avec enthousiasme, ce qui, pour elle, tenait du prodige. Tandis que je passais à la pomme de terre suivante, Mme Beech, voyant que les signaux qu'elle m'adressait demeuraient sans réponse, se mit à gribouiller un nouveau feuillet : *A partir de maintenant, m'appeler seulement Henny, pas Mme Beech.*

C'était la première personne de couleur avec qui j'étais entrée en contact et si, au début, j'y allais sur la pointe des pieds — j'avais même un peu peur d'elle —, quinze jours d'intimité avaient remis les choses à leur place. Je savais maintenant que c'était simplement un être humain appartenant à une autre race, qui éprouvait les mêmes émotions, les mêmes espoirs et les mêmes craintes que nous. J'aimais Henny, son sourire rayonnant, ses amples robes fleuries et colorées et, surtout, j'aimais la sagesse des maximes que distillaient les feuillets pastel de son bloc. A la longue, je finis par comprendre son langage par signes mais sans arriver jamais à la cheville de son « petit docteur ».

Paul Scott Sheffield était un singulier personnage. Par moments, son visage s'assombrissait sans raison apparente, puis il souriait et disait : « Oui, Dieu a été miséricordieux pour Henny et pour moi quand il vous a fait monter dans cet autocar. J'ai perdu une famille et le sort, dans sa clémence, m'en a donné une autre déjà toute prête. »

Le même soir, lorsque arriva l'heure redoutée de nous séparer, je dis à Chris :

— Quand nous étions dans notre prison, tu étais l'homme, le chef de famille. Parfois, ça me fait drôle que le Dr Paul soit là à regarder ce qu'on fait et à écouter ce qu'on se dit.

Il rougit.

— Je sais. Il a pris ma place. Pour être franc... (Il ménagea une pause et rougit davantage :) cela ne me plaît pas qu'il se soit substitué à moi dans ta vie, mais je lui suis très reconnaissant de ce qu'il a fait pour Carrie.

Par comparaison, la conduite de maman paraissait encore mille fois — dix mille fois plus condamnable !

Le lendemain, Chris avait dix-huit ans et, bien que, moi, je n'eusse jamais oublié son anniversaire, je fus étonnée que le docteur eût prévu une petite fête pour l'occasion. Il y avait des tas de cadeaux superbes qui firent briller de plaisir les yeux de mon frère, mais le sentiment de culpabilité que nous éprouvâmes tous les deux éclipsa bientôt notre joie. Nous avions déjà tellement accepté de Paul ! Nous prévoyions de partir bientôt. Maintenant que la santé de Carrie lui permettait de voyager, il n'était pas possible de continuer à abuser de la bonté du docteur.

C'était à cela que nous songions après ces festivités. Un seul coup d'œil me suffit pour deviner que mon frère n'avait aucune envie de quitter le seul homme qui pouvait — et souhait — l'aider à réaliser son rêve : devenir médecin.

— Je n'aime pas du tout cette façon qu'il a de te regarder tout le temps, Cathy. Il te mange littéralement des yeux. Tu es là, disponible, et pour les hommes de son âge, les adolescentes ont un attrait irrésistible.

— Vraiment ? (Mais c'était passionnant, ça !) les médecins ont toutes les jolies infirmières qu'ils veulent à leur disposition, répliquai-je. (Je disais ce qui me passait par la tête car j'étais prête à tout, à l'exclusion de l'assassinat, pour permettre à Chris de parvenir à son objectif.) Tu te rappelles ce qu'il nous a dit le jour de notre arrivée ? La concurrence à laquelle on se heurterait, si on voulait se lancer dans le cirque... Il avait raison, Chris. Ce n'est pas possible. C'est une chimère, un enfantillage.

— Je sais bien, fit-il en fronçant les sourcils, le regard perdu dans le vague.

— C'est simplement qu'il se sent seul, Chris. S'il me regarde comme ça, c'est peut-être parce qu'il n'y a rien de plus intéressant à regarder, voilà tout.

Mais c'était quand même excitant de se dire que les hommes de quarante ans étaient fascinés par les filles de quinze ans. Ce serait merveilleux d'exercer sur eux le même pouvoir que ma mère dans sa jeunesse !

— Chris, et si Paul était vraiment sincère quand il dit

qu'il souhaite nous garder auprès de lui, est-ce que tu resterais ?

Le front plissé, il s'abîma dans la contemplation des haies qu'il venait de tailler et ce ne fut qu'après avoir mûrement réfléchi qu'il répondit :

— Il n'y a qu'à le mettre à l'épreuve. Disons-lui que nous partons. S'il n'essaie pas de nous en dissuader, ce sera sa manière de nous faire poliment comprendre que cela lui est égal.

— Le mettre à l'épreuve... tu crois que c'est loyal ?

— Absolument. Nous lui tendrons la perche. S'il le veut, il pourra ainsi se débarrasser de nous sans se sentir coupable. Tu sais, les gens dans son genre font souvent des choses plus par devoir que par désir personnel.

Tergiverser n'était pas notre style. Le lendemain après le dîner, Paul vint nous rejoindre sur la terrasse. *Paul.* C'était ainsi que je l'appelais quand je pensais à lui. Il m'était de plus en plus proche, j'étais de plus en plus attachée à lui. Il était comme toujours, élégant et détendu, ainsi installé dans son siège favori — un fauteuil à bascule de rotin blanc —, avec son tricot rouge à grosses côtes et son pantalon gris. Il tirait rêveusement sur une cigarette. Nous avions des chandails, nous aussi, car la soirée était fraîche. Nous étions perchés, Chris et moi, sur la balustrade, Carrie était pelotonnée sur la dernière marche de l'escalier de marbre donnant sur le merveilleux jardin. Un petit pont japonais laqué de rouge enjambait un ruisseau. Des statues de nus des deux sexes disposées au hasard conféraient à ce jardin une atmosphère d'aimable sensualité. C'étaient uniquement des nus classiques, dégageant une impression de grâce et de pureté. Et pourtant... et pourtant... Ce jardin ne me trompait pas. Je le connaissais. J'y étais déjà venue dans mes rêves.

Le Dr Paul était en train de nous expliquer qu'il se rendait tous les deux ans à l'étranger pour découvrir de nouveaux marbres et enrichir sa collection. La dernière fois, il avait eu la chance de tomber sur une copie grandeur nature du *Baiser* de Rodin.

Je soupirai avec le vent qui faisait tourbillonner les feuilles mortes. Je ne voulais pas partir. J'étais bien ici avec Paul, avec Henny, avec ce jardin qui m'ensorcelait, où je me sentais moi-même belle et désirable.

Dans l'éclat fauve du jour déclinant, ses yeux étincelants croisèrent les miens. Mon pouls se mit à battre plus vite et je soupirai à nouveau. Je me demandai à quoi avait pu ressembler sa femme et ce que l'on éprouvait quand on était aimé d'un tel homme. Je me détournai avec gêne, redoutant qu'il lise dans mes pensées.

— Vous paraissez bien songeuse, Cathy. Pourquoi ?

La question me prit de court, c'était comme s'il me devinait. Chris me lança un regard d'avertissement.

— C'est votre chandail rouge, répondis-je étourdiment. Qui vous l'a tricoté ? Henny ?

Il émit un petit rire et abaissa les yeux sur son pull.

— Non, c'est ma sœur qui me l'a fait pour mon anniversaire. Elle me l'a envoyé par la poste. Elle habite à l'autre extrémité de la ville.

— Pourquoi vous l'a-t-elle expédié au lieu de venir vous l'apporter elle-même ? Et pourquoi ne nous avez-vous pas dit que c'était votre anniversaire ? Nous vous aurions fait des cadeaux, nous aussi.

— Il est tombé peu avant votre arrivée, répondit-il en se carrant confortablement dans son fauteuil et en croisant les jambes. J'ai quarante ans... au cas où Henny ne vous l'aurait pas dit. Il y a treize ans que je suis veuf et Amanda — c'est ma sœur — ne m'a plus adressé la parole depuis que ma femme et mon fils ont péri dans cet accident.

Il se tut, les yeux perdus dans le vide, sombre et lointain.

Des feuilles chassées par le vent vinrent atterrir sur la terrasse et s'entassèrent à mes pieds comme une couvée de petits canards brunâtres. Tout cela me rappelait certaine nuit sinistre où nous priions, Chris et moi, pelotonnés l'un contre l'autre sur les ardoises froides du toit, tandis que dans le ciel luisait une lune qui faisait penser à l'œil de colère de Dieu. Faudrait-il payer pour le terrible — et seul — péché que nous avions commis ? *Oui !* se serait empressée de répondre la grand-mère. *Vous méritez le pire châtiment ! Je le savais dès le début, progéniture du diable !*

La voix de Chris s'éleva soudain :

— Docteur, nous en avons discuté, Cathy et moi... voilà... Maintenant que Carrie va bien, nous devons partir. Nous vous sommes profondément reconnaissants et nous comptons bien vous rembourser jusqu'au dernier sou, bien que cela puisse demander quelques années...

Il me serra la main très fort, comme pour me demander d'abonder dans son sens.

— Inutile d'aller plus loin, Chris, dit Paul en se redressant dans son fauteuil. Sachez qu'il y a longtemps que je pressentais cela. Tous les matins en me réveillant, j'avais peur que vous vous soyez éclipsés sans tambour ni trompette. Je me suis informé des formalités à accomplir pour devenir légalement votre tuteur à tous trois. Et je me suis aperçu que ce n'était pas aussi compliqué que je le pensais. Apparemment, la plupart des fugueurs se prétendent orphelins. Aussi faudra-t-il que vous me donniez la preuve que votre père est mort. S'il ne l'est pas, j'aurai besoin de son consentement ainsi que de celui de votre mère.

Je cessai de respirer. Le consentement de ma mère ? Cela voulait dire que nous aurions à la revoir ! Je ne voulais pas, plus jamais !

Paul devina mon émotion.

— Le tribunal la convoquera, poursuivit-il. Si elle habitait notre Etat, elle serait tenue de comparaître dans les trois jours, mais comme elle demeure en Virginie, elle bénéficiera d'un délai de trois semaines. Et si elle ne vient pas, eh bien, au lieu d'être désigné comme votre tuteur provisoire, je le serai à titre définitif — à condition que vous déclariez que vous êtes satisfaits d'être sous ma garde.

— Vous avez été merveilleux ! m'écriai-je. Mais elle ne répondra pas à la convocation. Elle veut cacher notre existence. Sans quoi, elle n'aurait plus qu'à dire adieu à sa fortune. Son mari pourrait aussi se retourner contre elle s'il apprenait qu'elle lui a menti en prétendant ne pas avoir d'enfants. Je vous garantis que si vous tentiez de vous faire désigner comme tuteur définitif, vous le deviendriez — et vous vous en mordriez peut-être les doigts un jour !

Chris étreignit ma main plus fort tandis que Carrie levait la tête, les yeux écarquillés de peur.

— Ce sera Noël dans quelques semaines. Allez-vous partir et me laisser passer une fois encore les fêtes dans la solitude ? Cela fait près de trois semaines que vous êtes là et j'ai expliqué à tous les gens qui s'étonnaient que vous étiez les enfants d'un parent récemment décédé. Je n'agis pas sur un coup de tête, vous savez. J'ai beaucoup réfléchi avec Henny. Elle pense comme moi que c'est une bonne chose que vous soyez là et nous désirons tous les deux que vous restiez. Votre jeune présence rend cette maison plus humaine. Il y a des années que je ne me suis pas senti aussi heureux. Depuis la mort de ma femme et de mon fils, je souffre de ne pas avoir de famille. Je ne me suis jamais réhabitué à la vie de célibataire. Je suis convaincu qu'il est écrit que je dois être votre tuteur et que c'est Dieu qui a fait monter Henny dans ce car. Pour moi, c'est un fait : vous êtes un don de la providence, destiné à m'aider à réparer les fautes que j'ai commises dans le passé.

Mon Dieu ! Voilà que nous étions maintenant un présent du ciel ! J'étais émue et les larmes me montèrent aux yeux. J'adressai un regard interrogateur à Chris. Il me dévisagea et secoua la tête d'un air désorienté, ne sachant ce que je voulais au juste.

— Nous sommes navrés que vous ayez perdu ces êtres chers, docteur, fit-il, toujours en me regardant, moi. Mais nous ne pouvons pas les remplacer et je ne sais pas s'il serait équitable de notre part de vous faire supporter la charge de trois enfants qui ne sont pas à vous. (Et Chris ajouta en le regardant, cette fois, droit dans les yeux :) Et il y a aussi un problème auquel vous devriez réfléchir. Si vous êtes notre tuteur, vous aurez beaucoup de mal à trouver une autre femme.

— Je n'ai pas l'intention de me remarier, laissa tomber Paul sur un ton bizarre. (Il poursuivit rêveusement :) Ma femme s'appelait Julia et mon fils Scotty. Il avait trois ans.

— Oh ! murmurai-je d'une voix étranglée. Perdre un enfant aussi jeune et sa femme en même temps, c'est affreux ! Est-ce qu'ils sont morts dans un accident d'auto comme notre père ?

— C'était un accident mais pas un accident d'auto.

— Notre père n'avait que trente-six ans quand il est mort. Nous l'attendions pour fêter son anniversaire. Il y avait un gâteau, des présents. Mais ce sont deux policiers qui sont venus...

— Oui, Cathy, je sais, vous m'avez déjà raconté. L'adolescence n'est une période facile pour personne. Etre jeune et livré à soi-même, sans avoir reçu l'éducation convenable, sans argent, sans famille, sans amis...

— Mais nous sommes ensemble, lança Chris avec fougue, comme pour le mettre encore un peu plus à l'épreuve. Alors, nous ne serons jamais vraiment seuls.

— Si vous ne voulez pas de moi et si ce que j'ai à vous offrir n'est pas assez, eh bien, partez pour la Floride. Mes vœux vous accompagnent. Jetez par-dessus bord les longues heures que vous avez consacrées à l'étude, et cela au moment où vous touchez presque au but, Chris. Et vous, Cathy, oubliez votre rêve d'être un jour danseuse étoile. Et ne vous faites pas d'illusions : ce ne sera une vie ni saine ni heureuse pour Carrie. Je ne cherche pas à vous convaincre de rester. Vous ferez ce que vous voudrez et ce que vous devrez faire. Alors, à vous de décider. D'un côté, moi et la possibilité de réaliser vos ambitions ; de l'autre, le saut dans l'inconnu avec tous les périls que cela implique.

Perchée sur la balustrade, j'étais serrée contre Chris qui n'avait pas lâché ma main. Je souhaitais rester. Le vent du sud qui caressait ma joue me soufflait que tout irait à merveille. J'entendais dans la cuisine Henny qui préparait la pâte des petits pains dorés et luisants de beurre que nous mangions le matin. Le beurre était une des denrées dont nous avions été privés et le luxe qu'appréciait le plus Chris. Tout, ici, m'envoûtait — l'air, la flamme douce et chaude qui luisait dans les yeux du docteur. Même le bruit des casseroles dans la cuisine avait du charme et mon cœur, si lourd et depuis si longtemps, commençait à devenir plus léger. Peut-être la perfection n'existait-elle pas seulement dans les contes de fées. Peut-être étions-nous quand même dignes de marcher fièrement sous le ciel bleu du bon Dieu. Peut-être n'étions-nous pas les surgeons corrompus d'une graine maléfique semée dans une mauvaise terre.

Mais ce ne furent ni Chris ni moi qui décidâmes : ce fut Carrie. Brusquement, elle se redressa et courut se jeter au cou du docteur.

— Je veux pas m'en aller ! s'écria-t-elle sur un ton presque frénétique. Je vous aime, docteur Paul ! Je veux pas aller en Floride, je veux pas aller dans un cirque ! Je veux aller nulle part !

Et elle éclata en sanglots, donnant libre cours au chagrin qu'elle contenait depuis longtemps. Paul la prit sur ses genoux et embrassa ses joues trempées de larmes avant de les essuyer avec son mouchoir.

— Moi aussi, je t'aime, Carrie. J'ai toujours eu envie d'une petite fille telle que toi — avec des boucles blondes et de grands yeux bleus.

Mais ce n'était pas Carrie, c'était moi qu'il regardait.

— Et puis je veux être là à Noël, continua-t-elle entre deux sanglots. J'ai jamais vu le Père Noël, jamais !

Si, bien sûr, elle l'avait vu autrefois, le jour où nos

parents avaient emmené les jumeaux dans un grand magasin où papa les avait photographiés sur les genoux du Père Noël, mais elle ne s'en souvenait sans doute plus.

Etait-il possible qu'un étranger entre aussi aisément dans notre vie et nous donne son amour, alors que ceux-là mêmes à qui nous étions liés par le sang avaient tenté de nous faire mourir ?

## UNE SECONDE CHANCE

Carrie avait décidé. Nous restions. Ne l'eût-elle pas décidé, nous serions restés quand même. Comment aurions-nous pu faire autrement ?

Ce fut en vain que nous essayâmes de faire accepter au docteur l'argent que nous avions encore.

— Gardez-le, nous dit-il. Vous l'avez payé cher, n'est-il pas vrai ? Et autant que vous sachiez que j'ai vu mon avocat. Il va entamer la procédure et votre mère sera sommée de comparaître devant le tribunal de Clairmont. Je sais que vous ne croyez pas qu'elle se rendra à cette convocation mais on verra bien… Si j'ai la chance d'obtenir définitivement votre garde, j'allouerai à chacun d'entre vous une petite somme toutes les semaines. Personne ne se sent libre et heureux sans un peu d'argent en poche. La plupart de mes confrères qui ont des enfants adolescents leur donnent cinq dollars. Trois devraient suffire à Carrie à son âge.

Il nous achèterait tout ce dont nous aurions besoin, vêtements et fournitures de classe. Quand il nous l'annonça, nous ne pûmes que le regarder en ouvrant de grands yeux, stupéfaits d'une pareille générosité.

Quelques jours avant Noël, il nous emmena dans un magasin. Le sol disparaissait sous un tapis rouge, le plafond était une coupole de verre, il y régnait une vraie cohue et la musique déversait des cantiques de Noël en version pop. C'était féerique ! Je rayonnais de joie, Carrie et Chris aussi — sans oublier notre docteur. Il serrait la menotte de ma petite sœur dans sa grosse patte, mon frère et moi nous tenions par la main. Nous étions émerveillés.

Quand nous arrivâmes au rayon jeunes filles, je me mis à tourner en rond, éblouie et étourdie par la diversité des articles. Je regardais ceci, cela, incapable de faire un choix. C'était la première fois que je faisais des achats dans un magasin. Mon indécision amusa Chris qui s'esclaffa.

— Vas-y, pour une fois que tu as l'occasion de t'habiller exactement à ta taille, essaie ce qui te plaît.

L'allusion était claire : c'était le reproche mesquin que je faisais à maman — jamais les vêtements qu'elle m'achetait ne m'allaient correctement.

Je choisis donc, en prenant soigneusement garde à la dépense, le trousseau qui me semblait convenir pour l'école qui débuterait en janvier. Il me fallait un manteau, de vraies chaussures, un imperméable, un chapeau et un parapluie. Mais mes réticences et ma parcimonie finirent par impatienter Paul qui explosa :

— Pour l'amour du ciel, Cathy, n'allez pas vous imaginer que nous dévaliserons les magasins toutes les semaines ! Vous allez me faire le plaisir d'acheter dès aujourd'hui de quoi vous habiller tout l'hiver. Chris, filez au rayon jeunes gens et commencez à faire votre choix. Pendant ce temps, nous nous occuperons de Carrie, Cathy et moi.

Enfin, nous allions être des enfants comme les autres ! Mais voilà que Carrie se mit subitement à pousser des hurlements à faire voler toutes les vitres en éclats. Les vendeurs et les vendeuses sursautèrent, les clients furent pris de saisissement, une dame télescopa avec sa poussette un mannequin qui s'effondra et le bébé joignit ses cris à ceux de Carrie.

Chris arriva au galop pour voir qui maltraitait sa petite

sœur, mais Carrie, plantée sur ses jambes écartées, bramait en versant des larmes de fureur.

— Mais qu'est-ce qui lui arrive ? demanda mon frère.

Quant au docteur, il avait l'air éberlué.

Ah ! les hommes ! Ils ne connaissent rien à rien. Tout simplement, Carrie trouvait indignes d'elle les ravissantes petites robes aux couleurs layette qu'on lui proposait. Parce que c'étaient des vêtements de bébé — voilà tout. Il n'y avait ni robe rouge ni robe violette et, en plus, outre qu'elles ne correspondaient pas à ses goûts, elles étaient toutes trop grandes.

— Essayez le rayon des tout petits, suggéra la blonde vendeuse en souriant gracieusement au Dr Sheffield, visiblement embarrassé.

Or, Carrie avait huit ans ! Le simple fait de parler de « vêtements pour tout petits » était une insulte mortelle. Le visage plissé de rage, elle gémit :

— Je veux pas être habillée comme un bébé pour aller à l'école ! (M'étreignant la jambe, elle colla sa figure contre ma cuisse.) Cathy, ne me fais pas porter des robes de bébé ! Tout le monde se moquera de moi, je sais ! Je veux que du violet et du rouge, pas des couleurs pâles !

Paul tenta de la consoler :

— Ma chérie, j'adore les petites filles blondes aux yeux bleus qui ont des robes aux couleurs tendres. Attends donc d'être grande pour porter des couleurs vives.

Comme si une gamine aussi cabocharde pouvait avaler ce genre de propos ! Ses yeux lancèrent des éclairs, elle serra les poings, prête à envoyer des ruades. Au moment où elle se préparait à pousser de nouveaux hurlements, une dame d'un certain âge qui devait sûrement avoir une petite fille bâtie sur le même modèle déclara calmement que l'on pouvait habiller Carrie sur mesure. La petite hésita alors et, indécise, regarda tour à tour Chris, le docteur et la vendeuse.

— Mais c'est la solution idéale ! s'écria Paul, dont le soulagement était manifeste. Je vais acheter une machine à coudre et Cathy te fera des robes aux couleurs vives ! Tu seras sensationnelle !

— J'veux pas être sensationnelle, j'veux juste des belles couleurs, ronchonna Carrie.

Moi, j'étais sans voix. J'étais une danseuse, pas une couturière — détail qui, d'ailleurs, n'échappa pas à la perspicacité de ma cadette :

— Cathy sait pas faire des vêtements. Cathy, elle sait rien faire sauf danser.

C'était un peu fort, par exemple ! Moi qui leur avais appris à lire, à elle et à Cory, sans avoir été beaucoup aidée par Chris !

— Mais qu'est-ce que tu racontes, Carrie ? rétorqua celui-ci, furieux. Tu es en train de te conduire comme un bébé. Cathy sait faire n'importe quoi quand elle l'a décidé, tâche de t'en souvenir.

Le docteur s'empressa d'abonder dans le même sens et nous allâmes faire l'acquisition d'une machine à coudre électrique.

Nous rentrâmes chargés comme des baudets. C'était la première fois que j'avais des chaussures à talons hauts — et j'avais une douzaine de collants nylon. Mes premiers nylons, mon premier soutien-gorge ! Et j'oublie le plus beau : j'avais aussi une pochette remplie de produits de beauté. J'avais mis une éternité à les choisir tandis que le docteur, un peu à l'écart, m'observait d'un air étrange. Quand Chris avait maugréé que je n'avais pas besoin de fond de teint, ni de rouge à lèvres, ni de mascara, j'avais répliqué sur un ton supérieur qu'il ne savait rien des filles. Je voulais avoir tout ce que j'avais vu sur la fabuleuse coiffeuse de maman, même sa marque de crème antirides, même de quoi me faire des masques de boue pour raffermir l'épiderme !

A peine arrivés, nous nous précipitâmes dans l'escalier pour essayer nos vêtements neufs. Avant, quand nous en recevions, ils étaient loin de nous rendre aussi heureux. Forcément, personne ne nous voyait les porter. Pourtant, étant la fille que j'étais, lorsque j'eus passé la robe de velours bleu que fermaient du haut en bas de minuscules boutons, je me surpris à penser à maman. Quel paradoxe ! J'avais soudain envie de pleurer, tant me manquait la mère perdue que je m'étais pourtant bien juré de poursuivre d'une haine éternelle. Je m'assis sur le bord de mon lit pour réfléchir. Elle nous submergeait de cadeaux, de vêtements, de jouets, de jeux pour se faire pardonner de nous voler notre enfance. Une enfance que nous ne retrouverions jamais plus. Les meilleures années de notre vie. Et Cory était mort. Il n'aurait plus de vêtements neufs.

Sa guitare et son banjo étaient rangés dans un coin de la pièce où Carrie pouvait les apercevoir dès qu'elle ouvrait les yeux. Pourquoi fallait-il que ce soit toujours nous qui souffrions, et pas maman ? Brusquement, je me rappelai que Bart Winslow était originaire de la Caroline du Sud ! Aussitôt, je me précipitai dans le bureau du Dr Paul et regagnai notre chambre avec un gros atlas. Je cherchai la carte de la Caroline du Sud, trouvai Clairmont... Croyez-moi si vous voulez, c'était tout près de Greenglenna, le berceau de la famille de Bart, nous avait un jour dit notre mère ! Une coïncidence pareille, c'était inouï ! A moins que... Mon regard se perdit dans le vide. C'était Dieu qui avait voulu que nous venions habiter ici, près de maman, si elle venait un jour dans la ville natale de son mari. Dieu voulait que je puisse lui faire un peu de mal. Dès que je le pourrais, j'irais faire un tour à Greenglenna pour recueillir toutes les informations possibles. Je touchais cinq dollars par semaine — voilà qui allait me permettre de m'abonner au journal local. Je saurais tout de la vie mondaine des notabilités des environs de Foxworth Hall.

Je n'étais plus à Foxworth Hall mais je me tiendrais au courant de ses déplacements et lorsqu'elle viendrait dans la région, je le saurais. Un jour ou l'autre, elle entendrait parler de moi et une chose était sûre : jamais, au grand jamais, je n'oublierais, jamais je ne pardonnerais. J'ignorais encore comment je m'y prendrais mais, d'une manière ou d'une autre, elle souffrirait dix fois plus que nous n'avions souffert !

Maintenant que c'était décidé, je pouvais rejoindre dans le salon Chris et Carrie ; ils faisaient une présentation de mode au bénéfice de notre bon docteur et de Henny dont le sourire radieux était aussi éblouissant que le soleil. J'observai qu'une ombre assombrissait le regard de notre bienfaiteur. Il n'y avait ni admiration ni approbation dans son regard. Brusquement, il se leva et quitta la pièce, sous prétexte qu'il avait du courrier en retard.

Henny ne tarda pas à devenir mon mentor ès travaux ménagers. Elle m'apprit à faire des biscuits et à confectionner des petits pains légers et moelleux.

Un jour où elle était en train de pétrir la pâte elle s'arrêta et, après avoir essuyé ses mains pleines de farine griffonna une note sur son bloc : *Henny mauvais yeux pour choses délicates comme enfiler aiguilles. Tu as bons yeux, toi. Tu veux recoudre boutons aux chemises du docteur ?*

— Mais bien sûr, fis-je avec enthousiasme. Il n'y a pas de problème. Je sais aussi tricoter, broder, faire du crochet et de la tapisserie. Ma mère m'a appris tout cela pour m'occuper.

Soudain, les mots s'étranglèrent dans ma gorge et j'eus envie de pleurer. Je revoyais le visage mutin de ma mère, je revoyais papa, je nous revoyais enfants, Chris et moi, quand, rentrant hors d'haleine de l'école en secouant la neige de nos vêtements, nous trouvions maman en train de tricoter de la layette pour les jumeaux. Il n'y avait rien à faire : j'enfouis ma figure dans le giron de Henny et éclatai en sanglots. Elle était muette mais sa main qui me caressait doucement l'épaule montrait qu'elle comprenait et quand je relevai la tête, je vis qu'elle pleurait, elle aussi. De grosses larmes ruisselaient sur son corsage rouge vif.

— Ne pleure pas, Henny. Je serai heureuse de recoudre

les boutons du Dr Paul. Il nous a sauvé la vie et je ferais n'importe quoi pour lui.

Elle me lança un regard singulier et alla chercher un paquet de linge qui attendait depuis une éternité d'être raccommodé et, en prime, une bonne douzaine de chemises veuves de leurs boutons.

Chris passait tout son temps disponible avec le Dr Paul qui le préparait pour qu'il puisse être admis en cours d'année dans un collège spécial de préparation aux études médicales. Mais le gros problème, c'était Carrie. Elle savait lire et écrire mais elle était si petite ! Comment se débrouillerait-elle dans une école publique où les enfants seraient différents ?

— C'est à une institution privée que je pense pour elle, nous expliqua le docteur, un établissement pour jeunes filles, qui jouit d'une excellente réputation. Les professeurs sont de premier ordre. Comme je suis membre du conseil d'administration, je pense que Carrie fera l'objet d'une attention particulière et ne souffrira d'aucune brimade.

Il m'adressa un regard entendu.

C'était ma plus grande crainte : que l'on se moque d'elle et qu'elle ait honte d'avoir une tête trop grande par rapport à son corps si frêle. Autrefois, elle était admirablement proportionnée, la grâce même. Toutes ces années mortes pendant lesquelles nous avions été privés de soleil avaient tué sa beauté. C'était cela, pas autre chose, je le savais !

Je mourais de peur à l'idée que maman réponde à la convocation du tribunal mais j'étais à peu près sûre qu'elle ne viendrait pas. Ce n'était pas possible. Elle avait trop à perdre et rien à gagner. Qu'étions-nous pour elle, sinon d'encombrants fardeaux ? Et puis, elle risquait la prison pour meurtre...

Nous nous étions mis sur notre trente et un ce jour-là, et nous attendions en silence, en compagnie de Paul, d'être appelés devant le juge. Une attente interminable ! J'étais tendue comme un ressort près de se rompre et, pour un rien, j'aurais craqué et éclaté en sanglots. Non, elle ne voulait pas de nous et le fait de ne pas s'être dérangée était une preuve de plus de son indifférence. Il y avait tant de pitié dans le regard dont le juge nous enveloppa que j'en avais mal et ma colère contre maman redoubla. Qu'elle soit maudite ! Elle qui nous avait mis au monde, qui prétendait avoir aimé notre père, comment pouvait-elle agir ainsi avec ses enfants — ses propres enfants ? Quelle mère était-ce donc là ? Je ne voulais ni de la pitié du juge ni de la pitié de Paul. Redressant la tête, je me mordis la langue pour ne pas crier et jetai un coup d'œil à Chris. Il était impassible, le regard indéchiffrable, mais je savais qu'il éprouvait le même déchirement que moi. Le docteur caressait Carrie d'une main apaisante. Il l'avait prise sur ses genoux et lui murmurait quelque chose à l'oreille. Je crus deviner quoi : « Sois tranquille, tout ira bien. Tu m'auras pour papa et tu auras Henny pour maman. Tu ne manqueras jamais de rien aussi longtemps que je vivrai. »

Je pleurai, cette nuit-là. Je trempai mon oreiller de larmes, des larmes que je versais sur une mère que j'avais tellement aimée qu'il était trop douloureux de me remémorer le temps où papa était vivant et où nous étions si heureux. Sur tout ce qu'elle nous avait donné à cette époque, sur l'amour qu'elle nous prodiguait... Sur Cory qui était comme mon propre enfant. Puis, mes larmes se tarirent et de venimeuses idées de vengeance leur succédèrent. Quand on a décidé d'écraser quelqu'un, le meilleur moyen est de se mettre dans sa peau. Qu'est-ce qui la ferait le plus souffrir ? Elle nous avait chassés de ses pensées, elle avait cherché à oublier même que nous existions. Eh bien, elle pouvait compter sur moi pour que je lui rappelle notre existence ! Je lui enverrais une carte de Noël « De la part des quatre poupées de Dresde que tu as jetées ». Non, il y avait mieux : « De la part des trois poupées de Dresde vivantes dont tu ne voulais plus et de la poupée morte que tu as emportée un jour et que tu n'as jamais ramenée. » Je la voyais regarder la carte en se disant : « *J'ai seulement fait ce que je devais faire.* »

Nous avions baissé notre garde et accepté d'être à nouveau vulnérables. Nous avions laissé la foi, l'espoir et la confiance nous envahir et danser la sarabande dans notre tête.

Les contes de fées peuvent devenir vrais.

C'était ce qui était en train de se produire pour nous. La méchante reine était sortie de notre vie et Blanche-Neige régnerait un jour. Ce ne serait pas elle qui mangerait la pomme rouge empoisonnée. Mais, dans tous les contes de fées, il y a un dragon à abattre, une sorcière dont on doit déjouer les manœuvres, des obstacles à vaincre. J'essayais d'imaginer qui serait le dragon et quels seraient les obstacles. Quant à la sorcière, je savais depuis le début qui elle était. Je me levai et sortis sur la terrasse pour regarder la lune. Chris, debout devant la balustrade, était lui aussi en train de la contempler. Lui qui avait toujours une attitude si fière, il courbait les épaules et je compris aussitôt que son cœur saignait comme le mien. Je m'avançai sur la pointe des pieds pour le surprendre mais avant que je l'eusse atteint, il se retourna et m'ouvrit les bras. Sans réfléchir plus avant, je me jetai à son cou. Il portait la robe de chambre douillette que maman lui avait offerte pour le dernier Noël, beaucoup trop petite pour lui d'ailleurs. Il en trouverait une nouvelle sous le sapin, une robe de chambre à ses initiales — CFS — car il voulait désormais s'appeler Sheffield et non plus Foxworth. C'était le cadeau que je lui réservais.

— Cathy, murmura-t-il en me tapotant le dos, si tu as envie de pleurer, vas-y, je comprendrai. Pleure aussi pour moi. J'espérais que maman viendrait et qu'elle aurait une explication raisonnable à nous donner pour se justifier.

— Une excuse raisonnable pour un meurtre ? répliquai-je sur un ton mordant. Comment pourrait-elle en imaginer une qui soit convaincante ? Elle n'est pas assez futée.

Il avait l'air si désemparé que je le serrai plus fort. Ma main se perdit dans ses cheveux et, de l'autre, je caressai sa joue. Une vague d'amour monta en moi quand il posa son visage sur ma tête et se mit à sangloter. Il répéta mon nom sans se lasser, comme si j'étais le seul être au monde qui fût réel et digne de confiance.

Je ne sais comment cela se fit mais ses lèvres trouvèrent les miennes et nous nous embrassâmes avec tant de passion que son désir s'éveilla et qu'il essaya de m'entraîner vers sa chambre.

— Je veux juste te tenir dans mes bras, c'est tout. Rien d'autre. Quand je serai parti, quand je serai au collège, j'aurai besoin de quelque chose à quoi m'accrocher... donne-moi ce petit quelque chose, je t'en prie, Cathy.

Avant que j'eusse pu répondre, il m'avait étreinte à m'étouffer en me couvrant de baisers si brûlants que j'en fus effrayée et troublée.

— Non ! Arrête ! (Mais, déjà, il effleurait mes seins et écartait ma chemise de nuit pour les baiser.) Chris ! grondai-je avec colère, il ne faut pas que tu m'aimes. Chris. Quand tu seras parti, ce que tu ressens pour moi s'effacera, n'aura — comment dire ? — jamais existé. Il faut nous forcer à aimer d'autres personnes pour nous sentir purs et nets. Nous ne devons pas imiter nos parents, nous ne pouvons pas faire la même erreur qu'eux.

Il me serra avec plus de force sans dire un mot mais je savais ce qu'il pensait. Il n'y aurait pas d'autres femmes. Il n'en était pas question. Une femme l'avait trop profondément blessé, trop monstrueusement trahi quand il était jeune et tellement, tellement vulnérable. Il ne pouvait avoir confiance qu'en moi seule.

Quand il recula, des larmes brillaient dans ses yeux. C'était à moi qu'il appartenait de rompre le lien — et maintenant, tout de suite. Pour son bien. On croit toujours agir pour le bien de l'autre.

Je n'arrivais pas à trouver le sommeil. J'entendais Chris qui m'appelait, qui me voulait. Je me levai et allai le rejoindre. Je me glissai dans son lit.

— Tu ne te libéreras jamais de moi, Cathy. Jamais. Aussi longtemps que tu vivras, ce sera toujours toi et moi.

— Non !

— Si !

— Non !

Je l'embrassai, puis sautai à bas du lit et regagnai ma chambre en courant, claquai la porte et tirai le verrou. Qu'est-ce qui m'avait pris ? Je n'aurais jamais dû aller dans sa chambre, entrer dans son lit. Etais-je aussi pervertie que le prétendait la grand-mère ?

Non.

Ce n'était pas possible.

# DEUXIÈME PARTIE

## DES RÊVES EN SUCRE FILÉ

C'était le jour de Noël. Le sapin frôlait le plafond de trois mètres cinquante de haut et il y avait assez de cadeaux pour satisfaire une dizaine d'enfants, même si Chris et moi n'étions plus des enfants. Tout ce que le Père Noël lui avait apporté mettait Carrie en transe. Avec ce qui restait de notre trésor de guerre, nous avions acheté une splendide veste d'intérieur pour Paul et, pour Henny, une robe de velours rouge — taille 58 ! Suffoquée et ravie, elle l'examina à bras tendus et écrivit : *Fera une belle robe pour l'église. Rendra toutes mes amies jalouses.*

Paul essaya sa somptueuse veste. Elle lui allait parfaitement.

Ce fut alors que j'eus ma plus belle surprise. Il s'approcha de moi, s'accroupit sur ses talons et sortit de son portefeuille cinq grands rectangles de papier jaune. Eût-il réfléchi sans cesse pendant un an à ce qui pourrait me faire le plus plaisir, il n'aurait pas mieux réussi : c'était cinq places pour *El Casse-Noisette* que donnaient les ballets Rosencoff.

— D'après ce que j'ai entendu dire, c'est une compagnie de vrais professionnels, m'expliqua Paul. Je ne m'y connais guère en chorégraphie mais je me suis informé et il paraît que c'est une des meilleures. Et elle forme également des élèves. Des débutants aux danseurs du plus haut niveau. Quel est le tien, Cathy ?

A présent, il me tutoyait. Je ne pouvais prononcer un mot, tellement j'étais heureuse, et ce fut Chris qui répondit à ma place.

— Le plus haut ! Elle était débutante quand on est parti pour Foxworth Hall mais il s'est produit quelque chose de prodigieux dans le grenier : l'ombre de la Pavlova est venue et a pris possession de son corps. Et Cathy a appris toute seule à faire des pointes.

Le soir, nous étions tous, y compris Henny, au troisième rang d'orchestre. Ces danseurs n'étaient pas seulement bons — ils étaient admirables ! Surtout le premier danseur, un beau garçon du nom de Julian Marquet. Pendant l'entracte, je suivis Paul au foyer en marchant comme dans un rêve. J'allais faire connaissance avec des danseurs !

Il nous conduisit vers un couple.

— Madame, dit-il à un petit bout de bonne femme lisse comme une otarie, je vous présente ma pupille Catherine Doll dont je vous ai parlé et son frère Christopher. Cette jeune beauté est Carrie. Vous connaissez déjà Henrietta Beech...

— Mais bien sûr, répondit la dame qui avait un physique de danseuse, parlait comme une danseuse et se coiffait comme une danseuse : cheveux noirs tirés en arrière et ramenés au-dessus de la tête en un énorme chignon.

Elle portait un collant noir, une robe de mousseline noire et un boléro en léopard. Son époux, Georges, se tenait un peu en arrière. Il était aussi mince qu'elle. C'était un homme tranquille au visage pâle et osseux. Il avait des cheveux extraordinairement noirs et ses lèvres étaient rouge sang. Ils étaient bien assortis, tous les deux. Leurs yeux convergèrent sur Chris et ce fut d'une même voix qu'ils lui demandèrent s'il dansait, lui aussi.

— Non, pas du tout, répondit-il avec embarras.

— Comme c'est dommage, soupira tristement Mme Rosencoff. Vous feriez un couple merveilleux. Les gens se battraient pour vous voir.

Son regard ne s'attarda qu'un bref instant sur Carrie qui s'accrochait craintivement à moi.

— Chris veut faire sa médecine, dit le Dr Paul.

— Tiens ! laissa-t-elle tomber avec un souverain mépris, à croire que Chris avait perdu la raison.

Ses yeux de jais et ceux de Georges Rosencoff se concentrèrent alors sur moi. Je ne savais plus où me mettre, j'étais affreusement gênée et je me sentais empotée.

— Tu as appris la danse ?

— Oui, balbutiai-je.

— Quand as-tu commencé ?

— A quatre ans.

— Et quel âge as-tu ?

— J'aurai seize ans en avril.

— Bien. Très bien. Très, très bien. (Mme Rosencoff frotta l'une contre l'autre ses longues mains osseuses.) Onze ans et quelque de formation. Quand t'es-tu mise aux pointes ?

— J'avais douze ans.

— Remarquable ! Je ne les commence avec mes élèves qu'à partir de treize ans, excepté pour les sujets particulièrement doués. (Elle fronça les sourcils d'un air méfiant.) Tu es excellente ou médiocre ?

— Je ne sais pas.

— Personne ne te l'a jamais dit ?

— Non.

— Alors, c'est sûrement que tu es médiocre.

Elle se tourna vers son mari avec un vague reniflement de dédain et, d'un geste hautain, nous congédia.

— Attendez un peu ! s'écria alors Chris, sortant de ses gonds. Je n'ai pas vu sur cette scène une danseuse qui puisse rivaliser avec Cathy ! Pas une seule ! La fille qui faisait Clara... il y avait des moments où elle était en retard sur la musique. Cathy, elle, est toujours en mesure. Sa cadence est parfaite, son oreille est parfaite. Ce serait une chance pour vous d'avoir une telle danseuse dans votre compagnie !

Mme Rosencoff braqua sur lui ses yeux en amande.

— Vous me paraissez être une autorité en matière de chorégraphie, jeune homme, fit-elle, toujours aussi méprisante. Expliquez-moi un peu comment vous faites la distinction entre les sujets d'élite et le tout-venant ?

— Tout ce que je sais, c'est ce que je vois et ce que je ressens quand Cathy danse. Lorsque la musique commence et qu'elle se met à la suivre, mon cœur s'arrête et quand elle a fini, j'ai mal parce que c'est alors la beauté qui m'est arrachée. Elle ne se contente pas d'interpréter un rôle : elle est le personnage et vous le croyez parce qu'elle le croit. Aucune de vos danseuses ne m'émeut comme Cathy. Alors, ne vous gênez pas. Fermez-lui la porte au nez. Comme ça, ce sera un autre corps de ballet qui profitera de votre stupidité !

Elle le dévisagea longuement, puis se tourna lentement vers moi et me toisa, me jaugea de la tête aux pieds de son regard pénétrant.

— Demain, à 13 heures précises, tu viendras à mon studio pour une audition.

Ce n'était pas une requête mais un ordre auquel il n'était pas question de se soustraire. J'aurais dû être ravie : j'étais furieuse.

— Demain, ce n'est pas possible. Je n'ai pas de tutu, pas de collant, pas de chaussons, rien.

Bien sûr, tout était resté à Foxworth Hall.

— Bagatelles ! répliqua-t-elle en balayant l'argument d'un geste altier. Nous te prêterons ce qui te sera nécessaire. Viens, c'est tout. Et ne sois pas en retard. Nous exigeons que nos élèves soient disciplinés en toutes choses, y compris dans le domaine de la ponctualité.

Sur ce, elle s'éloigna d'une allure majestueuse, suivie de son mari. Moi, j'étais abasourdie, effarée et sans voix.

J'aperçus du coin de l'œil Julian Marquet auquel pas un seul mot de la conversation n'avait dû échapper. Une lueur d'intérêt et d'admiration brillait dans ses yeux.

— Tu peux être fière, Catherine, me dit-il. En général, les candidats doivent attendre des mois, sinon des années, pour passer une audition.

Le soir, je pleurai dans les bras de Chris.

— Je suis rouillée, tu comprends ? sanglotais-je. Je suis sûre que demain, je vais me couvrir de ridicule. Pourquoi ne m'a-t-elle pas laissé le temps de m'entraîner un peu? Ce n'est pas juste ! J'ai besoin de m'assouplir. Je serai raide, maladroite, et ils vont me jeter dehors, c'est tout vu !

— Allez, ne raconte pas d'histoires, répliqua Chris en me serrant plus fort contre lui. Je t'ai vue faire tes pliés, tes tendus en te tenant à la colonne de ton lit. Tu n'es ni rouillée, ni raide, ni maladroite — tu as peur, c'est tout. Un trac terrible. Ne te casse pas la tête, tu es sensationnelle. Et tu sais que je le pense. (Ses lèvres effleurèrent les miennes, il me lâcha et se dirigea vers la porte.) Je vais prier le bon Dieu pour que tu les épates. Et je me régalerai à les voir faire des yeux ronds.

Demain, cela allait être mon jour de gloire, l'occasion de montrer ce que j'étais et si je possédais le petit quelque chose d'impondérable qu'il faut avoir pour parvenir aux cimes. Il fallait que je sois la meilleure, rien de moins, sinon ce n'était pas la peine. Il fallait que je leur fasse voir à tous — à maman, à la grand-mère, à Paul, à Chris, à tout le monde — que je n'étais ni mauvaise ni corrompue, que je n'étais pas la progéniture du démon mais seulement moi-même — la première ballerine du monde !

Je me retournai dans mon lit. Mon sommeil agité fut hanté de cauchemars. Je ratais l'audition et, pis encore, je ratais toute ma vie ! Je finissais par être une vieille mendiante informe qui demandait l'aumône dans je ne sais quelle ville gigantesque. Il faisait sombre et je croisais ma mère. Elle était toujours jeune et belle, elle avait une robe splendide, des fourrures, des tas de bijoux et était escortée par l'éternellement jeune, l'éternellement fidèle Bart Winslow.

Il faisait encore nuit noire quand je me réveillai. Elle ne finirait donc jamais, cette interminable nuit ? Je descendis à pas de loup l'escalier. En bas, l'arbre de Noël était illuminé et Chris, couché par terre, le contemplait. Comme quand nous étions enfants. J'aurais dû être plus raisonnable mais je fus incapable de résister à l'envie de m'allonger à côté de lui.

— Je croyais que tu aurais oublié, murmura Chris sans me regarder. Tu te rappelles, quand nous étions à Foxworth Hall ? C'était un tout petit arbre, on le posait sur la table. Pas moyen de se coucher dessous, avec celui-là. Il ne faudra jamais oublier. Même si, plus tard, nous n'avons que des arbres de Noël de trente centimètres, on les accrochera très haut pour se coucher dessous.

Il prononça ces mots sur un ton qui m'inquiéta. Je le voyais de profil. Qu'il était beau ! Aux lumières, ses cheveux blonds prenaient toutes les nuances de l'or et de l'argent et quand ses yeux se posèrent sur moi, ils étaient aussi scintillants.

— Tu es... tu es merveilleux, dis-je d'une voix étranglée. Il y a du miel dans tes yeux. Et tous les joyaux de la Couronne d'Angleterre.

— Non, c'est ce que, moi, je vois dans les tiens, Cathy. Comme tu es belle dans ta chemise de nuit blanche ! Je t'adore avec ces chemises de nuit blanches ornées de rubans bleus. J'aime le mouvement d'éventail de tes cheveux quand tu tournes la tête et qu'ils s'abattent sur ta joue comme une pluie de soie.

Nos fronts se touchaient et je sentais son haleine tiède sur mon visage. Je me penchai en arrière et quand ses lèvres se posèrent dans le creux de ma gorge, j'eus une impression d'irréalité. Je retenais mon souffle. Longtemps, longtemps, j'attendis qu'il se redresse. Je voulais m'écarter mais ne le pouvais pas. J'éprouvais un sentiment de sérénité et cependant des frissons couraient sous ma peau.

— Cesse de m'embrasser, murmurai-je en l'étreignant plus étroitement et en collant ma gorge contre sa bouche.

— Je t'aime, fit-il d'une voix haletante. Il n'y aura jamais d'autre femme que toi dans ma vie. Quand je serai vieux, je reverrai cette nuit où nous étions allongés sous l'arbre de Noël et je me souviendrai comme c'était bon que tu me laisses te tenir ainsi.

— Chris, faut-il vraiment que tu t'en ailles pour étudier la médecine ? Ne pourrais-tu pas rester et choisir un autre métier ?

Cette fois, il releva la tête et plongea ses yeux dans les miens.

— Pourquoi me poses-tu cette question, Cathy ? C'est la seule chose que j'aie désirée toute ma vie et tu...

Je me remis à pleurer. Je ne voulais pas qu'il parte ! Je chatouillai sa joue avec une mèche de cheveux jusqu'à ce que, n'y tenant plus, il poussât un cri et plaquât sa bouche sur la mienne. Quand s'acheva ce baiser si doux, qui aurait été plus hardi s'il n'avait eu peur que je me détourne, il se mit à débiter mille folies, à me dire que je ressemblais à un ange !

— Cathy... regarde-moi ! Ne tourne pas la tête, ne fais pas semblant de ne pas voir ce que je fais, de ne pas entendre ce que je dis ! Regarde, vois la torture que tu me fais subir ! Comment pourrais-je trouver quelqu'un d'autre alors que nous ne faisons qu'un, toi et moi, que nous ne sommes qu'une seule chair ? Quand ton sang coule plus vite dans tes veines, le mien s'emballe. Quand mes yeux s'enflamment, les tiens s'embrasent... ne dis pas le contraire !

Et ses mains tremblantes commencèrent à défaire les petits boutons qui fermaient le haut de ma chemise de nuit. Je fermai les yeux. C'était à nouveau le grenier le jour où il m'avait accidentellement planté les ciseaux dans la poitrine, j'avais mal, je saignais, j'avais besoin de ses baisers pour chasser la douleur.

— Comme tu as de beaux seins, soupira-t-il en se penchant pour les caresser. Je me rappelle quand tu étais toute plate, et puis ils ont commencé à pousser. Cela t'effarouchait et tu portais tout le temps de gros pulls amples pour que je ne les voie pas. Pourquoi avais-tu honte ?

Quelque chose palpita tout au fond de moi quand il les embrassa tendrement. Pourquoi le laissai-je faire ? Mes bras l'attiraient et quand mes lèvres rencontrèrent à nouveau les siennes, peut-être étaient-ce mes doigts qui avaient déboutonné sa veste de pyjama pour que sa poitrine nue se presse contre la mienne. Nous étions emportés dans un torrent de désir inassouvi.

Soudain, je criai :

— Non ! Ce serait un péché !

— Eh bien, qu'importe !

— Alors, ne me quitte jamais ! Renonce à faire ta médecine. Reste avec moi ! ne m'abandonne pas ! J'ai peur de moi quand tu n'es pas là. Il y a des moments où je fais des choses délirantes. Chris, je t'en supplie, ne me laisse pas seule ! Je n'ai jamais été seule. Reste, s'il te plaît !

— Je dois devenir médecin. Demande-moi de renoncer à n'importe quoi d'autre, j'accepterai, mais ne me demande pas de sacrifier la seule chose qui m'a permis de tenir le coup. Renoncerais-tu à danser, toi ?

Je n'en savais rien. Je répondais à ses baisers passionnés et le brasier où nous étions plongés nous faisait dériver jusqu'aux frontières de l'enfer.

— Il y a des moments où je t'aime tant que je ne sais plus où j'en suis ! cria-t-il. Si seulement je pouvais te posséder juste une fois, tu ne connaîtrais plus la souffrance, rien que la joie !

Quand ses lèvres s'ouvrirent et que sa langue obligea les miennes à s'écarter, ce fut comme une secousse électrique !

— Je t'aime, oh ! si tu savais comme je t'aime ! Je rêve de toi, je pense à toi du matin au soir !

Et il continua à divaguer tandis que son souffle devenait de plus en plus haché jusqu'au moment où, pantelant, je l'écrasai sur mon corps, prête à le recevoir et à étancher sa soif. Ma raison disait non mais je le désirais ! J'en eus un hoquet de honte.

— Pas ici, balbutia-t-il entre ses baisers. En haut... dans ma chambre.

— Non ! Je suis ta sœur — et ta chambre est trop près de celle de Paul. Il nous entendrait.

— Alors, allons dans la tienne. Une bombe ne réveillerait pas Carrie.

Avant que j'eusse eu le temps de réagir, il m'avait prise dans ses bras et s'était précipité dans l'escalier. Une fois dans ma chambre, nous nous écroulâmes tous les deux sur mon lit. Il m'ôta ma chemise de nuit, son pyjama glissa à terre et il entreprit d'achever ce qu'il avait commencé.

Cela, je ne le voulais pas. Non, je ne le voulais pas.

— Arrête ! lui criai-je en échappant à son étreinte.

Je tombai en bas du lit. Il se jeta sur moi et nos corps nus roulèrent et s'empoignèrent, noués l'un à l'autre, jusqu'au moment où ils heurtèrent un objet dur.

Ce fut cela qui l'arrêta. Pétrifié, il contempla avec des yeux ronds le carton et son contenu : un paquet de biscuits secs, du pain, des pommes, des oranges, un morceau de cheddar, une plaquette de beurre, des boîtes de thon, de haricots et de jus de tomate. Du carton s'étaient échappés un ouvre-boîtes, des assiettes, des verres et des couverts.

— Cathy ! Qu'est-ce qui te prend de voler de la nourriture et de la cacher sous ton lit !

Je secouai la tête. Au fond, je ne savais trop pourquoi. Puis je m'assis, m'emparai de mon peignoir et le tins pudiquement devant moi.

— Va-t'en ! Laisse-moi ! Je ne t'aime que comme un frère, Christopher, pas autrement.

Il m'entoura de ses bras et posa la tête sur mon épaule.

— Excuse-moi. Oh ! je sais pourquoi tu fais ces réserves, ma chérie. Tu as peur que quelqu'un recommence à nous priver de manger pour nous punir. Ne sais-tu pas que moi seul suis capable de comprendre ? Laisse-moi t'aimer une dernière fois, Cathy, rien qu'une. Laisse-moi te donner le plaisir que je ne t'ai pas donné la première fois.

Je le giflai.

— Non ! Plus jamais ! Je croyais que tu tiendrais ta promesse. Si tu dois partir et m'abandonner pour devenir médecin, ce sera toujours non ! (Non, ce n'était pas ce que j'avais voulu dire.) Chris... ne me regarde pas comme ça, je t'en prie !

Il remit lentement son pyjama et me lança un regard triste.

— Etre un jour médecin, il n'y a pas d'autre vie possible pour moi, Cathy.

Je portai mes mains à ma bouche pour ne pas crier. Qu'est-ce qui m'arrivait ? Je ne pouvais pas exiger de lui qu'il renonce à son rêve. Je n'étais pas comme ma mère qui écrasait tout le monde pour arriver à ses fins. Je sanglotai dans les bras de mon frère. En lui j'avais déjà trouvé l'éternel printemps d'un amour qui jamais, jamais ne pourrait fleurir.

## L'AUDITION

Le lendemain de Noël, je devais être à 13 heures à Greenglenna, la ville natale de Bart Winslow et siège de l'école de danse. Tout le monde s'entassa dans la voiture du Dr Paul et nous arrivâmes avec cinq minutes d'avance.

Mme Rosencoff me dit qu'il faudrait que je l'appelle Mme Marisha si j'étais acceptée. Dans le cas contraire, je n'aurais plus jamais l'occasion de m'adresser à elle sous quelque nom que ce soit. Nous étions vingt filles et trois garçons à passer l'audition.

— Quelle musique as-tu choisie ?

— *La Belle au Bois Dormant,* répondis-je. (Je croyais que le rôle de la princesse Aurore était le plus impitoyable de tout le répertoire classique — aussi, pourquoi ne pas jouer la difficulté ? Et j'ajoutai avec forfanterie :) Je peux danser l'Adagio de la Rose toute seule.

— C'est merveilleux, fit Mme Marisha sur un ton cassant. Rien qu'à te voir, j'aurais parié que ce serait *La Belle au Bois Dormant.* (Du coup, je regrettai d'avoir voulu viser si haut.) Tu veux un maillot de quelle couleur ?

— Rose.

— Je le pensais aussi.

Elle me lança un maillot d'un rose fané et avec tout autant de désinvolture une paire de chaussons assortis qu'elle était allée pêcher au milieu de tout un fouillis et qui, si incroyable que cela paraisse, étaient exactement à ma pointure. Après m'être déshabillée et avoir enfilé le maillot et les chaussons, je m'assis devant une table face à une grande glace et entrepris de relever mes cheveux en chignon. Je n'avais nul besoin qu'on me dise que Mme Marisha voudrait voir mon larynx et que toute saillie ne manquerait pas de lui déplaire. Je le savais d'avance.

A peine étais-je prête qu'un brouhaha de voix piaillantes et de gloussements de rire envahit la pièce : Mme Marisha venait d'entrouvrir la porte pour voir où j'en étais. Ses yeux me détaillèrent sans indulgence.

— Ce n'est pas mal. Suis-moi.

Elle me fit entrer dans une vaste salle dont le parquet brillant n'était finalement pas aussi glissant qu'il en donnait l'impression. Chris, Carrie, Henny et le Dr Paul étaient assis sur les chaises destinées aux spectateurs, alignées le long des murs. Mais pourquoi donc leur avais-je demandé de venir ? Si j'échouais, ils seraient témoins de mon humiliation. Il y avait aussi quelques autres personnes, huit ou dix, mais je ne fis guère attention à elles.

Les élèves étaient groupés à l'écart. Je n'aurais pas cru qu'ils m'intimideraient autant. Evidemment, je m'étais un peu entraînée depuis mon évasion de Foxworth Hall mais sans y mettre autant d'ardeur qu'à l'époque du grenier. J'aurais dû faire des exercices toute la nuit pour m'échauffer davantage les muscles. Peut-être, alors, aurais-je été moins nerveuse.

Mon seul désir était de passer la dernière pour observer les autres, tirer parti de leurs fautes et profiter de leurs performances. Cela me permettrait de déterminer ce qu'il fallait que je fasse, moi.

Georges Rosencoff prit place au piano. J'avais une boule dans la gorge, la bouche sèche et la panique me broyait la poitrine. Mon regard balaya avec affolement la rangée des spectateurs pour s'accrocher aux yeux bleus de Chris. Comme toujours, il était là pour m'encourager de son sourire et me communiquer sa fierté, sa confiance et son admiration sans bornes. Mon cher, mon bien-aimé Christopher Doll, fidèle au poste quand j'avais besoin de lui ! Mon Dieu, priai-je silencieusement, faites que je sois bonne ! Faites que je ne déçoive pas son attente !

J'étais incapable de regarder Paul. Il voulait être mon père, pas ma pierre de touche. Si je ratais, si je lui faisais honte, il me verrait certainement d'un autre œil. Je n'aurais plus le même attrait à ses yeux. Je ne serais plus pour lui quelqu'un de très particulier.

Je sursautai quand quelqu'un me toucha le bras et me retournai vivement. C'était Julian Marquet.

— Merde, me murmura-t-il avec un sourire qui découvrait des dents très blanches et sans défaut.

Une lueur malicieuse pétillait dans ses yeux sombres. Il était plus grand que ne le sont généralement les danseurs — pas loin d'un mètre quatre-vingts — et j'allais bientôt apprendre qu'il avait dix-neuf ans. Il avait une peau aussi claire que la mienne mais, avec ses cheveux noirs, cela lui donnait un teint très pâle. Très impressionnée par sa beauté, je le remerciai de me souhaiter ainsi bonne chance.

— Tu es vraiment un joli brin de fille, fit-il d'une voix un peu rauque. Dommage que tu ne sois qu'une gamine.

— Je ne suis pas une gamine !

— Ah bon ? Alors qu'est-ce que tu es ? Une vieille dame de dix-huit ans ?

Je souris, très fière qu'il me donne cet âge-là.

— Qui sait ?

Il sourit à son tour comme si rien n'avait de secret pour lui. Et à sa façon de se vanter d'être un des danseurs les plus en vue d'un corps de ballet de New York, c'était peut-être vrai.

— Je suis seulement venu pour les vacances, histoire de rendre service à Mme Marisha, mais je retourne bientôt à New York. C'est là que je suis chez moi.

Il jeta un coup d'œil désabusé autour de lui comme si tout ce petit monde provincial l'ennuyait à mourir. Mon cœur se mit à cogner très fort. Si seulement je l'avais un jour comme partenaire !

Nous échangeâmes encore quelques propos, puis le piano amorça les premières mesures de mon morceau. D'un seul coup, je fus à nouveau seule dans le grenier, au milieu des fleurs de papier multicolores qui se balançaient au bout de leurs ficelles, seule avec mon amoureux secret qui dansait en me distançant juste d'un pas sans que je puisse jamais l'approcher suffisamment pour voir son visage. Au début, j'avais peur. Je faisais toutes les figures imposées — entrechats, ailes de pigeon, pirouettes en m'astreignant à garder les yeux grands ouverts et à faire toujours face au public. Puis le charme opéra et l'âme de la danse s'empara de moi. Plus besoin de prévoir les mouvements ni de compter. La musique me disait ce qu'il fallait faire et comment, parce que j'étais moi-même cette musique et ne pouvais me tromper. Et, comme toujours, cet homme dansait avec moi mais, cette fois, je voyais son visage ! Son beau visage si pâle, ses yeux sombres qui scintillaient, ses cheveux de jais et ses lèvres écarlates... Julian !

Je le vis comme dans un rêve mettre un genou en terre en tendant avec grâce l'autre jambe en arrière. Ses yeux me firent signe de courir et de sauter dans ses bras tendus pour me recevoir. J'étais à mi-chemin quand une atroce douleur me fouailla le ventre et je me pliai en deux en poussant un cri ! Une flaque de sang s'élargissait à mes pieds, du sang ruisselait le long de mes jambes, souillant mes chaussons roses et mon collant. Je trébuchai et tombai, prise d'une telle faiblesse que je ne pouvais plus faire un mouvement. J'entendis hurler Carrie. Je fermai les yeux. Quelqu'un me souleva. Peu m'importait qui. Les voix lointaines de Paul et de Chris me parvenaient. Le visage anxieux de mon frère flottait au-dessus de moi. Son amour ne s'y lisait que trop clairement, ce qui me réconfortait et m'effrayait en même temps car je ne voulais pas que Paul en prenne conscience. Puis les ténèbres m'engloutirent.

Ma carrière de danseuse, qui n'avait pas commencé, avait irrémédiablement pris fin.

Quand j'émergeai d'un cauchemar peuplé de sorcières, j'étais couchée dans un lit d'hôpital, Chris à mon chevet... Ces yeux bleus, mon Dieu, oh ! ces yeux bleus !

— Salut, dit-il à mi-voix en serrant doucement ma main qu'il tenait dans la sienne. J'attendais que tu te réveilles.

— Salut toi-même.

Il sourit et se baissa pour poser un baiser sur ma joue.

— En tout cas, Catherine Doll, je dois reconnaître que tu sais y faire pour mettre un point d'orgue spectaculaire à une danse !

— Eh oui ! C'est cela, le talent. Le vrai talent. J'ai l'impression que je ferais mieux de me reconvertir dans la tragédie.

— Je pense que tu le pourrais, fit-il avec un haussement d'épaules indifférent. Mais je doute que tu le fasses.

Ce fut le grand déferlement :

— Oh ! Chris ! J'ai détruit toutes mes chances ! Pourquoi ai-je saigné comme cela ?

Je savais que la peur devait décomposer mon visage. La peur qu'il devinât la cause de cette hémorragie. Il me serra très fort contre lui.

— La chance ne se présente pas une seule et unique fois dans la vie, Cathy, tu le sais bien. Demain, tu seras sur pied et en pleine forme. Tu avais simplement besoin d'un curetage. Toutes ces règles qui ne venaient pas... eh bien, cela a produit un engorgement de l'utérus et les digues se sont rompues, voilà tout.

— Qui m'a fait ce curetage ?

Je craignais que ce ne fût Paul.

— Un gynécologue ami de notre bon docteur. Le Dr Jarvis. D'après Paul, c'est le meilleur gynéco de Clairmont.

Je me laissai retomber sur mon oreiller, ne sachant que penser. Pourquoi avait-il fallu que cela se produise précisément devant tous ceux que je voulais impressionner ? Pourquoi la vie était-elle si cruelle envers moi ?

— Ouvre les yeux, gente demoiselle, reprit Chris. Tu attaches trop d'importance à quelque chose qui n'en a pas. Regarde un peu ces jolies fleurs sur la commode. Et ce sont de vraies fleurs, pas des fleurs en papier. Tu ne vois pas d'inconvénient à ce que je jette un coup d'œil sur les cartes ?

J'acquiesçai. Il marcha jusqu'à la commode et, quand il revint vers moi, il tenait une petite enveloppe blanche qu'il glissa dans ma main. Je considérai l'énorme gerbe, pensant que c'était Paul qui me l'avait envoyée, et ce fut seulement à ce moment que mes yeux se posèrent sur l'enveloppe. Je l'ouvris d'un doigt tremblant et en sortis un mot :

*J'espère que tu seras rapidement remise. Je t'attends lundi prochain à 15 heures.*

*Madame Marisha.*

Marisha ! J'étais acceptée !

— Chris ! Les Rosencoff veulent me prendre !

— Dame ! Ce seraient vraiment des idiots s'ils ne t'accueillaient pas. Mais cette femme me flanque une de ces frousses ! Elle a beau être haute comme trois pommes, je ne voudrais pas qu'elle dirige mon existence. Mais je suis sûr que tu sauras la manier. Tu pourras toujours saigner sur ses pieds !

Je me dressai sur mon séant et le pris par le cou.

— Est-ce que les choses vont bien marcher pour nous, Chris ? Crois-tu qu'elles vont vraiment bien marcher ? Aurons-nous cette chance ?

Il hocha affirmativement le menton en souriant et tendit le doigt vers un autre bouquet également accompagné d'une carte. Celui-là était de la part de Julian Marquet. *Je te reverrai à mon retour de New York, Catherine Doll,* avait-il écrit. *Alors, ne m'oublie pas.*

La porte s'ouvrit et Paul entra. Il hésita en nous voyant dans les bras l'un de l'autre, Chris et moi, puis sourit et s'approcha.

## L'ÉCOLE REVISITÉE

Vint le jour de la séparation. Nous avions passé des examens d'entrée et, à ma vive surprise comme à celle de Chris, nous avions tous obtenu d'excellents résultats. Mais aucune joie ne se lisait sur le visage rouge de fureur de Carrie qui, prête à ruer et à bourrer de coups de poing quiconque essaierait de la forcer, hurlait :

— Non ! Non ! J'veux pas aller dans une sale école privée pour des drôles de petites filles ! J'irai pas ! Tu peux pas m'obliger ! Je le dirai au Dr Paul, Cathy !

L'idée qu'elle serait pensionnaire à quinze kilomètres de Clairmont ne m'enthousiasmait pas. Chris partirait le jour suivant et je resterais seule, puisque je serais externe. Je pris Carrie sur mes genoux et lui expliquai que le Dr Paul avait choisi pour elle une école pas du tout comme les autres et qu'il avait déjà versé des sommes fabuleuses pour son inscription. Mais elle fermait les yeux de toutes ses forces et se bouchait les oreilles.

— Et ce n'est pas une école pour drôles de petites filles, Carrie, poursuivis-je d'une voix apaisante en l'embrassant sur le front. C'est une école pour les petites filles de bonne famille dont les parents peuvent se permettre de ne pas regarder à la dépense. Tu devrais être fière et heureuse que le Dr Paul soit notre tuteur.

Avais-je réussi à la convaincre ? Avais-je jamais réussi à la convaincre de quoi que ce fût ?

— J'veux quand même pas y aller ! Pourquoi que je peux pas aller à ton école à toi ? Pourquoi il faut que je sois toute seule sans personne ?

— Mais tu ne seras pas seule, ma chérie. Tu seras avec des centaines d'autres petites filles à peu près du même âge que toi. Toi, tu dois aller dans une école primaire et moi au lycée.

Je la berçai, caressai la cascade dorée de sa longue chevelure et approchai son charmant visage de poupée du mien. Oh ! Qu'elle était mignonne ! Comme elle aurait été belle si seulement son corps s'était développé en proportion !

— Nous sommes quatre à t'aimer très fort, ma Carrie : le Dr Paul, Henny, Chris et moi. Nous voulons tous que tu sois heureuse. Même si nous sommes séparés par la distance, tu seras présente dans nos cœurs, dans nos pensées — et tu reviendras à la maison tous les week-ends. Et, crois-moi ou non, mais l'école n'est absolument pas un endroit sinistre. Tu verras comme tu t'amuseras. Tu partageras une jolie chambre avec une fillette de ton âge, tu auras des maîtresses très intelligentes et, surtout, des camarades qui n'auront jamais vu une petite fille plus ravissante que toi. Tu seras contente d'être avec d'autres enfants, tu verras. Ce sera très drôle. Vous jouerez ensemble, vous formerez des sociétés secrètes, vous chuchoterez et vous poufferez de rire toute la nuit. Tu adoreras cela.

Oui. Bien sûr. Elle adorerait.

Elle ne se rendit à mes raisons qu'après avoir encore versé bien des larmes. Ses grands yeux implorants me disaient qu'elle ne capitulait que pour me faire plaisir, à moi et à son bienfaiteur. Elle l'aimait tant qu'elle aurait accepté de dormir sur une planche à clous pour lui faire plaisir. Et cette école était une vraie planche à clous pour elle.

— Et il faudra que j'y reste très, très longtemps ?

Au moment où elle posait cette question, Paul et Chris sortirent du bureau où le docteur donnait à mon frère des leçons de chimie, matière qu'il avait négligée durant notre captivité. Dès le premier regard, Paul comprit la détresse de Carrie. Il s'absenta le temps d'aller ouvrir la penderie du hall et revint presque aussitôt avec un gros paquet enveloppé de papier violet autour duquel s'enroulait un ruban de satin rouge de sept centimètres de large.

— Ça, c'est pour ma blonde préférée.

Avec un faible sourire, Carrie défit l'emballage et poussa un cri de ravissement à la vue de la mallette de cuir rouge vif. Celle-ci comprenait un compartiment toilette complet, avec un peigne, une brosse à cheveux et un miroir à la monture en or, des petits pots et des flacons en plastique. Il y avait même un sous-main pour faire son courrier.

— Ce qu'elle est belle ! s'exclama Carrie, fascinée par tout ce rouge. Je savais pas qu'on faisait des valises rouges avec des miroirs en or et tout plein de choses dedans.

Je levai les yeux vers Paul. Il ne s'imaginait quand même pas qu'une petite fille de cet âge avait besoin de se farder !

— Je sais, cela conviendrait plutôt à une grande personne, dit-il comme s'il lisait dans mes pensées, mais je voulais lui faire un cadeau qui durera longtemps. Plus tard, chaque fois qu'elle verra ce nécessaire, elle pensera à moi.

Je me levai d'un bond, me précipitai dans l'escalier pour chercher une petite boîte dans ma chambre et redescendis quatre à quatre. Je tendis la boîte en question à Carrie d'une main hésitante en me demandant si, tout compte fait, je n'avais pas tort, si ce présent n'allait pas réveiller des souvenirs.

— Ce sont de vieux amis à toi, Carrie. Quand tu seras à l'école, s'il t'arrive de te sentir un peu seule, tu n'auras qu'à ouvrir cette boîte et à regarder ce qu'il y a dedans. Mais ne la montre à personne.

Elle écarquilla les yeux à la vue des petits personnages et du bébé de porcelaine pour lesquels elle nourrissait une véritable adoration et que j'avais dérobés avant notre évasion dans la fabuleuse maison de poupées du grenier. Elle était heureuse, émue aux larmes.

— M. et Mme Parkins, balbutia-t-elle. Et la petite Clara ! D'où viennent-ils, Cathy ?

— Tu le sais très bien.

Elle me dévisagea en serrant contre son cœur la boîte que j'avais garnie de coton pour protéger les précieuses et fragiles figurines et le petit berceau de fortune taillé dans un morceau de bois.

— Cathy, où est maman ?

Dieu du ciel ! Précisément la question que je ne voulais pas qu'elle pose !

— Carrie, tu sais bien qu'il faut dire à tout le monde que papa et maman sont morts tous les deux.

— Elle est morte, maman ?

— Non, mais on doit faire comme si.

— Pourquoi ?

Force me fut de lui expliquer une fois de plus que nul ne devait savoir qui nous étions vraiment ni que maman était toujours vivante, sans quoi on nous ramènerait dans l'affreuse chambre de l'aile nord. Assise par terre à côté de la superbe valise rouge, la boîte aux poupées sur les genoux, elle fixait sur moi ses grands yeux où se lisait une totale incompréhension.

— Je parle sérieusement, Carrie ! Tu ne dois jamais dire à personne que tu as de la famille sauf à Chris, à moi, au Dr Paul et à Henny. Tu comprends ?

Elle opina, mais, non, elle ne comprenait pas. Ses lèvres qui frémissaient et son expression mélancolique ne trompaient pas : elle avait toujours la nostalgie de sa maman.

L'aube du triste jour où il fallut conduire Carrie à sa pension pour jeunes filles du meilleur monde se leva. C'était un vaste édifice blanc avec sa traditionnelle colonnade tout aussi blanche. FONDE EN 1824, proclamait la plaque de cuivre du portail.

Nous fûmes reçus dans un confortable bureau par l'une des descendantes du fondateur, Mlle Emily Dean Dewhurst, superbe femme au port majestueux, aux cheveux de neige dont aucune ride ne trahissait l'âge.

— C'est une enfant adorable, docteur Sheffield, dit-elle à Paul. Soyez assuré que nous ferons l'impossible pour qu'elle soit heureuse dans cette maison.

En serrant Carrie toute tremblante dans mes bras, je lui soufflai à l'oreille :

— Allez, fais un effort et ne te laisse pas abattre. Tiens bon. Tu n'es pas abandonnée, tu sais. Nous viendrons te chercher toutes les semaines. Ce n'est quand même pas si terrible, n'est-ce pas ?

Elle se rasséréna, m'adressa un pauvre petit sourire et murmura d'une voix hésitante :

— Non. Ça ira bien.

J'avais le cœur brisé en repartant.

Le lendemain, ce fut au tour de Chris de prendre le chemin du collège. Le voir préparer ses affaires me déprimait. Je le regardais faire sans parler — j'en étais bien incapable. Quand nos yeux se croisaient, nous détournions la tête.

Son collège était encore plus loin de Clairmont que la

pension de Carrie. Nous fîmes une cinquantaine de kilomètres pour arriver au campus, ensemble de bâtiments de brique rose flanqués de l'inévitable portique à colonnes blanches. Devinant que nous avions besoin d'être seuls, Paul nous laissa, nous disant qu'il avait très envie de voir les jardins.

En fait, nous n'étions pas vraiment seuls. Nous nous étions réfugiés dans une sorte de niche derrière une baie panoramique et des étudiants ne cessaient d'aller et venir pour nous examiner sans vergogne comme si nous étions des bêtes curieuses. J'aurais tant voulu être dans les bras de Chris, sentir sa joue contre la mienne pour cet adieu à l'amour, un adieu définitif !

— Chris, que vais-je devenir sans toi ?

J'étais au bord des larmes.

Les reflets changeants qui jouaient dans ses yeux bleus étaient le kaléidoscope de ses émotions.

— Rien ne sera changé, Cathy, fit-il d'une voix nouée, étreignant ma main avec force. La prochaine fois que nous nous reverrons, nous serons toujours pareils. Je t'aime. Et, que ce soit bien ou mal, je t'aimerai toujours, je n'y peux rien. Je travaillerai avec tant d'acharnement que je n'aurai pas le temps de penser à toi, ni de te regretter, ni de me demander ce que tu fais.

— Et tu seras le plus jeune diplômé de la faculté de médecine qu'on ait jamais vu, raillai-je d'une voix qui n'était pas moins nouée que la sienne. Garde un peu d'amour pour moi dans ton cœur comme je le ferai pour toi. Nous ne pouvons pas commettre la même erreur que nos parents.

Il poussa un soupir déchirant en contemplant le parquet — à moins que ce ne fussent mes pieds chaussés de souliers à hauts talons qui affinaient mes jambes.

— Veille sur toi, Cathy.

— Toi aussi. Mais ne travaille quand même pas trop. Distrais-toi un peu. Et écris-moi au moins une lettre par jour.

— Comme tu es belle ! Trop, peut-être. Quand je te regarde, je revois notre mère. Tu as la même façon d'agiter les mains et de pencher la tête de côté... Tâche de ne pas trop jouer de ton charme sur le docteur. Après tout, ce n'est qu'un homme, tu sais. Il n'a pas de femme et vous allez vivre tous les deux sous le même toit. (Il me regarda gravement.) Ne te lance pas imprudemment dans je ne sais quelle aventure pour tenter d'étouffer les sentiments que tu éprouves à mon égard. Je parle sérieusement, Cathy.

— Je te promets de bien me conduire.

C'était une promesse fragile, à présent que Chris avait éveillé en moi cet appétit primordial qui aurait dû rester assoupi jusqu'à ce que je sois assez mûre pour le contrôler. Maintenant, mon seul désir était qu'il soit assouvi, était d'être aimée par quelqu'un auprès de qui je me sentirais heureuse.

— Paul est un type formidable, Cathy. Je l'aime beaucoup. Carrie aussi. Et toi, que ressens-tu pour lui ?

— La même chose que Carrie et toi. De la gratitude. Cela n'a rien de répréhensible.

— Il n'a jamais eu une attitude ambiguë avec toi ?

— Non. Il est la correction même.

— J'ai vu comme il te regarde, Cathy. Tu es si belle, si jeune, si... (Il rougit brusquement, s'interrompit et tourna la tête d'un air coupable.) C'est moche de parler comme ça, reprit-il alors qu'il a tant fait pour nous, mais il y a des moments où je me dis que s'il nous garde, c'est seulement à cause... eh bien, à cause de toi. Parce qu'il a envie de toi.

— Voyons, Chris, il a vingt-cinq ans de plus que moi ! Comment peux-tu penser une chose pareille ?

Ma réponse parut le rasséréner.

— Tu as raison. Tu es sa pupille et la différence d'âge est trop grande. Il doit certainement y avoir dans les hôpitaux quantité de ravissantes créatures qui ne demanderaient pas mieux que de partager sa vie. Tu es en sécurité avec lui.

Il avait retrouvé son sourire. Il me serra doucement contre lui et posa ses lèvres sur les miennes en un baiser tendre et léger, un au-revoir-à-bientôt.

— Excuse-moi pour ce qui s'est passé la nuit de Noël, murmura-t-il.

Il fallait maintenant se quitter. Quel déchirement! Comment pourrais-je vivre loin de lui ? Encore un cadeau qu'elle nous avait fait, *elle!* Par sa faute, nous étions beaucoup trop attachés l'un à l'autre, infiniment plus que nous n'aurions dû. Oui, c'était sa faute — tout était sa faute !

— Ne travaille quand même pas trop répétai-je. Sinon tu auras bientôt besoin de porter des lunettes.

Il sourit, me le promit et esquissa un geste d'adieu. Nous étions aussi incapables l'un que l'autre de prononcer le mot « au revoir ». Je ressortis en courant, les yeux brouillés de larmes, montai dans la voiture et là, me recroquevillant sur moi-même, je me mis à sangloter sans retenue, comme il arrivait à Carrie de le faire.

Soudain, Paul surgit de nulle part et prit place au volant. Il mit le contact, fit une marche arrière et démarra en direction de la route. Il n'eut l'air de remarquer ni mes yeux rouges ni le mouchoir trempé que je serrais dans ma main.

Bien carré dans son fauteuil, détendu, il conduisait avec une adresse désinvolte et fluide. J'observai ses mains puissantes et soignées. Après les yeux, ce sont les mains que je regarde chez un homme. Puis mon regard glissa sur ses jambes. Son pantalon de lainage bleu moulait ses cuisses musclées — trop, peut-être, car une subite bouffée de sensualité chassa d'un seul coup ma tristesse.

La large chaussée noire était bordée d'arbres gigantesques aux troncs noueux.

— Ce sont des magnolias de Bull Bay, m'expliqua Paul. Dommage qu'ils ne soient pas en fleur mais cela ne tardera pas. Les hivers sont courts, chez nous. Prends garde à ne jamais respirer ou toucher une fleur de magnolia car elle se flétrirait et mourrait aussitôt.

Son coup d'œil narquois me laissa perplexe. Parlait-il sérieusement ou plaisantait-il ?

— Avant votre arrivée à tous les trois, enchaîna-t-il, j'appréhendais de rentrer à la maison, tant la solitude m'était insupportable. Maintenant, je suis impatient de rentrer. C'est bon d'être à nouveau heureux.

Dès que nous fûmes arrivés, il alla s'enfermer dans son bureau et je montai dans ma chambre où j'essayai de chasser mes idées noires en faisant des exercices d'assouplissement à la barre. Paul ne dîna pas à la maison, ce qui n'arrangea rien. Je décidai d'aller me coucher tôt. Toute seule. J'étais toute seule. Carrie n'était plus là. Chris, mon point d'appui, non plus. Pour la première fois de notre vie, nous ne dormirions pas sous le même toit. Comme ma petite sœur me manquait ! J'avais terriblement peur. Le silence de la maison et les ténèbres de la nuit hurlaient à mes oreilles. *Seule, tu es seule, seule, personne ne se soucie de toi.* Je décidai qu'un verre de lait chaud me ferait du bien. Il paraît que cela fait dormir. Et j'avais besoin de dormir.

## ENCHANTERESSE ?

Le feu mourant rougeoyait dans le salon. Paul, qui avait mis sa veste d'intérieur rouge, était assis dans un profond fauteuil devant la cheminée. Les bûches n'étaient plus que des braises. Il tirait placidement sur sa pipe.

Etourdiment — j'agis souvent étourdiment —, je m'approchai sans bruit. J'étais pieds nus. Comme c'était gentil d'avoir tout de suite mis la veste que nous lui avions offerte ! De mon côté, je portais l'impalpable peignoir turquoise assorti à la chemise de nuit qui était son cadeau de Noël.

Il sursauta quand il me vit ainsi debout en pleine nuit mais garda le silence pour ne pas briser le charme.

Il y avait bien des choses que j'ignorais sur mon propre compte et je ne compris pas quelle impulsion me fit tendre la main pour lui caresser la joue. Sa peau était rêche. Il aurait eu besoin de se raser. Il rejeta la tête en arrière et leva son visage vers le mien.

— Pourquoi fais-tu cela, Catherine ?

Il avait posé la question d'une voix sévère et froide et je me serais sentie mortifiée si je n'avais vu le désir briller dans ses yeux limpides. J'avais déjà vu d'autres yeux luire de désir.

— Vous n'aimez pas que l'on vous caresse la joue ?

— Pas quand c'est une séduisante jeune personne portant un déshabillé transparent et qui a vingt-cinq ans de moins que moi.

— Vingt-quatre ans et sept mois, rectifiai-je. Et ma grand-mère n'avait que seize ans quand elle s'est mariée avec un homme de cinquante-cinq ans.

— Elle était folle. Et lui aussi.

— Ma mère disait qu'elle avait été une bonne épouse, ajoutai-je gauchement.

— Pourquoi n'es-tu pas dans ton lit ? fit-il alors sur un ton sec.

— Je n'arrivais pas à dormir. Je suis trop énervée à l'idée d'aller en classe demain.

— Eh bien, remonte te coucher. Il faut que tu sois en pleine forme.

Je me préparais à obéir, c'est vrai, car je pensais toujours à mon lait chaud, mais j'avais aussi d'autres idées en tête, qui me séduisaient davantage.

— Docteur Paul...

— J'ai horreur que tu m'appelles comme ça ! Dis Paul simplement ou tais-toi.

— Je pensais bien faire. C'est par respect.

— Fiche-moi la paix avec ton respect ! Je ne suis pas différent des autres hommes. Un médecin n'a pas le privilège de l'infaillibilité, Catherine.

— Pourquoi m'appelez-vous Catherine ?

— Pourquoi pas ? C'est ton nom et cela fait moins petite fille que Cathy.

— Tout à l'heure, quand je vous ai touché la joue, vous m'avez regardée comme si vous ne vouliez pas que je grandisse.

— Tu es une sorcière. D'une seconde à l'autre, la petite fille naïve que tu étais s'est transformée en une femme provocante — une femme qui avait l'air de très bien savoir ce qu'elle faisait en me caressant la joue.

Je détournai les yeux, incapable de soutenir son regard. J'avais très chaud, j'étais mal à l'aise et je regrettais de n'être pas allée directement à la cuisine.

— Catherine, je vais te poser une question. Cela ne me regarde pas mais il le faut. Qu'y a-t-il exactement entre ton frère et toi ?

Mes genoux se mirent à trembler. *Mon Dieu ! Cela se voyait donc sur notre visage ?* Il n'avait pas le droit de me demander cela ! Le simple bon sens et la raison auraient dû me paralyser la langue et m'interdire de répondre sur un ton penaud, comme je le fis néanmoins :

— Seriez-vous choqué si je vous disais que quand nous étions enfermés dans la même pièce, toujours ensemble, il nous arrivait parfois de ne pas nous considérer tout à fait comme frère et sœur ? Il avait installé une barre dans le grenier pour que j'entretienne mes muscles et garde l'espoir de devenir un jour une ballerine. Pendant que je dansais, il était dans la salle d'études, plongé dans ses encyclopédies. Lorsqu'il entendait la musique, il venait et restait dans l'ombre à me regarder...

— Continue.

Je m'étais tue. La tête baissée, je revivais les jours

passés. J'avais oublié Paul. Brusquement, il se pencha en avant, me saisit par la taille et m'attira sur ses genoux.

— Dis-moi la suite.

Je ne le voulais pas mais son regard brûlant était impératif. On eût dit un autre homme. J'avalai ma salive et repris avec réticence :

— La musique a toujours eu un drôle d'effet sur moi, même quand j'étais petite. Elle me met dans un état second, elle me transporte et me fait danser. Et quand je suis ainsi en transe, rien ne peut me faire descendre des sommets, à moins de ressentir de l'amour pour quelqu'un. Si je redescends, si je sens le sol sous mes pieds et qu'il n'y ait personne à aimer, j'ai l'impression d'être creuse et vide. Et je n'aime pas ça.

— Ainsi, tu dansais en te laissant emporter par ton imagination et quand tu reposais les pieds par terre, la seule personne que tu trouvais à aimer était ton frère ? C'est bien cela ? C'était un amour d'une autre nature que celui que tu réservais aux petits jumeaux, n'est-ce pas ? (Sa voix était cinglante.) Tu étais comme une mère pour eux, je le sais. Il suffit de te voir quand tu regardes Carrie ou quand tu prononces le nom de Cory. Mais quelle sorte d'amour éprouves-tu pour Christopher ? Un amour maternel ? Fraternel ? Ou bien... (Il s'interrompit, rougit et me secoua.) Que faisais-tu avec ton frère quand vous étiez enfermés et seuls ?

Prise de panique, je fis un signe de dénégation et repoussai ses mains agrippées à mes épaules.

— Nous nous conduisions convenablement. Nous faisions de notre mieux.

— Vous faisiez de votre mieux ! explosa-t-il avec tant de violence et de brutalité que c'était à croire que l'homme bon et affable n'existait plus. C'est un peu court comme réponse !

— Vous n'avez pas besoin d'en savoir davantage, ripostai-je sur le même ton. Vous m'accusez de vouloir vous séduire. Mais qu'est-ce que vous faites, vous ? Vous suivez chacun de mes mouvements. Vous me déshabillez du regard. Vous me faites l'amour avec les yeux. Vous me parlez de cours de danse, vous envoyez mon frère au collège pour qu'il se prépare à faire sa médecine. Tôt ou tard, vous exigerez votre paiement, et je sais à quel genre de paiement vous pensez ! (D'un geste brusque, j'écartai les pans de mon peignoir, révélant le haut transparent de ma chemise de nuit.) Regardez les cadeaux que vous m'offrez ! Est-ce que c'est une chemise de nuit pour une fille de quinze ans ? Non, c'est une chemise de nuit pour une jeune mariée le soir de ses noces ! Pourtant, vous me l'avez donnée. Vous avez vu la tête que faisait Chris — et vous n'avez même pas eu la décence de rougir !

Son rire me nargua. Son haleine brûlante était chargée du puissant arôme du vin qu'il buvait avant de monter se coucher. Son visage était si près du mien que je distinguais chacun des poils noirs qui se hérissaient sur ses joues. C'est à cause du vin, seulement à cause du vin qu'il se comporte de cette façon, songeai-je. N'importe quelle femme sur ses genoux ferait son affaire — n'importe laquelle ! Par taquinerie, il effleura la pointe de mes seins, puis, s'enhardissant, glissa ses mains à l'intérieur de mon corsage et ce contact inattendu m'enflamma. Mes seins se durcirent et ma respiration se fit aussi haletante que la sienne.

— Te déshabillerais-tu pour moi, Catherine ? fit-il dans un murmure railleur. Accepterais-tu de t'asseoir nue sur mes genoux et de me laisser user de toi à mon gré ? Où me fracasserais-tu le crâne avec ce cendrier en verre de Venise ?

Subitement, il écarquilla les yeux, stupéfait de ce qu'il était en train de faire, et retira en toute hâte sa main comme si ma peau le brûlait. Je ramenai le peignoir sur ma poitrine. Il contemplait maintenant mes lèvres entrouvertes dans l'attente d'un baiser et je crois bien qu'il avait l'intention de m'embrasser avant de se ressaisir et de me chasser. Ce fut alors qu'un coup de tonnerre retentit juste au-dessus de nos têtes et qu'un éclair déchira le ciel. La foudre était tombée sur une ligne téléphonique. Je sursautai en poussant un cri.

Il émergea de sa brume aussi brusquement qu'il avait retiré sa main de mon corsage et redevint celui qu'il était d'habitude — un homme détaché et solitaire, appliqué à garder ses distances.

— Mais qu'est-ce que tu fabriques sur mes genoux à moitié nue ? s'exclama-t-il d'un ton cassant. Pourquoi m'as-tu laissé faire ?

Je ne répondis rien. Je voyais à la lueur des braises et des éclairs intermittents qu'il avait honte. Il s'en voulait à mort et se traitait de tous les noms. C'était ma faute. Comme toujours.

— Je suis désolé, Catherine. Je ne sais pas ce qui m'a pris.

— Je vous pardonne.

— Pourquoi ?

— Parce que je vous aime.

— Non, tu ne m'aimes pas, répondit-il avec calme. Tu es seulement reconnaissante de ce que j'ai fait pour vous.

— Je vous aime et je serai à vous quand vous le voudrez. Vous pouvez toujours prétendre que vous ne m'aimez pas, mais c'est un mensonge. Je lis dans vos yeux que vous m'aimez chaque fois que vous les posez sur moi. (Je me serrai contre lui et l'obligeai à me regarder en face.) Quand j'étais enfermée, je me suis juré que, lorsque je serais libre, si l'amour frappait à ma porte, je le laisserais entrer. Le jour de mon arrivée, j'ai découvert l'amour dans vos yeux. Vous n'aurez pas besoin de m'épouser mais seulement de m'aimer quand vous en aurez envie.

Il m'entourait de ses bras, nous regardions l'orage se déchaîner. L'hiver luttait avec le printemps et ce fut finalement lui qui l'emporta. Le tonnerre s'était tu, les éclairs s'en étaient allés. Il ne tombait plus que de la grêle et je me sentais en parfait accord avec moi-même. Nous nous ressemblions beaucoup, lui et moi.

— Pourquoi n'as-tu pas peur de moi ? me demanda-t-il tandis que ses mains puissantes et douces caressaient mes cheveux. Tu sais que tu ne devrais pas être là, que tu ne devrais pas me laisser te tenir ainsi, te toucher.

— Je ne suis pas une dépravée, Paul, dis-je d'une voix hésitante. Chris non plus. C'est vrai, nous avons fait de notre mieux dans notre prison. Mais nous grandissions, enfermés dans la même pièce. La grand-mère avait institué une ribambelle d'interdictions et nous n'avions même pas le droit de nous regarder. Je crois que je sais pourquoi, maintenant. Mais nos yeux se croisaient souvent et Chris me réconfortait sans avoir besoin de prononcer un mot. Il disait que je faisais la même chose pour lui. Ce n'était pas mal, n'est-ce pas ?

— Je n'aurais pas formulé une pareille exigence. Vous étiez bien forcés de vous regarder, naturellement. Si nous avons des yeux, c'est pour nous en servir.

— Nous avons vécu si longtemps dans ces conditions ! Je ne sais pas trop ce que pensent les filles de mon âge mais, moi, depuis que je suis haute comme trois pommes, j'ai toujours été sensible à la beauté. Sous toutes ses formes. Rien que de voir le soleil effleurer les pétales d'une rose, la lumière qui révèle les nervures d'une feuille en contre-jour ou les irisations de l'asphalte après la pluie, je suis aux anges. Je me sens belle. La musique me transporte plus que tout, surtout celle qui a ma prédilection, la musique de ballet. Je n'ai plus besoin de soleil, de fleurs ou d'air pur. A ce moment, il se produit comme un déclic et l'endroit où je suis se transforme magiquement en palais de marbre. Ou bien, je cours librement dans la forêt. C'était ce qui se passait dans le grenier et il y avait toujours un homme qui dansait avec moi. Il était juste hors de ma portée, nous ne nous touchions jamais, et ce n'était pourtant pas faute d'essayer. Je n'ai jamais vu son visage malgré le désir que j'en avais. Une fois, j'ai prononcé son nom mais, quand je me suis réveillée, je l'avais oublié. J'ignore qui est cet homme mais je pense que je suis amoureuse de lui. Quand je vois un garçon aux cheveux noirs, à la démarche souple, je crois que c'est lui.

— Mais c'est que nous sommes d'un romantisme échevelé ! fit Paul avec un rire léger.

— Vous vous moquez de moi. Vous me considérez seulement comme une enfant et vous vous dites que si vous m'embrassiez, ce ne serait pas drôle.

Souriant, il releva le défi. Lentement, lentement il inclina la tête et nos lèvres se rencontrèrent. Oh ! C'était donc cela, le baiser d'un étranger ! Mes bras étaient parcourus de fourmillements et tous mes nerfs, ces nerfs dont une « enfant » est censée être privée, s'embrasaient. Je reculai avec effroi. J'étais pervertie, j'étais corrompue, j'étais toujours la progéniture du diable !

Et Chris serait scandalisé !

— Mais qu'est-ce que nous sommes en train de faire ! s'écria Paul, sortant de l'envoûtement auquel il avait succombé. Tu es très belle, Catherine, mais tu n'es qu'une enfant. (Il crut deviner mes raisons et une ombre passa dans ses yeux.) Je voudrais que tu t'enfonces une chose dans ta jolie petite tête : tu ne me dois rien, absolument rien. Ce que j'ai fait pour toi, pour ton frère et pour ta sœur, je l'ai fait de bon cœur et avec joie, sans attendre le moindre paiement. D'aucune sorte... tu m'as compris ?

— Mais... mais... j'ai toujours détesté entendre la pluie crépiter et le vent hurler la nuit, bredouillai-je. C'est la première fois de ma vie où je me sens bien et en sécurité devant ce feu, auprès de vous.

— En sécurité ? Tu te sens en sécurité alors que tu es sur mes genoux et que tu m'embrasses de cette manière ? De quelle étoffe crois-tu donc que je suis fait ?

— Vous êtes comme tous les hommes, mais en mieux.

— Catherine, j'ai commis beaucoup de fautes dans ma vie et vous m'avez tous trois donné l'occasion de me racheter. (Sa voix avait retrouvé sa douceur.) Si jamais il m'arrive encore ne serait-ce que de poser la main sur toi, je veux que tu hurles, que tu appelles au secours. Et s'il n'y a personne, enferme-toi dans ta chambre ou assomme-moi avec le premier objet contondant venu !

— Et moi qui croyais que vous m'aimiez, murmurai-je.

Les larmes me vinrent aux yeux. J'étais à nouveau une enfant punie pour avoir été présomptueuse. Quelle bêtise d'avoir cru que l'amour frappait déjà à ma porte !

Paul m'aida à me remettre debout et me dévisagea, mais sans détacher ses mains de ma taille.

— Mon Dieu ! soupira-t-il. Que tu es belle et désirable ! Ne me tente pas trop, Catherine... pour ton bien.

— Vous n'êtes pas obligé de m'aimer, répliquai-je en baissant la tête, toute honte bue. Servez-vous de moi quand vous en éprouverez le besoin, je n'en demande pas plus.

Il me lâcha et se laissa aller contre le dossier du fauteuil.

— Que je ne t'entende jamais répéter une chose pareille, Catherine. Tu ne vis pas dans la réalité mais dans un univers de rêves. Il est dangereux pour les petites filles de jouer aux jeux des adultes. Réserve-toi pour celui qui sera ton mari mais, je t'en supplie, attends d'avoir grandi. Ne te jette pas dans les bras du premier homme qui te désirera.

Je fis un pas en arrière quand il se leva et s'approcha de moi. A présent, il m'effrayait.

— Tout Clairmont a les yeux fixés sur nous, ma belle enfant. Les gens se posent des questions, ils se perdent en conjectures. Je n'ai pas une réputation de petit saint, tu sais. Aussi, pour la tranquillité d'esprit de ma clientèle comme pour la paix de mon âme et le repos de ma conscience, tiens-toi à l'écart de moi. Je ne suis qu'un homme.

Je reculai encore et remontai l'escalier en courant comme si j'étais poursuivie. Parce que, finalement, il n'était pas le genre d'homme que je voulais. Pas lui... un médecin, peut-être un coureur de jupons. C'était bien le dernier qui pouvait exaucer mes rêves romanesques d'un amour semblable à un éternel printemps !

Le lycée où Paul m'avait inscrite était un grand établissement moderne. Il y avait même une piscine couverte. Mes camarades trouvaient que j'étais jolie mais que j'avais un drôle d'accent, un accent yankee, et cela les faisait rire. Je n'aimais pas qu'on se moque de moi. Je n'aimais pas être différente. Je voulais être comme les autres mais j'avais beau essayer, c'était en vain : j'étais différente. Comment aurait-il pu en être autrement ? C'était *elle* qui m'avait rendue différente.

Il n'y avait qu'un seul endroit où j'étais à mon aise. Dès la classe finie, je sautais dans le bus pour aller à mon cours de danse. En se préparant, les filles se racontaient leurs secrets, échangeaient des plaisanteries idiotes et des histoires « osées ». Elles ne parlaient que de sexe. C'étaient des conversations puériles et stupides. Fallait-il garder sa virginité pour son futur mari ? Se laisser peloter nue ou tout habillée par les garçons ? ou « aller jusqu'au bout » ? Comment manœuvrer pour arrêter un type après l'avoir « innocemment » allumé ?

Comme j'avais l'impression d'être beaucoup plus mûre que les autres, je ne participais pas à ces discussions. Si l'idée folle m'était venue de leur parler de mon passé, des années pendant lesquelles j'avais vécu « nulle part », de l'amour qui avait germé dans ce désert, quelle tête elles auraient fait ! Mais je ne leur reprochais rien. Non, je ne blâmais personne, sauf celle qui était responsable de tout : maman !

Tous les jours, on commençait par travailler à la barre. La barre n'était pas faite pour qu'on s'y cramponne : elle servait simplement à nous donner de l'équilibre, à nous permettre de contrôler nos mouvements avec grâce. Nous y exécutions pliés, tendus et glissés, fondus et ronds de jambe à terre — et ce n'était pas facile. Par moments, le pivotement des hanches était si douloureux que j'en aurais hurlé. Et quand nous étions échauffées, nous recommencions tout depuis le début mais, cette fois, sans l'aide de la barre.

Et ce n'était encore là que le b-a ba. Ensuite, cela devenait de plus en plus compliqué et l'entraînement demandait une adresse technique qui avait quelque chose d'effrayant.

Mais quand on me disait que j'étais bonne, excellente même, cela me payait de mes peines. Finalement, je n'avais pas perdu mon temps quand je dansais dans le grenier, me disais-je en effectuant sans fin des pliés un-deux tandis que Georges tapait sur son antique piano.

Et il y avait Julian.

Quelque chose le ramenait perpétuellement à Clairmont. Je pensais que c'était son narcissisme, la délectation de faire étalage de sa virtuosité extraordinaire tandis que, assises par terre, nous faisions cercle autour de lui. Ses bonds incroyables défiaient la pesanteur et, quand il faisait un grand jeté, il retombait avec la légèreté d'une plume. Un jour, il me dit que c'était « son » style qui ajoutait quelque chose de particulier à la représentation.

— Vraiment, Cathy, tant que tu n'auras pas vu ce qu'on fait à New York, tu ne sauras pas ce que c'est que le ballet.

Je lui demandai alors, puisque rien ne valait New York, pourquoi il était aussi souvent à Clairmont.

— Il faut bien que je rende visite à mes parents, me répondit-il avec détachement. Mme Marisha est ma mère, tu sais.

— Ah non, je ne savais pas.

— Dame ! Je préfère ne pas m'en vanter. (Brusquement, il m'adressa un sourire d'une espièglerie diabolique.) Est-ce que tu es encore vierge ?

Je répliquai que cela ne le regardait pas et il éclata de rire.

— Tu as trop de talent pour moisir dans ce bled, Cathy. Tu es différente. Je ne sais trop à quoi ça tient mais, à côté de toi, les autres filles ont l'air de potiches. Quel est ton secret ?

— Quel est le tien ?

Il sourit à nouveau et posa d'autorité sa main sur ma poitrine.

— Je suis génial, c'est tout. Je suis le plus grand et le monde entier ne tardera pas à le savoir.

Je lui envoyai rageusement une claque sur la main et reculai non sans lui marcher sur le pied.

— Arrête !

Du coup, je cessai brusquement de l'intéresser et, interloquée, je restai bouche bée tandis qu'il s'éloignait.

En général, je passais mes soirées avec Paul. Sa conversation était passionnante quand il n'était pas trop fatigué. Il me parlait de ses patients en respectant leur anonymat, ou de sa jeunesse. Il avait toujours voulu être médecin, comme Chris. Parfois, on regardait la télévision ; ou bien il m'emmenait voir un film.

— Avant, je n'allais jamais au cinéma, m'avoua-t-il.

— Jamais ?

— Presque jamais. Quelquefois, j'avais un rendez-vous galant mais depuis que tu es là, le temps file à la vitesse de l'éclair et je ne sais pas à quoi je l'utilise.

— A me parler. Je crois que j'en sais plus long sur vous que sur n'importe qui, à part Chris et Carrie.

— Non, je ne t'ai pas tout dit sur moi, fit-il alors d'une voix presque étouffée.

— Pourquoi ?

— Tu n'as pas besoin de connaître tous mes ténébreux secrets.

— Moi, je vous ai confié les miens et vous ne m'avez pas flanquée à la porte pour autant.

— Allez, monte te coucher, Catherine.

Je bondis sur mes pieds, lui piquai un baiser sur la joue — elle était toute rouge — et montai l'escalier quatre à quatre. Une fois arrivée en haut, je me retournai. Il était planté au bas de la rampe, la tête levée comme si mes jambes que dévoilait ma nuisette rose l'hypnotisaient.

— Et je te serais obligé de ne pas te balader dans la

maison dans cette tenue ! s'exclama-t-il. Tu devrais mettre une robe de chambre.

— C'est vous qui m'avez fait cadeau de toutes ces choses, docteur. Je pensais que vous vouliez me voir les porter...

— Tu penses trop.

Je me levais tôt le matin, avant 6 heures, pour prendre le petit déjeuner avec lui. Il aimait que je sois là, bien qu'il ne me l'eût jamais avoué. Cela se voyait. Je l'avais ensorcelé, je lui avais jeté un charme. J'apprenais un peu plus chaque jour à me comporter comme maman.

Je crois qu'il essayait de m'éviter mais je ne le laissais pas faire. Chris et Carrie me manquaient terriblement et s'il n'y avait pas eu Paul, j'aurais commencé toutes mes journées dans les larmes. Ce n'était qu'à la fin de la semaine, quand mon frère et ma sœur étaient de retour, que Paul paraissait réellement à l'aise avec moi. Et pourtant, le reste du temps, quelque chose jaillissait entre nous, une étincelle subtile, insaisissable, qui révélait qu'il était aussi attiré par moi que je l'étais par lui. Je me demandais si ses raisons étaient les mêmes que les miennes. Cherchait-il à échapper au souvenir de Julia en me faisant une place dans son cœur, tout comme j'essayais, moi, d'échapper à Chris ?

Mais sa mauvaise conscience était loin d'égaler la mienne — du moins était-ce ce que je me figurais alors. J'étais convaincue d'être la seule à avoir un si horrible passé, je ne pouvais imaginer qu'il pût y avoir quoi que ce fût de ténébreux dans la vie d'un être aussi bon et aussi noble que Paul.

Deux semaines plus tard, Julian débarquait à nouveau de l'avion de New York. Cette fois, il me fit comprendre de la façon la plus claire que c'était uniquement pour me revoir qu'il avait fait ce voyage. J'en fus flattée et, en même temps, j'étais intimidée : il était déjà une vedette alors que moi, j'en étais encore au stade des espérances. Il avait une vieille guimbarde qui, disait-il, ne lui avait coûté que le temps qu'il avait consacré à récupérer des pièces dans un cimetière de voitures, pour la remettre en état.

— Mon second amour après la danse, c'est de bricoler les bagnoles, m'expliqua-t-il en me reconduisant après le cours de danse. Plus tard, quand je serai riche, j'aurai trois ou quatre voitures de luxe. Peut-être même sept — une pour chaque jour de la semaine.

J'éclatai de rire : cela me paraissait si excessif et ostentatoire !

— Cela rapporte donc tant que ça, la danse ?

— Oui, quand on est tête d'affiche, répondit-il sur le ton de la confidence. (Il m'adressa un long regard appuyé tandis que sa caisse à savon poussait des gémissements poussifs.) Tu adorerais New York, Cathy. Il y a tant de choses là-bas à faire, à voir et à connaître ! Le médecin chez qui tu habites n'est pas ton vrai père, tu n'as aucune raison de rester à croupir ici pour lui faire plaisir. Tu devrais venir à New York le plus tôt possible. Réfléchis-y. (Il me passa le bras autour des épaules et me serra contre lui.) Quelle équipe on ferait, tous les deux !

Et, d'une voix câline, il entreprit de décrire sous les couleurs les plus riantes ce que serait notre vie à New York. Il allait de soi que je serais sous son aile et dans son lit.

Je m'écartai de lui.

— Nous ne savons rien l'un de l'autre, protestai-je. Je ne connais pas ton passé et tu ne connais pas davantage le mien. Nous n'avons rien de commun et si tes attentions me flattent, tu me fais aussi un peu peur.

— Pourquoi ? Je n'ai pas l'intention de te violer.

Je lui en voulus d'avoir dit cela. Ce n'était pas de me faire violer que je redoutais. En fait, je ne savais pas pourquoi il m'effrayait. Peut-être parce que j'avais davantage peur de moi quand j'étais avec lui.

— Explique-moi qui tu es, Julian Marquet. Parle-moi de ton enfance, de tes parents. Dis-moi pourquoi tu es la divine surprise du monde de la danse et la coqueluche de toutes les femmes.

Il alluma une cigarette.

— Passons la soirée ensemble et je répondrai à toutes tes questions.

Il s'arrêta devant la grande maison de Bellefair Drive et je balayai du regard les fenêtres que dorait le soleil couchant. Je distinguai vaguement la silhouette de Henny qui essayait de voir qui s'était garé au bord du trottoir. Je pensai à Paul mais, surtout, à Chris, mon autre moi-même — en mieux. Julian aurait-il son approbation ? J'en doutais mais je n'en acceptai pas moins l'invitation.

## PREMIER RENDEZ-VOUS

J'hésitais à parler de Julian à Paul. C'était un samedi. Chris et Carrie étaient à la maison et, en toute franchise, j'aurais préféré aller au cinéma avec eux. Aussi fut-ce bien à contrecœur que je finis par me résoudre à annoncer que je sortais ce soir avec Julian Marquet.

— Cela ne vous ennuie pas, Paul ?

Il me lança un regard las, assorti d'un faible sourire.

— Je pense qu'il est temps que tu commences à sortir avec des garçons. Il n'est pas trop âgé, j'espère ?

— Non.

J'étais un peu déçue qu'il se résignât si aisément.

Julian passa me prendre à 8 heures précises et me conduisit dans un restaurant très chic, lumières psychédéliques et rock en fond sonore. Il examina la carte des vins avec une assurance surprenante, goûta celui que le sommelier apporta et déclara qu'il était parfait. Tout cela était si nouveau pour moi que j'étais crispée dans la crainte de commettre un impair. Quand Julian me tendit le menu, mes mains tremblaient tellement que je le lui rendis en lui demandant de choisir lui-même.

J'avais mis une nouvelle robe dont le décolleté audacieux eût mieux convenu à une fille plus âgée. Je voulais avoir l'air sophistiquée, même si je ne l'étais pas.

— Tu es belle, me dit Julian au moment précis où je portais intérieurement le même jugement flatteur sur lui. Beaucoup trop belle pour rester enterrée pendant des années ici à laisser ma mère exploiter tes dons. Je ne suis pas premier danseur comme je te l'ai raconté, Cathy. C'était pour t'impressionner. Je joue en réalité les deuxièmes couteaux dans le corps de ballet. Mais je suis sûr que si tu étais ma partenaire, nous ferions des merveilles, toi et moi. Il y a entre nous un accord que je n'ai trouvé avec aucune autre danseuse. Evidemment, il faudra que tu commences par le corps de ballet mais Mme Zolta ne mettra pas longtemps à se rendre compte que ton talent dépasse ce que l'on est en droit d'attendre d'une fille de ton âge et de ton expérience. C'est une vieille chouette mais elle a oublié d'être bête. J'ai travaillé comme un forcené pour arriver là où je suis. Avec moi pour t'épauler, tu feras ton chemin plus rapidement. Oui, nous ferions un couple sensationnel. Toi toute blonde et moi très brun, nous nous complétons admirablement.

Il était intarissable et réussit presque à me convaincre que j'étais déjà une grande ballerine, même si je savais au fond de moi-même que je n'étais pas aussi extraordinaire qu'il le prétendait et que j'étais encore loin d'être prête pour New York. Sans compter qu'il y avait Chris que je ne verrais plus si je partais et Carrie qui avait besoin de moi pendant les week-ends. Et Paul. Paul qui avait une place quelque part dans ma vie, cela, je le savais. Mais où ? Tout le problème était là.

Après avoir dîné, Julian m'entraîna sur la piste et nous fîmes une sublime démonstration de rock : tous les danseurs s'arrêtèrent pour nous regarder et nous applaudirent. Son contact et le vin que j'avais bu me donnaient le vertige. Sur le chemin du retour, il s'arrêta dans une ruelle à l'écart, fréquentée par des couples en goguette. C'était là pour moi une expérience inédite.

— Cathy, Cathy, Cathy, ne cessait-il de répéter en m'embrassant dans le cou et derrière les oreilles tandis que sa main glissait vers ma cuisse.

— Non ! m'écriai-je. Arrête ! Je ne te connais pas suffisamment ! Tu brûles les étapes !

— Tu te conduis comme une gosse, soupira-t-il avec agacement. Je suis revenu de New York uniquement pour toi et tu ne me laisses même pas t'embrasser !

— Julian, ramène-moi à la maison !

— Une gamine ! gronda-t-il, rageur, en mettant le contact. Une ravissante gamine aguicheuse mais qui ne veut pas aller jusqu'au bout. Prends garde, Cathy. Je n'attendrai pas éternellement.

Il représentait tout mon univers, le monde merveilleux de la danse, et j'eus soudain peur de le perdre. Je tendis le bras pour couper le contact.

— Pourquoi te fais-tu appeler Marquet alors que le nom de ton père est Rosencoff ? demandai-je.

Il sourit, se carra dans son siège et se tourna vers moi.

— Tu préfères la conversation ? Eh bien, d'accord. Je crois, même si tu ne veux pas l'admettre, que nous avons beaucoup de points communs. Mme Marisha et Georges sont mes parents mais ils ne m'ont jamais considéré comme un fils. Mon père, surtout. A ses yeux, je ne suis que le prolongement de lui-même. Si je deviens un grand danseur, je n'y serai pour rien : ce sera uniquement parce que je suis son fils et que je porte son nom. Alors, pour tuer cette idée dans l'œuf, j'ai pris le pseudonyme de Marquet. Jamais je n'ai joué au football ou au base-ball. Je n'avais pas le droit. D'ailleurs, ils me surentraînaient tellement que j'étais trop épuisé pour penser à autre chose qu'à mes figures imposées. Je me crevais pour que Georges soit content, mais il n'était jamais satisfait. Il trouvait toujours quelque chose à redire, il y avait toujours un défaut, une erreur infime qui empêchait mes prestations d'être parfaites. Alors, quand je décrocherai la timbale, ce sera tout seul. Personne ne saura qui est mon père. Et personne ne saura que Marisha est ma mère. Aussi, je te demanderai de ne pas dire un mot de tout cela aux autres élèves. Ils ne sont pas au courant. Drôle, non ? Je lui ai dit que s'il avait l'audace ne serait-ce que de laisser entendre qu'il a un fils, je refuserais de danser. Alors, il m'a laissé partir pour New York, persuadé que, sans son nom, je me ramasserais. Mais ça a marché, et sans qu'il y ait été pour rien. Je crois qu'il ne s'en est pas remis. Maintenant, à toi de me raconter ta vie. Pourquoi habites-tu chez ton docteur et pas chez tes parents ?

La question m'embarrassait.

— Ils sont morts. Le Dr Paul était un ami de mon père et il nous a pris chez lui pour qu'on ne nous mette pas à l'orphelinat.

— Tu es vernie, fit-il avec une certaine amertume. Si j'avais eu cette veine... (Il se pencha sur moi jusqu'à ce que nos fronts se touchent. Sa bouche était à quelques centimètres de la mienne et son souffle me brûlait le visage.) Je ne veux rien dire ni rien faire qui puisse te chagriner, Cathy. Je veux que tu sois le couronnement de ma vie. Je suis le treizième descendant d'une longue lignée de danseurs qui se sont presque tous mariés avec des ballerines. Tu crois que c'est de la chance, ça ? Ecoute-moi, Cathy. Je suis arrivé à New York à dix-huit ans et j'ai eu vingt ans en février. Cela fait deux ans et je ne suis pas encore une vedette. Avec toi, j'en deviendrai une. Je veux prouver à Georges que je suis le meilleur, bien meilleur qu'il ne l'a jamais été. Je vais te confier une chose que je n'ai jamais dite à personne. Quand j'étais petit, je me suis esquinté le dos en essayant de soulever un moteur trop lourd pour moi. Cela ne cesse de me gêner, de m'inquiéter, mais je danse quand même. Ce n'est pas seulement parce que tu es plus petite et plus légère mais il y a quelque chose dans tes proportions qui réalise un équilibre quand je te porte. A moins que ce ne soit toi qui adaptes ton corps à mes mains. Toujours est-il que, nous deux, c'est l'accord parfait. Cathy, je t'en prie, viens à New York avec moi.

— Tu n'abuseras pas de la situation ?

— Je serai ton ange gardien !

— C'est si grand, New York...

— Je le connais comme ma poche et tu ne tarderas pas à t'y retrouver aussi bien que moi.

— Il y a mon frère et ma petite sœur. Je ne veux pas les quitter encore.

— Il faudra bien en arriver là un jour et plus tu attendras, plus la séparation sera douloureuse. Il est temps que tu grandisses, Cathy, que tu sois toi-même, et tu ne le seras pas tant que tu resteras dans cette maison douillette et que tu te laisseras dominer par les autres.

— Peut-être... on verra. Laisse-moi y réfléchir encore.

Chris était sur la terrasse de ma chambre quand j'y entrai. Il était en pyjama, la tête dans les épaules.

— Comment ça s'est passé ? me demanda-t-il sans me regarder.

— Oh... pas mal du tout, répondis-je en battant nerveusement l'air de mes mains. On a bu du vin au dîner. Julian était un peu ivre. Moi aussi, je crois.

Il me fit face et me regarda droit dans les yeux.

— Il ne me plaît pas, Cathy. J'aurais préféré qu'il reste à New York et te laisse tranquille. D'après ce que racontent les élèves de ton cours de danse, il se vante d'avoir des droits sur toi : maintenant, aucun garçon ne t'invitera. Il est de New York, Cathy ! Les New-Yorkais, ce ne sont pas les scrupules qui les étouffent. Et tu n'as que quinze ans !

Il me prit dans ses bras.

— Qui fréquentes-tu ? lui demandai-je, la gorge nouée. Et ne va pas prétendre que tu ne sors pas avec des filles !

— Je n'en ai pas rencontré une seule qui puisse être

comparée à toi, répondit-il avec lenteur, sa joue pressée contre la mienne.

— Et tes études, ça va? poursuivis-je dans l'espoir de détourner ses pensées.

— Admirablement.

— A quoi occupes-tu tes loisirs?

— Quels loisirs? Il ne me reste plus de temps quand je cesse de me tracasser et de me demander ce que tu fais. J'aime le collège, Cathy, et mon bonheur serait complet si je ne pensais pas constamment à toi. Je me languis en attendant la fin de la semaine.

— Oh! Chris, il faut absolument que tu essayes de m'oublier et de trouver quelqu'un d'autre.

Mais son regard torturé me disait assez qu'il ne serait pas facile de mettre un terme à ce qui avait commencé il y avait si longtemps.

C'était à moi d'essayer d'aimer un autre être. Chris saurait alors que c'était fini. Définitivement. Je songeai à Julian et à son acharnement à vouloir prouver qu'il était meilleur danseur que son père. Semblable à moi qui voulais me montrer supérieure à ma mère, dans tous les domaines.

Lorsque Julian revint, ma décision était prise. Cette fois, quand il me proposa de passer la soirée avec lui, je ne cherchai pas de faux-fuyants. Pourquoi pas lui? N'avions-nous pas les mêmes buts?

Nous allâmes au cinéma, puis dans un club (je pris un jus de fruits, Julian une bière), après quoi nous retournâmes au chemin des amoureux — il semble qu'il n'existe pas de ville qui n'ait le sien. Je l'autorisai à faire un peu plus que m'embrasser mais, très vite, trop vite, sa respiration se fit haletante, son haleine brûlante et la virtuosité de ses gestes était telle que, malgré moi, j'y répondis aussitôt. Quand il m'allongea sur la banquette, je compris brusquement ce qu'il s'apprêtait à faire et lui lançai mon sac à main à la figure.

— Arrête ! Je t'ai déjà dit qu'il ne faut pas brûler les étapes.

— C'est toi qui l'as voulu ! gronda-t-il. Je ne supporte pas les allumeuses qui font marche arrière. J'ai horreur qu'on me mène en bateau !

Je pensai à Chris et me mis à pleurer.

— Julian, je t'en supplie ! Je t'aime bien, c'est la vérité, mais tu ne m'as pas laissé le temps de devenir amoureuse de toi. Ne sois pas aussi brusque, s'il te plaît !

Il me tordit le bras derrière le dos si brutalement que je poussai un cri de douleur. Je crus qu'il voulait le casser mais il me lâcha au moment où j'allais hurler.

— Ecoute, Cathy, je suis déjà à moitié amoureux de toi. Mais on ne me fait pas marcher comme un péquenot, moi. Il y a assez de filles qui ne demanderaient pas mieux. Alors, je n'ai pas autant besoin de toi que je le pensais — dans aucun domaine.

Bien sûr qu'il n'avait pas besoin de moi. Personne n'avait vraiment besoin de moi en dehors de Chris et de Carrie, encore que, pour Chris, ce fût un besoin coupable. Maman l'avait détraqué, gauchi ; il avait fait une fixation sur moi et maintenant, il ne pouvait plus couper les ponts. Jamais je ne le lui pardonnerais. Le mal qu'elle nous avait fait, elle le paierait. Si nous avions péché, Chris et moi, c'était elle qui nous y avait forcés !

Je me torturai, cette nuit-là, pour savoir comment je pourrais la faire payer et, à force de réfléchir, je découvris ce qui lui serait le plus cruel. Ce ne serait pas de lui demander de l'argent, elle n'en avait que trop. Non, il fallait que ce soit quelque chose qui ait plus d'importance pour elle que l'argent. Et elle avait deux points faibles : sa réputation, quelque peu ternie par son mariage avec son demi-oncle ; et son jeune mari. Elle n'aurait plus qu'à faire son deuil de l'un et de l'autre quand j'en aurai fini avec elle.

Soudain, je me mis à pleurer. En pensant à Chris, en

pensant à Carrie qui ne grandissait pas, en pensant à Cory dont il ne restait sans doute plus que quelques os au fond d'une tombe.

Il commençait à pleuvoir. Une pluie drue qui faisait un bruit de tambour sur le toit et ce martèlement qui s'insinuait dans mes rêves décousus m'entraînait précisément là où je ne voulais pas aller. Dans une chambre verrouillée encombrée de jouets et de jeux, de meubles massifs et sombres avec, aux murs, des gravures représentant l'enfer. Assise dans un vieux fauteuil à bascule à moitié cassé, je tenais sur mes genoux un petit frère fantôme qui m'appelait maman, nous nous balancions, nous nous balancions, les lames du parquet grinçaient, le vent soufflait, la pluie tombait à verse et au-dessous de nous, autour de nous, au-dessus de nous la monstrueuse demeure aux pièces sans nombre s'apprêtait à nous dévorer.

Incapable de dormir, je me levai et enfilai un déshabillé. L'idée bizarre me prit d'aller sur la pointe des pieds jusqu'à la chambre de Paul. J'ouvris la porte avec précaution. Sur la table de nuit, le réveil indiquait 2 heures — et il n'était pas encore rentré ! Il n'y avait personne, sauf Henny qui dormait à l'autre bout de la maison, à côté de la cuisine.

Je posai à nouveau les yeux sur le lit intact et secouai la tête. Chris était fou de vouloir devenir médecin ! Il n'aurait jamais une vraie nuit de sommeil !

Et il pleuvait. Il y a beaucoup d'accidents la nuit quand il pleut. Et si Paul mourrait ? Que deviendrions-nous ? Je me précipitai dans l'escalier en hurlant silencieusement son nom et, arrivée en bas des marches, je me ruai dans le salon avec l'espoir de voir derrière les fenêtres une voiture blanche rangée dans l'allée ou en train de s'y engager. *Mon Dieu, faites qu'il n'ait pas eu d'accident ! Ne le prenez pas comme vous avez pris papa !*

— Pourquoi n'es-tu pas dans ton lit, Cathy ?

Je pivotai sur moi-même. Tranquillement installé dans

son fauteuil favori, Paul fumait une cigarette dans la pénombre. Il faisait juste assez clair pour me permettre de voir qu'il portait sa veste d'intérieur rouge. J'étais comme paralysée, tant j'étais soulagée qu'il fût vivant et non pas allongé sur le marbre à la morgue. Des idées morbides... *Papa, je me rappelle à peine ton visage et le timbre de ta voix. Ton odeur s'est volatilisée.*

— Il y a quelque chose qui ne va pas, Catherine ?

Quelque chose qui ne va pas ? Pourquoi m'appelait-il Catherine la nuit quand nous étions seuls et Cathy dans la journée ? Non, rien n'allait ! Le journal local et la gazette de Virginie auxquels je m'étais abonnée et que je me faisais envoyer à l'école de danse annonçaient tous les deux que Mme Bartholomew Winslow allait faire de Greenglenna sa « seconde » résidence d'hiver. D'importants travaux de rénovation étaient en cours et la maison natale de son époux retrouverait sa jeunesse. Rien n'était assez beau pour ma mère !

Pour des raisons qui m'échappaient totalement, je me retournai alors contre Paul et, fondant sur lui, je braillai d'une voix de mégère :

— Quand êtes-vous rentré ? Je me faisais tellement de souci que je n'arrivais pas à dormir ! Et pendant que je me morfondais, vous étiez là ! Cela fait deux jours que je ne vous vois pas au dîner. Il était entendu que vous m'emmèneriez voir un film mais cela vous est sorti de la tête ! Je me suis dépêchée de finir mes devoirs, j'ai mis ma plus jolie robe et je vous ai attendu. Mais vous avez oublié ! Pourquoi laissez-vous vos malades dévorer tout votre temps au point de vous empêcher de vivre ?

Il resta longtemps muet mais au moment où j'ouvrais à nouveau la bouche, il dit d'une voix douce :

— Tu as vraiment l'air bouleversée. Je crois que la seule excuse que je puisse te donner est que je suis médecin et qu'un médecin ne s'appartient pas. Je suis désolé d'avoir oublié le cinéma. J'aurais dû te prévenir que j'avais une urgence. Pardonne-moi.

— Comment avez-vous pu oublier ? Hier, vous avez aussi oublié de m'acheter ce que je vous avais demandé de me rapporter. J'ai attendu des heures que vous rentriez avec ce shampooing. Mais vous n'êtes pas rentré !

— Je te renouvelle mes excuses. Il m'arrive parfois d'avoir autre chose en tête qu'un film ou tes produits de beauté.

— Et, en plus, vous osez être sarcastique !

— J'essaie de garder mon calme. J'aimerais que tu en fasses autant.

— Je suis calme ! criai-je.

Exactement comme maman ! Paul était toujours maître de lui, alors que moi, c'était tout le contraire ! Détaché, c'était le mot qui convenait. Voilà pourquoi il pouvait rester assis comme ça à me regarder tranquillement ! Il se moquait de ne pas tenir ses promesses — comme elle ! Je me précipitai pour le frapper mais il m'emprisonna les poignets et me regarda d'un air totalement décontenancé.

— Tu me frapperais, Cathy ? Cette séance de cinéma manquée est donc si importante pour toi que tu es incapable de comprendre que j'aie pu l'oublier ? Allez... demande-moi pardon de t'être emportée et je te demanderai pardon d'avoir oublié.

C'était bien plus grave qu'un simple oubli. Je ne pouvais donc compter sur personne en dehors de Chris — qui n'était pas là. Lui n'oublierait jamais une chose dont j'avais besoin ou envie.

Je tressaillis. Mais qui étais-je donc ? Ressemblais-je à maman au point d'exiger comme elle que les autres cèdent à mes caprices, quoi qu'il pût leur en coûter ? Devais-je faire payer à Paul le mal qu'elle m'avait fait ? Non, il n'y était absolument pour rien.

— Paul, je suis navrée de m'être mise en colère. Je comprends.

— Tu dois être très fatiguée. Je me demande si tu ne prends pas tes cours de danse trop à cœur. Peut-être serait-il bon que tu souffles un peu.

Comment lui expliquer qu'il n'en était pas question ? Il fallait que je sois la meilleure et parvenir à la perfection dans quelque domaine que ce soit exigeait des heures et des heures de travail. J'étais absolument décidée à renoncer à toutes les distractions des filles de mon âge. Je ne voulais pas d'un amoureux qui ne fût pas danseur. Je ne voulais pas d'amies qui ne dansent pas. Rien ne devait faire obstacle à la réalisation de cet objectif suprême. Et pourtant... pourtant... cet homme avait besoin de moi et la manière odieuse dont je l'avais traité l'avait blessé.

— J'ai eu indirectement des nouvelles de ma mère aujourd'hui, murmurai-je. Elle remet une maison à neuf. Elle obtient toujours ce qu'elle veut. Moi, jamais. Voilà pourquoi j'ai été méchante avec vous et pourquoi j'ai oublié toutes vos bontés. (Je reculai de quelques pas, honteuse de moi.) Quand êtes-vous rentré ?

— A 11 heures et demie. J'ai mangé de la salade et le steak que Henny m'avait gardé au chaud. Mais je dors mal quand je suis extrêmement fatigué. Et je n'aime pas le bruit de la pluie sur le toit.

— Parce qu'elle vous coupe du reste du monde et vous donne une impression d'isolement et de solitude ?

Il esquissa un sourire.

— Oui, quelque chose comme ça. Comment le sais-tu ?

Ses sentiments se lisaient comme à livre ouvert. Son humeur était aussi sombre que la vaste pièce. Il pensait à elle, à Julia. Il avait toujours l'air triste quand il songeait à sa femme. Je m'approchai de son fauteuil et, impulsivement, lui effleurai la joue.

— Pourquoi vous entêtez-vous à fumer? Comment pouvez-vous dire à vos malades d'arrêter de fumer, si vous continuez vous-même ?

— Comment sais-tu ce que je dis à mes malades ?

J'eus un petit rire nerveux et lui expliquai qu'il lui arrivait de ne pas fermer tout à fait la porte de son cabinet. Alors, si j'étais dans le hall, je ne pouvais m'empêcher de surprendre quelques mots, sans le vouloir.

Il me dit de remonter me coucher et de ne plus traîner dans le hall : je n'avais rien à y faire. Et il ajouta qu'il continuerait de fumer s'il en avait envie.

— Il y a des moments où tu te conduis comme une épouse, quand tu me fais une scène sous prétexte que j'ai oublié de faire une course dont tu m'as chargé. Tu avais vraiment un tel besoin de shampooing ?

Maintenant, à cause de lui, je me sentais stupide et la colère me reprit.

— Si je vous avais demandé cela, c'était parce que vous passiez devant un magasin discount où tout est moins cher ! Je voulais vous faire faire des économies. Désormais, je ne vous demanderai plus jamais rien ! Et quand vous m'inviterez au restaurant ou au cinéma, je saurai d'avance que ce sera une promesse en l'air. Comme cela, je ne serai pas déçue. Autant que je m'habitue à attendre le pire de tout le monde.

— Ah ! Catherine ! Déteste-moi si c'est ce que tu veux, fais-moi payer pour tout ce que tu as souffert. Alors, peut-être pourras-tu dormir. Et tu cesseras de t'agiter dans ton sommeil en appelant ta mère comme un bébé de trois ans.

Je le dévisageai avec stupéfaction :

— Moi ? Je l'appelle ?

— Oh oui ! Je t'ai entendue bien des fois. (Son regard était chargé de compassion.) Il ne faut pas avoir honte d'être un être humain, Catherine. Tout le monde attend de sa mère le meilleur.

Comme je ne voulais pas parler d'elle, je changeai de sujet :

— Julian est de retour. Je suis sortie avec lui puisque vous m'avez posé un lapin hier soir. Il pense que je suis mûre pour monter à New York et que je ferai plus vite des progrès avec son professeur de danse, Mme Zolta, qu'avec sa mère. Et il pense qu'ensemble nous ferions une équipe merveilleuse.

— Et que penses-tu, toi ?

— Que je ne suis pas encore prête, murmurai-je. Mais

il insiste tellement et semble si sûr de lui qu'il y a des moments où il me convainc presque.

— Ne t'emballe pas, Catherine. Julian est beau et il a de l'arrogance pour dix. Fie-toi à ton bon sens et ne te laisse pas influencer par un garçon qui ne veut peut-être que se servir de toi.

— Je rêve toutes les nuits que je suis sur une scène à New York. Ma mère est dans la salle et elle n'en croit pas ses yeux. Elle a voulu me tuer. Je veux qu'elle me voie danser et se rende compte que j'ai plus à apporter aux gens qu'elle.

Il s'assombrit.

— Pourquoi cette soif de vengeance, Catherine? J'avais pensé que si je vous prenais sous ma protection tous les trois et faisais pour vous tout ce qui était en mon pouvoir, tu trouverais la paix. Ne peux-tu pas pardonner et oublier? Si les pauvres humains que nous sommes ont quelque chance de se rapprocher de l'état divin, la route passe par le pardon et l'oubli.

— Vous êtes bien comme Chris, répliquai-je âprement. Il vous est facile, à vous, de prêcher le pardon et l'oubli. Vous n'êtes pas une victime. Moi si. J'ai perdu un petit frère qui était pour moi comme mon fils. J'aimais Cory et elle l'a tué. Et je la hais pour cela! J'ai dix millions de raisons de la haïr. Alors, ne venez pas me parler de pardon et d'oubli. Il faudra d'abord qu'elle paie. Elle nous a menti et trahis de la manière la plus abominable qui soit. Quand notre grand-père est mort, elle s'est bien gardée de nous le dire et elle nous a laissés enfermés. Neuf mois interminables pendant lesquels on nous faisait manger des beignets empoisonnés. Alors, cessez de me sermonner! Je ne sais ni pardonner ni oublier, je sais seulement haïr. Et vous ne savez pas ce que c'est que de haïr comme je hais!

— Tu crois? me demanda Paul d'une voix sans timbre.

— Non, vous ne savez pas!

J'éclatai en sanglots. Il me fit asseoir sur ses genoux et

s'efforça de me consoler avec de légers baisers et de petites caresses paternelles sur les mains.

— Moi aussi, j'ai une histoire à te raconter, Catherine. Une histoire qui égale sans doute la tienne en horreur. Peut-être, si je te la dis, pourras-tu tirer profit de mon expérience.

Je me rejetai en arrière pour le regarder dans les yeux.

— Vous voulez me parler de Julia et de Scotty ?

— Oui. (Son ton s'était durci. Il contemplait la vitre que fouettait la pluie. Il prit ma main dans la sienne et l'y tint serrée.) Tu crois que ta mère est la seule à avoir perpétré des actes criminels envers des êtres chers. Eh bien, tu te trompes. Ce sont des choses qui arrivent tous les jours. On agit quelquefois ainsi pour s'enrichir mais il peut y avoir d'autres raisons. Quand tu auras entendu mon récit, j'espère que tu pourras te coucher en oubliant tes idées de vengeance. Sinon, tu te feras plus de mal à toi-même qu'à quiconque. (Il marqua un temps puis reprit :) Tout enfants, nous nous aimions déjà, Julia et moi. Elle n'avait jamais eu d'autre petit ami que moi, je n'avais jamais eu d'autre petite amie qu'elle. Elle m'appartenait et je le clamais sur les toits ; pas un seul garçon ne l'ignorait. Je nous interdisais à tous les deux la possibilité d'une expérience avec quelqu'un d'autre. C'était une terrible erreur. Dans notre inconscience, nous étions persuadés que notre amour durerait éternellement.

» L'idylle se poursuivit, nous nous écrivions des lettres d'amour bien que nous habitions à deux pas l'un de l'autre. Plus Julia grandissait, plus sa beauté s'épanouissait. Je me disais que personne au monde n'avait autant de chance que moi. A ses yeux, j'étais la perfection même. Chacun avait hissé l'autre sur un piédestal. Elle serait plus tard la femme de médecin idéale, je serais le mari idéal et nous aurions trois enfants. Julia était fille unique et ses parents étaient fous d'elle. Elle adorait son père. Elle me disait que je lui ressemblais. Je lui passai au doigt la bague de fiançailles le jour de ses dix-huit ans. J'en avais dix-neuf. Nous nous mariâmes l'année suivante.

Son regard se voila et il resserra son étreinte tandis que sa voix se faisait plus âpre.

— Nous nous étions souvent embrassés, nous nous tenions tout le temps par la main mais jamais Julia n'avait accepté de contacts plus intimes. Pour cela, il faudrait attendre le mariage. J'avais eu quelques aventures. Peu nombreuses. Elle était vierge et croyait que je l'étais également. Je n'avais pas pris mes engagements à la légère et j'avais bien l'intention d'être exactement le mari qu'il lui fallait pour qu'elle soit heureuse. Je l'aimais passionnément. Le soir de nos noces, elle resta deux heures enfermée dans la salle de bains pour se déshabiller. Quand elle en sortit, elle était aussi blanche que la longue chemise de nuit qu'elle avait revêtue. Elle était visiblement terrorisée. Je me promis d'être si tendre et si aimant qu'elle serait heureuse d'être ma femme.

» L'amour physique la rebutait, Cathy. Je fis de mon mieux pour l'éveiller mais elle se rétractait avec effroi, les yeux affolés, et quand je voulus lui ôter sa chemise de nuit, elle se mit à hurler. Lorsqu'elle m'implora de lui laisser un peu de temps, je n'insistai pas, pensant que cela irait mieux le lendemain. Mais, le lendemain, ce fut la même chose — en pire. « Pourquoi ne me tiens-tu pas seulement dans tes bras ? sanglotait-elle. Pourquoi faut-il que cela soit aussi répugnant ? »

» Je n'étais moi-même qu'un gosse, j'étais dépassé. Je l'aimais, j'avais envie d'elle et, finalement, je l'ai violée — c'était, du moins, ce qu'elle ne cessait de répéter. Néanmoins, je l'aimais toujours. Je l'aimais presque depuis que j'étais né et je ne pouvais pas croire que j'avais fait un mauvais choix. J'ai commencé à lire tous les livres possibles et imaginables sur la sexualité, j'ai essayé toutes les techniques dans l'espoir de faire naître le désir en elle — cela ne réussissait qu'à la révolter. Après avoir passé ma thèse de doctorat, je me suis mis à boire et, quand l'envie m'en prenait, je m'adressais ailleurs pour trouver une femme heureuse de m'ouvrir son lit. Les années passèrent. Julia gardait ses distances. Elle tenait la maison, nettoyait mes affaires, repassait mes chemises et recousait mes boutons. Elle était si ravissante et si désirable qu'il m'arrivait parfois de la prendre contre son gré, et tant pis pour l'inévitable crise de larmes qui s'ensuivait ! Et puis, un beau jour, elle fut enceinte. J'étais ravi. Elle était heureuse aussi, je crois. Aucun enfant n'a été aussi aimé et choyé que mon fils.

Sa voix s'était faite encore plus grave et je me pelotonnai contre lui, redoutant d'entendre la suite car je pressentais qu'elle devait être terrible.

— Après la naissance de Scotty, Julia me déclara purement et simplement qu'elle estimait avoir fait son devoir en me donnant un fils et que, dorénavant, elle entendait que je la laisse en paix. J'exauçai ce vœu, mais j'étais profondément ulcéré. Je parlai de notre problème avec sa mère qui fit allusion à un sombre secret de famille, un cousin qui se serait permis des privautés avec Julia quand elle avait quatre ans. Je n'ai jamais su ce qui s'était exactement passé. Toujours est-il que cette histoire avait traumatisé ma femme pour la vie. Je lui suggérai de consulter un conseiller conjugal ou un psychologue mais elle ne voulut rien savoir... cela l'aurait mise dans une situation trop embarrassante... Ne pouvais-je donc pas la laisser tranquille ?

» Dès lors, je renonçai à tout rapport sexuel avec elle. Ce ne sont pas les femmes disposées à se laisser faire une douce violence qui manquent et j'avais une délicieuse réceptionniste qui me fit comprendre que je n'avais qu'à lever le petit doigt pour qu'elle soit à moi où et quand je voulais. Nous eûmes une liaison qui dura plusieurs années. Nous étions tous les deux très discrets et j'étais certain que personne n'était au courant. Mais, un jour, elle vint m'annoncer qu'elle était enceinte de moi. Je ne la crus pas, car elle m'avait dit qu'elle prenait la pilule. Et je ne croyais pas davantage que l'enfant était de moi parce que je savais qu'elle avait d'autres amants. Alors, j'ai répondu qu'il n'était pas question que je divorce, au risque de perdre Scotty, pour endosser la paternité d'un bébé qui n'était peut-être pas de moi. Elle entra dans une fureur folle.

» Le soir, en rentrant, ce fut une épouse que je ne connaissais pas sous ce jour qui m'accueillit. Julia me reprocha avec virulence de lui être infidèle alors qu'elle avait fait de son mieux pour me donner le fils que je désirais. Et voilà que je l'avais trahie, que j'avais rompu mes engagements et que je faisais d'elle la risée de la ville. Elle me menaça de se suicider. Je la pris en pitié quand elle hurla que je m'en mordrais les doigts. Ce n'était pas la première fois qu'elle parlait de se donner la mort mais cela n'avait jamais été plus loin que des paroles.

» Je pensai que cette scène contribuerait à assainir l'atmosphère. Julia ne fit plus jamais allusion à cette aventure extra-conjugale. En fait, elle cessa de m'adresser la parole sauf quand Scotty était là : elle voulait qu'il vive dans un foyer normal en compagnie de parents affichant ostensiblement les apparences du bonheur. Elle aimait follement son fils.

» Pour les trois ans de Scotty, en juin, Julia organisa une petite fête à laquelle furent invités six de ses petits amis, évidemment acccompagnés de leurs mères. C'était un samedi. J'étais à la maison et, pour calmer Scotty, surexcité par les préparatifs de la fête, je lui fis cadeau d'un petit bateau qui irait parfaitement bien avec le costume marin que Julia allait lui mettre. Je les vis redescendre. Elle portait une robe de mousseline bleue et sa somptueuse chevelure brune ramenée en arrière était maintenue par un ruban de satin de même couleur. Elle tenait par la main Scotty qui traînait son bateau au bout d'une ficelle. Elle me dit qu'elle craignait qu'il n'y eût pas suffisamment de bonbons et qu'elle allait faire un saut à la confiserie. Il faisait tellement beau qu'elle emmenait Scotty. Je lui offris de la conduire en voiture. Elle refusa.

Je lui proposai de les accompagner. Elle me répondit qu'il valait mieux que je sois là pour accueillir nos hôtes. Je m'installai sur la terrasse. Tout était prêt dans la salle à manger. Henny avait confectionné un énorme gâteau.

» Les invités arrivèrent vers 2 heures. Julia et Scotty n'étaient toujours pas rentrés. Je commençai à m'inquiéter. Je pris la voiture et me dirigeai vers la confiserie, m'attendant à les rencontrer en chemin mais je ne vis personne. J'interrogeai le confiseur. Ni lui ni ses employés ne les avaient vus. C'est alors que j'ai commencé à avoir vraiment peur. Je me mis à rouler au hasard des rues en arrêtant les passants pour leur demander s'ils avaient aperçu une dame en robe bleue avec un petit garçon en costume marin. En fin de compte, un gamin en vélo me répondit qu'il avait effectivement remarqué une dame en bleu, accompagnée d'un petit garçon qui traînait un bateau, et il m'indiqua la direction qu'ils avaient prise.

» C'était celle de la rivière ! Je fonçai comme un fou, puis bondis hors de la voiture et m'élançai en courant sur le chemin de terre qui conduisait à la berge, redoutant d'arriver trop tard. J'essayai de me rassurer en me disant que Scotty avait voulu donner le baptême à son bateau. Je courais si vite que j'en avais des palpitations. Enfin, j'atteignis la rive. Ils étaient là, tous les deux, dérivant au fil de l'eau. Julia emprisonnait entre ses bras Scotty qui s'était manifestement débattu pour s'arracher à son étreinte. Son petit bateau flottait au gré du courant, tout comme le ruban bleu qui s'était détaché. Les cheveux déployés de Julia étaient semblables à de noirs goémons qui se mêlaient aux herbes. J'entrai dans la rivière — l'eau ne m'arrivait qu'aux genoux. Il me fallut peu de temps pour les ramener sur la terre ferme. Julia semblait encore vivante mais Scotty avait toutes les apparences de la mort et ce fut de lui que je m'occupai d'abord. Je fis l'impossible pour chasser l'eau qui engorgeait ses poumons, mais en vain. Il était mort. J'entrepris, alors, de ranimer Julia. Elle toussa, recracha de l'eau. Ses yeux restaient fermés mais, au moins, elle respirait. J'ai transporté l'enfant et la mère dans la voiture et je les ai conduits à l'hôpital le plus proche. C'est là que Julia est morte à son tour malgré les efforts de tous.

Paul s'interrompit et plongea son regard dans le mien.

— Voilà l'histoire que je voulais raconter à une jeune fille persuadée d'être la seule à avoir souffert et à pleurer un être cher. J'ai souffert autant que toi, Cathy, mais en plus, je me sens coupable et c'est un fardeau lourd à porter. J'aurais dû savoir à quel point Julia était instable. Pourtant, même aujourd'hui, je n'arrive pas à comprendre comment elle a été capable d'entraîner dans la mort ce fils qu'elle aimait tant. Nous aurions pu divorcer à l'amiable, jamais je ne lui en aurais retiré la garde. Mais ce n'était pas une vengeance suffisante pour Julia. Il fallait qu'elle tue l'être que j'aimais le plus au monde, mon fils.

J'étais muette d'horreur. Quelle espèce de femme était Julia ? De la même race que ma mère ? Ma mère avait tué pour mettre la main sur une fortune, Julia pour se venger. En ferais-je autant ? Non, non, bien sûr que non ! Ma méthode serait infiniment plus subtile : elle vivrait et son supplice ne connaîtrait pas de fin.

— C'est affreux, finis-je par balbutier — et j'étais si bouleversée que j'embrassai Paul sur la joue. Mais vous pouvez encore avoir d'autres enfants, vous pouvez vous remarier. (Je le pris par le cou mais il secoua la tête.) Oubliez Julia ! Ne me répétez-vous pas sans cesse qu'il faut pardonner et oublier ? Je me rappelle comment mes parents s'embrassaient. Depuis que je suis toute petite, je sais que les hommes ont besoin qu'on les aime, qu'on les caresse. J'observais ma mère quand elle apaisait les colères de papa. Avec des baisers, des regards tendres, des câlineries. (Je rejetai la tête en arrière et lui souris comme j'avais vu ma mère sourire à mon père.) Dites-moi comment une femme doit se comporter pendant sa nuit de noces. Je ne voudrais pas décevoir mon fiancé.

— Ne compte pas sur moi pour ça !

— Alors, faisons semblant, imaginons que vous soyez mon jeune mari et que je sorte à l'instant de la salle de bains où je me suis déshabillée... A moins que je ne me déshabille devant vous, peut-être ? Qu'en pensez-vous ?

Il essaya de me repousser mais je m'accrochai à lui avec obstination.

— Je pense que tu devrais monter te coucher et cesser de jouer à ces petits jeux.

Je ne bougeai pas. Je me mis à le couvrir de baisers et, bientôt, il y répondit. La chaleur envahissait ses joues mais je sentis soudain qu'il glissait un bras sous mes genoux et l'autre sous mes aisselles. Il se leva alors, me tenant ainsi, et se dirigea vers l'escalier. Pensant qu'il allait m'amener dans sa chambre et me faire l'amour, j'avais peur, j'avais honte — et j'étais en même temps excitée et follement impatiente. Mais ce fut dans la mienne qu'il entra. Devant mon lit étroit, il marqua une hésitation. Il me tenait serrée contre lui. La pluie crépitait sur les vitres. Un interminable temps mort... Il semblait avoir oublié à qui appartenait la joue que frottait sa joue rêche. Et, une fois de plus, il fallut que je casse tout.

— Paul... (Mon chuchotement timide le fit sortir de cette rêverie qui, si je n'avais rompu le silence, m'aurait fait atteindre plus tôt cette extase à laquelle mon corps aspirait depuis si longtemps.) Durant notre séquestration, notre grand-mère ne cessait de nous répéter que nous étions la progéniture du diable, une semence corrompue plantée dans une mauvaise terre, qu'il n'y avait rien de bon à attendre de nous. Elle nous faisait douter de nous, nous nous demandions si nous avions le droit de vivre. Ce qu'avait fait notre mère — épouser son demi-oncle qui n'avait que trois ans de plus qu'elle — était-ce donc si terrible ? Aucune femme ayant tant soit peu de cœur n'aurait pu résister à notre père. Je sais que, moi, je n'aurais pas pu. Nos grands-parents étaient convaincus que nos parents avaient commis un péché impie et, en conséquence, ils nous rejetaient ; même les jumeaux, si adorables. Nous étions impurs. Avaient-ils raison? Avaient-ils raison de vouloir nous tuer?

C'étaient exactement les mots qu'il fallait dire pour le ramener à la réalité. Il me déposa précipitamment sur mon lit.

— Je pense que vos parents étaient très amoureux et très jeunes, fit-il d'une voix étrangement tendue en détournant la tête. Ils étaient tellement épris l'un de l'autre qu'ils ne se sont pas donné le temps de réfléchir à l'avenir et aux conséquences de leur décision.

— Oh! m'écriai-je avec indignation. Alors, vous êtes d'accord avec les grands-parents... vous croyez que nous sommes corrompus!

Il me fit face, ses lèvres pleines et sensuelles entrouvertes, l'air furieux.

— Je te prierai de ne pas déformer mes paroles pour justifier ton besoin de vengeance. Rien, jamais, ne saurait légitimer un meurtre, sauf la légitime défense. Tu n'es pas corrompue. Vos grands-parents étaient des fanatiques imbéciles. Ils auraient dû admettre la situation et voir ce qu'il y avait de positif en elle. Et ils avaient toutes les raisons d'être fiers de leurs petits-enfants. Si vos parents ont pris un risque calculé en mettant des enfants au monde, j'estime qu'ils ont gagné leur pari. Dieu et la chance étaient de votre côté : ils vous ont donné la grâce, le goût de la beauté et de nombreux talents — trop, peut-être. Pour ma part, je connais une jeune fille qui, j'en suis sûr, est consumée d'émotions qui ne sont pas de son âge.

— Paul...

— Ne me regarde pas de cette manière.

— Je ne sais pas comment je vous regarde.

— Couche-toi immédiatement et dors, Catherine Sheffield.

Il se dirigea vers la porte.

— Pourquoi m'appelez-vous Catherine Sheffield?

— Ce n'est pas un lapsus freudien, contrairement à ce que tu penses peut-être, répondit-il en souriant. Dollanganger, c'est beaucoup trop long. Sheffield sonne mieux. Rien de plus simple que d'obtenir légalement ton changement de nom.

— Oh !

J'étais douloureusement déçue.

— Ecoute-moi, Catherine. Tu es en train de jouer à un jeu dangereux. Tu essaies de me séduire. Tu es très belle et il est difficile de résister à la tentation. Mais tu n'as qu'une place dans ma vie : tu es ma fille, rien de plus.

Il sortit et s'éloigna à grands pas. J'entendis claquer la porte de sa chambre.

Ainsi, deux fois j'avais essayé et, deux fois, j'avais été repoussée. Bon... Maintenant j'étais libre de poursuivre allégrement la route que je m'étais tracée pour atteindre les cimes — danser, danser et atteindre la gloire. Ce serait une bonne leçon pour ma mère qui ne savait faire que de la broderie et du tricot. Elle verrait qui avait le plus de talent et d'intelligence. Elle verrait qui était capable de devenir riche par ses seuls moyens, sans vendre son corps ni s'avilir jusqu'à l'assassinat !

Le monde entier allait apprendre à me connaître ! On me comparerait à Anna Pavlova et l'on dirait que mon talent surpassait le sien. Maman viendrait à une réception en mon honneur. Son mari l'accompagnerait. Elle serait vieillie, usée, fatiguée, alors que moi, je serais jeune et fraîche comme un bouton de rose. Bart, ébloui, se dirigerait aussitôt vers moi, il me baiserait la main et dirait : « Je n'ai jamais vu une femme aussi belle et aussi talentueuse que vous. » Il me suffirait d'un seul regard pour savoir qu'il m'aimait, qu'il m'aimait dix fois plus qu'il ne l'avait jamais aimée, elle. Et quand nous serions seuls, je lui dirais qui j'étais. D'abord, il ne me croirait pas. Et quand il serait finalement convaincu, il se mettrait à la haïr. Il lui ferait rendre gorge. Là, il y avait une difficulté. A qui irait la fortune de maman si elle était obligée de la restituer ? Reviendrait-elle à la grand-mère ? Pas à nous en tout cas, puisque nous n'existions pas en tant que

Foxworth. Mais un sourire me vint aux lèvres quand je pensai à nos certificats de naissance que j'avais découverts dans la doublure d'une de nos vieilles valises. Tu es stupide, maman ! Cacher ces certificats... quelle idée ! Avec eux, je pouvais prouver que nous avions eu un petit frère alors que, sans ces papiers, ce serait sa parole contre la mienne. A moins que la police n'enquête à Gladstone et ne retrouve le médecin qui avait mis les jumeaux au monde. Et il y avait aussi notre ancienne baby-sitter, Mme Simpson — et Jim Johnston. Pourvu qu'ils soient toujours là et qu'ils n'aient pas oublié les quatre poupées de Dresde !

J'étais une malfaisante, je le savais. Née pour le mal comme l'avait immédiatement diagnostiqué la grand-mère. J'avais été punie avant même d'avoir rien fait. Alors, pourquoi ne pas laisser le châtiment sanctionner l'inévitable crime ? Il n'y avait aucune raison pour que je me détruise, sous prétexte que j'avais une malheureuse fois cherché refuge dans les bras de mon frère. Je me donnerais à celui qui avait le plus besoin de moi. Et si c'était mal de lui offrir ce que sa bouche refusait de dire mais que ses yeux quémandaient, eh bien, tant pis ! Je prendrais le péché pour moi. Chris m'en voudrait et il se tournerait, ainsi qu'il le fallait, vers quelqu'un d'autre.

## PLUS DOUCE QUE TOUTES LES ROSES

J'eus seize ans en avril 1961. J'étais dans la fleur de l'âge et tous les hommes, les jeunes comme les vieux — essentiellement ceux qui avaient dépassé la quarantaine —, se retournaient sur moi dans la rue. Quand j'attendais le bus, les automobilistes ralentissaient : ils ne pouvaient s'empêcher de me regarder avec admiration.

Si j'éblouissais les hommes, je m'éblouissais encore

davantage moi-même. Quand je prenais des poses devant la glace, et il ne manquait pas de miroirs chez Paul, j'étais parfois surprise à la vue de cette fille ravissante, je dirais même belle à couper le souffle, qui, sublime révélation, n'était autre que moi ! J'étais d'une beauté étonnante et j'en avais conscience.

Chris et Carrie rentrèrent à la maison à la fin de la semaine. J'avais envie d'apprendre à mon frère que maman devait bientôt s'installer à Greenglenna mais, craignant qu'il n'essaie de me détourner de mon projet, je ne lui en soufflai mot.

— Et si tu mettais ta robe des grandes occasions ? me dit soudain Paul. En ton honneur, je vous invite tous à la Plantation, mon restaurant favori.

Je ne me le fis pas dire deux fois !

Je me précipitai dans ma chambre et commençai à me préparer. Pour mon anniversaire, je n'allais pas lésiner ! Je n'avais pas vraiment besoin de me maquiller, mais cela ne m'empêcha pas de jouer le grand jeu. Tout y passa, y compris le mascara. Après quoi, je me fis des boucles au fer. Mes ongles luisaient comme des perles. Je me pavanais dans ma robe rose devant la psyché en faisant des mimes. Oh ! ce que je me trouvais jolie !

Chris ouvrit soudain la porte.

— Gente Catherine, me lança-t-il, tu es merveilleuse, mais t'admirer au point d'embrasser ton reflet est de très mauvais goût. Ce n'est pas à toi, c'est aux autres de te faire des compliments.

Je répondis, sur la défensive :

— J'ai peur que personne ne m'en fasse, alors je m'en charge moi-même, cela me donne confiance. Est-ce que je suis belle ou seulement jolie ?

— Je crois que je n'ai jamais vu une fille aussi belle que tu l'es à présent, fit-il d'une voix rauque.

— Est-ce que tu trouves que j'embellis en vieillissant ?

— Je t'ai fait suffisamment de compliments pour aujourd'hui. Pas étonnant que la grand-mère ait brisé tous les miroirs ! J'ai bien envie d'en faire autant. Ce que tu peux être vaniteuse, quand même !

Je fronçai les sourcils, agacée qu'il me rappelle la vieille, puis je lui adressai un grand sourire.

— Toi, tu es fantastique, Chris. Les éloges ne me gênent absolument pas quand ils sont mérités. Tu es aussi beau garçon que papa.

Chaque fois que je le revoyais, je trouvais qu'il gagnait en maturité et en séduction. Mais, en l'observant attentivement, je remarquai que la sagesse acquise conférait à son regard un je ne sais quoi qui le faisait paraître plus vieux, beaucoup plus vieux que moi. Il semblait également plus triste, plus vulnérable, et l'ensemble était extrêmement troublant.

— Pourquoi n'es-tu pas heureux, Chris ? lui demandai-je. La vie te déçoit ? Elle ne répond pas aux rêves que nous faisions quand nous étions séquestrés ? Regrettes-tu ta décision de devenir médecin ?

— Non, la vie est conforme à ce que j'en attendais. Contrairement à toi, j'étais réaliste. Mes études me plaisent, je me suis fait de bons amis. Mais tu continues à me manquer. C'est dur d'être loin de toi, de me demander constamment ce que tu fabriques. (Il se rembrunit, poursuivi par ses regrets, puis se reprit :) Joyeux anniversaire, ma gente Catherine — tandis qu'il posait un léger et timide baiser sur mes lèvres et me prenait résolument par la main. Allons-y ! Tout le monde est prêt sauf toi, espèce d'affreuse coquette !

Paul et Carrie nous attendaient en bas en grande tenue, avec Henny. La maison était bizarrement silencieuse, comme dans l'expectative, et bizarrement obscure. Tout était éteint, sauf le hall. C'était étrange. Soudain, un concert de voix s'éleva : « *Sur-prise ! Sur-prise !* », les lumières se rallumèrent et toute la classe de danse se précipita sur Chris et moi.

Henny alla chercher un gâteau d'anniversaire à trois étages dont elle annonça fièrement qu'elle l'avait fait et décoré de ses propres mains. *Que je réussisse dans tout ce que j'entreprendrai,* souhaitai-je silencieusement, les yeux fermés, en soufflant les bougies. *Je gagne du terrain, maman. Chaque jour qui passe, je grandis en expérience. Quand l'heure viendra, je serai prête. Je serai de taille à t'affronter.*

Je soufflai si fort que de la cire coula sur les roses de crème enfouies dans leurs feuilles en pâte d'amande. Julian me faisait face. Ses yeux d'ébène qui ne me quittaient pas répétaient inlassablement la même question muette. Chaque fois que j'essayais de croiser le regard de Chris, mon frère tournait la tête ou contemplait le plancher. Carrie se glissa à côté de Paul qui se tenait un peu à l'écart de notre bruyante et gourmande assemblée en s'efforçant de ne pas avoir l'air guindé. Dès que j'eus déballé tous mes cadeaux, il la prit dans ses bras et monta l'escalier avec elle.

— Bonne nuit, Cathy, me cria Carrie, radieuse et tout ensommeillée. Je n'ai jamais vu un aussi bel anniversaire.

J'en aurais pleuré de chagrin car elle avait près de neuf ans et toutes les fêtes qu'elle avait connues, excepté pour l'anniversaire de Chris en novembre, avaient été de pitoyables faux-semblants où nous essayions de faire le maximum avec des moyens de fortune.

Julian se leva et me prit par la taille.

— Pourquoi cet air triste ? me demanda-t-il. Réjouis-toi : je suis à tes pieds, prêt à enflammer ton cœur en même temps que ton corps.

Vraiment, je le détestais quand il affichait cette attitude. Il s'appliquait à démontrer de toutes les manières possibles que je lui appartenais en exclusivité. Je m'éloignai d'un pas dansant : ce soir, je ne voulais pas être sa chose. Toutes les filles qui ne s'étaient pas amourachées de lui avaient immédiatement jeté leur dévolu sur Chris, ce qui n'était pas de nature à rendre mon frère plus sympathique aux yeux de Julian. Je ne sais pas ce qui mit le feu aux poudres mais, soudain, je les aperçus tous les deux en train de se chamailler dans un coin, prêts à en venir aux mains.

— Je me fous de savoir ce que tu penses, disait Chris avec le calme précurseur des tempêtes. Ma sœur est trop jeune pour prendre un amant et elle n'est pas encore mûre pour New York.

— Qu'est-ce que tu connais de la danse ? riposta Julian. Tu n'y connais rien ! Tu n'es même pas capable de bouger tes pieds sans te prendre dedans !

— Peut-être, mais j'ai d'autres talents, reprit Chris sur un ton glacial. D'ailleurs, c'est de ma sœur qu'il est question, pas de moi. Et je te répète qu'elle est trop jeune. Je ne veux pas qu'elle te suive à New York alors qu'elle n'a même pas terminé ses études.

J'étais déchirée de les voir exprimer leur hostilité devant tout le monde. J'aurais tant voulu qu'ils s'entendent bien ! J'étais sur le point de crier : « *Arrêtez ! Ne vous conduisez pas comme ça !* » mais je ravalai les mots qui me montaient aux lèvres.

— Cathy, dit Chris sans quitter des yeux Julian qui semblait sur le point de tomber sur lui à bras raccourcis, crois-tu sincèrement que tu es prête à faire tes débuts à New York ?

— Non, murmurai-je dans un souffle.

Julian me regarda avec fureur. Je savais ce qui l'intéressait en moi : mon poids, ma taille, mes proportions parfaitement adaptés à sa morphologie. Il était capital pour lui de trouver la partenaire idéale, c'était cela, pas autre chose.

— Tout ce que je souhaite, c'est que tous tes autres anniversaires soient l'enfer sur terre, gronda-t-il en se dirigeant vers la porte qui claqua bruyamment derrière lui.

Ainsi prit fin la fête. Tout le monde s'esquiva avec embarras. Chris regagna sa chambre sans me dire bonsoir. Les larmes aux yeux, j'essayai de mettre un peu d'ordre dans la pièce. Il y avait un trou de cigarette dans un coussin. Quelqu'un avait cassé une des pièces de collection dont Paul était particulièrement fier — une fragile rose en verre soufflé.

Sa voix s'éleva derrière moi :

— Ne te fais pas de souci pour cette rose, ce n'était qu'une babiole.

Je me retournai. Il se tenait dans l'embrasure, détendu.

— C'était une belle rose, répondis-je en refoulant mes larmes. Et je sais que c'était un objet de prix. Je tâcherai de vous retrouver la même. Sinon, je vous achèterai quelque chose d'encore plus beau quand j'en aurai les moyens.

— N'y pense plus.

— Merci encore pour cette superbe boîte à musique. Mon père m'en avait offert une en argent avec une petite ballerine à l'intérieur mais j'ai été forcée de la laisser...

Je me tus, incapable d'aller plus loin. Chaque fois que je pensais à mon père, j'étais envahie par la désespérance de mon enfance détruite.

— Chris m'en avait parlé et j'ai essayé d'en trouver une semblable. Est-ce que j'ai réussi ?

— Oui, répondis-je, bien que ce ne fût pas du tout la même.

— Eh bien, c'est parfait. Maintenant, va te coucher. Tu as l'air d'avoir sommeil. Laisse tout cela. Henny fera le ménage demain.

Surprise : Chris m'attendait dans ma chambre. D'emblée, il attaqua d'un ton abrupt :

— Qu'y a-t-il entre toi et Julian ?

— Mais rien !

— Ne me raconte pas de mensonges, Cathy ! S'il passe son temps à faire la navette entre ici et New York, ce n'est pas pour rien.

— Occupe-toi de tes affaires, Christopher, répliquai-je rageusement. Je ne cherche pas à te dicter ta conduite. Alors, je te serais reconnaissante d'en faire autant. Tu n'es pas un saint et, moi, je ne suis pas un ange. Personne ne m'obligera plus jamais à faire ce que je ne veux pas faire.

Personne ! Ni Paul, ni Mme Marisha, ni Julian — ni toi ! Je te prierai de ne pas te mêler de mon existence, Christopher. Je suis décidée à faire tout ce que je dois faire, absolument tout, pour parvenir au sommet.

— Et j'imagine que tu es prête à coucher avec n'importe qui, si c'est nécessaire.

Ses yeux lançaient des éclairs.

— Je ferai ce qu'il faudra, répétai-je avec hargne, encore que je ne me fusse jamais posé ce problème.

Je crus qu'il allait me gifler.

— Mais que se passe-t-il, Cathy ? Vas-tu devenir une opportuniste comme les autres ? Ce n'est pas possible !

Nous nous toisâmes. Qu'est-ce qu'il se figurait ? La chance avait voulu que nous fussions tombés sur un homme solitaire et malheureux, dont nous profitions. Tôt ou tard, il faudrait payer. La grand-mère nous avait bien avertis : personne ne fait jamais rien pour rien. Mais je ne pouvais me résoudre à le blesser davantage, pas plus que je ne pouvais médire de Paul qui nous avait recueillis et qui se mettait en quatre pour nous. En toute sincérité, j'avais de bonnes raisons pour savoir qu'il n'espérait aucune récompense.

— Cathy, comment peux-tu me parler sur ce ton, alors que tu sais combien je t'aime et te respecte ? Jour après jour, je me languis de toi, je ne vis que pour le week-end où je vous retrouve, Carrie et toi. Ne me laisse pas, Cathy, j'ai besoin de toi. J'ai toujours eu besoin de toi. Ce qui m'épouvante, c'est que je suis loin de t'être aussi nécessaire.

Il m'avait prise par les épaules pour me serrer contre lui mais je me dégageai avec brusquerie et lui tournai le dos. Comment pouvais-je savoir ce qui était bien ou mal quand cela laissait tout le monde indifférent ?

— Je regrette de t'avoir parlé de cette façon, Chris, lui dis-je d'une voix étranglée. J'attache beaucoup d'importance à ton opinion. Mais je suis déchirée. J'estime que je dois tout faire, et très vite, pour rattraper le temps perdu et compenser tout ce que j'ai souffert. Julian veut que j'aille à New York avec lui, mais je ne crois pas être prête à faire le saut. Mme Marisha me répète tout le temps que je manque encore de maîtrise et elle a raison. Julian m'affirme qu'il m'aime et qu'il veillera sur moi. Je ne sais pas trop s'il m'aime ou s'il veut simplement que je l'aide à atteindre l'objectif qu'il s'est fixé. Mais son but est le même que le mien. Alors, comment puis-je savoir s'il m'aime vraiment ou s'il veut simplement m'utiliser ?

— As-tu fait l'amour avec lui ?

— Bien sûr que non !

Il me serra dans ses bras, très fort.

— Attends encore au moins un an, Cathy. Fais confiance à Mme Marisha, pas à Julian. Elle en sait plus long que lui.

La nostalgie d'un désir romantique m'envahissait. Et j'étais, aussi, terrifiée par tout ce qui était tapi au fond de moi. Epouvantée à l'idée que j'étais comme ma mère. Quand je me regardais dans la glace, c'était ses traits que je voyais surgir de plus en plus nettement devant mes yeux. Cette ressemblance m'exaltait mais, paradoxalement, j'étais furieuse d'être son reflet. Non ! Non, ce n'était qu'une apparence superficielle. Ma beauté n'était pas seulement cette image !

C'était ce que je me disais le jour où je fis le voyage de Greenglenna. Je me rendis directement à la mairie où, sous un vague prétexte, je demandai communication du certificat de naissance de maman dans la seule intention de jeter un coup d'œil sur celui de Bart Winslow. J'appris ainsi qu'il avait huit ans de moins qu'elle et je découvris l'adresse exacte de sa demeure. Elle était située dans une rue calme, bordée d'ormes et de vieilles maisons délabrées. Sauf la sienne. Elle était hérissée d'échafaudages et des ouvriers posaient de nouvelles fenêtres. Les murs de brique et le portique blanc étaient repeints de neuf. Un autre jour, j'allai à la bibliothèque municipale de Greenglenna où je me documentai sur la famille Winslow. Je fus enchantée de trouver, en feuilletant la collection du journal local, une rubrique presque entièrement consacrée à Bart Winslow et à sa fabuleusement riche et si ravissante épouse, « héritière d'une des plus grosses fortunes du pays ».

Je déchirai furtivement l'article pour le montrer à Chris. Mais je ne voulais pas qu'il sache que maman allait venir habiter à Greenglenna. La lecture de l'article parut le décontenancer.

— Où as-tu trouvé cela ?

Je haussai les épaules.

— Oh ! Dans je ne sais quel journal de Virginie qu'on vend dans les kiosques.

— Elle est encore en Europe, fit-il d'une voix bizarre. Je me demande pourquoi elle y va tout le temps. (Il leva ses yeux bleus vers moi et une expression rêveuse passa sur ses traits.) Tu te rappelles l'été où elle était partie en voyage de noces ?

Quelle question ! Comme si je pouvais l'oublier ! Comme si je pouvais me permettre de l'oublier ! Un jour, quand je serais, moi aussi, riche et célèbre, elle entendrait parler de moi et, ce jour-là, elle aurait intérêt à être préparée au pire car je mettais petit à petit ma stratégie au point.

Après mon anniversaire, les apparitions de Julian s'espacèrent et je pensai que c'était parce qu'il avait peur de Chris. Je ne savais si j'en étais heureuse ou non. Quand il venait voir ses parents, il m'ignorait. Il commença à s'intéresser à ma meilleure amie, Lorraine DuVal. J'ignore pour quelle raison mais j'en éprouvais du dépit et j'en voulais autant à Lorraine qu'à lui. A demi cachée dans un coin, je les observai un jour danser un pas de deux avec passion. Et je décidai à ce moment de travailler désormais deux fois plus dur. Il fallait que je donne aussi une leçon à Julian. Je leur ferais voir à tous qui j'étais !

De l'acier sous un ridicule tutu à volants !

## LE HIBOU SUR LE TOIT

Je vais maintenant rapporter un épisode de la vie de Carrie car cette histoire est son histoire et celle de Chris tout autant que la mienne. Quand je me penche sur le passé, je crois sincèrement que cet événement eut par la suite une influence capitale sur l'image qu'elle devait se faire d'elle-même.

Elle passait tous les week-ends avec nous mais elle était redevenue le petit être silencieux et apathique, rongé par le chagrin, qu'elle était après la mort de Cory. Elle m'inquiétait, mais quand je l'interrogeais elle répondait invariablement que tout allait bien. Pourtant, je sentais que quelque chose la tourmentait.

Paul allait chercher Carrie et Chris tous les vendredis. Il faisait de son mieux pour que ces week-ends fussent une fête, mais si Carrie avait l'air heureuse d'être avec nous, elle riait rarement. Nous avions beau faire, c'était à peine si nous parvenions à lui arracher un pâle sourire.

— Mais qu'a-t-elle donc? me murmurait Chris à l'oreille.

Je ne pouvais que hausser les épaules en signe d'impuissance. J'avais à un moment donné perdu la confiance de Carrie. Elle fixait sur Paul ses grands yeux bleus, chargés d'une muette supplication. Mais c'était moi que Paul regardait, pas elle.

Quand l'heure du départ approchait, Carrie sombrait dans un mutisme total et son regard se voilait de résignation.

Elle était très belle, son école. J'aurais aimé aller dans une école semblable. Chaque élève était autorisée à décorer comme elle l'entendait le coin de la chambre qu'elle partageait avec une autre pensionnaire. Mlle Dewhurst, la directrice, n'y mettait qu'une condition : la décoration choisie devait être « convenable et de bon ton ». La soumission et la passivité étaient des valeurs hautement prisées chez les femmes dans le Sud. Ombres soupirantes et désincarnées, bruissantes de vaporeux frou-frous, les yeux toujours pudiquement baissés, les jeunes filles étaient des créatures fragiles dont les gracieux battements de mains disaient toute la délicatesse ; en aucun cas, elles ne devaient exprimer une opinion qui fût en contradiction avec le point de vue du sexe fort. Jamais, au grand jamais, elles ne devaient laisser un homme soupçonner que leur intelligence surpassait peut-être la sienne. Réflexion faite, je ne crois pas que pareille école m'eût convenu.

Le lit de Carrie était dissimulé sous un couvre-pied cramoisi jonché de coussins roses, rouges, pourpres et verts. Sur la table de chevet trônait le vase d'opaline aux violettes artificielles de Paul. Chaque fois qu'il le pouvait, il lui apportait des fleurs fraîches mais, curieusement, Carrie préférait ses fausses violettes aux fleurs naturelles qui ne tardaient pas à se faner et à mourir.

Comme elle était la plus petite, on lui avait donné une compagne de chambre à peine plus haute qu'elle, une certaine Sissy Towers. Sissy avait des cheveux couleur de brique, des yeux verts fendus en amande, une peau pâle et diaphane, et elle était douée d'un caractère venimeux et vindicatif qu'elle cachait soigneusement aux adultes mais dont elle usait avec maestria pour tyranniser ses camarades. Et le pire était que, si petite qu'elle fût, elle mesurait quand même quinze centimètres de plus que Carrie.

Le calvaire de celle-ci commença un jeudi du mois de mai, huit jours après que l'on eut fêté ses neuf ans.

Les cours se terminaient à 3 heures et les élèves avaient droit à deux heures de récréation avant le dîner. Elles avaient un uniforme dont la couleur correspondait à leur classe et Carrie devait porter une robe de popeline jaune qu'agrémentait un coquet tablier en organdi blanc. Or, elle avait le jaune en horreur. Pour elle comme pour Chris et moi, le jaune symbolisait toutes les bonnes choses qui nous étaient interdites quand nous étions séquestrés, il était lié à l'impression que nous avions d'être des réprouvés, des indésirables, des mal aimés. C'était la couleur du soleil dont nous étions privés, et le soleil était, alors, ce qui manquait le plus à Carrie. Aussi exécrait-elle le jaune.

Sissy, elle, l'adorait. Elle détestait sa tignasse rousse et rêche et était jalouse des boucles d'or de Carrie. Et peut-être aussi de son ravissant minois de poupée, de ses yeux bleus, de ses longs cils noirs, de sa bouche semblable à une fraise pulpeuse. Oui, notre Carrie était une exquise poupée à la somptueuse chevelure de miel mais, hélas, ce visage d'une beauté exquise ne faisait pas oublier un corps chétif, un cou trop mince.

La partie de la chambre attribuée à Sissy était placée sous le signe du jaune : le dessus-de-lit était jaune, les chaises étaient tapissées de jaune, ses poupées étaient blondes et avaient des robes jaunes, ses livres étaient protégés par du papier jaune. Quand elle rentrait chez elle, elle portait même des pulls et des jupes jaunes. Bien que le jaune ne lui allât pas — il lui donnait un teint blafard —, cela ne diminuait en rien sa détermination d'en faire étalage rien que pour ennuyer Carrie. Et, ce jour-là, pour Dieu sait quelle futile raison elle s'était mise en tête de se moquer de Carrie avec une révoltante méchanceté.

— Carrie est une naine, Carrie est une naine, commença-t-elle à chantonner sur un air connu. Sa place est dans un cirque, sa place est dans un cirque...

Soudain, elle grimpa sur sa table pour vociférer comme un aboyeur de foire qui veut attirer les badauds dans la galerie des phénomènes : *Approchez, approchez ! Approchez et vous verrez pour la modique somme de vingt-cinq* cents *la sœur de Tom Pouce en chair et en os ! La plus petite femme du monde ! Approchez, approchez et passons la monnaie ! Venez voir la lilliputienne avec sa grosse tête et ses yeux de hibou! Venez voir le monstre tout nu pour vingt-cinq* cents *seulement!*

Toute une troupe de petites filles envahit alors la chambre dans le coin de laquelle Carrie était tapie, la tête baissée, son visage terrifié à demi masqué par le flot de ses cheveux. Sissy ouvrit son sac où les pièces se mirent à pleuvoir.

— Maintenant, la nabote, déshabille-toi ! Il faut que les spectateurs en aient pour leur argent ! ordonna-t-elle.

Tremblante, Carrie, qui commençait à pleurer, se recroquevilla encore davantage, les genoux ramenés contre la poitrine, en priant le ciel de faire que le plancher s'ouvre sous elle. Mais il est assez rare que le sol vous engloutisse obligeamment quand on le souhaite. Et Sissy continuait inexorablement d'abreuver Carrie de sarcasmes :

— Regardez comme elle se trémousse ! Elle va provoquer un tremblement de terre, ma parole !

Toutes les filles se mirent à glousser sauf une petite fille de dix ans, Lacy St. John, qui considéra Carrie avec compassion et sympathie.

— Moi, je la trouve très mignonne. Laisse-la tranquille, Sissy. Ce n'est pas gentil de l'embêter comme ça.

— Bien sûr, mais qu'est-ce que c'est marrant ! s'esclaffa l'interpellée. Une vraie petite souris effarouchée ! Elle ne dit jamais un mot. Je me demande même si elle sait parler. (Sissy dégringola de son perchoir et courut jusqu'à Carrie à qui elle décocha un coup de pied.) Alors, petit monstre, tu as avalé ta langue ? Explique-nous pourquoi tu as cette drôle de touche. Et ta langue ? Le chat te l'a mangée ? Allez, si tu as une langue, sors-la un peu qu'on la voie !

Carrie baissa davantage la tête.

— Quand je vous disais qu'elle n'a pas de langue ! s'exclama Sissy en se retournant et en écartant les bras. Regardez ce qu'on m'a donné pour partager ma chambre ! Un hibou qui n'a pas de langue ! Qu'est-ce qu'on va faire pour la forcer à parler ?

Lacy s'avança pour prendre la défense de Carrie.

— Cela suffit, Sissy. Trop, c'est trop. Laisse-la tranquille.

Sissy pivota sur elle-même et marcha brutalement sur le pied de Lacy.

— Toi, la ferme ! Ici, je suis chez moi et quand tu es dans ma chambre, tu fais ce que je dis. Et puis, je suis aussi grande que toi, Lacy St. John, et mon papa est plus riche que le tien !

— Tu es une sale bête de martyriser Carrie !

Sissy se mit en garde à la manière d'un boxeur et entreprit de bourrer Lacy de coups de poing secs en sautillant autour d'elle.

— Tu veux qu'on se batte ? Allez, vas-y ! Cogne ! Essaie avant que je te mette l'œil au beurre noir !

Et avant que Lacy eût pu se protéger la figure, le poing de Sissy s'écrasa sur son œil. Puis un crochet du gauche lui mit le nez en sang.

Carrie leva la tête au même moment. Voyant que la seule fille qui lui eût manifesté tant soit peu de gentillesse se faisait rouer de coups, elle fit immédiatement appel à son arme absolue — sa voix. Et elle se mit à hurler à tue-tête, mettant en œuvre toutes ses possibilités vocales.

Dans son douillet bureau du rez-de-chaussée, Mlle Emily Dewhurst se leva d'un bond, non sans faire une tache d'encre sur le registre qu'elle était en train d'annoter, et se rua dans le hall pour déclencher la sonnerie d'alarme.

Il était 20 heures et la plupart des professeurs s'étaient retirés pour la nuit. Toutes ces dames sortirent en trombe de leurs chambres après avoir enfilé qui un peignoir, qui un déshabillé — l'une d'elles, qui s'apprêtait visiblement à sortir en catimini, avait une robe du soir écarlate — et s'élancèrent vers le lieu du vacarme. Un horrible spectacle les attendait dans la chambre de Carrie et de Sissy : une douzaine de petites filles qui se battaient comme des chiffonniers tandis que les autres faisaient cercle. L'une de ces amazones se contentait de s'époumoner à l'instar de Carrie mais les autres se bourraient de coups de pied, se colletaient, se tiraient les cheveux, mordaient, griffaient, tandis que l'organe claironnant d'un seul petit être terrorisé dominait le tapage.

— L'homme... où est-il ? cria Mlle Longhurst, celle qui était en robe du soir et dont la poitrine menaçait de jaillir hors d'un corsage généreusement échancré.

— Gardez votre sang-froid, mademoiselle Longhurst, lui intima la directrice qui avait immédiatement pris la mesure de la situation et élaboré sa stratégie. Mesdemoiselles, cessez immédiatement ce tapage ou vous serez toutes privées de sortie ce week-end. (Et, se tournant vers Mlle Longhurst et ses provocants appas, elle ajouta à mi-voix :) Quant à vous, je vous attends dans mon bureau quand le calme sera rétabli.

Toutes les fillettes se pétrifièrent et le silence se fit d'un seul coup. Horreur ! La chambre était pleine de professeurs et le pire était que Mlle Dewhurst, dont l'impitoyable rigueur était notoire, était là en personne. Seule, Carrie, les paupières hermétiquement closes et les poings serrés, continuait de hurler.

— Pourquoi cette enfant crie-t-elle ainsi ? s'enquit Mlle Dewhurst.

Rouge de confusion, Mlle Longhurst s'esquiva pour ôter sa robe, irréfutable preuve qu'il y avait effectivement un homme caché quelque part et qui l'attendait.

Sissy Towers, comme de juste, fut la première à se ressaisir :

— C'est elle qui a commencé, mademoiselle. C'est sa faute à elle. Elle est comme un bébé. Il faut que vous me mettiez avec une autre camarade de chambre, je ne veux pas habiter avec un bébé, j'en mourrai.

— Veuillez répéter ce que vous venez de dire, mademoiselle Towers. Qu'est-ce qu'il *faut* que je fasse ?

Sissy, douchée, eut un sourire forcé.

— Je voulais dire que j'aimerais avoir une autre

compagne, mademoiselle. Ce n'est pas agréable de devoir vivre à côté de quelqu'un d'aussi anormalement petit.

Mlle Dewhurst enveloppa Sissy d'un regard sévère.

— C'est vous qui êtes anormalement cruelle, mademoiselle Towers. Dorénavant, vous vous installerez au rez-de-chaussée dans la chambre attenante à la mienne où je pourrai vous surveiller. Mesdemoiselles, reprit-elle à l'adresse des autres, vos parents seront avertis que les sorties sont supprimées cette semaine. Vous allez sur-le-champ vous présenter à Mlle Littleton pour qu'elle marque un blâme sur vos carnets.

Les petites filles battirent en retraite en murmurant. Quand elles se furent toutes éclipsées, Mlle Dewhurst s'approcha de Carrie dont les cris n'étaient plus qu'une plainte mais qui remuait hystériquement la tête sans pouvoir s'arrêter.

— Mademoiselle Dollanganger, avez-vous suffisamment recouvré votre calme pour me dire ce qui s'est passé ?

Carrie était incapable de proférer un mot. La terreur et la vue du sang l'avaient projetée dans le passé, ramenée au jour où, captive et affamée, elle n'avait eu d'autre choix que de boire du sang ou de mourir. Mlle Dewhurst était émue et déroutée. Elle avait vu défiler bien des petites filles depuis quarante ans et elle savait qu'elles pouvaient être aussi méchantes et cruelles que les garçons.

— Mademoiselle Dollanganger, si vous ne me répondez pas, vous ne rentrerez pas chez vous cette semaine. Je sais que vous avez vécu de dures années et je suis disposée à faire preuve d'indulgence. Pouvez-vous m'expliquer ce qui s'est passé ?

Carrie était maintenant à plat ventre sur le sol. Elle leva la tête. La directrice debout en face d'elle avait une robe d'un bleu tirant sur le gris. Or, le gris était la couleur favorite de la grand-mère. Et la grand-mère était capable de choses terribles. Elle avait fait mourir Cory. Et voilà qu'elle revenait !

— Je vous déteste ! Je vous déteste ! se mit-elle à crier sans pouvoir s'arrêter, tant et si bien que la directrice, abandonnant la partie, alla chercher l'infirmière pour que celle-ci administre un calmant à l'enfant.

Ce fut moi qui répondis au téléphone le vendredi, quand Mlle Dewhurst appela pour nous prévenir qu'une douzaine de pensionnaires, dont Carrie, étaient privées de sortie pour avoir semé le désordre et désobéi. « Je suis vraiment navrée mais il ne m'est pas possible de faire une exception pour votre sœur. Elle était présente et elle a refusé de se taire quand je lui en ai donné l'ordre. »

J'attendis le dîner pour parler de cette affaire avec Paul.

— Ce serait une très grave erreur de ne pas aller la chercher, Paul. Nous lui avons promis qu'elle rentrerait à la maison toutes les semaines. Elle est trop petite pour être à l'origine d'un chahut et il est injuste qu'elle soit punie, elle aussi.

Paul reposa sa fourchette.

— Mlle Dewhurst m'a téléphoné aussitôt après t'avoir appelée, Cathy. Il y a un règlement et, si Carrie a fait des bêtises, il est normal qu'elle soit punie comme ses camarades. Peut-être n'as-tu pas confiance dans le jugement de Mlle Dewhurst. Moi si.

Chris fut de son avis.

— Tu sais aussi bien que moi que Carrie peut être infernale quand elle le veut, Cathy. Même si elle n'a rien fait d'autre que brailler, c'est suffisant pour rendre n'importe qui dingue — et sourd !

Ce fut un week-end raté. Je tournais en rond, incapable de chasser Carrie de mon esprit. Il me semblait l'entendre m'appeler et quand je fermais les yeux, je voyais sa petite frimousse tordue par la peur. Mais non, tout allait bien ! Il ne pouvait en être autrement, n'est-ce pas ? Quel mal pouvait-il arriver à une petite fille, dans une école hors de prix, dirigée par quelqu'un d'aussi sérieux et d'aussi respectable que Mlle Emily Dean Dewhurst ?

Lorsque Carrie était blessée, s'en voulait et en voulait à la terre entière, et qu'aucun des êtres qui l'aimaient n'était près d'elle, elle se réfugiait dans le passé et se consolait avec ses petites poupées de porcelaine qu'elle dissimulait soigneusement sous ses vêtements. Elle était à présent la seule élève à avoir une chambre pour elle toute seule. C'était la première nuit de son existence qu'elle passerait sans personne à côté d'elle. Oui, sa solitude était vraiment complète désormais. Toutes les pensionnaires s'étaient coalisées contre elle, même la jolie Lacy St. John.

Dans ses moments de chagrin, elle sortait de leur cachette ses amis, M. Parkins, Mme Parkins et Clara, leur bébé, et elle leur parlait, comme à l'époque où elle était prisonnière du grenier. « Je pensais que maman était peut-être au paradis du bon Dieu, m'expliqua-t-elle plus tard, dans le jardin avec Cory et papa, et j'étais furieuse contre toi et Chris parce que vous aviez laissé le Dr Paul me conduire ici, alors que vous saviez comme j'aimais être avec vous tous. Je te haïssais, Cathy ! Je haïssais tout le monde ! Je haïssais le bon Dieu qui m'avait faite si petite que ça faisait rire les gens de voir ma grosse tête et mon corps tout rabougri ! »

Dans les couloirs, elle entendait les petites filles chuchoter sur son passage et, quand elle les regardait, les autres se détournaient. « Je me disais que ça m'était égal, mais ça ne m'était pas égal. Je me disais que je pouvais être courageuse comme vous vouliez que je le sois, toi, Chris et le Dr Paul, mais je n'étais pas vraiment courageuse. Je n'aime pas le noir. Et je me disais que Dieu écouterait mes prières et qu'il me ferait grandir parce que tout le monde grandit en vieillissant, alors pourquoi pas moi ?

» Il faisait très noir, Cathy. Ma chambre paraissait immense et j'avais peur. Tu sais que je déteste être seule dans une chambre sans lumière. J'aurais même préféré que Sissy soit là, ça valait encore mieux que personne. Il y avait quelque chose qui bougeait dans l'obscurité et ça m'a tellement effrayée que j'ai allumé. Pourtant, ce n'était pas permis. J'ai eu envie de prendre mes petites poupées dans mon lit pour qu'elles me tiennent compagnie. J'aurais fait bien attention de ne pas trop remuer pour ne pas les casser. Elles étaient cachées dans le dernier tiroir de la commode, Clara entre son papa et sa maman. J'ai sorti le bébé. Il y avait quelque chose de dur sous le coton mais quand je l'ai déplié, il n'y avait plus qu'un bout de bois à la place. Et c'était pareil pour M. et Mme Parkins. Aussi des bouts de bois, juste un peu plus grands. Ça m'a fait un tel coup que je me suis mise à pleurer. Mes poupées s'étaient évanouies, elles s'étaient transformées en bouts de bois. Et puisque Dieu les avait changées en bouts de bois, cela voulait dire qu'il ne me ferait jamais devenir grande.

» Il s'est alors passé une drôle de chose, c'était comme si, moi aussi, j'étais devenue un morceau de bois. J'étais toute raide et j'avais les yeux brouillés. Je suis allée m'accroupir dans un coin pour attendre le malheur qui ne tarderait pas à survenir. La grand-mère disait qu'il arriverait quelque chose de terrible si on cassait une poupée, pas vrai ? »

Carrie ne me dit rien de plus mais j'appris par des tiers ce qui s'était passé ensuite.

Très tard dans la nuit, bien après minuit, les douze petites filles que Mlle Dewhurst avait punies se sont introduites furtivement dans la chambre. Ce fut Lacy St. John qui eut la franchise de me l'avouer mais seulement quand la directrice ne pouvait plus l'entendre.

Douze petites filles, vêtues de longues chemises de nuit de coton blanc, la tenue réglementaire, tenant chacune une bougie de façon que leurs visages fussent éclairés par le bas. De la sorte, avec leurs yeux mangés d'ombre, elles offraient une vision fantastique, on eût dit une procession de fantômes. Ce spectacle avait de quoi frapper de terreur une petite fille déjà folle de peur.

Elles prirent position en demi-cercle devant Carrie et enfilèrent des taies d'oreiller percées de deux trous à l'emplacement des yeux, après quoi elles commencèrent des gesticulations en brandissant leurs bougies et en psalmodiant des incantations dignes d'authentiques sorcières. La cérémonie avait pour but de chasser « la petitesse » du corps de Carrie ; elles voulaient la « libérer » et se « libérer » elles-mêmes du mal qu'elles étaient forcées de faire pour se protéger de quelqu'un d'aussi « étrange » et d' « anormalement petit ».

Pour Carrie, ce cortège de filles en chemises de nuit, la tête encapuchonnée, ne pouvait être qu'une troupe de monstres sortis tout droit de l'enfer. Elle se mit à gémir et à trembler, affolée comme si c'était à nouveau la grand-mère qui venait de surgir. Non, pas une grand-mère : douze grands-mères !

— Ne pleure pas, tu n'as rien à craindre, fit alors une voix aiguë et bien reconnaissable. Si tu es vivante demain matin, si tu survis à cette initiation, toi, Carrie Dollanganger, tu seras admise dans les rangs de notre très secrète société et nos rites, nos réunions et nos cachettes de friandises te seront révélés.

— Oh ! fit plaintivement Carrie, allez-vous-en, laissez-moi, allez-vous-en, laissez-moi...

— Silence ! ordonna la voix de cauchemar. Le seul moyen que tu as de devenir l'une des nôtres est de sacrifier ce que tu possèdes de plus précieux et qui t'est le plus cher. C'est cela ou l'épreuve.

Tapie dans son coin, Carrie ne pouvait que suivre des yeux les blanches et menaçantes sorcières qui se mouvaient dans l'ombre. La lueur des bougies, de plus en plus envahissante, transformait son univers en un brasier or et rouge.

— Donne-nous ce qui est cher à ton cœur si tu ne veux pas souffrir, souffrir, souffrir !

— Je n'ai rien, murmura Carrie en toute sincérité.

— Si. Tes poupées, de jolies petites poupées de porcelaine. Donne-les-nous. Le monsieur, la dame et le bébé.

— Je ne les ai plus. Elles se sont changées en bouts de bois.

— Ah ah ! Comme c'est vraisemblable ! Tu mens ! Eh bien, puisque c'est ainsi, petit hibou, il faudra que tu souffres pour devenir des nôtres. Souffrir ou mourir. A toi de choisir.

Le choix était tout fait. Carrie acquiesça en s'efforçant de ne pas renifler.

— Parfait. A partir de demain, Carrie Dollanganger sera l'une des nôtres.

J'ai du mal à raconter la suite. Elles mirent un bandeau sur les yeux de Carrie, lui attachèrent les mains derrière le dos, la poussèrent hors de la chambre, lui firent grimper un escalier raide. Soudain, l'air frais de la nuit lui caressa la peau. Sous ses pieds nus, elle sentit une surface inclinée et en conclut à juste titre qu'on l'avait conduite sur le toit. Or, il n'était qu'une chose au monde qui l'épouvantait plus que la grand-mère — se trouver sur un toit, justement. Prévoyant qu'elle allait crier, les filles l'avaient bâillonnée.

— Maintenant, reprit la voix stridente, allonge-toi ou perche-toi près de la cheminée, sous la lune, ainsi qu'il convient à un hibou et, demain matin, tu seras des nôtres.

Brusquement, il n'y eut plus personne. Carrie était seule dans la nuit sur le toit. Les rires étouffés de ses persécutrices qui battaient en retraite lui parvinrent, puis le claquement d'un loquet qui se referme.

*Cathy !* appela-t-elle silencieusement. *Cathy ! Chris ! Venez à mon secours ! Docteur Paul, pourquoi est-ce que vous m'avez amenée ici ? Personne ne veut donc de moi ?*

Aveuglée par son bandeau, bâillonnée et ligotée, Carrie, secouée de sanglots, bravant alors la déclivité de ce toit inconnu, commença à se laisser glisser centimètre par centimètre, vers l'endroit d'où lui était parvenu le bruit du loquet, priant pour ne pas tomber.

— Oh ! Cathy ! me dirait-elle par la suite d'une voix étranglée, comme c'était bizarre, là-haut ! Le vent soufflait, il s'est mis à pleuvoir et à faire du tonnerre. Je voyais les éclairs à travers mon bandeau. Et, pendant tout ce temps, j'entendais Cory qui chantait pour me guider jusqu'à la trappe. Je l'ai ouverte avec les pieds et j'ai réussi à me glisser à l'intérieur. Et puis, j'ai dégringolé dans l'escalier. Il y a eu un craquement d'os et j'ai eu affreusement mal ! C'était comme si des dents me mordaient, je ne voyais plus rien, je ne sentais plus rien, je n'entendais même plus la pluie. Et Cory est reparti.

Nous étions à table le dimanche, Paul, Chris et moi. Mon frère ouvrait la bouche, prêt à enfourner au moins la moitié d'un petit pain maison quand le téléphone sonna dans le hall. Paul reposa sa fourchette en maugréant. J'étais aussi mécontente que lui car j'avais préparé le premier soufflé au fromage de mon existence, et un soufflé n'attend pas.

— Veux-tu répondre, Cathy ? J'ai trop envie de goûter ton soufflé. Il a l'air délicieux et son odeur est sublime.

— Ne bougez pas, répondis-je en bondissant. Je vais faire le maximum pour vous protéger de cette satanée Mme Williamson...

Paul pouffa, s'emparant à nouveau de sa fourchette.

— Ce n'est pas forcément ma veuve solitaire qui veut me parler de ses petits ennuis de santé, tu sais.

Chris continuait de s'empiffrer.

Je décrochai et annonçai de ma voix la plus posée et la plus aimable :

— Ici la résidence du Dr Sheffield.

— Emily Dean Dewhurst à l'appareil. Veuillez me passer le Dr Sheffield.

— Mademoiselle Dewhurst ! répétai-je, aussitôt affolée. Je suis Cathy, la sœur de Carrie. Il ne lui est rien arrivé ?

— Il faudrait que vous veniez de toute urgence avec le Dr Sheffield.

— Mademoiselle Dewhurst...

Mais elle ne me laissa pas aller plus loin :

— Il semble que votre jeune sœur ait mystérieusement disparu. Les élèves en retenue devant assister au service du dimanche à la chapelle, j'ai moi-même fait l'appel et Carrie n'a pas répondu à son nom.

Mon cœur battait à grands coups tant j'appréhendais la suite mais j'appuyai machinalement sur le bouton de l'amplificateur pour que Chris et Paul entendent.

— Où était-elle ? demandai-je d'une voix blanche.

— J'ai chargé quelqu'un d'aller voir dans sa chambre. Elle n'y était pas. J'ai alors donné l'ordre de fouiller le parc et les bâtiments mais votre sœur est introuvable. Si je ne connaissais pas son caractère, je penserais qu'elle a fait une fugue et qu'elle est présentement en route vers vous. Mais l'atmosphère qui règne ici me fait soupçonner que des élèves savent ce qui est arrivée à Carrie. Toutefois elles refusent de parler.

— Vous voulez dire que vous ne l'avez toujours pas retrouvée ?

Paul et Chris me regardaient, pétrifiés.

— Hélas, non. On ne l'a plus revue depuis 21 heures hier soir. Si elle avait voulu rentrer chez elle, même à pied, elle devrait déjà être arrivée. Puisqu'elle n'est ni chez vous ni ici, c'est qu'elle est blessée, qu'elle s'est égarée ou qu'elle a eu un accident...

La voiture blanche filait sur la route menant à l'institution. J'étais devant, entre Paul et Chris. Mon frère avait pris sa valise pour pouvoir retourner à son collège par le car quand nous saurions ce qui était arrivé à Carrie. Il me serrait la main très fort, comme pour me rassurer : cette enfant-là, notre enfant, ne mourrait pas. Il me prit par les épaules et approcha sa tête de la mienne.

— Cesse de te ronger, Cathy. Tu connais Carrie. Elle doit être cachée quelque part et s'obstiner simplement à ne pas répondre. Rappelle-toi le grenier. Elle refusait d'y rester, même quand Cory en avait envie. Elle a décidé de n'en faire qu'à sa tête mais elle ne s'est pas sauvée. Elle a trop peur de l'obscurité. Quelqu'un lui a sans doute fait de la peine et, pour se venger, elle laisse les gens s'inquiéter.

Pourquoi avait-il fait allusion au grenier où Cory avait failli mourir étouffé au fond d'une malle avant d'aller rejoindre papa au ciel ? Il m'embrassa la joue et sécha mes larmes.

— Allez, ne pleure pas. Je ne sais dire que des bêtises. Tout va s'arranger, tu verras.

— Comment, vous ne savez pas où est ma pupille ? gronda Paul en foudroyant Mlle Dewhurst du regard. Je croyais que les élèves de cet établissement étaient parfaitement surveillées vingt-quatre heures sur vingt-quatre.

— C'est la première fois qu'une chose pareille se produit, docteur Sheffield. Il n'y avait encore jamais eu de disparition. Nous faisons tous les soirs la tournée des chambres pour nous assurer que les élèves sont couchées et que les lumières sont éteintes. Et Carrie était dans son lit. Je m'en suis assurée moi-même. Je voulais la réconforter mais elle a refusé de me regarder et d'ouvrir la bouche. Tout a commencé avec cette bagarre qui a éclaté, les blâmes et la retenue. Les professeurs l'ont cherchée avec moi et nous avons interrogé nos jeunes filles. Elles affirment ne rien savoir.

— Pourquoi ne m'avez-vous pas prévenu dès que vous avez constaté sa disparition ?

A ce moment, je demandai que l'on me conduise à la chambre de Carrie, et la directrice s'empressa de saisir cette occasion d'échapper à la colère de Paul. Pendant que nous montions l'escalier, elle se répandit en excuses sans fin ; il fallait que nous comprenions combien il était difficile de tenir en main un si grand nombre de fillettes espiègles, et lorsque nous entrâmes enfin dans la chambre de ma sœur, nous avions sur les talons plusieurs élèves qui chuchotaient, étouffaient de petits cris étonnés. Elles n'en revenaient pas que nous ressemblions tant à Carrie, Chris et moi — sauf que nous n'étions pas des « avortons ».

— Il n'est pas étonnant qu'elle ne se plaise pas ici si vous êtes capables de proférer de telles insanités, leur lança Chris menaçant. Nous la retrouverons, ajouta-t-il. Même s'il faut que nous restions toute la semaine et torturions chacun de ces petits monstres pour leur arracher la vérité.

— Personne en dehors de moi ne torturera ces demoiselles, jeune homme ! répliqua Mlle Dewhurst.

Je m'efforçai de me mettre dans la peau de Carrie. Voyons... si j'avais son âge et que l'on m'ait injustement punie en me privant de mon week-end, essaierais-je de fuir ? Oui ! Sûrement ! Mais je n'étais pas Carrie. Et je ne me serais pas enfuie en chemise de nuit. Toutes ses robes réglementaires spécialement taillées par Henny, ses chandails, ses jupes étaient là, ainsi que tous ses objets personnels. A la seule exception des figurines de porcelaine.

A genoux devant la commode, je montrai à Paul la boîte qui ne contenait que du coton et des morceaux de bois dont la présence, d'ailleurs, me laissa perplexe.

— Ses poupées ne sont plus là et, si je ne me trompe pas, il ne manque qu'une chemise de nuit. Elle ne serait pas sortie avec sa seule chemise de nuit sur le dos. Elle est ici... quelque part dans un endroit où personne n'est allé voir.

— Nous avons regardé partout, m'interrompit Mlle Dewhurst avec impatience, comme si je n'avais pas voix au chapitre.

Seul comptait le tuteur, le docteur dans les bonnes grâces duquel il fallait rentrer et qui la gratifia à nouveau d'un coup d'œil glacé.

Je ne sais pas pourquoi mais, au même instant, je me retournai et mon regard se posa sur une petite rouquine toute frisottée, maigre, le teint bilieux, qui avait l'attitude du chat qui vient de manger le poisson rouge et que, d'après ce que Carrie m'avait dit de sa compagne de chambre, je détestais déjà. Peut-être fut-ce simplement son regard ou la façon qu'elle avait de tripoter la grande poche de son tablier d'organdi qui m'alerta. Elle blêmit, se détourna en se balançant d'un pied sur l'autre avec embarras et sortit vivement sa main de sa poche. La bosse que faisait le tissu avait quelque chose de louche.

— C'est toi, la camarade de chambre de Carrie, n'est-ce pas ? demandai-je.

— C'était, fit-elle d'une voix bredouillante.

— Qu'est-ce que tu as dans ta poche ?

Elle me fit face. Ses yeux verts lançaient des éclairs, ses lèvres frémissaient.

— Ça ne vous regarde pas !

— Mademoiselle Towers, répondez à Mlle Dollanganger, lui ordonna la directrice sur un ton cinglant.

— C'est mon porte-monnaie, dit alors Sissy avec un air de défi.

— Il est rudement gros.

D'un geste vif, je plongeai la main dans sa poche et en sortis un foulard bleu d'où s'échappèrent M. Parkins, Mme Parkins et le bébé de porcelaine.

— Comment se fait-il que les poupées de ma sœur soient en ta possession ?

— Elles sont à moi !

Ses yeux n'étaient plus que deux fentes étroites. Les élèves qui nous entouraient se mirent à ricaner et à se parler à l'oreille.

— Ce n'est pas vrai. Elles sont à Carrie.

— C'est faux ! riposta-t-elle. Vous êtes une voleuse. Mes parents vous feront jeter en prison ! C'est mon papa et ma maman qui me les ont données pour Noël !

— Tu es une sale petite menteuse. (Ma main me démangeait.) Tu les as prises à ma sœur, et elle est maintenant en grand danger. (Je le savais, je le pressentais. Il fallait porter secours à Carrie, et vite.) Où est-elle ?

Elle le savait mais elle ne le dirait jamais. Il suffisait de regarder ses yeux chargés de haine pour en être convaincue. C'est alors que Lacy St. John passa aux aveux et nous raconta les événements de la fameuse nuit.

Mon Dieu ! Rien ne terrifiait Carrie autant qu'un toit ! Je me rappelai le jour où nous avions voulu, Chris et moi, transporter les jumeaux sur le toit de Foxworth Hall afin de leur faire profiter du soleil et de l'air pur. Ils avaient hurlé et s'étaient débattus, en proie à la panique.

— Je veux visiter moi-même le grenier, dis-je à Mlle Dewhurst.

La directrice se hâta de répondre qu'on l'avait déjà fouillé de fond en comble en appelant Carrie sur tous les tons. Mais ils ne connaissaient pas ma petite sœur comme moi. Ils ne savaient pas que, quand elle était en état de choc, elle se réfugiait dans un monde imaginaire où la parole n'avait pas cours.

Nous montâmes tous au grenier — les professeurs, Chris, Paul et moi. Il était conforme à ce que l'on pouvait attendre : une pièce immense, sombre et poussiéreuse. Mais, ici, pas de vieux meubles recouverts de housses noircies ni de vestiges du passé. Il n'y avait que des piles et des piles de lourdes caisses de bois.

Carrie était là. Mon instinct me le disait. Je devinais sa présence. Et pourtant mon regard ne rencontrait que des caisses entassées.

— Carrie ! criai-je de toutes mes forces. C'est moi... Cathy. Sors de ta cachette. J'ai tes poupées. Le Dr Paul est avec moi. Et Chris aussi. Nous allons tous rentrer à la maison et on ne te mettra plus jamais en pension ! (Je lançai un coup de coude à Paul.) Confirmez-le-lui.

— Carrie, c'est vrai ce que dit ta sœur, fit-il alors d'une voix puissante. Tu ne quitteras plus la maison, tu resteras avec nous. Je te demande pardon. Je pensais que tu serais heureuse ici. Je sais maintenant que je me suis trompé. Sors, Carrie, je t'en supplie, nous avons besoin de toi.

Je crus soudain entendre un gémissement étouffé et m'élançai dans la direction d'où venait ce bruit. Chris me suivit. Les greniers n'avaient pas de secrets pour moi. Je savais fouiller. Je savais trouver.

Je m'arrêtai si brutalement que Chris me heurta. Je venais d'apercevoir Carrie au fond d'un obscur boyau entre deux hautes rangées de caisses. Sa chemise de nuit était déchirée, maculée de sang. Elle avait toujours son bâillon et le bandeau sur les yeux. Sa chevelure blonde luisait dans la pénombre. Une de ses jambes, repliée sous elle, faisait un angle bizarre.

— Mon Dieu ! murmurèrent en même temps Chris et Paul. Elle a la jambe cassée !

J'allais me précipiter sans réfléchir pour la délivrer mais Paul m'en empêcha en me retenant par les épaules.

— Une minute, fit-il à voix basse. Regarde ces caisses, Cathy. Au moindre geste imprudent, elles s'écrouleront sur vous deux.

Derrière moi, un professeur exhala une plainte étranglée et commença à prier. Comment Carrie avait-elle pu se traîner jusque-là, les yeux bandés et les poignets liés dans le dos ? C'était inimaginable. Un adulte ne pouvait se glisser dans cet étroit passage. Mais moi, je le pouvais. Ma minceur me le permettait encore.

J'organisai ma tactique tout en m'adressant à ma petite sœur :

— Carrie, tu vas faire exactement ce que je vais te dire. Ne te tourne ni à droite ni à gauche. Reste à plat ventre comme tu es. Je vais te rejoindre en rampant et je te prendrai sous les bras. Tu lèveras le plus possible la tête pour ne pas t'écorcher le visage. Le Dr Paul me tiendra par les chevilles et il nous tirera toutes les deux.

— Préviens-la que cela lui fera mal à la jambe.

— Tu as entendu le Dr Paul, Carrie ? Cela te fera mal à la jambe. Mais, je t'en prie, ne te débats pas. Cela ne durera qu'une ou deux secondes et le docteur réparera ta jambe.

Les caisses qui flanquaient le boyau où je progressais centimètre par centimètre vacillaient. J'eus l'impression que des heures s'écoulaient ainsi, quand, enfin, je pus prendre Carrie sous les aisselles.

— O.K., Cathy ! cria Paul.

Et il me tira d'un geste sec par les pieds.

Les caisses dégringolèrent dans un vacarme assourdissant, soulevant des nuages de poussière, mais, à ce moment, je détachais déjà le bandeau et le bâillon de Carrie tandis que Paul libérait ses poignets. Elle se jeta alors sur moi en clignant des yeux, éblouie par la lumière, sanglotant de douleur, terrifiée à la vue des professeurs et de sa jambe tordue.

Assis dans l'ambulance, nous la tenions chacun par une main, Chris et moi. Paul suivait dans sa voiture. Les trois poupées de porcelaine reposaient sur l'oreiller, près de la joue de Carrie.

A cause de cette jambe cassée, le voyage que notre cher docteur avait prévu pour les vacances dut être annulé et j'étais une fois de plus furieuse contre maman. C'était sa faute et nous, nous en payions les conséquences. Ainsi Carrie était immobilisée et nos vacances gâchées alors qu'elle se baladait par monts et par vaux et menait la grande vie. Pour le moment, elle était en France, sur la Côte d'Azur. J'avais collé dans mon press-book de la vengeance le billet mondain de la gazette de Greenglenna, qui annonçait la nouvelle. Exceptionnellement, je l'avais montré à Chris. Je lui cachais les autres coupures de presse, ne voulant pas qu'il sache que je m'étais abonnée à ce journal de Virginie qui rapportait tous les faits et gestes des Foxworth.

— Où as-tu déniché ça ? me demanda-t-il.

— Dans le journal de Greenglenna. Il s'intéresse plus aux mondanités que le *Daily News* de Clairmont. Tu ne savais pas que notre mère est une vraie célébrité ?

— Contrairement à toi, j'essaie de l'oublier, répliqua-t-il sur un ton sec. Nous n'avons pas tellement à nous plaindre, maintenant, n'est-ce pas ? Nous avons la chance d'être avec Paul, la jambe de Carrie sera bientôt guérie et il y aura d'autres étés où nous pourrons aller en Nouvelle-Angleterre.

Ne savait-il donc pas que les occasions ne se représentent jamais deux fois ? Plus tard, nous serions peut-être trop occupés. Nous ou Paul.

— Puisque tu es un « presque médecin », tu te rends compte, j'imagine, que par la faute de ce plâtre, la jambe de Carrie risque d'être plus courte que l'autre ?

La question parut le mettre étrangement mal à l'aise.

— Si Carrie grandissait comme les autres enfants, le risque pourrait être réel. Mais elle se développe si lentement qu'il est peu probable qu'elle boite.

— Oh ! Retourne à tes manuels d'anatomie !

J'étais furieuse qu'il minimise toujours ce que je disais quand cela mettait maman en cause. Il savait pourtant pourquoi Carrie avait des troubles de croissance. Privée d'amour, de soleil et de liberté, c'était miracle qu'elle eût survécu. Pour ne rien dire de l'arsenic !

Jour après jour, ma collection de coupures et de mauvaises photos de presse s'enrichissait. Presque tout mon argent de poche passait dans l'achat d'une multitude de journaux. Les photos de maman, je les contemplais avec haine mais c'était avec admiration que je regardais celles de son mari. Qu'il était beau et athlétique ! me disais-je, les yeux braqués sur la photo qui le montrait, une coupe de champagne à la main, en train de boire à la santé de sa femme pour célébrer le second anniversaire de leur mariage.

Ce soir-là, je décidai d'envoyer un petit mot à maman.

Chère madame Winslow,

Je me rappelle admirablement l'été de votre lune de miel. Ce fut un été superbe et délicieusement frais que nous avons passé dans une chambre verrouillée dont les fenêtres ne s'ouvraient jamais.

Mes félicitations et mes vœux les meilleurs, madame

Winslow. Je souhaite que vos étés, vos hivers, vos printemps et vos automnes à venir soient hantés par le souvenir des étés, des hivers, des printemps et des automnes que connurent vos poupées de Dresde.

Qui ne sont plus à vous,
la poupée docteur,
la poupée ballerine,
la poupée qui fait des prières pour grandir
et la poupée qui est morte.

Je courus mettre ma lettre à la poste mais à peine l'avais-je glissée dans la boîte que je le regrettai. J'aurais voulu la rattraper. Chris m'en voudrait à mort.

Il plut, cette nuit-là, et je me levai pour regarder l'orage. Mes larmes zébraient mes joues comme la pluie les vitres. C'était un samedi et Chris était à la maison. Il était sur la terrasse. En pyjama, dans la bourrasque. Nos regards se rencontrèrent et il entra dans ma chambre sans dire un mot. Nous nous jetâmes dans les bras l'un de l'autre, moi qui pleurais, lui qui essayait de ne pas pleurer.

— Pourquoi pleures-tu comme ça, Cathy? me demanda-t-il enfin.

— Tu ne l'aimes plus, n'est-ce pas?

Comme il hésitait, la colère qui frémissait en moi devint rage brûlante.

— Si, tu l'aimes! Comment peux-tu l'aimer encore après ce qu'elle a fait à Cory et à Carrie? Mais qu'est-ce que tu as dans la peau pour continuer à l'aimer alors que tu devrais la détester comme moi?

Il se taisait toujours et son silence fut pour moi la réponse : s'il persistait à l'aimer, c'est qu'il y était obligé pour continuer à m'aimer, moi. Quand il me regardait, c'était elle qu'il voyait, telle qu'elle avait été dans sa jeunesse. Il était comme papa, incapable de résister au type de beauté qui était le mien. Mais ce n'était qu'une ressemblance superficielle. Je n'étais pas un être faible! Je n'étais pas désarmée! J'aurais, moi, imaginé mille moyens de gagner ma vie au lieu d'enfermer mes quatre enfants et de les confier à une odieuse vieille qui voulait qu'ils expient des péchés qui n'étaient pas les leurs !

Alors que j'étais là à brasser des pensées de vengeance et à tirer des plans pour détruire la vie de maman, Chris m'embrassait tendrement. Je ne m'en étais même pas aperçue.

— Arrête ! criai-je en sentant ses lèvres se poser sur les miennes. Laisse-moi ! Tu ne m'aimes pas comme je veux être aimée — pour ce que je suis. Tu m'aimes parce que je lui ressemble ! Il y a des moments où je déteste mon visage !

Il recula, ulcéré.

— Je voulais seulement te consoler, dit-il d'une voix cassée. N'abîme donc pas tout.

Mes craintes concernant la jambe de Carrie se révélèrent vaines. Quand on lui eut enlevé son plâtre, elle se remit très vite à marcher comme avant.

L'automne approchait et nous tînmes conseil, Chris, Paul et moi. Nous décidâmes que, somme toute, la meilleure solution était d'inscrire Carrie dans une école de Clairmont. De la sorte, elle rentrerait tous les soirs à la maison.

Septembre. Novembre. Quand décembre arriva, elle ne s'était pas encore fait une seule amie. Elle voulait désespérément s'intégrer mais elle était toujours une étrangère, elle voulait s'attacher à quelqu'un qu'elle aimerait comme une sœur mais ne rencontrait que méfiance, hostilité et sarcasmes.

— Personne ne m'aime, Cathy !

— Cela viendra. Tôt ou tard, tes camarades verront combien tu es mignonne et gentille. Et il y a nous qui t'aimons et t'admirons. Alors, ne te laisse pas abattre. Moque-toi de ce que pensent les autres.

Elle renifla en ravalant ses larmes. Elle était loin de s'en moquer.

Carrie partageait toujours ma chambre. Tous les soirs, elle se mettait à genoux devant son lit, joignait ses mains sous son menton et, inclinant la tête, elle priait.

— Mon Dieu, s'il vous plaît, faites que je retrouve ma mère. Ma vraie mère ! Et, surtout, Seigneur, faites que je grandisse un tout petit peu. Je ne vous demande pas de devenir aussi grande que maman, mais presque autant que Cathy, s'il vous plaît, mon Dieu, s'il vous plaît...

En entendant cette prière, je ressassais des pensées meurtrières. Comment pouvait-elle avoir la nostalgie d'une mère qui s'était montrée aussi cruelle ? Avions-nous eu raison, Chris et moi, de lui cacher la sinistre vérité ? De ne pas lui dire que notre propre mère avait essayé de nous tuer ? Que c'était sa faute si la croissance de Carrie était contrariée ?

Elle rendait sa petite taille responsable de tous les maux, y voyant la cause de son isolement. Elle savait qu'elle était jolie et que sa chevelure était somptueuse mais à quoi bon un gracieux minois et des cheveux superbes quand on a une tête hors de proportion avec son corps ? Sa beauté ne lui gagnait ni l'amitié ni l'admiration des autres enfants, tout au contraire. On l'appelait « la naine ». « Qu'est-ce que tu attends pour te faire engager dans un cirque ? Tu serais la lilliputienne de service ! » Quand elle descendait du bus, elle rentrait en courant, pleurant, terrifiée, éternelle victime de gosses sans cœur qui faisaient d'elle leur cible favorite.

— Personne ne m'aime, Cathy, disait-elle, le visage enfoui dans mon giron. On ne m'aime pas parce que je suis trop petite et que j'ai une trop grosse tête et même ce que j'ai de joli, les autres, ils n'aiment pas parce qu'ils trouvent que c'est gâché... je suis trop petite !

Un jour, elle alla s'adresser à celui qui, seul, pouvait donner à peu près tout. Alors, pourquoi pas la possibilité de grandir ?

Paul dégustait un verre de vin en grignotant des amuse-gueule sur la terrasse. Moi, j'étais à mon cours de danse. Il me raconta la scène plus tard.

— Elle est venue me demander si je n'avais pas une machine pour la faire grandir. Je lui ai répondu que même si j'en avais une, ce serait une opération extrêmement pénible et douloureuse. Je l'ai exhortée à la patience. « Tu as déjà grandi depuis ton arrivée, lui ai-je dit. Avec le temps, tu grandiras encore, ma chérie. J'ai connu des enfants qui ont poussé du jour au lendemain à l'âge de la puberté. » Elle fixait sur moi ses immenses yeux bleus au regard éperdu. Je l'avais déçue, c'était évident. Il n'y avait qu'à voir la façon dont elle s'éloignait, les épaules voûtées et la tête basse. Elle avait placé tous ses espoirs dans cette machine dont lui avaient parlé des enfants cruels, pour se moquer d'elle.

— La médecine moderne ne peut donc rien faire pour accélérer sa croissance ? lui demandai-je.

— Je cherche, répondit Paul d'une voix étranglée. Je donnerais ma main droite pour lui faire atteindre la taille qu'elle souhaite. Et si c'était possible, je n'hésiterais pas à lui céder des centimètres et des centimètres de la mienne.

## L'OMBRE DE MAMAN

Cela faisait un an et demi que nous vivions chez Paul, et cela avait été une période de joie et d'étonnement. J'étais une taupe qui n'émergeait des ténèbres que pour s'apercevoir que les jours lumineux n'étaient pas du tout ce qu'ils étaient censés être.

J'avais cru que, une fois évadée de Foxworth Hall, je parviendrais sans coup férir à la célébrité, à la richesse et au bonheur. J'avais du talent — il me suffisait de lire l'admiration qui luisait dans les yeux de Georges et de Marisha Rosencoff pour en avoir la certitude. Marisha était impitoyable, elle ne laissait pas passer la moindre défaillance technique. Ses critiques prouvaient que je méritais les efforts qu'elle consentait pour faire de moi plus qu'une excellente danseuse — une danseuse hors pair.

Pendant l'été, Chris trouva un emploi de garçon de café qui l'occupait de 7 heures du matin à 7 heures du soir. En août, il devait aller à la Duke University. Carrie passait le plus clair de son temps à faire de la balançoire et à jouer avec ses poupées de porcelaine, bien qu'à dix ans elle eût passé l'âge de ce genre d'amusements. Je travaillais ma danse cinq jours par semaine et presque la moitié de mes samedis. Quand j'étais à la maison, Carrie me suivait comme une ombre et, quand je n'y étais pas, c'était à Henny qu'elle se raccrochait. Elle aurait eu besoin d'une compagne de son âge. Brusquement, elle avait cessé de se lamenter sur sa taille mais la tristesse que je lisais dans ses yeux disait éloquemment qu'elle souffrait de ne pas être semblable aux filles que nous croisions dans la rue.

Son supplice me désolait et je maudissais maman. J'aurais voulu qu'elle soit pendue par les pieds au-dessus des flammes de l'enfer et que les démons la caressent de leurs fourches !

Je lui envoyai de plus en plus souvent de courtes lettres dans l'espoir de gâcher, au moins un peu, son existence ensoleillée, mais elle ne demeurait jamais assez longtemps au même endroit pour les recevoir. En tout cas, elle ne réagissait pas. Jamais mes messages ne m'étaient retournés avec la mention « DESTINATAIRE INCONNU À L'ADRESSE INDIQUÉE ». Tous les soirs, j'épluchais la gazette de Greenglenna et j'avais parfois de ses nouvelles. *Mme Bartholomew Winslow a quitté Paris pour Rome où elle doit assister à la présentation des modèles d'un nouveau couturier à la mode.* Ces indiscrétions venaient enrichir mon press-book. Oh ! Le paquet que je lui enverrais quand je la verrais ! Parce que, un jour ou l'autre, il faudrait bien qu'elle vienne s'installer à Greenglenna dans la demeure familiale de Bart Winslow, à présent restaurée, remise à neuf et prête à l'accueillir.

Chris partit pour Duke quinze jours avant que je ne reprenne le chemin du lycée. J'aurais mon diplôme en janvier. J'avais terriblement hâte d'en finir avec mes études et je travaillais comme une forcenée pour en être débarrassée.

L'automne passa à la vitesse de l'éclair. Me tenir au courant des activités de ma mère occupait une bonne partie de mes journées et quand je commençai à vraiment potasser l'histoire de la famille de Bart, cela suffit à remplir mes loisirs. Je passais des heures à compulser les documents relatifs à l'aristocratie de Greenglenna. J'appris ainsi que les ancêtres de Bart étaient arrivés au début du XVIII^e^ siècle dans l'actuelle Caroline du Nord, à peu près à l'époque où les miens débarquaient en Virginie. Etait-ce une simple coïncidence si les uns et les autres avaient fait partie de la « colonie perdue » ? Quelques colons étaient retournés en Angleterre pour y chercher du ravitaillement. A leur retour, ils n'avaient rien retrouvé. La colonie avait été abandonnée et il ne restait pas un seul survivant pour leur expliquer ce qui était arrivé. Après la guerre d'Indépendance, les Winslow avaient émigré en Caroline du Sud. Et, maintenant, les Foxworth s'y étaient installés, eux aussi. Comme c'était bizarre !

Chaque fois que je faisais des courses à Greenglenna, je m'attendais à tomber sur ma mère. Quand j'apercevais une blonde, je la dévisageais. J'entrais dans les boutiques chics en espérant me trouver nez à nez avec elle. Les vendeuses me demandaient en quoi elles pouvaient m'être utiles. Je cherchais ma mère et il y avait peu de chances pour que je la découvre, suspendue à un portemanteau dans un présentoir. N'empêche qu'elle était à Greenglenna. Je le savais par la rubrique mondaine du journal. Un jour ou l'autre, il était fatal que la rencontre ait lieu.

Un samedi, Mme Marisha m'avait envoyée faire une course urgente. Soudain, je vis, sur le trottoir, devant moi, un homme et une femme dont la silhouette m'était si familière que j'en eus le souffle coupé. Je crus que mon cœur allait s'arrêter. C'étaient eux ! Rien que de voir maman déambuler, sereine et détendue, dans la rue ensoleillée, me bouleversa. La panique ! Ma gorge était nouée, j'avais un goût de bile dans la bouche. J'eus la témérité de presser le pas pour me rapprocher du couple. Si jamais elle s'était retournée, elle m'aurait immanquablement vue — alors, qu'aurais-je fait ? lui aurais-je craché à la figure ? Oui, avec quelle joie ! L'aurais-je bousculée pour qu'elle s'étale par terre, perdant toute sa dignité ? J'aurais bu du petit-lait ! Mais je ne fis rien, je me contentai de tendre l'oreille pour tenter de surprendre les propos qu'elle échangeait avec son mari.

Que sa voix était douce, comme elle était harmonieuse ! Et comme elle était encore svelte ! Avec quelle grâce ses cheveux d'or pâle auréolaient son visage ! Qu'elle était belle, cette mère que j'avais adorée. Cette mère meurtrière dont la vue, maintenant encore, me faisait saigner le cœur. Car, tout au fond de moi, il y avait une petite fille semblable à Carrie qui avait la nostalgie d'une maman à aimer. Pourquoi, maman ? Pourquoi ? Pourquoi a-t-il fallu que tu préfères l'argent à tes propres enfants ?

Je ravalai le sanglot qui me montait à la gorge et qu'elle aurait pu entendre. J'avais toutes les peines du monde à me maîtriser. J'aurais voulu lui hurler mes accusations en face de son époux, faire un scandale, la terrifier. J'avais aussi envie de me jeter dans ses bras et de l'implorer de me rendre son affection. Mais tous ces élans impétueux furent emportés par la lame de fond de vengeance qui me submergeait. Je ne l'abordai pas. Je n'étais pas prête : je n'étais ni riche ni célèbre, je n'étais personne et elle était encore une beauté, l'une des femmes les plus fortunées de la région, et aussi l'une de celles à qui la chance ne cessait de sourire.

Leur conversation n'avait rien de particulièrement révélateur. Quel restaurant choisiraient-ils pour dîner ? Bart pensait-il que les meubles qu'ils avaient commandés l'après-midi valaient ceux qu'ils auraient pu trouver à New York ? « J'adore ce bonheur-du-jour, dit-elle d'une voix qui me ramena à mon enfance. Il me rappelle énormément celui que j'avais acheté juste avant la mort de Chris. »

Oh oui ! Il lui en avait coûté deux mille cinq cents dollars à l'époque, mais il était absolument indispensable pour mettre le salon en valeur. Cependant, après l'accident où papa avait trouvé la mort, tout ce que nous possédions et que nous n'avions pas fini de payer nous avait été repris, y compris le bonheur-du-jour.

Je les suivis ainsi comme une ombre, défiant le destin, au risque d'être vue. Ils étaient là, ils habitaient la vieille demeure de Bart Winslow. Tout en caressant mes projets de vengeance, je me demandais ce qui la ferait le plus souffrir. Et je flanchai ! Je ne fis rien, absolument rien ! Je rentrai, furieuse contre moi-même, et piquai une colère en me regardant dans la glace. L'image qu'elle me renvoyait était celle de maman ! Qu'elle soit maudite ! Je m'emparai d'un lourd presse-papier et fracassai le miroir. *Bien fait, maman ! Maintenant, tu es en petits morceaux ! Tu es partie, partie, partie...*

J'éclatai en sanglots.

Plus tard, un miroitier vint réparer les dégâts. J'étais une idiote, voilà tout ! J'avais stupidement gaspillé une partie de l'argent destiné à faire un cadeau à Paul pour ses quarante-deux ans.

Un jour, j'aurais ma revanche. Et ce serait autre chose qu'un miroir brisé. Cela irait plus loin. Beaucoup, beaucoup plus loin.

# MON CADEAU D'ANNIVERSAIRE

Congrès médicaux et consultations contrecarrèrent mes projets. Le grand jour arriva et je me hâtai de rentrer après la classe en séchant mon cours de danse. Dans la cuisine, Henny s'échinait sur le menu de gala que j'avais élaboré, composé des plats préférés de Paul, entre autres, un jambalaya créole à base de crevettes, de crabe, de riz, de poivre vert, d'oignons, d'ail, de champignons et de tant d'autres ingrédients encore que j'avais l'impression que je n'en finirais jamais de les doser. Après, il fallait faire revenir les champignons et tous les légumes. C'était d'un compliqué ! Je n'étais pas près de recommencer !

A peine le plat mis au four, j'entrepris de confectionner un second gâteau car le premier avait mal levé. Je le donnai aux gosses du quartier après avoir recouvert le trou de sucre glacé. Henny s'agitait et tournait autour de moi en secouant la tête et en me lançant des coups d'œil critiques.

Je venais de poser la dernière rose décorative, quand la porte de la cuisine s'ouvrit et Chris surgit, hors d'haleine, avec son présent pour Paul.

— Je suis en retard ? demanda-t-il. Je serai obligé de partir à 9 heures pour être rentré à Duke avant l'appel.

— Tu es juste à l'heure, lui répondis-je en me précipitant dans l'escalier pour prendre mon bain et m'habiller. Dresse la table pendant que Henny termine de préparer la salade.

Mettre le couvert était évidemment contraire à la dignité de mon frère mais, pour une fois, il obtempéra sans protester.

Je me lavai les cheveux et me fis une mise en plis, me mis du vernis sur les ongles — ceux des pieds aussi — et me fardai avec un savoir-faire qui était le fruit de nombreuses heures de pratique et de longues consultations avec Mme Marisha et les conseillères d'un grand magasin. Quand je fus maquillée, personne n'aurait deviné que je n'avais que dix-sept ans. Je redescendis en flottant sur le petit nuage né de l'admiration que je lisais dans les yeux de Chris, de l'envie qui luisait dans ceux de Carrie et du sourire qui s'épanouissait sur le visage de Henny.

Remplie de mon importance, je modifiai la disposition de la table, changeai de place les crécelles, les serpentins et les ridicules coiffures de cotillon multicolores, tandis que Chris accrochait des guirlandes au lustre. Puis nous nous assîmes pour attendre Paul.

Les heures passèrent — il n'arrivait toujours pas. Finalement, je me levai et me mis à faire les cent pas dans la pièce, comme maman le jour où nous devions fêter l'anniversaire de papa, ce jour où nous ne devions plus le revoir.

Chris dut finalement partir. Puis Carrie commença à bâiller et à ronchonner. Nous la fîmes manger et elle monta se coucher. A présent, elle avait sa chambre à elle, tapissée en rouge et en violet. Je restai avec Henny à regarder la télé pendant que mon jambalaya créole se desséchait dans le four où on l'avait laissé au chaud et que la salade se ratatinait. Au bout d'un moment, ce fut au tour de Henny de bâiller et d'aller se coucher et je restai en tête à tête avec mon énervement, mon inquiétude et ma fête gâchée.

Il était 10 heures quand j'entendis la voiture s'engager dans l'allée. Paul entra par la petite porte avec ses deux valises et ce ne fut qu'après m'avoir lancé un allègre « bonsoir » désinvolte qu'il remarqua ma robe habillée.

— Diable ! fit-il en jetant un coup d'œil soupçonneux dans la salle à manger toute décorée. Aurais-je par hasard fait rater quelque réjouissance ?

Trois heures de retard et un tel détachement ! Je l'aurais étranglé si je ne l'avais pas aimé comme je l'aimais !

Comme il en va habituellement quand on cherche à camoufler la vérité, je le pris de très haut :

— Et d'abord, pourquoi a-t-il fallu que vous alliez à ce congrès de Chicago ? Vous auriez pu deviner que nous avions prévu quelque chose de spécial pour votre anniversaire ! Vous vous donnez ensuite la peine de téléphoner pour nous dire à quelle heure vous comptez rentrer et vous arrivez avec trois heures de retard...

— Mon vol a été différé...

Je ne le laissai pas poursuivre :

— J'ai sué sang et eau pour faire un gâteau aussi bon que ceux de votre mère et vous ne daignez pas apparaître !

Je passai devant lui pour aller sortir le plat du four.

— J'ai une faim de loup, fit-il sur un ton piteux. Si tu n'as pas encore dîné, nous pourrions sauver ce qui peut encore être sauvé de ce succulent festin. Je fais appel à ton indulgence, Cathy. Je ne suis pas maître des conditions atmosphériques.

Je hochai la tête avec raideur pour lui montrer que j'acceptais en partie cette excuse. Il sourit et effleura légèrement ma joue du dos de sa main.

— Tu es absolument ravissante. Allons, arrête de faire cette tête et prépare tout. Je suis à toi dans dix minutes.

Dix minutes plus tard, il s'était douché, rasé et changé. Nous nous assîmes — moi à sa gauche — devant la grande table éclairée par quatre bougies. Je m'étais organisée pour ne pas avoir à me déranger sans cesse. Tout était disposé sur une table roulante, les mets étaient sur le chauffe-plats, le champagne dans le seau à glace.

— Le champagne, c'est de la part de Chris, lui expliquai-je. Il y a pris goût.

Paul sortit la bouteille du seau pour examiner l'étiquette.

— Bon cru, approuva-t-il. Cela a dû lui coûter cher. Ton frère est devenu un connaisseur.

Nous mangeâmes sans nous presser. Chaque fois que je levais les yeux, mon regard croisait le sien. Il était rentré fatigué, fourbu — maintenant, il avait l'air frais et dispos. Son absence avait duré deux longues semaines, des semaines mortes pendant lesquelles je n'avais cessé de l'attendre.

La dernière bouchée avalée, je me précipitai dans la cuisine pour en ressortir, un instant après, avec un splendide gâteau à la noix de coco, hérissé de minuscules bougies plantées dans des roses en sucre et sur lequel j'avais calligraphié avec un tube de crème Chantilly *Joyeux Anniversaire.*

— A quoi penses-tu ? me demanda Paul quand il eut soufflé les bougies.

— A propos de quoi ? ripostai-je.

Je posai délicatement sur la table le gâteau aux vingt-six bougies — vingt-six parce que c'était l'âge qu'il me paraissait avoir et que je voulais qu'il eût.

Je me sentais tout à fait dans la peau d'une adolescente qui se perd dans les sables mouvants du monde des adultes. Je portais une robe de mousseline couleur flamme, très courte, échancrée et décolletée à outrance, mais si mes tentatives d'apparente sophistication étaient réussies, jouer les séductrices était une autre affaire et je me faisais l'effet d'être toute godiche.

— Ma moustache. Tu l'as sûrement remarquée. Cela fait une demi-heure que tu la contemples.

— Elle est jolie, balbutiai-je en devenant aussi rouge que ma robe. Elle vous va bien.

— Depuis que tu as mis les pieds ici, tu n'as cessé de me laisser entendre que je serais beau comme un astre avec une moustache et maintenant que j'ai pris la peine de la laisser pousser, tout ce que tu trouves à dire est qu'elle est « jolie ». Jolie ! Le mot est vraiment faible, Cathy.

— C'est que... que vous êtes si beau que je n'en trouve pas d'autres. J'ai peur que Thelma Murkel ait déjà trouvé, elle, tous les mots justes, pour flatter votre vanité.

— Comment diable es-tu au courant ?

Seigneur ! il aurait dû pourtant savoir ce que c'est que les ragots !

— Je suis allée à l'hôpital et je suis restée deux heures devant le bureau des infirmières à l'observer. A mon avis, ce n'est pas une beauté sensationnelle. Quand même elle n'est pas mal, mais comme autoritarisme, elle se pose un peu là ! Et puis, j'ignore si vous le savez, mais elle flirte avec tous les docteurs.

Il éclata de rire, les yeux pétillants. Thelma Murkel était l'infirmière en chef du Memorial Hospital de Clairmont et ce n'était un secret pour personne : elle avait décidé de devenir la seconde Mme Paul Scott Sheffield. Seulement, Thelma Murkel n'était jamais qu'une infirmière en blouse blanche, elle se trouvait pour l'instant à je ne sais combien de kilomètres alors que moi, j'étais là, presque à toucher Paul, avec mon nouveau parfum qui l'enveloppait (un arôme ensorceleur, séducteur, auquel aucun homme ne pouvait résister, affirmait la publicité). Thelma Murkel et ses vingt-neuf ans ne faisaient pas le poids à côté de moi.

La tête me tournait un peu après mes trois coupes de champagne et je ne savais plus trop où j'en étais quand Paul déballa les cadeaux que Carrie, Chris et moi-même lui avions achetés avec nos économies. Le mien était une petite tapisserie représentant sa maison toute blanche. On voyait la cime des arbres derrière le toit, l'amorce d'un mur de brique et un bout de parterre de fleurs. C'était Chris qui avait dessiné le canevas et j'avais passé des heures à tirer l'aiguille.

— Mais c'est superbe ! s'exclama Paul, visiblement impressionné. (Je ne pus m'empêcher de penser à la grand-mère qui avait si cruellement refusé le cadeau que nous lui avions offert, et qui nous avait coûté tant de travail, pour gagner son cœur.) Je te remercie infiniment, Catherine. J'accrocherai cette œuvre dans mon cabinet pour que mes clients la voient. (Il se mit debout et me tendit la main pour m'aider à me lever.) La nuit est trop belle pour qu'on aille se coucher, enchaîna-t-il après avoir consulté sa montre. J'ai envie de profiter du clair de lune dans le jardin. T'arrive-t-il à toi aussi d'avoir des envies comme ça ?

Si j'avais des envies ? Mais j'en étais pétrie ! Pour la plupart, des envies d'adolescente, trop fantasques pour les réaliser. Pourtant, quand nous avançâmes dans l'enchantement du jardin japonais, quand nous franchîmes le petit pont de laque rouge, quand nous gravîmes l'escalier de marbre la main dans la main, il me semblait que nous nous enfoncions dans un pays magique. C'était, bien sûr, à cause des statues grandeur nature qui se dressaient autour de nous dans leur froide et parfaite nudité. La brise agitait les festons de mousse espagnole et Paul devait baisser la tête pour les éviter. Je souris parce que, plus petite que lui, je n'avais pas ce problème.

Je m'élançai en courant vers l'œuvre maîtresse, le *Baiser* de Rodin, qui occupait la place d'honneur. Le décor baigné d'une lumière argentée était irréel. La lune à son plein, devant laquelle couraient les nuages, était comme un visage tour à tour triste et gai. Je poussai un soupir car cette nuit me rappelait une autre nuit, celle que nous avions passée, Chris et moi, sur le toit de Foxworth Hall, terrorisés à l'idée que nous étions condamnés aux flammes éternelles.

Paul me ramena au présent.

— Dommage pour toi que tu sois en ma compagnie au lieu d'être avec ton beau danseur.

— Julian ! m'exclamai-je avec surprise. Actuellement, il est à New York. Mais j'ai tout lieu de croire qu'il viendra la semaine prochaine.

— Ah ? Alors, ta semaine lui appartiendra, à lui, pas à moi.

— Cela dépend...

— De quoi ?

— Parfois je souhaite qu'il soit là et parfois non. Il y a des moments où il n'est qu'un petit garçon alors que c'est un homme que je voudrais. Et puis, il y en a d'autres où il est tellement supérieur que j'en suis impressionnée. Et quand nous dansons ensemble, je suis follement amoureuse du prince qu'il personnifie. Il est si beau en costume de scène !

— Oui, moi aussi, j'ai remarqué.

— Il a des cheveux aile-de-corbeau alors que les vôtres sont simplement bruns.

— Je suppose que c'est beaucoup plus romantique ? railla-t-il.

— Cela dépend.

— Ah ! Catherine, tu es femme jusqu'au bout des ongles ! Veux-tu cesser de parler par énigmes ?

— Je ne parle pas par énigmes. Je veux seulement dire que l'amour, le romanesque, ce n'est pas suffisant. Je veux savoir me défendre dans la vie, ne pas en être réduite à séquestrer mes enfants afin d'hériter une fortune que je n'ai pas acquise moi-même. Je veux être capable de me débrouiller, sans dépendre d'un homme qui nous entretiendrait, moi et ma famille.

Il prit mes mains dans les siennes.

— Ah ! Catherine, Catherine, quel mal t'a fait ta mère ! Comme tu es adulte, comme tu es dure ! Il ne faut pas laisser les mauvais souvenirs tuer tes qualités les plus précieuses — ta tendresse, ta douceur. Les hommes désirent être aux petits soins pour leur femme et pour leurs enfants. Il leur plaît qu'une femme se repose sur eux, s'occupe d'eux, les respecte. Il n'est rien de plus atroce qu'une femme agressive et dominatrice.

Je m'arrachai à son étreinte et sautai sur la balançoire. Et je m'envolai, toujours plus haut, toujours plus vite, j'étais à nouveau dans le grenier, dans la nuit oppressante, la nuit sans fin du grenier. J'avais beau être désormais libre, j'avais beau me balancer follement, en plein air, il fallait que je réintègre mon grenier. Tout simplement parce que j'avais revu maman et son mari et que je désirais décrocher, me mettre en réserve, attendre encore avant de mettre à exécution mon projet.

Je me balançais avec une telle fougue, une telle témérité, toujours plus haut, que ma robe se plaqua sur ma figure. Aveuglée, prise de vertige, je tombai. Paul se précipita et, s'agenouillant, me prit dans ses bras.

— Tu t'es fait mal ?

Il m'embrassa avant que je puisse répondre.

Non, je ne m'étais pas fait mal. Une danseuse sait tomber. Il commença à me murmurer les mots d'amour que j'avais besoin d'entendre entre ses baisers, baisers qui, peu à peu, s'attardaient, et la lueur qui brillait dans ses yeux était plus grisante que tous les champagnes.

Mes lèvres s'entrouvrirent sous les siennes et je tressaillis quand nos langues se touchèrent. Brûlants et humides, ses baisers papillonnaient sur mes cils, mes joues, mon menton, ma gorge, mes épaules, dans l'échancrure de mon corsage tandis que ses mains exploraient les régions les plus intimes de mon corps.

— Catherine, balbutia-t-il enfin en s'écartant, Catherine, tu n'es qu'une enfant. Nous ne devons pas nous laisser aller. J'ai juré que cela ne se produirait pas... pas avec toi.

Vaines paroles que je fis taire en l'enlaçant.

— Je voulais vous offrir une Cadillac gris métallisé pour votre anniversaire, fis-je d'une voix rauque, les mains enfouies dans ses cheveux. Mais je n'avais pas assez d'argent. Alors, j'ai décidé de vous offrir un autre présent. Moi.

— Je ne peux pas accepter... tu ne me dois rien.

J'éclatai de rire et l'embrassai sans honte ni pudeur — un baiser qui n'en finissait pas.

— C'est tout le contraire ! Ne me racontez pas que vous ne me désirez pas, ce serait un mensonge. Les regards que vous faites peser sur moi sont éloquents. Je suis une enfant, dites-vous. Figurez-vous que j'ai grandi. Si vous ne m'aimez pas, je m'en moque. Moi, je vous aime, et je n'en demande pas davantage. Je sais que vous m'aimerez comme je souhaite l'être parce que, même si vous ne l'avouez pas, vous m'aimez et vous me désirez.

La lune faisait miroiter ses yeux. Qui le démentirent quand il murmura :

— Non, si tu crois que c'est possible, tu es une folle.

Cette réserve qu'il s'imposait était pour moi la preuve même de son amour. S'il m'avait moins aimée, il aurait pris depuis longtemps ce que je ne lui aurais pas refusé. Aussi, lorsqu'il fit mine de se lever, de me laisser pour fuir la tentation, je m'emparai de sa main et la posai là où cela pouvait lui faire le plus plaisir. Il poussa un gémissement. Et il gémit davantage quand je posai ma main là où cela lui procurait le plus de plaisir. Je n'éprouvai aucune honte à agir ainsi. Résolument, je détournai mes pensées de Chris, de la grand-mère qui m'aurait traitée de tous les noms. Quelle chance — ou quelle malchance — que le livre que j'avais découvert dans le tiroir de la table de chevet de maman m'ait appris ce qu'il fallait faire pour combler un homme et comment répondre à ses sollicitations.

J'étais persuadée qu'il allait me faire l'amour tout de suite, là, sur l'herbe. Mais non. Il me prit dans ses bras et me porta jusqu'à la maison. Il monta silencieusement l'escalier. Nous nous taisions. Je ne cessais d'embrasser son cou et son visage.

Il me déposa sur son lit. Il me faisait déjà l'amour avec les yeux et, sous son regard, je me sentais fondre. Tout se brouillait, tandis que mes émotions me submergeaient, nous engloutissaient. Sa peau contre la mienne, nous vivions avec exaltation le don partagé. Ses lèvres, ses mains me brûlaient et, dans ma fièvre, je n'avais plus qu'un seul désir — qu'il pénètre en moi, qu'à la tendresse succède l'impétuosité de son désir qui nous conduirait aux cimes que nous voulions atteindre ensemble.

— Catherine ! Viens, viens ! Dépêche-toi ! Viens !

Qu'est-ce qu'il disait ? J'étais là, sous son corps. Où voulait-il que j'aille ? Sa peau était moite. Mes jambes étaient nouées autour de ses hanches et je sentais l'effort qu'il faisait pour retarder l'instant, tandis qu'il répétait inlassablement : viens, viens, viens. Puis il poussa un râle et s'abandonna.

A cinq ou six reprises, un jet brûlant gicla en moi — c'était une sensation agréable — et ce fut fini. Fini. Il se retira. Mais je n'avais pas été transportée jusqu'aux cimes, je n'avais pas quitté la terre, je n'avais pas explosé — pas comme lui. Il avait maintenant une expression détendue et apaisée qu'éclairait une joie diffuse. Comme c'est facile pour les hommes ! pensai-je. Pour ma part, je n'étais pas assouvie. Paresseusement, ses mains, errant à l'aventure sur mon corps, en exploraient les collines, les vallées. Il s'endormit. Sa jambe posée en travers des miennes était lourde. Les yeux embués, je contemplais fixement le plafond. *Adieu, Christopher Doll. Maintenant, tu es délivré.*

Le soleil me réveilla au point du jour. Dressé sur un coude, Paul me regardait, l'air rêveur.

— Tu es si belle, si jeune, si désirable ! Tu ne regrettes pas, j'espère ?

Je me serrai plus étroitement contre lui.

— Je voudrais que vous m'expliquiez quelque chose. Pourquoi me demandiez-vous de... venir ?

Il éclata de rire.

— Catherine, mon amour, fit-il enfin, quand il maîtrisa son hilarité, j'ai lutté de toutes mes forces pour me retenir jusqu'à ce que tu atteignes le plaisir et, maintenant, tu me demandes avec tes grands yeux innocents ce que je voulais dire ! Je pensais que tes petits copains du cours de danse t'avaient expliqué. Et ne me raconte pas que tu n'as jamais rien lu à ce sujet !

— C'est-à-dire que j'ai trouvé un jour un livre dans la table de nuit de maman. Mais je n'ai fait que regarder les photos. Je n'en ai jamais lu une ligne.

Il s'éclaircit la gorge.

— Evidemment, je pourrais t'expliquer ce que je voulais dire mais la démonstration serait agréable. Vraiment, tu n'as pas la moindre idée ?

— Bien sûr que si, ripostai-je sur la défensive. Je suis censée être foudroyée par des éclairs qui me paralysent et me font perdre conscience, et puis j'éclate en atomes qui flottent dans l'espace, et puis, quand ils se rassemblent à nouveau, je suis ramenée à la réalité, les yeux pleins d'étoiles — comme vous tout à l'heure.

— Catherine, fais que je ne t'aime pas trop.

Son ton était grave.

— J'essaierai de vous aimer comme vous voulez l'être.

— Je vais d'abord me raser.

Il repoussa les draps pour se lever mais je l'en empêchai.

— Je vous aime comme cela, noir et redoutable.

Je m'abandonnais avec passion à tous les désirs de Paul. Nous rusions pour tenir Henny dans l'ignorance de nos rendez-vous clandestins. Je profitais de ses jours de sortie pour laver les draps, je les cachais en attendant. Quant à Carrie, elle était si peu observatrice... Elle vivait dans un autre univers. Mais quand Chris était là, il fallait être plus discret. Nous évitions même de nous regarder Paul et moi, de peur de dévoiler notre secret. Je me sentais gênée en présence de mon frère. Comme si je l'avais trahi.

Je ne savais pas combien de temps durerait notre folie. Je rêvais d'une passion sans fin, d'une extase éternelle mais mon scepticisme inné m'avertissait qu'une aussi rayonnante idylle serait sans doute sans lendemain. Paul se lasserait bientôt d'une enfant dont l'intelligence ne pouvait rivaliser avec la sienne et il retournerait à ses habitudes anciennes. A Thelma Murkel, peut-être. Qui sait, d'ailleurs, si elle ne l'avait pas accompagné à ce congrès ? Mais j'étais trop avisée pour l'interroger sur ce qu'il faisait quand je n'étais pas avec lui. Je voulais lui donner tout ce que Julia lui avait refusé, le lui donner avec joie. Et sans récriminations quand viendrait l'heure de rompre.

Mais tant que se prolongeait cette fascination qui nous précipitait l'un vers l'autre, je me sentais d'une générosité folle et je savourais l'abandon égoïste où nous nous complaisions. Et je crois que les radotages de la grand-mère qui n'avait que le vice et le péché à la bouche rendaient la situation encore plus excitante parce que ce que nous faisions était très, très mal.

Mais il y avait aussi le revers de la médaille : je ne voulais pas que Chris me considère comme une dépravée. Ce qu'il pouvait penser avait pour moi une importance énorme. *Mon Dieu, faites qu'il comprenne pourquoi j'agis ainsi. Et j'aime Paul, je l'aime !*

Chris eut quelques jours de vacances après le Thanksgiving. Un soir, au dîner, Paul nous demanda ce qui nous ferait plaisir pour Noël. Ce serait le troisième Noël que nous fêterions avec lui. A la fin du mois de janvier, j'aurais mon diplôme de fin d'études. Il ne me restait plus beaucoup de temps car je comptais bien que New York serait l'étape suivante.

Je dis donc à Paul ce que je voulais : me rendre à Foxworth Hall. Chris écarquilla les yeux et Carrie se mit à pleurer.

— Non, dit mon frère avec force. Il ne faut pas rouvrir les plaies cicatrisées.

— Les miennes ne le sont pas, répliquai-je tout aussi fermement. Elles resteront ouvertes tant que justice ne sera pas faite !

## VUE CAVALIÈRE DE FOXWORTH HALL

— Non ! s'exclama-t-il quand j'eus proféré cette déclaration. Tu ne peux donc pas tirer un trait sur le passé ?

— Non ! Je ne suis pas comme toi, Christopher. Tu préfères croire que Cory est mort d'une pneumonie et non d'un empoisonnement par l'arsenic, parce que c'est plus facile à admettre. Pourtant, qui, sinon toi, m'a convaincue que c'est *elle* qui l'a assassiné ? Pourquoi n'irions-nous pas nous-mêmes vérifier s'il existe encore trace du décès de Cory dans un hôpital ?

— Il a très bien pu mourir d'une pneumonie. Il en présentait tous les symptômes.

Comme il manquait d'assurance ! Il savait très bien qu'il ne faisait que la protéger, elle.

— Une minute, dit alors Paul, sortant du silence qu'il observait jusque-là. Si Cathy estime qu'elle doit le faire, pourquoi pas, Chris ? Encore que si votre mère a inscrit Cory sous un nom d'emprunt, il ne sera pas aisé de vérifier.

— Elle a également fait graver un faux nom sur sa tombe, ajouta mon frère en me lançant un regard noir.

Paul réfléchit. Comment retrouver une tombe en ignorant quel nom y est gravé ? Je ne me laissai pas désarçonner pour autant. Si maman avait donné un faux nom à l'hôpital, elle avait forcément utilisé le même pour faire enterrer Coy.

— En tant que médecin, vous pouvez avoir connaissance des archives de tous les hôpitaux, n'est-ce pas, Paul ?

— Es-tu vraiment sûre de le vouloir ? Cela va sans aucun doute réveiller des tas de mauvais souvenirs et rouvrir des blessures, cicatrisées, comme dit Chris.

— Les miennes ne le sont pas, elles ne se cicatriseront jamais ! Je veux porter des fleurs sur la tombe de Cory. Et savoir où il est enterré réconfortera Carrie d'une certaine manière. Mais rien ne t'oblige à te rendre sur sa tombe, si tu y es farouchement opposé, Chris !

Paul tenta de me donner satisfaction malgré la résistance de Chris et nous partîmes tous les quatre pour Charlottesville. Il se rendit dans différents hôpitaux de la ville et, usant de son charme auprès des infirmières, se fit ouvrir les archives. Nous l'attendions dans la voiture, Chris, Carrie et moi, tandis qu'il les parcourait. Aucun petit garçon de huit ans n'était mort de pneumonie en octobre, deux ans plus tôt. En outre, aucun enfant de cet âge n'avait été inhumé à l'époque correspondante. Je m'obstinai néanmoins à faire la tournée des cimetières car maman pouvait fort bien avoir menti, après tout, et l'avoir enterré sous son vrai nom. Carrie pleurait parce que Cory était au ciel, et non dans cette terre qu'une récente chute de neige avait givrée.

L'expédition se solda par un échec. Nous avions perdu notre temps. Chris voulait à toute force que nous rentrions et il essaya de me persuader que je n'avais pas réellement envie de revoir Foxworth Hall.

— Si, je veux y aller ! Nous avons le temps. A quoi bon avoir fait tout ce voyage et repartir sans y jeter un coup d'œil ?

Paul le raisonna. J'avais besoin de voir la maison, lui expliqua-t-il.

— Et, franchement, Chris, j'aimerais la voir, moi aussi.

Mon frère fit la tête mais il capitula.

Paul s'arrêta à une station-service pour demander son chemin. Nous n'aurions eu aucune peine à le guider si nous avions su où passait la voie ferrée et avions pu repérer la petite gare.

Nous finîmes par tomber sur l'imposante demeure solitaire accrochée à flanc de coteau.

— C'est là ! m'écriai-je avec excitation.

Elle était énorme, on aurait dit un hôtel, avec ses deux ailes encadrant le corps de bâtiment principal en brique rose, percé de fenêtres qu'aveuglaient de sombres volets. Le toit d'ardoises noires était terriblement pentu. Comment avions-nous eu la témérité d'en faire l'ascension ? Les huit cheminées et les huit lucarnes mansardées du grenier étaient là, fidèles au poste.

— Regardez, Paul, dis-je en désignant du doigt les deux fenêtres de l'aile nord. C'est là que nous avons vécu notre interminable réclusion dans l'attente de la mort du grand-père.

Pas la moindre trace de roussi nulle part, pas le moindre signe d'incendie. La maison n'avait pas brûlé ! Dieu n'avait pas envoyé un vent sauvage attiser la flamme des bougies pour que prenne feu une fleur de papier dans le grenier. Il n'avait l'intention de punir ni notre mère ni notre grand-mère. Absolument pas !

Carrie se mit brusquement à hurler :

— Je veux ma maman ! Cathy, Chris, c'était là qu'on habitait avec Cory ! Entrons ! je veux ma maman, laissez-moi voir ma vraie maman !

C'était terrible de l'entendre pleurer et supplier ainsi. Comment se rappelait-elle la demeure ? A notre arrivée, il faisait nuit noire et les jumeaux avaient tellement sommeil qu'ils n'avaient rien pu voir. Quand nous nous étions évadés, le jour n'était pas encore levé et nous étions sortis par la porte de derrière. Comment Carrie reconnaissait-elle notre ancienne prison ?

J'eus une soudaine illumination : les maisons en contrebas ! Nous jetions souvent un coup d'œil par les fenêtres de la chambre où nous étions enfermés pour regarder les jolies maisons accrochées à flanc de colline. C'était défendu mais il nous arrivait de braver l'interdit.

Quel bénéfice nous avait rapporté ce long voyage ? Aucun, strictement aucun, hormis une preuve supplémentaire que notre mère mentait outrageusement. Je ressassais ces pensées, même pendant que Paul me faisait un shampooing dans la salle de bains. Mes cheveux étaient beaucoup trop longs pour que je les noue en chignon au-dessus de ma tête. Paul opérait comme je lui avais appris à le faire et, une fois qu'il les avait lavés, il les séchait, les brossait et ils se déployaient à la manière d'un voile soyeux qui cachait ma nudité, comme sa chevelure devait dissimuler la nudité d'Eve.

— Paul, lui demandai-je, les yeux baissés, ce que nous faisons tous les deux, cela n'a rien de mal, n'est-ce pas ? Je suis obsédée par toutes ces histoires de péché que racontait la grand-mère. Dites-moi que l'amour rachète tout.

— Ouvre les yeux, Cathy, murmura-t-il en les essuyant avec une serviette pour enlever la mousse. Regarde. Que vois-tu ? Un homme nu tel que Dieu a voulu qu'il soit.

Il me força à lever la tête et me souleva pour me serrer étroitement contre lui. Il continua de parler et chaque mot qu'il prononçait proclamait que notre amour était beau et légitime.

Je lui permis de me sécher comme une enfant, de brosser mes cheveux, et je m'abandonnai à ses baisers et à ses caresses jusqu'à ce que les braises qui couvaient toujours entre nous s'embrasent à nouveau. Alors, il me prit dans ses bras et me porta dans sa chambre.

Une fois notre ardeur apaisée, blottie contre sa poitrine, je me mis à songer à tout ce que j'étais capable de faire. Des choses qui m'auraient scandalisée quand j'étais enfant, que j'aurais trouvées affreuses car, en ce temps-là, je ne voyais que l'acte, pas le don. Pourquoi les êtres possédaient-ils de naissance une sensualité qu'il leur fallait refouler durant de si longues années ? Comme c'est étrange ! Je me rappelai la première fois où sa langue m'avait touchée *là* et la jouissance qui m'avait alors emportée. Oh ! je pouvais l'embrasser n'importe où sans aucune honte car l'aimer était plus beau que de respirer les roses au soleil de l'été, plus beau que de danser sur une musique sublime avec le plus merveilleux des partenaires.

Voilà ce qu'était pour moi, à dix-sept ans, l'amour de Paul, de vingt-cinq ans mon aîné.

Il m'avait fait revivre, il m'avait rendu mon intégrité. J'étais délivrée du remords de Cory.

Il y avait de l'espoir pour Chris — il était vivant.

Il y avait de l'espoir pour Carrie qui finirait par grandir et rencontrer l'amour, elle aussi.

Et, si les choses s'arrangeaient, peut-être y avait-il également de l'espoir pour moi.

# LE PIED À L'ÉTRIER

Les visites de Julian à Clairmont se faisaient moins fréquentes et ses parents s'en plaignaient. Il dansait mieux qu'il n'avait jamais dansé mais, quand il s'exhibait, jamais ses regards ne se tournaient vers moi. Je le soupçonnais cependant de me dévorer des yeux quand je ne le regardais pas. De mon côté, je faisais des progrès, j'acquérais de la discipline, une plus grande maîtrise et je travaillais dur... très, très dur.

Dès le début, j'avais été intégrée au groupe des professionnels de la compagnie Rosencoff mais uniquement comme petit sujet, dans l'anonymat du corps de ballet. Pour Noël, je devais danser en alternance le *Casse-Noisette* et *Cendrillon.*

Un soir, seule dans le studio, longtemps après le départ des autres, alors qu'enfermée dans mon univers de rêve je m'efforçais de faire de mon personnage quelque chose de neuf et de différent, je m'aperçus que Julian m'accompagnait. Semblable à mon ombre, il reproduisait chacune de mes attitudes, y compris mes pirouettes, parodiait mes gestes.

Enfin, il s'empara d'une serviette et s'essuya la figure tandis que je me dirigeais vers la loge. Paul m'avait invitée à dîner.

— Ne t'en va pas! me cria-t-il. Je sais que je te déplais...

— En effet.

Il m'adressa un drôle de sourire et se pencha pour me regarder dans les yeux. Je reculai quand il posa ses lèvres sur les miennes mais il m'emprisonna, les mains à plat contre le mur, pour me couper toute retraite.

— Tu veux que je te dise? C'est toi qui devrais danser Clara ou Cendrillon. (Il me chatouilla le menton et m'embrassa sur la tempe.) Si tu étais gentille avec moi, je pourrais te faire avoir les deux rôles.

Je réussis à me dégager et m'engouffrai dans la loge.

— Ça suffit comme ça, Julian ! lançai-je avec irritation. Les faveurs gratuites, ce n'est pas ton genre — et tu ne m'intéresses pas.

Dix minutes plus tard, comme je me préparais à sortir, après avoir pris ma douche et m'être rhabillée, je le vis surgir en tenue de ville.

— Sérieusement, Cathy, je pense que tu es maintenant prête pour New York. Marisha aussi, ajouta-t-il avec un petit sourire en coin comme si, à côté de la sienne, l'opinion de sa mère n'importait guère. Sans aucune obligation de ta part. Sauf si tu en décides autrement, un jour.

Je ne savais quoi répondre, et je gardai le silence.

Les deux rôles me furent attribués. Je pensais que les autres filles seraient jalouses et qu'elles m'en voudraient, mais non, elles applaudirent quand l'annonce officielle fut faite. Nous travaillâmes toutes d'arrache-pied dans la fièvre et l'allégresse. Et c'est ainsi que je fis mes débuts dans *Cendrillon.*

Julian entra sans même se donner la peine de frapper dans la loge des filles. Il voulait voir comment m'allaient les haillons que je devais porter.

— Mais pourquoi es-tu si nerveuse ? gronda-t-il. Tu ne te figures quand même pas, j'espère, que j'ai fait le voyage pour danser avec une fille qui ne serait pas sensationnelle ?

Dans les coulisses, il ne me quitta pas un seul instant tandis que j'attendais de faire mon entrée. Il faisait sombre dans la salle et je ne distinguai ni Paul, ni Chris, ni Carrie, ni Henny. Quand l'orchestre attaqua l'ouverture, je tremblais comme une feuille mais lorsque le rideau se leva, mon angoisse se dissipa et je recouvrai toute mon assurance comme si une sorte d'extraordinaire mémoire corporelle prenait le relais. Je laissai la musique me diriger. Je n'étais plus Cathy, plus Catherine, plus personne — j'étais Cendrillon. Je nettoyais la cheminée, je regardais avec envie mes deux méchantes belles-sœurs se préparer pour le bal, convaincue que l'amour ne ferait jamais irruption dans mon existence.

Si je fis des fautes, si ma technique ne fut pas absolument parfaite, je ne m'en rendis pas compte. J'étais heureuse de danser, de paraître devant un nombreux public, d'être jeune et jolie et, surtout, j'étais amoureuse de la vie et de tout ce qu'elle avait à m'offrir hors des murs de Foxworth Hall.

Je frissonnai d'émotion, les bras chargés de roses rouges, jaunes et roses, quand la salle, debout, nous fit une ovation. Par trois fois, je tendis à Julian une rose de couleur différente et, par trois fois, nos yeux se croisèrent. Tu vois ? me disait son regard. Ensemble, nous sommes des magiciens. Nous sommes le couple idéal !

Pendant le cocktail qui suivit la représentation, Julian m'entraîna à l'écart.

— Maintenant que tu as eu un avant-goût de ce que c'est, me dit-il en m'enveloppant d'un regard implorant, pourras-tu renoncer aux applaudissements ? Vas-tu rester enterrée dans ce trou alors que New York n'attend que toi ? Cathy, nous formerions un couple incomparable, tous les deux ! Il y a une telle harmonie entre nous ! Je danse mieux avec toi qu'avec toute autre danseuse. Ensemble, nous arriverions bien plus rapidement au sommet. Je te jure que je m'occuperai de toi, je serai plein d'attentions et tu ne te sentiras jamais seule, je te le garantis.

— Je ne sais pas, lui répondis-je sur un ton incertain, bien que je fusse ivre de joie au fond de moi-même. Il faut d'abord que je termine mes études. Mais tu crois vraiment que je suis assez bonne ? A New York, c'est le meilleur qu'ils veulent.

— Mais tu es la meilleure ! C'est la pure vérité, crois-moi ! La compagnie Zolta n'est ni la plus importante ni la première sur la place mais un couple aussi fantastique que nous est la seule chose qui lui manque pour devenir la meilleure des meilleures !

Je lui demandai à quoi ressemblait Mme Zolta et ce fut comme si ma question lui donnait l'impression qu'il m'avait déjà convaincue. Il éclata de rire et s'arrangea pour me voler un baiser.

— Tu l'adoreras, tu verras ! Elle est russe et tu n'as jamais vu une vieille dame plus gentille, plus aimable et plus douce. Elle sera une mère pour toi. (*Dieu du ciel !*) La danse n'a pas de secret pour elle. Elle est notre médecin, notre psychologue — elle est tout ce que nous avons besoin qu'elle soit. New York c'est la planète Mars comparé à ce bled perdu. C'est un autre monde, et quel monde ! Je t'emmènerai dans des restaurants renommés où tu mangeras des choses que tu n'as jamais mangées, je te ferai connaître des acteurs de cinéma, des vedettes de la télé, des gens de théâtre, des écrivains. Voilà la vie pour laquelle tu es née, Cathy. Pourquoi as-tu travaillé comme une folle sinon pour parvenir au succès ? Crois-tu pouvoir connaître la gloire à laquelle tu aspires en restant à Clairmont ?

Non, bien sûr. Seulement, Clairmont, c'était Paul. C'était Chris et Carrie. Comment les quitter ?

— Viens avec moi, Cathy. Ta place, c'est sur la scène, derrière la rampe, des roses dans les bras. Viens avec moi pour que mes rêves se réalisent aussi.

Il avait gagné. J'étais grisée par ce premier succès et, bien que j'eusse voulu répondre non, j'acquiesçai et murmurai :

— Oui, j'irai à New York, mais à condition que tu viennes me chercher. Je n'ai jamais pris l'avion et je ne saurais où me diriger, après l'atterrissage.

Il m'enlaça tendrement et sa bouche effleura mes cheveux. J'aperçus derrière mon épaule Chris et Paul qui nous regardaient, l'air aussi ahuri et ulcéré l'un que l'autre.

Je décrochai mon diplôme de fin d'études en janvier

1963. Contrairement à Chris, je n'étais pas dans le peloton de tête, loin de là. Il n'empêche que j'avais réussi.

Mon frère, lui, était si brillant que tout permettait de penser qu'il ferait en trois ans le programme de quatre années. Il avait déjà obtenu plusieurs bourses qui lui permettaient de décharger Paul d'une partie de ses frais d'études, encore que ce dernier n'eût jamais fait l'ombre d'une allusion à un quelconque remboursement — en aucun domaine. Il était tacitement entendu, néanmoins, qu'il prendrait Chris comme associé lorsque celui-ci aurait passé son doctorat. Jamais il ne se plaignait que nous lui coûtions cher et comme, un jour, je m'en étonnais, il me répondit :

— Je suis heureux de pouvoir participer de mes faibles moyens à la formation du merveilleux médecin que sera Chris et de la danseuse sans pareille que tu seras plus tard. (Il avait l'air triste, terriblement triste en disant cela.) Quant à Carrie, j'espère qu'elle restera auprès de moi et épousera un garçon d'ici. Comme cela, je la verrai souvent.

— Quand je serai partie, vous retrouverez Thelma Murkel, n'est-ce pas ?

J'avais posé la question sur un ton quelque peu amer, car j'aurais voulu qu'il me restât fidèle, même si nous étions séparés par des milliers de kilomètres.

— Peut-être.

— Promettez-moi que vous n'aimerez personne autant que moi.

Il sourit.

— Comment pourrais-je aimer quelqu'un autant que je t'aime ? Qui d'autre pourrait danser comme toi dans mon cœur ?

— Ne vous moquez pas de moi, Paul. Si vous me demandez de ne pas partir, je ne partirai pas.

— Comment trouverais-je les mots pour te demander de rester, alors que tu as ta destinée à accomplir ? Tu es née pour être danseuse, pas pour être l'épouse d'un balourd de médecin de campagne.

L'épouse ! Il avait dit l'épouse ! Jamais il ne m'avait encore parlé mariage !

Carrie fit une scène épouvantable quand je lui annonçai mon proche départ. Ce fut un déluge de larmes.

— Tu ne peux pas t'en aller ! hurla-t-elle. Tu as promis qu'on ne se quitterait jamais. Maintenant, c'est toi qui t'en vas après Chris ! Emmène-moi ! Emmène-moi avec toi !

— Essaie de comprendre, Carrie. Je reviendrai. Chris aussi reviendra. Nous ne t'oublierons pas.

— Je te déteste ! Je vous déteste tous les deux ! J'espère qu'à New York, tu mourras ! Que tu tomberas et que tu mourras !

Ce fut Paul qui vint à mon secours. Il la prit dans ses bras.

— Moi, je serai là, avec Henny. Ni elle ni moi ne partirons. Et tu seras la seule petite fille que j'aurai quand Cathy ne sera plus là. Allez ! Essuie tes yeux, fais-nous un grand sourire et réjouis-toi pour ta sœur. Rappelle-toi que c'est pour en arriver là qu'elle s'est tant battue pendant les longues années où vous étiez prisonniers tous les trois.

J'étais déchirée et je me demandais si je tenais réellement autant que je l'avais toujours pensé à faire une carrière de danseuse. Chris me lança un long regard éploré avant d'empoigner mes valises toutes neuves.

Nous nous entassâmes tous dans la voiture, y compris Henny qui n'avait pas voulu qu'on l'abandonne à la maison, seule avec son chagrin.

Julian faisait les cent pas dans le hall de l'aéroport en regardant sans cesse sa montre. Il avait peur que je revienne sur ma décision au dernier moment et que je le laisse tomber. Quand il me vit, son visage s'éclaira.

— Dieu soit loué ! s'exclama-t-il. Je commençais à croire que j'étais venu pour rien. Et je n'aurais pas fait deux fois le voyage.

J'avais fait mes adieux à Paul la veille, seule à seul, et les mots qu'il avait prononcés m'obsédaient encore tandis que je montais dans l'avion : « Nous savions tous les deux que cela ne pouvait durer toujours, Catherine. Je t'avais avertie dès le début : avril ne se marie pas avec septembre. »

Chris et lui montèrent à bord derrière nous avec la multitude de bagages à main que je voulais garder pardevers moi. Paul me serra une dernière fois dans ses bras et chuchota si bas que je fus seule à l'entendre :

— Merci, Catherine. Merci pour tout. N'aie pas de regrets. Oublie-moi. Oublie le passé. Ne pense qu'à la danse et ne te hâte pas trop de tomber amoureuse. Et quand cela arrivera, tâche que ce soit de quelqu'un de ton âge.

— Et vous ? lui demandai-je, la gorge nouée.

Il se força à sourire.

— Ne t'inquiète pas pour moi. Je garde le souvenir d'une ravissante ballerine — c'est suffisant.

Je fondis en larmes. Les souvenirs ! A quoi cela servait-il ? A se torturer, c'était tout ! Je me retournai, bouleversée, et ce fut cette fois dans les bras de Chris, mon preux et vaillant chevalier, que je me retrouvai. Quand je me dégageai de son étreinte, il prit mes deux mains dans les siennes et nous nous regardâmes intensément. Il y avait tant de choses qui nous unissaient, lui et moi. Encore plus qu'avec Paul. *Adieu, mon encyclopédie vivante, adieu, toi qui es, comme moi, prisonnier de l'espoir... Ne pleure pas pour moi. Réserve tes larmes pour toi. Ou, plutôt, n'en verse pas. C'est terminé. Il faut que tu l'acceptes, comme je l'ai moi-même accepté. Il le faut. Tu es mon frère, et rien que mon frère. Je suis ta sœur, et rien que ta sœur. Le monde est rempli de jolies femmes qui t'aimeront mieux que je ne peux et ne pourrai jamais t'aimer.*

Je savais que pas un mot de ma muette imploration ne lui avait échappé et le regard d'amour dont, néanmoins, il m'enveloppait, me déchira.

— Je ne doute pas un seul instant de ta réussite, fit-il

d'une voix nouée mais suffisamment forte pour que Julian l'entendît. Ce qui me fait peur, c'est ta terrible impulsivité. Je t'en supplie, ne commets pas d'imprudences que tu regretterais plus tard. Promets-moi de penser à toutes les conséquences de tes actes avant de foncer. Le sexe, l'amour... Vas-y doucement. Attends d'être assez mûre pour savoir ce que tu veux d'un homme avant de te jeter à son cou.

Le sourire que je lui adressai devait sûrement être narquois car je savais déjà qui serait l'homme de ma vie : Paul, bien entendu.

— Toi aussi, vas-y doucement, répondis-je d'un ton qui se voulait désinvolte. Tâche de m'écrire souvent et viens me voir à New York avec Paul, Carrie et Henny chaque fois que tu pourras. Tu me le jures ?

Il me le jura. Nos lèvres s'effleurèrent brièvement, puis j'allai m'installer à ma place près du hublot, privilège que Julian m'avait généreusement accordé puisque c'était mon baptême de l'air.

Quand il était en scène, il était d'une adresse et d'une maestria incomparables mais avec une fille qui sanglotait sur son épaule, qui tremblait comme une feuille et qui avait déjà le mal du pays alors que l'appareil n'avait pas encore atteint son altitude de croisière, il était complètement perdu, le malheureux.

— Je suis là, Cathy, répétait-il avec toute sa force de persuasion. Je t'ai promis que je m'occuperais de toi, non ? Et je te jure que je ferai l'impossible pour te rendre heureuse. (Il me sourit et m'embrassa.) Je crains d'avoir un peu exagéré les charmes de Mme Z, tu sais, mon amour. Un tout petit peu. Tu ne tarderas pas à t'en rendre compte.

Je le dévisageai.

— Explique-toi plus clairement.

Il toussota et commença à me narrer sans la moindre gêne les détails de sa première entrevue avec l'ex-célèbre danseuse russe.

— Je ne voudrais surtout pas déflorer la surprise qui t'attend quand tu rencontreras cette illustre beauté mais je tiens à te prévenir : Mme Z. aime bien toucher. Elle n'hésite pas à te palper pour savoir si tes muscles sont durs et fermes. Tu sais, elle m'a mis sans complexe la main à la braguette pour se rendre compte, disons... de mon calibre...

— Non ! Ce n'est pas vrai !

Il éclata d'un grand rire et me prit par les épaules.

— Ah ! Cathy ! Quelle vie nous allons mener, tous les deux ! Ce sera le paradis quand tu t'apercevras que tu as l'exclusivité du danseur le plus séduisant et le plus doué que le monde ait jamais connu. (Il me serra davantage contre lui et me murmura à l'oreille :) Et tu ne sais pas encore quel amant je peux être !

Je ris à mon tour et le repoussai.

— Quelle fatuité et quelle arrogance ! Et je te soupçonne d'être capable de n'importe quelle cruauté pour parvenir à tes fins.

— Tu as absolument raison. Je suis tout cela et bien plus encore. N'ai-je pas fait preuve d'une résolution implacable pour t'amener là où je voulais ?

## A NOUS DEUX, NEW YORK !

Nous atterrîmes en pleine tempête de neige. L'air qui m'enveloppa était si glacial que j'en fus tout étourdie. J'avais oublié que l'hiver pouvait être aussi âpre. Le vent qui hurlait en dévalant les canyons des rues me mettait les joues à vif. Je suffoquais. Eclatant de rire, je me tournai vers Julian qui était en train de régler le chauffeur et sortis de ma poche l'écharpe rouge que Henny m'avait tricotée. Il m'aida à la nouer autour de mon visage. Alors, j'en sortis une seconde écharpe, tout aussi rouge, que j'avais tricotée pour lui.

— Merci ! s'exclama-t-il en s'en faisant une manière de passe-montagne. Je peux dire que tu m'épates. Je ne t'aurais jamais crue capable d'une attention si délicate.

Il avait l'air enchanté. Dans le froid, ses joues étaient aussi rouges que ses lèvres ; avec ses cheveux de jais et ses yeux noirs qui étincelaient, il était d'une beauté à couper le souffle.

— Maintenant, prépare-toi à rencontrer la danse personnifiée : la douce, mon adorable et délicate maîtresse de ballet que tu vas adorer.

J'avais les nerfs à fleur de peau et me pelotonnai contre lui en regardant avec de grands yeux les gens qui avaient le courage d'affronter un temps pareil. Nous laissâmes nos bagages dans l'entrée de l'immeuble pour nous précipiter vers le bureau de la patronne. Le port arrogant de Mme Zolta Korovenskov me rappela instantanément Marisha mais si ses rides avaient la même valeur indicative que les cercles qui permettent de connaître l'âge d'un arbre, elle était beaucoup plus vieille.

Elle se leva majestueusement et avança vers nous, l'allure raide, en nous toisant de ses petits yeux de souris. Le peu de cheveux qui lui restaient, tirés en arrière, découvraient un visage à la peau blanche et sèche, comme craquante. Elle ne mesurait pas plus d'un mètre cinquante mais l'autorité qui émanait d'elle lui conférait bien quarante centimètres de plus. Des lunettes demi-lune étaient perchées en équilibre instable au bout d'un nez qui n'en finissait pas. Ses yeux scrutateurs disparaissaient presque dans le réseau serré des pattes-d'oie. Malheureusement pour lui, ce fut d'abord sur Julian qu'elle fixa son attention. Sa bouche se plissa.

— Comme ça, tu disparais quand l'envie t'en prend, tu reviens quand l'envie t'en prend et tu attends que je te dise que je suis heureuse de te revoir ? (Sa voix était cinglante.) La prochaine fois, je te mets dehors. Qui est cette fille ?

Julian, sans se démonter, serra la vieille chouette sur son cœur avec un sourire câlin :

— Madame Zolta Korovenskov, permettez-moi de vous présenter Mlle Catherine Doll, l'éblouissante danseuse dont je vous parle depuis des mois. C'est à cause d'elle que je suis parti sans vous en demander la permission.

Mme Zolta m'examina avec un vif intérêt.

— Toi aussi, tu viens de nulle part, comme cette espèce de diable noir ? Il danse très bien mais pas si bien qu'il se le figure. Puis-je croire ce qu'il dit de toi ?

— Le mieux serait que vous en jugiez par vous-même.

— Tu sais danser ?

— A vous de juger, madame, répétai-je.

— Catherine, c'est une flamme, madame ! s'exclama Julian. Si vous la voyiez faire ses fouettés ! L'œil ne peut pas suivre !

Mme Zolta émit un reniflement dédaigneux, puis se mit à tourner autour de moi en m'examinant avec tant d'intensité que j'en rougis. Elle me pétrit les bras, le buste, même les seins, me malaxa le cou pour en palper les tendons. Encore heureux qu'elle ne m'ait pas tâté là où elle avait tâté Julian ! Toute mon académie y passa. J'avais envie de hurler que je n'étais pas une esclave que l'on vend aux enchères, mais je pris mon mal en patience. Quand elle m'eut examinée et évaluée tout à loisir, elle plongea son regard dans le mien et j'eus l'impression qu'elle voulait boire ma jeunesse.

— Quand envisages-tu de te marier ? me demanda-t-elle à brûle-pourpoint en me caressant les cheveux.

— Peut-être vers les trente ans, peut-être jamais, répondis-je avec embarras. En tout cas, certainement pas avant d'être riche et célèbre, pas avant d'être devenue la plus grande ballerine de ma génération.

Elle eut un ricanement sardonique.

— Tu te fais beaucoup d'illusions sur ton compte, ma petite. Les beaux visages font rarement les grandes danseuses. Les jolies filles s'imaginent qu'elles n'ont pas besoin d'avoir du talent mais la beauté se fane vite. Regarde-moi. Il fut un temps où j'étais jeune et belle. Qu'en reste-t-il à présent ?

Elle était hideuse ! Et il était impossible qu'elle eût jamais été belle, il en serait demeuré quelque chose. Comme si elle avait deviné mon scepticisme, elle désigna d'un geste altier les photos qui s'étalaient sur les murs, le bureau, les tables, sur les rayons de la bibliothèque et qui, toutes, représentaient la même ravissante et jeune ballerine.

— C'est moi, déclara-t-elle avec hauteur.

Je n'en croyais pas mes yeux. C'étaient de vieilles photos jaunies, les costumes étaient démodés et, pourtant, la ballerine était belle. Elle eut un sourire ironique et me tapota l'épaule.

— Eh oui ! Vieillir est le lot commun, le grand égalisateur. Ce jeune prétentieux, Julian, prétend que tu es une merveille mais il faut que je te voie danser pour le croire. Je saurai alors si la beauté est compatible avec la danse. Est-ce que tu bois ?

— Non.

— Pourquoi es-tu aussi pâle ? Tu ne t'exposes jamais au soleil ?

— Ma peau ne le supporte pas.

— Ah ? Ton petit ami et toi, vous craignez le soleil ?

— Julian n'est pas mon petit ami, fis-je rageusement en lançant un coup d'œil féroce à Julian.

Pourquoi ne lui avait-il pas expliqué la nature exacte de nos relations ? Aucune de nos réactions, aucune de nos mimiques n'échappait à la perspicacité de Mme Z.

— Julian, est-ce que tu m'as dit, oui ou non, que tu étais amoureux d'elle ?

Il rougit, baissa les yeux et, pour une fois, eut la décence de prendre un air gêné.

— Je dois avouer que, malheureusement, c'est un amour à sens unique, madame. Cathy n'éprouve aucun tendre sentiment pour moi. Mais cela viendra tôt ou tard.

— Voilà qui est parfait, approuva la vieille sorcière. Tu brûles de passion pour elle et elle demeure de glace. Exactement ce qu'il faut pour que tu danses de manière sensationnelle. Nous allons jouer à guichet fermé, je vois ça d'ici !

Ce fut évidemment cette perspective qui l'incita à me prendre dans sa compagnie, sachant que Julian se consumait de désir inassouvi et que, moi, je cherchais ailleurs.

Je me retrouvai dans un minuscule trois-pièces que je partageais avec deux filles de la troupe. Julian habitait deux étages en dessous, en compagnie de deux garçons d'une vingtaine d'années, Alexis Tarrell et Michael Michelle, l'un et l'autre aussi déterminés que lui à devenir le grand danseur de leur génération. Je fus stupéfaite lorsque je découvris que Julian n'arrivait qu'à la troisième place dans l'estime de Mme Zolta, après Alexis et Michael, mais je compris rapidement le pourquoi de sa réticence : Julian se moquait de son autorité, il n'en faisait qu'à sa tête et elle ne le lui pardonnait pas.

Mes deux compagnes étaient aussi différentes que la nuit et le jour. Yolanda Lange était à demi anglaise et à demi arabe et le fruit de ce mélange peu commun, c'était une brune aux yeux de biche d'une rare beauté exotique. Elle était grande pour une danseuse — un mètre soixante-dix, la même taille que ma mère. Ses seins, menus et fermes, se réduisaient à peu de chose près à une large et sombre aréole mais leur petitesse ne lui donnait aucun complexe. Elle adorait parader toute nue et je ne mis pas longtemps à me rendre compte que ces seins étaient le reflet de sa personnalité — dure et étriquée. Yolanda savait ce qu'elle voulait, quand elle le voulait, et elle aurait fait n'importe quoi pour l'obtenir. En moins d'une heure, elle réussit l'exploit de me poser mille questions et de me raconter sa vie. Son père, diplomate britannique, avait épousé une danseuse du ventre. Yolanda Lange avait été partout, elle avait tout fait. D'emblée, elle me fut antipathique.

April Summers était née à Kansas City, Missouri. Elle avait les cheveux châtains et des yeux bleu-vert. Nous mesurions toutes les deux un mètre soixante et des poussières. Elle était timide, sa voix n'était le plus souvent qu'un murmure et quand la tonitruante Yolanda était là, on n'entendait pas April. Yolanda aimait le bruit. Quand elle était à l'appartement, le tourne-disque n'arrêtait pas et, lorsque ce n'était pas le tourne-disque, c'était la télévision. Alors qu'April parlait de sa famille avec amour, respect et fierté, Yolanda affirmait détester ses parents qui l'avaient mise en pension dès l'enfance et ne s'étaient jamais occupés d'elle pendant les vacances.

Nous devînmes tout de suite amies, April et moi. Elle avait dix-huit ans et était ravissante au point de tourner la tête à n'importe quel homme mais, chose curieuse, aucun des garçons de la compagnie ne s'intéressait si peu que ce fût à elle. C'était Yolanda qui les excitait. Je ne mis pas longtemps à résoudre ce mystère : c'était elle qui se jetait à leur tête.

Moi, les garçons me regardaient, me demandaient de sortir avec eux, mais Julian leur fit clairement comprendre que je n'étais pas libre — que j'étais sa propriété privée. J'avais beau m'obstiner à le nier, il leur racontait que c'était parce que j'étais vieux jeu et que je ne voulais pas avouer que nous vivions « dans le péché ». Même en ma présence, il expliquait en pérorant que c'était la tradition du Sud : « Les filles, disait-il, veulent donner l'impression aux garçons qu'elles sont farouches et réservées mais, sous cette apparente froideur de magnolia, elles ne pensent qu'à ça, toutes autant qu'elles sont. » Bien entendu, c'était lui que les autres croyaient, pas moi. Pourquoi croire la vérité quand le mensonge est tellement plus excitant ?

Cependant, je n'étais pas malheureuse. Je m'adaptai très vite au rythme trépidant de New York. Paul m'envoyait un chèque toutes les semaines. Heureusement, parce qu'avec ce que je gagnais chez Mme Zolta, je n'aurais même pas pu m'acheter les produits de maquillage dont j'avais besoin.

Julian ne me quittait pas d'un pouce, pour m'empêcher de sortir avec d'autres. Selon mon humeur ou mon état de fatigue, j'étais tantôt furieuse et tantôt contente d'avoir à mes côtés quelqu'un qui n'était pas un étranger pour moi.

Un jour — c'était en juin —, Mme Zolta me dit :

— Il faut que tu changes de nom. Catherine Doll, c'est un nom ridicule pour une danseuse. Inepte et plat. Il ne te va absolument pas.

J'interrompis la figure que j'exécutais pour répliquer fougueusement :

— Il n'en est pas question, madame. Ce nom, je l'ai choisi quand j'avais sept ans et mon père trouvait qu'il m'allait bien, lui. Alors, stupide ou pas, je le garde.

L'envie de lui dire que Naverena Zolta Korovenskov ne me paraissait pas précisément poétique me démangeait.

— Ne discute pas, ma petite, et fais ce que je te dis.

Elle frappa le plancher avec sa canne à pommeau d'ivoire. Si je changeais de nom, comment ma mère apprendrait-elle ma réussite ? Or, il fallait à tout prix qu'elle l'apprenne. Mais quand ce sale petit bout de bonne femme me menaça de sa canne, je fus bien obligée de céder parce qu'autrement... Vautré dans un coin, Julian suivait la scène en jubilant intérieurement.

Je composai donc et acceptai de modifier l'orthographe de Doll en Dalh.

— C'est quand même un peu mieux, convint Mme Z. d'un ton revêche.

Elle me harcelait de reproches et de critiques. Quand je faisais preuve d'esprit d'innovation, elle n'était pas contente et elle ne l'était pas davantage quand je manquais d'initiative. Elle n'aimait pas ma façon de me coiffer et trouvait que mes cheveux étaient trop longs. Mais en dépit de son insistance, je me refusais catégoriquement à les couper ne fût-ce que d'un centimètre : j'étais persuadée qu'ils seraient un atout pour le rôle de la Belle au Bois Dormant. Elle renifla avec mépris (c'était son mode d'expression favori) quand je le lui expliquai. Si elle n'avait pas été un aussi merveilleux professeur, elle aurait été unanimement détestée. Mais sa sévérité nous obligeait à donner le meilleur de nous-mêmes : nous voulions la voir sourire.

Un soir, après le cours, alors que nous faisions les fous pour nous détendre, je me mis à improviser sur un air à la mode. Soudain, Mme Zolta entra et, à ce spectacle, elle éclata :

— Ici, on fait de la danse classique. Je ne veux pas de danses modernes chez moi. (Son visage desséché, grimaçant sous l'effet de la colère, faisait penser à un trophée de chasseur de têtes). Dahl, explique-moi la différence qu'il y a entre le classique et le moderne.

— En deux mots, madame, répondis-je avec un flegme digne de ma mère, dans le ballet moderne, on se contorsionne surtout à même le sol, tandis que, dans la danse classique, on est debout sur les pointes. Et on mime une histoire.

— C'est absolument exact, fit-elle alors d'une voix glaciale. Maintenant, rentre chez toi et roule-toi par terre si tu as besoin de t'exprimer de cette manière, mais que je ne te reprenne jamais à faire cela ici !

Le moderne et le classique pouvaient fort bien se marier et donner quelque chose de beau. L'étroitesse d'esprit de cette mégère me fit sortir de mes gonds et je hurlai à pleins poumons :

— Je vous hais ! J'exècre vos vieux costumes gris et pourris que vous auriez dû mettre à la poubelle il y a trente ans ! Je déteste votre visage, votre voix, votre façon de marcher et de parler ! Trouvez-vous une autre danseuse. Je retourne chez moi !

Elle entra dans la loge au moment où je me déshabillais, la mine rébarbative, les lèvres pincées.

— Si tu rentres chez toi, ce sera pour de bon. Tu ne reviendras jamais plus.

— Je n'ai pas l'intention de revenir.

— Alors, tu dépériras et tu mourras !

— Si vous croyez ça, c'est que vous êtes une idiote, rétorquai-je sans respect ni pour son âge ni pour son talent. Je peux très bien vivre sans danser — et en étant heureuse, en plus. Aussi, vous pouvez bien aller au diable, madame Zolta !

Ce fut comme si un maléfice était brusquement exorcisé : un sourire éclaira le visage de la vieille taupe. Un sourire aimable !

— Ah ! Tu as du caractère. C'était la question que je me posais. Me dire d'aller au diable... quel plaisir d'entendre cela ! D'autant que l'enfer vaut mieux que le paradis. Maintenant, écoute-moi, Catherine, poursuivit-elle avec une aménité que je ne lui connaissais pas. Tu es une danseuse merveilleusement douée, la meilleure de la compagnie, mais tu es si impulsive que tu abandonnes la discipline classique pour faire ce qui te passe par la tête. Moi, je cherche seulement à t'apprendre à danser. Invente autant que tu en as envie, mais à condition que cela reste classique, élégant et beau. (Des larmes luisaient dans ses yeux.) Tu ne sais donc pas que tu es ma joie ? Tu es la fille que je n'ai pas eue. Tu me ramènes à l'époque où j'étais jeune et où je croyais que la vie était une grande aventure romantique. J'ai terriblement peur que l'existence détruise cette expression d'enchantement enfantin qui est la tienne. Si tu parviens à la conserver, tu auras bientôt le monde à tes pieds.

C'était à mon « expression grenier » qui fascinait tellement Chris qu'elle faisait allusion.

— Pardonnez-moi, madame, murmurai-je humblement. J'ai été impolie. J'ai eu tort de vous insulter mais vous n'arrêtez pas de me tourmenter et je suis fatiguée. Et puis, j'ai le mal du pays.

— Je sais, je sais, fit-elle d'une voix caressante. (Elle

avança, me serra dans ses bras.) Se trouver dans une ville étrangère quand on est jeune, il y a de quoi vous détraquer les nerfs et vous faire perdre votre confiance en vous. Mais j'avais seulement besoin de savoir de quel bois tu es faite. Une danseuse qui n'a pas de flamme n'est pas une danseuse.

Il y avait sept mois que j'étais à New York à travailler comme une damnée, même pendant le week-end, m'écroulant le soir sur mon lit, morte de fatigue, quand Mme Zolta jugea le moment venu de me donner ma chance : danser comme premier sujet avec Julian. Elle avait pour règle de faire alterner les premiers rôles car elle ne voulait pas de vedettes dans sa troupe et bien qu'elle m'eût maintes fois laissé entendre qu'elle songeait à me confier le rôle de Clara du *Casse-Noisette,* je pensais que ce n'était qu'une carotte qu'elle agitait devant moi. Et voilà que c'était maintenant une réalité ! La compagnie était en compétition avec d'autres, beaucoup plus importantes et plus connues, et Mme Zolta avait vraiment réussi un coup de génie en convainquant un producteur de télévision qu'il existait un public potentiel mais qui n'avait pas les moyens de s'offrir des billets pour assister à un ballet.

Je téléphonai à Paul pour lui annoncer la grande nouvelle.

— Paul, je vais passer à la télé ! Je serai la Clara du *Casse-Noisette.*

Il me félicita avec un grand rire avant d'ajouter un peu tristement :

— Je suppose que cela veut dire que tu ne viendras pas à Clairmont cet été. Tu manques terriblement à Carrie, Cathy. Tu ne nous as rendu qu'une brève visite depuis ton départ.

— Je suis navrée. Je voudrais bien venir mais je ne peux pas manquer cette occasion de débuter dans un grand rôle. Expliquez-le à Carrie pour la consoler, Paul. Est-elle là ?

— Non, elle s'est enfin fait une amie et elle couche cette nuit chez elle. Mais tu n'as qu'à rappeler demain soir en P.C.V. pour lui parler toi-même.

— Et Chris, comment va-t-il ?

— On ne peut mieux. Il fait des étincelles et s'il arrive à maintenir ce rythme, il sera admis à suivre un programme accéléré et terminera sa quatrième année de collège en commençant sa première année de médecine.

— Les deux en même temps ?

— Mais oui, c'est tout à fait possible.

— Et vous, Paul ? Ça va ? Vous ne travaillez pas trop, j'espère ?

— Je suis en excellente forme et je travaille trop, effectivement, comme tous les médecins. Puisque tu ne peux pas venir, je crois que Carrie serait contente que nous, nous venions te voir.

Quelle merveilleuse idée !

— Emmenez Chris. Il sera fou de joie que je lui présente de ravissantes ballerines. Mais, vous, je vous conseille de n'avoir d'yeux que pour moi... exclusivement !

Il émit un son bizarre avant de pouffer.

— Ne t'inquiète pas, Catherine, pas un jour ne se passe sans que je te voie devant moi.

Le tournage commença début août. L'émission devait être diffusée à Noël. Après avoir assisté à la projection des rushes, Julian me prit dans ses bras et me dit avec, pour la première fois, une sincérité qui m'abasourdit :

— Je t'aime, Cathy. Cesse de me repousser, je t'en supplie !

A peine commencions-nous à souffler un peu après le tournage que Yolanda fit une chute et se foula la cheville. Comme April était chez ses parents, j'allais avoir la chance de danser la *Belle au Bois Dormant !* Alexis et Michael estimaient l'un et l'autre que c'était leur tour de m'avoir pour partenaire puisque Julian avait eu deux rôles dans la production. Mme Zolta nous considéra, lui et moi, en fronçant les sourcils.

— Alexis, Michael, je vous promets de vous donner les deux prochains grands rôles mais laissez Julian danser avec Catherine. Ils forment un couple qui a quelque chose d'ensorcelant, de fascinant. Je veux voir ce qu'ils donneront dans une production vraiment somptueuse comme *La Belle au Bois Dormant.*

Oh ! les pensées qui m'habitaient quand j'étais couchée, immobile comme une statue, sur mon lit de scène de brocart rouge, les bras gracieusement croisés sur la poitrine, le cœur battant au rythme de la musique, attendant que mon bien-aimé me donne le baiser qui me ferait renaître à la vie ! Invisibles dans la salle, Paul, Chris, Carrie et Henny assistaient pour la première fois à un ballet à New York. J'étais, j'étais vraiment et jusqu'à la moelle des os la légendaire princesse médiévale.

Derrière mes yeux presque fermés, je vis arriver mon prince. Il dansa autour de moi, puis, mettant un genou en terre, me contempla amoureusement avant de se risquer à poser sur mes lèvres closes un baiser timide. Je m'éveillai, craintive, désorientée, battant des paupières. Je feignis de tomber amoureuse au premier regard mais j'étais si effarouchée, si virginalement vertueuse qu'il dut prolonger sa danse de séduction pour que je consente à le rejoindre. Alors, dans le plus passionné des pas de deux, je succombai et lui, conquérant, me souleva d'une seule main dans un équilibre parfait. Et nous disparûmes en coulisse.

Quand le rideau tomba après le dernier acte, la salle croula sous les applaudissements. Nous n'eûmes pas moins de huit rappels. J'avais les bras chargés de bouquets de roses, les fleurs pleuvaient sur la scène. Je remarquai un unique bouton-d'or lesté d'un morceau de papier plié et me baissai pour le ramasser. Avant même d'avoir lu le billet d'accompagnement, je savais qui était le donateur : Chris. Les quatre boutons-d'or de papa...

Le public, debout, m'ovationnait. Quand je me tournai vers mon partenaire pour lui tendre une rose rouge, les applaudissements redoublèrent. Et Julian m'embrassa! Sous les yeux de centaines de gens, il eut l'audace de m'embrasser! Un baiser qui n'avait rien de respectueux. Un baiser possessif. Je me sentis humiliée et murmurai d'une voix sifflante :

— Goujat!

— Garce, qui ne veut pas de moi! rétorqua-t-il sur le même ton.

— Je ne suis pas à toi.

— Tu le seras.

Les retrouvailles eurent lieu dans les coulisses. Chris avait forci mais Carrie avait à peine grandi. J'embrassai les joues rondes et fermes de Henny. Alors seulement je pus me tourner vers Paul. Nos regards s'affrontèrent. M'aimait-il encore, me désirait-il encore, avait-il encore besoin de moi? Il n'avait pas répondu à ma dernière lettre. Comme je me vexe facilement, je n'avais écrit qu'à Carrie pour lui annoncer les dates des spectacles et c'était alors seulement qu'il m'avait téléphoné pour me dire qu'il emmenait toute la famille à New York.

Une réception offerte par les riches mécènes de Mme Z. était prévue à l'issue de la représentation.

— Gardez vos costumes, nous recommanda-t-elle. Les balletomanes adorent voir de près les danseurs habillés. Mais enlevez votre maquillage de scène et remplacez-le par un parfait maquillage de ville. Il ne faut pas que le public pense un seul instant que vous n'êtes pas tous des anges de beauté.

La musique jouait et Chris m'entraîna dans une valse, la danse que je lui avais apprise il y avait bien longtemps.

— Tu danses toujours comme ça? lui demandai-je pour le taquiner.

— Que veux-tu que j'y fasse? C'est toi qui as monopolisé tous les talents chorégraphiques de la famille. Moi, il ne m'est resté que le cerveau.

— Ce genre de remarque pourrait me donner à penser que c'est faux.

Il rit et me serra plus étroitement contre lui.

— De toute façon, je n'ai pas besoin de faire des entrechats pour tomber les filles. Tiens ! regarde ton amie Yolanda. Elle est du tonnerre et elle n'a pas arrêté de me dévorer des yeux depuis le début de la soirée.

— Désolée de te décevoir mais elle est comme ça avec tous les garçons. Elle couchera ce soir avec toi si tu en as envie et, demain soir, avec quelqu'un d'autre.

— Et tu fais comme elle ?

Je lui adressai un sourire malicieux. Oh non, je n'étais pas comme Yolanda ! J'étais plutôt comme maman, aimable, tête froide, habile à jouer avec les hommes. Enfin, j'apprenais. Et, pour me le prouver, je regardai Paul. Allait-il réagir ?

Il se leva d'un bond et s'approcha pour me faire danser. Chris serra les mâchoires et rejoignit Yolanda. Une minute plus tard, tous deux s'étaient éclipsés.

— A côté de Julian, tu dois penser que je me dandine comme un ours, dit Paul qui n'était pas plus doué que mon frère.

Mais même quand le rythme s'accéléra sauvagement, il suivit. J'étais ahurie qu'il soit capable d'abandonner sa dignité et de se déhancher sans complexes comme un collégien, ou presque.

— Mais vous êtes formidable, Paul !

Il s'esclaffa et me répondit que je lui rendais sa jeunesse.

Carrie et Henny avaient l'air fatiguées.

— J'ai sommeil, fit ma petite sœur en se frottant les yeux. Je voudrais me coucher.

Il était minuit quand nous les déposâmes toutes deux à leur hôtel, après quoi Paul m'emmena dans un café italien. Nous nous regardâmes longuement. Il avait toujours sa moustache mais, maintenant, elle était broussailleuse. Il avait gagné quelques kilos, ce qui ne nuisait pas à sa séduction. Il prit mes deux mains dans les siennes et les posa sur ses joues sans me quitter des yeux et, sous son regard insistant, je ne pus me retenir de lui poser la question que j'avais sur le bout de la langue :

— Paul, avez-vous trouvé quelqu'un d'autre ?

— Et toi ?

— Répondez d'abord.

— Je n'ai pas cherché.

Mon cœur battit plus vite. Cela faisait si longtemps et je l'aimais trop ! Il paya, m'aida à enfiler mon manteau en me dévorant du regard — et ce fut presque en courant que nous nous précipitâmes vers l'hôtel le plus proche où nous nous inscrivîmes sous le nom de M. et Mme Paul Sheffield.

Dans la chambre aux murs tapissés de rouge, il me déshabilla avec une si voluptueuse lenteur que j'étais déjà au comble de l'excitation quand il s'agenouilla et entreprit de m'embrasser — partout. Puis il m'enlaça, me caressa et me fit vibrer jusqu'au moment où nous ne fîmes plus qu'un.

Plus tard, tandis que son index suivait paresseusement le contour de ma bouche, il murmura en me regardant tendrement :

— Tu sais, Catherine, ce que j'ai inscrit sur le registre de l'hôtel, j'y songe vraiment.

— Ne me faites pas marcher !

— Je parle sérieusement, Cathy. Tu ne peux pas savoir combien tu me manques. Je me suis rendu compte que j'avais agi comme un idiot en nous refusant à tous les deux la chance d'être heureux. La vie est trop courte pour qu'on laisse le doute la gâcher. Tu as trouvé le succès à New York et je veux le partager avec toi. Je ne veux pas que nous nous cachions de Chris, je ne veux plus avoir à me soucier des ragots du voisinage. Je veux vivre avec toi, pour toujours. Je veux que tu sois ma femme.

Je m'accrochai à son cou.

— Oh ! Paul ! Je vous promets de vous aimer éternellement ! (J'avais les larmes aux yeux, tellement j'étais heureuse qu'il demandât enfin ma main.) Il n'y aura pas de meilleure épouse que moi !

Je le pensais vraiment.

Nous ne dormîmes guère, cette nuit. Nous parlâmes de notre avenir. J'étais décidée à rester avec la troupe. On trouverait bien une solution. Chris était la seule ombre à notre bonheur. Comment lui annoncer la nouvelle ? Nous convînmes d'attendre Noël. Je passerais les fêtes de fin d'années à Clairmont. D'ici là, nous garderions le secret. Personne ne devait deviner que j'allais devenir Mme Paul Scott Sheffield.

## VERS LA GLOIRE

Maintenant que Julian et moi commencions à avoir un petit nom, Mme Zolta nous avait augmentés et, un samedi matin, Julian surgit, follement excité, me prit par la taille et s'écria en me faisant virevolter :

— Ecoute la meilleure ! La vieille taupe m'a proposé de me vendre sa Cadillac à tempérament ! Une voiture qui n'a même pas trois ans ! Evidemment, ajouta-t-il avec un soupir, j'espérais que ma première Cadillac serait le tout dernier modèle, mais quand une maîtresse de ballet meurt de peur à l'idée qu'un danseur sensationnel pourrait rejoindre une compagnie concurrente et emmener avec lui sa meilleure ballerine, peut-elle faire autrement que de lui céder sa Cadillac pour une bouchée de pain ?

— Mais c'est du chantage !

Il éclata de rire et, me prenant par la main, il m'entraîna dans l'escalier pour me faire admirer la voiture garée devant l'immeuble. On aurait dit qu'elle était toute neuve. J'étais éblouie.

— Oh ! qu'elle est belle, Julian !

Fièrement, il ouvrit la portière. Privilège rare entre tous, j'allais être la première fille à monter dans sa première Cadillac.

Ce fut une folle journée. Nous nous baladâmes dans Central Park, dans Harlem. Il pleuvait mais cela m'était bien égal. Il faisait tiède et douillet dans la voiture.

Et puis, Julian reprit son vieux refrain :

— Cathy, tu ne m'aimeras donc jamais ?

Il me posait la même question sous une forme ou sous une autre au moins deux fois par jour et, pour en finir, je mourais d'envie de lui dire que j'étais fiancée avec Paul.

— C'est parce que tu es toujours vierge, n'est-ce pas ? Je serai d'une douceur, d'une tendresse infinies. Donne-moi une chance, Cathy, je t'en supplie.

— Mais tu n'as donc que ça en tête ?

— Oui ! gronda-t-il. Absolument ! Et j'en ai ma claque que tu te moques de moi. Tu n'es qu'une allumeuse. Tu fais tout pour m'exciter quand on danse et, le reste du temps, tu me flanques des coups de pied dans les couilles.

— Ramène-moi. J'ai horreur de ce genre de conversation.

— Tiens donc ! Compte là-dessus et bois de l'eau fraîche !

Tandis que je me rencognais contre la portière qu'il avait verrouillée, il me décocha un regard féroce et écrasa l'accélérateur. Tout en roulant à tombeau ouvert dans les rues que brouillait la pluie, il me lorgnait de temps en temps pour voir si j'appréciais les émotions fortes. Soudain, il éclata de rire et freina si brutalement que je fus projetée contre le pare-brise. Le sang se mit à couler de mon front. Il s'empara alors de mon sac que j'avais posé sur mes genoux, se pencha pour ouvrir la portière et me poussa sur le trottoir.

— Va-t'en au diable, Catherine Dahl ! cria-t-il. C'est la première et la dernière fois que tu montes dans ma voiture. J'espère pour toi que tu retrouveras ton chemin, espèce de sainte-nitouche !

Et il démarra en m'abandonnant sous une pluie battante, en plein Bronx. Je n'avais pas un sou sur moi. Je ne pouvais ni téléphoner ni prendre le métro. Je ne connaissais pas le quartier qui avait la réputation d'être mal famé. Mon léger manteau était déjà à tordre.

Je me mis à marcher à l'aventure jusqu'à ce qu'un taxi s'arrête enfin. Pendant le trajet, je surveillai avec inquiétude le compteur qui grignotait les kilomètres — et les dollars. *M'avoir abandonnée si loin ! Quel salaud !* Nous finîmes par arriver à mon immeuble — j'en avais pour quinze dollars.

— Comment ça ? Vous n'avez rien sur vous ? s'indigna le chauffeur. Allez, on va s'expliquer au commissariat !

J'essayai de lui faire comprendre que s'il voulait que je le paye, il fallait bien qu'il me laisse descendre pour aller chercher de l'argent — et, pendant ce temps-là, le compteur continuait de tourner. A la fin des fins, il se rendit à mes arguments. « Mais si vous n'êtes pas redescendue dans cinq minutes, ma jolie, gare ! »

Un renard anglais poursuivi par une meute de cent chiens courants n'aurait pas filé plus vite que moi ! L'ascenseur qui grinçait de partout montait à une allure d'escargot. Habituellement, je ne mettais pas les pieds dans cet engin tant j'avais peur qu'il s'arrête entre deux étages. Il arriva quand même à bon port. Je me ruai sur la porte et tambourinai. Pourvu qu'April ou Yolanda soient là ! Ma clé était dans le sac que ce fou de Julian m'avait subtilisé.

— Du calme, j'arrive, cria Yolanda de l'intérieur. D'abord, qui est là ?

— C'est moi... Cathy. Ouvre-moi vite. J'ai un taxi en bas et le compteur tourne.

La porte s'ouvrit sur une Yolanda vêtue en tout et pour tout d'une culotte en nylon, une serviette autour de la tête. Elle venait de se laver les cheveux.

— Mais tu as tout d'une épave rejetée par la mer ! s'exclama-t-elle.

Je la repoussai et me précipitai vers la commode où était caché mon trésor de guerre — et m'arrêtai en plein élan : la petite clé du coffret était, elle aussi, dans mon sac — un sac que Julian avait peut-être balancé par la portière.

— Yolanda, prête-moi quinze dollars — non, seize pour le pourboire.

Elle m'adressa un regard perçant tout en défaisant son turban et commença à peigner sa longue chevelure brune.

— Qu'est-ce que tu me donneras en échange ?

— Tout ce que tu voudras mais il faut que tu me dépannes.

— D'accord mais j'ai ta parole, hein ? (Elle sortit, en prenant son temps, un billet de vingt dollars d'un portefeuille rebondi.) Laisse cinq dollars de pourboire au chauffeur, ça l'amadouera. Et tu me donneras ce que je voudrai, c'est entendu ?

— C'est entendu, dis-je, en ressortant à toute vitesse.

Dès que les vingt dollars eurent changé de main, le chauffeur m'adressa un sourire débordant de bonhomie.

— A la prochaine, ma jolie, fit-il en repoussant sa casquette sur son front.

Je l'aurais étranglé !

J'étais si frigorifiée qu'avant toute chose, je commençai par faire couler un bain brûlant — après avoir récuré la baignoire que Yolanda ne s'était pas donné la peine de rincer.

J'étais en train de me rhabiller, les cheveux encore mouillés, en réfléchissant aux moyens de récupérer mon sac quand Yolanda surgit.

— Et maintenant, Cathy, c'est le moment de tenir tes engagements. Tout ce que je voudrai... tu es toujours d'accord ?

— Oui, grommelai-je hargneusement. Qu'est-ce que tu veux ?

Elle sourit et s'adossa au mur dans une attitude provocante.

— Ton frère. Je veux que tu l'invites pour le week-end.

— Ne sois pas ridicule ! Chris est au collège. Il ne peut pas venir à New York pour un oui pour un non.

— Débrouille-toi pour qu'il vienne, je ne veux pas le savoir. Tu n'auras qu'à lui dire que tu es malade, que tu as absolument besoin de le voir, peu importe, mais arrange-toi pour qu'il vienne ici. Et je te fais cadeau des vingt dollars.

— Non, j'ai de quoi te rembourser. Et ne compte pas sur moi pour jeter Chris dans les bras des filles de ton espèce.

Toujours en petite tenue, elle se mettait du rouge à lèvres sans même se regarder dans la glace.

— Ma chère Cathy, ton cher et précieux frère fricote déjà avec les filles de mon espèce, comme tu dis.

— Je ne te crois pas ! Tu n'es pas son type.

— Vraiment ? fit-elle d'une voix de velours en bridant les paupières. Eh bien, je vais t'apprendre quelque chose. Sache qu'il n'y a pas un garçon au monde qui n'en pince pour mon type. Y compris ton tendre frère et ton amoureux transi, Julian.

— Tu mens ! Chris ne te toucherait pas avec des pincettes. Quant à Julian, il peut coucher avec dix putains comme toi, je m'en fiche éperdument !

Elle devint écarlate, se raidit et avança vers moi, prête à griffer.

— Saloperie ! cracha-t-elle. Je t'interdis de me traiter de putain ! Ce que j'offre, je ne le fais pas payer et ça ne lui déplaît pas, à ton frère ! Demande-lui donc combien de fois il...

— Tais-toi ! Je ne crois pas un mot de ce que tu racontes. Chris est trop intelligent pour trouver en toi autre chose qu'un exutoire. Et d'ailleurs, pour lui, tu n'es qu'une ordure.

Elle se jeta sur moi mais je la repoussai si rudement qu'elle tomba.

— Tu n'es qu'une traînée, Yolanda Lange. Tu ne vaux même pas que mon frère se serve de toi comme paillasson !

Tu couches avec tous les danseurs de la compagnie. Fais tout ce qu'il te plaît, je m'en moque, mais laisse-nous tranquilles, mon frère et moi.

Je n'y avais pas été de main morte : son nez saignait et commençait à enfler. Elle se releva en reculant.

— On ne me parle pas impunément sur ce ton. Tu le regretteras, Catherine Dahl ! Ton frère je l'aurai. Et je ne m'en tiendrai pas là. Je me ferai aussi ton Julian ! Et quand il sera à moi, tu t'apercevras que tu n'es rien sans lui ! Rien qu'une petite danseuse de province que Mme Z. aurait flanquée dehors s'il n'avait pas fait des pieds et des mains pour qu'elle te garde parce qu'une pucelle, ça l'excite, Julian.

C'était peut-être vrai. Sans Julian, je ne serais pas grand-chose, c'était possible. Je souffrais et je la haïssais, je ne lui pardonnerais pas d'abîmer l'image que je me faisais de Chris. Je ne vivrais pas une heure de plus avec elle et je commençai à faire mes valises, décidée à rentrer à Clairmont.

— Ne te gêne pas, siffla-t-elle entre ses dents serrées. Fous le camp, espèce de mijaurée ! Petite gourde ! Je ne suis pas une putain. Mais je ne suis pas non plus une allumeuse comme toi. Et, entre les deux, je préfère nettement mon type !

Sans me soucier de ce qu'elle disait, je bouclai mes valises et sortis en claquant la porte. Une minute plus tard, je frappai à coups redoublés à celle de Julian.

— Julian, si tu es là, ouvre et rends-moi mon sac. Si tu n'ouvres pas, je ne danserai jamais plus avec toi !

Il ouvrit presque aussitôt. Il ne portait qu'une serviette nouée autour de ses hanches minces. Avant que je me fusse rendu compte de ce qui m'arrivait, il me happa et me jeta sur le lit. Je jetai un regard éperdu autour de moi dans l'espoir d'apercevoir Alexis ou Michael mais malheureusement Julian était seul dans l'appartement.

— Oui, je vais te le rendre, ton sacré sac, mais pas avant que tu aies répondu à quelques questions !

Je me relevai d'un bond mais il me repoussa sur le lit et s'installa à califourchon sur moi pour m'interdire toute velléité de fuite.

— Lâche-moi, brute ! criai-je. J'ai dû marcher je ne sais combien de temps sous la pluie glaciale... Lâche-moi et donne-moi mon sac !

— Pourquoi ne m'aimes-tu pas ? répliqua-t-il en me plaquant les épaules sur le lit. Est-ce parce que tu en aimes un autre ? Qui ? Ton docteur, hein ?

Je secouai la tête. J'étais terrifiée. Je ne pouvais pas lui dire la vérité. Il était dévoré de jalousie et avait l'air d'un fou. Il sortait de la douche et ses cheveux trempés dégoulinaient.

— Tu m'as assez mené en bateau comme ça, Cathy ! Cela fait trois ans qu'on se connaît et je ne suis pas plus avancé qu'au premier jour. Ça ne peut pas être ma faute. Donc, c'est toi qui es responsable. Dis-moi qui c'est !

— Personne, mentis-je. Et tu ne m'intéresses pas, Julian Marquet. La seule chose qui me plaise chez toi, c'est ta façon de danser.

Son visage s'empourpra.

— Tu te figures que je suis aveugle et stupide, hein ? (Sa fureur était telle qu'il paraissait prêt à n'importe quoi.) Eh bien, sache que je ne suis ni l'un ni l'autre. J'ai vu comment tu le regardes, ton docteur. Et tu regardes ton frère exactement de la même manière. Alors, cesse de jouer les puritaines — car je n'ai jamais vu un frère et une sœur possédés d'une pareille passion l'un pour l'autre !

Je le giflai. Il me gifla. Deux fois, et sec ! J'essayai de lui échapper mais il était aussi souple qu'une anguille et nous nous retrouvâmes sur le plancher. J'eus peur qu'il ne m'arrache mes vêtements et qu'il ne me viole mais il n'en fit rien. Il m'immobilisa sous lui, haletant. Ce ne fut que lorsqu'il eut recouvré quelque maîtrise sur lui-même qu'il reprit la parole :

— Que tu t'en rendes compte ou non, tu es à moi, Cathy... tu m'appartiens. Si un homme surgit entre nous, je le tuerai. Et toi aussi. Penses-y si l'envie te prend de tourner les yeux vers un autre.

Ce fut alors seulement qu'il me rendit mon sac en me disant de vérifier que rien ne manquait. Ma fortune s'élevait à quarante-deux dollars et soixante cents. Ils y étaient.

Je me relevai en chancelant quand il m'y autorisa et sortis à reculons, mon sac serré contre moi. Je tremblais comme une feuille. Ce ne fut qu'après avoir franchi le seuil que je lui lâchai son paquet :

— Il y a des institutions spécialisées pour les fous furieux dans ton genre, Julian. Ce n'est pas à toi de me dire qui je dois aimer et tu ne peux me forcer à t'aimer. Si tu avais délibérément cherché à me dégoûter de toi, tu n'aurais pas pu mieux réussir. A présent, il n'est même plus question que j'aie de l'amitié pour toi. Et tu peux désormais renoncer une fois pour toutes à danser avec moi !

Je lui refermai la porte au nez et m'enfuis en courant. Mais quand j'arrivai à l'ascenseur, il sortit dans le couloir et me lança une malédiction si épouvantable que je ne peux en répéter que les derniers mots :

— Je te l'ai déjà dit et je te le redis encore, Cathy : tu demanderas dans tes prières à être en enfer avant que j'en aie terminé avec toi !

Après ces deux scènes terribles, j'allai trouver Mme Zolta pour lui dire que je refusais désormais d'habiter avec une fille décidée à briser ma carrière.

— Elle a peur de toi, Catherine, c'est tout. Jusqu'à ton arrivée, Yolanda était la super-star de la troupe. Maintenant, elle a l'impression que tu es un danger pour elle. Allez, sois une brave fille et réconciliez-vous toutes les deux.

— Jamais, madame. Je ne l'aime pas et je ne veux plus vivre avec elle. Si vous ne m'augmentez pas, je prendrai contact avec une autre compagnie et, si on ne veut pas de moi, je rentrerai à Clairmont.

Elle poussa un gémissement plaintif, se prit la tête entre ses mains osseuses, gémit encore. Quels comédiens, ces Russes !

— Bon, bon, je cède à ton chantage, soupira-t-elle finalement. Je t'augmente et je te dirai où tu pourras te loger pas trop cher. Mais je te préviens que ce sera moins bien que cet appartement.

Parce qu'il était si bien que cela ? Cependant, elle avait raison. Le studio que je louai était deux fois plus petit que la plus petite des pièces de la maison de Paul. Mais j'étais chez moi ! C'était la première fois que j'avais un appartement pour moi toute seule et, les premiers jours, j'étais folle de joie. Mais, bientôt, je n'arrivai plus à dormir : je tendais l'oreille, guettant les craquements de l'immeuble vétuste. Paul me manquait. Chris me manquait. Quand le vent mugissait, j'étais seule, sans personne pour me réconforter.

Une nuit, je me relevai, m'installai devant la table de la cuisine et entrepris d'écrire une lettre à Mme Winslow. Je lui avais déjà envoyé une des critiques enthousiastes qui avaient été publiées dans la presse, accompagnée d'une photo formidable de Julian et de moi dans *La Belle au Bois Dormant.* Je terminai ainsi :

« Le temps approche, madame Winslow. Pensez-y tous les soirs avant de vous endormir. Rappelez-vous que je suis vivante et que je ne vous oublie pas. La vengeance est un plat qui se mange froid. »

*Profite de l'instant présent, maman ! Parce qu'il ne durera plus longtemps.*

J'achetai six exemplaires de tous les journaux où l'on parlait de moi. Malheureusement, mon nom était associé la plupart du temps à celui de Julian. J'envoyai des coupures à Paul et à Chris. Les autres, je les gardai pour moi. Et pour ma mère. J'essayais d'imaginer la tête qu'elle ferait en ouvrant l'enveloppe tout en craignant qu'elle ne la déchirât et ne la jetât dans la corbeille sans rien lire. Jamais je ne l'appelais « maman » ou « mère » et mes formules de politesse étaient toujours froides et impersonnelles. Mais viendrait un jour où nous serions face à face. Alors je l'appellerais « mère » et je la verrais pâlir et frissonner !

Un matin, je fus réveillée par des coups frappés à ma porte.

— Ouvre-moi, Cathy ! J'ai quelque chose de formidable à t'apprendre.

C'était la voix de Julian.

— Va-t'en, grommelai-je, ensommeillée. (Mais je me levai quand même et enfilai un peignoir.) Arrête de faire ce boucan ! Je ne t'ai pas pardonné et je ne te pardonnerai jamais. Je ne veux plus te voir !

— Ouvre ou j'enfonce cette porte !

Je tirai le verrou et entrebâillai le battant. Il fit irruption dans ma chambre, me prit dans ses bras et me planta un brûlant et interminable baiser sur la bouche.

— Mme Zolta… elle nous l'a annoncé hier après ton départ… on part pour Londres ! Pour deux semaines ! Il paraît que nous avons séduit les Anglais. Mme Zolta est folle de joie !

— C'est vrai ?

Son excitation était contagieuse. Je me dirigeai d'un pas mal assuré vers la mini-cuisine. Du café… il fallait que je prenne un café pour m'éclaircir les idées.

— Tu es toujours aussi vaseuse le matin ? me demanda Julian en m'emboîtant le pas. (Il s'assit à califourchon sur une chaise.) Allez, réveille-toi, Cathy ! Faisons la paix, embrassons-nous et soyons à nouveau amis. Déteste-moi autant que tu voudras demain mais, aujourd'hui, il faut que tu m'aimes. Parce que c'est le jour que nous attendons depuis toujours, toi et moi. On va faire un triomphe, Cathy ! Pas de problème… un tabac monstre ! Il a fallu que nous fassions équipe tous les deux pour que la troupe sorte de l'anonymat. Mme Z. n'y est pour rien... c'est nous, Cathy !

Sa modestie faisait plaisir à voir.

— Tu as déjeuné ?

J'espérais que oui. Il ne me restait que deux tranches de bacon et je n'avais aucune envie de partager.

— Oui, j'ai grignoté quelque chose avant de venir mais j'ai encore un petit creux.

Le contraire eût été surprenant. Il avait toujours un petit creux. Brusquement, je me rendis compte. Londres ! Nous allions monter un spectacle à Londres !

— C'est vrai, Julian ? Tu ne me fais pas marcher ? On va à Londres... tous ?

Il bondit sur ses pieds.

— Oui, tous ! C'est une chance inouïe, on va casser la baraque, on va les estomaquer ! Et nous serons le point de mire, toi et moi, parce que nous sommes les meilleurs, tu le sais aussi bien que moi !

Tout en s'empiffrant, il se répandit en termes lyriques sur la longue et fantastique carrière qui nous attendait. Nous ferions fortune et, plus tard, quand nous serions vieux, nous nous retirerions, nous aurions deux enfants et nous serions professeurs de danse. Sensationnel, non ?

J'étais navrée de gâcher sa joie mais il fallait que tout soit bien clair.

— Julian, je ne t'aime pas et il n'est pas question que nous nous mariions. C'est entendu, nous irons à Londres, nous danserons et je ferai de mon mieux, mais j'ai d'autres projets d'avenir. J'épouserai quelqu'un d'autre. J'ai promis. Depuis longtemps, déjà.

Le regard furibond et haineux dont il m'enveloppa était une véritable gifle.

— Tu mens ! hurla-t-il — et il sortit comme un fou.

## RÊVES D'HIVER

Je revins à Clairmont pour Noël. Chris et Paul m'attendaient à l'aéroport, à 2 heures du matin. Il faisait un froid de canard. Chris me prit dans ses bras dans l'intention de m'embrasser sur la bouche mais je me détournai, de sorte que son baiser atterrit sur ma joue.

— Bienvenue à la ballerine conquérante ! s'exclama-t-il en me regardant avec une fierté non dissimulée. Comme tu es belle, Cathy ! Chaque fois que je te revois, j'ai un coup au cœur.

Moi aussi, cela me faisait un coup au cœur. Il était encore plus séduisant que papa. Je m'arrachai à son étreinte et courus vers Paul qui se tenait un peu à l'écart. Il me tendait les mains. *Attention,* disaient ses yeux. *Attention ! Ne dévoilons pas trop tôt notre secret.*

Ce fut notre plus beau Noël du début à la fin — ou presque à la fin. Carrie avait grandi d'un peu plus d'un centimètre. Ses grands yeux rayonnaient de joie tandis qu'assise par terre, elle découvrait la robe de velours rouge que je lui avais apportée — j'avais fait à peu près toutes les boutiques de New York pour trouver ce que je voulais. Elle avait l'air d'une petite princesse lorsque, ravie, elle l'essaya. Et j'imaginai Cory à genoux, en train de regarder ses cadeaux, lui aussi. Il m'était impossible de l'oublier quand j'étais heureuse. Combien de fois ne m'étais-je pas lancée à la poursuite d'un petit garçon aux yeux bleus et aux boucles blondes aperçu dans la rue, espérant que, par miracle, c'était lui — mais ce n'était jamais lui, jamais.

Chris glissa une petite boîte dans mes mains. Elle recelait un médaillon dont le couvercle était incrusté d'un diamant véritable, un très petit diamant mais un diamant quand même.

— Je l'ai acheté de mes propres deniers, dit-il en me passant la chaînette autour du cou. Cela rapporte d'être souriant et aimable avec les clients.

Puis, les mains tremblantes, je défis fébrilement le paquet de Paul tandis qu'il ne me quittait pas des yeux. Un manteau de renard !

— Le genre de manteau qu'il te faut pour affronter l'hiver new-yorkais, dit-il.

Tout son amour brillait dans ses yeux.

— C'est trop, balbutiai-je d'une voix étranglée. Il est splendide ! Que je suis contente !

Il sourit. Comme il fallait peu de chose pour le rendre heureux.

— Chaque fois que tu le mettras, il faudra que tu aies une pensée pour moi, j'y compte absolument. Et il te tiendra chaud aussi dans les frimas et les brouillards de Londres.

Je lui assurai que je n'avais jamais vu un aussi beau manteau, mais il me rappelait désagréablement les fourrures qui remplissaient la penderie de maman.

Chris me lança un coup d'œil inquisiteur, cherchant à déceler sur mon visage quelque chose qui eût trahi les sentiments que j'éprouvais envers Paul ; il lui décocha un regard noir en fronçant les sourcils, puis se leva et quitta la pièce. Une porte claqua bruyamment au premier. Paul feignit de ne rien entendre.

— Regarde dans le coin, Catherine. Ça, c'est un cadeau dont tout le monde profitera.

C'était une télévision couleur, grand écran. Carrie bondit et courut l'allumer.

— Paul l'a achetée pour qu'on te voie danser le *Casse-Noisette* en couleurs. Mais il ne veut pas que j'y touche.

— Uniquement parce que c'est le diable et son train pour la régler convenablement, s'excusa Paul.

Nous ne vîmes plus Chris de la journée, sauf pour les repas. Il portait le pull bleu roi que j'avais tricoté à son intention — il lui allait à merveille —, et la chemise et la cravate que je lui avais offertes. Mais aucun de mes présents n'égalait son médaillon. Je lui en voulais de m'accorder tant de place dans son cœur mais je lui en aurais voulu encore davantage s'il n'en avait pas été ainsi.

Le soir, nous nous installâmes confortablement devant la télé toute neuve. Je me blottis au pied du fauteuil de Paul, Carrie à côté de moi. Chris s'assit à l'écart. Il faisait la tête et je n'étais pas aussi heureuse que j'aurais dû l'être lorsque le générique apparut sur l'écran. L'émission avait été enregistrée en août et c'était seulement aujourd'hui qu'elle était diffusée. On allait la regarder dans tout le pays. Les décors étaient vraiment superbes en couleurs ! Mes yeux étaient fixés sur Clara. Etait-ce vraiment moi ? La tête ailleurs, je m'appuyai inconsciemment contre la jambe de Paul et je sentis ses doigts jouer dans mes cheveux. Et puis, j'oubliai tout — j'étais sur la scène avec Julian, affreux casse-noisette magiquement métamorphosé en prince charmant.

Je revins à la réalité lorsque le mot « fin » s'inscrivit sur l'écran et ma première pensée fut pour ma mère. *Mon Dieu, faites qu'elle ait passé la soirée chez elle et qu'elle m'ait vue ! Qu'elle sache qui elle a voulu tuer ! Qu'elle ait mal, qu'elle souffre, qu'elle pleure... je vous en prie, je vous en prie !*

— Que puis-je te dire, Cathy ? (Paul était visiblement impressionné.) Aucune autre danseuse n'aurait pu tenir aussi bien ce rôle. Et Julian était admirable, lui aussi.

— Oui, laissa tomber sèchement Chris en se levant pour prendre Carrie dans ses bras. Vous êtes sensationnels tous les deux mais une chose est sûre : c'est à mille lieues des exhibitions dont j'ai gardé le souvenir. On aurait dit un roman d'amour. Je te conseille de larguer ce type, Cathy, et vite !

Sur ce, il emmena Carrie pour la mettre au lit.

— J'ai l'impression que ton frère a des soupçons, dit Paul d'une voix unie. Pas seulement à l'égard de Julian, à mon égard aussi. Depuis ce matin, il se conduit comme si j'étais un rival. Quand nous allons lui apprendre la nouvelle, cela lui portera un coup.

Comme, pareille en cela à beaucoup d'autres, je préférais remettre les choses désagréables à plus tard, je lui suggérai d'attendre le lendemain pour mettre Chris au courant de nos intentions. Je me pelotonnai sur ses genoux et, enlacés, nous échangeâmes les baisers passionnés que nous nous étions refusés jusque-là. J'avais envie de lui au point d'en avoir mal. Nous éteignîmes et nous montâmes furtivement par l'escalier de derrière. Et nous fîmes l'amour sur son lit avec toute l'ardeur que provoque l'abstinence. Nous nous endormîmes et, en nous réveillant, nous nous aimâmes encore. Quand le jour se leva, je l'embrassai une dernière fois et enfilai un peignoir pour regagner ma chambre. Quelle fut ma consternation en voyant la porte de Chris s'ouvrir au moment précis où je sortais de chez Paul ! Il resta pétrifié et me contempla d'un air atterré. Je reculai, confuse à en pleurer. Nous ne prononçâmes pas un mot ni l'un ni l'autre. Enfin, il émergea de cette hypnose et se précipita vers l'escalier. Avant de l'atteindre, il se retourna et me lança un regard chargé d'indignation. J'aurais voulu mourir !

Carrie dormait comme une marmotte, sa robe de velours rouge serrée sur son cœur. Une fois couchée, j'essayai de trouver ce que je pourrais dire à Chris pour remettre les choses au point entre nous. Pourquoi avais-je au fond de moi le sentiment que je le trahissais ?

Le lendemain de Noël est le jour où l'on rend les cadeaux que l'on n'aime pas, dont on ne veut pas ou qui ne vous conviennent pas. Je dus prendre sur moi pour aborder Chris en train de tailler férocement les rosiers.

— Chris, il faut que je te parle et que je t'explique un certain nombre de choses.

Il éclata :

— Paul n'avait pas le droit de t'offrir un manteau de fourrure ! C'est un cadeau de femme entretenue. Rends-le-lui, Cathy ! Et, surtout, cesse d'avoir les rapports que tu as avec lui.

Je commençai par lui prendre des mains son sécateur avant qu'il n'eût saccagé les roses bien-aimées de Paul.

— Ce n'est pas aussi coupable que tu le crois, Chris. Vois-tu... Paul et moi... nous envisageons de nous marier au printemps. Nous nous aimons, aussi, ce que nous pouvons faire n'a rien de mal en soi. Il ne s'agit pas d'une aventure sans lendemain. Il a besoin de moi et j'ai besoin de lui. (Il me tourna le dos pour que je ne voie pas son expression et je m'approchai de lui.) Ce sera mieux ainsi pour moi comme pour toi, ajoutai-je doucement.

Je le pris par la taille et lui fis face. Il avait l'air hébété d'un homme en parfaite santé qui apprend qu'il souffre d'un mal incurable et qui soudain perd tout espoir.

— Il est trop âgé pour toi.

— Je l'aime.

— Bon, tu l'aimes, d'accord. Mais as-tu pensé à ta carrière ? Vas-tu jeter par-dessus bord toutes ces années de rêves et de travail ? Vas-tu rompre ta promesse ? Tu sais pourtant que nous nous sommes juré l'un à l'autre de réaliser les objectifs que nous nous étions fixés pour rattraper le temps perdu.

— Nous en avons discuté avec Paul. Il comprend. Il pense que nous pourrons trouver un moyen...

— Il pense ! Qu'est-ce qu'un médecin connaît de l'existence d'une danseuse ? Vous ne serez jamais ensemble. Il sera ici et toi tu seras Dieu sait où avec des garçons de ton âge. Tu ne lui dois rien, Cathy, rien ! Nous le rembourserons jusqu'au dernier sou. Nous aurons pour lui le respect et l'affection qu'il mérite mais tu ne lui es pas redevable de ta vie.

J'étais déchirée devant sa souffrance.

— Vraiment ? fis-je dans un soupir. Moi, je crois que je la lui dois, au contraire. Rappelle-toi ce que j'éprouvais quand nous sommes arrivés à Clairmont. Je pensais que l'on ne pouvait avoir confiance en personne, que le pire allait nous arriver — et c'est ce qui se serait produit sans lui. Et je ne l'aime pas uniquement à cause de ce qu'il a fait pour nous. Je l'aime parce qu'il est l'homme qu'il est. Nous ne le voyons pas du même œil, Chris.

Il se retourna et me reprit le sécateur.

— Et Julian ? Tu vas te marier avec Paul et danser avec Julian ? Tu sais qu'il est fou de toi. Il n'y a qu'à voir comment il te regarde, comment il te touche !

De saisissement, je fis un pas en arrière. Ce n'était pas seulement de Julian qu'il parlait !

— Je suis désolée d'avoir gâché tes vacances, Chris, mais tu rencontreras quelqu'un, toi aussi. Tu as de l'affection pour Paul, je le sais parfaitement. Quand tu auras réfléchi, tu te rendras compte que nous nous convenons l'un à l'autre en dépit de la différence d'âge et de tout le reste.

Sur ces mots, je m'éloignai, le laissant avec les rosiers et son sécateur.

Paul me conduisit à Greenglenna pendant qu'à la maison Carrie s'amusait avec la nouvelle télé couleur, ses nouvelles robes et ses nouveaux jouets. Tout en roulant, il me fit joyeusement part de son projet : nous dînerions tous les quatre ce soir à la Plantation, son restaurant favori.

— Egoïstement, j'aimerais mieux t'y emmener seule mais je veux que Chris et Carrie soient là quand je te passerai la bague au doigt.

Je contemplai fixement le paysage hivernal qui se déployait derrière les vitres, les arbres dénudés, l'herbe roussie, les jolies maisons décorées et déjà illuminées. Maintenant, je faisais partie du spectacle, je n'étais plus une spectatrice enfermée dans sa prison. Et pourtant, j'étais torturée.

— Cathy, tu as à côté de toi l'homme le plus heureux du monde.

Et j'avais abandonné dans le jardin un homme qui souffrait autant que je souffrais.

J'avais dans mon sac la bague que j'avais achetée pour Carrie à New York, un minuscule rubis monté sur un tout petit anneau mais qui était encore trop large. Elle ne pouvait le mettre qu'au pouce. Nous étions entrés dans la plus grande bijouterie de la ville et j'étais en train de demander comment il serait possible de réduire la bague sans abîmer le sertissage quand, soudain, une voix familière parvint à mes oreilles. Une voix mélodieuse aux intonations un peu rauques. Je tournai prudemment la tête comme dans un film au ralenti.

Maman ! Elle se trouvait à côté de moi ! Peut-être m'aurait-elle vue si elle avait été seule mais elle était en grande conversation avec l'amie qui l'accompagnait, une femme aussi élégante qu'elle. J'avais énormément changé depuis la dernière fois qu'elle m'avait vue mais elle m'aurait quand même immédiatement reconnue. Ces dames parlaient de la soirée à laquelle elles étaient allées la veille.

— Franchement, Corinne, je trouve que les réceptions d'Elsie sombrent dans l'outrance. Tout ce rouge !

Des réceptions ! C'était donc tout ce qu'elle faisait dans l'existence, assister à des réceptions ? Mon cœur se mit à battre très vite. La déception m'accablait. Une soirée... j'aurais dû m'en douter ! Elle ne restait jamais chez elle à regarder la télé ! Elle ne m'avait pas vue danser Clara ! Envahie par la rage, je me tournai pour l'obliger à me voir, cette fois ! Le petit miroir posé sur la vitre du présentoir me renvoya son profil. Comme elle était encore belle ! Elle avait extraordinairement peu vieilli. Ses cheveux blonds tirés en arrière mettaient en valeur la perfection de son nez délicat, de ses lèvres vermeilles à la moue boudeuse, de ses longs cils naturellement noirs qu'épaississait le mascara. Ses oreilles scintillaient d'or et de brillants.

— Montrez-moi quelque chose qui convienne à une jeune fille, dit-elle à la vendeuse. Un bijou de bon goût, ni clinquant ni trop lourd, qu'elle pourra porter toute sa vie avec plaisir.

Qui était la jeune fille à qui elle prodiguait ainsi ses libéralités ? J'éprouvai un pincement de jalousie. Elle porta son choix sur un ravissant médaillon en or qui ressemblait beaucoup à celui que Chris m'avait donné. Il ne coûtait pas moins de trois cents dollars. Notre chère mère dépensait son argent pour une étrangère. Nous, nous n'existions pas ! Pensait-elle à nous ? Se demandait-elle ce que nous devenions ? Comment pouvait-elle dormir la nuit alors que le monde pouvait être si hostile et si cruel aux enfants qu'elle avait mis au monde ?

Pour autant que je puisse l'affirmer, ce n'étaient ni les remords ni les regrets qui l'étouffaient. Peut-être était-ce le fait de la fortune de plaquer ainsi un sourire satisfait sur la figure des gens, un sourire dont on ne savait pas ce qu'il masquait. J'avais envie de lui adresser la parole pour la voir perdre contenance, pour voir son sourire s'écailler comme l'écorce qui tombe d'un tronc, pour qu'elle se révèle telle qu'elle était, face à son amie — un monstre sans entrailles, une meurtrière, une hypocrite. Mais je demeurai muette.

— Tu es prête, Cathy ? me demanda Paul en posant ses mains sur mes épaules.

Je n'avais qu'un seul désir : qu'elle me voie en compagnie d'un homme dont le charme ne le cédait en rien à celui de son cher Bart. J'aurais voulu lui crier : *Regarde ! moi aussi, je suis capable d'attirer les hommes intelligents, bons, cultivés et beaux !* Je lui lançai un coup d'œil à la dérobée pour savoir si elle avait entendu Paul prononcer mon nom, prête à me délecter de la surprise abasourdie qu'elle ne pourrait manquer de manifester, de sa confusion, de sa honte. Mais non. Déjà, elle s'éloignait et si elle avait effectivement entendu Paul m'appeler Cathy, elle ne daigna même pas tourner la tête.

J'éclatai en sanglots sans savoir pourquoi.

— Il y a quelque chose qui ne va pas ? s'enquit Paul

d'un air à la fois intrigué et inquiet. Tu n'as pas changé d'avis, j'espère ?

— Bien sûr que non !

Pourquoi étais-je restée sans réaction ? Pourquoi ne lui avais-je pas fait un croche-pied, cette fois ? Elle se serait étalée de tout son long et aurait perdu toute dignité. Pas sûr ! Elle aurait été capable de tomber avec grâce et tous les hommes présents, Paul y compris, se seraient précipités pour l'aider à se relever !

Chris fit irruption dans ma chambre où j'étais en train de me préparer pour le dîner et s'adressa à Carrie sur un ton d'une sécheresse inhabituelle :

— Va regarder la télévision. Je veux parler à ta sœur.

Carrie nous contempla l'un après l'autre d'un drôle d'air avant de s'éclipser. A peine eut-elle refermé la porte que Chris m'empoigna par les épaules et me secoua brutalement.

— Cette plaisanterie va-t-elle continuer encore longtemps ? s'exclama-t-il. Tu ne l'aimes pas, c'est moi que tu aimes, je le sais. Ne me fais pas cela, Cathy, je t'en supplie ! Je n'ignore pas que si tu agis ainsi, c'est pour me libérer mais ce n'est pas une raison suffisante pour l'épouser. (La tête basse, il me lâcha, soudain honteux, et poursuivit d'une voix si basse que je dus tendre l'oreille :) Je sais que c'est mal d'avoir les sentiments que j'ai pour toi, je sais que je devrais essayer de trouver une autre fille, de suivre ton exemple. Mais je ne peux pas m'empêcher de t'aimer et de te désirer. Je pense à toi à longueur de journée, je rêve de toi la nuit. (Un sanglot l'interrompit.) Je ne peux pas supporter l'idée que tu appartiennes à un autre. N'importe comment, tu ne veux pas avoir d'enfants. Alors, pourquoi un autre ? Pourquoi pas moi ?

Quand je le serrai dans mes bras, il s'accrocha à moi comme si j'étais la seule à pouvoir l'empêcher de se noyer.

— Oh ! Chris, que veux-tu que je te dise ? Maman et papa ont commis l'erreur de se marier et c'est nous qui la payons. Nous ne pouvons pas prendre le risque de faire la même faute.

— Si ! protesta-t-il avec ferveur. Il n'est pas indispensable que nous ayons des rapports sexuels. Nous pourrions vivre simplement ensemble comme frère et sœur. Avec Carrie. Cathy, je t'implore de ne pas épouser Paul !

— Tais-toi ! criai-je avec emportement. Laisse-moi ! (Et je le frappai pour lui rendre le mal que ses paroles me faisaient.) Si tu savais comme tu me culpabilises, comme j'ai honte en t'entendant ! J'ai fait tout ce que je pouvais faire pour toi quand nous étions séquestrés, Chris. Peut-être avons-nous été attirés l'un par l'autre mais c'était parce qu'il n'y avait personne d'autre. Si les conditions avaient été différentes, tu ne m'aurais jamais désirée et je ne me serais pas tournée vers toi. Tu es mon frère et seulement mon frère, Chris. Je veux que tu restes à la place qui est la tienne... et ce n'est pas dans mon lit !

Quand il m'enlaça, je ne pus faire autrement que de m'abandonner à son étreinte. Je sentais battre son cœur contre ma joue. Il faisait des efforts héroïques pour retenir ses larmes. Je voulais qu'il oublie mais son espoir renaissait à mesure que passaient les secondes — et il commençait à s'émouvoir ! Et dire qu'il prétendait que nous aurions pu vivre ensemble platoniquement !

— Laisse-moi, Chris. Continue à m'aimer jusqu'à la fin de tes jours mais garde cela pour toi, je ne veux plus jamais que tu en reparles. J'aime Paul et aucun de tes arguments ne me dissuadera de l'épouser !

— Tu te mens à toi-même, fit-il d'une voix étranglée en me serrant encore plus fort. Tu me veux, moi, et tu le veux, lui, tu veux tout le monde, tu veux tout ! Ne saccage pas sa vie, il a déjà suffisamment souffert. Il est trop vieux pour toi et cela importe, l'âge ! Quand tu seras au point culminant de la maturité, il sera un vieillard impuissant. A ce compte-là, Julian vaudrait encore mieux !

— Si tu crois cela, tu es le roi des imbéciles.

— Soit, je suis un imbécile ! J'ai toujours été un

imbécile, non ? Quand j'ai placé tout mon amour et toute ma foi en toi, j'ai commis la plus belle bourde de ma vie, voilà ! Tu es, à ta manière, aussi dure et impitoyable que notre mère. Tu cherches à mettre le grappin sur tous les hommes qui te plaisent sans penser aux conséquences. Cela dit, je suis prêt à te laisser te jeter au cou de qui tu voudras pourvu que tu me reviennes toujours.

— Christopher, tu es jaloux parce que moi, j'ai déjà trouvé quelqu'un à aimer. Et cesse de me lancer des regards noirs ! Tu as eu pas mal d'aventures. Je n'ignore pas que tu as couché avec Yolanda Lange et Dieu sait avec combien d'autres ! Et que leur racontais-tu ? Que tu les aimais, elles ausi ! Eh bien, moi, je ne t'aime plus. C'est Paul que j'aime et tu ne pourras rien faire pour nous empêcher de nous marier.

— Tu te trompes, fit-il d'une voix blanche, pâle et tremblant. Si je lui disais ce qui s'est passé entre nous, il ne voudrait plus de toi.

— Tu ne le lui en parleras jamais. Tu as un sens de l'honneur beaucoup trop développé. D'ailleurs, Paul est déjà au courant.

Nous restâmes un long moment à nous mesurer du regard, puis il sortit en courant et fit claquer la porte avec tant de violence que le plâtre du plafond se fissura.

Seules Carrie et moi accompagnâmes Paul à la Plantation.

— Il est vraiment dommage que Chris soit mal fichu, dit Paul. J'espère que ce n'est pas la grippe. Tout le monde l'a en ce moment.

Je gardai le silence, me contentant d'écouter Carrie babiller, dire qu'elle adorait Noël parce que les choses les plus banales prenaient alors un air de fête. Un feu magnifique crépitait dans la cheminée, une musique douce nous berçait. Paul me passa la bague de fiançailles au doigt. Je fis de mon mieux pour que la soirée fût réussie. Je riais, je souriais, nous échangions de tendres regards en levant nos coupes de champagne pour boire à notre bonheur. Tandis que nous dansions sous les gigantesques lustres de cristal, j'imaginais derrière mes yeux fermés Chris qui boudait dans sa chambre, le cœur plein de haine pour moi.

— Nous allons être si heureux, Paul ! lui murmurai-je à l'oreille en me dressant sur la pointe de mes fines sandales lamées.

Oui, une vie où il n'y aurait qu'à se laisser vivre. Toute de facilité, de douceur, de fluidité. Exactement comme l'aimable valse surannée qui nous emportait. Parce que quand on aime vraiment, il n'est pas d'obstacles que l'amour ne puisse vaincre.

Ah ! Moi et mes idées toutes faites !

## COUP DE TONNERRE DANS UN CIEL BLEU

Si, avant Noël, Mme Z. avait été exigeante, maintenant c'était le bagne. Les séances de travail n'en finissaient pas. Elle n'avait que la perfection du Royal Ballet à la bouche. C'était une compagnie rigoureusement classique et elle attendait que notre prestation fût une démonstration de l'originalité de la chorégraphie américaine, dans le style classique mais avec plus de beauté et plus d'imagination.

Julian était d'une dureté impitoyable, je dirais même démoniaque, et je commençais à le prendre en grippe. Nous étions en nage, les cheveux en bataille. Mon maillot me collait à la peau. Lui ne portait qu'un paréo.

— Cette fois, tâche de ne pas te tromper, nom de Dieu ! hurlait-il. Je n'ai pas envie d'y passer la nuit !

— Ne crie pas comme ça, Julian. Je ne suis pas sourde.

— Alors, fais ton truc comme il faut ! D'abord trois pas, puis un allongé et tu sautes pour que je te reçoive. Ce coup-là, mets-toi aussitôt à l'horizontale, merde ! Ne reste pas raide comme un balai. Et dès que je t'ai reçue, laisse-toi tomber en arrière en te décontractant totalement... si tu es capable de faire quelque chose de bon aujourd'hui !

Tout le problème était là. Je n'avais plus confiance en lui. J'avais peur qu'il n'essaie délibérément de me faire du mal.

— A t'entendre, on dirait que je fais exprès de me tromper.

— C'est l'impression que ça me donne. Si tu voulais vraiment y mettre du tien, tu y arriverais. Bon ! Voyons si tu peux réussir au moins une fois sur cinquante !

— Crois-tu que je m'amuse ? (Je levai les bras.) Regarde mes aisselles. Tu m'as tellement écorchée que j'ai la peau à vif. Et demain, je serai pleine de bleus.

— Tu n'as qu'à exécuter la figure correctement !

La rage n'était pas présente seulement dans sa voix mais aussi dans ses yeux noirs et l'idée qu'il attendait l'occasion de me laisser volontairement tomber pour se venger me terrifiait. Néanmoins, je me levai et nous recommençâmes. Mais c'était toujours pareil : impossible de me laisser aller avec confiance. Cette fois, il me jeta par terre et je restai allongée à ses pieds, haletante, en me demandant pourquoi diable je m'accrochais.

— Alors, c'est la pause ? me demanda-t-il sur un ton sarcastique, planté au-dessus de moi, bien d'aplomb sur ses jambes écartées, le torse luisant de sueur. Je fais le plus dur et toi tu te vautres sur le sol avec l'air d'être exténuée. Qu'est-ce que tu as fabriqué à Clairmont ? Tu as dépensé toute ton énergie à te faire sauter par ton docteur ?

— Tais-toi ! Après douze heures de répétition d'affilée, je n'en peux plus, c'est tout.

— Si tu es fatiguée, je le suis dix fois plus. Allez, debout, on remet ça. Et tâche que ça colle enfin, petite idiote !

— Ne m'insulte pas, s'il te plaît ! Tu peux te chercher une autre partenaire. Tu m'as fait trébucher et j'ai eu mal au genou pendant trois jours. Alors, comment veux-tu que je coure et que je saute dans tes bras ? Tu es assez mauvais pour m'estropier définitivement !

— Même si je te haïssais, je ne te laisserais pas tomber, Cathy. Et je ne te hais pas. Pas encore...

Finalement, après une nouvelle et longue série de reprises, la mécanique fut mise au point et Julian alla jusqu'à sourire et me complimenter. Puis ce fut la générale et la création de *Roméo et Juliette.*

La splendeur des décors, l'éclat des costumes, la cohésion de l'orchestre nous faisaient donner le meilleur de nous-mêmes. Je pouvais maintenant apporter au personnage de Juliette les petites nuances qui en feraient un être de chair et de sang et non cette espèce de bout de bois qu'était Yolanda quand, l'œil vitreux, elle fit ce soir-là ses pliés. Mme Zolta s'approcha d'elle, la scruta et huma son haleine.

— Dieu du ciel ! Mais tu as fumé de l'herbe ! Je n'admets pas qu'un membre de ma compagnie méprise le public au point d'entrer en scène défoncé. Va te coucher. Catherine, prépare-toi. C'est toi qui joueras Juliette.

Quand elle passa devant moi, la démarche vacillante, Yolanda essaya de me lancer un coup de pied et cracha :

— Pourquoi est-ce que tu es revenue ? Pourquoi tu n'es pas restée dans ton bled ?

Je ne pensais plus à elle ni à ses menaces quand, à mon balcon fragile, je regardais rêveusement Julian dont le pâle visage se tendait vers moi. Qu'il était beau sous la lumière bleutée des projecteurs dans son collant blanc ! Sa sombre chevelure miroitait, ses yeux de jais avaient le même scintillement que les paillettes qui ornaient son pourpoint. Il ressemblait à mon amoureux du grenier qui ne se laissait jamais approcher suffisamment pour que je puisse distinguer ses traits.

Ce fut un déferlement d'applaudissements quand le rideau tomba. Julian me rejoignit d'un bond et, hors d'haleine, me serra dans ses bras.

— Tu as été sensationnelle, ce soir ! Comment fais-tu

donc pour être mauvaise jusqu'à l'instant de la représentation exclusivement ?

Le rideau se releva, nous saluâmes, Julian m'embrassa sur la bouche et les spectateurs se répandirent en ovations : tous les amateurs de ballets adoraient ce mélange de drame et de passion.

Nous avions fait un triomphe. Grisée par le succès, je faussai compagnie aux photographes et aux chasseurs d'autographes pour filer dans ma loge et me préparer. Une grande soirée était en effet prévue avant que la troupe prenne l'avion de Londres. Après m'être hâtivement enduit le visage de crème à démaquiller, j'enlevai le costume que je portais au dernier acte. Au moment où je passais une robe du soir bleu pervenche, on frappa à la porte et Mme Zolta me cria :

— Catherine, il y a une dame qui arrive de chez toi. Elle a fait spécialement le voyage pour te voir danser. Ouvre. On t'attendra pour la petite fête.

La femme qui entra était grande et belle. C'était une brune aux yeux noirs dont les luxueux vêtements mettaient la silhouette en valeur. J'eus l'impression bizarre que je l'avais déjà rencontrée ou qu'elle me rappelait quelqu'un. Elle commença par me détailler de la tête aux pieds avant de balayer du regard la loge minuscule encombrée de sacs en plastique où étaient entassés les costumes de scène que j'emmenais à Londres. Chacun était accompagné d'une étiquette portant mon nom et le titre du ballet correspondant. J'attendais impatiemment que l'inconnue me dise la raison de sa visite et qu'elle s'en aille pour que je puisse mettre mon manteau.

— Je ne crois pas vous connaître, dis-je, non sans impatience.

Elle eut un sourire en coin, s'assit sans y avoir été invitée et croisa ses jambes admirablement belles.

— Naturellement, vous ne me connaissez pas, ma chère enfant. Mais moi, en revanche, je sais beaucoup de choses sur vous.

Son ton sucré ne me disait rien qui vaille et je me raidis dans l'attente de la suite.

— Vous êtes très jolie. Et le mot n'est peut-être pas assez fort.

— Merci.

— Vous êtes une danseuse exceptionnellement douée. J'en ai été surprise, encore qu'il soit normal que vous ayez du talent puisque vous faites partie d'une compagnie dont, paraît-il, la réputation ne cesse de grandir.

— Merci, répétai-je en me demandant quand elle en viendrait au fait.

Le silence s'éternisait, elle le faisait exprès. Je tendis la main vers mon manteau pour lui faire comprendre que j'étais pressée.

— Quelle splendide fourrure, fit-elle alors. Je suppose que c'est un cadeau de mon frère ? Je me suis laissé dire qu'il sème l'argent à pleines poignées comme un marin en bordée. Qu'il dépense toutes ses économies pour trois petits minables qui ont un beau jour débarqué du car et lui ont mis le grappin dessus. (Elle éclata d'un rire léger et narquois, le rire d'une personne cultivée dont la technique est bien au point.) Maintenant, je comprends tout ; encore que j'aie su par ouï-dire que vous étiez suffisamment jolie pour faire perdre la tête à un homme. Pourtant, je n'imaginais pas qu'une enfant telle que vous pût avoir l'air si voluptueuse et si sensuelle tout en étant aussi maigrichonne. Vous êtes un bien singulier mélange d'innocence et de rouerie, mademoiselle Dahl. Un cocktail bien propre à affoler un personnage du genre de mon frère. Rien de tel, poursuivit-elle en gloussant, que cette combinaison — la jeunesse, la blondeur, un joli minois et des seins épanouis — pour réveiller la bête qui sommeille chez le meilleur des hommes. Oui, c'est l'ennui d'être trop jeune et trop belle. (Elle poussa un soupir comme si elle me prenait en pitié.) Cela fait resurgir ce qu'il y a de pire en eux. Paul s'est déjà conduit comme un âne avant vous, vous savez. Vous n'êtes pas la première pour qui il a le béguin, bien qu'il n'ait jamais donné de fourrures à celles qui vous ont précédée. Ni de bague en brillants. Comme s'il pouvait vous épouser !

Ainsi, c'était à Amanda que j'avais affaire, l'étrange sœur de Paul qui lui expédiait les chandails qu'elle lui tricotait mais qui ne lui adressait pas la parole dans la rue.

Elle se leva et se mit à tourner autour de moi, semblable à un chat près de bondir sur la proie effarouchée que j'étais censée être. Elle me caressa la joue.

— Quel teint sans défaut ! On dirait de la porcelaine. A trente-cinq ans, vous n'aurez plus ni cette peau ni ces cheveux et il se sera lassé de vous depuis longtemps. Il lui faut des maîtresses jeunes, très jeunes. Il les aime jolies, intelligentes et brillantes. Force m'est de reconnaître qu'à défaut de bon sens, il a bon goût. Vous comprenez, ajouta-t-elle en souriant à nouveau de son odieux sourire, en réalité, je me moque éperdument de ce qu'il fait tant qu'il reste dans les limites de la décence et que cela ne me porte pas personnellement tort.

— Sortez ! lui intimai-je. Vous ne connaissez pas votre frère. C'est un homme honnête et généreux qui serait incapable de vous faire le moindre tort.

Elle eut un sourire apitoyé et compatissant.

— Ne vous rendez-vous pas compte que vous êtes en train de briser votre carrière, ma chère enfant ? Etes-vous assez sotte pour penser que votre liaison est passée inaperçue ? Dans une petite ville comme Clairmont, tout le monde est au courant de tout. Henny est sans doute muette mais les voisins, eux, ont des yeux et des oreilles. Si vous saviez tous les cancans et les commérages que j'entends à longueur de journée ! Il jette son argent par les fenêtres pour le plus grand bien de jeunes délinquants qui abusent de sa générosité... il ne tardera pas à être ruiné... il va perdre sa clientèle.

Elle s'échauffait et j'avais peur qu'elle se mette à me griffer de ses longs ongles rouge vif.

— Sortez d'ici ! répétai-je avec emportement. Je vous

connais, Amanda, parce que, moi aussi, j'ai entendu les commérages. Vous estimez que votre frère doit vous sacrifier le reste de sa vie sous prétexte que vous l'avez aidé à faire ses études. Mais il se trouve que je me suis occupée de sa comptabilité et je sais qu'il vous a remboursé tout ce que vous avez dépensé, plus dix pour cent d'intérêt. Il ne vous doit rien. Vous mentez pour essayer de le déprécier à mes yeux mais c'est peine perdue ! Je l'aime, il m'aime et rien de ce que vous pourrez dire ne nous empêchera de nous marier.

De nouveau, elle fit entendre un rire sec et sans joie. Sa physionomie se durcit.

— Je n'ai pas d'ordres à recevoir de vous. Je partirai quand cela me conviendra, c'est-à-dire quand j'aurai vidé mon sac. Je suis venue à New York uniquement pour voir de mes yeux sa nouvelle maîtresse, sa poupée dansante... et vous ne serez pas la dernière, croyez-moi. Julia me disait...

Je la coupai net :

— Dehors ! Je ne veux pas entendre un mot de plus ! Je sais ce qu'était Julia, il m'a parlé d'elle et si elle l'a contraint à se jeter dans les bras d'autres femmes, il n'y a rien à reprocher à Paul. Ce n'était pas une vraie épouse. Une ménagère, une cuisinière, tout ce qu'on voudra, mais pas une épouse !

Elle égrena un rire perlé. Mais elle n'arrêtait donc pas de rire, cette femme ? Cela lui faisait plaisir d'avoir en face d'elle quelqu'un qui ne se laissait pas intimider, quelqu'un sur qui elle pouvait faire ses griffes.

— Pauvre petite idiote ! C'est l'éternel refrain que les hommes mariés ressassent à leurs nouvelles conquêtes. Julia était la femme la plus douce, la plus aimante, la plus merveilleuse qui ait jamais existé. Elle faisait l'impossible pour lui être agréable. Elle n'avait qu'une seule lacune : elle ne pouvait pas lui apporter toutes les satisfactions sexuelles — ou le genre de satisfactions sexuelles — qu'il exigeait et il est vrai que, dans un sens, il a été forcé de s'adresser ailleurs pour cela. A des filles comme vous. Je veux bien admettre que la plupart des hommes mariés sont des coureurs de jupons mais ils ne vont pas jusqu'à faire ce qu'il a fait.

Je la haïssais, cette femme odieuse !

— Qu'a-t-il donc fait de si terrible ? Julia a noyé son petit garçon. Moi, rien au monde ne me ferait tuer mon propre enfant ! Même pour me venger !

— Il fallait que Julia soit folle pour faire une chose pareille, j'en conviens, fit-elle en se radoucissant. Scotty était un gosse adorable. Mais c'est Paul qui l'a poussée à cette extrémité. Je comprends son raisonnement. Scotty était ce que Paul aimait le plus au monde. Et si l'on veut détruire quelqu'un, il faut tuer l'être qu'il aime.

Cette femme était un monstre !

— Il porte un cilice, n'est-ce pas ? enchaîna-t-elle, une lueur de satisfaction dans ses beaux yeux noirs. Il se torture, il bat sa coulpe, il pleure son petit garçon. Et puis vous arrivez et il vous fait un bébé. Tout Clairmont sait que vous vous êtes fait avorter.

— Qu'est-ce que c'est que ce mensonge ? m'indignai-je. Je n'ai pas avorté. J'ai seulement dû subir un curetage parce que mes règles n'étaient pas régulières.

— C'est en toutes lettres dans les archives de l'hôpital, riposta-t-elle avec suffisance. Vous avez fait une fausse couche. Vous avez accouché prématurément d'un embryon qui avait deux têtes et trois jambes. Des jumeaux mal séparés. Vous ne savez donc pas, pauvre sotte, que l'on procède automatiquement à un curetage pour un avortement ?

Je coulais à pic, je me noyais, des tourbillons d'eau noire m'engloutissaient... Deux têtes ? Trois jambes ? Oh ! mon Dieu... le bébé monstrueux que je redoutais tellement de mettre au monde ! Mais, à cette époque, Paul ne m'avait pas encore touchée, ce n'était pas lui !

— Ne pleurez pas, fit-elle sur un ton doucereux. (Je me rétractai au contact de sa main endiamantée.) Les hommes sont des brutes tous autant qu'ils sont et je présume qu'il ne vous a rien dit. Mais vous ne pouvez pas l'épouser. C'est pour votre bien que je me suis décidée à faire cette démarche. Vous êtes belle, vous êtes jeune, vous êtes douée. Vous gâcheriez toutes vos chances en vivant dans le péché avec un homme marié. Reprenez-vous alors qu'il en est encore temps.

J'essuyai mes yeux brouillés de larmes.

— Paul n'est pas un homme marié, répliquai-je. Il est veuf. Julia est morte. Morte le jour même où elle a noyé Scotty.

Amanda me tapota maternellement l'épaule.

— Non, mon petit, elle n'est pas morte. Elle est dans une institution psychiatrique depuis ce jour-là. Folle ou pas, elle est toujours légalement la femme de Paul.

Et elle me mit dans la main deux photos représentant une femme décharnée et pitoyable dans un lit d'hôpital, une femme ravagée, hagarde, échevelée. J'avais vu suffisamment de portraits de Julia pour la reconnaître, si changée qu'elle fût.

Amanda se dirigea vers la porte en me laissant les photos.

— A propos, dit-elle avant de sortir, j'ai beaucoup aimé le spectacle. Vous dansez à ravir. Et ce garçon est fascinant. Qu'attendez-vous ? Il est visible qu'il est amoureux de vous.

Des hordes de gens nous entouraient. Julian et moi, nous congratulaient, nous submergeaient de compliments mais cela ne voulait plus rien dire. Je ne pouvais penser qu'à une seule chose : Paul m'avait menti. Il était devenu mon amant alors qu'il était marié. Il m'avait menti ! Et le mensonge m'était intolérable !

Jamais Julian n'avait été aussi gentil, aussi prévenant. Nous évoluions au rythme langoureux d'une danse d'autrefois et il me serrait si fort que je sentais chacun de ses muscles et son sexe durci.

— Je t'aime, Cathy, me chuchotait-il. J'ai tellement envie de toi que je n'en dors pas la nuit. Je veux te tenir dans mes bras, je veux te faire l'amour. Si tu continues de te refuser, je vais devenir fou. (Il enfouit son visage dans mes cheveux.) Je n'ai jamais eu une fille comme toi... toute neuve. Cathy, je t'en supplie, aime-moi, aime-moi !

— Et si je te disais que je ne suis pas toute neuve, Julian ?

— Mais ce n'est pas possible ! Je sais que tu l'es.

— Comment peux-tu le savoir? rétorquai-je en riant nerveusement. Est-il écrit sur mon visage que je suis encore vierge ?

— Oui, répondit-il sur un ton catégorique. Je lis dans tes yeux que tu ignores ce que c'est que d'être aimée.

— Je crains fort que ce ne soit toi l'ignorant.

— Tu me sous-estimes, Cathy. Tu me traites comme un petit garçon et, l'instant d'après, comme un loup affamé qui va se jeter sur toi pour te dévorer. Faisons l'amour. Alors, tu comprendras que jamais un homme ne t'a encore touchée.

Je m'esclaffai.

— Eh bien, d'accord. Mais rien qu'une nuit.

— Si nous passons une nuit ensemble, jamais plus tu ne pourras te passer de moi, je te préviens.

Ses yeux noirs luisaient, étincelaient.

— Julian... je ne t'aime pas.

— Demain, tu m'aimeras.

— Je suis fatiguée, fis-je en bâillant. Et un peu ivre. Va-t'en, laisse-moi.

— Il n'en est pas question, ma colombe. Tu as dit oui et ce qui est dit est dit. Cette nuit m'appartient — et toutes les nuits de ton existence. Et de la mienne.

Par ce samedi matin pluvieux avant de partir pour l'aéroport — tous nos bagages étaient déjà chargés dans les taxis — un juge prononça la formule qui nous lierait, Julian et moi, « jusqu'à ce que la mort vous sépare ». Quand vint mon tour de dire le oui fatidique, j'hésitai.

J'aurais voulu m'enfuir, retrouver Paul. Cela serait pour lui un coup terrible. Il y avait aussi Chris mais mon frère préférait encore Julian à Paul comme mari pour moi. C'était, du moins, ce qu'il m'avait affirmé.

Julian me serrait le bras très fort. Ses yeux brillaient d'amour et de fierté. Je dis les phrases que l'on attendait de moi — j'étais désormais la femme d'un homme dont j'avais juré qu'il ne me toucherait jamais.

Mme Zolta était aussi rayonnante que lui. Tout épanouie, elle nous adressa ses vœux et nous embrassa en versant des larmes maternelles.

— Tu as eu raison, Catherine. Vous serez merveilleusement heureux tous les deux. Quel beau couple vous faites ! Mais attention, pas de bébé, hein ?

— N'aie pas l'air aussi triste, mon tendre amour, me murmura Julian à l'oreille alors que nous survolions l'Atlantique. C'est un grand jour, notre jour de joie ! Tu n'auras jamais de regrets, je te le jure. Tu verras quel mari fantastique je serai ! Je n'aimerai jamais que toi.

Je posai la tête sur son épaule et m'abandonnai à mes larmes. Je pleurais sur tout ce que j'aurais dû avoir le jour de mon mariage et que je n'avais pas. Où étaient les chants d'oiseaux, le carillon des cloches ? L'herbe verte et mon véritable amour ? Et où était-elle, ma mère, cause de tous mes malheurs ? Où ? Pleurait-elle quand elle pensait à nous ? Ou, ce qui était plus vraisemblable, se contentait-elle de déchirer en petits morceaux les lettres et les coupures de presse que je lui envoyais ? Oui, refuser de regarder en face le mal qu'elle avait fait, cela lui ressemblait davantage. Avec quelle insouciance elle était partie en voyage de noces en nous confiant à une impitoyable grand-mère. A son retour, souriante et joyeuse, elle nous avait raconté combien elle s'était amusée. Pendant ce temps, prisonniers, nous avions été maltraités par la grand-mère, elle nous avait privés de nourriture. Mais maman n'avait même pas regardé Cory et Carrie, elle ne s'était même pas rendu compte qu'ils n'avaient pas grandi, elle n'avait pas remarqué leurs yeux creux ni leur maigreur. Ce qu'elle ne voulait pas voir, elle ne le voyait pas.

La pluie continuait de tomber, inexorable, présage de ce que l'avenir nous réservait, une pluie torrentielle et glacée. Elle givrait les ailes de l'avion qui m'éloignait chaque seconde un peu plus de ceux que j'aimais. Son froid me pénétrait jusqu'au cœur. Et, cette nuit, il me faudrait dormir avec un homme pour lequel je ne ressentais rien, dès qu'il n'était pas sur une scène, costumé en prince charmant.

L'honnêteté m'oblige cependant à reconnaître que Julian n'avait pas menti en vantant ses talents amoureux. J'oubliai qui il était, j'imaginai que c'était un autre qui explorait mon corps de ses baisers. Bientôt, le désir s'éveilla en moi et j'étais plus que consentante, je voulais qu'il me prenne... et qu'il chasse cette pensée qui m'obsédait — la pensée que je venais de commettre la plus grosse erreur de ma vie.

Et Dieu sait si j'en avais commis, des erreurs !

## DANS LE LABYRINTHE DES MENSONGES

Les répétitions commencèrent avant même que notre organisme se fût adapté au décalage horaire. Le rythme de travail que Mme Z. nous imposait était tel que, le soir, nous nous écroulions, à bout de forces, sur nos lits.

La première fois que je vis *Covent Garden,* j'en eus le souffle coupé et j'agrippai la main de Julian. La salle rouge et or pouvait accueillir plus de deux mille personnes et l'étincelant étagement des galeries qui montaient à l'assaut de la coupole et de sa verrière en forme de rosace était un spectacle dont la splendeur surannée me laissa sans voix. Mais les coulisses avaient beaucoup moins de majesté ; les loges où l'on s'entassait, le dédale de bureaux et d'ateliers minuscules étaient sans charme aucun et, pire que tout, il n'y avait pas de salles de répétition ! En dépit de ma bonne volonté, mes efforts pour apprécier le génie britannique en matière de plomberie et d'installations de chauffage furent un ratage complet. Je passais mon temps à grelotter sauf sur le plateau quand je dansais. Le filet d'eau chaude que dispensait le robinet était si parcimonieux que je réduisais mes bains à leur plus simple expression pour ne pas attraper la mort.

Julian ne me quittait pas d'une semelle. L'intimité était une notion dont il n'avait jamais entendu parler et pour laquelle il professait un mépris souverain. Même quand j'allais aux toilettes, il fallait qu'il m'y rejoigne et j'étais obligée de me précipiter en courant pour lui fermer la porte au nez. « Laisse-moi entrer ! me criait-il de l'extérieur en tambourinant. Je sais ce que tu es en train de faire. Alors, pourquoi tant de mystère ! »

Mais le pire était qu'il entendait connaître tout mon passé, toutes mes pensées, savoir tout ce que j'avais fait.

— Et après cet accident où tes parents ont été tués, que s'est-il passé ? me demandait-il en m'emprisonnant dans une étreinte d'acier.

J'avais à présent mis au point une histoire vraisemblable, selon laquelle nous nous étions sauvés tous les trois parce que les autorités voulaient nous confier à un orphelinat.

— Nous avions un peu d'argent qui nous restait de ce qu'on nous donnait pour nos anniversaires, pour Noël et autres occasions de ce genre. Nous avons pris un car pour aller en Floride mais Carrie a été malade pendant le voyage et une énorme négresse nous a pris en charge et nous a conduits chez son « petit docteur ». Je suppose qu'il a eu pitié de nous. Il nous a gardés. Et voilà.

— Et voilà, répéta Julian d'une voix lente. Il y a des tas de choses que tu ne me dis pas mais je devine la suite. Il s'est trouvé en face d'une fille jeune et belle, un morceau de roi, et cela explique sa générosité. Cathy, quelle était exactement la nature de vos relations ?

— Je l'aimais et j'avais projeté de l'épouser.

— Alors, pourquoi ne l'as-tu pas fait ? Pourquoi est-ce avec moi que tu t'es mariée ?

Le tact et la finesse n'ont jamais fait partie de mes vertus. Il me forçait à expliquer des choses que je ne voulais pas expliquer et cela me mettait en colère.

— Tu ne cessais pas de me harceler, répondis-je rageusement. Tu as réussi à me faire croire que j'apprendrais à t'aimer. Mais je ne pense pas en être capable. Nous avons fait une erreur, Julian. Une affreuse erreur !

— Ne répète jamais ça, tu m'entends ?

Sa voix s'était cassée comme si je l'avais profondément blessé et il me rappela Chris. Je ne pouvais quand même pas passer ma vie à blesser tous les gens que je rencontrais ! Ma fureur s'évanouit et je le laissai embrasser ma gorge.

— Cathy, si tu savais combien je t'aime ! Je n'avais jamais pensé que je pourrais autant aimer une femme. Personne ne m'a encore jamais aimé pour moi. Je te remercie d'essayer, même si tu dis que tu ne m'aimes pas.

Je souffrais de le voir dans cet état. On aurait cru un petit garçon suppliant qui demandait que l'impossible arrive. Peut-être étais-je injuste envers lui. Je le pris par le cou.

— Je voudrais t'aimer, Julian. Je t'ai épousé, j'ai pris un engagement et j'essaierai d'être la meilleure épouse que je pourrai. Mais ne me bouscule pas. Ne sois pas trop exigeant. Laisse l'amour venir petit à petit, à mesure que je te connaîtrai mieux. Nous avons beau nous fréquenter depuis trois ans, tu es presque un étranger pour moi.

Il tressaillit. Non, se disait-il, même si j'arrivais un jour à le connaître réellement, l'amour n'en demeurerait pas moins impossible. Il doutait de lui. Mon Dieu, qu'avais-je donc fait ? Qui étais-je pour avoir pu me détourner d'un homme honnête et intègre et me jeter dans les bras de quelqu'un que je soupçonnais d'être une brute ?

Maman avait une façon bien à elle d'agir impulsivement et de le regretter quand il était trop tard. Je ne pouvais pas être fondamentalement comme elle ! J'avais trop de talent pour ressembler à quelqu'un qui avait uniquement celui de rendre tous les hommes amoureux, ce qui n'avait rien à voir avec l'intelligence. Non, c'était à Chris que je voulais ressembler... et voilà qu'une fois de plus je m'enlisais dans les sables mouvants où elle m'avait poussée. Elle était responsable de tout, même de mon mariage !

— Cathy, il va falloir que tu fermes les yeux sur mes défauts, et ils sont nombreux. Ne me hisse pas sur un piédestal, n'attends pas de moi la perfection. J'ai des pieds d'argile, tu le sais déjà, et si tu cherches, comme je le redoute, à faire de moi le Prince Charmant, ce sera l'échec. Tu as placé ton docteur sur un piédestal, lui aussi. Je crains que tu mettes si haut les hommes que tu aimes qu'ils ne peuvent que dégringoler de leur socle. Je te demande simplement de m'aimer et d'essayer de ne rien voir de ce qui te déplaît.

C'était là un exercice pour lequel j'étais peu douée. Contrairement à Chris, j'avais toujours vu maman telle qu'elle était. J'avais le don de retourner les pièces les plus brillantes pour découvrir leur face négative. C'était drôle. J'avais cru que le côté négatif de Paul était l'œuvre de Julia jusqu'à ce qu'Amanda arrive avec son horrible histoire. Encore une raison de plus de haïr maman qui m'avait appris le doute.

Nous regagnâmes Clairmont quelques jours avant le printemps. Rien ne semblait avoir changé là-bas. Moi seule avais changé. J'apportais la désolation à un homme qui n'avait pas besoin d'un surcroît de souffrance.

Dans le taxi qui nous conduisait chez Paul, je laissai mon regard errer sur les buis soigneusement taillés en forme de boules ou de cônes et sur les glycines en fleur. Partout, les azalées rivalisaient d'éclat dans une débauche de couleurs et les magnolias n'allaient pas tarder à fleurir à leur tour. Vivants morceaux de dentelle, les guirlandes de mousse espagnole pendaient aux branches. Je soupirai. Quoi de plus beau et, en même temps, de plus mélancoliquement romantique qu'un chêne enveloppé de cette mousse qui finira par le tuer ?

— Julian, cela t'ennuierait-il d'attendre sur la véranda pendant que je parle à Paul ?

Bizarrement, il acquiesça. Je m'attendais qu'il proteste et j'en fus agréablement surprise. Il alla s'asseoir dans le fauteuil à bascule en rotin, celui-là même où Paul faisait sa sieste le jour où nous avions débarqué du car. Il avait quarante ans alors. Il en avait quarante-trois aujourd'hui.

Je tremblais un peu en glissant la clé dans la serrure. J'aurais pu téléphoner ou envoyer un télégramme mais il fallait que je voie son visage, ses yeux, que j'essaie de lire ses pensées. J'avais besoin de savoir s'il serait vraiment atteint au cœur ou si ce serait seulement son orgueil, son amour-propre qui seraient blessés.

Personne n'entendit la porte s'ouvrir, personne n'entendit mes pas sur le parquet du vestibule. Affalé dans sa bergère devant la télévision et la cheminée, Paul dormait, les jambes allongées. Il était déchaussé. Carrie, assise en tailleur au pied du fauteuil — il fallait toujours qu'elle fût à côté de quelqu'un qui l'aimait —, jouait d'un air absorbé avec ses figurines de porcelaine. Elle portait un chandail blanc à l'encolure et aux poignets violets et une jupe de velours rouge. On eût dit une exquise petite poupée.

Mon regard revint à Paul. Même dans le sommeil, on lisait sur son visage une expression d'attente anxieuse. Il croisait et décroisait les pieds, ses mains se nouaient et se dénouaient. Sa tête appuyée au dossier s'agitait. Il rêvait. De moi, peut-être. Soudain, il tourna son visage dans ma direction. Avait-il senti ma présence ?

Ses paupières battirent et ses yeux s'ouvrirent lentement. Il porta la main à sa bouche pour étouffer un bâillement — et son regard embrumé se braqua sur moi. Comme si j'étais une apparition.

— Catherine, c'est toi ? murmura-t-il.

En l'entendant, Carrie se leva d'un bond en criant mon nom et se jeta à mon cou. Je l'embrassai encore et encore et la serrai si fort qu'elle gémit : je lui faisais mal.

— Oh ! Cathy, pourquoi es-tu partie si longtemps ? Tous les jours, on espérait que tu allais rentrer et tu ne rentrais pas. On faisait des plans pour ton mariage mais comme tu n'écrivais pas, le Dr Paul a dit qu'il valait mieux attendre. Pourquoi n'envoyais-tu que des cartes postales ? Tu n'avais pas le temps d'écrire de longues lettres ? Chris disait que tu devais être terriblement occupée. (Elle était revenue s'asseoir par terre à côté du fauteuil de Paul et elle me regardait avec reproche.) Tu nous avais oubliés Cathy, c'est ça ? Tout ce qui t'intéresse, c'est la danse. Quand tu danses, tu n'as pas besoin de ta famille.

— Si j'en ai besoin, répondis-je distraitement, les yeux fixés sur Paul dont j'essayais de deviner les pensées.

Il se leva et nous nous étreignîmes. Ce fut à peine si nos lèvres s'effleurèrent mais le contact de sa bouche m'arracha un frisson que ne m'avait jamais donné celle de Julian.

— Tu as changé, dit-il d'une voix lente. Tu as maigri. Et tu as l'air fatigué. Pourquoi n'as-tu pas téléphoné ou télégraphié ? Je serais venu te chercher à l'aéroport.

— Vous aussi, vous avez maigri, murmurai-je.

Cela lui allait beaucoup mieux qu'à moi. Sa moustache était plus noire et plus fournie. Je l'effleurai mélancoliquement. C'était uniquement pour me plaire qu'il l'avait laissé pousser et, maintenant, je n'avais plus le droit de la toucher.

— J'ai été triste quand tu as cessé de m'écrire tous les jours. Pourquoi ? Parce que ton emploi du temps était trop chargé ?

— Oui, en un sens... C'est éreintant de danser tous les soirs et d'essayer de voir le plus de choses possible en même temps. J'avais tellement à faire, j'étais trop bousculée.

— Je me suis abonné à *Variety,* figure-toi.

— Oh...

Ce fut tout ce que je parvins à balbutier. Pourvu que *Variety* n'ait pas annoncé mon mariage !

— Je suis devenu ton argus de presse bien que Chris tienne, lui aussi, un press-book. Quand il vient, nous comparons nos collections et si l'un des deux a une coupure que l'autre n'a pas, on la photocopie. (Quelque chose dans mon expression, mon attitude peut-être dut le déconcerter car il s'interrompit un instant.) Toutes les critiques sont dithyrambiques, Catherine. Alors, pourquoi as-tu l'air aussi... détaché ?

— Je suis fatiguée, vous l'avez dit vous-même. (Je baissai la tête, ne sachant qu'ajouter et n'osant pas le regarder en face.) Et vous, qu'êtes-vous devenu ?

— Qu'y a-t-il, Catherine ? Tu as une attitude bizarre. Réponds-moi ! Que se passe-t-il ?

Je m'assis, les jambes molles, la gorge nouée. Mais pourquoi donc tout ce que je faisais tournait-il toujours de travers ? Comment avait-il pu me mentir alors qu'il savait que j'avais largement eu mon compte de mensonges ? Et comment pouvait-il donner encore cette impression de loyauté ?

— Quand arrive-t-il, Chris ?

— Vendredi. Ce sont les vacances de Pâques.

Il me restait encore Henny à embrasser mais je ne pouvais plus tergiverser davantage. Je trouvai cependant un faux-fuyant :

— Paul, je suis venue avec Julian. Il attend sur la véranda. J'ai bien fait ?

Il me lança un coup d'œil étrange et opina.

— Mais bien sûr ! Dis-lui d'entrer. (Il se tourna vers Henny :) Vous mettrez deux couverts de plus, Henny.

Obéissant à mes instructions, Julian ne fit pas allusion à notre mariage. Nous avions enlevé nos alliances. Le repas fut affreusement morne et l'atmosphère s'alourdit encore au moment de la distribution des cadeaux que nous avions apportés. Carrie ne fit que jeter un coup d'œil distrait à son bracelet de rubis et d'améthystes.

— Si vous voulez bien nous excuser, Julian, dit Paul, j'aimerais avoir une conversation avec Cathy.

Il avait employé le ton du médecin qui demande au chef de famille l'autorisation de s'entretenir en tête à tête avec un patient dans un état grave. Julian approuva d'un coup de menton et sourit à Carrie qui lui renvoya un regard vindicatif.

— Moi, je vais me coucher, déclara-t-elle sur un ton de défi. Bonne nuit, monsieur Marquet. Je ne sais si Cathy a eu besoin de vos conseils pour acheter ce bracelet mais je vous remercie tout de même.

Julian s'installa devant la télévision et nous sortîmes dans le jardin, Paul et moi.

— Qu'est-ce qui ne va pas, Catherine ? Tu arrives avec un autre homme. Peut-être est-il inutile que tu me donnes des explications. Je suis capable de deviner.

Je saisis sa main.

— Non, Paul ! Ne dites pas un mot de plus.

Et, d'une voix hésitante, je commençai à tout lui raconter. La visite de sa sœur. Que je savais que Julia était vivante. Que je comprenais ses raisons mais qu'il aurait dû me dire la vérité.

— Pourquoi m'avez-vous fait croire qu'elle était morte, Paul ? Pensiez-vous donc que j'étais une enfant incapable de regarder la réalité en face ? Si vous me l'aviez dit, j'aurais compris. Je vous aimais. En doutiez-vous ? Si je me suis donnée à vous, ce n'était pas parce que je pensais vous devoir quelque chose, mais parce que je le voulais, parce que j'avais désespérément besoin de vous. Je ne pensais pas au mariage, être votre maîtresse m'aurait rendue heureuse. Mais vous auriez dû me dire pour Julia. Vous auriez dû savoir que je suis impulsive, que j'agis sans réfléchir quand je suis blessée. Et je l'ai été affreusement quand Amanda m'a appris que votre femme est toujours vivante. Ah ! Les mensonges, toujours les mensonges ! Si vous saviez comme je les déteste ! Et que vous... vous me mentiez ! Alors que, à part Chris, il n'y avait personne en qui j'avais plus confiance !

— Amanda ! murmura-t-il — et l'on eût dit qu'il avait un goût de fiel dans la bouche. Amanda et ses demi-vérités ! Pourquoi ne m'as-tu rien dit avant de partir pour Londres ? Pourquoi ne m'as-tu pas donné une chance de me défendre ?

— Eh bien, quelle aurait été votre défense ?

Il alla s'accoter à un vieux chêne, alluma une cigarette et rejeta lentement la fumée.

— Rappelle-toi le jour où tu es arrivée, dit-il, pesant sur chaque mot. Rappelle-toi l'amertume où t'avait plongée la mort de Cory — et je ne parle pas de tes sentiments à l'égard de ta mère. Comment aurais-je pu te raconter ma sordide histoire, alors que tu avais déjà tellement souffert ? Comment pouvais-je savoir que nous deviendrions amants ? A mes yeux tu n'étais qu'une enfant qui souffrait. Tu m'as profondément ému. Et, aujourd'hui, alors que tes yeux m'accusent, je suis tout aussi ému. Mais tu as raison. J'aurais dû tout te dire. (Il soupira.) Je t'ai raconté comment Julia a noyé Scotty quand il avait trois ans. Mais je ne t'ai pas dit qu'elle avait survécu. Plusieurs médecins se sont relayés pendant des heures mais ils n'ont pas pu la sortir du coma.

— Elle vit et elle est toujours dans le coma ? dis-je dans un murmure.

Son regard croisa le mien.

— Elle n'était pas morte. Son cœur continuait de battre. Avant votre arrivée, j'allais la voir tous les jours à l'institution où je l'avais placée. Je lui prenais la main et je me forçais à regarder son visage décharné, son corps squelettique. C'était la meilleure façon que j'avais trouvée de me torturer pour échapper au remords. Elle était sous perfusion, hérissée de tubes. Son électro-encéphalogramme était plat mais son cœur battait. Mentalement morte, mais physiquement vivante. Si elle était sortie de son coma, elle n'aurait pu ni parler, ni bouger, ni même penser. A vingt-six ans c'était une morte vivante. Vingt-six ans ! C'était l'âge qu'elle avait quand elle a noyé mon fils dans la rivière. Et uniquement pour se venger de moi ! (Il secoua la cendre de sa cigarette.) Elle me fait penser à ta mère. Deux femmes capables de faire n'importe quoi quand elles estiment que c'est justifié.

Je soupirai, le vent et les roses soupirèrent. J'avais l'impression que les statues de marbre, pourtant si étrangères à la condition humaine, soupiraient elles aussi.

— Quand avez-vous vu Julia pour la dernière fois, Paul ? N'a-t-elle aucune chance de guérir ?

Les larmes me montaient aux yeux. Il me serra dans ses bras et m'embrassa sur le front.

— Ne pleure pas, Catherine. Désormais, c'est fini pour elle. Elle connaît enfin la paix. Elle s'est éteinte doucement, moins d'un mois après que nous sommes devenus amants. (Il prit mon visage dans ses mains et essuya tendrement mes larmes sous ses baisers.) Allez, souris et dis-moi tout haut ce que je lis dans tes yeux. Dis-moi que tu m'aimes. En te voyant arriver avec Julian, j'ai cru que tout était fini entre nous mais je sais maintenant que cela ne finira jamais, toi et moi. Je sais que même quand tu es à des milliers de kilomètres, quand tu danses avec des hommes plus jeunes et plus beaux que moi, tu m'es fidèle comme je te suis fidèle. Deux êtres qui s'aiment profondément peuvent surmonter tous les obstacles quels qu'ils soient.

Oh ! Comment lui dire la vérité, à présent ?

— Alors, Julia est morte ? fis-je d'une voix tremblante. Amanda m'a menti. Elle savait la vérité et elle est venue à New York uniquement pour me raconter des mensonges ! Mais quelle espèce de femme est-elle donc ?

Il me serrait si fort qu'il me faisait mal mais je n'essayai pas de me dégager car je savais que c'était la dernière fois, que jamais plus nos lèvres ne se joindraient et je l'embrassai avec d'autant plus de passion.

— Oui, elle le savait, bien sûr. Elle a assisté à l'enterrement, sans toutefois m'adresser un mot. Maintenant, fais-moi le plaisir de cesser de pleurer. Attends que je sèche tes yeux.

J'avais agi comme une gamine impulsive. Pourtant, Chris m'avait mise en garde. Et j'avais trahi la confiance de Paul !

— Je ne comprends toujours pas l'attitude d'Amanda.

— C'est pourtant bien simple. Elle veut me chasser de Clairmont. Elle veut reprendre la maison pour la laisser à son fils. Alors, elle fait tout ce qu'elle peut pour ruiner ma réputation. Elle sort beaucoup et colporte des tas de mensonges sur mon compte. J'ai peut-être eu des maîtresses avant que Julia ait noyé mon fils mais après toi, il n'y a pas eu de femme dans ma vie. J'ai appris qu'Amanda avait fait courir le bruit que l'intervention que tu as subie était, en fait, un avortement. Tu vois le genre de femme. Ignoble ! Capable de tout.

Cette fois, il était trop tard.

— Amanda... elle m'a dit qu'un curetage, c'était la même chose qu'un avortement. Et que vous aviez gardé l'embryon à deux têtes. Je l'ai vu dans un flacon dans votre laboratoire. Paul, comment avez-vous pu le conserver ? Pourquoi ne l'avez-vous pas fait disparaître ? Un monstre ! Non, ce n'est pas bien... Pourquoi... pourquoi ?

Il émit une plainte légère et passa sa main sur ses yeux.

— C'est un mensonge, Catherine ! Un mensonge ! Oh ! Je pourrais la tuer pour t'avoir dit une chose pareille !

Il tendit les bras vers moi mais je reculai.

— Un mensonge ? Il y a un bocal avec ce fœtus dans votre cabinet. Je l'ai vu ! Oh ! Paul, comment avez-vous pu, vous, garder une chose pareille ?

— Pas du tout ! riposta-t-il avec véhémence. C'est quelqu'un qui me l'a donné quand j'étais à la faculté. Une plaisanterie de carabins. Les étudiants ont un faible pour ces plaisanteries macabres. C'est la vérité, Catherine : tu n'as pas fait de fausse couche.

Il s'interrompit brusquement et je me figeai, l'esprit en déroute. Je m'étais trahie ! Les larmes jaillirent de mes yeux. *Chris, Chris, ce que nous redoutions est arrivé. Il y a eu un bébé, il y a eu un monstre !*

— Non, répéta Paul, il n'est pas de toi et même s'il l'était, cela ne changerait rien pour moi. Je sais que Chris et toi vous vous aimez d'un amour particulier. Je l'ai toujours su et je comprends.

— Une fois, hoquetai-je à travers mes sanglots. Une seule fois. Ce fut une nuit terrible...

— Je regrette qu'elle ait été terrible.

Je le dévisageai, m'émerveillant qu'il pût me regarder avec tant de tendresse et de respect alors qu'il connaissait toute la vérité, et ce fut d'une voix tremblante que je demandai timidement :

— Paul, était-ce un péché inexpiable ?

— Mais non. Je dirais plutôt que c'était un acte d'amour compréhensible.

Et, m'enlaçant et me couvrant de baisers, il commença à me faire part de ses plans pour notre mariage.

— Chris te conduira à l'autel et Carrie sera ta demoiselle d'honneur. Ton frère était très réticent quand je lui ai parlé. Il fuyait mon regard. Il pensait, m'a-t-il dit, que tu n'étais pas assez mûre pour affronter la vie compliquée qui sera la nôtre quand nous serons mariés. Je sais que ce ne sera pas facile ni pour toi ni pour moi. Tu te produiras dans le monde entier, tu danseras avec des garçons jeunes et beaux. Mais je songe à t'accompagner de temps en temps dans tes tournées. Ce doit être passionnant, exaltant, d'être le mari d'une danseuse étoile ! Et pourquoi ne serais-je pas le médecin attitré de la troupe ? Les danseurs ont parfois besoin qu'on les soigne, non ?

J'étais comme assommée.

— Paul, commençai-je d'une voix sourde, je ne peux pas vous épouser... Maman a vraiment agi de façon stupide en dissimulant nos certificats de naissance dans la doublure de nos valises, dis-je, passant du coq à l'âne. En plus, c'était mal cousu, cela s'est déchiré et je les ai trouvés. Sans certificat de naissance, je n'aurais pas pu me faire délivrer de passeport. Et j'ai également eu besoin de cette pièce afin de prouver que j'avais l'âge requis pour demander une licence de mariage. Oui, Paul, quelques jours avant de nous envoler pour Londres, nous avons passé la visite prénuptiale, Julian et moi. La cérémonie a été toute simple, il n'y avait que Mme Zolta et les danseurs de la compagnie. Quand j'ai juré fidélité à Julian, c'était à vous et à Chris que je pensais, je m'en voulais à mort, je savais que je faisais une bêtise.

Muet, Paul recula en titubant et se laissa tomber sur le banc de marbre, la tête dans les mains. Je m'attendais qu'il se répande en invectives. Mais non. Quand il parla, ce fut d'une voix douce, proche du soupir.

— Viens t'asseoir un instant près de moi. Prends ma main. Laisse-moi le temps de prendre conscience que tout est fini entre nous.

Je m'assis à côté de lui, je pris sa main. Dans le ciel clouté de diamants couraient des nuages noirs.

— Je ne pourrai plus jamais entendre ta musique sans penser à toi...

— Paul, je suis malheureuse ! Pourquoi n'ai-je pas écouté mon instinct qui me disait qu'Amanda mentait ? Mais la musique jouait aussi, là-bas, vous étiez loin et Julian était là qui me suppliait, qui me disait qu'il m'aimait, qu'il avait besoin de moi. Et je l'ai cru, je me suis persuadée que vous ne m'aimiez pas réellement. Je ne peux pas vivre sans quelqu'un qui m'aime.

— Je suis très heureux qu'il t'aime.

Il se leva brusquement et se dirigea à grands pas vers la maison. Il marchait si vite que, même en courant, je n'aurais pu le rattraper.

— Ne dis plus rien. Catherine. Laisse-moi seul. Ne me suis pas. Tu as eu raison de faire ce que tu as fait, n'en doute pas. Je me suis conduit comme un vieux fou en jouant avec une trop jeune fille. Inutile de me dire que j'aurais dû y penser plus tôt. Je le savais.

## TROP D'AMOURS À PERDRE

Julian me rejoignit sous la véranda où, aussi insensible et pétrifiée que les statues du jardin, je regardais les nuages tumultueux qui s'échevelaient dans le ciel noir, annonçant l'orage. Quand il me prit dans ses bras, je commençai à pleurer sans bruit.

— Pourquoi pleurer, Cathy ? Tu m'aimes bien un peu, non ? Ton docteur n'en mourra pas. Il s'est montré très aimable avec moi et il m'a dit de venir te réconforter.

Au même moment, Henny apparut pour m'annoncer par signes, en faisant voltiger ses mains avec la rapidité de l'éclair, que son « petit docteur » partait en voyage.

— Qu'est-ce qu'elle te raconte ? grommela Julian. Bon Dieu ! J'ai l'impression d'entendre quelqu'un parler dans une langue étrangère et d'être un laissé-pour-compte !

— Reste là et attends-moi, lui ordonnai-je en me précipitant vers la maison.

Je grimpai l'escalier et entrai en trombe dans la chambre de Paul, occupé à préparer sa valise.

— Paul, vous n'avez aucune raison de partir ! m'exclamai-je, émue. C'est moi qui vais m'en aller. J'emmènerai Carrie, ainsi vous ne serez plus contraint de me revoir.

Il se retourna pour mettre des chemises dans sa valise et me regarda durement.

— Cathy, tu m'as volé la femme dont je comptais faire mon épouse et, maintenant, tu veux me voler ma fille ? Carrie est comme la chair de ma chair et le sang de mon sang. D'ailleurs, il n'y a pas de place pour elle dans ta nouvelle vie. Laisse-la près de moi et de Henny, qu'il me reste au moins quelque chose. Je serai rentré avant ton départ. Il faut que tu saches que le père de Julian est au plus mal.

— Georges ? Il est malade ?

— Oui. Tu ignorais peut-être qu'il traînait une affection rénale depuis plusieurs années. Cela fait quelques mois maintenant qu'il est sous dialyse. Je crois qu'il n'a plus longtemps à vivre. Je ne suis pas son médecin traitant mais je passe le voir à l'hôpital aussi souvent que je le peux, plus ou moins pour avoir des nouvelles de toi et de Julian. Maintenant, Cathy, aie la gentillesse de redescendre et ne m'oblige pas à dire des choses que je regretterais plus tard.

Je sanglotais, la tête dans l'oreiller, quand Henny entra dans ma chambre. Elle me tapota les épaules d'un geste maternel. Elle sortit de sa poche une coupure du journal local. L'annonce de mon mariage avec Julian !

— Henny, qu'est-ce que je vais faire ? Je suis la femme de Julian et je ne peux pas demander le divorce. Il a besoin de moi, il croit en moi.

Elle haussa les épaules, manière de dire que, pour elle aussi, les gens étaient bien compliqués. Elle se mit à agiter les mains : « Grande sœur toujours créer gros ennuis. Déjà un homme malheureux, alors pas deux. Docteur est fort, surmontera désappointement mais jeune danseur, pas sûr. Essuie larmes, plus pleurer, fais grand sourire, descendre et prendre main nouveau mari. Tout finir par s'arranger, tu verras. »

Je lui obéis et allai rejoindre Julian dans le salon. Quand je lui appris que son père était hospitalisé et qu'il était sans doute perdu, son visage naturellement pâle devint blême.

— C'est vraiment aussi grave que cela? me demanda-t-il en se mordillant nerveusement la lèvre.

Sa réaction me surprit car je pensais qu'il ne se souciait guère de son père. Entre-temps, Paul surgit, sa valise à la main, et nous proposa de nous déposer à l'hôpital.

— Et n'oubliez pas qu'il y a des quantités de chambres qui ne servent à rien dans cette maison. Je ne vois pas pourquoi vous iriez à l'hôtel. Restez aussi longtemps que vous voudrez. Je serai de retour dans quelques jours.

Il sortit la voiture du garage. Personne ne desserra les lèvres pendant le trajet. Devant les marches de l'hôpital, je me retournai et suivis tristement des yeux l'auto qui s'éloignait dans la nuit.

Mme Marisha était dans la chambre de Georges. J'eus un coup au cœur en le voyant. Il était si décharné qu'on eût dit un cadavre. Son teint était terreux et ses os saillaient sous la peau. Sa femme, penchée sur lui, le suppliait du regard, lui demandait de tenir, de vivre !

— Mon amour, mon amour, mon amour, vagissait-elle comme un petit enfant. Ne t'en va pas, ne m'abandonne pas. Nous avons encore tant de choses à faire, tant de choses à connaître... Notre fils doit parvenir à la gloire avant que tu ne meures... Accroche-toi, mon chéri, accroche-toi...

Soudain, elle se rendit compte de notre présence.

— Tu es quand même venu, Julian ! fit-elle alors d'une voix cassante, recouvrant soudain toute son ancienne autorité. Après tous les télégrammes que je t'ai envoyés ! Qu'en as-tu fais ? Tu les as déchirés et tu as continué à danser comme si de rien n'était ?

— Nous étions en tournée, ma chère mère, comme si tu ne le savais pas, répliqua sèchement Julian. Nous avions des engagements, ma femme et moi, qu'il fallait remplir.

— Brute sans cœur ! (Elle lui fit signe d'approcher.) Maintenant, dis-lui quelques mots gentils. Ou tu regretteras d'être né !

Je dus le pousser vers le lit tandis que sa mère sanglotait dans des mouchoirs en papier.

— Bonjour, père. Je suis désolé que tu sois malade.

Ce fut tout ce qu'il réussit à dire. Il recula précipitamment et quand il se serra contre moi, il tremblait.

Mme Marisha se pencha à nouveau sur son mari et caressa ses cheveux poissés de sueur.

— Regarde, mon amour, regarde, mon chéri. Regarde qui est là. Ouvre les yeux, regarde. Ton fils et sa femme. Ils étaient à Londres. Ils ont sauté dans l'avion dès qu'ils ont su que tu étais malade. Ouvre les yeux, mon cœur. Vois comme ils sont beaux, nos jeunes mariés. Regarde-les, je t'en supplie, regarde-les...

Il entrouvrit lentement les paupières. Nous étions au pied du lit mais comme il n'avait pas l'air de nous voir, elle nous poussa en avant et maintint fermement Julian pour qu'il ne battît pas en retraite. Les yeux de Georges s'ouvrirent un peu plus et il ébaucha une ombre de sourire.

— Ah ! Julian ! soupira-t-il. Merci d'être venu. J'ai tant de choses à te dire... des choses que j'aurais dû te dire plus tôt. Oui, j'aurais dû...

Il se tut. J'attendais qu'il continue mais son regard fut soudain vitreux et sa tête retomba en arrière. Mme Marisha poussa un cri. Un médecin accompagné d'une infirmière entra en hâte et nous mit tous les trois à la porte.

Nous tournions misérablement en rond dans le couloir quand le docteur ressortit. Il n'avait malheureusement rien pu faire. C'était fini.

— Cela vaut peut-être mieux. La mort est une délivrance quand la douleur est insupportable. Je me demande comment il a fait pour résister si longtemps.

Je ne pouvais détacher mes yeux de Julian. Nous aurions pu rentrer plus tôt.

— C'était ton père ! s'écria Mme Marisha, les joues barbouillées de larmes. Pendant quinze jours, il a souffert le martyre, il t'a attendu, repoussant la mort !

Julian, rouge de fureur, lui fit face.

— Et que m'a donné mon père, madame ma mère ? Je n'étais rien de plus que son prolongement. Un maître de ballet, c'était tout ce qu'il était ! Travaille ! Danse ! Il ne savait rien me dire d'autre. Il ne m'a jamais demandé ce qui m'intéressait dans la vie en dehors de la danse ! Ce que je désirais ou ne désirais pas, ce dont j'avais besoin ou pas, il s'en moquait royalement. Je voulais qu'il m'aime pour moi-même, qu'il me considère comme son fils et pas seulement comme un danseur, qu'il se rende compte que je l'aimais, qu'il me dise qu'il m'aimait aussi... mais il ne me l'a jamais dit ! Et j'avais beau me crever pour danser à la perfection, il ne m'a jamais adressé le moindre compliment. Rien de ce que je faisais n'égalait ce qu'il réussissait quand il avait mon âge ! Mon destin était tout tracé : chausser ses bottes et porter son nom. Eh bien, allez vous faire voir tous les deux ! J'ai un nom à moi. Je m'appelle Julian Marquet, pas Georges Rosencoff ! Il ne me volera pas une bribe de ma célébrité !

Je serrai Julian dans mes bras toute la nuit. Je le comprenais comme jamais encore. Et quand il craqua, je mêlai mes larmes aux siennes, à ces larmes qu'il versait sur un père qu'il prétendait détester, mais pour qui il nourrissait un amour caché. Quelle tristesse que Georges ait attendu qu'il soit trop tard pour essayer de dire les mots qu'il aurait dû prononcer depuis tant d'années !

Au cimetière, après l'inhumation, Mme Marisha me serra contre sa poitrine et, comme en transe, elle me berça entre ses bras frêles, ainsi qu'elle avait peut-être bercé Julian autrefois. Nous pleurions toutes les deux.

— Sois bonne avec mon fils, Catherine, fit-elle enfin en reniflant. Sois patiente avec lui dans ses mauvais moments. Il n'a pas eu la vie facile et ce qu'il a dit est en grande partie vrai. Il a toujours eu le sentiment d'être en rivalité avec son père, de lui être inférieur. Il y a une chose que tu dois savoir. Mon Julian t'aime presque à l'égal d'une sainte. Tu es à ses yeux la chance suprême de son existence, tu es parfaite. Alors, si tu as des faiblesses, cache-les-lui. Tu t'es longtemps refusée à lui. Aussi, maintenant qu'il est ton mari, donne-lui sans compter tout l'amour dont il a été privé, je n'ai pas un caractère démonstratif, vois-tu ? Malgré mon désir, je n'ai jamais pu me résoudre à faire le premier pas. Quand il te tournera le dos pour s'enfermer dans la solitude, prends-lui la main.

Comprends pourquoi son humeur est sombre et aime-le deux fois plus. De cette façon, tu lui feras exprimer le meilleur de lui-même car il possède des qualités admirables. Il est le fils de Georges !

Elle m'embrassa, me dit longuement adieu et me fit jurer que nous lui rendrions souvent visite. « Faites-moi une petite place dans un coin de votre vie », conclut-elle.

Je le lui promis. Quand je me tournai vers Julian, je fus saisie par la dureté du regard dont il nous enveloppait l'une et l'autre.

Lorsque Chris arriva pour Pâques, ce fut avec une froideur voulue qu'il salua Julian, lequel ne lui réserva pas un accueil plus enthousiaste.

Dès que nous fûmes seuls, mon frère se mit à crier :

— Alors, c'est lui que tu as épousé ? Tu n'aurais pas pu attendre ? Comment, toi qui étais si intuitive à l'époque où nous étions séquestrés, peux-tu être maintenant aussi stupide ? J'avais tort de m'opposer à ton mariage avec Paul uniquement parce qu'il était trop âgé pour toi. Et je reconnais que j'étais jaloux. Je ne voulais pas que tu te maries... avec personne. Je rêvais que toi et moi, un jour... Enfin, tu sais quel était mon rêve. Mais si j'avais dû choisir entre Paul et Julian, je n'aurais pas hésité. Paul nous a pris en charge, il nous a donné un toit, nous a nourris, vêtus, rien n'était assez beau pour nous. Et je n'aime pas Julian. Il te détruira.

Il me tourna le dos.

Il avait vingt et un ans et commençait à acquérir la force virile de l'homme fait. Je discernais en lui beaucoup de ressemblance avec notre père — et avec notre mère. Et comme j'avais l'art de déformer les choses quand cela me convenait, je me disais que, par certains côtés, il ressemblait plus à maman qu'à papa. J'étais sur le point de le lui crier mais me retins. Je ne pouvais pas. Non, il n'avait rien de commun avec elle !

Il était fort... elle était faible. Il avait l'âme noble, elle était vile.

— Chris, ne me rends pas les choses plus difficiles. Soyons amis à nouveau. Julian est impétueux, il est arrogant, et il a encore bien d'autres défauts irritants mais derrière ces apparences, ce n'est qu'un petit garçon.

— Mais tu l'aimes ! soupira-t-il sans me regarder.

Quelques heures avant notre départ, je demandai à Carrie si elle aimerait venir habiter avec nous à New York. Mais j'avais perdu sa confiance. Je l'avais trahie plusieurs fois et elle ne mâcha pas ses mots :

— Tu retournes à New York où il neige tout le temps, où on vous attaque dans les parcs et où on se fait assassiner dans le métro — mais tu me laisses ici ! Avant, je voulais être avec toi, maintenant, ça m'est égal ! Tu es partie et tu t'es mariée avec ton Julian aux yeux noirs alors que tu aurais pu être la femme du Dr Paul et ma vraie mère. C'est moi qui me marierai avec lui ! Tu penses qu'il ne voudra pas de moi parce que je suis trop petite, mais si, il voudra ! Tu penses qu'il est trop vieux pour moi, mais je ne trouverai personne d'autre. Alors, il aura pitié et il m'épousera et on aura six enfants. Attends, tu verras !

— Carrie...

— Tais-toi ! Je ne t'aime plus. Va-t'en ! Et ne reviens plus ! Danse jusqu'à ce que tu meures ! Chris et moi, on ne veut plus de toi ! Personne ne veut de toi, ici !

Que ces mots me faisaient mal ! Ma Carrie qui me criait de m'en aller, à moi qui avais été comme une mère pour elle pendant la plus grande partie de son existence ! Je me tournai vers Chris immobile et dans ses yeux bleus, si bleus... Oh ! ce regard me suivrait toujours ! Aussi longtemps qu'il continuerait à m'aimer, jamais je ne serais libre d'en aimer un autre sans réserve.

Une heure avant que nous ne partions pour l'aéroport, la voiture de Paul apparut dans l'allée. Il me sourit comme d'habitude, comme si rien n'avait changé entre nous. Il expliqua à Julian qu'il avait été retenu par un congrès et lui dit combien il était navré de la mort de son père. Il serra la main de Chris et lui lança une bourrade amicale ainsi qu'il est d'usage entre hommes qui s'aiment bien. Il dit bonjour à Henny, embrassa Carrie et lui donna une boîte de bonbons. Alors seulement il me regarda.

— Bonjour, Cathy.

C'était clair. Je n'étais plus Catherine, une femme qu'il pouvait aimer. J'étais redevenue une petite fille.

— N'emmène pas Carrie à New York, Cathy. Sa place est ici, avec moi et Henny. Elle verra son frère de temps en temps et il serait déplorable qu'elle change d'école.

— Je ne vous quitterai pour rien au monde, déclara Carrie d'un ton catégorique.

Julian monta terminer ses bagages et je me risquai à rejoindre Paul dans le jardin en dépit du coup d'œil désapprobateur de Chris.

Bien qu'il fût toujours en costume de ville, il s'était mis à genoux pour arracher quelques mauvaises herbes têtues. En entendant mon pas, il se releva vivement, épousseta son pantalon et détourna son regard.

— Paul... aujourd'hui aurait dû être le jour de notre mariage.

— Vraiment ? J'avais oublié.

— Le premier jour du printemps... un nouveau départ, disiez-vous. Je regrette tellement d'avoir tout gâché ! J'ai été idiote de croire Amanda. Et doublement idiote de ne pas avoir attendu de parler avec vous avant d'épouser Julian.

Il poussa un profond soupir.

— Oublie tout cela. Maintenant, c'est du passé. (Délibérément, il se rapprocha suffisamment de moi pour pouvoir me prendre dans ses bras.) Si je suis parti, c'était pour être seul, Cathy. J'avais besoin d'un peu de recul pour réfléchir. Quand tu as cessé d'avoir confiance en moi, tu t'es tournée impulsivement mais d'un cœur sincère vers l'homme qui t'aimait depuis plusieurs années. Et sois honnête avec toi-même : tu aimais Julian depuis presque aussi longtemps. Je crois que tu avais refoulé cet amour parce que tu estimais que tu me devais...

— Ne dites pas cela ! C'est vous que j'aime, pas lui. Je vous ai toujours aimé !

— Tu ne sais plus où tu en es, Cathy... Tu me veux, tu veux Julian, tu veux la sécurité, tu veux l'aventure. Tu te figures que tu peux tout avoir mais c'est impossible. Il y a beau temps que je te l'ai dit : avril et septembre ne font pas bon ménage. Nous nous sommes efforcés de nous persuader que notre différence d'âge ne comptait pas. Mais elle compte. Et ce n'eût pas été seulement les années mais aussi l'espace qui nous aurait séparés. Tu danserais aux quatre coins du monde et moi je serais cloué ici du premier janvier à la Saint-Sylvestre, sauf pendant quelques semaines. Je suis d'abord médecin et je n'aurais été un mari qu'ensuite. Un jour ou l'autre, tu t'en serais rendu compte et tu aurais fini par retourner à Julian. (Il me sourit et essuya tendrement sous ses baisers les larmes que j'étais toujours prête à répandre.) D'ailleurs, nous nous reverrons — ce n'est pas comme si nous étions à jamais perdus l'un pour l'autre. Et je garde le souvenir émerveillé et exaltant de ce qui a existé entre nous.

— Vous ne m'aimez pas ! m'exclamai-je avec véhémence. Vous ne m'avez jamais aimée. Sinon, vous ne prendriez pas les choses avec cette désinvolture !

Il eut un rire léger et me serra contre lui comme l'aurait fait un père.

— Ah ! ma petite Cathy, ma jolie danseuse de feu, quel homme pourrait ne pas t'aimer ? (Ses mains caressaient mes cheveux, ses lèvres étaient près des miennes et je sentais son haleine tiède sur ma joue.) Jamais je n'oublierai le cadeau que tu m'as donné pour mon anniversaire, le plus beau que j'aie jamais reçu. Maintenant, vous allez retourner à New York, Julian et toi, et tu seras la meilleure des épouses. Le monde entier sera à vos genoux, je compte sur vous pour cela. Il vous faudra faire une croix sur les regrets et m'oublier.

— Et vous... qu'allez-vous devenir ?

Il caressa sa moustache.

— Si tu savais comme cette moustache a rehaussé ma séduction, tu n'en reviendrais pas. J'ai l'impression que je vais la garder.

Nous éclatâmes de rire. Un vrai rire qui n'avait rien de forcé. Quand je voulus lui rendre la bague de fiançailles qu'il m'avait offerte, il refusa.

— Non. Conserve-la. Si jamais tu as besoin d'argent, tu pourras toujours la mettre au clou.

Je repartis donc pour New York avec Julian et nous courûmes la ville pendant des semaines pour trouver l'appartement idéal. Il aurait voulu quelque chose de beaucoup plus chic mais nous n'étions pas assez riches pour nous offrir le penthouse qu'il jugeait digne de nous.

— Mais sois tranquille ! Un jour ou l'autre, nous aurons un appartement sur Central Park. Et il y aura des fleurs partout. De vraies fleurs.

— Nous n'aurons pas le temps de nous en occuper, répliquai-je. Et quand nous irons voir Carrie, nous pourrons toujours profiter du jardin de Paul.

— Je n'aime pas ton docteur !

— Ce n'est pas *mon* docteur. (Brusquement, j'avais froid à l'intérieur, sans savoir pourquoi.) Pourquoi n'aimes-tu pas Paul ? Tout le monde l'adore.

— Oui, je sais. (Il s'immobilisa, sa fourchette à la main, et m'adressa un regard à la fois grave et insistant.) C'est toute la question, ma chère épouse. Je trouve que tu l'aimes trop, même maintenant. Et, ce qui est plus grave encore, ton frère ne m'emballe pas. Ta sœur, elle, il n'y a pas de problème. Tu pourras la faire venir de temps en temps. Mais n'oublie jamais un seul instant que c'est moi qui occupe la première place dans ta vie. Ni Chris, ni Carrie, et encore moins ce docteur avec qui tu étais fiancée : moi et moi seul. Je ne suis ni aveugle ni idiot,

Cathy. J'ai vu comment il te regardait. Je ne sais pas ce que vous avez fricoté tous les deux mais si j'ai un conseil à te donner, dis-toi une fois pour toutes que c'est fini et bien fini !

La panique s'empara de moi et je baissai la tête. Mon frère et ma sœur étaient le prolongement de moi-même et j'avais besoin d'eux dans ma vie, pas seulement à sa périphérie. Qu'avais-je fait ? J'avais le pressentiment que Julian allait être mon geôlier, que je serais prisonnière comme je l'avais été à Foxworth Hall ! Sauf que, cette fois, j'aurais la possibilité d'aller et venir au bout d'une chaîne un peu plus lâche.

— Je t'aime comme un fou, dit Julian en terminant ce qu'il y avait dans son assiette. Tu es le plus grand bonheur qui m'ait été donné dans l'existence. Je veux que tu sois sans cesse à mes côtés, je ne veux pas te perdre de vue un instant. J'ai besoin de toi pour tenir le coup. Il m'arrive parfois de boire un verre de trop et, alors, je deviens méchant, Cathy. Très méchant. Je veux que tu m'aides à être conforme à l'image que tu te fais de moi quand je suis en scène. Je ne veux pas te faire de mal.

Ces paroles me touchèrent car je savais que, comme moi, il avait terriblement souffert, que son père l'avait déçu comme ma mère m'avait déçue. Oui, il avait besoin de moi. Peut-être était-ce Paul qui avait raison. Le destin s'était servi d'Amanda pour sortir les bonnes cartes afin que nous soyons gagnants, Julian et moi. La jeunesse appelle la jeunesse et il était jeune, il était beau, c'était un danseur de grand talent. Et il était charmant quand il le voulait bien. Il avait aussi un côté obscur, une face cruelle, je le savais. Par expérience... Mais je l'apprivoiserais. Je ne le laisserais devenir ni mon maître ni mon juge. Nous partagerions tout sur un pied d'égalité et, finalement, un beau jour d'été ensoleillé, je m'apercevrais en me réveillant et en voyant son visage mangé d'une barbe noire... je m'apercevrais que je l'aimais. Plus que je n'avais jamais aimé personne !

# TROISIÈME PARTIE

## DES RÊVES QUI DEVIENNENT VRAIS

Chris avait fait un saut à New York. Nous nous promenions la main dans la main dans Central Park tandis qu'il m'expliquait que, tout en terminant sa dernière année de collège, il avait commencé sa première année de médecine. C'était le printemps, les oiseaux s'affairaient à leurs nids en piaillant joyeusement.

— Julian ne sait pas que tu es là, Chris, et je préférerais qu'il continue à l'ignorer. Il est terriblement jaloux de toi. De Paul aussi, d'ailleurs. Serais-tu vexé si je ne t'invitais pas à dîner ?

— Oui, répondit-il d'un air buté. J'ai fait ce voyage pour rendre visite à ma sœur et je lui rendrai visite. Et pas en douce. Tu n'as qu'à lui dire que je suis venu voir Yolanda. D'ailleurs, je ne reste que pour le week-end.

Julian était envers moi d'une possessivité qui frisait l'obsession. Il se comportait comme un enfant unique qui demande sans cesse à être dorloté. Cela m'était égal sauf quand il essayait de me couper de ma famille.

— Bon. Il est en train de répéter et il croit que je fais le ménage avant de le rejoindre pour déjeuner. Mais tiens-toi à l'écart de Yolanda, Chris. Elle ne peut que t'attirer des embêtements.

Il me décocha un regard étrange.

— Je me moque d'elle comme de ma première chemise, Cathy. Elle n'est qu'un prétexte pour venir te voir. Je sais que ton mari me déteste.

— N'exagérons rien. Le mot est un peu fort.

— Appelle cela de la jalousie si tu préfères mais que ce soit ça ou autre chose, il ne m'interdira pas de te voir. (Son ton se fit grave.) Vous avez tout le temps l'air d'être sur le point de décoller, Julian et toi, mais il se produit invariablement quelque chose d'imprévu et vous ne parvenez jamais à devenir les étoiles du ballet que vous devriez être. Comment cela se fait-il ?

Je haussai les épaules. Je n'en savais rien. Nous faisions preuve d'autant d'ardeur que les autres, plus même, mais Chris avait raison. Nous faisions une exhibition sublime, la critique était délirante — et nous retombions dans l'anonymat. Peut-être était-ce que Mme Zolta ne voulait pas que nous devenions des superstars, de crainte que nous l'abandonnions pour nous produire avec une autre troupe.

Nous nous assîmes sur un banc où le soleil et les ombres jouaient à cache-cache. Chris n'avait pas lâché ma main.

— Comment est Paul ?

— Il est égal à lui-même. Il ne changera jamais. Carrie l'adore, il adore Carrie. Il me traite comme un jeune frère dont il serait très fier. Et, franchement, Cathy, je ne crois pas que je serais là où j'en suis sans toutes les leçons particulières qu'il m'a données.

— Il n'a pas encore trouvé quelqu'un à aimer ? fis-je d'une voix étranglée — je ne croyais pas totalement Paul quand il m'écrivait qu'il n'y avait pas de femme dans sa vie.

Chris me força à lever le menton pour me regarder dans les yeux.

— Comment pourrait-il trouver quelqu'un qui te vaille, Cathy ?

Son expression me déchira. Ne serais-je donc jamais libérée du passé ?

Dès que Chris et Julian furent en présence, ce fut la bagarre.

— Il n'est pas question que tu dormes sous mon toit ! tonna mon mari. Je ne t'aime pas, je ne t'ai jamais aimé et je ne t'aimerai jamais. Alors, fous le camp d'ici et oublie que tu as une sœur !

Chris prit une chambre à l'hôtel et nous ne nous revîmes qu'une ou deux fois en cachette avant qu'il ne reparte. Il ne remit pas les pieds à New York pendant trois ans.

En revanche, Carrie vint passer les vacances d'été avec nous. Elle avait quinze ans, maintenant. Julian la repéra le premier au milieu de la foule bruyante de l'aéroport, hésitante et encore étourdie après le vol, et il se précipita sur elle.

— Bonjour, mon éblouissante belle-sœur ! s'écria-t-il en la soulevant de terre et en lui plantant un solide baiser sur la joue. Ce n'est pas croyable comme tu ressembles à Cathy ! Un peu plus, et je m'y laisserais prendre. Alors, fais attention ! Tu es vraiment sûre de ne pas être une danseuse qui s'ignore ?

Le plaisir visible qu'avait Julian à la retrouver rendait Carrie heureuse et lui donnait un sentiment de sécurité. Elle se pendit à son cou. Depuis trois ans que nous étions mariés, elle avait appris à l'aimer pour ce qu'il paraissait être. C'était une vieille plaisanterie entre nous : il disait qu'elle avait exactement la taille voulue pour tenir le rôle d'un elfe et il lui répétait tout le temps qu'il n'était pas trop tard pour devenir danseuse. Dans la bouche d'un autre, Carrie aurait pris cela pour une insulte mais, venant de Julian pour qui elle avait une profonde admiration, être traitée d'elfe était à ses yeux un compliment, pas une raillerie.

Je l'embrassai à mon tour et j'avais l'impression que c'était ma propre fille que je serrais sur mon cœur. Mais je ne pouvais jamais la regarder sans penser mélancoliquement à Cory qui aurait dû être à ses côtés. Et je me demandais si, lui aussi, aurait mesuré un mètre trente-cinq s'il avait vécu.

Nous poussions de grands éclats de rire en échangeant des nouvelles, puis Carrie me murmura à l'oreille pour que Julian n'entendît pas :

— Tu sais, j'ai un vrai soutien-gorge.

— Je sais, lui répondis-je sur le même ton. Ta poitrine est la première chose que j'ai remarquée.

— C'est vrai ? (Elle semblait ravie.) Tu l'as vue ? Je ne croyais pas mes seins si visibles.

— Bien sûr qu'on les voit ! s'exclama cet indiscret de Julian qui s'était approché sans vergogne et avait surpris notre conversation confidentielle. Moi aussi, ça a été la première chose qui m'a frappé juste après le merveilleux visage que tu as ! Carrie, te rends-tu compte qu'il est merveilleux ? J'ai presque envie de balancer ma femme pour t'épouser.

Je n'appréciai que médiocrement ce dernier propos. Nous nous disputions souvent car je trouvais que Julian s'intéressait un peu trop aux très jeunes filles mais j'étais décidée à ne rien faire qui pût gâcher les vacances de Carrie. C'était la première fois qu'elle venait seule à New York et nous avions mis au point un programme pour qu'elle puisse tout voir. Il y avait au moins un membre de la famille que Julian daignait accepter !

Les mois passaient rapidement et le printemps que nous attendions impatiemment arriva. Il nous trouva à Barcelone : c'étaient nos premières vraies vacances depuis notre mariage. Cinq ans et trois mois de vie conjugale — et il y avait encore des moments où il me faisait l'effet d'être un étranger.

C'était Mme Zolta qui nous avait suggéré de visiter l'Espagne où nous pourrions étudier le flamenco. Nous avions loué une voiture pour sillonner le pays. Les paysages nous enchantaient. Nous savourions les soupers tardifs, les bains de soleil sur les rochers de la Costa Brava mais c'étaient avant tout la musique et la danse espagnoles qui faisaient notre bonheur.

Mme Zolta avait établi à notre intention une liste des villas les moins chères. Elle était près de ses sous et nous voulait aussi radins qu'elle. Aussi fut-ce dans une villa de ce genre que nous arriva l'invitation de Chris pour la cérémonie de remise des diplômes. Le carton était accompagné d'un petit mot tout empreint de modestie :

Je suis un peu gêné de te dire cela mais je suis le premier de la promotion. Sur deux cents. Ne cherche pas d'excuses pour te défiler. Il faut que tu viennes. Il n'est pas question que j'accepte ma peau d'âne si tu n'es pas là. Tu n'auras qu'à dire cela à Julian s'il cherche à t'empêcher de venir.

L'ennui, c'était que nous avions signé quelque temps auparavant un contrat pour une adaptation de *Giselle* à la télévision. Le tournage était prévu pour le mois de juin mais ils voulaient maintenant que nous soyons à pied d'œuvre en mai. Nous étions sûrs que ce passage à la télé ferait de nous les étoiles de première grandeur que nous rêvions d'être.

Le moment me parut parfaitement approprié pour annoncer la nouvelle à Julian. Nous venions de rentrer à la villa après avoir visité de vieux châteaux. Nous dînâmes et nous nous installâmes sur la terrasse en compagnie d'une bouteille de vin rouge dont Julian raffolait mais qui me donnait mal à la tête. Et je commençai à lancer timidement mon offensive en vue de le convaincre de repartir pour les Etats-Unis afin d'assister à la remise du diplôme de Chris, en mai.

— Nous aurons largement le temps de faire un saut en avion et d'être de retour pour les répétitions de *Giselle.*

— Tu es folle ! fit-il avec irritation. C'est un rôle difficile, tu seras fatiguée et tu auras besoin de te reposer.

Je protestai. Deux semaines, c'était largement suffisant. Et un enregistrement ne prend pas très longtemps.

— Je t'en prie, chéri, allons-y ! Ne pas voir mon frère reçu docteur alors qu'il se bat depuis des années pour y parvenir me briserait le cœur.

Il me foudroya du regard.

— Chris par-ci, Chris par-là... j'en ai marre de t'entendre me rebattre les oreilles de ton Chris ! Et quand ce n'est pas lui, c'est Paul ! *Tu n'iras pas !*

Je le suppliai de se montrer raisonnable.

— C'est mon unique frère et ce jour est aussi important pour moi que pour lui. Tu ne peux pas comprendre à quel point. Tu te figures que, comparée à la tienne, nous avons mené une existence d'enfants gâtés mais je peux te garantir que ce ne fut pas le cas !

— Jamais tu ne me parles de ton passé, gronda-t-il. A croire que tu es née le jour où tu as trouvé ton précieux Dr Paul ! A présent, tu es ma femme, Cathy, et ta place est auprès de moi. Ton cher Paul et Carrie seront présents. Ton frère ne manquera pas d'applaudissements quand il le recevra, son foutu diplôme !

— Je n'admets pas que tu me dictes ce que je dois faire ou ne pas faire. Oui, je suis ta femme mais pas ton esclave !

— Je ne veux plus entendre un mot là-dessus. (Il se leva et m'empoigna par le bras.) Viens te coucher. Je suis fatigué.

Et il m'entraîna vers notre chambre où, en silence, je commençai à me déshabiller. Mais quand il fit mine de m'aider, je compris que cette nuit serait consacrée à l'amour ou, plutôt, au sexe, et je le repoussai. Il se renfrogna mais reposa ses mains sur mes épaules en se penchant pour me mordiller la nuque et commença à me caresser les seins avant même d'avoir dégrafé mon soutien-gorge. Quand il l'eut finalement détaché malgré ma résistance, la colère qui luisait dans ses yeux s'évanouit et fut remplacée par une expression rêveuse et romantique. On eût dit un masque qui tombe.

Il y avait eu un temps où Julian m'apparaissait comme le

summum du raffinement et de la délicatesse, mais depuis la mort de son père il n'était plus qu'un lourdaud, un butor, et je me prenais parfois à le détester purement et simplement. Ce qui était le cas ce soir-là.

— Je pars, Julian. Ou tu m'accompagnes ou nous nous retrouverons à New York à mon retour. A moins que tu ne préfères rester ici à bouder. Mais moi, je pars. J'aimerais que tu participes à cette réunion de famille. Tu m'as toujours empêchée d'être avec les miens mais, cette fois, rien ne m'arrêtera ! C'est trop important.

Il m'avait laissé parler sans m'interrompre mais son sourire me fit froid dans le dos. Oh ! Ce qu'il pouvait avoir l'air mauvais !

— Ecoute-moi bien, ma chère et tendre moitié. Quand tu m'as épousé, je suis devenu ton maître et tu ne me quitteras que le jour où je te flanquerai à la porte. Et ce jour n'est pas encore arrivé.

— Pas de menaces, Julian, répliquai-je calmement bien que mon cœur cognât dans ma poitrine. En dehors de moi, il n'y a personne qui soit attaché à toi, sauf ta mère. Et comme tu n'as pas d'affection pour elle, que te resterait-il ?

Quand il me gifla, je fermai les yeux, résignée à tout accepter pour pouvoir rejoindre Chris. Je le laissai me déshabiller et user de moi à sa fantaisie bien qu'il empoignât mes fesses avec une telle brutalité que j'en fus meurtrie. Quand je le voulais, j'étais capable de m'évader pour ne plus être qu'une spectatrice ; ce qu'il me faisait, si épouvantable que ce fût, j'arrivais en quelque sorte à m'en absenter sauf quand la douleur était trop violente.

— Ne t'avise pas de filer. (Sa voix était étouffée parce qu'il m'embrassait sur tout le corps — un chat repu qui joue avec une souris.) Donne-moi ta parole d'honneur que tu resteras avec moi, avec ton mari qui a besoin de toi, qui t'adore et qui ne peut vivre sans toi. Et que tu feras faux bond à ton frère bien-aimé en son jour de gloire.

Sous l'affectation de raillerie, il avait véritablement

besoin de moi comme un enfant a besoin de sa mère. Et c'était ce que j'étais devenue — sa mère dans tous les domaines, hormis les rapports sexuels. Je choisissais ses vêtements, ses chaussettes et ses chemises, ses costumes de scène, ses survêtements, bien qu'il refusât systématiquement de me laisser m'occuper de nos comptes.

— Jamais je ne te ferai une telle promesse. C'est injuste. Chris est venu te voir danser et tu étais trop content de pouvoir parader devant lui. Maintenant, c'est à son tour. Il a trimé assez dur pour atteindre ce résultat.

Je me dégageai et allai chercher la chemise de nuit de dentelle noire qu'il aimait me voir porter. J'avais pour ma part horreur des chemises de nuit et des dessous noirs. Cela me faisait penser aux prostituées, aux call-girls — et à ma mère qui avait un faible pour la lingerie noire.

— Ne reste pas à genoux comme ça, Julian, tu as l'air grotesque. Si je décide de partir, tu ne peux pas me battre pour m'en empêcher. Les ecchymoses se verraient. Et puis, tu as tellement l'habitude de mon poids et de mon sens de l'équilibre que tu es incapable de porter convenablement une autre danseuse.

Furibond, il s'approcha de moi.

— Tu râles parce que nous piétinons, c'est ça ? Tu me rends responsable de l'annulation de notre engagement. Mme Z. nous a accordé un congé pour que je me détende, que je me reprenne et que je revienne en pleine forme après avoir pris du bon temps avec ma femme. Mais je n'ai pas d'autre distraction que la danse, Cathy. Je ne suis pas comme toi : les livres, les musées, ça ne m'intéresse pas. Et je connais des moyens de te faire du mal et de t'humilier sans laisser de traces — apparentes, du moins. Tu devrais pourtant le savoir, à présent.

J'eus l'inconscience de sourire.

— Que t'arrive-t-il, Julian ? Tes petits intermèdes sexuels n'ont pas assouvi tes besoins pervers ? Tu devrais aller te chercher une collégienne parce que, je te préviens, il ne faut pas que tu comptes sur ma coopération.

Je ne lui avais encore jamais jeté au visage que j'étais au courant de ses dérèglements et de son goût pour les fruits verts. Quand je l'avais découvert, cela m'avait rendue malheureuse, mais je savais maintenant que ses très jeunes partenaires étaient pour lui comme des mouchoirs en papier que l'on jette après usage. Il me revenait en me disant qu'il m'aimait, que je lui étais indispensable, que j'étais la seule et l'unique.

Il avança lentement vers moi, de cette allure féline qui laissait présager un déchaînement de brutalité, mais je gardai la tête haute, sachant qu'il m'était facile de lui échapper rien qu'en faisant le vide dans ma tête et qu'il ne pouvait pas se permettre de me frapper. Il s'immobilisa à trente centimètres de moi. J'entendais le tic-tac de la pendulette sur la table de chevet.

— Cathy, je te conseille de faire ce que je te dirai de faire, et cela dans ton intérêt, crois-moi.

Cette nuit-là, il fut cruel, diabolique, immonde. Il exigea par la force ce qui aurait dû être une offrande d'amour. Il me mit au défi de le mordre. Cette fois, ce ne serait pas un œil au beurre noir que j'aurais mais deux — et ce ne serait peut-être pas encore le plus grave.

— Je dirai à tout le monde que tu es malade. Que tes règles sont si douloureuses que tu ne peux pas danser. Et pas question de filer en douce ou de téléphoner parce que je t'attacherai au lit et je cacherai ton passeport. (Il m'adressa un large sourire et m'envoya une petite claque sur la joue.) Et maintenant, mon poussin, à quoi va-t-on jouer, cette fois ?

Tout souriant, redevenu lui-même, il s'assit, nu, devant la table et, allongeant ses jambes fines et galbées, me demanda sur un ton détaché ce qu'il y avait pour le petit déjeuner tout en ouvrant les bras pour que je l'embrasse, ce que je fis. Tout sourire, moi aussi, je repoussai une mèche qui lui retombait sur le front et lui servis son café.

— Bonjour, chéri. Pour toi, des œufs au jambon

comme d'habitude. Et pour moi, une omelette au fromage.

— Je te demande pardon, Cathy, murmura-t-il. Pourquoi t'acharnes-tu à réveiller ce qu'il y a de pire en moi ? Si je vais avec ces filles, c'est seulement pour t'épargner.

— Si ça leur est égal, moi aussi. Mais ne m'oblige plus jamais à faire ce que j'ai fait cette nuit. Je sais très bien haïr, Julian. Et pour la vengeance, je suis une experte.

Je lui tendis son assiette et nous commençâmes à manger en silence. Il était rasé de près et sentait le savon et l'eau de toilette.

— Cathy... tu ne m'as pas dit que tu m'aimes, aujourd'hui.

— Je t'aime, Julian.

Une heure plus tard, je fouillais frénétiquement partout pour retrouver mon passeport tandis qu'il dormait sur le lit où je l'avais traîné ; il n'avait pas tardé à s'écrouler, assommé par les somnifères que j'avais mis dans son café.

Je finis par trouver le passeport caché sous la descente de lit. Julian était moins fort que moi à ce jeu. Je fis ma valise en vitesse, puis m'habillai. Avant de partir, j'allai l'embrasser. Sa respiration était profonde et régulière, et un vague sourire flottait sur ses lèvres. Peut-être les somnifères lui donnaient-ils des rêves agréables. Je lui laissai un mot pour lui dire où j'allais.

Paul m'attendait avec Carrie à l'aéroport. Cela faisait trois ans que je ne l'avais pas vu.

— Je suis content que tu sois venue, me dit-il, mais je regrette que Julian n'ait pas pu t'accompagner.

— Il est désolé, lui aussi, répondis-je en détaillant son visage.

Il faisait partie de cette catégorie d'hommes qui vieillissent bien, qui gagnent même en séduction. Il portait toujours la moustache que je lui avais conseillé de laisser pousser. Il sourit, et ses joues se creusèrent de fossettes.

— Qu'est-ce que tu as à me regarder comme cela ? Tu

cherches des cheveux gris? Si tu en découvres un, préviens-moi, que je dise à mon coiffeur de réparer les dégâts. Je ne me sens pas encore assez mûr pour la tempe argentée. J'aime ta nouvelle coiffure, elle t'embellit. Mais comme tu as fondu! Ce qu'il te faut, ce sont des petits plats mitonnés par Henny. Tu sais où elle est Henny? Dans la cuisine du motel en train de fabriquer ses petits pains maison qui font les délices de Chris. C'est le cadeau qu'elle lui offre pour le féliciter d'être devenu son second « petit docteur ».

— A-t-il reçu mon télégramme? Est-ce qu'il sait que je serai là?

— Bien sûr! Il se faisait un mauvais sang de tous les diables à l'idée que Julian pourrait t'empêcher de venir. Franchement, Cathy, je ne crois pas qu'il aurait accepté son diplôme si tu n'étais pas venue.

Lorsque mon Christopher monta sur le podium pour recevoir son parchemin et qu'il prononça ensuite le discours d'usage, honneur réservé au premier de la promotion, des larmes de joie me montèrent aux yeux. Paul, Henny et Carrie étaient aussi émus que moi. Même mes succès sur la scène ne pouvaient se comparer à la fierté qui m'habitait. Pourquoi Julian n'était-il pas là pour partager notre bonheur? Pourquoi cette obstination à faire cavalier seul?

Notre mère aussi aurait dû être présente. Je savais qu'elle était actuellement à Londres car je continuais de me tenir au courant de ses déplacements. J'attendais patiemment le jour où nous serions face à face. Que ferais-je alors? La laisserais-je s'en tirer, indemne? Une chose, en tout cas, était sûre : elle pouvait compter sur moi pour lui apprendre que son fils aîné était maintenant docteur en médecine. Je l'en informerais comme je la tenais informée de nos activités, à Julian et à moi.

Je balayai du regard l'immense auditorium où se pressaient les parents et les proches des impétrants. Je ne sais pas comment fit mon frère pour me repérer au milieu de cette foule mais ses yeux croisèrent les miens et ce fut pour tous les deux un instant de jubilation silencieuse. Nous avions réussi ! Lui et moi ! Nous avions atteint l'un et l'autre les objectifs que nous nous étions fixés tout enfants. Certes, je n'étais pas encore danseuse étoile mais cela ne saurait tarder. Et Chris serait le plus formidable des médecins de sa génération ! Toutes ces années n'auraient plus compté si Cory n'était pas mort, si notre mère ne nous avait pas trahis, si Carrie avait atteint la taille qu'elle aurait dû avoir.

L'université offrait un déjeuner de gala pour célébrer l'événement. Carrie ne cessait de babiller mais Chris et moi ne pouvions détacher nos yeux l'un de l'autre, chacun cherchant à trouver les mots qui convenaient.

— Tu sais que le Dr Paul a maintenant un nouveau cabinet, Cathy ? me dit ma sœur en s'étranglant presque. Je suis furieuse que ce soit si loin mais je serai sa secrétaire ! J'aurai une machine électrique dernier modèle et toute rouge ! Il trouve qu'une machine qu'on aurait peinte en violet n'aurait pas été de très bon goût. Moi, je ne pense pas, mais j'ai accepté le compromis. Et personne, jamais, n'aura eu une meilleure secrétaire que moi ! Je répondrai au téléphone, je prendrai les rendez-vous, je m'occuperai du classement, je ferai la comptabilité et on déjeunera ensemble tous les jours.

Elle adressa à Paul un regard rayonnant. Il semblait que, grâce à lui et au sentiment de sécurité qu'il lui apportait, elle avait retrouvé l'exubérante assurance qu'elle avait perdue. Je devais, hélas, m'apercevoir plus tard que ce n'était qu'un masque qu'elle arborait pour lui faire plaisir mais que, quand elle était seule, son attitude était bien différente.

Chris se pencha vers moi et, fronçant les sourcils, me demanda pourquoi Julian n'était pas venu.

— Il n'aurait pas demandé mieux, tu sais, dis-je, mais des obligations l'en ont empêché. Il m'a chargée de te transmettre ses félicitations. Nous avons un programme extrêmement serré. Je ne peux d'ailleurs pas rester plus de deux jours. Nous devons enregistrer le mois prochain le ballet de *Giselle* pour la télévision.

Le soir, nous fêtâmes l'événement dans l'intimité en dînant dans un grand restaurant et ce fut l'occasion pour chacun de nous d'offrir à Chris le présent qu'il lui réservait. Nous avions gardé de notre enfance l'habitude de secouer les paquets avant de les ouvrir mais le gros carton que Paul remit à mon frère était beaucoup trop lourd pour qu'il sacrifiât à ce rite.

— Ce sont des livres !

Chris avait deviné juste : six énormes ouvrages de références médicales, avant-garde de toute une collection, qui avait dû coûter une fortune.

— Je n'ai pu en transporter que six, dit Paul. Le reste de la série t'attend à la maison.

Je le regardai. Sa maison était notre seul véritable foyer.

Devinant que mon cadeau serait le plus beau, Chris le réserva délibérément pour la fin. Encore une vieille habitude d'enfance : il fallait prolonger le plaisir de l'attente. Mon paquet était, lui aussi, beaucoup trop gros et trop lourd pour qu'on le secouât et, d'ailleurs, je l'avais prévenu que c'était fragile, avertissement qu'il ne prit pas au sérieux car nous avions coutume de nous faire des blagues.

— Ce sont encore des livres ! Rien d'autre ne pourrait avoir un poids pareil.

Dans le sourire à la fois rêveur et amusé qu'il m'adressa, je retrouvai le petit garçon d'autrefois.

— Je vais te mettre sur la voie, Christopher Doll. Cette boîte récèle la seule chose que tu disais désirer plus que tout au monde. Deuxième indication : c'est le cadeau que notre père avait l'intention de t'offrir le jour où tu aurais ta petite trousse noire de médecin.

Chris défit les ficelles en prenant soin de ne pas déchirer le papier d'emballage et quand il ouvrit la boîte, des larmes lui vinrent aux yeux. Ses mains tremblaient lorsqu'il souleva avec précaution le coffret de maroquin capitonné, muni d'une serrure de cuivre et d'une poignée.

— Ce n'est pas vrai, Cathy ! balbutia-t-il d'une voix étranglée par l'émotion, stupéfait qu'après tant d'années je n'aie pas oublié. Je n'ai jamais cru vraiment que j'en posséderais un, un jour. Il a dû te coûter une fortune... Tu n'aurais pas dû !

— Ça me faisait plaisir. Et puis, ce n'est pas l'original, seulement la réplique du microscope asymétrique de John Cuff, mais le vendeur m'a juré que c'est une reproduction fidèle, une vraie pièce de collection. Et, en plus, il fonctionne. Comme ça, tu pourras faire des recherches sur les germes et les virus pour occuper tes loisirs.

— Eh bien, c'est un joli joujou ! fit-il d'une voix nouée, tandis que deux larmes glissaient sur ses joues. Tu t'es donc souvenue de la promesse de papa ?

— Comment aurais-je pu oublier ? Tu as emporté le catalogue quand nous sommes partis pour Foxworth Hall, c'est la seule chose que tu avais prise en dehors de tes vêtements. (Je me tournai vers Paul.) Savez-vous que chaque fois qu'il écrasait une mouche ou tuait une araignée, Chris regrettait de ne pas posséder un microscope John Cuff ? Et, un jour, il a dit qu'il aurait voulu découvrir pourquoi les souris meurent si jeunes.

— Parce qu'elles meurent jeunes ? fit Paul avec gravité. Comment le savez-vous ? Auriez-vous capturé et marqué des bébés souris ?

Le regard de Chris croisa le mien. Oui, nous avions vécu dans un monde à part et nous avions eu l'occasion d'observer les souris qui venaient grignoter nos vivres. Et l'une d'elles s'appelait Mickey.

Il me fallait maintenant songer à regagner New York et à affronter la fureur de Julian, mais je tenais à passer un moment seule à seul avec mon frère. Paul emmena Henny et Carrie au cinéma et nous nous promenâmes tous les deux sur le campus.

— Tu vois cette fenêtre au premier étage, Cathy? La cinquième à partir du bout. C'est celle de la chambre que je partageais avec Hank. Nous étions un groupe de huit copains inséparables depuis le collège. On travaillait ensemble, on allait voir les filles ensemble.

— Oh! Et tu allais souvent voir les filles?

— Juste pendant les week-ends. En semaine, on n'avait pas le temps. Tu sais, avec tout ce qu'on devait s'enfoncer dans la tête — la physique, la biologie, l'anatomie, la chimie... j'en passe et des meilleures.

— Ne détourne pas la conversation. Avec qui sortais-tu? Y avait-il — ou y a-t-il toujours — quelqu'un de... particulier?

Il me prit par la main et m'attira contre lui.

— Tu veux que je te récite la liste exhaustive et nominative de mes conquêtes? Si je m'y mettais, on y serait encore demain. Non, il n'y avait personne en particulier. Je les aimais bien toutes. Mais en aucun cas ce n'était le grand amour, si c'est ce que tu veux savoir.

Eh oui, c'était précisément ce que je voulais savoir.

— Je suis certaine que même si tu n'étais pas amoureux, tu n'as pas vécu comme un moine.

— Ça ne te regarde pas, fit-il sur un ton désinvolte.

— Je crois que si. Savoir que tu as aimé une fille me tranquilliserait.

— Oui, il y a une fille que j'aime. Que j'aime depuis toujours. Quand je dors, je rêve d'elle, je l'entends qui danse au-dessus de ma tête, qui m'appelle, qui m'embrasse, qui crie quand elle a des cauchemars. Alors, je me réveille pour enlever le goudron qui lui englue les cheveux. Parfois, j'ai mal partout, comme elle, et j'embrasse les marques laissées par le fouet. Et je rêve d'une certaine nuit, la nuit où, allongés tous les deux sur l'ardoise froide d'un toit, nous regardions le ciel. Elle disait que la lune était l'œil de Dieu qui nous condamnait parce que nous avions péché. C'est cette fille-là qui me hante et m'obsède, qui ternit les heures que je passe avec d'autres filles qui ne lui arrivent pas à la cheville.

Je me tournai vers lui, les yeux levés vers ce beau visage qui me hantait pareillement, et l'entourai de mes bras.

— Non, il ne faut pas m'aimer, Chris. Oublie-moi. Fais comme moi. La première qui frappera à ta porte, laisse-la entrer.

Il me repoussa avec un sourire railleur.

— J'ai fait exactement comme toi, Catherine Doll. La première qui a frappé, je l'ai laissée entrer. Et, maintenant, je ne peux pas la flanquer dehors. Mais c'est mon problème, pas le tien.

— Je ne mérite pas d'occuper cette place dans ton cœur. Je ne suis ni un ange ni une sainte... tu devrais le savoir.

— Ange, sainte ou progéniture du diable, tu m'as épinglé au mur avec une petite étiquette qui dit que je t'appartiendrai jusqu'à mon dernier souffle. Et si tu meurs avant moi, je ne tarderai pas à te suivre.

## LES OMBRES S'AMONCELLENT

Chris et Paul, pour ne rien dire de Carrie, joignirent leurs efforts pour me convaincre de passer quelques jours en famille et quand je retrouvai la maison de Clairmont, son confort douillet, la grâce de son jardin, je cédai à nouveau à son charme. Voilà ce qu'eût été mon existence si j'avais épousé Paul. Une vie douce et paisible, sans problèmes. Et lorsqu'il m'arrivait de me demander ce que devenait Julian, je songeais à la façon mesquine qu'il avait de me tourmenter ; en ouvrant les lettres de Paul ou de Chris, par exemple, comme s'il cherchait quelque preuve de ma culpabilité. J'étais sûre qu'en rentrant d'Espagne, il laisserait mourir mes plantes vertes, exprès pour me punir.

*Je dois quand même avoir quelque chose de bizarre,* me dis-je un soir en regardant du balcon le merveilleux jardin. Je ne suis ni belle, ni inoubliable, ni à ce point indispensable à un homme. J'en étais là de mes réflexions quand Chris surgit derrière moi et me prit par les épaules. Je posai ma joue sur sa poitrine et soupirai. La lune brillait, cette lune qui avait autrefois surpris notre secret. Prête à en surprendre davantage. Je ne fis rien. Rien d'autre, je le jure, que de laisser Chris me serrer contre lui.

— Ah ! Cathy ! fit-il plaintivement en embrassant mes cheveux, parfois, la vie sans toi n'a plus de sens. Je laisserais volontiers tout tomber pour m'embarquer à destination des mers du Sud si tu venais avec moi...

— En abandonnant Carrie ?

— Nous pourrions l'emmener. (Je pensais que c'était au petit jeu des « si » qu'il jouait comme quand nous étions enfants.) J'achèterais un voilier pour promener les touristes et s'il y en avait un qui se blessait, je saurais le soigner.

Soudain, il se mit à m'embrasser avec la violence d'un homme qui perd la tête d'avoir été trop longtemps repoussé. Je ne voulais pas répondre à cette ferveur mais je ne pouvais m'en empêcher. Quand, le souffle court, il essaya de m'entraîner dans sa chambre, je criai.

— Arrête ! Je ne veux de toi que comme un frère. Laisse-moi ! Cherche une autre fille !

Ulcéré, blessé, il recula.

— Mais quelle femme es-tu donc, Cathy ? Tu me rends mes baisers, tu es près de t'abandonner et, brusquement, tu fais marche arrière !

— Eh bien, vas-y ! Déteste-moi.

— Je ne le pourrai jamais, fit-il avec un sourire amer. Il y a pourtant des moments où je le voudrais bien... quand je pense que tu es exactement comme notre mère. Mais je suis incapable de ne plus t'aimer !

Et il rentra dans sa chambre dont il fit claquer la porte, me laissant muette et désemparée.

Non ! Je n'étais pas comme elle ! Non ! J'avais répondu à ses caresses uniquement parce que j'étais toujours en quête de mon identité perdue. Julian m'avait dérobé mon reflet pour se l'approprier. Il voulait de même me voler ma force, il voulait que je prenne toutes les décisions pour en rejeter le blâme sur moi si je me trompais. J'en étais encore à essayer d'affirmer mes mérites afin de réfuter les anathèmes de la grand-mère. *Tu vois, je ne suis ni mauvaise ni corrompue. Sinon on ne m'aimerait pas comme on m'aime.* Je n'avais pas cessé d'être, en fait, la petite souris du grenier, égoïste, vorace, exigeante, condamnée à faire sans fin la démonstration qu'elle était digne de vivre au soleil.

J'étais en train de ressasser les mêmes pensées un autre jour sur la terrasse tandis que Carrie s'affairait à planter des pensées et des pétunias. Chris me rejoignit sur la terrasse. Il me lança le journal du soir.

— Tiens ! dit-il sur un ton dégagé. Il y a un article qui t'intéressera peut-être. J'ai d'abord hésité à te le montrer mais j'ai finalement pensé que tu devais le lire.

« Tout laisse à croire que nos célébrités locales, Julian Marquet et sa femme, Catherine Dahl, se sont séparés. Julian Marquet va avoir pour la première fois une autre partenaire dans une grande production de télévision, *Giselle.* Selon certaines rumeurs, Catherine Dahl serait malade et le bruit court qu'ils ne danseront plus ensemble. »

Il y avait encore d'autres détails, y compris l'annonce que ce serait Yolanda Lange qui allait me remplacer. Ce ballet était pour nous l'occasion — après beaucoup d'autres — de devenir des étoiles de première grandeur et il donnait mon rôle à Yolanda ! L'imbécile ! Mais quand donc cesserait-il d'être aussi puéril, inconscient ? Il avait le génie de détruire ses chances. Avec son dos fragile, il aurait toutes les peines du monde à porter Yolanda.

— Que comptes-tu faire ? me demanda Chris avec un regard étrange.

— Rien !

Il resta une ou deux secondes silencieux avant de poursuivre :

— Il ne voulait pas que tu assistes à ma remise de diplôme, n'est-ce pas ? Et c'est pour cela qu'il fait appel à Yolanda. Je t'avais pourtant prévenue que tu ne devais pas le laisser être ton manager. Mme Zolta t'aurait traitée avec plus de considération.

Je me levai et arpentai la terrasse. Le contrat qui nous liait à Mme Z. était arrivé à expiration depuis deux ans et nous ne lui devions plus désormais que douze représentations par an. Le reste du temps, nous étions libres de travailler avec les compagnies de notre choix.

Eh bien, qu'il se la garde, sa Yolanda ! Qu'il se ridiculise ! Je ne demandais qu'une chose : qu'il la lâche et qu'elle tombe ! Qu'il s'amuse avec ses petites collégiennes... je m'en moquais éperdument !

Je me précipitai dans ma chambre, me jetai sur mon lit et éclatai en sanglots.

Le plus grave dans cette histoire était que j'avais été la veille consulter un gynécologue. Je n'avais pas eu mes règles depuis deux mois mais chez moi cela ne signifiait pas grand-chose. Ce n'était peut-être qu'une fausse alerte de plus mais si, par malheur, j'étais enceinte, Dieu veuille que j'aie le courage de me faire avorter ! Je n'avais vraiment pas besoin d'un bébé dans ma vie. Je savais qu'à partir du moment où j'aurais un enfant, il serait pour moi le centre du monde et, une fois encore, l'amour menacerait l'avenir d'une ballerine qui aurait pu être la plus grande.

Il faisait une température caniculaire le jour où je me rendis, au volant de la voiture de Chris, à l'académie de Mme Marisha ; le monde entier semblait accablé de chaleur, sauf ces petits idiots qui se démenaient sous la férule de la chauve-souris au timbre perçant et comme toujours de noir vêtue. Assise dans l'ombre au fond de l'immense auditorium, j'observai les garçons et les filles qu'elle faisait travailler. Ils ne tarderaient pas à grandir et à prendre la place des étoiles d'aujourd'hui. Cela me faisait froid dans le dos. Je deviendrais une nouvelle Mme Marisha, puis une nouvelle Mme Zolta quand les années auraient filé à la vitesse de l'éclair et seules des photos jaunies témoigneraient de ma beauté enfuie.

— Catherine ! lança joyeusement Mme Marisha quand elle m'aperçut — et de se précipiter vers moi. Pourquoi restes-tu dans ce coin sombre ? Quel plaisir de revoir ton joli visage ! Et ne va pas t'imaginer que j'ignore pourquoi tu as cet air éploré ! Tu as été une idiote de quitter Julian. Tu sais pourtant qu'on ne peut pas le laisser seul sans qu'il se fasse du mal à lui-même et, du coup, il t'a fait du mal à toi aussi. Quelle idée de l'avoir accepté comme manager ! Je vais te dire une bonne chose : à ta place, je n'aurais jamais admis qu'il donne à une autre le rôle de *Giselle* !

Seigneur ! Quel caquet !

— Ne vous faites pas de souci pour moi, madame, répondis-je sèchement. Si mon mari ne veut plus de moi comme partenaire, je ne serai pas en peine pour trouver quelqu'un d'autre.

Se renfrognant, elle posa ses mains osseuses sur mes épaules et me secoua comme pour me réveiller. Je me rendis compte en la voyant de près qu'elle avait terriblement vieilli depuis la mort de Georges. A l'exception de quelques mèches noires, ses cheveux étaient blancs.

— Alors, tu vas laisser mon fils te ridiculiser ? Choisir une autre danseuse ? Je t'aurais crue d'une autre trempe. Tu vas me faire le plaisir de rentrer illico à New York et de chasser cette Yolanda de son existence ! Le mariage est une chose sacrée. Allez, viens, Catherine, fit-elle en se radoucissant et en me poussant vers son petit bureau en désordre. Tu vas m'expliquer les bêtises que vous avez faites pour en arriver là.

— Cela ne vous regarde pas.

Elle s'assit à califourchon sur une chaise et, les coudes posés sur le dossier, se pencha en avant. Son regard semblait vouloir percer tous nos secrets.

— Tout ce qui concerne mon fils me regarde, gronda-t-elle. Tu vas te taire et m'écouter, maintenant. Je vais te dire des choses que tu ignores sur le compte de Julian. (Ce fut sur un ton un peu plus doux qu'elle poursuivit :) J'étais plus âgée que Georges quand nous nous sommes mariés mais j'ai quand même décidé d'attendre avant d'avoir un enfant. Oui, j'ai attendu d'avoir atteint le point culminant de ma carrière. Georges, de son côté, ne voulait pas d'un enfant qui aurait été pour lui un poids mort de sorte que, dès le début, Julian a souffert de deux handicaps.

» Je n'arrête pas de me répéter que nous n'avons pas obligé notre fils à devenir danseur mais comme il ne nous quittait pas, la danse est devenue une part, la part la plus importante, de son univers. (Elle soupira et se passa la main sur le front.) Nous étions durs avec lui, je l'avoue. Nous avons fait le maximum pour qu'il soit parfait à nos yeux mais plus nous faisions d'efforts en ce sens, plus il s'obstinait à être l'antithèse de ce que nous souhaitions. Tu sais, ce n'est qu'après la mort de Georges que je m'en suis rendu compte : je n'avais jamais adressé la parole à Julian que pour lui dire de faire ceci ou cela afin d'améliorer sa technique. Je n'ai pas compris que Georges pouvait être jaloux de notre propre enfant en voyant qu'il serait un meilleur danseur et qu'il connaîtrait une plus grande célébrité. Ça n'a pas été facile pour moi de n'être qu'une maîtresse de ballet, ça n'a pas été facile pour Georges de ne plus être qu'accompagnateur. Comme les bravos, l'adoration du public nous manquaient ! Ce fut une frustration qui ne disparut que le jour où nous entendîmes la foule faire une ovation à notre fils.

Elle s'interrompit et me scruta comme pour s'assurer de mon attention. Elle n'avait pas d'inquiétude à avoir.

J'étais suspendue à ses lèvres. Elle m'apprenait tant de choses que j'avais besoin de connaître !

— Julian cherchait à blesser Georges en le tournant en dérision — et il y réussissait. Un jour, il l'a traité de danseur de second ordre et mon mari ne lui a pas parlé pendant un mois ! Et jamais, ensuite, le père et le fils ne se sont vraiment réconciliés. Ils ne cessaient de s'éloigner l'un de l'autre. Jusqu'à ce beau jour de Noël où un nouvel enfant prodige est entré dans notre vie. Toi ! Julian n'était venu nous rendre visite que parce que je l'avais supplié d'essayer de se réconcilier avec son père. Et il t'a vue.

» Il nous incombe de transmettre notre savoir à la nouvelle génération et, pourtant, j'ai hésité à t'engager. Surtout parce que je craignais que tu ne fasses du mal à mon fils. Je ne sais pourquoi j'ai eu cette impression mais il m'est immédiatement apparu que c'était ce docteur que tu aimais. Néanmoins, j'ai constaté que tu possédais quelque chose de rare, une passion pour la danse que l'on ne rencontre pas souvent. A ta manière, tu étais l'égale de Julian et le couple que vous formiez était si extraordinaire que je n'en croyais pas mes yeux. Julian a senti, lui aussi, cette harmonie entre vous deux. Tu as tourné vers lui tes grands yeux chargés d'admiration et il m'a dit alors que tu étais une poupée qui tomberait facilement sous son charme et dans ses bras. Tu l'aimais quand tu dansais avec lui mais, le reste du temps, tu étais indifférente. Et plus tu étais difficile à conquérir, plus il était déterminé à y parvenir. Je croyais que tu étais une rouée, une coquette, alors que tu n'étais qu'une enfant ! Et maintenant, tu... tu l'as abandonné dans un pays étranger dont il ne connaît même pas la langue alors que tu sais qu'il a des faiblesses, de nombreuses faiblesses, et qu'il ne peut pas supporter de rester seul !

Elle se leva d'un bond avec la souplesse d'un chat et se planta devant moi.

— Sans Julian pour t'inspirer et mettre ton talent en relief, grâce au sien, où serais-tu ? s'écria-t-elle d'une voix frémissante. Danserais-tu à New York avec une compagnie qui est en train de rapidement devenir l'une des plus prestigieuses ? Que non ! Tu serais à Clairmont en train de torcher les gosses de ton docteur. Dieu sait pourquoi tu as dit oui à Julian et pourquoi tu n'arrives pas à l'aimer ! Oui, il me l'a dit... que tu ne l'aimes pas et que tu ne l'as jamais aimé ! Et tu as fui après l'avoir drogué. Tu es partie parce que ton frère allait recevoir son diplôme de docteur, alors que tu sais très bien que ta place est aux côtés de ton mari, que ton rôle est de le rendre heureux et de satisfaire ses désirs ! Oui ! Oui ! Il m'a tout raconté au téléphone ! A présent, il croit qu'il te hait et il veut rompre. Et, alors, plus rien ne le rattachera à la vie ! Parce qu'il y a des années qu'il t'a fait don de son cœur.

Je me relevai lentement, les jambes molles, et passai la main sur mon front douloureux en luttant pour contenir mes larmes. La vérité se fit brutalement jour en moi : j'aimais Julian. Je me rendais compte à quel point nous nous ressemblions, lui avec sa haine pour un père qui refusait de le considérer comme son fils, moi avec ma haine pour ma mère ; une haine démente qui me faisait lui envoyer des lettres et des cartes de Noël odieuses afin de la tourmenter, de lui interdire de connaître jamais la paix. Mais je devais prouver que je valais mieux qu'elle.

— Madame, je vais vous dire quelque chose que Julian ne savait peut-être pas et que je ne savais pas vraiment moi-même jusqu'à aujourd'hui. J'aime votre fils. Il est possible que je l'aie toujours aimé sans me l'avouer.

Elle secoua la tête et les mots fusèrent commes des balles :

— Si tu l'aimes, pourquoi l'as-tu quitté ? Parce que tu as découvert qu'il a du goût pour les petites filles ? Pauvre sotte ! Tous les hommes ont un penchant pour ces Lolitas mais cela ne les empêche pas d'aimer leur femme ! Si c'est ça qui t'a détournée de lui, c'est absurde ! Gifle-le, donne-lui des coups de pied, menace-le de divorcer s'il continue. Alors, il cédera. Mais garder le silence et faire comme si cela t'est égal, c'est lui dire carrément que tu ne l'aimes pas, que tu n'as pas besoin de lui !

— Je ne suis ni sa mère, ni un prêtre, ni Dieu, murmurai-je avec lassitude. (Je me dirigeai vers la porte, épuisée par cette bourrasque passionnelle.) Je ne sais si je pourrai le faire renoncer aux petites filles mais je suis prête à retourner auprès de lui et à essayer. Je vous promets de faire mieux. D'être plus compréhensive et de lui faire comprendre que je l'aime tant que je ne peux pas supporter l'idée qu'il couche avec d'autres que moi.

Elle me prit dans ses bras.

— Pauvre petite ! fit-elle sur un ton apaisant. Si te t'ai rudoyée, c'était pour ton bien. Il faut que tu empêches mon fils de se détruire. En le sauvant, tu te sauveras toi-même. Oui, je t'ai menti en affirmant que tu ne serais rien sans lui. C'est lui, au contraire, qui ne serait rien sans toi ! Il y a un désir de mort en lui, je l'ai toujours su. Il s'estime indigne de vivre parce que son père n'a jamais réussi à l'en convaincre. Et c'est ma faute autant que celle de Georges. Pendant des années et des années, Julian a attendu que son père voie en lui un fils qu'il aimerait tel qu'il était. Il a attendu que son père lui dise : « Oui, tu es encore meilleur danseur que je ne l'étais, je suis fier de ce que tu fais et de ce que tu es. » Mais Georges a gardé le silence. Retourne auprès de Julian, Catherine, et dis-lui que Georges l'aimait. Il me l'a répété bien des fois. Dis-lui aussi que son père était fier de lui. Dis-le-lui, Catherine. Persuade-le que tu as besoin de lui, persuade-le de ton amour. Dis-lui combien tu te repens de l'avoir abandonné. Pars vite avant qu'il ne commette un acte irréparable !

C'était le moment de dire au revoir à Carrie, à Paul et à Henny. Mais, cette fois, il n'était pas besoin de faire mes adieux à Chris. « Non, m'avait-il dit, je t'accompagne. Je ne te laisserai pas retourner seule auprès d'un fou. Je ne rentrerai que lorsque tu auras fait la paix avec lui et que je serai sûr que tout ira bien. »

Carrie pleurait comme d'habitude. Paul se tenait à l'écart, laissant ses yeux parler pour lui. Leur message était clair : j'aurais toujours une place dans son cœur.

Quant l'avion eut pris de la hauteur, je me tournai vers le hublot. Paul tenait par la main Carrie qui, le visage levé vers le ciel, agitait le bras. Je m'installai confortablement, posai ma tête sur l'épaule de Chris et lui donnai pour consigne de me réveiller un peu avant l'arrivée.

— C'est agréable de voyager avec toi, bougonna-t-il.

Mais il ne tarda pas à s'assoupir à son tour, la joue dans mes cheveux.

L'avion se posa à La Guardia vers 3 heures. Il faisait une chaleur étouffante et le soleil jouait à cache-cache avec les nuées d'orage qui s'amoncelaient. Nous étions fatigués tous les deux.

— A cette heure-là, Julian doit être au théâtre. Il y aura beaucoup de répétitions. Nous n'avons jamais dansé sur cette scène et il est important de se familiariser avec l'espace où l'on doit évoluer.

Chris s'était chargé de mes deux grosses valises. Moi, je portais la sienne qui était beaucoup plus légère. Je lui souris, heureuse qu'il fût là, même si Julian allait être furieux.

— C'est bien entendu ? Tu restes dans ton petit coin et si tout se passe bien, tu ne te montres pas. Je suis sûre qu'il sera content de me voir. Il n'est pas dangereux, tu sais, Chris.

— Mais non, bien sûr, dit-il d'un air maussade.

La salle était plongée dans l'obscurité. Les caméras de télévision étaient braquées sur le plateau brillamment éclairé, prêtes à tourner. Le réalisateur, le producteur et quelques autres étaient installés au premier rang.

Après la chaleur du dehors, il faisait glacial dans cet immense espace. Nous prîmes place vers le fond, au bord de la travée centrale, et Chris sortit d'une de mes valises un pull qu'il posa sur mes épaules. Automatiquement, j'allongeai les jambes sur le dossier du fauteuil devant moi pour les décontracter. Je grelottais, mais le corps de ballet transpirait sous les feux des projecteurs. Je cherchai en vain Julian des yeux.

On eût dit qu'il m'avait suffi de penser à lui pour qu'il se matérialise : il surgit de la coulisse en faisant des jetés. Qu'il était beau dans son maillot blanc et son survêtement vert ! Chris se pencha vers moi :

— J'oublie parfois combien il est sensationnel en scène. Pas étonnant que tous les critiques déclarent qu'il sera l'étoile de la décennie quand il aura acquis un peu plus de rigueur. Espérons que cela ne tardera pas. Et je dis cela également pour toi, Cathy.

Je souris : j'avais, moi aussi, besoin d'acquérir de la rigueur.

— Oui, bien sûr, oui...

A peine Julian eut-il achevé son numéro que Yolanda, tout de rouge vêtue, jaillit à son tour de la coulisse en faisant des pirouettes. Elle n'avait jamais été aussi belle. Et elle dansait merveilleusement pour une fille aussi grande. C'est-à-dire qu'elle fut parfaite jusqu'au moment où elle commença à danser avec Julian. Alors, tout se gâta. Quand il voulut la saisir par la taille, ce fut par les fesses qu'il la prit. Il corrigea vivement son attitude, si bien qu'elle trébucha et manqua de tomber. Il la retint de justesse. Ils essayèrent à nouveau et ce fut presque aussi lamentable. Yolanda paraissait gauche, Julian maladroit.

Même de ma place, j'entendis le juron de Yolanda.

— Imbécile ! A cause de toi, j'ai l'air d'une empotée ! Si tu as le malheur de me laisser tomber, tu ne mettras jamais plus les pieds sur une scène, tu peux compter sur moi.

— Coupez ! cria le metteur en scène en se levant. Qu'est-ce qui se passe, Marquet ? Vous m'aviez dit que vous connaissiez ce ballet, non ? Vous n'avez rien fait de bon depuis trois jours.

— Moi ? riposta rageusement Julian. Je n'y suis pour rien. C'est elle ! Elle est à contretemps.

— C'est toujours sa faute, jamais la vôtre.

Le metteur en scène était notoirement connu pour avoir horreur de multiplier les prises. Il s'efforça de maîtriser son irritation, sachant que s'il l'asticotait trop, Julian prendrait ses cliques et ses claques.

— Quand votre femme sera-t-elle en état de danser à nouveau ? demanda-t-il.

— Hé ! Doucement, s'écria Yolanda. J'ai fait le voyage de Los Angeles et vous avez maintenant l'air d'insinuer que vous voulez que Catherine me remplace ! Je ne marche pas ! J'ai un contrat ! Je vous traînerai devant les tribunaux !

— Mademoiselle Lange, vous n'êtes que la doublure de Catherine Dahl. Et puisque vous êtes là, on reprend. Marquet, attention... Lange, préparez-vous ! Et, cette fois, espérons que vous ferez quelque chose de nature à satisfaire un public qui attend une performance de professionnels tels que vous.

J'avais souri en l'entendant dire qu'elle n'était que ma doublure — je craignais d'avoir été purement et simplement remerciée.

J'observai avec une joie perverse Julian se ridiculiser et ridiculiser en même temps Yolanda. Mais quand les danseurs en scène soupiraient, je soupirais avec eux, je partageais leur fatigue et, malgré moi, je commençais à avoir pitié de Julian qui cherchait farouchement à trouver le juste équilibre. D'une minute à l'autre, le metteur en scène allait passer à la « prise 10 » — et c'était à ce moment que je comptais intervenir.

Soudain, Mme Zolta, assise au premier rang, fit pivoter son long cou parcheminé et ses yeux perçants se posèrent sur moi.

— Catherine ! Tu es là ? s'exclama-t-elle d'une voix vibrante en me faisant signe de la rejoindre.

— Excuse-moi un instant, murmurai-je à Chris. Il faut

que j'aille au secours de Julian avant qu'il ne démolisse sa carrière et la mienne. Ne crains rien. Quel mal veux-tu qu'il me fasse devant tant de monde ?

— Tu n'es pas tellement malade, après tout ! fit Mme Z. quand je pris place à côté d'elle. Dieu soit loué ! Ton mari est en train de ruiner ma réputation, la sienne et la tienne ! Comme j'ai eu tort de vous faire danser toujours ensemble ! Maintenant, il est incapable de faire quelque chose de correct avec une autre partenaire.

— Qui a décidé que Yolanda prendrait mon rôle, madame ?

— Ton mari, ma jolie ! Tu as été stupide de te mettre entièrement à sa remorque. Il est tout bonnement impossible ! C'est un ouragan, un démon ! S'il ne revoit pas bientôt ton visage, il va devenir fou. A moins que ce ne soit nous qui le devenions ! Dépêche-toi de mettre un collant et sauve-moi de la catastrophe !

Il ne me fallut que quelques secondes pour enfiler mon collant ; je relevai mes cheveux et mis mes chaussons. Je m'échauffai rapidement à la barre — quelques pliés et quelques ronds de jambe. Cela ne traîna pas : je m'entraînais régulièrement plusieurs heures chaque jour.

J'hésitai dans les coulisses obscures. Que ferait Julian quand il me verrait ? Soudain, quelqu'un me tira violemment en arrière.

— Tu es remplacée ! fit Yolanda d'une voix âpre. Alors, disparais et qu'on ne te revoie plus ! Tu as eu ta chance et tu l'as bousillée. Maintenant, Julian est à moi. A moi, tu entends ? J'ai dormi dans ton lit, j'ai utilisé ton maquillage, j'ai porté tes bijoux — j'ai pris ta place.

Je ne voulais rien entendre, refusant de croire un mot de ce qu'elle me racontait. Au moment où Giselle devait entrer en scène, elle essaya de me retenir. Je la repoussai avec une telle sauvagerie qu'elle tomba, blême de douleur, tandis que je faisais mon entrée sur les pointes. Mes pas étaient si parfaits que si on les avait mesurés, on les eût trouvés tous d'égale longueur. J'étais Giselle, la jeune et timide villageoise, éprise de son galant. Sur le plateau, les danseurs me regardaient, admiratifs. Une lueur de soulagement brilla dans les yeux de Julian — aussitôt éteinte.

— Salut, fit-il froidement tandis que j'avançais vers lui en battant des cils. Pourquoi es-tu revenue ? Tes toubibs t'ont foutue dehors ? Ils en avaient déjà assez de toi ?

— Tu es un goujat de m'avoir remplacée par Yolanda ! Tu sais combien je la méprise.

— Oui, répondit-il d'une voix cinglante, le dos à la salle, mais sans perdre la cadence. Je sais que tu la détestes. Et c'est bien pour ça que je l'ai choisie. (Le rictus qui retroussait ses lèvres si délicatement dessinées le défigurait.) Ecoute-moi bien, poupée dansante. Je ne suis pas un homme dont on peut se moquer impunément, surtout quand c'est ma propre femme qui me plaque et qui revient comme si de rien n'était. Mon amour, mon très cher cœur, je ne veux plus de toi, je n'ai plus besoin de toi. Tu peux aller faire la putain avec qui tu voudras. Barre-toi ! Disparais de ma vie !

— Tu dis cela mais tu n'en penses pas un mot.

Nous dansions. Personne ne cria : « Coupez ! » Nos figures étaient parfaites !

— Tu ne m'aimes pas ! Tu ne m'as jamais aimé. Quoi que je fasse ou dise, tu t'en fous. Je t'ai donné tout ce que je pouvais te donner mais ce n'était pas encore assez. Alors, ma chère Catherine, je vais te laisser un souvenir. Ça !

Et, disant ces mots, il sauta, ce qui n'était pas prévu dans le ballet, et se laissa retomber de tout son poids sur mes pieds. Je poussai un petit cri de douleur. Il revint vers moi en pivotant et me releva le menton.

— Et maintenant, ma belle, on va voir qui dansera Giselle avec moi. En tout cas, une chose est sûre : ce ne sera pas toi.

— Prise 10, cria le metteur en scène — mais il était malheureusement trop tard.

Julian m'empoigna par les épaules et me secoua comme

une poupée de son, puis il s'éloigna en faisant des moulinets, m'abandonnant au milieu du plateau. J'avais mal à en hurler. Mais je ne hurlai pas. Je m'écroulai et restai prostrée à regarder fixement mes pieds qui enflaient rapidement.

Chris se précipita sur la scène. Il se laissa tomber à genoux et défit mes chaussons pour examiner mes pieds. Quand il essaya de faire délicatement remuer mes orteils, je poussai un cri, tellement la douleur était atroce. Il me souleva sans effort et me serra contre lui.

— Ne t'inquiète pas, Cathy, je veillerai à ce que tu sois soignée comme il faut. Je crains que tu n'aies des fractures aux deux pieds. Il faut que tu te fasses examiner par un orthopédiste.

— Nous en avons un, dit Mme Zolta qui, penchée au-dessus de moi, contemplait mes pieds qui commençaient déjà à noircir. C'est vous, le frère de Catherine ? Dépêchez-vous de la conduire chez le médecin. Nous sommes assurés. Mais son mari, cette espèce de fou, je le flanque à la porte !

## LE TREIZIÈME DANSEUR

Les radios révélèrent que j'avais trois doigts cassés au pied gauche et un au droit. Grâce à Dieu, les deux gros orteils étaient indemnes, sinon je n'aurais peut-être plus eu qu'à faire une croix sur ma carrière. Une heure plus tard, je quittai le cabinet de l'orthopédiste, la jambe gauche plâtrée jusqu'au genou. Le petit orteil droit était simplement bandé. Les derniers mots du docteur m'obsédaient : « Peut-être pourrez-vous recommencer à danser, peut-être pas, cela dépend. » De quoi ? Il ne l'avait pas précisé. J'interrogeai Chris.

— Mais bien sûr que tu redanseras, me répondit-il avec

assurance. Les médecins ont parfois tendance à afficher un pessimisme exagéré pour qu'on s'extasie sur leur habileté, une fois que tout est arrangé.

Il me soutint pendant que je glissai la clé dans la serrure, puis me reprit dans ses bras avec précaution et repoussa la porte d'un coup de pied quand nous fûmes entrés. Il m'installa le plus confortablement possible sur un divan. Je gardais les yeux fermés : il me semblait que cela m'aidait à supporter la douleur que provoquait le moindre mouvement. Il souleva doucement mes jambes pour glisser sous elles un coussin, en plaça un autre derrière mon dos. Et pendant tout ce temps, il ne desserra pas les lèvres.

Surprise par son mutisme, je finis par rouvrir les yeux. Il s'efforçait d'arborer le masque du détachement professionnel, mais sans succès. Chaque fois que ses yeux se posaient sur un objet ou sur un autre, il tiquait. Je jetai craintivement un regard autour de moi et restai suffoquée au spectacle qu'offrait la pièce. Dans quel état était-elle ! C'était inimaginable.

L'appartement avait été mis à sac ! Les gravures que nous avions choisies ensemble, Julian et moi, avaient été arrachées des murs et elles gisaient par terre, piétinées. Les deux aquarelles de Chris — où il m'avait représentée en tutu — avaient subi le même sort. Les lampadaires étaient renversés, leurs abat-jour déchirés ou en lambeaux. Lacérés les coussins que j'avais brodés pour passer le temps pendant les longs déplacements en avion. On avait arraché les plantes vertes de leurs pots pour qu'elles meurent. Les deux vases précieux, le cadeau de mariage de Paul, avaient disparu.

— Les vandales ! murmura Chris. (Il me sourit en me serrant la main très fort, quand il vit mes yeux se remplir de larmes.) Reste calme.

Il alla visiter les trois autres pièces tandis que je me laissais retomber sur les oreillers en essayant de refouler mes sanglots. Comme Julian devait me haïr pour avoir fait une chose pareille !

— Je ne sais que penser, Cathy, dit Chris en revenant et en s'asseyant doucement au bord du divan. (Il s'empara à nouveau de ma main.) Tes vêtements sont déchirés, tes bijoux sont éparpillés dans toute la chambre. On a cassé les colliers, écrasé les bagues à coups de talon, faussé les bracelets avec un marteau. On dirait que quelqu'un a systématiquement cherché à détruire tes affaires sans toucher à celles de Julian. (Il tendit le bras. Sur sa paume reposait ce qui restait de la bague de fiançailles de Paul. L'anneau d'argent était tordu et on avait forcé les griffes du chaton : le diamant de deux carats avait disparu.)

Sous l'effet des anesthésiques qu'on m'avait administrés, je me sentais embrumée, et comme un peu détachée des contingences mais, dans ma tête, il y avait quelqu'un qui hurlait : la haine, de nouveau, se réveillait, le vent soufflait et, quand je refermai les yeux, ce fut pour me trouver cernée par des montagnes enrobées de brume bleutée — comme là-haut dans la chambre de Foxworth Hall, comme dans le grenier.

— Ce ne peut être que Julian, fis-je d'une voix faible. Il a dû revenir et passer sa rage sur tout ce qui m'appartenait. Il n'y a qu'à voir ce qui a été épargné — uniquement ses affaires à lui.

Chris poussa un juron.

— Et combien de fois a-t-il passé sa colère sur toi ? Combien de fois t'a-t-il mis un œil au beurre noir ?

— Non, ne dis pas ça, balbutiai-je. Chaque fois qu'il m'a frappée, il m'a ensuite demandé pardon en pleurant.

*Oui, je regrette, mon amour, mon unique amour... Je ne sais pas ce qui me pousse à agir ainsi, moi qui t'aime tant !*

— Ça va, Cathy ? me demanda Chris en glissant l'anneau d'argent dans sa poche. Tu as l'air près de te trouver mal. Je vais refaire le lit pour que tu puisses te reposer. Tu vas dormir, oublier tout cela et, quand tu te réveilleras, je t'emmènerai ailleurs. Et ne t'en fais pas pour les vêtements, les objets saccagés. Je t'en achèterai d'autres, plus beaux. Et je vais retourner la chambre de fond en comble : je veux retrouver le diamant de Paul.

Mais il eut beau chercher, il ne le trouva pas.

Quand je me réveillai, j'étais dans mon lit. Il avait dû m'y porter endormie. Assis à côté de moi, il me regardait. Je me tournai vers la fenêtre. Elle était obscure. La nuit tombait. Julian allait rentrer d'un instant à l'autre et s'il trouvait Chris avec moi, il serait fou furieux. Mes yeux se posèrent sur mes bras et je remarquai alors que j'avais ma robe bleue, une de mes préférées.

— Chris, c'est toi qui m'a déshabillée ?

— Oui. J'ai pensé que tu serais plus à l'aise comme ça qu'avec ce pantalon qu'on avait dû déchirer à cause de ton plâtre. N'oublie pas que je suis médecin. J'ai l'habitude.

— Chris, tu te rappelles le jour où maman a reçu la lettre de la grand-mère disant que nous pouvions habiter chez elle ? Nous avons cru alors que l'avenir qui nous attendait serait merveilleux. Après, nous avons cru que toute joie appartenait au passé. Jamais au présent, jamais.

— Oui, je me rappelle. Nous pensions que nous serions aussi riches que le roi Midas et que tout ce que nous toucherions se transformerait en or. Nous étions jeunes et un peu idiots en ce temps-là. Et trop crédules.

— Idiots ? Ce n'est pas mon avis. Nous étions normaux. Tu as réalisé ton rêve : tu es docteur. Mais, moi, je ne suis pas encore danseuse étoile, ajoutai-je avec amertume.

— Tu te sous-estimes, Cathy, cela viendra ! protesta-t-il avec véhémence. Tu le serais déjà si Julian n'avait pas ces accès de colère qui font hésiter les directeurs de compagnie à vous engager tous les deux. C'est uniquement parce que tu refuses de le quitter que tu piétines dans une troupe de second ordre.

Je soupirai. C'était vrai. Plusieurs maîtres de ballet dirigeant des troupes plus prestigieuses que celle de Mme Zolta et qui nous auraient volontiers engagés avaient renoncé à cause des trop célèbres crises de nerfs de Julian.

— Il faut que tu t'en ailles, à présent, Chris. Je ne voudrais pas qu'il te trouve ici quand il rentrera. Tu sais comment il est. Et je ne peux pas le quitter. Il m'aime à sa manière et il a besoin de moi. Si je n'étais pas là pour le calmer, il serait dix fois plus violent. Et puis, au fond, je l'aime. S'il lui est arrivé de me frapper, c'était parce qu'il voulait m'ouvrir les yeux. Et, maintenant, je vois qu'il avait raison : je l'aime.

— Qu'est-ce que tu vois? s'écria-t-il d'une voix vibrante. Rien ! Ta pitié pour lui t'aveugle et te fait perdre tout bon sens. Regarde dans quel état est cet appartement, Cathy ! Il faut être fou pour faire ça et je ne te laisserai pas seule face à un fou ! Je reste pour te protéger. S'il rentre ivre ou bourré de drogue...

— Il ne se drogue pas, protestai-je.

— Tout à l'heure, quand tu t'habillais, j'ai entendu quelqu'un dire que depuis qu'il est avec Yolanda, ce n'est plus le même homme. Tout le monde le soupçonne de se droguer, c'est pourquoi j'ai dit cela. D'ailleurs, ajouta-t-il après une pause, je sais par expérience que Yolanda se défonce avec tout ce qui lui tombe sous la main.

J'avais sommeil, j'avais mal, j'étais inquiète parce que Julian aurait déjà dû être rentré et je devais décider du sort de l'enfant que je portais.

— D'accord, reste. Mais quand il arrivera, laisse-moi lui parler, moi. N'interviens pas. Tu promets ?

Il acquiesça et l'engourdissement s'empara à nouveau de moi. J'avais l'impression que plus rien de réel n'existait en dehors de ce lit et de mon envie de dormir. Je sombrai dans le sommeil.

C'était comme dans un rêve. Je sentais des lèvres douces courir sur mes joues, dans mes cheveux, effleurer mes paupières et, finalement, se poser sur mes lèvres.

— Oh ! Je t'aime ! Dieu, si tu savais comme je t'aime !

A demi endormie, désorientée, je crus que c'était Julian

qui était rentré pour me demander pardon de m'avoir blessée et humiliée. C'était tout lui : me faire du mal, puis s'excuser et se transformer en amant passionné. Aussi me tournai-je sur le côté pour lui rendre ses baisers et m'accrocher à son cou. Mais quand mes doigts s'enfoncèrent dans sa chevelure, je découvris la vérité. Ces cheveux aussi fins et soyeux que les miens n'avaient aucun rapport avec l'épaisse tignasse de Julian.

— Arrête, Chris ! m'écriai-je.

Mais Chris ne se dominait plus. Il couvrait de baisers brûlants mon visage, ma gorge, ma poitrine.

— Ne me demande pas de cesser ! murmura-t-il. Tout en continuant de me caresser. Ma vie tout entière n'a été qu'une longue frustration. J'ai essayé d'en aimer d'autres mais c'est toujours toi... toi que je ne peux pas avoir ! Cathy, quitte Julian ! Viens avec moi ! Nous nous réfugierons très loin, quelque part où personne ne nous connaîtra et nous vivrons comme mari et femme. Nous n'aurons pas d'enfants, j'y veillerai. Nous en adopterons. Tu sais que nous ferons de bons parents... tu sais que nous nous aimons et nous aimerons toujours, il n'y a rien à faire. Tu peux me fuir et te marier avec autant d'hommes que tu voudras ; dans tes yeux quand tu me regardes — c'est moi que tu désires... autant que je te désire ! (Il n'écoutait pas mes faibles protestations.) Oh ! Cathy, t'étreindre à nouveau ! Maintenant, je sais comment te donner le plaisir que je n'ai pas pu te donner précédemment. Je t'en prie, si tu m'as jamais aimé, quitte Julian avant qu'il ne nous détruise tous les deux !

— Christopher, j'attends un enfant de lui. Je suis allée voir un gynécologue à Clairmont. C'est d'ailleurs pour cela que je suis restée à la maison plus longtemps que prévu. Oui, nous allons avoir un bébé.

Ce fut comme si je l'avais giflé. Il se redressa et se prit la tête dans les mains.

— Tu trouves toujours le moyen de me rejeter, Cathy. (Il y avait des larmes dans sa voix.) D'abord Paul, ensuite

Julian. Et, maintenant, ce bébé ! (Il plongea son regard dans le mien :) Partons ensemble et laisse-moi être le père de cet enfant ! Le rôle de père ne convient pas à Julian. Même si tu ne veux pas que je te touche, je te verrai tous les jours, j'entendrai ta voix. J'aimerais tant, parfois, que tout soit comme avant… quand il n'y avait que toi, moi et les jumeaux.

— J'aurai le bébé avec Julian, Chris, répondis-je avec une fermeté qui me surprit moi-même. Je le veux parce que j'aime Julian et que je n'ai pas répondu à son attente. J'étais obsédée par toi et par Paul. Si j'avais été une meilleure épouse, il n'aurait peut-être pas eu besoin de courir les filles. Je t'aimerais toujours, Chris, mais c'est un amour sans issue. J'y renonce. Renonces-y aussi. Il faut que tu dises adieu au passé et à une Catherine Doll qui n'existe plus.

— Tu lui pardonnes d'avoir essayé de te mutiler, tout à l'heure ? demanda-t-il avec stupéfaction.

— Il me suppliait inlassablement de lui dire que je l'aimais et j'ai toujours refusé. Je me racontais des histoires pour ne pas voir ce qu'il y avait de noblesse et d'élégance en lui en dehors de la danse, sans me rendre compte que le fait de m'aimer, alors même que je le repoussais, était déjà une preuve de noblesse. Même si je ne dois plus jamais danser, je veux être la mère de son fils… et qu'il parvienne à la gloire sans moi !

Mon frère sortit de la pièce en claquant la porte.

Un peu plus tard, je m'endormis. Et je rêvai de Bart Winslow, le second mari de ma mère. Nous valsions dans la grande salle de bal de Foxworth Hall et là-haut, derrière la balustrade du balcon, deux enfants étaient cachés dans un bahut massif dont le fond était un écran de grillage aux mailles fines. L'arbre de Noël dressé dans un coin s'élevait jusqu'au ciel et nous évoluions au milieu de centaines d'invités. Soudain, nous cessâmes de danser. Bart me prit dans ses bras, gravit le majestueux escalier et me déposa sur le somptueux lit en forme de cygne. Ma splendide robe de velours vert s'évapora sous ses mains brûlantes — et sa verge puissante me pénétra, me déchira en m'arrachant des cris perçants... qui résonnèrent exactement comme une sonnerie de téléphone.

Je me réveillai en sursaut. Pourquoi un téléphone qui sonne en pleine nuit est-il tellement angoissant ? Encore ensommeillée, je décrochai.

— Allô !

— Madame Julian Marquet ?

— Oui, c'est moi.

J'entendis le nom d'un hôpital à l'autre bout de la ville.

— Pouvez-vous venir le plus vite possible, madame Marquet ? Votre mari a été victime d'un accident de la circulation. Il est actuellement au bloc opératoire. Veuillez apporter ses papiers d'assurance, ses pièces d'identité et tous les documents concernant ses antécédents médicaux qui sont en votre possession... Madame Marquet... vous êtes toujours là ?

Non, je n'étais plus là. J'étais à Gladstone, en Pennsylvanie. J'avais douze ans. Une voiture blanche est arrêtée dans l'allée. Deux agents de police en descendent. Ils nous annoncent que papa que nous attendions pour fêter son anniversaire est mort. Tué dans un accident sur la route de Grenfield.

— Chris ! Chris ! me mis-je à hurler, terrifiée à l'idée qu'il était peut-être parti.

— Je suis là. J'arrive. Je savais que tu aurais besoin de moi.

Nous arrivâmes à l'hôpital dans la grisaille qui précède l'aube et nous attendîmes dans une salle aseptisée de savoir si Julian sortirait vivant du bloc opératoire. Ce fut vers midi qu'il quitta la salle de réanimation.

Il reposait sur un lit orthopédique, une espèce de chevalet de torture qui maintenait en suspension sa jambe droite prise dans un plâtre. Son bras gauche, plâtré également, était en élongation. Son visage livide était déchiré et meurtri et ses lèvres, d'habitude si rouges, étaient aussi cireuses que ses joues. Mais cela n'était encore rien. On lui avait rasé les cheveux et des attelles maintenaient sa tête droite. Un spectacle qui me fit frissonner ! Et il avait le cou pris dans un collier de cuir rembourré de coton cardé. *Le cou brisé !* plus une fracture de la jambe et des fractures multiples de l'avant-bras, sans parler des lésions internes qui avaient nécessité trois heures d'intervention !

— Est-ce qu'il survivra ? demandai-je dans un cri.

— On ne peut se prononcer encore, me fut-il répondu calmement. S'il a des parents proches, il serait peut-être bon qu'ils soient prévenus.

Chris se chargea d'avertir Mme Marisha car je ne voulais pas quitter Julian un instant. J'avais trop peur qu'il meure sans que j'eusse pu lui dire que je l'aimais. Et je ne me le serais jamais pardonné.

Les jours passèrent. Quand il émergeait de son état d'inconscience, le regard de Julian demeurait vide, vitreux. Il essayait de parler mais sa voix était inintelligible. Je lui avais pardonné tous ses torts, même les plus graves. On pardonne toujours à ceux qui sont aux prises avec la mort. J'avais une chambre à côté de la sienne. Je me reposais de temps en temps mais je ne dormais jamais une nuit entière. Je voulais être là quand il sortirait de son coma pour le supplier de lutter, de vivre et, surtout, lui dire les mots que je m'étais obstinée à ne jamais lui dire. J'étais enrouée à force de répéter : « Ne meurs pas, Julian, je t'en prie ! »

Les danseurs et les musiciens de la compagnie se succédaient pour m'apporter leurs pauvres consolations. Sa chambre était pleine de fleurs envoyées par ses admirateurs. Mme Marisha arriva à l'hôpital dès sa descente d'avion. Elle portait une robe noire. Quand elle se pencha sur son fils inconscient, son expression ne trahit aucun chagrin et elle laissa tomber d'une voix neutre :

— Il vaudrait mieux qu'il meure plutôt que de se réveiller infirme.

Je l'aurais tuée.

— Comment pouvez-vous dire une chose pareille ? Il est vivant. Et rien n'est perdu. La moelle épinière n'a pas été atteinte. Il marchera de nouveau. Et il dansera de nouveau !

Alors, cette femme qui se vantait de n'avoir jamais pleuré se jeta dans mes bras et fondit en larmes.

— Redis-le-moi ! Répète-moi qu'il dansera ! Non, ne mens pas... il redansera, il le faut !

Le cinquième jour, il réussit à me distinguer. Comme sa tête était immobilisée, il tourna les yeux dans ma direction.

— Salut.

— Salut, l'endormi. Je croyais que tu ne te réveillerais plus jamais.

Un mince sourire sardonique lui retroussa les lèvres.

— Je n'ai pas eu cette chance. (Son regard se posa sur sa jambe.) Je préférerais être mort.

Je lui caressai doucement la poitrine.

— Tu n'es pas paralysé, Julian. Ta moelle épinière n'a été ni sectionnée, ni écrasée, ni même touchée. Tu souffres juste du choc, pour ainsi dire.

— Tu mens, fit-il âprement. A partir de la ceinture, je ne sens absolument rien. Je ne sens d'ailleurs même pas ta main sur ma poitrine. Et maintenant, tire-toi ! Tu ne m'aimes pas. Je ne veux pas de ta pitié, je n'en ai pas besoin — alors, fous le camp et ne remets plus les pieds ici !

Je saisis mon sac, secouée de sanglots.

— Tu es un salaud d'avoir saccagé l'appartement ! vociférai-je rageusement quand je pus parler. (J'étais hors de moi.) Pourquoi as-tu déchiré mes vêtements ? Pourquoi as-tu démoli toutes les jolies choses que nous avions eu tant de mal à choisir et qui ont coûté une fortune ? Tu sais pourtant que nous voulions les laisser à nos enfants ? Maintenant, il ne reste plus rien.

— Non, plus rien pour personne, dit-il avec un sourire de satisfaction. On n'a pas de gosses, heureusement. Et on n'en aura jamais. Tu peux demander le divorce et te remarier avec un pauvre mec que tu rendras malheureux, lui aussi.

— Je t'ai rendu malheureux, Julian ?

— D'accord, on a eu quelques bons moments.

— Quelques bons moments... seulement ?

— Bon, je pousse peut-être un peu. Mais le problème n'est pas là. Tu ne vas pas passer ta vie à soigner un invalide. Prends le large pendant que tu le peux encore. Je suis un sale type, tu sais bien. Je t'ai trompée un nombre incalculable de fois.

— Si tu recommences, je t'arracherai le cœur !

— Va-t'en, Catherine. Je suis fatigué. (Tous les sédatifs qu'on lui donnait l'abrutissaient.) D'ailleurs, les gens comme nous ne sont pas faits pour avoir des gosses.

— Les gens comme nous...

— Oui, les gens comme nous.

— En quoi sommes-nous différents des autres ?

— Nous ne sommes pas réels, fit-il avec un petit rire amer et goguenard. Nous n'appartenons pas à l'espèce humaine.

— Alors, que sommes-nous donc ?

— Des poupées qui dansent, c'est tout. Des poupées dansantes qui ont peur des gens réels, qui ont peur de vivre dans le monde réel. C'est pourquoi nous préférons l'illusion. Tu ne le savais pas ?

— Non, je ne savais pas. J'ai toujours cru que nous étions réels.

— Ce n'est pas moi qui ai tout saccagé dans l'appartement, c'est Yolanda. Mais je l'ai regardée faire.

J'étais horrifiée à l'idée qu'il avait peut-être dit vrai. N'étais-je qu'une poupée qui danse ? Incapable de faire mon chemin dans le monde réel autrement que sur la scène ? Etais-je, finalement, aussi impuissante que maman à affronter la vie ?

— Julian... je t'aime, c'est la vérité.

— Va-t'en et laisse-moi en paix. Tout ce que tu peux me dire ne m'intéresse plus. Je m'en moque.

— Je t'aime, Julian, répétai-je en sanglotant. Je regrette de m'en être aperçue trop tard et de te le dire trop tard mais tu peux faire en sorte qu'il ne soit pas trop tard. J'attends un bébé, le quatorzième héritier d'une longue lignée de danseurs. Et c'est une raison de vivre, même si, moi, tu ne m'aimes plus. Ne ferme pas les yeux, ne fais pas semblant de ne pas entendre parce que, que cela te plaise ou non, tu vas être père.

Il tourna ses yeux noirs vers moi et je compris alors pourquoi ils étaient brillants : c'étaient les larmes. Larmes d'apitoiement sur soi-même ? Larmes de frustration ? Je ne savais pas. Mais il y avait une note de tendresse dans sa voix quand il murmura :

— Je te conseille de ne pas le garder, Cathy. Le nombre quatorze ne porte pas plus chance que le nombre treize.

Je me réveillai très tôt le lendemain matin. Yolanda avait été éjectée au moment de l'accident et c'était aujourd'hui qu'on l'enterrait. Je me dégageai avec précaution de l'étreinte de Chris et sortis sur la pointe des pieds pour aller jeter un coup d'œil dans la chambre de Julian. L'infirmière de garde dormait profondément. Julian aussi. Je ne sais pourquoi mais mes yeux se posèrent sur le flacon contenant le liquide de perfusion. Comme le niveau avait l'air de baisser vite !

Je me précipitai pour secouer Chris.

— Le sérum devrait s'infiltrer goutte à goutte dans sa veine, non ? J'ai l'impression qu'il s'écoule beaucoup trop rapidement.

Mon frère bondit sur ses pieds et se rua dans la chambre voisine.

— Vous êtes là pour surveiller, pas pour dormir ! lança-t-il sèchement à l'infirmière tout en repoussant le drap.

L'aiguille était correctement placée dans la fenêtre ménagée dans le plâtre — mais le tuyau était sectionné.

— Bon Dieu ! murmura Chris. Une bulle d'air a dû remonter au cœur.

J'étais hypnotisée par les ciseaux que Julian tenait mollement dans sa main valide. De petits ciseaux à broder.

— Il a coupé le tube, hoquetai-je, il a coupé le tube, il est mort, mort, mort...

— Où a-t-il trouvé ces ciseaux ? gronda Chris.

L'infirmière se mit à trembler.

— Ils sont sans doute tombés de ma poche, dit-elle. Je ne me rappelle pas les avoir perdus, je vous jure. A moins qu'il ne me les ait pris pendant les soins...

— C'est sans importance, répondis-je. Il aurait trouvé un autre moyen. J'aurais dû y penser et vous mettre en garde. Dès l'instant où il ne pouvait plus danser, il n'y avait plus de vie possible pour lui. Plus de vie possible.

Julian fut inhumé aux côtés de son père. Mme Marisha avait donné son accord à l'épitaphe que j'avais fait graver sur la pierre tombale : *Ci-git Julian Marquet Rosencoff, mon époux bien-aimé, treizième descendant d'une longue lignée d'étoiles de la danse.* C'était peut-être un peu ostentatoire, peut-être aussi cela révélait-il mon incapacité à l'aimer de son vivant mais je tenais à ce que son épitaphe soit celle qu'il aurait souhaitée — du moins je l'imaginais.

Chris, Paul, Carrie et moi, nous nous inclinâmes également devant la tombe de Georges. Ah ! Les cimetières avec leurs saints et leurs anges de marbre aux sourires si fades... comme je les détestais ! Comme ils avaient l'air condescendant avec nous, les vivants, ces créatures fragiles de chair et de sang qui souffraient, qui pleuraient, alors qu'eux, immobiles, pouvaient sourire dévotement pendant des siècles.

Et je me retrouvai exactement à mon point de départ.

— Tu as toujours ta chambre à la maison, me dit Paul dans la voiture. Reste avec nous jusqu'à la naissance du bébé. Chris sera là, lui aussi. Il fera son internat à l'hôpital de Clairmont.

Je me retournai vers mon frère, sachant qu'on lui avait offert un poste dans un établissement très important.

— Duke est trop loin, répondit-il, évitant mon regard. J'ai assez fait la navette comme ça quand j'étais au collège et à la fac. Et je préfère être sur place le jour où mon neveu ou ma nièce viendra au monde !

A ces mots, Mme Marisha fit un tel bond que sa tête faillit heurter le toit de la voiture :

— Tu attends un enfant de Julian ? Pourquoi ne me l'as-tu pas dit ? C'est merveilleux ! (Elle était soudain radieuse, toute tristesse envolée.) Il n'est pas mort, puisqu'il va avoir un fils qui lui ressemblera en tout point !

— Ce sera peut-être une fille, madame, lui fit observer Paul. Je sais que vous souhaiteriez un petit-fils... Personnellement, je préférerais que ce soit une petite fille semblable à Cathy et à Carrie. Mais si c'est un garçon, je n'y verrai pas d'objection.

— Quelle objection ? Dieu dans sa sagesse et sa miséricorde infinies enverra à Catherine un garçon qui sera le double parfait de Julian. Et il dansera. Et il connaîtra la gloire à laquelle le fils de mon Georges allait accéder !

Je me balançais dans le fauteuil favori de Paul en songeant à l'avenir. Les vieilles planches de la terrasse craquaient. La lune brillait, le ciel était piqueté d'étoiles. Il y avait même quelques lucioles qui voletaient dans le jardin obscur.

La porte s'ouvrit et se referma sans bruit. Je n'avais pas besoin de me retourner pour savoir qui me rejoignait. Il s'assit dans le fauteuil voisin et se mit à se balancer au même rythme que moi.

— Je déteste te voir avec cet air tendu et triste, dit

doucement Paul. Comme si la vie ne te réservait plus aucune joie ! Tu es encore très jeune, tu es très belle et, après la naissance du bébé, tu retrouveras rapidement ta forme et tu danseras jusqu'à ce que tu te sentes prête à faire une fin et à devenir professeur de danse.

Me remettre à danser ? Impossible maintenant que Julian n'était plus. Il ne me restait que mon enfant. Il serait le pôle de ma vie. Je l'initierais à la danse et ce serait lui — ou elle — qui connaîtrait la célébrité qui nous avait été refusée à Julian et à moi. Il aurait tout ce dont ma mère nous avait spoliés. Jamais il ne se sentirait abandonné. Quand il me tendrait les bras, je serais là. Quand il aurait besoin d'une mère, il ne devrait pas se contenter d'une sœur aînée. Non, jamais, jamais je ne ferais à mon enfant ce que notre mère avait fait aux siens ! Je me levai.

— Bonne nuit, Paul. Ne tardez pas trop à vous coucher. Vous vous levez tôt demain et je vous ai trouvé fatigué au dîner.

— Catherine...

— Non, pas maintenant. Plus tard. J'ai besoin d'un peu de temps.

Je montai lentement l'escalier en songeant au bébé que je portais en moi. Mais mes pensées revenaient sans cesse à ma mère, distillant en moi des rêves de vengeance. Parce que, somme toute, elle était aussi responsable de la mort de Julian, en quelque sorte. Si elle ne nous avait pas séquestrés, nous n'aurions pas eu à nous sauver. Je n'aurais jamais aimé ni Chris ni Paul. J'aurais peut-être rencontré Julian à New York. Alors, je l'aurais aimé comme il voulait l'être. J'aurais été la « vierge toute neuve » qu'il aurait tant voulu que je sois.

Les choses auraient-elles été différentes ? Oui ! Oui ! Je m'efforçai de me convaincre que tout, alors, eût été différent.

## INTERMÈDE À TROIS

Le bébé poussait et je commençais à retrouver mon identité perdue. J'avais maintenant les pieds sur terre et c'en était fini de mes chimères. Oh ! certes, les applaudissements et le succès me manquaient parfois. J'avais des moments de cafard mais j'avais un excellent antidote aux idées noires : il me suffisait de penser à ma mère, à tout le mal qu'elle nous avait fait. Un cadavre de plus à ton actif, maman !

*Chère madame Winslow,*

*Alors, vous me fuyez toujours ? Vous n'avez donc pas encore compris que vous ne courrez jamais assez vite, que vous ne fuirez jamais assez loin ? Je finirai par vous rattraper un jour et nous serons à nouveau face à face. Et, ce jour-là, vous souffrirez comme j'ai souffert par votre faute. Dix fois plus, j'espère.*

*Mon mari vient de mourir des suites d'un accident de voiture comme le vôtre est mort, jadis. J'attends un enfant mais je n'aurai jamais recours aux expédients que vous avez employés. Je trouverai le moyen de subvenir à ses besoins. Même si j'ai des triplés. Ou des quadruplés !*

Je lui envoyai cette lettre à Greenglenna mais j'appris quelques jours plus tard par les journaux qu'elle était au Japon. Au Japon ! Eh bien, elle aimait les voyages !

Je devenais une autre femme, une femme que je ne connaissais pas. J'étais terrifiée quand je me regardais dans une glace : ma minceur et ma souplesse avaient disparu. Mes seins gonflaient tandis que ma taille s'épaississait. Je ne me déplaçais plus avec autant de grâce, ce qui me désolait, mais j'avais plaisir à caresser le renflement que faisaient les fesses de mon bébé.

Je me rendais compte que j'avais plus de chance que la plupart des veuves : deux hommes avaient besoin de moi et me faisaient discrètement comprendre qu'ils étaient disposés à prendre la place de Julian. Et il y avait Carrie qui voyait en moi un modèle. A seize ans, mon adorable Carrie n'avait encore jamais eu un amoureux, elle n'était même jamais allée à une soirée dansante. Tout cela, à cause de sa petite taille. Elle vint un jour pleurer dans mon giron. Chris avait demandé à ses amis d'inviter sa petite sœur qui restait trop seule.

— Il n'a pas besoin d'organiser des rendez-vous, Cathy. Ce garçon, je ne l'intéresse pas. C'est juste pour t'approcher qu'il vient ici.

J'éclatai de rire tellement c'était ridicule. Qui donc aurait été tenté par une veuve enceinte ! Et je n'étais plus d'âge à séduire un collégien ! Mais Carrie ne se départit pas pour autant de sa maussaderie.

— Depuis que tu es revenue, le Dr Paul ne m'emmène plus au cinéma ni au restaurant comme avant. Je faisais comme s'il n'était pas mon tuteur mais mon petit ami et j'étais heureuse parce que toutes les femmes le regardaient. Il a beau être vieux, il a beaucoup de charme.

Je soupirai. Paul ne serait jamais vieux à mes yeux. A quarante-huit ans, il paraissait extraordinairement jeune. Je pris Carrie dans mes bras et essayai de la consoler en lui disant que l'amour surgirait d'un jour à l'autre dans sa vie, mais tous mes arguments tombaient à plat — elle refusait de se laisser convaincre.

Mme Marisha venait souvent prendre de mes nouvelles et me submerger de conseils impératifs.

— Il faut que tu continues tes exercices et que tu fasses jouer de la musique de ballet pour imprégner le fils de Julian de beauté avant sa naissance. Et tes pieds, comment vont-ils ?

— Très bien, répondais-je d'une voix morne bien qu'ils me fissent mal quand le temps était à la pluie.

Henny était aux petits soins pour moi quand Carrie était

absente. Elle vieillissait à vue d'œil et sa santé m'inquiétait. Elle surveillait avec le plus grand zèle le régime de ses « petits docteurs » mais mangeait tout ce qui lui faisait plaisir sans se soucier des calories et se moquant du cholestérol comme d'une guigne.

Pour Noël j'achetai à l'intention de Mme Zolta un médaillon ancien en or dans lequel je glissai deux petites photos de Julian et de moi en Roméo et Juliette. Je reçus sa lettre de remerciements quelques jours après :

*Ton cadeau est le plus beau de tous, ma petite Catherine. Je pleure ton mari qui était un si merveilleux danseur mais je serais encore plus triste si tu décidais de raccrocher définitivement tes chaussons sous prétexte que tu vas être mère. Tu aurais été depuis longtemps une étoile si ton époux n'avait pas fait montre d'autant d'arrogance et de mépris de l'autorité. Entretiens ta forme, fais tes exercices et viens à New York avec ton bébé. Je vous hébergerai jusqu'à ce que tu trouves un autre danseur que tu aimeras. Reviens.*

— Pourquoi ce sourire mélancolique ? s'enquit Paul en reposant la revue médicale qu'il ne devait lire que d'un œil.

Je lui tendis la lettre. Quand il fut arrivé au bout, il me tendit les bras et je me blottis sur ses genoux. Sans un homme qui me comprenne et qui m'aime, la vie était pour moi comme un désert.

— Pourquoi ne reprendrais-tu pas ta carrière ? murmura-t-il. Encore que je prie le bon Dieu pour que tu ne repartes pas pour New York en m'abandonnant à nouveau.

— Il était une fois un papa et une maman, tous deux beaux et blonds, qui donnèrent le jour à quatre enfants qui n'auraient jamais dû venir au monde, commençai-je. Ils les adoraient plus que de raison. Mais un jour, le père mourut et la mère changea du tout au tout. Elle cessa de prodiguer à ses enfants l'amour et la tendresse qui leur étaient si nécessaires. Un autre mari beau comme un astre est mort et je ne veux pas que mon enfant se croie négligé ou non désiré. Quand il pleurera, je serai là. Je serai toujours là pour qu'il se sente en sécurité, qu'il se sache aimé. Je lui ferai la lecture, je lui chanterai des chansons, il n'aura jamais le sentiment d'être exclu ou trahi comme Chris l'a été par l'être qu'il aimait le plus au monde.

— Tu veux donc être à la fois la mère et le père de cet enfant ? Et fermer la porte au nez de tout homme qui pourrait souhaiter partager ta vie ?

— Vous ne m'aimez plus, n'est-ce pas ?

— Crois-tu ?

— Ce n'est pas une réponse.

— Je ne pensais pas qu'une réponse fût nécessaire. Je pensais que cela se voyait. Et je pensais aussi, à ta façon de me regarder, que tu me reviendrais. Je t'aime, Catherine... Je t'aime depuis le premier jour. J'aime ta manière de parler, de sourire, de marcher... enfin, avant ta grossesse, quand tu ne te penchais pas ainsi en arrière en te tenant les reins. Ils le font tellement mal ?

— Oh ! Qu'est-ce que mes reins viennent faire là-dedans ? Bien sûr que c'est gênant. Je n'ai pas l'habitude de porter quatre kilos d'excédent ! Continuez de parler comme vous étiez en train de le faire avant de vous rappeler que vous êtes médecin.

Il inclina lentement la tête et ses lèvres effleurèrent les miennes. Quand elles se firent plus insistantes, je le pris par le cou et lui rendis ses baisers avec ardeur.

La porte d'entrée claqua. Je m'écartai vivement pour me remettre debout avant l'arrivée de Chris mais je ne fus pas assez rapide. Il surgit, un manteau passé sur sa blouse blanche. Dans une boîte, il apportait cette glace à la pistache que j'avais exprimé le désir d'avoir pour dessert.

— Je croyais que tu étais de garde cette nuit, me hâtai-je de dire pour cacher mon émoi et ma surprise.

Il me fourra la boîte dans les mains avec brusquerie et m'enveloppa d'un regard froid.

— Oui, je suis de garde. Mais c'est calme et j'ai voulu en profiter pour faire un saut et t'apporter cette glace dont tu avais envie. (Ses yeux se posèrent sur Paul.) Désolé d'être arrivé au mauvais moment. Continuez de faire ce que vous étiez en train de faire.

Et, faisant volte-face, il ressortit. La porte claqua à nouveau quelques secondes plus tard.

Paul se leva et prit la glace.

— Il faut faire quelque chose pour Chris, Cathy. Ce qu'il désire est irréalisable. J'ai essayé de lui parler, mais il ne veut rien entendre. Tu dois absolument lui faire comprendre qu'il se prépare à gâcher son existence en refusant d'ouvrir son cœur à une autre femme.

Il passa dans la cuisine et en ressortit quelques minutes plus tard avec deux assiettes mais, maintenant, la glace ne me faisait plus envie.

Il avait raison. Il fallait faire quelque chose. Mais quoi ? Je ne pouvais leur faire de mal ni à l'un ni à l'autre. On eût dit que Paul lisait dans mes pensées.

— Catherine, tu ne me dois rien si tu ne m'aimes pas. Il faut que tu convainques Chris qu'il doit trouver quelqu'un d'autre. N'importe qui en dehors de toi...

— C'est difficile de lui dire cela, murmurai-je.

J'avais honte de devoir admettre que je ne voulais pas que Chris trouvât quelqu'un d'autre. Non, je voulais qu'il fût toujours auprès de moi, uniquement pour le réconfort que m'apportait sa présence.

J'essayai de partager mon temps entre lui et Paul, de leur en donner assez à chacun mais pas trop. Je voyais la jalousie grandir entre les deux hommes, avec le sentiment, cependant, que je n'y étais pour rien. Ce n'était pas ma faute, c'était celle de maman. Comme toujours.

Ce fut par une froide nuit de février que je ressentis les premières contractions. La douleur me coupa le souffle. Je savais que ce serait pénible mais pas à ce point-là ! Je jetai un coup d'œil à ma pendulette — 2 heures du matin. Le matin de la Saint-Valentin. Oh ! C'était merveilleux ! Mon bébé naîtrait le jour du sixième anniversaire de notre mariage ! « Julian ! Tu vas être père ! », criai-je comme s'il pouvait m'entendre.

Je me levai et m'habillai en hâte puis allai frapper à la porte de Paul qui bafouilla quelque chose d'une voix ensommeillée.

— Paul, je crois que j'ai mes premières contractions.

Cela suffit pour le réveiller.

— Dieu soit loué ! l'entendis-je s'exclamer. Tu es prête à partir ?

— Dame ! Cela fait un mois.

— J'appelle ton accoucheur et je préviens Chris. Pendant ce temps, assieds-toi et ne t'en fais pas.

— Est-ce que je peux entrer ?

Il ouvrit la porte. Il avait juste son pantalon.

— Tu es la future maman la plus flegmatique que j'aie jamais vue, fit-il en m'aidant à m'asseoir.

(Il se précipita sur son rasoir électrique et, une fois rasé, enfila sa chemise et noua sa cravate.)

— Tu n'as pas eu d'autres contractions ? demanda-t-il, une fois revenu.

J'allais répondre non quand une nouvelle contraction me prit, me forçant à me plier en deux.

— Un quart d'heure depuis la première, hoquetai-je.

Paul était tout pâle. Il endossa sa veste.

— Je te mets dans la voiture tout de suite, après quoi j'irai chercher ta valise. Garde ton sang-froid et ne t'inquiète pas. Ce bébé aura trois docteurs pour s'occuper de lui...

— Pour se marcher sur les pieds, oui !

— Pour lui apporter la meilleure assistance médicale possible. (Il se tourna vers la cuisine et cria :) Henny, je conduis Cathy à l'hôpital ! Préviens Carrie quand elle se réveillera. Appelle Mme Marisha et fais-lui écouter la bande.

Nous avions pensé à tout. Quand Paul ouvrit la porte après avoir avancé la voiture, j'entendis ma propre voix distiller le message que j'avais enregistré plusieurs semaines auparavant à l'intention de ma belle-mère : « Madame, votre petit-fils est en route. »

Le trajet me parut durer un siècle. Une silhouette tournait nerveusement en rond devant l'entrée des urgences. C'était Chris.

— Vous voilà enfin ! J'imaginais déjà des catastrophes, s'écria-t-il en m'aidant à descendre tandis que quelqu'un surgissait en poussant un fauteuil roulant.

Mon fils naquit trois heures plus tard. Paul et Chris avaient les larmes aux yeux mais ce fut mon frère qui le posa sur mon ventre et l'y maintint pendant que l'accoucheur sectionnait le cordon ombilical.

— Cathy... tu le vois ?

— Il est superbe, répondis-je dans un souffle.

Il avait une toison brune toute bouclée et c'était avec une fureur digne de son père qu'il agitait ses petits poings et ses jambes minuscules en protestant de toute la force de ses poumons contre la lumière qui l'éblouissait.

— Son nom est Julian Janus Marquet, mais je l'appellerai Jory.

Janus, symbole des deux visages de Julian...

— Pourquoi Jory ? voulut savoir Paul.

Je n'avais pas la force de lui expliquer, j'étais trop épuisée. Mais Chris avait compris mon raisonnement.

— S'il avait été blond, elle l'aurait appelé Cory. Le J remplacera simplement le C.

Nos regards se croisèrent. Je souris. C'était merveilleux d'être ainsi comprise, sans avoir besoin d'expliquer !

# QUATRIÈME PARTIE

## MON PETIT PRINCE

Si jamais un enfant naquit dans un palais peuplé d'adorateurs, ce fut bien mon Jory, avec ses boucles de jais, son teint de lis, ses yeux d'un bleu vertigineux. Il était tout le portrait de Julian et je n'avais pas à me forcer pour lui prodiguer les marques d'affection que j'avais été incapable de donner à son père.

On eût dit dès le début qu'il savait que j'étais sa mère. J'avais l'impression qu'il reconnaissait ma voix, mes mains et jusqu'au son de mes pas. Mais il avait presque autant d'amour pour Carrie qui, quand elle rentrait du cabinet de Paul, le soir, se précipitait pour le câliner et jouer avec lui des heures entières.

Paul avait installé au premier une nursery où rien ne manquait : le berceau, le parc, le landau et des animaux en peluche à foison. Parfois, Paul et Chris arrivaient chacun avec le même nounours. Alors, ils se dévisageaient en souriant d'un air embarrassé et je devais intervenir pour dissiper la gêne.

— Deux hommes qui ont eu la même idée !

J'étais bien obligée d'échanger l'un des deux jouets, mais jamais je ne disais quel était le cadeau que j'avais rapporté.

En juin, Carrie obtint son diplôme de fin d'études. Elle avait dix-sept ans. Elle ne voulait pas aller à l'université. Etre la secrétaire personnelle de Paul suffisait amplement à son bonheur. Ses doigts fluets voltigeaient sur le clavier de la machine, elle prenait sous la dictée avec une vitesse et une précision remarquables — mais elle continuait à se morfondre. Elle aurait tellement voulu avoir un amoureux en dépit de sa taille minuscule !

La voir ainsi sombrer dans la mélancolie attisait encore la rancune que je nourrissais envers ma mère et je commençai à réfléchir sérieusement à ce que je ferais quand se présenterait enfin l'occasion de passer aux actes. Dorénavant, j'étais libre, je n'avais pas de mari pour me retenir — elle paierait. Comme Carrie payait.

J'observais le duel quotidien que Paul et Chris se livraient pour capter mon attention. Tous deux me désiraient et ils commençaient à se regarder avec hostilité. Il fallait que je règle une situation qui n'avait déjà que trop duré. Si Julian n'était pas intervenu, je serais aujourd'hui la femme de Paul et Jory serait son fils. Et pourtant... et pourtant... J'aimais Jory pour ce qu'il était et, à la réflexion, j'étais heureuse d'avoir été la femme de Julian. Je n'étais plus la tendre et innocente vierge d'antan — deux hommes m'avaient appris l'amour. J'aurais le savoir-faire voulu quand le moment viendrait de voler son mari à ma mère. Je serais ce qu'elle était avec papa, autrefois. Je décocherais à Bart Winslow de longs regards, lourds de signification. Je lui caresserais la joue. Et mon meilleur atout était que je ressemblais terriblement à ma mère mais que j'étais plus jeune. Comment pourrait-il résister ? Je m'étais débrouillée pour prendre quelques kilos supplémentaires afin d'avantager ma silhouette — comme elle.

Vint Noël. Jory, qui n'avait pas encore un an, regardait d'un air éberlué tous ses cadeaux, ne sachant que faire ni par quel joujou commencer. Clic, clic, clic faisaient les appareils de photo.

— Bonne nuit, mon ange, fredonnait Carrie, ce soir-là,

en berçant Jory dans ses bras pour qu'il s'endorme. Et que le ciel t'envoie des rêves enchantés.

Elle était elle-même tellement semblable à une enfant! Mais son désir d'en avoir un bien à elle était si criant que les larmes me vinrent aux yeux. Chris s'approcha de moi par-derrière et m'enlaça. Je me laissai aller contre lui.

— Je devrais aller chercher la caméra, me murmura-t-il à l'oreille, mais je ne veux pas rompre le charme. C'est fou ce que Carrie te ressemble, excepté la taille.

« Excepté ». Un tout petit mot mais qui lui interdirait toujours d'être pleinement heureuse.

Des pas retentirent dans l'escalier. Je me dégageai précipitamment et couchai Jory dans son berceau. Chris était retourné dans sa chambre et je sentis la présence de Paul, immobile sur le seuil de la porte.

— Cathy, me demanda Carrie à voix basse pour ne pas réveiller le petit, tu crois que j'aurai un jour un bébé ?

— Mais bien sûr !

— Moi, je ne crois pas.

Et sur ces mots, elle sortit. Je la suivis des yeux.

Paul entra dans la nursery pour embrasser mon fils. Puis il se retourna, prêt à me prendre dans ses bras.

— Non, murmurai-je. Pas lorsque Chris est à la maison.

Il hocha la tête et me dit bonsoir. Je passai presque toute la nuit à me creuser la tête pour essayer de trouver le moyen de résoudre le dilemme devant lequel je me trouvais.

Jory, quant à lui, paraissait enchanté de cette situation. Il ne pleurait pas, il ne grognait pas, il ne manifestait pas d'exigences excessives — il prenait les choses comme elles venaient. Il lui arrivait de rester de longues minutes à regarder tantôt l'un tantôt l'autre comme s'il nous jaugeait et s'efforçait de déterminer quelle était sa relation par rapport à chacun. Il avait la patience de Chris, la placidité de Cory et, mais c'était tout à fait exceptionnel, les emportements de son père — ou de sa mère. Cependant, rien en lui ne me rappelait ma sœur : il souriait beaucoup plus. Néanmoins, quand Carrie se promenait dans le jardin en le tenant dans ses bras, elle faisait systématiquement son éducation. Elle lui montrait la différence qu'il y avait entre tel ou tel arbre. Grâce à elle, Jory avait précocement commencé à parler.

— Regarde cette feuille de chêne, lui dit-elle un jour, peu de temps après qu'il eut appris à marcher. Chaque feuille d'arbre a sa forme, sa texture et son odeur. Toutes les fleurs s'empressent de s'ouvrir quand l'abeille s'approche, sauf les roses. Mais les marguerites sentent moins bon et les abeilles les négligent : elles se jettent sur les roses dont le nectar est grisant et qui redressent la tête tout au bout de leurs longues tiges. (Elle désigna du doigt une rose et me regarda, puis montra à Jory les marguerites et les pensées.) Moi, si j'étais une abeille, tu peux être sûr que je me précipiterais droit sur les violettes et les pensées, même si elles ne sont pas aussi belles. (Son regard croisa le mien et elle ajouta d'une voix étranglée :) Tu es une rose, Cathy. Tu attires toutes les abeilles et moi, je suis si petite qu'elles ne me voient pas. S'il te plaît, ne te remarie pas avant que j'aie eu ma chance. Arrange-toi pour ne pas être là si jamais un homme regarde de mon côté... Ne lui souris pas... s'il te plaît.

Ce que les années passent vite quand on a un bébé qui occupe tout votre temps ! Les appareils de photo ne chômaient pas. Le premier sourire de Jory. Sa première dent. Le jour où, pour la première fois, il quitta mes bras pour ramper d'abord vers Chris, puis vers Paul et Carrie.

Le jour où mon frère m'annonça qu'il songeait à parfaire sa formation dans un établissement plus réputé que l'hôpital de Clairmont, ce fut un terrible choc. Il allait me quitter !

— Je suis navré, Cathy, mais la clinique Mayo a accepté ma candidature et c'est un grand honneur. Je n'y resterai que neuf mois. Pourquoi ne viendriez-vous pas avec moi, toi et Jory ? (Ses yeux scintillaient.) Carrie tiendra compagnie à Paul.

— Tu sais bien que ce n'est pas possible, Chris !

— Alors, tu vas rester à Clairmont après mon départ ? fit-il sur un ton acerbe.

— Si la compagnie d'assurances de Julian me versait les indemnités qu'elle me doit, je pourrais acheter une maison et ouvrir un cours de danse. Mais elle se retranche derrière le suicide. Je sais qu'il était prévu dans la police une clause d'exclusion d'une durée de deux ans en cas de suicide, mais nous avons régulièrement payé les primes depuis le premier jour de notre mariage. Donc, elle n'était plus valable quand Julian est mort. N'empêche qu'ils refusent de payer.

— Il te faudrait un bon avocat.

— Oui, exactement. Allez, Chris, pars pour ta clinique sans moi. Je me débrouillerai et je te jure de ne pas me marier avant que tu reviennes et que tu me donnes ta bénédiction. Et tâche de te trouver quelqu'un. Je ne suis quand même pas la seule femme qui ressemble à notre mère.

Ces paroles eurent le don de le mettre en fureur.

— Tu as vraiment une façon de dire les choses ! Il s'agit de toi, pas d'elle ! C'est justement tout ce qui te fait différente d'elle qui m'attache à toi.

— Chris, ce que je veux, c'est un homme avec lequel je pourrai dormir, qui me prendra dans ses bras quand j'aurai peur, qui m'embrassera et saura me convaincre que je ne suis ni mauvaise ni indigne. (Ma voix se cassa et les larmes me montèrent aux yeux.) Je voulais montrer à maman de quoi j'étais capable, lui montrer que j'avais les dons qu'il fallait pour être la plus grande ballerine du monde, mais maintenant que Julian n'est plus là, je ne peux plus que pleurer quand j'entends de la musique de ballet. Si tu savais comme il me manque, Chris ! Si j'avais été plus gentille avec lui, il ne m'aurait pas frappée. Il avait besoin de moi et je n'ai pas répondu à son attente. Toi, tu n'as pas besoin de moi, tu es plus fort que lui. Paul n'a pas, non plus, réellement besoin de moi — sinon, il insisterait pour qu'on se marie tout de suite...

— Nous pourrions vivre ensemble et...

Il rougit et se tut.

— Non ! Ne vois-tu donc pas que cela ne pourrait jamais marcher ?

— Pour toi, certainement, répliqua-t-il sèchement. Mais je suis un imbécile. J'ai toujours été un imbécile qui voulait l'impossible. Au point de regretter que nous ne soyons pas prisonniers comme autrefois — et que je ne sois pas le seul homme à ta disposition.

— Tu ne peux pas penser cela sérieusement !

Il me prit dans ses bras.

— Tu crois ? Eh bien, tu te trompes ! En ce temps-là, tu étais à moi et ces étranges conditions de vie commune ont fait de moi quelqu'un de mieux que je ne l'aurais été — et tu m'as fait te désirer, Cathy. Tu aurais pu faire en sorte que je te haïsse. Mais non. Tu as fait en sorte que je t'aime.

Je fis non de la tête. J'avais tout naturellement imité la façon dont ma mère se comportait avec les hommes, rien de plus. Quand Chris me lâcha, toute tremblante, je pivotai sur moi-même pour courir vers la maison. Ce fut alors que je vis Paul ! Dans ma confusion, je le regardai d'un air coupable. Il fit demi-tour et s'éloigna à grands pas. Il était là, il avait tout entendu ! Je me précipitai vers Chris, immobile, la tête appuyée contre le tronc du vieux chêne.

— Tu vois ce que tu as fait ? m'écriai-je. Oublie-moi, Chris, oublie-moi ! Je ne suis pas la seule femme au monde !

Il se tourna vers moi, l'air égaré.

— Pour moi, si.

Il partit en octobre. Le voir faire ses bagages, lui dire au revoir comme si de rien n'était, comme s'il m'était égal de ne pas savoir quand il reviendrait et garder le sourire — quelle épreuve !

Je me laissai aller à mes larmes dans la roseraie Ce serait plus facile, maintenant. Je n'aurais plus besoin de rabrouer Paul pour ne pas faire de peine à mon frère, je n'aurais plus besoin de tenir la comptabilité de mes sourires pour ne pas donner à l'un plus qu'à l'autre. A présent, il n'y avait plus d'obstacle entre Paul et moi. La route était dégagée.

Mais il se trouva que je tombai sur une photo dans un journal. Ma mère descendant de l'avion, son mari derrière elle. Elle était de retour à Greenglenna ! Je découpai la photo et sa légende. Pour mon album. Peut-être aurais-je épousé Paul si elle n'était pas revenue. Mais les choses étant désormais ce qu'elles étaient, je pris une décision — imprévisible.

Mme Marisha se « défendait bien » et elle avait besoin d'une assistante. Aussi m'employai-je à la persuader que tout me désignait pour faire tourner son cours de danse au cas où... enfin, n'est-ce pas, on ne peut jamais dire...

— Je n'ai pas l'intention de mourir, répliqua-t-elle sur un ton rogue. (Mais elle opina du menton à contrecœur.) Oui, bien sûr, tu me considères comme une vieille peau. Moi pas. Mais n'essaie pas de me supplanter. Ni de me donner des ordres. Je suis encore la patronne et je le resterai jusqu'à ma mort.

Je ne tardais pas à me rendre compte qu'il était impossible de travailler avec Mme M. Elle avait des idées arrêtées sur tout — et, moi aussi, j'avais les miennes. Mais j'avais besoin d'argent, j'avais besoin d'un vrai chez moi. Je n'étais pas encore prête à épouser Paul et si je restais à Clairmont, ce serait ce qui arriverait immanquablement. J'avais passé assez de temps depuis des années à faire des plans et des projets. Le moment était venu de passer aux actes. Le premier pion à avancer sur l'échiquier serait

Monsieur l'Avocat. Et cela n'aurait pas de sens si je continuais d'habiter chez Paul.

Paul commença par protester, objectant que ce serait des dépenses inutiles. Je lui expliquai qu'il fallait absolument que je sois seule face à moi-même et que j'aie une maison à moi pour découvrir ce que je voulais vraiment. Il me dévisagea d'un air perplexe, puis me lança un coup d'œil entendu.

— Eh bien, soit, Catherine, fais ce que tu penses devoir faire. N'importe comment, tu n'agiras qu'à ta tête.

— C'est parce que Chris ne veut pas que je me remarie avant que Carrie ait sa chance... et il ne veut pas que je reste avec vous... quand il n'est pas là...

Cela avait du mal à passer. Quel mensonge !

— Je comprends, fit-il avec un sourire ambigu. Depuis la mort de Julian, il est évident que je suis en rivalité avec ton frère pour conquérir ton affection. J'ai essayé de lui en parler mais il ne veut pas. J'essaie de t'en parler et tu ne veux pas. Eh bien, va vivre dans ta maison à toi, sois seule avec toi-même, pars à ta recherche et quand tu seras assez grande fille pour te conduire en adulte, reviens près de moi.

## GAMBIT D'OUVERTURE

A peine installée dans le petit cottage que j'avais loué à mi-chemin de Clairmont et de Greenglenna, je commençai à rédiger le premier jet de la lettre de chantage que j'avais l'intention d'adresser à ma mère. J'avais des dettes jusqu'au cou et un enfant à charge, plus Carrie. Les factures fantastiques collectionnées par Julian à New York étaient toujours en souffrance, sans compter les frais de clinique et d'enterrement. Et sans oublier non plus mon séjour à la maternité. Les cartes de crédit ne réglaient pas tous les problèmes. Il n'était pas question que j'accepte l'aide financière de Paul. Il s'était montré assez généreux comme ça. J'avais besoin de me prouver que je valais mieux que maman, que j'étais plus intelligente. Et j'en étais réduite à lui écrire comme elle avait écrit à sa mère à elle, après la mort de papa. Pourquoi ne pas lui réclamer un misérable petit million de dollars ? Hein ? Pourquoi pas ? Elle nous le devait bien. Son argent nous appartenait aussi ! Avec cette somme, je pourrais liquider toutes les dettes que je traînais, rembourser Paul et faire quelque chose pour Carrie. Evidemment, je ne me sentais pas très fière d'agir comme ma mère avait agi jadis, mais je me justifiais à mes propres yeux en me disant que c'était sa faute à elle. Elle l'avait bien cherché ! Jory ne vivrait pas dans la pauvreté alors qu'elle était richissime !

Après je ne sais combien de brouillons, je finis par accoucher de ce qui me paraissait être la parfaite lettre d'extorsion de fonds :

*Chère madame Winslow,*

*Il y avait une fois à Gladstone, en Pennsylvanie, un homme et une femme qui vivaient avec quatre enfants que tout le monde appelait les poupées de Dresde. Maintenant, une de ces poupées repose six pieds sous terre et une autre n'a pas atteint la taille normale, parce qu'elle a été privée de soleil, d'air pur et, surtout, de l'amour de sa mère.*

*Quant à la poupée ballerine, elle a un petit garçon et très peu d'argent. Sachant que vous n'avez guère de compassion pour des enfants qui pourraient jeter une ombre sur l'existence ensoleillée qui est la vôtre, madame Winslow, j'en viens directement au fait. La poupée ballerine exige que vous lui versiez un million de dollars. Vous n'aurez qu'à adresser la somme à la boîte postale indiquée ci-dessous. Si vous ne le faites pas, Me Bartholomew Winslow en apprendra de belles sur votre compte.*

*Bien cordialement à vous,*
*la poupée ballerine,*
*Catherine Dollanganger-Marquet*

Tous les jours, je guettais l'arrivée du chèque. En vain. Alors, j'écrivis une deuxième lettre, puis une troisième, puis une quatrième. Pendant une semaine, je lui en envoyai une chaque jour et ma fureur ne faisait que croître et embellir. Un malheureux million de dollars, qu'est-ce que cela représentait pour elle ? J'étais modeste dans mes exigences. D'ailleurs, une partie de son argent nous revenait de droit.

Finalement, au bout de plusieurs mois d'attente, j'estimai que j'avais été assez patiente. Il était clair qu'elle avait décidé de m'ignorer. J'eus recours à l'annuaire téléphonique de Greenglenna et j'obtins sans difficulté un rendez-vous avec Me Bartholomew Winslow, avocat au barreau.

Nous étions en février et Jory avait trois ans. Je le confiai pour l'après-midi aux bons soins de Hennie et de Carrie et, après m'être habillée avec une élégance raffinée, je me rendis au cabinet superchic de Winslow. J'allais enfin voir de près le mari de ma mère.

Cette fois, il avait les yeux ouverts. Il se leva lentement, l'air intrigué — comme s'il avait l'impression de m'avoir déjà vue... Mais où ? Je me souvins de la nuit où je m'étais introduite subrepticement dans les somptueux appartements de ma mère à Foxworth Hall et où je l'avais trouvé endormi dans un fauteuil. Il portait alors une moustache épaisse et j'avais eu la témérité de profiter de son sommeil pour l'embrasser. Oui, j'étais persuadée qu'il dormait à poings fermés... mais ce n'était pas vrai. En fait, il m'avait vue mais avait cru qu'il continuait de rêver. Et ce baiser volé qui devait venir un peu plus tard à la connaissance de Chris avait eu pour conséquence de nous entraîner, mon frère et moi, sur un chemin que nous avions résolu de ne jamais suivre.

Winslow me sourit et une lueur s'alluma dans ses yeux. Oui : il m'avait reconnue.

— Ma parole, que je sois pendu si vous n'êtes pas

Catherine Dahl, la ravissante ballerine qui me coupe le souffle avant même qu'elle commence à danser ! Je suis enchanté que vous ayez besoin d'un avocat et que ce soit sur moi que votre choix se soit porté, encore que je sois bien incapable d'imaginer la raison de votre visite.

— Vous m'avez vue danser ?

Je n'en revenais pas. Parce que, dans ce cas, ma mère avait dû me voir, elle aussi. Et je l'ignorais ! Je l'avais toujours ignoré ! Curieusement, malgré ma haine, un petit quelque chose de l'amour que je lui vouais quand j'étais jeune et crédule palpitait encore au fond de moi.

— Ma femme est une inconditionnelle du ballet. A vrai dire, quand elle a décidé de m'entraîner à tous les spectacles où vous vous produisiez, j'étais loin d'être un fanatique de l'art chorégraphique. Mais cela n'a pas tardé à me passionner, surtout quand vous teniez la vedette avec votre mari. Je dois ajouter que mon épouse ne semblait s'intéresser au ballet que lorsque c'était vous qui étiez à l'affiche. Je me demandais d'ailleurs, non sans inquiétude, si elle n'avait pas un faible pour votre mari — il me ressemble un peu. (Il prit ma main, me baisa le bout des doigts, ses yeux rivés aux miens, avec le sourire charmeur d'un homme qui savait ce qu'il était — un Casanova à qui aucune femme ne résiste.) Vous êtes encore plus éblouissante à la ville que sur scène, mademoiselle Dahl. Mais que faites-vous dans la région ?

— J'y habite.

Il m'avança un fauteuil, se jucha sur le coin du bureau et m'offrit une cigarette que je refusai.

— Vous êtes en vacances ? Peut-être rendez-vous visite à la mère de votre mari ?

Je compris, à ces mots, qu'il n'était pas au courant.

— Monsieur Winslow, mon mari est mort il y a trois ans des suites d'un accident de voiture. Vous ne le saviez pas ?

— Non, je l'ignorais, répondit-il, surpris et quelque peu embarrassé. Je suis vraiment navré. Permettez-moi de vous présenter toutes mes condoléances — avec retard. (Il soupira et écrasa sa cigarette à peine entamée dans un cendrier.) Vous formiez un couple merveilleux. J'ai vu ma femme pleurer d'émotion en vous regardant.

Ça, pour être impressionnée, elle devait l'être ! Je coupai court aux autres questions qu'il avait en réserve et en vins au motif de ma visite. Je lui tendis les papiers.

— Julian avait souscrit cette assurance peu après notre mariage mais la compagnie refuse de payer parce qu'elle pense qu'il a lui-même sectionné le tube du flacon de perfusion. Mais, comme vous pouvez voir, la clause d'exclusion pour suicide limitée à deux ans n'était plus valable.

Il s'assit, lut attentivement le document, puis me regarda.

— Je vais voir ce que je peux faire. Avez-vous un besoin urgent de cet argent ?

— Qui n'a pas besoin d'argent, monsieur Winslow... à moins d'être milliardaire ? (Je souris en penchant la tête de côté comme ma mère.) Je croule sous les dettes et j'ai mon fils à élever.

Il me demanda son âge. Je le lui dis. Puis il me posa encore une bonne douzaine de questions avant de conclure :

— Vous savez, je suis un excellent avocat lorsque ma femme ne m'oblige pas à courir par monts et par vaux et me laisse travailler mes dossiers.

— Elle est très riche, n'est-ce pas ?

Il tiqua et ce fut sur un ton guindé, manière de me faire comprendre qu'il ne souhaitait pas s'étendre sur ce sujet, qu'il répondit :

— Je suppose que l'on peut effectivement dire qu'elle l'est.

Je me levai pour prendre congé.

— Je parie qu'elle vous traîne comme un caniche au bout d'une laisse dorée, comme le font toujours les femmes trop riches, monsieur Winslow. Elles ne savent pas ce que c'est d'être forcé de travailler pour gagner sa vie. Et je me demande d'ailleurs si vous-même vous le savez.

Il bondit sur ses pieds.

— Si c'est l'opinion que vous avez de moi, pourquoi êtes-vous venue ? Adressez-vous donc à un de mes confrères, mademoiselle Dahl. Je n'ai que faire d'une cliente qui vient m'insulter dans mon bureau, et met ma compétence en doute !

— Non, monsieur Winslow, c'est vous que je veux comme avocat. Je veux avoir la preuve que vous connaissez votre métier aussi bien que vous le prétendez. Et cela vous donnera peut-être l'occasion de vous prouver à vous-même que, après tout, vous n'êtes pas simplement un gigolo qu'une femme riche s'est offert.

— Mademoiselle Dahl, vous avez un visage d'ange mais une langue de vipère ! Les assurances paieront, faites-moi confiance. Je vais les menacer d'un procès. Il y a dix chances contre une pour que cette affaire soit réglée dans les dix jours.

— Parfait. Tenez-moi informée car je compte partir dès que j'aurai touché cet argent.

Il me prit par le bras.

— Pour aller où ?

Je me mis à rire et le regardai dans les yeux, comme le fait une femme bien décidée à accrocher un homme :

— Je vous le dirai au cas où vous désireriez rester en contact avec moi.

Ce n'avaient pas été des paroles en l'air : dix jours plus tard, Bartholomew Winslow passa au cours de danse pour me remettre un chèque de 100 000 dollars.

— Quels sont vos honoraires ? lui demandai-je, faisant signe aux élèves qui tournaient autour de moi de se disperser.

Je portais un collant super-moulant et il me dévorait des yeux.

— Je vous invite à dîner mardi. Nous parlerons alors de

mes honoraires. Habillez-vous en bleu, du bleu de vos yeux.

— Qui était cet homme qui est venu te remettre un chèque ? me demanda Mme Marisha après le cours.

— Un avocat que j'avais pris pour me faire payer ce que la compagnie d'assurances de Julian me devait — et elle a payé.

— Ah ! fit-elle en se laissant choir dans son vieux fauteuil pivotant derrière son bureau. Et maintenant que tu as de l'argent et que tu peux liquider tes dettes, je suppose que tu vas me laisser tomber pour aller Dieu sait où.

— Je n'ai pas encore pris de décision. Mais vous conviendrez, madame, que cela ne marche pas tellement bien entre nous, le fait est là.

— Tu as trop d'idées qui ne me plaisent pas. Tu te figures que tu en sais plus long que moi ! Tu penses qu'après avoir travaillé ici quelques mois, tu peux monter ta propre école. (J'eus un sursaut qui me trahit — c'était vrai ! — et qui lui arracha un sardonique rire.) C'est donc bien ça ? Est-ce que tu me prenais aussi pour une demeurée ? Il faut se lever de bonne heure pour trouver quelqu'un de plus clairvoyant que moi. Je lis en toi à livre ouvert, Catherine. Tu ne m'aimes pas, tu ne m'as jamais aimée et tu ne m'aimeras jamais. Et pourtant, tu es venue travailler avec moi pour apprendre le métier. Est-ce que je me trompe ? Mais je m'en moque. Les écoles de danse passent, mais l'académie Rosencoff durera toujours. Je voulais la laisser à Julian. J'ai ensuite pensé à te la laisser à toi quand je ne serais plus là, mais il ne saurait en être question si tu pars avec ton fils et si je ne peux pas lui apprendre la danse.

— Vous êtes libre de vos choix, madame, mais j'emmènerai Jory.

— Pourquoi ? Tu crois pouvoir le former mieux que moi ?

— Je n'en suis pas absolument certaine mais je pense

que oui. Mon fils ne voudra peut-être pas danser, poursuivis-je sans me laisser impressionner par l'éclat dur de ses yeux. Mais s'il décide d'être danseur, j'estime que je serai aussi capable qu'une autre de l'initier.

— S'il décide d'être danseur ? Quel autre choix pourrait faire le fils de Julian, veux-tu me le dire ? Il a la danse dans le sang, il l'a dans la tête et il l'a surtout dans le cœur ! Il dansera... ou, alors, il mourra !

Je me levai et fis un pas en direction de la porte. Mon intention initiale était d'être gentille avec elle, de la laisser profiter de son petit-fils mais la méchanceté qui luisait dans ses prunelles me fit changer d'avis. Elle mettrait le grappin sur Jory et elle ferait de lui ce qu'elle avait fait de Julian, un être éternellement frustré parce que sa vie ne lui offrirait aucune alternative.

— Je ne voulais pas vous dire des choses désobligeantes, madame, mais vous m'y contraignez. Vous avez dit que si Julian ne dansait plus, son existence serait vide de sens. Il aurait guéri de ses blessures. Seulement, il vous a entendue. Il ne dormait pas à ce moment. Alors, il a préféré mourir. Eh bien, madame, il n'en ira pas ainsi avec mon fils. Il aura la liberté de choisir ce qu'il voudra faire — et Dieu veuille que ce ne soit pas la danse !

— Espèce d'idiote ! grinça-t-elle en se levant. (Elle se mit à faire les cent pas devant son vieux bureau éraflé.) Il n'est rien de plus sublime que l'adulation des admirateurs, le tonnerre des applaudissements, les bouquets que l'on serre dans ses bras ! Tu t'imagines que tu vas me voler mon petit-fils et l'empêcher de monter sur scène ? Eh bien, non ! Jory sera danseur et, avant de passer l'arme à gauche, je le verrai danser ! Il fera ce qu'il doit faire pour accomplir sa vocation... ou il mourra, lui aussi ! Tu veux jouer les mamans, les bobonnes, peut-être ? continua-t-elle avec un reniflement de mépris. Et te faire faire un autre gosse par ton bellâtre de docteur, hein ? Si c'est cela ton but dans la vie, je te plains, Catherine ! Eh bien, vas-y ! Epouse-le — et détruis aussi sa vie.

— Détruire sa vie ? répétai-je d'une voix sans timbre.
Elle me fit face.

— Il y a quelque chose en toi qui te ronge, Catherine ! Quelque chose d'amer qui se lit dans tes yeux, qui te fait grincer des dents. Je les connais, les gens de ton espèce. Tu détruis tous ceux qui t'approchent. Dieu ait pitié de l'homme qui t'aimera autant que t'a aimée mon fils !

D'un seul coup, ce fut comme si un mystérieux, un invisible manteau m'enveloppait. J'avais le détachement glacé de ma mère. Jamais je ne m'étais sentie aussi invulnérable.

— Je vous remercie de m'avoir ainsi éclairée, madame. Au revoir et bonne chance. Vous ne me reverrez plus. Et Jory non plus.

Et je partis. Définitivement.

Le mardi, Bart Winslow vint me chercher. Il s'était mis sur son trente et un. J'avais une robe bleue et mon obéissance lui arracha un sourire d'approbation. Il me conduisit dans un restaurant chinois où tout était noir et rouge et où l'on mangeait avec des baguettes.

— Je n'ai jamais vu une fille plus belle que vous, ma femme exceptée, me déclara-t-il tandis que je dépliais le petit billet de bonne aventure dont était traditionnellement fourré mon petit rouleau chinois.

« *Méfiez-vous de vos impulsions* », m'était-il conseillé.

— En général, répliquai-je, les hommes ne parlent pas de leur épouse quand ils sortent avec une autre femme.

— Je ne suis pas un homme ordinaire. Je veux simplement que vous sachiez que vous êtes la plus jolie fille que je connaisse.

Je lui adressai un sourire séducteur en l'observant attentivement. Il était clair que je l'irritais, qu'il était sous le charme mais surtout intrigué et, lorsque nous nous mîmes à danser, je constatai que je l'excitais.

— Que vaut la beauté sans l'intelligence ? lui murmurai-je à l'oreille, dressée sur la pointe des pieds. Que veut-elle dire lorsque l'on vieillit, que l'on prend du poids et que l'on perd ses attraits ?

— Vous êtes d'une méchanceté ! s'exclama-t-il, l'œil furieux. Comment osez-vous insinuer que ma femme est stupide, vieille et grosse ? Elle fait très jeune pour son âge.

— Vous aussi, répliquai-je avec un petit rire moqueur. (Il rougit.) Mais ne vous inquiétez pas, je n'ai aucune envie d'entrer en concurrence avec elle. Je ne veux pas d'un caniche.

— Rassurez-vous, vous n'en aurez pas un en ma personne, ma petite, fit-il sèchement. Je dois bientôt quitter la Virginie. Ma belle-mère a des ennuis de santé et a besoin que l'on s'occupe d'elle. Dès que nous aurons réglé nos comptes, vous pourrez dire adieu à un homme qui, manifestement, vous fait sortir de vos gonds.

— A propos, vous ne m'avez pas encore dit ce que je vous dois.

— Je n'ai pas encore pris de décision à ce sujet.

Maintenant, je savais où j'irais : en Virginie. Tout près de Foxworth Hall. L'heure de la vengeance n'était pas loin.

— Mais je ne veux pas partir, Cathy ! gémit Carrie, affolée à l'idée de quitter Paul et Henny. Va où ça te chante mais laisse-moi ici ! Tu ne vois donc pas que le Dr Paul veut que nous restions avec lui ? Cela t'est égal qu'il ait de la peine ? Tu lui fais tout le temps du chagrin. Moi, je ne veux pas !

— J'ai beaucoup d'affection pour lui et je ne souhaite nullement lui en faire. Mais, à présent, j'ai des obligations impératives. Et ta place est avec moi et Jory, Carrie. Il faut laisser à Paul la possibilité de trouver une femme. Ne te rends-tu pas compte que nous l'encombrons ?

— C'est toi qu'il veut pour femme.

— Il y a bien longtemps qu'il ne me l'a pas dit.

— Parce que tu ne penses qu'à t'en aller. Moi, si j'étais lui, je t'obligerais bien à rester, que tu le veuilles ou pas !

Elle éclata en sanglots et sortit en courant.

J'allai annoncer à Paul ma décision et lui dire où je comptais aller — et pourquoi. Son expression s'assombrit et son regard se perdit dans le vague.

— Oui, j'ai toujours pensé que tu jugerais nécessaire un jour de retourner là-bas et d'affronter ta mère face à face. Mais j'espérais que tu me demanderais de t'accompagner.

Je pris ses mains dans les miennes.

— C'est une chose que je dois faire seule. Je vous en supplie, comprenez que je n'ai pas cessé de vous aimer et que je vous aimerai toujours.

— Je comprends, fit-il simplement. Je te souhaite toute la chance possible, ma Catherine. Je souhaite que tu sois heureuse, que tes jours soient des jours de soleil et que tous tes vœux soient exaucés, que je fasse ou non partie de tes projets. Quand tu auras besoin de moi — si tu as besoin de moi —, je serai là, prêt à faire tout ce que je pourrai faire pour toi. Je t'attendrai. Rappelle-toi : quand tu voudras de moi, je serai là.

Je n'étais pas digne de lui. Une fille comme moi ne méritait pas un homme aussi merveilleux.

Je ne voulais pas que Chris et Carrie sachent où j'avais l'intention d'aller. Mon frère m'écrivait une ou deux fois par semaine et je répondais mais, sur ce point, je demeurais muette. Il comprendrait quand je lui donnerais ma nouvelle adresse.

Nous partîmes tous les trois après avoir fêté, sans Chris, les vingt ans de Carrie. C'était en mai. Je vis dans le rétroviseur Paul sortir sa pochette et s'essuyer les yeux sans cesser d'agiter le bras.

Henny était là, elle aussi, et j'avais l'impression d'entendre le message de ses yeux si expressifs : *Idiote, idiote, idiote que tu es de quitter un homme aussi bon !*

Oui, j'étais idiote mais je ne pouvais pas faire autrement que de prendre la route de Virginie, poussée par ma nature profonde à assouvir ma vengeance sur les lieux mêmes de notre emprisonnement.

## LE CHANT DES SIRÈNES DE LA MONTAGNE

Au dernier moment, je me dis que je ne pouvais prendre le risque de revoir Bart Winslow, ne fût-ce que le temps de lui régler ses honoraires, et je glissai un chèque de deux cents dollars dans une enveloppe que je jetai dans une boîte aux lettres. J'estimais, à tort ou à raison, que c'était suffisant.

Maintenant que nous étions partis, Carrie était tout excitée. Elle ne cessait de faire des commentaires sur tout et rien.

— Oh ! J'adore les voyages ! s'exclamait-elle avec allégresse.

Quand Jory, que je tenais sur mes genoux, commença à vouloir s'endormir, elle le coucha délicatement sur la banquette arrière et s'installa à côté de lui pour veiller à ce qu'il ne tombe pas.

— Ce qu'il est beau, Cathy ! Moi, j'aurai au moins six enfants, peut-être même davantage. La moitié qui ressemblera à Jory, la moitié qui vous ressemblera à toi et à Chris, plus deux ou trois comme Paul.

— Ma pauvre Carrie ! Partie comme ça, ce ne sont pas six enfants qu'il te faudra mais une douzaine !

— Tu n'as pas de soucis à te faire. Comme personne ne s'intéressera jamais à moi, je n'aurai que tes enfants à toi à aimer.

— Tu te trompes. Quelque chose me dit que quand nous habiterons dans notre nouvelle maison, Mlle Carrie Dollanganger Sheffield ne tardera pas à avoir un amoureux. Tiens ! je te parie cinq dollars. D'accord ?

Elle sourit mais refusa de prendre le pari.

Quand le soir commença à tomber, elle cessa de

babiller. Elle regardait par la fenêtre. Soudain, elle fixa ses yeux sur moi. Il y avait de la peur dans son regard.

— Cathy, est-ce qu'on retourne... là-bas ?

— Pas exactement.

Je ne voulais pas lui en dire plus pour le moment.

Nous prîmes une chambre à l'hôtel. La première chose que je fis le lendemain matin fut de passer voir la directrice d'une agence immobilière avec qui j'avais déjà pris contact. C'était une femme imposante, d'allure masculine, qui menait les affaires avec autorité.

— Ce qu'il vous faut c'est quelque chose de pratique et de pas trop cher. Dans la région, les prix sont exorbitants mais il y a encore quelques petites villas dont les gens riches se servent pour loger leurs amis de passage ou les domestiques. J'en connais justement une de cinq pièces avec jardin qui est ravissante.

Ce fut la première qu'elle nous fit visiter et j'eus immédiatement le coup de foudre. Carrie aussi, je crois, mais je lui avais recommandé de ne pas extérioriser ses sentiments. Je fis quelques critiques de détail pour dissimuler mon enthousiasme.

— La cheminée n'a pas l'air de marcher.

— C'est une très belle cheminée. Elle tire parfaitement.

— Et la chaudière ? Elle est au mazout ou au gaz ?

— Le gaz naturel a été installé il y a cinq ans et la cuisine a été entièrement refaite, ainsi que la salle de bains. La maison était habitée par un couple qui travaillait chez les Foxworth mais ils l'ont vendue et sont partis pour la Floride. Une chose est sûre, c'est qu'ils l'aimaient, leur maison !

Cela sautait aux yeux. Seule une maison à laquelle on est attaché pouvait avoir tous les petits aménagements qui donnaient à celle-ci son cachet particulier. Je l'achetai sur-le-champ.

— On fera installer un four encastré avec un hublot, dis-je à Carrie qui adorait cuisiner. Et on refera la peinture intérieure nous-mêmes, ce sera plus économique.

Je commençais déjà à me rendre compte, en effet,

qu'après avoir payé tout ce que j'avais à payer et versé les traites, mes cent mille dollars seraient sérieusement écornés. Mais je ne m'étais pas embarquée à l'aveuglette dans cette aventure. Laissant Carrie et Jory au motel, j'allai rendre visite à la maîtresse de danse qui prenait sa retraite et vendait son école. Toute petite et très blonde, elle n'avait pas loin de soixante-dix ans. Elle parut contente de me voir. Nous nous entendîmes sur le prix. Puis elle me parla de ses élèves.

— La plupart appartiennent aux riches familles d'ici et je doute fort qu'aucun d'eux ait l'intention de devenir danseur professionnel. Ils prennent des leçons uniquement pour faire plaisir à leurs parents qui sont ravis de voir leurs chérubins parader en collant et en tutu le jour du récital. Je n'en ai pas encore trouvé un seul qui soit doué.

Les trois chambres de la villa étaient très petites mais le séjour, avec sa cheminée flanquée de rayonnages, avait des dimensions raisonnables. Il avait la forme d'un L dont la base pouvait servir de salle à manger. Nous nous armâmes de pinceaux et, en l'espace d'une semaine, nous eûmes repeint toutes les pièces en vert tilleul. Avec les boiseries blanches, c'était d'un effet charmant. Bien entendu, tout l'ameublement de la chambre de Carrie serait rouge et violet.

Au bout de trois semaines, nos habitudes étaient bien établies. Je donnais mes cours — le studio était au-dessus de la pharmacie — et, pendant ce temps, Carrie s'occupait des tâches ménagères et surveillait Jory quand je ne l'emmenais pas avec moi.

Un samedi matin — au début de juin —, je contemplais à la fenêtre les montagnes que voilait une brume bleutée. Elles étaient immuables. La demeure des Foxworth n'avait pas changé. J'aurais pu remonter dans le temps et me retrouver cette nuit en 1957. Si j'avais suivi les méandres des sentiers en donnant la main à Jory et à Carrie, c'eût été si semblable à la marche de maman conduisant ses quatre enfants vers leur prison d'espoir et de désespoir ! Tout le passé me revenait à la mémoire : la clé de bois que nous avions confectionnée pour nous enfuir, l'argent que nous subtilisions dans la luxueuse chambre à coucher de notre mère, le livre érotique que nous avions trouvé dans le tiroir de la table de chevet. Si nous ne l'avions pas découvert, peut-être les choses se seraient-elles passées différemment...

— A quoi penses-tu ? me demanda Carrie. A aller voir le Dr Paul et Henny ? J'espère que c'est à ça !

— Tu sais bien que ce n'est pas possible, Carrie. Le récital approche et nous devons répéter tous les jours. C'est pour les récitals que les parents paient. Sans quoi, ils ne pourraient pas parader devant leurs amis. Mais pourquoi ne pas demander à Paul et à Henny de venir ?

Elle fit la moue, puis son expression s'éclaira :

— Tu sais, Cathy, l'homme qui est venu installer le four... il est jeune et plutôt joli garçon. Il m'a demandé si Jory était mon fils. Cela m'a fait rire. Alors, il a souri, lui aussi. Il s'appelle Theodore Alexander Rockingham. Il m'a demandé de l'appeler Alex. (Elle s'interrompit et me regarda d'un air apeuré, frémissante d'un espoir inavoué.) Cathy, il m'a demandé un rendez-vous.

— Tu as accepté ?

— Non.

— Pourquoi ?

— Je ne le connais pas assez. Il va aller au collège et il travaillera à temps partiel comme électricien pour payer sa scolarité. Il veut être ingénieur ou pasteur, il n'a pas encore décidé. (Elle esquissa un sourire, révélant à la fois de la fierté et de l'embarras.) Tu sais, Cathy, il n'a pas eu l'air de remarquer à quel point je suis petite.

La façon qu'elle avait eue de dire cela me fit sourire à mon tour.

— Carrie... mais tu rougis ! Il y a un instant, tu m'expliquais que tu connaissais à peine ce garçon et, maintenant, tu me racontes sa vie dans tous les détails !

J'ai une idée ! On va l'inviter à dîner. Comme ça, je saurai s'il n'est pas indigne de ma sœur !

— Mais... mais... Alex m'a demandé de passer le week-end chez lui dans le Maryland. Il a parlé de moi à ses parents mais... mais je ne me sens pas encore prête à les rencontrer.

Une lueur de panique palpitait au fond de ses yeux d'azur. Ce fut à ce moment que je compris qu'elle avait dû rencontrer ce jeune homme très, très souvent pendant que je travaillais.

— Ecoute, ma chérie, invite Alex à dîner et laisse-le retourner chez lui sans toi. J'aimerais le connaître un peu avant que vous ne partiez tous les deux.

Elle me lança un regard énigmatique, puis baissa les yeux.

— S'il vient dîner, tu seras là ?

— Mais bien sûr. (J'eus brusquement une illumination et la pris dans mes bras.) Ecoute, je vais demander à Paul de venir pour le week-end. Quand Alex verra que je préfère les hommes d'un certain âge, il ne m'accordera même pas un coup d'œil. D'ailleurs, tu crois qu'il voudrait d'une vieille dame comme moi ? Avec un enfant ?

Elle se suspendit à mon cou.

— Cathy, je t'adore ! Et Alex sait réparer les grille-pain et les fers à repasser. Il est capable de tout réparer !

Alex et Paul furent donc mes hôtes quelques jours plus tard. Alex, un garçon de vingt-trois ans bien fait de sa personne, me complimenta sur mes qualités de cordon-bleu. Je m'empressai de préciser que le vrai maître d'œuvre était, en l'occurrence, Carrie, qui s'en défendit :

— Non, c'est Cathy qui a presque tout fait. Moi, j'ai seulement farci le poulet, préparé la sauce, fait la purée, les petits pains et la tarte au citron. Cathy s'est chargée de tout le reste

J'eus soudain l'impression que ma seule contribution à ces agapes avait été de mettre le couvert. Paul me lança un clin d'œil complice pour me faire comprendre qu'il n'était pas dupe.

Lorsque Alex et Carrie nous eurent abandonnés pour aller au cinéma et que nous eûmes couché Jory, entouré de ses joujoux favoris, nous nous installâmes devant la cheminée comme un vieux couple, Paul et moi.

— Est-ce que tu as vu ta mère ? me demanda-t-il.

— Je sais qu'elle est pour le moment à Foxworth Hall avec son mari, répondis-je d'une voix égale. On ne parle que d'eux dans le journal local. D'après ce que j'ai cru comprendre, ma chère grand-mère aux yeux de granit a eu une petite attaque et les Winslow ont pris leurs quartiers ici — enfin, jusqu'à sa mort.

Paul resta un long moment silencieux. Quand, enfin, il reprit la parole, ce fut pour dire :

— J'aime beaucoup la façon dont tu as arrangé cette maison. On s'y sent bien. (Il vint s'asseoir à côté de moi sur le divan et me prit tendrement dans ses bras.) Cathy, je voudrais faire l'amour avec toi avant que Carrie ne rentre.

Nous nous déshabillâmes très vite. La passion que nous éprouvions l'un pour l'autre n'avait rien perdu de sa fougue au fil des années. Je l'entendis murmurer :

— Oh ! Catherine ! S'il y a une chose que je souhaite au monde, c'est que tu sois mienne jusqu'à la fin de ma vie. Et quand je mourrai, que ce soit dans tes bras comme maintenant.

— C'est très beau et poétique, mais vous n'aurez cinquante-deux ans qu'en septembre et vous êtes bâti pour vivre jusqu'à quatre-vingts ou quatre-vingt-dix ans. Et quand vous aurez atteint cet âge, je souhaite, moi, que nous soyons aussi amoureux qu'aujourd'hui.

A cet instant, le téléphone sonna. Je décrochai nonchalamment — et me redressai brusquement.

— Bonsoir, gente Catherine ! (C'était Chris.) Henny était avec une de ses amies quand j'ai appelé Paul et ladite amie m'a donné ton numéro. Pourrais-tu me dire ce que tu fabriques en Virginie ? Je sais que Paul est auprès de toi et j'espère qu'il te convaincra de ne pas mettre à exécution les projets que tu as en tête !

— Il est beaucoup plus compréhensif que toi. Et tu devrais savoir mieux que personne pourquoi je suis en Virginie.

Chris poussa un soupir écœuré.

— Oui, je sais, et c'est bien là le pire. Mais je sais aussi que tu vas te blesser toi-même. Et il y a maman. Je ne veux pas que tu la fasses souffrir plus qu'elle ne souffre déjà. Et elle souffre, tu ne peux pas le nier. Mais, surtout, je ne veux pas que toi, tu souffres davantage — et il ne peut en être autrement. Tu ne courras jamais assez vite pour m'échapper, Cathy, je serai toujours sur tes talons. Chaque fois qu'il m'arrive quelque chose d'heureux, je te sens là, à côté de moi : Tu me tiens la main, tu m'aimes comme je t'aime. Mais tu refuses de l'admettre parce que tu considères que c'est un péché. Eh bien, si c'est un péché, l'enfer avec toi sera le paradis.

Bouleversée, je me hâtai de lui dire au revoir. Je me pelotonnai contre Paul, espérant qu'il ne devinerait pas pourquoi j'étais si tremblante.

Je me réveillai en sursaut en pleine nuit. J'avais cru entendre les montagnes m'appeler « progéniture du diable » ! Le vent qui hurlait dans les collines joignait sa voix à la leur pour me traiter de débauchée, de dépravée, pour m'accuser de tous les vices dont la grand-mère m'accusait.

Je me levai et m'approchai de la fenêtre. Je distinguai au loin la masse obscure des sommets, ces pics que j'avais si souvent contemplés aux lucarnes du grenier. Oui, comme Cory, j'entendais le vent mugir tel un loup lancé à ma poursuite qui allait m'emporter comme il l'avait emporté.

Je me précipitai dans la chambre de Carrie et me laissai tomber à genoux près de son lit. Pour la protéger. Car, dans mon cauchemar, j'avais l'impression que, sans doute, il l'emporterait avant moi.

## UN AMOUR DE CARRIE

Carrie avait maintenant vingt ans, moi vingt-sept et Chris fêterait son trentième anniversaire en novembre. Ce n'était pas croyable ! Mais quand je regardais mon Jory, je me rendais compte à quel point le temps passe vite, à mesure que l'on vieillit.

Et le temps, jadis si lent, s'emballait pour Carrie : elle était amoureuse d'Alex ! Son amour brillait dans ses yeux bleus, elle dansait sur place quand elle faisait le ménage, passait l'aspirateur ou préparait le menu du lendemain.

— N'est-ce pas qu'il est beau, Cathy ?

J'approuvais, quoique, pour être franche, je trouvais que ce n'était qu'un brave garçon simplement présentable : un mètre soixante-dix environ, des cheveux en désordre qui lui donnaient l'air d'un gros chien ébouriffé, des yeux turquoise et l'air de ne jamais avoir nourri la moindre mauvaise pensée.

Il passait son temps à téléphoner à ma sœur qui, de son côté, lui écrivait d'interminables poèmes d'amour qu'elle me faisait lire et qu'elle entassait sans jamais les envoyer à leur destinataire.

Carrie amoureuse ! J'étais folle de joie. Elle ne se morfondait plus à cause de sa petite taille. Pour la première fois de son existence, elle commençait à se maquiller. Ses cheveux étaient naturellement ondulés, comme les miens, mais un beau jour elle décida de les faire couper.

— Regarde, Cathy, me dit-elle à son retour du salon de coiffure. Maintenant, ma tête paraît moins grosse, tu ne trouves pas ? Et est-ce que tu as remarqué comme j'ai grandi ?

J'éclatai de rire : ses chaussures avaient des talons de sept centimètres et demi et une semelle compensée de cinq centimètres ! Mais c'était vrai : sa nouvelle coiffure équilibrait mieux sa silhouette.

Sa jeunesse, sa beauté et son bonheur m'attendrissaient au point que j'en avais le cœur serré tant je redoutais que quelque chose ne vienne tout gâcher.

Il était visible qu'Alex, lui aussi, nageait dans la béatitude. Il passait tous ses moments de loisir avec Carrie et j'étais à peu près sûre que s'il ne lui avait pas déjà demandé de l'épouser, il ne tarderait pas à le faire.

Une nuit, je me réveillai et qui vis-je devant la fenêtre ? Carrie, perdue dans la contemplation des montagnes. Contrairement à moi, elle n'était pas sujette aux insomnies. Un orage, un typhon, un téléphone qui lui sonnait aux oreilles, un incendie dans la rue — rien n'était capable de la tirer du sommeil. Que se passait-il ?

— Que t'arrive-t-il, ma chérie ? Pourquoi ne dors-tu pas ?

— Je voulais être près de toi, murmura-t-elle sans se retourner. Ce soir, Alex m'a demandée en mariage, ajouta-t-elle d'une voix sans timbre.

— Mais c'est merveilleux ! Comme je suis contente pour toi — et pour lui.

— Il m'a dit quelque chose, Cathy. Il veut être pasteur.

Je ne comprenais pas pourquoi cela la rendait aussi triste.

— Tu ne veux pas être la femme d'un pasteur ?

— Les pasteurs veulent que tout le monde soit parfait, à commencer par leur femme. Et je me rappelle ce que la grand-mère disait de nous. Qu'on était la progéniture du diable, qu'on était mauvais, dépravés. Je ne comprenais pas mais je me souviens des mots qu'elle employait. Et elle répétait tout le temps que nous étions des enfants corrompus qui n'auraient jamais dû naître. Est-ce que c'est vrai, Cathy, qu'on n'aurait pas dû naître ?

J'avais la gorge nouée.

— Si Dieu ne l'avait pas voulu, il ne nous aurait pas donné la vie, pour commencer.

— Mais… Cathy, Alex veut une femme qui soit parfaite et je ne le suis pas.

— Personne n'est parfait, Carrie. Absolument personne. Il n'y a que les morts qui le soient.

— Alex est parfait, lui. Il n'a jamais commis une seule mauvaise action.

— Qu'en sais-tu ? S'il avait fait quelque chose de mal, est-ce qu'il te le dirait ?

— Tu sais, c'est comme s'il y avait longtemps, longtemps qu'on se connaissait, tous les deux, tenta-t-elle de m'expliquer d'une voix mal assurée. Mais ce n'est que depuis peu de temps qu'il m'a vraiment parlé de lui. Moi, je ne lui ai jamais parlé de notre passé, sauf pour lui dire que nos parents étaient morts dans un accident d'auto et que le Dr Paul nous avait recueillis. Et c'est un mensonge, Cathy. Nous ne sommes pas orphelins. Notre mère est toujours vivante.

— Mentir n'est pas un péché mortel. De temps en temps, chacun est forcé de mentir.

— Pas Alex. Il a toujours été attiré par Dieu et par la religion. Il n'a jamais couché avec une fille parce que, depuis qu'il a atteint l'âge adulte, il attend de trouver la femme avec laquelle il fera sa vie. Quelqu'un qui devra être parfait — comme moi, dit-il. Et je ne suis pas parfaite, Cathy, fit-elle plaintivement. Je suis mauvaise ! Corrompue, comme disait la grand-mère. Pervertie et dépravée. J'ai eu de mauvaises pensées. A la pension, les petites filles qui m'ont fait monter sur le toit et qui disaient que je ressemblais à un hibou, je les ai détestées ! J'ai souhaité qu'elles meurent toutes. Et Sissy Towers — je la haïssais encore plus que les autres. Tu sais qu'elle s'est noyée à douze ans ? Je ne te l'ai pas écrit, et je ne t'en ai jamais parlé mais j'avais l'impression que c'était ma faute, que c'était ma haine qui l'avait tuée. Julian aussi, je l'ai détesté parce qu'il t'avait volée à Paul, et il est mort à son tour. Alors, comment veux-tu que j'avoue tout cela à Alex ? Et comment veux-tu que je lui dise que notre mère s'est mariée avec son demi-oncle ? Il me détesterait s'il savait, il ne voudrait plus de moi... J'en suis sûre, il ne voudrait plus de moi ! Il penserait que je vais mettre au monde des enfants anormaux — comme moi. Mais si tu savais comme je l'aime !

Oh ! Ce que je pouvais en vouloir à la grand-mère d'avoir mis ces idées extravagantes dans la tête d'une enfant de cinq ans !

— Ma petite chérie, je ne sais pas trop comment te ramener à une vue plus juste des choses, mais je vais faire de mon mieux. Il faut que tu comprennes que ce qui est noir pour l'un ne l'est pas forcément pour l'autre. Et que rien dans ce monde n'est ni tout à fait blanc ni tout à fait noir. Les êtres humains ont toutes les nuances du gris, Carrie. Personne n'est sans défaut, personne n'est parfait. Je me pose les mêmes questions que toi en ce qui me concerne. (Elle ouvrit de grands yeux comme si elle me considérait — moi ! — comme l'alpha et l'oméga de la perfection.) C'est le cher Dr Paul qui, il y a bien longtemps, m'a éclairée. Il me disait que si nos parents avaient commis un péché en se mariant et en mettant des enfants au monde, c'était leur péché à eux, non le nôtre. Qu'il n'entrait pas dans les desseins de Dieu de nous faire payer à leur place. D'ailleurs, leur lien parental n'était pas si coupable... Sais-tu que dans l'Egypte ancienne, les enfants des pharaons ne se mariaient qu'entre frères et sœurs ? C'est la société qui impose ses règles, tu comprends ? Nos parents ont eu quatre enfants et aucun d'entre nous n'est un monstre. C'est donc bien que Dieu ne nous a pas punis.

Je n'aurais jamais dû prononcer le mot « monstre » !

— Peut-être qu'Il m'a punie, moi. Je ne grandis pas. C'est ça, sa punition.

Je la serrai plus fort dans mes bras.

— Regarde autour de toi, Carrie. Il y a des tas de gens qui sont encore plus petits. Tu n'es pas une naine, tu le sais bien. Et même si c'était le cas, il faudrait que tu l'acceptes comme les gens qui trouvent qu'ils sont trop grands, trop gros, trop maigres ou trop je ne sais quoi. Tu es jolie, tu as des cheveux merveilleux, une peau splendide, une silhouette adorable avec tout ce qu'il faut là où il faut, tu chantes à ravir, tu es intelligente, tu fais deux fois mieux la cuisine que moi, je n'arrive pas à ta cheville comme maîtresse de maison et tu es une couturière hors pair. Les robes que tu fais sont plus belles que toutes celles que l'on voit dans les magasins. Et, avec tous ces atouts, tu as l'audace de me dire que tu n'es pas assez bien pour Alex ou pour tout autre garçon !

— Mais, Cathy, répliqua-t-elle, sourde à mes arguments, tu ne le connais pas comme moi. On a été voir un film classé X et il m'a dit que les gens qui faisaient des choses comme ça étaient des pervers et des dépravés. Et je suis mauvaise, Cathy — j'ai fait un jour quelque chose de très mal.

C'était inattendu. Je la dévisageai. Avec qui ? Comme si elle avait lu dans mes pensées, elle secoua la tête. Des larmes coulaient sur ses joues.

— Non... je n'ai jamais... jamais eu de... de rapports avec personne. Mais j'ai fait d'autres choses qui étaient très mal. C'est ce que penserait Alex. J'aurais dû savoir que c'était mal.

— Qu'as-tu donc fait de si terrible, ma chérie ?

Elle baissa la tête.

— C'était Julian. Une fois où j'étais venue te rendre visite. Tu n'étais pas à la maison et il a voulu faire... faire quelque chose avec moi. Il disait que ce serait amusant, que ce n'était pas vraiment « sexuel »... comme pour avoir des bébés. Alors, j'ai fait ce qu'il voulait. Ensuite, il m'a embrassée et il m'a dit que c'était moi qu'il aimait le plus après toi.

Je fis un terrible effort sur moi-même, caressai les cheveux de Carrie et essuyai ses larmes.

— Ne pleure pas et ne sois pas honteuse, ma chérie. Il existe beaucoup de sortes d'amour, beaucoup de manières de l'exprimer. Le Dr Paul, Jory, Chris, moi... tu nous aimes chacun d'une façon différente. Et si Julian t'a entraînée à faire quelque chose que tu trouves mal, c'était lui le coupable, pas toi. Et Alex n'a pas besoin de le savoir.

— Mais moi, je le sais. (Elle se remit à sangloter.) Ce n'est pas encore le pire, Cathy. Cela me plaisait de faire ça. Tu vois maintenant pourquoi Alex ne comprendra pas ? Il me détestera, je le sais, il me détestera ! Et même s'il ne devait pas le savoir, je ne me pardonnerais jamais d'avoir fait ça et d'y avoir pris plaisir !

— Je t'en supplie, arrête de pleurer. Ce n'est pas tellement tragique, tu sais. Tu voulais que Julian t'aime et cela vous a donné du plaisir à tous les deux. Eh bien, cela aussi est normal. Les gens sont faits pour connaître le plaisir, y compris le plaisir sexuel. Julian a eu tort, il n'aurait pas dû exiger cela de toi mais, si péché il y a, c'est le sien, pas le tien.

— Je me souviens d'une foule de choses que tu n'imagines pas, poursuivit-elle dans un souffle, comme si elle ne m'entendait pas. De la drôle de façon dont je communiquais avec Cory pour que Chris et toi vous ne compreniez rien. Nous savions que nous étions la progéniture du diable, la grand-mère le répétait assez souvent. Nous en parlions. Nous savions que si l'on nous avait enfermés, c'était parce que nous n'étions pas dignes d'être dehors avec des gens qui valaient mieux que nous.

— Tais-toi ! C'est fini. Il faut oublier tout ça. Nous n'étions pas responsables de ce qu'avaient pu faire nos parents. Cette horrible vieille cherchait à saper notre confiance en nous, à nous enlever toute dignité. Qu'il ne soit pas dit qu'elle a réussi ! Regarde Chris. N'es-tu pas fière de lui ? N'étais-tu pas fière de moi quand je dansais ? Tu verras que plus tard, quand vous serez mariés, Alex changera. Il ne connaît pas encore les joies qu'apporte l'amour.

— Non, il ne changera pas. Il va être pasteur et les gens pieux sont comme la grand-mère : ils voient le mal partout. Quand Alex m'a annoncé qu'il renonçait à devenir ingénieur, j'ai compris que tout était fini entre nous.

— Mais si, tout le monde change ! Tu n'as qu'à regarder les magazines et les films dont les honnêtes gens font aujourd'hui leurs délices, les pièces où tous les acteurs sont nus, le genre de livres que l'on publie. Je ne sais pas si c'est un bien mais, ce que je sais, c'est que les gens évoluent. Alors, je ne vois pas pourquoi, dans un monde qui ne cesse de bouger, Alex serait le seul à ne pas changer !

— Il ne changera pas, répéta-t-elle avec entêtement. Il réprouve le laxisme moral qui règne actuellement, ces livres, ces films dégoûtants, ces magazines qui montrent des couples en train de se conduire bestialement.

J'avais envie de lui dire que j'en avais assez de son Alex et de sa pudibonderie, mais pouvais-je démolir le seul homme qu'elle avait trouvé à aimer ?

— Maintenant, ma Carrie chérie, retourne te coucher. Va dormir et, demain, rappelle-toi que le monde est plein de garçons qui ne demanderaient pas mieux que d'épouser une jeune fille aussi ravissante, aussi gentille et aussi bonne ménagère que toi. Souviens-toi de ce que Chris nous disait toujours : « Tout est bien qui finit bien. » Et si ça ne marche pas avec Alex, cela marchera avec un autre.

Elle m'adressa un regard d'une tristesse infinie.

— Etait-ce pour le mieux dans le meilleur des mondes si Dieu a fait mourir Cory ? (Seigneur ! Que répondre à une question pareille ?) Et si papa s'est tué en voiture ?

— Tu ne peux pas te rappeler ce jour-là.

— Si. J'ai une très bonne mémoire.

— Personne n'est parfait, Carrie, absolument personne. Ni moi, ni toi, ni Chris, ni Alex. Personne.

— Je sais. Les gens font des choses qui sont mal et Dieu qui les voit les punit plus tard. Parfois, il se sert pour cela d'une grand-mère et de son fouet. Je me souviens de la correction qu'elle vous a infligée, à Chris et à toi. Je ne suis pas idiote, Cathy. J'ai remarqué que vous vous regardez tous les deux comme nous nous regardons, Alex et moi. Et je vous soupçonne, le Dr Paul et toi, d'avoir été amants. C'est peut-être pour cela que Julian est mort — pour te punir. Mais tu fais partie de ces femmes qui plaisent aux hommes. Pas moi. Je ne sais pas danser. Je ne sais pas attirer les hommes. Il n'y a que vous, la famille, qui m'aimez, vous et Alex. Et quand je lui raconterai tout cela, il ne m'aimera plus, il ne voudra plus de moi.

— Tu ne lui diras rien ! lui ordonnai-je sur un ton catégorique.

Incapable de me rendormir, je me torturai en songeant au mal qu'une vieille femme avait pu faire à tant de personnes. C'était atroce. J'en voulais plus que jamais à maman de nous avoir conduits à Foxworth Hall. Elle connaissait sa mère et, pourtant, cela ne l'avait pas arrêtée. Oui, elle connaissait ses parents mieux que quiconque. Cela ne l'avait pas empêchée de se remarier et de partir vers une vie heureuse. Pendant qu'elle s'amusait, on nous martyrisait.

Mais elle ne s'amuserait plus très longtemps. J'étais là, Bart aussi et, tôt ou tard, il était inévitable que nous nous rencontrions.

Bientôt, elle allait souffrir à son tour. Comme nous avions souffert. Cette pensée me réconfortait. Œil pour œil, dent pour dent. Elle saurait ce que c'est que d'être abandonnée et privée d'amour.

— Qu'est-ce qui t'arrive, Carrie ? (C'était quelques jours plus tard.) Tu ne manges plus. Qu'as-tu fait de ton appétit ?

— Je vais bien, me répondit-elle, l'expression indéchiffrable. Je n'ai pas très faim, c'est tout. Laisse-moi garder Jory, aujourd'hui. Il me manque quand tu l'emmènes au studio.

Je n'étais pas très chaude. Jory pouvait être fatigant

quand il s'y mettait et Carrie n'avait vraiment pas l'air en forme.

— Réponds-moi franchement, s'il te plaît, Carrie. Si tu ne te sens pas bien, je te conduis chez le docteur.

— Je vais avoir mes règles, fit-elle en contemplant le bout de ses chaussures. Je suis toujours un peu patraque quatre ou cinq jours avant.

Si ce n'était que ça... J'embrassai Jory qui, me voyant partir, piqua une grosse colère.

— Je veux aller avec maman, braillait-il. Je veux écouter la musique. Je veux voir la danse.

Carrie se hâta de le prendre dans ses bras.

— On va aller se promener dans le parc. Tu feras de la balançoire, je te pousserai et tu joueras au sable. Tu ne veux pas sortir avec tante Carrie ? Tu n'aimes pas Carrie ?

Il eut un grand sourire et se pendit à son cou. Il aimait tout le monde, Jory.

Je faisais travailler mes petits quand une sorte de picotement dans la nuque m'avertit que quelqu'un était en train de m'observer avec intensité. Je me retournai vivement. Un homme était planté au fond du studio. C'était le mari de ma mère — Bart Winslow !

Il s'approcha de moi à grands pas.

— Vous êtes sensationnelle avec ce collant violet, mademoiselle Dahl. Pourriez-vous m'accorder quelques instants d'entretien ?

— Pour le moment je suis occupée. Ma classe se termine à 5 heures. Si vous voulez, vous pouvez vous asseoir dans un coin en attendant.

— J'ai eu un mal de chien à vous retrouver, mademoiselle Dahl. Et dire que, pendant tout ce temps, vous étiez pratiquement sous mon nez !

— Monsieur Winslow, si le chèque que je vous ai envoyé n'était pas suffisant, vous n'aviez qu'à m'écrire. Je vous en aurais adressé un autre.

Ses sourcils broussailleux se froncèrent.

— Ce n'est pas pour mes honoraires que je suis venu — encore que votre versement ne corresponde pas au prix que j'avais en tête.

Avec un sourire plein d'assurance, il plongea la main dans la poche intérieure de sa veste et en sortit une enveloppe. Je sursautai. C'était mon écriture. Une multitude de cachets postaux montrait que ma lettre avait suivi ma mère dans toute l'Europe. Ma réaction n'avait pas échappé à Bart.

— Je vois que vous reconnaissez cette missive.

Je ne savais plus où j'en étais tellement j'étais bouleversée.

— Ecoutez, monsieur Winslow, ma sœur n'est pas très bien aujourd'hui et je lui ai laissé mon fils, qui est encore presque un bébé, à garder. Et vous voyez qu'avec mes élèves, je n'ai pas une minute à moi. Ne pourrions-nous pas remettre cette conversation à plus tard ?

— Mais bien sûr, mademoiselle Dahl, quand il vous plaira. (Il s'inclina et me tendit une carte de visite.) Mais il serait préférable que ce soit le plus rapidement possible. J'ai pas mal de questions à vous poser — et n'essayez pas de prendre la tangente. Cette fois, je ne vous lâcherai pas.

J'étais si bouleversée de l'avoir vu en possession de cette lettre que je donnai campos à ma classe dès qu'il eut pris congé. Je me plongeai dans mes livres de comptes. J'étais toujours en déficit. Quand j'avais acheté, j'avais quarante élèves assurés mais on s'était bien gardé de me dire que la plupart disparaissaient pendant l'été pour ne revenir qu'à l'automne. J'avais beau restreindre les dépenses, ce que je gagnais ne couvrait pas les frais que j'avais dû engager pour rafraîchir le studio et installer de nouveaux miroirs derrière la barre.

Je jetai un coup d'œil à ma montre. Presque 6 heures. Je me rhabillai et rentrai au pas de course.

Carrie aurait dû être dans la cuisine à préparer le dîner pendant que Jory jouait dans le petit jardin. Mais il ne s'y trouvait pas et ma sœur n'était pas dans la cuisine.

— Carrie ! c'est moi. Où vous cachez-vous, tous les deux ?

— Je suis là, l'entendis-je répondre d'une voix presque inaudible.

Je me précipitai dans sa chambre. Elle était couchée. Jory, m'expliqua-t-elle avec effort, était chez la voisine.

— Ça ne va vraiment pas, Cathy. J'ai vomi quatre ou cinq fois... je ne me rappelle plus. Et je me sens patraque. J'ai mal partout.

Je lui tâtai le front. Il était étrangement froid, bien que la journée fût très douce.

— Je vais appeler le docteur.

J'éclatai aussitôt d'un rire amer : il n'y avait pas un seul médecin qui fît des visites à domicile dans cette fichue ville ! Je me ruai dans la salle de bains à la recherche du thermomètre que je collai dans la bouche de Carrie. J'ouvris de grands yeux en lisant le chiffre qu'il indiquait.

— Je vais chercher Jory et je t'emmène à l'hôpital. Tu as près de 40.

Elle hocha la tête et parut s'assoupir. Je me rendis chez la voisine où Jory jouait avec une petite fille qui avait un mois de moins que lui.

— Ecoutez, madame Marquet, me dit Mme Townsend, une femme charmante qui gardait sa petite-fille, si Carrie est malade, laissez-moi Jory jusqu'à votre retour. J'espère que ce n'est pas grave. Mais, depuis un jour ou deux, j'avais bien remarqué qu'elle avait mauvaise mine.

Moi aussi, je m'en étais aperçue mais j'avais pensé que c'était parce que son idylle avec Alex avait des hauts et des bas. Quelle erreur !

J'appelai Paul le lendemain, angoissée. Carrie avait déjà subi plusieurs examens à l'hôpital et les médecins nageaient dans la perplexité.

— Elle a une mine épouvantable, Paul, et elle maigrit à une vitesse incroyable. Elle vomit, elle ne garde rien et elle fait de la diarrhée. Elle ne cesse de vous réclamer, vous et Chris.

— Je vais demander à un confrère de me remplacer et je saute dans le premier avion, dit-il aussitôt. Mais attends avant de prévenir Chris. Toutes ces indications sont communes à de nombreuses affections bénignes.

Trois heures plus tard, il était là. Carrie sourit faiblement quand elle le vit et tendit vers lui ses bras maigres.

— Bonjour. Vous ne vous attendiez pas à me retrouver à l'hôpital, je parie ?

Dès que Paul l'eut embrassée, il commença à l'interroger. Quand les premiers symptômes s'étaient-ils manifestés ?

— Cela fait à peu près une semaine. Une impression de grande fatigue. Je n'en ai pas parlé à Cathy, elle se fait déjà suffisamment de soucis pour moi comme ça. Et puis, j'ai eu des maux de tête. Tout le temps envie de dormir. Et des bleus dont j'ignorais comment j'avais pu me les faire. Et puis, un jour, en me coiffant, je me suis aperçue que je perdais mes cheveux à pleines poignées. C'est à ce moment que j'ai commencé à avoir des vomissements. J'aimerais que Chris soit là, ajouta-t-elle avant de fermer les yeux et de se rendormir.

Paul avait déjà parlé avec les médecins. Quand il se tourna vers moi, j'eus un coup au cœur devant son masque inexpressif si lourd de signification.

— Catherine, tu devrais peut-être demander à Chris de venir.

— Paul ! Vous voulez dire que...

— Absolument pas. Mais si elle souhaite sa présence, il vaudrait mieux qu'il soit là.

Je faisais les cent pas dans le couloir où les médecins m'avaient priée d'attendre pendant qu'ils procédaient à quelques examens. Chris apparut. Quand il me serra dans ses bras, j'éclatai en sanglots — un véritable déluge.

— Tu as fait vite.

— Qu'est-ce qui ne tourne pas rond avec Carrie? demanda-t-il d'une voix rauque.

Je n'en revenais pas qu'il me posât la question. Il aurait dû s'en douter !

— Tu ne devines pas? C'est cette cochonnerie d'arsenic ! Que veux-tu que ce soit d'autre ? Il y a encore une semaine, elle était en parfaite santé. Et, d'un seul coup, ça l'a prise. Elle veut te voir. (Mais avant de le conduire jusqu'à la chambre de Carrie, je lui glissai dans la main le billet que j'avais trouvé dans le journal intime qu'elle tenait depuis qu'elle avait fait la connaissance d'Alex.) Il y avait longtemps qu'elle savait que cela n'allait pas mais elle ne m'en a pas parlé. Lis et dis-moi ce que tu en penses.

« *Chers Cathy et Chris,*

» *Je vous ai caché quelque chose. Aussi, si je ne vous écris pas ceci, vous vous ferez des reproches. Il y a longtemps que j'ai le pressentiment que je mourrai jeune. Maintenant, cela m'est égal. Je ne peux pas être la femme d'un pasteur. Je n'aurais d'ailleurs pas vécu aussi longtemps si vous ne m'aviez pas tant aimée, vous deux, et Jory, et le Dr Paul et Henny. Sans vous, j'aurais déjà rejoint Cory. Tout le monde a quelqu'un de personnel à aimer sauf moi. J'ai toujours su que je ne me marierais jamais. Que je me racontais des histoires quand je prétendais que j'aurais des enfants. Je suis trop étroite du bassin. Et trop petite pour être une bonne épouse. J'embarrasse et j'ennuie tout le monde parce que je suis malheureuse.*

» *Alors, avant d'aller plus loin, promettez-moi du fond du cœur d'empêcher les docteurs de faire quoi que ce soit pour me sauver. Laissez-moi mourir et ne pleurez pas. Et quand je serai morte et enterrée, ne soyez pas tristes. N'ayez pas de regrets. Tout s'est cassé pour moi depuis que Cory m'a quittée. Ce qui me chagrine le plus, c'est que je ne serai plus là pour voir Jory danser comme Julian.*

» *Maintenant, il faut que je vous avoue la vérité. J'ai aimé Julian comme j'aime Alex. Il n'a jamais pensé que j'étais trop petite et lui seul a su me donner un instant l'impression que j'étais une femme normale, bien que, quoi que tu en dises, Cathy, ce fût un péché.*

*» Depuis une semaine, je repense à la grand-mère, à ce qu'elle nous répétait tout le temps — que nous étions la progéniture du diable. Et plus je réfléchis, plus je trouve qu'elle avait raison. Non, je n'aurais jamais dû naître ! Je suis une dépravée ! Quand les beignets à l'arsenic qu'elle nous apportait ont tué Cory, il aurait mieux valu que je meure avec lui. Vous ne saviez pas que j'étais au courant, n'est-ce pas ? Vous vous figuriez, en me voyant prostrée dans mon coin, que je n'entendais, ne remarquais rien. Eh bien, si. Je voyais et j'entendais mais, à l'époque, je ne le croyais pas. Maintenant, je le crois.*

*» Merci, Cathy, d'avoir été pour moi une mère et la meilleure des sœurs. Et merci à toi, Chris, d'avoir remplacé papa et d'avoir été le meilleur des frères après Cory. Merci, docteur Paul, de m'avoir aimée, même si je ne grandissais pas. Merci à vous tous de ne pas avoir eu honte de vous montrer avec moi. Dites à Henny que je l'aime. »*

Elle avait signé d'un griffonnage énorme comme pour compenser sa petite taille.

— Mais qu'est-ce que cela signifie, Cathy ? s'exclama Chris.

Je sortis de mon sac ce que j'avais trouvé au fond du placard de Carrie. Ses yeux pâlirent quand il lut l'étiquette de la bouteille de mort-aux-rats et vit le sachet qui contenait le dernier beignet. On n'y avait mordu qu'une seule fois.

Les larmes jaillirent de ses yeux et il enfouit son visage dans le creux de mon épaule.

— Oh ! mon Dieu ! Elle a mis de l'arsenic sur les beignets pour mourir de la même mort que Cory, c'est ça ?

Je me dégageai de son étreinte et reculai. J'étais comme vidée de mon sang.

— Chris ! Relis cette lettre ! Tu n'as pas remarqué ce qu'elle a écrit ? Elle a dit qu'au début, elle ne le croyait pas. Mais elle ajoute : « Maintenant, je le crois. » Pourquoi ne l'a-t-elle pas cru avant et le croit-elle à présent ? Il s'est passé quelque chose ! Quelque chose qui l'a convaincue que notre mère était capable de nous empoisonner.

Il secoua la tête d'un air hébété.

— Mais si elle savait, qu'aurait-il fallu de plus pour la convaincre après nous avoir entendus et avoir vu mourir Mickey ?

— Que veux-tu que je te réponde ? m'écriai-je avec désespoir. Toujours est-il que ces beignets ont été abondamment saupoudrés d'arsenic. Paul les a analysés. Et elle les a mangés en sachant parfaitement ce qu'elle faisait. Ne vois-tu pas que c'est un assassinat de plus à mettre sur le compte de notre mère ?

— Carrie n'est pas encore morte ! Nous la sauverons ! Nous ne la laisserons pas périr ! Nous lui parlerons, nous la persuaderons de s'accrocher à la vie !

Comme il disait ces mots, Paul sortit de la chambre. Son visage défait et son expression n'étaient que trop éloquents.

— Quelle chance que tu sois là, Chris, dit-il d'une voix neutre à mon frère. Je suis heureux de te voir mais je regrette que ce soit en de si tristes circonstances.

— Tout espoir n'est pas perdu, n'est-ce pas ?

— Il y a toujours de l'espoir. Nous faisons l'impossible. Dépêche-toi de venir à son chevet pour lui communiquer un peu de ta vitalité. Catherine et moi avons tenté en vain de la raisonner, de stimuler son désir de vivre. Alex est là, à genoux devant son lit, à faire des prières, mais elle garde le yeux fixés sur la fenêtre. Je ne crois pas qu'elle se rende compte de notre présence, de nos paroles. Elle est comme absente. Elle est quelque part hors de notre atteinte.

Nous suivîmes Chris qui se précipitait. Carrie, qui était d'une effroyable maigreur, gisait sous un monceau d'épaisses couvertures bien que l'on fût encore en été. Qu'elle eût tant maigri et si rapidement ne paraissait pas croyable ! Son visage était décharné et ses pommettes saillaient. On aurait même dit qu'elle avait perdu encore un peu de sa taille. Chris, les larmes aux yeux, se pencha sur elle pour la serrer dans ses bras en prononçant son nom à plusieurs reprises. Il lui caressa la tête mais quand il retira sa main, quelques cheveux d'or restèrent accrochés à ses doigts et il poussa une exclamation d'horreur.

Je me jetai sur lui pour les prendre avant qu'il n'eût secoué la main et les déposai soigneusement dans une petite boîte en plastique. C'était idiot mais l'idée qu'ils seraient balayés, jetés, m'était intolérable. Comme dans un cauchemar, je lissai les longues boucles soyeuses de Carrie tandis qu'Alex continuait de marmonner ses prières. Ce fut à peine s'il hocha le menton quand on le présenta à Chris.

Mon frère se tourna vers Paul.

— Paul, que fait-on pour la soigner ?

— L'impossible, je te l'ai dit. Une excellente équipe se relaie vingt-quatre heures sur vingt-quatre pour tenter de la sauver. Mais ses globules rouges se détruisent trop rapidement pour être compensés par les transfusions de sang.

Nous la veillâmes trois jours et trois nuits. Je m'asseyais à côté de Chris ou de Paul, ou entre les deux. Et j'ignorais Alex que je tenais en grande partie pour responsable du désespoir de Carrie. Finalement, incapable de refouler la question qui me montait aux lèvres, je le pris à part.

— Alex, pourquoi Carrie veut-elle mourir alors qu'elle était au comble du bonheur ? Que vous a-t-elle dit ? Et que lui avez-vous dit, vous ?

Il me regarda avec stupéfaction. Les yeux cernés, il était mal rasé et paraissait accablé.

— Ce que je lui ai dit ?

Je répétai ma question sur un ton plus sec et il secoua la tête comme pour s'éclaircir les idées en passant la main dans sa tignasse hirsute.

— Dieu m'est témoin que j'ai tout fait pour la convaincre de mon amour, Cathy ! Mais elle refuse de m'écouter. Elle se détourne et ne dit rien. Je lui ai demandé de m'épouser. Elle m'a répondu qu'elle n'en était pas digne. Alors, j'ai ri et je lui ai dit qu'elle était parfaite, qu'elle était exactement la femme que je souhaitais. Quelle erreur ai-je commise, Cathy? Qu'ai-je fait pour qu'elle m'éconduise et ne veuille même plus me regarder?

Oui, il l'aimait. A sa manière.

— Pardonnez-moi si j'ai pu vous paraître brusque, Alex. J'en suis désolée. Mais Carrie ne vous a-t-elle fait aucune confidence?

— Il y a une semaine, je lui ai téléphoné et sa voix m'a semblé bizarre. Comme s'il s'était produit quelque chose de terrible dont elle ne pouvait pas parler. J'ai sauté dans la voiture et j'ai roulé comme un fou, je voulais être auprès d'elle. Mais elle n'a pas voulu me laisser entrer. Je l'aime, Cathy! Elle se trouve trop petite avec une tête trop grosse mais, pour moi, elle est parfaitement proportionnée. C'est une poupée délicate qui ne se rend pas compte de sa beauté. Si Dieu permet qu'elle meure, je ne retrouverai jamais plus la foi.

Il enfouit sa figure dans ses mains et se mit à pleurer.

C'était la quatrième nuit après l'arrivée de Chris. Je m'étais assoupie à côté de Carrie. Les autres essayaient de somnoler un peu, il ne fallait pas qu'ils tombent malades. Alex dormait sur un lit de camp dans le couloir. Soudain, Carrie prononça mon nom. Je courus m'agenouiller devant son lit et m'emparai de sa main sous les couvertures. Une pauvre petite main osseuse, si diaphane que les veines et les artères transparaissaient sous la peau.

— J'attendais que tu te réveilles, ma chérie. Veux-tu que j'appelle les garçons?

— Non, répondit-elle dans un chuchotement. Je veux te parler à toi toute seule. Je vais mourir, Cathy. (Elle avait dit cela avec le plus grand calme comme si elle n'y attachait pas d'importance, comme si elle s'y résignait et en était même heureuse.)

— Non, protestai-je avec force. Je ne te laisserai pas

mourir. Je t'aime comme si tu étais ma fille. Et je ne suis pas la seule à t'aimer et à avoir besoin de toi. Alex veut t'épouser. Il a renoncé à devenir prêtre. Je lui ai dit ce que tu pensais à ce sujet. Tout ce qui compte pour lui, c'est que tu vives et que tu l'aimes. Ça lui est égal que tu sois petite, que tu aies ou non des enfants. Veux-tu que je l'appelle pour qu'il puisse te dire lui-même tout ce qu'il...

— Non. J'ai un secret à te confier. Un jour, j'ai vu une dame dans la rue. (Sa voix était si faible que je devais me pencher sur elle pour entendre.) Elle ressemblait tellement à maman que cela a été plus fort que moi — j'ai couru pour la rattraper. Je l'ai prise par la main mais elle l'a retirée vivement et m'a lancé un regard dur et glacé. Et elle a dit : « Je ne vous connais pas. » C'était notre mère, Cathy. Elle n'avait pas changé, juste un peu vieilli. Elle portait même le collier de perles et la broche de diamants en forme de papillon dont je me souvenais. Quand ta propre mère te repousse, Cathy, cela veut dire que personne ne veut de toi, non ? Elle savait qui j'étais, cela se voyait dans ses yeux. Pourtant, elle m'a repoussée. Elle ne voulait pas de moi parce ce qu'elle sait que je suis mauvaise. C'est pour cela qu'elle disait aux autres qu'elle n'avait pas d'enfants. Elle ne veut pas de toi non plus ni de Chris. Or, toutes les mères aiment leurs enfants. Sauf si ce sont des enfants pervertis, des enfants maudits... comme nous.

— Oh ! Carrie ! Ne lui permets pas de croire cela ! Ce n'est pas parce que tu es mauvaise, pervertie ou corrompue qu'elle t'a reniée, c'est par cupidité. Tu n'as rien fait de mal. Il n'y a que l'argent qui compte pour elle, ses enfants ne l'intéressent pas. Mais nous n'avons pas besoin d'elle. N'as-tu pas Alex et Chris, et Paul, et moi... et Jory. Et Henny. Pense à nous, Carrie. Bats-toi pour laisser le temps aux médecins de te guérir. Jory attend ton retour. Il me demande tous les jours quand tu reviendras. Que lui dirai-je ? Que tu ne tiens pas assez à lui pour vouloir vivre ?

— Jory n'a pas besoin de moi. Il est suffisamment entouré de gens qui l'aiment et qui s'occupent de lui. Cory m'attend, Cathy. Tiens... je le vois. Retourne-toi. Il est juste derrière toi avec papa et ils me veulent près d'eux plus que personne d'autre.

— Non, Carrie !

— C'est beau, là où je m'en vais, Cathy. Il y a des fleurs partout, des oiseaux et je sens que je grandis. Regarde... je suis presque aussi grande que maman, comme je l'avais toujours souhaité. Et, là-bas, personne ne me dira que j'ai des yeux de hibou. Personne ne me traitera plus de « naine », personne ne me dira que je devrais avoir recours à une machine à étirer... parce que j'aurai exactement la taille que je veux avoir.

Sa voix tremblante et presque inaudible se perdit. Ses yeux furent soudain vitreux, et ses lèvres s'entrouvrirent comme si elle allait encore me dire quelque chose. *Mon Dieu ! Elle était morte !*

C'était maman qui avait tout provoqué. Maman qui s'en était tirée fraîche et légère, sans une égratignure ! Et riche, riche à millions ! Quelques larmes d'apitoiement versées sur elle-même et le tour était joué ! Je me mis à hurler. A hurler, je le sais. Je voulais m'arracher les cheveux, arracher la peau de mon visage — parce qu'il ressemblait trop à celui de cette femme qui allait devoir payer, payer, payer... et avec quels intérêts !

Ce fut par une chaude journée d'août que nous enterrâmes Carrie dans le caveau de la famille Sheffield à quelques kilomètres de Clairmont. Le cercueil disparaissait sous des monceaux de fleurs écarlates et violettes.

Des quatre poupées de Dresde, il n'en restait plus que deux. Dont l'une n'agirait pas. Chris avait prêté le serment de faire tout ce qui était en son pouvoir pour préserver la vie, même de ceux qui ne méritaient pas de vivre. Assise sur un banc de marbre — je ne pouvais me résoudre à abandonner Carrie la première nuit qu'elle passait sous terre —, je me demandais ce que nous faisions, nous, les Foxworth, dans la concession des Sheffield. Quel sens y avait-il à tout cela ?

Si Alex n'était pas entré dans la vie de Carrie, ne lui avait pas donné son amour, cela aurait-il mieux valu ? Si elle n'avait pas aperçu notre mère dans la rue et n'avait pas couru vers elle tant elle était heureuse, les choses se seraient-elles passées de manière différente ? Oui ! Absolument ! Car aussitôt qu'elle avait été repoussée par sa mère, Carrie était allée acheter de la mort-aux-rats parce qu'elle se sentait indigne de vivre, puisque même sa mère la rejetait.

Quelqu'un prononça mon nom à mi-voix, quelqu'un me prit tendrement par les coudes pour m'aider à me remettre debout et, m'enlaçant, me soutenant, me fit sortir du cimetière : Chris ?

Chris, qui murmura :

— Maintenant, Carrie n'a plus besoin de toi, ma Cathy, mais il y a les autres. Ils ont besoin de toi. Tu dois oublier le passé et tes projets de vengeance. Cette fois, il faut que tu m'écoutes et que tu me croies. Fais comme moi. Tire un trait sur ce qui te fait mal et ne te rappelle que de ce qui te donne de la joie. C'est le secret du bonheur, Cathy. Oublier et pardonner.

— Tu t'y entends à merveille pour pardonner, j'en conviens, Christopher, ripostai-je avec rage. Mais, oublier, c'est une autre affaire.

— Je t'en supplie, Cathy ! Des deux, n'est-ce pas le pardon qui est le plus doux ?

— Non ! Non !

Mais je me cramponnais à lui comme celui qui en approchant de l'enfer s'accroche de toutes ses forces au salut.

Je ne pourrais pas le jurer mais quand nous fûmes proches de la voiture, je crus apercevoir une femme vêtue de noir, le visage dissimulé sous un voile sombre qui se jetait précipitamment derrière un arbre pour que nous ne la remarquions pas. Mais j'eus le temps d'entrevoir fugitivement son collier de perles. Ce collier de perles avec lequel elle jouait nerveusement.

Une seule femme à ma connaissance avait cette habitude, ce tic. Et il était bien dans sa nature de se mettre en noir et de se cacher. De se cacher éternellement !

Que le noir soit la couleur de tes jours ! Jusqu'au dernier !

Compte sur moi pour cela. Je veillerai à ce qu'ils soient plus noirs que le goudron versé sur mes cheveux. Plus noirs que tout ce qu'il y avait dans la chambre-cachot, plus noirs que les ombres les plus noires du grenier qui nous avait été réservé quand nous étions jeunes, craintifs et si assoiffés d'amour. Plus noirs que les abîmes les plus ténébreux de l'enfer.

J'avais longtemps tardé à faire ce que je devais faire. Trop longtemps. Chris lui-même ne pourrait pas m'empêcher de passer aux actes, désormais.

# CINQUIÈME PARTIE

## LE TEMPS DE LA VENGEANCE

La mort de Carrie laissa un vide dans la vie de tous ceux qui l'avaient aimée. C'était à moi qu'il appartenait, désormais, de prendre soin de ses petites poupées de porcelaine et de les chérir. Chris fut nommé à sa demande résident à l'université de Virginie. Ainsi, il ne serait pas trop loin.

— Reste avec moi, Catherine, me demanda Paul quand je lui fis part de mon intention de repartir pour les Blue Mountains et de reprendre mes activités de professeur de danse. Ne m'abandonne pas une fois de plus. Jory a besoin d'un père et moi, j'ai besoin d'une femme.

— Plus tard, répondis-je avec une inflexible détermination. Un jour, je reviendrai et nous nous marierons mais j'ai d'abord à mener à bonne fin une tâche qui n'est pas terminée.

Maintenant que Carrie n'était plus là, Jory constituait un problème. Le cours de danse ne l'intéressait plus — il avait envie de jouer avec des enfants de son âge. Je l'inscrivis au jardin d'enfants et engageai une bonne à tout faire, une certaine Emma Lindstrom, pour tenir la maison et s'occuper de lui en mon absence. Le soir, évidemment, je rôdais à la recherche de quelqu'un — d'un homme. Jusqu'à présent, je n'avais pas encore réussi à le rencontrer mais il était fatal que nos routes se croisent tôt ou tard. Et, à ce moment-là, que Dieu te vienne en aide, maman !

Bartholomew Winslow défraya la chronique locale quand il ouvrit un second cabinet à Hillendale, laissant à son associé le soin de diriger celui de Greenglenna. Deux cabinets !... Eh bien... L'argent permettait de tout acheter. Mais je n'étais pas assez téméraire pour l'affronter directement. Il fallait que notre rencontre ait l'air fortuite.

Bart était un peu la célébrité du pays et l'on connaissait toutes ses petites habitudes. C'est ainsi que je savais grâce à la presse qu'il faisait tous les jours du jogging avant le petit déjeuner. Il avait raison : il aurait besoin d'avoir le cœur solide pour faire face à ce qui l'attendait ! Pendant je ne sais combien de jours, je déambulai au petit trot, moi aussi, à travers les bois, mais, contrairement à mon attente, ce ne fut pas sur un sentier tapissé de feuilles mortes qu'eut lieu la confrontation. Elle se produisit impromptue un samedi, à midi, dans un café où je prenais un verre. Brusquement, la porte s'ouvrit et il entra. Il jeta un coup d'œil dans la salle, m'aperçut près de la fenêtre et s'approcha de ma table. Son trois-pièces impeccable avait dû coûter une fortune et avec son attaché-case au bout du bras, il était éblouissant. En dépit de l'éclatant sourire qu'il arborait, son expression avait un je ne sais quoi de sinistre — mais c'était peut-être moi qui jouais à me faire peur.

— Que je sois damné si ce n'est pas Catherine Dahl après qui je cours depuis des mois ! s'exclama-t-il avec un accent traînant du Sud. Où diable vous cachiez-vous, chère amie ? s'exclama-t-il en s'asseyant en face de moi sans y avoir été invité.

— Je ne me cachais pas.

J'espérais que ma nervosité n'était pas trop visible.

— J'ai appris par les journaux le décès de votre sœur, enchaîna-t-il sur un ton solennel. Vous m'en voyez navré.

Quelqu'un qui disparaît à la fleur de l'âge c'est toujours atroce. Sans vouloir être indiscret, puis-je vous demander de quoi elle est morte ? Une maladie ? Un accident ?

De quoi Carrie était morte ? J'aurais pu écrire un livre entier là-dessus.

— Pourquoi ne le demandez-vous pas à votre femme ? répondis-je sèchement.

Il me regarda avec étonnement.

— Comment pourrait-elle le savoir puisqu'elle ne vous connaissait ni l'une ni l'autre ? Il est vrai que je l'ai vue avec la notice nécrologique qu'elle avait découpée dans le journal et qu'elle a fondu en larmes quand je la lui ai prise des mains. J'ai essayé d'obtenir des explications mais elle a refusé de m'en donner. Elle est montée précipitamment dans sa chambre. Et elle s'obstine à rester muette sur ce point. Qui êtes-vous au juste ? J'aimerais bien le savoir.

Je mordis dans mon sandwich et mâchonnai avec une lenteur délibérément exaspérante.

— Pourquoi ne le lui demandez-vous pas ? répétai-je.

— J'ai horreur des gens qui répondent à une question par d'autres questions. (Il fit signe à la serveuse et commanda, lui aussi, un sandwich.) Il y a quelque temps, mademoiselle Dahl, je suis passé vous voir à votre studio et je vous ai montré les lettres de chantage que vous vous obstinez à envoyer à ma femme. (Il sortit trois enveloppes de sa poche.) Je veux savoir qui vous êtes !

Il avait presque crié.

Je lui adressai un sourire ensorcelant. Le sourire de ma mère. Et, comme elle, j'inclinai la tête de côté et me mis à tripoter un collier imaginaire.

— Avez-vous vraiment besoin de me le demander ? Vous ne devinez pas ?

— N'essayez pas de jouer au plus fin avec moi. Qui êtes-vous réellement ? Quels rapports existe-t-il entre ma femme et vous ? Vous lui ressemblez, vous avez les mêmes cheveux, les mêmes yeux et certaines attitudes identiques. Vous devez sûrement avoir des liens de parenté avec elle.

— Oui, c'est une façon de présenter les choses.

— Alors, comment se fait-il que nous ne nous soyons jamais vus ? Vous êtes une nièce ? Une cousine ?

Il émanait de lui un magnétisme animal si puissant que j'avais presque peur de jouer ma petite comédie. Ce n'était pas un adolescent timide prêt à se laisser impressionner par une ex-ballerine. Sa sombre séduction me laissait quasiment sans force. Oh ! Quel amant il devait être !

— Cessez de prendre cet air apeuré, Catherine Dahl, et expliquez-moi à quel jeu vous jouez. (Il agita les lettres sous mes yeux.) Cinq ou six poulets de cette espèce nous ont suivis quand nous étions en Europe, ma femme et moi. En les voyant, mon épouse devenait toute pâle. Et je l'ai surprise par deux fois en train d'inscrire sur l'enveloppe la mention « destinataire parti sans laisser d'adresse ». Un jour, en prenant le courrier, j'ai trouvé ces trois lettres. Je les ai lues. (Il ménagea une pause.) De quel droit essayez-vous de faire chanter ma femme ?

Je devins affreusement pâle, il dut le voir. Mes jambes étaient molles et je n'avais qu'une envie — m'enfuir. J'avais l'impression d'entendre la voix de Chris qui m'exhortait : *Laisse le passé en paix. Oublie tout ça, Cathy. Dieu saura pourvoir à la vengeance. A sa façon et à l'heure qu'il choisira. Il te déchargera de ce fardeau.*

C'était l'occasion ou jamais de vider mon cœur. De révéler à Bart quelle femme il avait épousée. Pourquoi n'arrivais-je pas à le dire ?

— Vous n'avez qu'à le demander à votre femme. Pourquoi m'interroger, moi, alors qu'elle sait tout ?

Il se laissa aller contre le dossier de sa chaise au revêtement plastique d'un orange criard et me tendit un étui à cigarettes en argent incrusté d'un monogramme en diamant. Un cadeau de ma mère, cela sautait aux yeux. C'était tout à fait son style. Je refusai d'un signe de tête. Il alluma sa cigarette à l'aide d'un briquet, lui aussi en argent et lui aussi incrusté de brillants, sans cesser de m'observer.

— Dans toutes les lettres que vous lui avez adressées, vous dites que vous avez d'urgence besoin d'un million de dollars. (Il me souffla une bouffée de fumée au visage. Je toussotai et m'éventai.) Que voulez-vous faire d'un million de dollars ?

Je m'efforçai de recouvrer mon sang-froid.

— Ecoutez... Vous savez que j'ai perdu mon mari. A sa mort, j'étais enceinte et couverte de dettes. Même après avoir touché, grâce à votre intervention, les indemnités des assurances, je coule à pic. Mon cours de danse est en déficit. Je dois subvenir à l'entretien de mon fils, faire des économies pour ses futures études. Et votre femme nage dans l'opulence. Je me suis dit qu'elle pouvait bien me faire cadeau d'un petit million.

Il eut un sourire cynique.

— Je ne comprends pas qu'une femme aussi intelligente que vous ait pu imaginer que mon épouse puisse avoir la générosité de donner un sou à une prétendue parente qu'elle ne connaît même pas.

— Vous n'avez qu'à l'interroger.

— Je l'ai fait. Je lui ai montré vos lettres et j'ai exigé des explications. Dix fois, je lui ai demandé qui vous êtes et quelle est la nature des liens qui vous unissent. Et, dix fois, elle m'a fait la même réponse : elle ne vous connaît pas, sauf comme danseuse. Maintenant, c'est à vous que je pose la question et vous allez me répondre. Qui êtes-vous au juste ? Quels rapports existe-t-il entre ma femme et vous ? Pourquoi vous êtes-vous mis en tête qu'elle céderait à votre chantage ? Pourquoi, quand elle reçoit vos lettres, se précipite-t-elle dans sa chambre et saisit-elle un album de photos qu'elle garde sous clé ? Et si j'ai le malheur d'entrer, elle s'empresse de le dissimuler.

— Un album relié au cuir bleu dont la couverture est frappée d'un aigle doré ?

J'étais stupéfaite qu'elle l'eût conservé.

— Elle ne se déplace jamais sans lui. En voyage, il est toujours dans une malle fermée à clé. (Une lueur inquiétante s'alluma dans ses prunelles.) Bleu avec un aigle doré. Votre description est fidèle, encore que, maintenant, il soit dans un triste état. Il m'est arrivé de voir ma femme pleurer en regardant les photos qui s'y trouvent — des photos de son premier mari, je suppose.

Je fermai les yeux et poussai un soupir. Je ne voulais pas savoir qu'elle pleurait !

— Répondez-moi, Catherine. Qui êtes-vous ?

Je ne sais pourquoi mais je mentis stupidement :

— Eh bien, sachez que Malcolm Foxworth a eu une liaison avec la demi-sœur de votre femme, Henriette Beech. Il en est résulté trois enfants adultérins. Je suis l'un d'eux. Mme Winslow est ma demi-tante.

— Ah ! fit-il, visiblement soulagé. C'est donc ça ? Mais voilà une information sensationnelle ! Quel sacré gaillard, ce Malcolm ! Je n'aurais jamais cru cela de lui, surtout après l'attaque qu'il a eue après le premier mariage de ma femme. (Il me scruta avec intensité.) Où est votre mère ? J'aimerais bien lui parler.

— Elle est morte, répliquai-je en croisant les doigts sous la table comme une gamine superstitieuse. Cela fait longtemps.

— Je commence à comprendre. Trois enfants illégitimes qui cherchent à s'en mettre plein les poches en faisant chanter ma femme, née Foxworth... c'est bien cela ?

— Non ! Ni mon frère ni ma sœur n'étaient au courant. J'ai agi seule. Je voulais seulement reprendre notre dû. Quand j'ai écrit ces lettres, j'étais dans une situation financière catastrophique. Et, aujourd'hui encore, je suis loin d'être sauvée.

Il se mit à pianoter sur la table, l'air méditatif, puis alluma une nouvelle cigarette, moins par envie de fumer que pour occuper ses doigts. Il aspira longuement et me dévisagea.

— Je vais être très franc avec vous, Catherine Dahl. Primo, je ne sais pas si vous mentez ou si vous dites la vérité mais, physiquement, vous semblez en effet être une Foxworth. Secundo, il me déplaît souverainement que vous tentiez de faire chanter ma femme. Tertio, je n'aime pas du tout la voir malheureuse, la voir pleurer. Quarto, il se trouve que je suis très amoureux d'elle, même si, parfois, l'envie me prend de l'étrangler pour lui arracher la vérité sur son passé. Elle ne m'en parle jamais. Elle garde jalousement des tas de secrets. Par exemple, je n'avais jamais entendu dire que le pieux et dévot Malcolm Neal Foxworth, ce monsieur au-dessus de tout soupçon, ait eu une aventure après son premier infarctus. Je crois savoir qu'il en a eu une avant, mais une seule.

Eh bien, il en savait plus long que moi ! J'avais lancé cette phrase au hasard sans penser que je ferais mouche.

Bart se détourna. Pas mal de gens arrivaient en famille pour dîner tôt et je suppose qu'il avait peur que quelqu'un le reconnaisse et en dise un mot à sa femme — ma mère.

— Allons-nous-en, Catherine, fit-il en se levant. Je vous suggère de m'inviter à prendre un verre chez vous pour que nous puissions tirer tout cela au clair.

Déjà, le crépuscule enveloppait les montagnes. Le soir tombait — nous étions restés des heures dans ce bistrot !

Dans la rue, il m'aida à enfiler mon cardigan ; l'air s'était rafraîchi.

— Où habitez-vous, au juste ?

Je le lui dis. Il parut déconcerté.

— Réflexion faite, il ne serait peut-être pas très prudent que nous allions chez vous. Trop de gens pourraient me voir. (Il ignorait évidemment que si mon choix s'était porté sur ce cottage, c'était surtout parce qu'il donnait sur un bois et qu'on homme pouvait y venir sans crainte d'être vu.) Ma photo est tout le temps dans le journal et je suis sûr que les voisins me remarqueraient. Si vous téléphoniez à votre baby-sitter pour lui demander de rester plus longtemps que prévu ?

Je prévins Emma Lindstrom que je rentrerais un peu

tard et j'en profitai pour dire à Jory d'être bien sage jusqu'au retour de sa maman.

Quand la Mercedes noire s'engagea sur la route en lacet, je demandai à Winslow où il m'emmenait.

— Quelque part où nous pourrons bavarder tranquillement sans que personne ne nous voie ni ne nous entende. (Il me lança un coup d'œil goguenard.) Je vois que vous étudiez mon profil. Quelle note me donnez-vous ?

Je rougis et, comme je m'en rendais compte, cela n'arrangea rien : je rougis davantage encore. Et je me sentais toute moite. Ma vie était pleine d'hommes séduisants mais celui-là était différent. C'était une espèce de candottiere libertin. Avec celui-là, me disait mon instinct, mets la pédale douce. Mon intuition m'avertissait qu'il devait faire preuve d'autant de détermination que moi pour parvenir à ses fins quand il s'était mis quelque chose dans la tête.

— Eh bien, répondis-je en imitant son accent chantant, après examen, j'ai intérêt à m'enfuir et à tirer le verrou derrière moi !

Il eut un sourire satisfait.

— Si je comprends bien, vous me trouvez captivant et un tantinet dangereux ? Voilà qui est parfait ! Mieux vaut être laid et intéressant que beau et insipide, vous ne croyez pas ?

— Je ne sais pas. Quand un homme a du charme et de l'intelligence, j'oublie son aspect physique et je le trouve beau.

— Dans ce cas, vous devez être facile à contenter.

Je baissai les yeux et me redressai d'un air compassé.

— En toute franchise, monsieur Winslow...

— Bart.

— En toute franchise, Bart, je suis, au contraire, très difficile à contenter. J'ai tendance à placer les hommes sur un piédestal et à les trouver parfaits. Mais dès que je m'aperçois qu'ils ont des pieds d'argile, l'indifférence fait aussitôt place à l'amour.

— Il existe peu de femmes qui se connaissent aussi bien que vous, murmura-t-il rêveusement. La plupart ignorent ce qui se cache derrière leurs apparences. En tout cas, je sais maintenant à quoi m'en tenir — je ne vous déplais pas mais vous ne me mettez pas sur un piédestal.

Ça, il n'y avait pas de danger ! Je n'étais pas dupe une seule seconde, je savais à qui j'avais affaire : à un Don Juan, un coureur de jupons capable de rendre une femme folle de jalousie ! Ça n'avait sûrement pas été à son intention que ma mère avait acheté son manuel d'érotisme. Il n'avait pas besoin de ça. Il devait tout savoir. Quand, comment et où.

Subitement, il arrêta la voiture et se tourna vers moi. Même dans l'obscurité, le blanc de ses yeux luisait. Il était trop viril, trop débordant d'effervescence pour un homme qui déjà devrait montrer des signes de vieillissement. Il avait huit ans de moins que ma mère, soit quarante ans — l'âge où les hommes sont les plus séduisants et les plus vulnérables, l'âge où ils commencent à se dire que ce sera bientôt la fin de la jeunesse. C'était maintenant qu'il lui fallait faire ses dernières conquêtes féminines. Et il devait commencer à se lasser de cette épouse qu'il connaissait par cœur, même s'il affirmait être amoureux d'elle. Mais alors, pourquoi ce défi dans ses yeux ? *Oh ! maman, où que tu sois, tu devrais être en train de prier ! Parce que je serai sans pitié. Comme tu l'as été avec nous.*

Mais Bart n'était pas un homme tranquille et rempli d'abnégation comme Paul. Avec lui, inutile de se lancer dans des manœuvres de séduction. Il se chargerait de tout, lui-même. Et, après, il partirait sans se retourner. Pas question pour lui de renoncer à la fortune qu'il comptait hériter pour une aventure de hasard. Je voyais s'allumer mes clignotants . Danger... sois prudente... le moindre faux pas, et tout risque de capoter.

— Quelle belle nuit ! fit-il. L'automne est la saison que je préfère. Il est encore plus intense que le printemps. Marchons un peu, Cathy.

Nous descendîmes et nous nous mîmes à déambuler, la main dans la main. Me croira-t-on si je dis que nous longeâmes une voie ferrée qui courait à travers la campagne ? Mais non ! Ce ne pouvait quand même pas être celle qui, quinze ans plus tôt, nous avait conduits à Foxworth Hall !

— Bart, nous ne nous connaissons pas, mais j'ai la bizarre impression d'avoir déjà suivi ce même chemin avec vous une autre nuit.

— Un sentiment de déjà vu ? Moi aussi, j'ai la même impression. Comme si nous avions vécu un grand amour. Nous nous sommes promenés dans ces bois. Nous nous sommes assis sur ce banc vert, devant les rails. C'est comme si quelque chose m'avait obligé de vous conduire ici à mon insu.

Je le regardai, me demandant s'il parlait sérieusement. A en juger par son air rêveur et quelque peu perplexe, je crois qu'il était lui-même étonné de ses paroles.

— Vous savez, Bart, je suis fascinée par toutes les choses que l'on considère comme impossibles ou invraisemblables. Je voudrais que l'impossible devienne possible et que l'invraisemblable bascule dans le réel. Quand tout est clair, je souhaite me trouver en face de nouvelles énigmes pour avoir toujours quelque chose de mystérieux sur quoi méditer.

— Vous êtes romantique.

— Pas vous ?

— Je n'en sais rien. Enfant, je l'étais.

— Qu'est-ce qui vous a fait changer ?

— On ne peut pas demeurer un adolescent romanesque lorsque l'on fait des études de droit et que l'on est confronté aux horribles réalités de l'existence — le meurtre, le viol, le vol, la corruption. On se durcit. On se rend compte que, pour arriver, il faut se battre griffes et ongles. Et l'on apprend vite que l'on n'est pas le meilleur et que la compétition est impitoyable. Alors, le romantisme... (Il m'adressa un sourire follement séduisant.) Mais je crois que nous avons beaucoup de points communs, Catherine Dahl. Moi aussi, j'ai besoin de mystère, besoin d'être étonné, besoin d'adorer quelqu'un. Voilà pourquoi je suis tombé amoureux d'une riche héritière. Mais cette fortune dont elle voulait tant hériter a tout gâché. Elle m'a déboussolé et terrifié. Je pressentais que tout le monde penserait que je courais après cette dot. Je suis sûr qu'elle-même l'a cru jusqu'à ce que je l'aie convaincue du contraire. J'avais eu le coup de foudre avant même de savoir qui elle était. En fait, je pensais qu'elle était... qu'elle était comme vous.

— Qu'est-ce qui pouvait vous faire croire ça? lui demandai-je, tout en redoutant d'entendre sa réponse.

— Parce qu'elle était réellement comme vous, Cathy. Pendant un temps. Et puis, cette fortune colossale lui est tombée sur les épaules et elle s'est lancée dans une véritable orgie de dépenses. Tout ce qui lui faisait envie, il fallait qu'elle l'achète. Mais, bientôt, elle n'a plus rien eu à désirer. Sauf un bébé. Seulement, elle ne pouvait pas en avoir. Si vous saviez le temps que nous passions devant les magasins de vêtements pour enfants et de jouets! Quand je me suis marié, je savais que nous n'en aurions jamais. Je croyais que cela m'était égal. Et puis, j'ai changé. Ces magasins n'ont pas tardé à me fasciner, moi aussi.

Nous arrivâmes devant le banc vert protégé par le toit de tôle ondulée et nous nous assîmes. Bart alluma une cigarette.

— La halte est désaffectée. Les riches résidents ont signé une pétition pour que l'on supprime les trains qui avaient l'outrecuidance de troubler leur repos et ils ont eu gain de cause. Moi, j'aimais beaucoup entendre ces trains siffler dans la nuit quand, jeune marié, je vivais à Foxworth Hall. Mais je n'avais que vingt-sept ans. Ma femme, elle, prenait des somnifères et elle dormait à poings fermés. Aussi n'entendait-elle pas la ravissante musique qui venait d'en haut. Elle m'intriguait énormément, cette musique, mais Corinne disait que j'étais le jouet de mon imagination. Ce devait être vrai puisqu'un beau jour, la musique a cessé. Elle m'a manqué. Elle apportait je ne sais quel charme à cette vieille demeure austère. Quand je dormais, je rêvais d'une ravissante jeune fille qui dansait au-dessus de ma tête. Et je pensais que c'était de ma femme quand elle était jeune que je rêvais ainsi. Corinne me racontait que, pour la punir, ses parents l'obligeaient à rester toute la journée dans la salle d'études aménagée dans le grenier, même l'été quand il y faisait une chaleur de fournaise. L'hiver aussi, d'ailleurs. Alors, il y faisait si glacial que ses doigts devenaient tout bleus.

— Vous n'êtes jamais monté jeter un coup d'œil dans ce grenier ?

— Non. J'aurais bien voulu mais la porte en haut de l'escalier était toujours fermée à clé. (Il me sourit méchamment.) Bien ! Maintenant que je vous ai fait toutes ces révélations, parlez-moi un peu de vous, à votre tour. Où êtes-vous née ? Où avez-vous fait vos études ? Qu'est-ce qui vous a décidée à devenir danseuse ? Et pourquoi ne vous ai-je jamais vue aux bals de Noël des Foxworth ?

Malgré la fraîcheur de l'air, je transpirais.

— Pourquoi faudrait-il que je vous parle de moi ? Parce que vous m'avez confié quelques petites choses ? Mais sans rien dire de vraiment important. Où êtes-vous né, vous ? Qu'est-ce qui vous a décidé à devenir avocat ? Comment avez-vous fait la connaissance de votre femme ? Etait-ce en été ? En hiver ? En quelle année ? Saviez-vous qu'elle avait déjà été mariée ou ne l'avez-vous su qu'après ?

— Mais c'est curieux comme tout, ces petits animaux-là ! Qu'est-ce que cela peut vous faire de savoir où je suis né ? Je n'ai pas mené une vie aussi passionnante que vous. J'ai vu le jour dans une petite ville de la Caroline du Sud appelée Greenglenna. La guerre de Sécession a sonné le glas de la prospérité de mes ancêtres et nous avons petit à petit dégringolé la pente, comme, d'ailleurs, tous les amis de la famille. Mais c'est là une vieille histoire. Et puis, un beau jour, j'ai épousé une Foxworth et la prospérité est revenue dans le Sud. Ma femme a pour ainsi dire reconstruit la demeure de mes aïeux, elle l'a entièrement restaurée et ça lui a coûté plus cher qu'une maison neuve ! Et qu'est-ce que je faisais, moi, pendant ce temps ? Je courais de par le monde avec elle. Sorti dans la botte de Harvard, j'étais devenu un papillon mondain. J'ai plaidé quelques causes et je vous ai aidée à régler votre petit problème. A propos, vous ne m'avez pas payé le prix que j'avais en tête.

Je protestai avec véhémence :

— Mais je vous ai envoyé un chèque de deux cents dollars ! Si ce n'était pas suffisant, le moment est mal choisi pour me le dire. Je suis fauchée.

— Ai-je parlé d'argent ? L'argent ne veut plus dire grand-chose pour moi maintenant. Dans ce cas particulier, c'était à une autre forme d'honoraires que je pensais.

— C'était pour ça que vous m'avez emmenée dans la campagne ? Alors quoi ? Vous voulez faire l'amour dans l'herbe ? Ce n'est pas de cette façon que je paie mes factures. D'ailleurs, vous croyez-vous tellement irrésistible, vous, le petit caniche d'une chichiteuse, d'une femme gâtée et trop riche qui peut s'offrir tout ce dont elle a envie — y compris un mari beaucoup plus jeune qu'elle ? Je m'étonne qu'elle ne vous ait pas encore passé un anneau dans le nez pour vous faire faire le beau !

Il se jeta brusquement sur moi et écrasa mes lèvres sous les siennes avec tant de brutalité que cela me fit très mal. J'avais beau le bourrer de coups de poing et essayer de tourner la tête, il n'y avait rien à faire. Sa bouche broyait ma bouche, l'ouvrait de force. Quand je me rendis compte que je ne pouvais échapper à son étreinte d'acier, mes bras se nouèrent malgré moi à son cou, mes doigts plongèrent dans son épaisse chevelure noire et ce baiser se poursuivit, se prolongea, s'éternisa jusqu'à ce que nous fussions aussi enfiévrés et haletants l'un que l'autre. Alors, il me repoussa avec une telle violence que je faillis tomber du banc.

— Recommencerez-vous à me traiter de caniche à sa mémère, maintenant ? fit-il.

— Reconduisez-moi.

— C'est entendu mais je ne me contenterai pas de si peu.

Il tenta à nouveau de se jeter sur moi mais je bondis et m'élançai en courant vers la voiture. Dans mon sac, j'avais des ciseaux à ongles. Quand il me rejoignit, je les brandis, prête à frapper. Il sourit et me les arracha des mains.

— Voilà de quoi faire une méchante égratignure, dit-il sur un ton goguenard. Malheureusement, je n'aime les égratignures que dans le dos.

Il ne me rendit les ciseaux qu'une fois arrivés devant le cottage.

— Maintenant, ne vous gênez pas. Crevez-moi les yeux. Enfoncez-les-moi dans le cœur. Cela vaudrait aussi bien. Ce baiser n'était qu'un commencement. J'entends être payé intégralement.

## LE TIGRE PAR LA QUEUE

Quelques jours plus tard — un dimanche matin —, je faisais des exercices d'assouplissement à la barre dans ma chambre. Jory qui mettait tout son zèle à m'imiter, me demanda à brûle-pourpoint :

— Est-ce que je danse, maman ?

— Oui, mon chéri. Tu danses.

— Et je danse bien ?

— Admirablement bien.

Le compliment lui arracha un grand rire et, me prenant par les jambes, il leva vers moi un regard extasié.

— Je t'aime, maman. (C'était une chose que nous nous

répétions au moins dix fois par jour.) Mary, elle a un papa. Pourquoi j'en ai pas, moi, de papa ?

Mon cœur se serra.

— Tu en as eu un, Jory, mais il est allé au ciel. Peut-être qu'un jour maman t'en trouvera un nouveau.

Il sourit de contentement. Ce problème le préoccupait. A la maternelle, tous les enfants en avaient un — tous, sauf lui.

Au même moment, j'entendis claquer la porte d'entrée et une voix familière cria mon nom. Chris ! Je me précipitai. Nos yeux se rencontrèrent, nos regards se retrouvèrent. Sans un mot, il m'ouvrit les bras et je me jetai à son cou tandis que Jory tirait avec impatience sur son pantalon.

— Comment va mon Jory ? lui demanda Chris après avoir embrassé ses joues roses.

Mon fils le buvait des yeux.

— Dis, oncle Chris, t'es mon papa ?

— Non, répondit Chris sur un ton bougon en le reposant par terre, mais je voudrais rudement avoir un fils comme toi.

Mal à l'aise, je tournai la tête et lui demandai ce qu'il faisait ici au lieu d'être auprès de ses malades.

— J'ai mon week-end libre et je me suis dit que j'allais le passer avec toi — enfin, si tu m'y autorises.

J'acquiesçai vaguement en songeant qu'il y avait fort à parier que j'aie un autre visiteur pendant le week-end.

— As-tu des nouvelles de Paul, Chris ? Il ne vient plus guère et il m'écrit rarement.

— Il assiste encore à je ne sais quel congrès médical. Je croyais qu'il gardait toujours le contact avec toi.

Il avait légèrement appuyé sur le dernier mot.

— Je me fais du souci pour lui. Laisser mes lettres sans réponse, cela ne lui ressemble pas.

Chris éclata de rire, se laissa tomber dans un fauteuil et prit Jory sur ses genoux.

— Peut-être, ma chère sœur, as-tu finalement rencontré un homme capable de vivre sans être amoureux de toi. (J'avais l'impression que son regard me sondait.) Cathy, qu'est-ce que tu fais dans ces montagnes ? Que mijotes-tu ? Aurais-tu l'intention d'enlever Bart Winslow à notre mère ?

— Cesse de m'interroger comme si j'étais une gamine écervelée, ripostai-je avec virulence. Je fais ce que j'ai à faire — comme toi.

— Oui, d'accord. J'ai eu tort de te poser cette question parce que je connais d'avance la réponse. Inutile d'avoir une boule de cristal pour lire en toi. Je sais parfaitement ce que tu as dans la tête. Mais laisse Bart tranquille ! Jamais il ne la quittera pour toi. Elle a des millions de dollars et, toi, tu n'as que ta jeunesse. Et il y a des centaines et des centaines de femmes encore plus jeunes. Pourquoi serait-ce toi qu'il choisirait ?

— Ne nous disputons pas, Chris. Soyons amis et alliés. Des quatre que nous étions, il ne reste plus que toi et moi.

— Que veux-tu ? J'essayais... comme d'habitude. Tu sais, je partage une chambre avec un autre résident à l'hôpital. Ce serait bien si je pouvais habiter ici avec vous, Jory et toi. Ce serait comme avant — rien que nous.

A ces mots, je me raidis.

— Cela t'obligerait à faire beaucoup de route tous les jours et, en cas d'urgence, tu ne serais pas sur place.

Il poussa un soupir.

— Bien sûr. Mais les week-ends ? J'ai un week-end libre sur deux. Ma présence te pèserait ?

— Oui, elle me pèserait. Figure-toi que j'ai une vie personnelle.

Il se mordit la lèvre et se força à sourire.

— Bon, fais ce que tu veux faire — ce que tu estimes devoir faire. J'espère seulement que tu ne t'en mordras pas les doigts.

— Si nous parlions d'autre chose ? (Je lui souris et le pris dans mes bras.) Sois gentil et accepte-moi telle que je suis — aussi entêtée que Carrie.

La journée passa très vite. Après le déjeuner, nous fîmes une promenade dans les bois. Chris portait Jory sur les épaules. A un moment, nous nous arrêtâmes pour contempler de loin Foxworth Hall.

— Maman est-elle là ? me demanda soudain mon frère d'une voix étranglée.

— Non. D'après mes informations, elle est actuellement au Texas dans une de ces villes d'eau où les femmes riches vont faire des cures d'amaigrissement.

— Qui te l'a dit ? me demanda-t-il, aussitôt alarmé.

— Devine.

Il secoua violemment la tête et reposa Jory par terre.

— Tu es folle de jouer avec cet homme ! Je l'ai vu ! Il est dangereux. Garde-toi de lui, Cathy ! Retourne auprès de Paul et épouse-le si tu tiens tant que ça à avoir un homme dans ta vie. Et laisse notre mère en paix. Tu sais bien qu'elle souffre. Crois-tu qu'elle puisse être heureuse après ce qu'elle a fait ? Tout l'argent du monde est incapable de lui rendre ce qu'elle a perdu — nous ! C'est là une vengeance suffisante.

— Non. Je veux la mettre en face de la vérité et cela, en présence de Bart. Et tu pourrais me supplier à genoux pendant un siècle, cela ne m'empêcherait pas d'aller jusqu'au bout et de faire ce que j'ai à faire !

Quand Chris venait, il couchait dans l'ancienne chambre de Carrie. Nous ne parlâmes guère bien qu'il ne me quittât pas des yeux, suivant du regard chacun de mes mouvements. Il paraissait vidé de ses forces, désorienté... et, surtout, malheureux. J'aurais voulu lui dire que, une fois ma tâche achevée, je retournerais auprès de Paul vivre une vie calme et paisible, et que Jory aurait alors le père qui lui manquait tant. Mais je gardai le silence.

Les nuits étaient froides en septembre, même si la température était encore douce dans la journée. A cette saison, dans le grenier, nous étouffions. Je crois bien que c'était à cela que nous pensions tous les deux ce soir-là, la veille de son départ, tandis que nous regardions les bûches se consumer dans l'âtre. Mon fils était depuis longtemps au lit quand je me levai. Je m'étirai et jetai un coup d'œil à la pendule sur la cheminée. Elle indiquait 11 heures.

— Il est temps d'aller se coucher, Chris. Tu dois te lever tôt demain matin.

Il me suivit sans dire un mot dans la chambre de Jory qui dormait, couché en chien de fusil, serrant sur son cœur un gros poney en peluche qui ressemblait énormément, me dit Chris, à celui qu'il avait — un vrai, celui-là — quand il avait quatre ans.

— Quand il dort, il ressemble plus à toi qu'à Julian, murmura-t-il.

Paul avait dit la même chose.

— Bonne nuit, Christopher Doll, fis-je en m'arrêtant devant la porte de sa chambre. Dors bien et ne te fais pas dévorer par les punaises.

Ces paroles lui arrachèrent une grimace douloureuse.

— C'était notre formule pour nous dire bonsoir quand nous dormions dans la même chambre.

Il me tourna le dos, entra et ferma la porte.

Quand je me réveillai, à 7 heures, Chris était reparti. Je pleurai un peu. Jory me regarda d'un air étonné en ouvrant de grands yeux :

— Maman... ?

— Ce n'est rien. Maman a seulement un peu de peine parce que ton oncle Chris est parti. Et elle n'ira pas travailler, aujourd'hui.

Pourquoi serais-je allée travailler ? Je n'avais que trois élèves et ils pouvaient aussi bien attendre demain pour prendre leur leçon. Là, toute ma classe serait au complet.

Décidément, mes projets avançaient trop lentement. Il fallait leur donner un coup de pouce. Je demandai à Emma de garder Jory pendant que je ferais un petit cross à travers bois.

— Je ne serai pas absente plus d'une heure. Laissez-le jouer dehors. Je rentrerai pour le déjeuner.

J'enfilai mon survêtement bleu vif à bandes blanches et à moi les chemins forestiers ! Cette fois, j'en pris un sur la droite que je n'avais encore jamais essayé et qui s'enfonçait à travers un épais boqueteau de pins. Il était à peine marqué, plein de trous et de bosses, et il fallait avoir l'œil pour ne pas se prendre les pieds dans les racines à ras du sol.

Quand j'entendis que l'on courait derrière moi, je ne me retournai pas. Le crépitement des feuilles sèches sous mes pas me plaisait et je pressai l'allure.

— Cathy, attendez-moi ! Vous allez trop vite.

C'était Bart Winslow. Il ne pouvait pas en être autrement. Le destin ne pouvait pas être toujours le plus malin, ma mère ne pouvait pas toujours gagner. Je jetai un coup d'œil par-dessus mon épaule et souris à la vue de Bart, hors d'haleine, vêtu d'une époustouflante tenue de jogging fauve, garnie de tricot orange et jaune aux poignets, au cou et à la ceinture. Le grand chic, quoi !

— Bonjour, monsieur Winslow. (J'accélérai encore.) Un homme qui ne peut pas attraper une femme n'est pas un homme.

Relevant le défi, il accéléra et je dus me donner à fond pour conserver mon avance. Je m'envolais littéralement, mes cheveux flottant comme une oriflamme derrière moi. Les écureuils à la recherche de noisettes détalaient à mon approche. J'étais grisée par le sentiment de puissance que je sentais vibrer en moi. Ecartant les bras, je me mis à faire des pirouettes, j'étais soudain sur scène et j'interprétais le meilleur rôle de ma vie. Mais, tout à coup, je me pris le pied dans une racine traîtresse et m'étalai de tout mon long. Heureusement, les feuilles mortes amortirent ma chute.

Je me relevai vivement mais l'incident avait permis à Bart de gagner du terrain. Ses halètements montraient clairement qu'en dépit de l'avantage que lui donnaient ses jambes plus longues, il était loin d'avoir ma résistance.

— Arrêtez-vous, Cathy ! me cria-t-il à nouveau. Ayez pitié de moi, que diable ! Je n'en puis plus. J'ai d'autres moyens de prouver ma virilité !

Mais j'étais sans pitié. Attrape-moi si tu peux, sinon, rien à faire ! Je continuai à courir, et mes mollets de danseuse aux muscles longs et souples faisaient merveille. J'étais un éclair bleu. Comme j'étais reconnaissante à la danse de m'avoir faite telle que j'étais !

Mais au moment précis où cette idée me passait par la tête, voici que mon sacré genou me joua un tour et je tombai de nouveau en avant. Et, cette fois, cela faisait mal. Vraiment mal. M'étais-je cassé quelque chose ? Fracturé un os ? Démis la cheville ? Déchiré un ligament ?

Bart me rejoignit en quelques enjambées, s'accroupit et me mit sur le dos.

— Vous êtes-vous blessée ? me demanda-t-il avec une inquiétude visible. Vous êtes pâle comme un linge. Où souffrez-vous ?

J'avais envie de répondre que tout allait bien. Parce qu'une danseuse sait tomber, n'est-ce pas ? Sauf quand elle ne sait pas qu'elle va tomber. Et puis, pourquoi mon genou me faisait-il tellement souffrir ? Je le regardai, le traître. Ce n'était pas la première fois qu'il me faisait le coup.

— C'est mon imbécile de genou. Si je me cogne le coude en sortant de la douche, il me fait mal, cet animal de genou droit. Quand j'ai la migraine, il me fait mal pour ne pas être en reste. Un jour où je me faisais obturer une dent, la fraise a malencontreusement glissé, m'entaillant la gencive. Mon genou s'est aussitôt détendu et le dentiste a reçu mon pied en plein dans le ventre.

— Vous me faites marcher !

— Non, je parle sérieusement.

Il m'aida à me remettre debout et me palpa le genou avec application.

— Il me paraît en bon état et tout à fait fonctionnel, ce genou.

— Qu'est-ce que vous en savez ?

— Les miens sont parfaitement fonctionnels. Alors, quand je suis en présence d'un genou en parfait état de marche, je le sens. Mais si je pouvais le voir, j'aurais une idée plus précise.

— Allez plutôt voir si ceux de votre femme le sont, fonctionnels !

— Voulez-vous me dire pourquoi vous êtes si méchante avec moi ? J'étais ravi de cette rencontre, et vous vous conduisez avec une incroyable agressivité.

— Je suis toujours agressive quand j'ai mal. Pas vous ?

— Lorsque je souffre, ce qui n'est pas fréquent, je suis, au contraire, la douceur et l'humilité mêmes. Ainsi, on se fait dorloter davantage. Et puis, n'oubliez pas que c'est vous qui m'avez lancé un défi, pas moi.

— Vous n'aviez qu'à ne pas le relever et partir de votre côté.

— Ça y est ! soupira-t-il, l'air navré. On recommence à se disputer ! Soyez gentille. Dites-moi que vous êtes contente de me voir. Que vous me trouvez beaucoup plus séduisant que lors de notre dernière rencontre et terriblement attirant. Je ne suis peut-être pas capable de courir comme le vent mais j'ai d'autres tours dans mon sac, croyez-moi.

— Pour ça, je vous fais confiance.

— Ma femme est toujours en cure et je me dessèche dans la solitude, je m'ennuie comme un rat mort avec, pour unique compagnie, une vieille dame qui ne peut ni parler ni marcher mais se débrouille pour prendre un air revêche chaque fois qu'elle me voit. L'autre soir, je méditais devant le feu et je faisais des vœux pour que quelqu'un commette un assassinat. Alors, j'aurais enfin une affaire intéressante à traiter Vous ne pouvez pas imaginer à quel point il est déprimant pour un avocat de n'être entouré que de gens heureux, normaux, sans passions refoulées qui se déchaînent brusquement.

— Eh bien, Bart, je vous félicite : vous êtes tombé sur l'oiseau rare. Vous avez devant vous quelqu'un qui est dévoré par la haine et dont la vindicte ne va pas tarder à se déchaîner, vous pouvez y compter !

Il croyait que je plaisantais, que je jouais au chat et à la souris avec lui... la danse de la séduction, quoi, et, sans se douter un seul instant de mes intentions réelles, il s'empressa de relever ce nouveau défi. Son regard me déshabillait.

— Pourquoi êtes-vous venue vous installer ici, près de chez moi ?

— Et prétentieux, avec ça ! m'esclaffai-je. Je suis venue pour monter un cours de danse, si vous voulez savoir.

— Ben voyons ! Il y avait New York, il y avait la ville où vous viviez — je ne sais d'ailleurs pas laquelle — et vous vous amenez ici ! Pour vous adonner aussi aux sports d'hiver, peut-être ?

Son regard me faisait clairement comprendre à quel genre d'activités sportives il pensait.

— Oui, répondis-je, innocemment. J'aime tous les sports, d'intérieur et de plein air.

Il émit un petit rire satisfait, convaincu, avec la fatuité qui caractérise la gent masculine, qu'il était d'ores et déjà bien placé pour le seul sport d'intérieur que les hommes cherchent vraiment à pratiquer dans la catégorie simple mixte.

— Cette vieille femme qui ne peut pas parler, elle est aussi incapable de bouger ? demandai-je.

— Pour ainsi dire. C'est ma belle-mère et il n'y a que ma femme qui arrive à comprendre ses bredouillements.

— Et vous la laissez seule ? Est-ce bien prudent ?

— Non, elle n'est pas seule. Une infirmière ne la quitte pas et nous avons toute une armée de domestiques.

Cet interrogatoire avait l'air de lui déplaire quelque peu mais je n'avais pas fini.

— Dans ce cas, pourquoi restez-vous ici au lieu d'aller prendre un peu de bon temps ailleurs et de donner raison au proverbe : quand le chat n'est pas là, les souris dansent ?

— Bien que je n'aie jamais eu beaucoup d'atomes crochus avec ma belle-mère, elle me fait pitié quand je la vois maintenant dans cet état. Et, la nature humaine étant ce qu'elle est, je ne fais pas confiance aux domestiques pour s'occuper parfaitement d'elle, si quelqu'un de la famille n'est pas là pour les surveiller. Elle est totalement impotente. Elle ne peut pas quitter son fauteuil ni sortir de son lit si quelqu'un ne l'aide pas. Voilà pourquoi, tant que ma femme ne sera pas rentrée, je devrai veiller sur Mme Malcolm Foxworth.

Je fus soudain piquée par une irrésistible curiosité. Il fallait absolument que je connaisse le petit nom de la grand-mère : je ne l'avais jamais entendu prononcer.

— Vous l'appelez Mme Foxworth ?

— Non, Olivia. Au début de mon mariage, je ne lui adressais pratiquement pas la parole, j'essayais d'oublier qu'elle existait. Mais, maintenant, je l'appelle par son prénom. J'ai l'impression que cela lui fait plaisir bien que je ne puisse pas l'affirmer. Ses traits sont figés et immobiles — une expression glacée, un masque de pierre.

Il m'en avait assez dit. Je pouvais désormais mettre ma stratégie au point. Il ne me manquait plus qu'un petit détail.

— Quand votre femme doit-elle rentrer ?

— Qu'est-ce que cela peut vous faire ?

— Moi aussi, Bart, je me sens seule. Quand Emma, la baby-sitter, s'en va, je n'ai d'autre compagnie que mon petit garçon. Aussi, je pensais que vous aimeriez peut-être dîner avec nous un de ces jours...

— Je viendrai ce soir même, fit-il aussitôt.

— Ma vie tourne tout entière autour de mon fils. L'été, nous dînons à 5 h 30 mais, maintenant que les jours sont plus courts, c'est à 5 heures.

— Parfait. Vous lui donnerez à manger à 5 heures et je serai là à 8 heures pour l'apéritif. Et, après le dîner, nous aurons l'occasion de mieux faire connaissance.

## L'ARAIGNÉE ET LA MOUCHE

A 8 heures pile, la sonnette, poussée par un doigt impatient, retentit et je me précipitai pour ouvrir avant que Jory, qui n'avait pas apprécié que je le couche si tôt, ne se réveillât.

Si j'avais fait des frais de toilette, Bart aussi. Il entra d'un pas décidé comme s'il était déjà chez lui, laissant dans son sillage un parfum raffiné de lotion après-rasage. J'accrochai son manteau dans le placard et me dirigeai vers le bar derrière lequel je commençai à m'affairer tandis qu'il s'asseyait devant le feu que j'avais allumé (je n'avais rien négligé — j'avais même mis de la musique douce).

— Quel est votre poison favori, Bart ?

— Scotch.

— Avec ou sans glace ?

— Sec.

Il surveillait chacun de mes gestes. Je me préparai mon petit mélange personnel, posai les deux verres tulipes sur un plateau d'argent et, toute séduction dehors, le rejoignis et me penchai pour le servir, ce qui lui permit de se rendre compte que ma poitrine était libre de tout soutien-gorge. Je m'assis en face de lui et quand je croisai les jambes, la fente de ma robe rose s'écarta, révélant ma cuisse jusqu'à la hanche. Il n'arrivait pas à s'arracher au spectacle.

— Excusez-moi pour les verres, Bart. Je n'ai pas assez de place ici pour pouvoir tout déballer. Je n'ai sorti des caisses que des verres à vin et des verres à eau.

— Un scotch est toujours un scotch. Qu'importe le flacon ! Mais qu'est-ce que vous buvez ?

Son regard avait maintenant dérivé vers l'échancrure de mon corsage.

— Voici ma recette. Du jus d'orange, un trait de jus de citron, un rien de vodka, un soupçon de lait de coco, plus une cerise, pour décorer. J'appelle ça le « délice des vierges ».

Après avoir bavardé à bâtons rompus pendant quelques minutes, nous nous mîmes à table. Ah ! le joli dîner aux chandelles !

— Ce poulet est succulent, fit-il après avoir réduit à néant en dix minutes cinq heures d'un minutieux travail. Habituellement, je ne suis pas très amateur de volaille... Qui vous a appris à faire une pareille merveille ?

Je lui dis la vérité.

— Une danseuse russe en tournée aux Etats-Unis avec qui j'ai sympathisé. Nous l'hébergions et nous faisions la cuisine quand nous ne dansions pas ou ne courions pas les magasins. Il fallait quatre poulets pour quatre personnes. Voilà ! Maintenant, vous connaissez la triste vérité sur les danseuses : elles ont un bon coup de fourchette. Enfin, après le spectacle. Avant, nous mangeons très légèrement.

Il sourit et se pencha en avant. A la flamme des bougies, ses yeux luisaient d'un éclat diabolique.

— Cathy, répondez-moi franchement. Pourquoi vous êtes-vous installée dans ce coin perdu et avez-vous décidé de me prendre pour amant ?

— Vous vous flattez, mon cher, rétorquai-je de mon ton le plus hautain, très fière de mon détachement apparent.

En réalité, il dissimulait un bouillonnement d'émotions contradictoires. J'avais l'impression d'attendre dans les coulisses, dévorée par le trac, le moment d'entrer en scène. Et c'était la représentation la plus importante de mon existence.

Et puis, presque comme par magie, je fus vraiment en scène. Je n'avais pas besoin de réfléchir pour trouver les gestes et les mots qui allaient l'ensorceler à vie. Le scénario avait été écrit il y avait bien longtemps quand j'avais quinze ans et que j'étais prisonnière. *Oui, maman, c'est le premier acte.*

Après le dîner, je proposai à Bart une partie d'échecs et il accepta. Dès que j'eus débarrassé, j'allai chercher l'échiquier et nous commençâmes à disposer nos armées en ordre de bataille.

— Voilà exactement pourquoi je suis venu, dit-il en me lançant un regard noir. Pour jouer aux échecs ! J'ai pris une douche, je me suis rasé et j'ai mis mon plus beau costume — pour jouer aux échecs ! (Cette fois, ce fut un sourire ravageur qu'il m'adressa.) A quoi aurai-je droit si je gagne ?

— A votre revanche.

— Et quand j'aurai gagné la revanche ?

— Eh bien, ce sera la belle. Et vous pouvez rengainer votre sourire prétentieux. J'ai appris à jouer avec un maître.

Chris, bien entendu.

— Et lorsque j'aurai aussi remporté la belle, insista-t-il, quelle sera ma récompense ?

— Vous pourrez rentrer et vous endormir, très fier de vous.

D'un mouvement lent et mesuré, il s'empara de l'échiquier qu'il posa sur le réfrigérateur sans faire tomber une seule des figurines d'ivoire, me prit par la main et m'entraîna dans le séjour.

— Mettez de la musique et dansons, ballerine. Pas des trucs où on se déhanche. Quelque chose de doux et de romantique.

Pour ma part, je ne supportais la musique de variétés qu'en voiture pour meubler la monotonie d'un long parcours et quand j'achetais des disques, c'était uniquement du classique ou du ballet. Mais, faisant pour une fois une exception, j'avais le jour même acheté *The night was made for love.* Quand nous commençâmes à évoluer dans la pièce qu'éclairaient seulement les flammes du feu de bois, je me remémorai le grenier, son âcre odeur de poussière et Chris.

— Pourquoi pleurez-vous, Cathy ? me demanda doucement Bart en m'obligeant à tourner la tête.

— Je ne sais pas, sanglotai-je.

Et c'était vrai.

— Mais si, vous savez. (Nous continuions de danser, joue contre joue.) Vous êtes un curieux mélange, vraiment. Un tiers enfant, un tiers séductrice, un tiers ange.

Je laissai échapper un petit rire grinçant.

— C'est ce que tous les hommes pensent des femmes. Pour eux, ce sont des petites filles qui ont besoin d'être choyées et dorlotées. Mais moi, je sais que c'est le mâle qui est un petit garçon...

— Cathy, est-ce que vous avez vraiment cru que vous pourriez faire chanter ma femme ?

— Non, mais j'ai quand même essayé. Je suis une idiote. Je fais des projets grandioses et je me désespère ensuite parce que rien me marche jamais comme je le voudrais. Quand j'étais jeune et pleine d'espoirs, je ne me doutais pas que je me casserais si souvent le nez. Je me convaincs que je m'endurcirai, que cela ne me fera plus mal mais, à tous les coups, ma fragile coquille vole à nouveau en éclats et je recommence à pleurer des larmes de sang — si je peux dire. Alors, je recolle les morceaux, je repars du bon pied en me disant qu'il y a une raison à tout et qu'elle finira un jour ou l'autre par m'apparaître. Et quand j'aurai enfin obtenu ce que je veux, Dieu fasse que je le garde assez longtemps pour me rendre compte que je le possède. Car ensuite tout se défera, je le sais maintenant. Et je serai toujours à la recherche de la pièce manquante.

— Vous n'êtes pas honnête avec vous-même. Vous savez mieux que personne où est la pièce manquante. Sinon, je ne serais pas là.

— Vous vous trompez, Bart. (Je posai me joue sur son épaule sans cesser de danser.) Je ne sais pas pourquoi vous êtes là. Je ne sais quoi faire de ma vie. Lorsque je donne mes cours ou que je suis avec mon fils, je suis vivante. Mais quand il est couché, je suis seule. Sans but ni raison d'être. Je sais que Jory a besoin d'un père mais quand je pense à Julian, je m'aperçois que j'ai commis erreur sur erreur. Je relis parfois mes vieilles revues de presse qui s'extasient sur mes qualités. Mais, dans ma vie personnelle, je n'ai cessé de faire des bêtises. Alors, ce que j'ai accompli sur le plan professionnel n'a strictement aucune importance.

Je m'immobilisai. Il y eut un long, un très long silence. Nos regards étaient rivés l'un à l'autre. Mon cœur se mit à battre plus fort.

— Vos problèmes sont la simplicité même, Cathy, finit-il par dire. Ce qu'il vous faut, c'est quelqu'un comme moi, et moi j'ai besoin de quelqu'un comme vous. Et si Jory a besoin d'un père, moi, j'ai besoin d'un fils. Vous voyez comme les choses qui paraissent compliquées sont simples à résoudre ?

Beaucoup trop simples ! Parce qu'il était marié. Et que j'étais suffisamment lucide et avertie pour ne pas me faire d'illusions : il ne pouvait pas avoir autant de tendresse pour moi qu'il le prétendait.

— Vous avez une femme et vous l'aimez, dis-je sèchement en le repoussant.

— Les hommes aussi savent mentir, fit-il d'une voix neutre. Oui, j'ai une femme et il nous arrive de coucher ensemble mais les feux de la passion se sont éteints. En fait, c'est une étrangère. Je ne la connais pas et je doute que quelqu'un la connaisse. Elle est repliée sur ses secrets. Mais cela dure comme ça depuis si longtemps que, maintenant, je m'en moque. Elle peut les garder pour elle, et grand bien lui fasse ! ses secrets, ses larmes, les angoisses qui la font se réveiller la nuit pour se plonger dans son maudit album bleu ! Elle m'a écrit qu'elle vient de se faire faire un lifting et que je ne la reconnaîtrai pas quand elle rentrera.

La panique s'empara de moi. Je voulais qu'il tienne à elle ! Quel intérêt y aurait-il à briser un ménage déjà en miettes ? J'avais besoin d'avoir le sentiment de remporter la victoire alors que toutes les chances étaient contre moi.

— Rentrez chez vous ! m'exclamai-je en le repoussant. Sortez d'ici ! Je vous connais à peine, je ne veux pas que vous me racontiez vos problèmes. Et d'ailleurs je ne vous crois pas. Je n'ai aucune confiance en vous.

Mes chétifs efforts pour me dégager l'excitaient et il eut un rire moqueur. Il n'en pouvait plus de désir. Il m'empoigna par les épaules et m'attira brutalement contre lui.

— Maintenant, assez ri ! Si vous m'avez invité, c'était bien pour une raison. Et je suis là, tout disposé à me laisser séduire. Je ne suis pas de ceux qu'on peut faire marcher impunément. Ou ce sera vous qui gagnerez ou ce sera moi, mais si nous couchons ensemble, peut-être que nous nous apercevrons demain matin en nous réveillant que nous avons gagné tous les deux.

Des signaux « danger » s'allumèrent. *Résiste ! Bats-toi !* Mais, se moquant de mes efforts, il me prit à bras-le-corps, me balança en travers de son épaule ; tout en me maintenant les jambes pour m'empêcher de ruer, il m'emporta dans la chambre et me laissa tomber sur le lit. Lorsque je tentai de me relever, il se jeta sur moi en esquivant le coup de genou que je m'apprêtais à lui envoyer et quand j'ouvris la bouche pour crier, il écrasa sa main sur mes lèvres.

— Cathy, ma belle séductrice, il était vraiment inutile de prendre tant de peine. Il y a longtemps que tu m'as séduit, ballerine. Tu es à moi jusqu'au retour de ma femme. Et, après, je n'aurai plus besoin de toi.

— Moi, au moins, il ne m'a pas fallu les millions de mon père pour vous acheter ! grondai-je quand il libéra ma bouche.

Sa réaction fut immédiate. Avant que je me rende compte de ce qui m'arrivait, ses lèvres s'écrasèrent brutalement sur les miennes. Ce n'était pas du tout ce que j'avais prévu ! Je voulais le tenter, l'exciter, l'appâter mais ne céder qu'après une longue guerre de siège dont ma mère serait le témoin impuissant, tant serait grande sa crainte que je ne parle. Et voilà qu'il se comportait plus bestialement et plus sauvagement encore que Julian ! Me broyant sous lui, il déchirait ma robe tandis que je me débattais en vain. En dessous, je n'avais qu'un collant qu'il eut tôt fait d'arracher.

Ses lèvres toujours inexorablement collées aux miennes, il empoigna ma main, la posa de force sur la fermeture à glissière de sa braguette et la serra à me faire craquer les jointures. Si je n'en passais pas par sa volonté, j'aurais les doigts brisés !

Je ne saurai jamais comment il fit pour se débarrasser de ses vêtements sans cesser de me maintenir, nue, sous lui. Il n'avait plus que ses chaussettes et je continuais à lutter en essayant de le griffer et de le mordre pendant qu'il m'embrassait, me caressait, explorait mon corps. J'aurais pu crier mais j'étais à bout de souffle. Quand j'arquai les reins dans l'intention de le déséquilibrer, il y vit une invite et me pénétra. Presque aussitôt, ayant pris son plaisir, il se retira.

— Allez-vous-en ! vociférai-je. Je vais appeler la police ! Je porterai plainte pour viol, je vous ferai jeter en prison !

La menace ne lui arracha qu'un ricanement dédaigneux. Il me chatouilla sous le menton et, se levant, entreprit de se rhabiller.

— Oh ! Ce que j'ai peur ! railla-t-il en imitant ma voix. Pas tellement heureuse, hein ? ajouta-t-il. Ça ne s'est pas passé comme tu l'espérais ? Mais ne t'inquiète pas, ma jolie. Je reviendrai demain. Alors, peut-être que si tu es gentille, je prendrai le temps de te faire jouir.

— J'ai un revolver. (Ce n'était pas vrai.) Si vous avez l'audace de remettre les pieds chez moi, vous êtes un homme mort. Enfin... quand je dis homme ! Vous êtes une bête, une brute, pas un être humain !

— C'est ce que ma femme dit souvent, riposta-t-il en refermant tranquillement sa braguette. Mais elle aime bien. Exactement comme toi. Demain soir, tu me prépareras un filet Wellington avec une salade composée. Et, comme dessert, j'aimerais bien de la mousse au chocolat. Si ça me fait grossir, nous brûlerons les calories superflues de la manière la plus agréable possible — et ce n'est pas au jogging que je pense. (Il m'adressa un grand sourire, fit le salut militaire et demi-tour mais, arrivé à la porte, il se retourna.) Demain, même heure. Et je passerai la nuit... enfin, si je suis satisfait de ton hospitalité.

La porte claqua. *Le salaud!* Je me mis à pleurer. De frustration. Une frustration si monstrueuse que j'aurais pu l'étrangler. Un filet Wellington! Avec de la sauce à l'arsenic, oui!

On livra trois douzaines de roses rouges à l'heure du petit déjeuner. Un mot les accompagnait :

*Je vous envoie un gros bouquet de roses, une pour chaque nuit où vous aurez mon cœur.*

Pas de signature. Que faire de trois douzaines de roses dans une maison minuscule? Ce fut Jory qui prit la décision :

— Oh! Elles sont belles, maman! C'est les roses à oncle Paul!

Au lieu de les jeter, je les gardai donc pour lui faire plaisir et je mobilisai tous les vases que je pus trouver. Jory était ravi.

Après le déjeuner, je le conduisis à l'école maternelle qu'il adorait. C'était une école Montessori. A trois ans, il savait déjà écrire son nom. Il était comme Chris, me disais-je. Intelligent, beau, doué pour tout. Oui, il avait tout, mon Jory. Sauf un père.

L'après-midi, en rentrant de mon cours, je m'arrêtai pour prendre des timbres. Et sur qui tombai-je dans le bureau de poste ? Sur lui ! Il achetait des timbres, lui aussi. Il me dédia un sourire charmant, comme s'il ne s'était rien passé la veille, et il eut même l'audace de me suivre jusqu'à ma voiture pour me demander si j'avais aimé ses roses.

— Pas ce genre de roses, répondis-je d'un air pincé.

Je montai dans l'auto et lui rabattis la porte au nez.

A 5 heures et demie, ce fut un paquet recommandé qu'on me livra. A l'intérieur, une boîte et, dans la boîte, un écrin que je me hâtai d'ouvrir. Une rose en brillants reposait sur le velours noir. Il y avait aussi une carte : « Peut-être ce genre de rose sera-t-il davantage à votre goût. »

Je mis le bijou dans un coin : ce n'était qu'une babiole achetée avec son argent à elle. Ce bijou ne venait pas vraiment de lui. Pas plus que le bouquet de vraies roses.

Il eut l'impudence d'arriver à 7 heures et demie précises comme il l'avait promis. Je le fis néanmoins entrer et, sans prononcer un mot, le précédai dans le coin salle à manger. Cette fois, pas de scotch, pas d'amuse-gueule. Le couvert était mis avec encore plus de soin que la veille. J'avais ouvert quelques cartons et disposé sur la table mes plus jolis sets en dentelle et ma plus belle argenterie. Nous n'avions encore ouvert la bouche ni l'un ni l'autre. Toutes ses roses, enfournées dans une boîte, étaient posées devant son assiette au milieu de laquelle trônait l'écrin renfermant la rose en diamants. Tandis que je m'asseyais, l'observant avec curiosité, il le plaça à côté de son assiette d'un geste désinvolte et repoussa tout aussi cavalièrement les fleurs, puis sortit de sa poche un papier plié en quatre qu'il me tendit. Je lus ces quelques lignes :

*Je vous aime pour des raisons qui n'ont ni commencement ni fin. Je vous aimais avant même de vous connaître. Aussi, mon amour est-il sans raison et sans but. Ordonnez-moi de partir, et je m'en irai. Mais sachez que, si vous me chassez, je me souviendrai toute ma vie de l'amour qui aurait dû être le nôtre et quand je serai mort, je ne vous en aimerai que mieux.*

Je levai les yeux et le regardai en face pour la première fois depuis son arrivée.

— Ce petit poème a quelque chose de familier mais avec un zeste de bizarre en plus.

— Familier ? Comment cela ? Je viens de l'écrire. (Il tendit la main vers le couvercle d'argent dissimulant à n'en pas douter le filet Wellington.) Je vous ai avertie que j'étais avocat, pas écrivain. C'est peut-être cela qui explique son côté bizarre. Quand j'étais à l'école, la poésie n'était pas mon point fort.

— Cela me paraît évident. La douce Elizabeth Barrett Browning ne correspond pas à votre type.

— J'ai fait de mon mieux, dit-il avec un sourire malicieux qui me défiait.

Puis son regard se posa sur le plat dont il souleva le couvercle, révélant un hot dog et une portion de haricots en conserve. Devant sa mine déconfite et ahurie, j'éprouvai un sentiment de satisfaction si intense que je le trouvai presque sympathique.

— C'est le menu préféré de Jory, expliquai-je, ravie de sa déconvenue. C'est ce que nous avons mangé pour le dîner. Pensant que ce qui était assez bon pour nous le serait aussi pour vous, je vous en ai gardé. Comme j'ai dîné, c'est pour vous tout seul. Servez-vous donc et bon appétit.

Il me foudroya du regard et mordit sauvagement dans son hot dog qui était sûrement aussi froid que les haricots. Mais il avala tout avec un verre de lait. En guise de dessert, j'allai lui chercher une boîte de craquelins en forme d'animaux. Il la considéra d'abord l'air ahuri puis l'ouvrit et s'empara d'un petit lion qu'il décapita d'un coup de dents. Lorsqu'il eut englouti la ménagerie entière, il me lança un regard chargé de réprobation.

— Si je comprends bien, vous faites partie de ces odieuses bonnes femmes libérées qui ne se pardonneraient jamais de faire quoi que ce soit pour être agréable à un homme.

— Vous vous trompez. Je ne suis libérée qu'avec certains hommes seulement. Il en est d'autres que je suis capable de vénérer, d'adorer et de servir comme une esclave.

— C'est votre faute si je me suis comporté avec vous comme je l'ai fait ! s'exclama-t-il avec force. Croyez-vous que je l'avais prémédité ? Je désirais que nos relations se situent sur un pied d'égalité. Pourquoi aviez-vous mis une robe pareille, aussi ?

— C'est le style qui a les préférences de tous les super-mâles.

— Je ne suis pas un super-mâle. Et j'ai horreur de ce genre de robes !

— Vous aimez mieux ma tenue d'aujourd'hui ?

Je redressai le buste pour lui faire mieux apprécier le vieux pull informe dont je m'étais affublée et qu'accompagnaient un jean délavé et des baskets crasseuses. Mes cheveux étaient ramenés sur la nuque en un chignon de grand-mère, mais j'avais pris soin de laisser échapper quelques mèches pour rehausser mon sex-appeal. Et je n'étais pas maquillée. Lui, il semblait sortir d'une revue de mode.

— Au moins, vous êtes naturelle, comme ça. J'attendais quand même autre chose de vous. Mettre une robe écarlate, une robe de putain qui ne cache rien pour me priver de la joie de la découverte !

— D'abord, elle était rose, pas écarlate. Et d'ailleurs, Bart, les costauds de votre espèce adorent les femmes faibles, passives et stupides parce qu'au fond ils sont eux-mêmes veules et ont peur des femmes agressives.

— Je ne suis ni faible, ni veule, ni rien d'autre. Je suis simplement un type qui aime se sentir un homme et qui a horreur qu'on le fasse marcher. Et je déteste autant les femmes passives que les femmes agressives. Simplement, je ne supporte pas d'être la proie d'une chasseresse qui m'attire dans un piège. Qu'est-ce que vous cherchez ? Pourquoi cette animosité envers moi ? Je vous envoie des roses, des bijoux, et vous n'êtes même pas capable de vous peigner et de vous poudrer le bout du nez pour l'empêcher de briller !

— Maintenant que vous m'avez vue au naturel, je ne vous retiens pas. Vous pouvez disposer. (Je me levai et allai ouvrir.) Nous ne sommes pas faits l'un pour l'autre, Bart. Retournez auprès de votre femme. Elle peut vous garder parce que, moi, vous ne m'intéressez pas.

Il se dirigea à grands pas vers la porte comme pour obéir à mon injonction mais me prit dans ses bras et la referma d'un coup de pied.

— Je vous aime, Dieu seul sait pourquoi, Cathy. J'ai l'impression de vous aimer depuis toujours.

Je le regardai, incrédule. Déjà, il retirait les épingles qui retenaient mes cheveux pour qu'ils se déploient sur mes épaules. Souriant imperceptiblement, il approcha mon visage du sien.

— Est-ce que je peux embrasser vos lèvres telles qu'elles sont ? Ce sont de très jolies lèvres.

Et, sans attendre ma permission, il les effleura des siennes.

Oh ! l'effet que me fit ce baiser si délicieusement léger ! Pourquoi les hommes ignorent-ils tous l'art de l'approche ? Quelle femme a envie de se faire dévorer par un glouton ? Pas moi, en tout cas. J'étais un violon qui aspirait à la caresse de l'archet, un pianissimo devenant un largo puis s'enflant en vagues, crescendo. Je voulais atteindre l'extase — où seuls pouvaient me conduire les mots heureux, prononcés quand il le fallait, et les premiers baisers donnés avec délicatesse, avant les jeux de mains. Cette nuit-là, Bart me fit découvrir toute sa science amoureuse et j'atteignis cette extase. Enfin il se conduisait comme un amant !

Mais il ne m'aimait pas. Je n'étais qu'une remplaçante, et quand sa femme rentrerait, je ne le reverrais plus, jamais plus. Je le savais, je le savais !

Quand je me réveillai, le lendemain matin, il était déjà parti.

Fin du premier acte. Le rideau s'ouvrirait sur le second, quand ma mère saurait que j'attendais un enfant de lui. Et il y avait aussi la grand-mère qui devrait payer.

## UNE VISITE DE COURTOISIE

Nous n'étions pas obligés de nous cacher pour nous rencontrer. Personne ne pouvait voir Bart quand il entrait chez moi en passant par la porte de derrière. Les broussailles et des arbres faisaient écran. Parfois, nous nous retrouvions dans une ville éloignée et nous faisions l'amour dans un motel — sauvagement, délicieusement, tendrement, érotiquement, merveilleusement. Néanmoins, mon sang se glaça dans mes veines le jour où il me dit pendant le déjeuner :

— Elle m'a téléphoné ce matin, Cathy. Elle sera là avant Noël.

— Ah ?

Et je continuai à picorer ma salade. Il s'immobilisa, la fourchette en l'air.

— Nous ne pourrons plus nous voir aussi souvent. Cela ne vous ennuie pas ?

— Nous trouverons bien un moyen.

— Mais vous êtes monstrueuse !

— Ne vous énervez pas pour rien. Toutes les femmes sont des monstres pour les hommes — et peut-être aussi pour elles-mêmes. Nous sommes nos pires ennemies. Rassurez-vous. Vous ne serez pas obligé de divorcer et de renoncer à l'héritage. Encore qu'elle puisse fort bien vous survivre et s'offrir à nouveau un jeune et fringant époux.

— Il y a des moments où vous êtes aussi garce qu'elle ! Elle ne m'a pas acheté ! Je l'aimais. Elle m'aimait. J'étais fou d'elle... comme je suis fou de vous aujourd'hui. Mais elle a changé. Quand nous nous sommes connus, elle était douce, charmante, elle était la femme et l'épouse de mes rêves. Mais elle a changé, répéta-t-il en déchiquetant une feuille de salade d'un coup de fourchette violent. Cette femme a toujours été une énigme — exactement comme vous.

— Tous les mystères vont très bientôt se dissiper, mon cher Bart.

— Son père aussi était une énigme, enchaîna-t-il sans tenir compte de mon interruption. Il avait toutes les apparences d'un charmant vieux monsieur mais c'était un cœur sec et dur. Je croyais être son unique avocat, alors qu'il en avait une demi-douzaine d'autres, chacun chargé d'une tâche particulière. Moi, c'étaient les testaments. Il les modifiait comme il changeait de chemise. Il en rédigeait un en faveur d'un membre de sa famille, il en déshéritait un autre et c'étaient des codicilles à n'en plus finir. Le dernier était le plus terrible.

Dame ! Il lui interdisait à jamais d'avoir des enfants.

— Alors, vous avez vraiment exercé ?

— Bien sûr, répondit-il avec un sourire amer. Et, maintenant, je m'y suis remis. Un homme a besoin d'avoir une véritable activité dans la vie. Les croisières d'agrément en Europe, on en a vite fait le tour. Voir toujours les mêmes têtes, faire toujours les mêmes choses, rire toujours aux mêmes plaisanteries éculées... Vous parlez d'une existence ! Et cela s'appelle l'élite ! Des gens qui ont trop d'argent et qui peuvent tout acheter sauf la santé. Alors, il ne leur reste plus rien, ni rêves ni ambitions, et ils finissent par crever d'ennui.

— Pourquoi ne divorcez-vous pas pour mener une vie plus intéressante ?

— Elle m'aime.

— Lors de notre première rencontre, vous m'avez affirmé que vous l'aimiez. Par la suite, vous m'avez dit que vous ne l'aimiez pas. Alors, vous l'aimez ou vous ne l'aimez pas ? Il faudrait quand même savoir !

— Franchement, fit-il après avoir réfléchi un moment, je suis partagé, déchiré. Je l'aime et je la hais. Je croyais qu'elle était ce que vous semblez être maintenant. Alors, s'il vous plaît, chérie, effacez ce qui, en vous, me la rappelle et ne me faites pas le mal qu'elle m'a fait. Vous dressez un mur entre nous parce que vous savez quelque chose que, moi, j'ignore. Je ne tombe pas facilement amoureux et je regrette d'être tombé amoureux de vous !

Il avait soudain tellement l'air d'un petit garçon désenchanté que j'en fus touchée.

— Bart, je vous jure que vous connaîtrez un jour tous mes secrets et tous les siens mais, d'ici là, continuez de me dire que vous m'aimez, même si vous ne le pensez pas, car je ne puis être heureuse avec vous si je ne sens pas que vous m'aimez un peu.

— Un peu ? J'ai l'impression de vous avoir toujours aimée. Quand je vous ai embrassée pour la première fois, c'était comme si je vous avais déjà embrassée. Pourquoi ? Comment cela se fait-il ?

— Karma, murmurai-je en souriant devant sa mine effarée.

J'avais une obligation à remplir avant le retour de ma mère. Un jour où je n'avais pas de cours et où Jory était à son école, je me rendis à Foxworth Hall par des chemins détournés. J'entrai par la porte de service grâce à la vieille clé que Chris avait jadis fabriquée. C'était un jeudi, le jour de sortie des domestiques. Bart, qui m'avait longuement parlé de la routine de son existence, m'avait aussi donné force détails sur la vie quotidienne de la grand-mère. Je savais qu'à cette heure de l'après-midi, elle se reposait, et que son infirmière en profitait pour faire la sieste. Elle occupait la petite chambre derrière la bibliothèque où son mari avait passé la fin de sa vie.

Je traversai les imposantes pièces aux meubles somptueux. Je revis le bahut du balcon où, un soir de Noël, nous nous étions cachés, Chris et moi, pour assister à la fête. C'était bien loin, tout cela, mais le temps faisait marche arrière : j'avais à nouveau douze ans, j'étais une petite fille terrifiée, terrorisée à l'idée que la demeure, ce monstre, ne fasse de moi qu'une bouchée si j'avais le malheur de faire un geste ou de dire un mot qui révèle ma présence. Les trois gigantesques lustres de cristal suspendus au plafond à douze mètres du sol me coupaient à nouveau le souffle.

Je prenais tout mon temps. J'admirais les tableaux, les bustes de marbre, les lampadaires, les fabuleuses tapisseries que seuls peuvent acquérir des multimilliardaires; lesquels d'ailleurs sont capables de se montrer d'une invraisemblable ladrerie dans les petites choses, témoin la grand-mère qui achetait son taffetas gris par coupons, histoire d'économiser quelques dollars, alors qu'ils s'offraient ce qu'il y avait de plus luxueux pour meubler la maison.

Je trouvai la bibliothèque sans peine. Les leçons apprises à un âge aussi tendre et dans de si éprouvantes conditions peuvent-elles jamais s'oublier? Quelle bibliothèque! Celle de Clairmont était bien loin de posséder autant de si beaux livres. La photo de Bart trônait sur l'impressionnant bureau qui avait été celui du grand-père et de nombreux détails indiquaient qu'il utilisait souvent cette pièce à des fins professionnelles et pour tenir compagnie à sa belle-mère. Ses pantoufles marron étaient rangées sous un confortable fauteuil près de l'immense cheminée de pierre de six mètres de long. La porte-fenêtre s'ouvrait sur une terrasse où était aménagé un jardin d'hiver avec un bassin en rocaille et un jet d'eau. C'était une pièce ensoleillée et protégée du vent qui convenait parfaitement à une invalide.

Quand ma curiosité — une curiosité qui remontait si loin dans le temps — fut satisfaite, je m'approchai de la porte de chêne massif à l'autre bout de la bibliothèque, celle qui donnait accès à l'antre de la sorcière. Des visions fugitives surgirent dans mon esprit. Je revoyais la grand-mère telle qu'elle m'était apparue la nuit de notre arrivée à Foxworth Hall, nous dominant de sa taille de géante, ses yeux à l'éclat dur et cruel qui se posaient sur nous sans la moindre lueur de compassion. Elle n'avait même pas eu un sourire de bienvenue, elle n'avait même pas caressé les joues de pêche des jumeaux qui, à cinq ans, étaient pourtant si délicieux.

Une autre vision : la grand-mère ordonnant à sa fille d'ôter son corsage pour nous montrer les marques de fouet qui zébraient son dos. Et ce moment d'horreur : lorsqu'elle avait soulevé Carrie par les cheveux et que Cory s'était rué sur elle pour lui lancer un coup de pied, elle avait d'une seule claque projeté le petit garçon à l'autre bout de la chambre. Uniquement parce qu'il défendait sa sœur qui hurlait sans pouvoir s'arrêter. Et je me revoyais, nue devant la glace. Le châtiment avait été atroce. Elle s'en était prise à ce à quoi je tenais le plus : mes cheveux. Chris avait passé une journée entière à les décaper du goudron qu'elle avait déversé sur eux. Et les deux semaines où elle nous avait laissés sans rien à manger ni à boire ! Oui ! Elle méritait bien que je lui rende une petite visite de courtoisie ! Quand elle m'avait fouettée, j'avais fait le serment qu'un jour ce serait elle qui serait réduite à l'impuissance et moi qui manierais les verges et lui retirerais le pain de la bouche !

J'enlevai mon manteau, m'assis pour ôter mes bottes et enfilai mes chaussons de satin. J'avais mis un collant de danse blanc. Je détachai le ruban qui retenait mes cheveux pour qu'ils se déploient en un ruissellement d'or. Ah ! Elle allait verdir de rage à la vue de cette chevelure dont le goudron n'avait pas eu raison !

*Préparez-vous, grand-mère ! Me voici !*

Je m'approchai de la porte que j'ouvris doucement. Elle gisait sur un lit d'hôpital très haut sur pieds, les yeux mi-clos. Le soleil qui entrait par les fenêtres faisait briller son crâne rose et poli : elle était presque chauve. Oh ! Comme elle paraissait vieille ! Et quelle maigreur ! Qu'était-elle devenue, la géante de mon enfance ? Pourquoi ne portait-elle pas une robe de ce taffetas gris dont les bruissements étaient pour nous autant de menaces ? Pourquoi fallait-il qu'elle eût l'air aussi pitoyable ?

Je fermai mon cœur à la pitié. Avait-elle eu pitié de nous, elle ? Elle semblait être au bord de l'assoupissement mais quand la porte commença à s'entrebâiller, ses paupières s'ouvrirent lentement — très lentement. Et ses yeux s'écarquillèrent. Elle m'avait reconnue. Ses lèvres minces et desséchées se mirent à trembler. Elle avait peur ! Alléluia ! Mon heure avait sonné ! Pourtant, je m'immobilisai sur le seuil de la porte, atterrée. J'étais venue assouvir ma vengeance mais j'étais flouée : le temps me l'avait dérobée. Pourquoi n'était-elle plus le monstre dont je gardais le souvenir ? C'était le monstre que je voulais, pas cette grabataire dont un ruban de satin rose maintenait les rares mèches et lui donnait un air à la fois puéril et macabre. Des mèches, c'était d'ailleurs beaucoup dire. Quelques touffes sans couleur, usées, mortes.

Autrefois, elle faisait un mètre quatre-vingts, pesait plus de quatre-vingt-dix kilos et ses énormes seins étaient comme deux collines de béton. Maintenant, ils pendaient, flasques, sur un abdomen boursouflé. Ses bras ressemblaient à deux morceaux de bois sec, ses mains étaient tordues, ses doigts déformés. Je la regardais, elle me regardait. Seul le tic-tac opiniâtre de la pendulette brisait le silence. Elle essayait de parler, de m'ordonner de sortir. *Hors de ma maison, progéniture du diable !* aurait-elle vociféré si elle l'avait pu. *Dehors, dehors, dehors, engeance infernale !*

Mais elle ne le pouvait pas.

Mais moi, en revanche, je pouvais lui parler. Avec la plus exquise amabilité :

— Bonjour, chère, chère grand-mère. Quel plaisir de vous revoir ! Vous vous souvenez de moi ? Je suis Cathy, votre petite-fille que vous aviez séquestrée avec vos autres petits-enfants. Tous les matins, vous nous apportiez notre pitance dans un panier pique-nique. A 6 heures et demie tapantes, vous surgissiez avec un gros Thermos de lait et un petit Thermos de soupe tiède. Du potage en conserve, qui plus est. Pas une seule fois vous ne nous avez monté de la soupe chaude. Pourquoi ? Etait-ce exprès ?

Je refermai la porte, et ce fut seulement alors qu'elle vit la baguette de saule que je dissimulais derrière mon dos. Je la tapotai négligemment sur ma main !

— Vous souvenez-vous du jour où vous avez fouetté votre fille, grand-mère ? lui demandai-je d'une voix douce. Vous l'aviez obligée à se déshabiller devant son père et vous l'avez fouettée. Elle, une femme ! C'était vraiment un acte immonde, ignoble, ne trouvez-vous pas ?

Son regard terrorisé ne quittait pas la baguette de saule. Oh ! comme j'étais heureuse que Bart m'eût dit qu'elle avait toute sa tête ! Non, elle n'était pas gâteuse. Je la regardais. Regardais ses yeux gris, délavés et larmoyants, aux paupières rougies que prolongeaient des pattes-d'oie si profondes qu'elles ressemblaient à des griffures. Regardais ses lèvres étroites et plissées, enfouies dans un lacis de rides. Et, que l'on me croie ou pas, au col austère de son caraco de coton jaune était piquée la fameuse broche de diamants dont étaient autrefois ornés les cols de guipure qui éclairaient sa robe de taffetas gris. Jamais je ne l'avais vue sans cette broche.

— Et les jumeaux, grand-mère, vous souvenez-vous des jumeaux ? Ces adorables bambins de cinq ans dont, pendant notre séjour ici, vous n'avez jamais prononcé le nom ? Pas plus que le nôtre d'ailleurs. Cory est mort — cela, vous le savez. Mais ma mère vous a-t-elle parlé de Carrie ? Carrie est morte, elle aussi. Elle n'avait pas grandi normalement parce qu'elle avait été privée de soleil et d'air pur au moment où elle en avait le plus besoin. Privée d'amour et de sécurité. Privée de bonheur. Cela l'avait traumatisée. Nous prenions des bains de soleil sur le toit, Chris et moi, mais pas les jumeaux. Parce que le toit les épouvantait. Saviez-vous que j'y passais des heures entières avec mon frère aîné ? Non, vous ne le saviez pas, n'est-ce pas ?

Elle bougea imperceptiblement, comme si elle essayait de s'enfoncer dans son matelas. Quelle jouissance que le spectacle de sa peur ! Ses yeux étaient des fenêtres ouvertes sur l'effroi. Comme les miens jadis. Et elle ne pouvait pas appeler au secours ! Elle était à ma merci.

— Et le second soir, vous le rappelez-vous, chère et aimante grand-mère ? Vous avez soulevé Carrie en la prenant par les cheveux. Vous saviez que cela lui faisait mal mais que vous importait ! Et vous avez d'une seule claque expédié Cory au loin. Cela lui a fait mal, à lui aussi. Pourtant, il ne cherchait qu'à protéger sa petite sœur. Pauvre Carrie ! Elle ne s'est jamais remise de sa mort. Elle avait fait la connaissance d'un garçon du nom d'Alex. Ils sont tombés amoureux l'un de l'autre et ils devaient se marier mais quand elle a su qu'Alex voulait être pasteur, cela l'a bouleversée. Pour la simple raison que vous nous aviez inculqué la terreur des gens pieux. Elle avait parfaitement assimilé vos leçons et quelque chose qui dormait au fond d'elle s'est réveillé. Et elle n'a plus voulu vivre. Ecoutez-moi... je vais vous dire ce qu'elle a fait. A cause de vous. Parce que vous lui aviez mis dans la tête dès l'enfance qu'elle était maudite, qu'elle était congénitalement pervertie et mauvaise, quelque effort qu'elle pût faire pour être vertueuse. Elle l'a cru. Cory était mort. Et elle savait de quoi. Elle savait qu'il avait été empoisonné par l'arsenic que vous mettiez sur les beignets. Alors, quand elle n'a plus eu le courage de vivre, elle s'est procuré de la mort-aux-rats. Puis elle a acheté un paquet de beignets qu'elle a saupoudrés de poison. Elle n'en a mangé qu'un... il portait encore la marque de ses dents. C'est ça ! Enfoncez-vous dans votre matelas, essayez de disparaître pour fuir votre crime. Vous et ma mère, vous avez assassiné Carrie aussi sûrement que vous aviez assassiné Cory ! Je vous hais, vieille peau !

Mais je m'abstins de lui dire que je haïssais encore davantage ma mère. Elle, elle ne nous avait jamais aimés ; ce qu'elle avait fait était dans l'ordre des choses. Mais notre mère ! Qui nous avait mis au monde, qui, du vivant de papa, avait été aux petits soins pour nous, qui nous avait entourés d'amour. Elle, c'était une autre histoire. Une histoire horrible. Insupportable d'horreur ! Mais patience ! Son tour arriverait.

— Oui, grand-mère, Carrie est morte, elle aussi. Elle a voulu mourir de la même manière que Cory pour le rejoindre au ciel.

Je lui brandis sous le nez la boîte que je cachais derrière mon dos, la boîte qui contenait la mèche de Carrie. Je l'avais brossée et lissée et elle brillait comme de l'or. A une extrémité, j'avais noué un ruban de satin rouge, et à l'autre un ruban de satin violet.

— Regardez, la vieille. Ce sont les cheveux de Carrie. Ce n'est pas seulement un souvenir que j'ai gardé pour Chris et pour moi. Si je les ai conservés, c'était pour vous les mettre sous les yeux et sous les yeux de notre mère. Parce que toutes deux vous l'avez tuée, exactement comme vous avez tué Cory.

J'étais presque folle de haine, mes mains tremblaient. Je revoyais Carrie agonisante, Carrie qui n'était plus qu'une petite chose recroquevillée, une forme squelettique dont la peau livide laissait transparaître les veines. Et il avait fallu se hâter de mettre son cadavre dans un cercueil de métal parce qu'il était déjà en voie de décomposition.

— Ne sont-ils pas beaux, ces cheveux ? poursuivis-je en agitant la mèche. Les vôtres ont-ils jamais été aussi resplendissants ? Non, bien sûr que non ! Vous ne pouviez rien avoir de beau, même quand vous étiez jeune, rien ! Et c'est pourquoi vous étiez tellement jalouse de la belle-mère de votre mari. (Son tressaillement me fit éclater de rire.) Eh oui, chère grand-mère, je sais beaucoup plus de choses que vous ne le soupçonniez. Mon beau-père m'a mise au courant de certains secrets de famille. Malcolm Foxworth, votre époux, était amoureux de la jeune femme de son père, qui était dix fois plus jolie et plus douce que vous. Et quand Alicia a donné le jour à un enfant, vous vous êtes doutée que c'était le fils de votre mari. Voilà pourquoi vous haïssiez notre père, voilà pourquoi vous lui avez ouvert les portes de Foxworth Hall en lui faisant croire qu'il avait trouvé un foyer. Et vous l'avez envoyé à l'université, vous l'avez initié aux joies du luxe et de la fortune afin qu'il souffre encore davantage quand, plus tard, vous l'avez chassé et déshérité. Seulement, il vous a bien possédée, mon père ! Il vous a volé votre fille unique que, d'ailleurs, vous détestiez parce que son père l'aimait plus qu'il ne vous aimait, vous. Et le demi-oncle s'est marié avec la demi-nièce ! Pourtant, vous vous trompiez du tout au tout en ce qui concernait Malcolm et Alicia. En effet, la mère de mon père avait votre mari en aversion. Elle repoussait systématiquement ses avances. Et le bébé n'était pas le fils de votre mari !

Elle fixait sur moi un regard vide, comme si le passé n'offrait plus le moindre intérêt pour elle. Seul comptait le présent — et la baguette que je tenais à la main.

— Je vais vous dire une bonne chose, la vieille. Jamais un homme n'a égalé mon père et jamais il n'y eut de femme plus honnête que sa mère. Mais n'allez pas vous imaginer que j'ai hérité les vertus d'Alicia ou de mon père. Non, c'est à vous que je ressemble. Je suis sans pitié. Je n'oublie rien, jamais. *Je vous hais parce que vous avez tué Cory et Carrie. Je vous hais d'avoir fait de moi la femme que je suis !*

Je ne me contrôlais plus et, ces derniers mots, je les avais criés, sans me soucier de l'infirmière qui faisait sa sieste à quelques pas de là. J'aurais voulu lui fourrer de l'arsenic à pleines gorgées dans la bouche, la voir mourir et pourrir sur pied. Comme Carrie.

Je me mis à tourner dans la pièce en virevoltant pour recouvrer mon sang-froid et faire étalage de ma jeunesse et de ma beauté, puis revins vers elle et la giflai à la volée.

— Pendant toutes les années où vous nous avez séquestrés, vous n'avez jamais prononcé le nom d'aucun d'entre nous, vous n'avez jamais regardé Chris en face parce qu'il était le portrait vivant de notre père — et, aussi, de votre mari lorsqu'il était jeune et que vous ne l'aviez pas encore perverti. L'argent est le dieu qui règne dans cette maison — l'argent qui pourrit tout. C'est par intérêt que vous vous êtes mariée, et vous le saviez. C'est l'esprit de lucre qui a fait de nous des reclus, c'est votre cupidité qui nous a volé trois ans et quatre mois de notre existence, qui nous a livrés, pieds et poings liés, à votre méchanceté. Vous n'avez jamais eu la moindre pitié pour nous, vos petits-enfants, vos seuls petits-enfants. Vous ne vous êtes pas laissé attendrir. Nous avions pourtant essayé de toucher votre cœur, au début, rappelez-vous.

Je lui frappai le visage avec la boucle de Carrie. Elle se rétracta, quoique ce ne fût qu'un léger coup de fouet. Je lançai alors la précieuse relique sur la table de chevet et agitai ma baguette devant les yeux de la grand-mère.

— Rappelez-vous aussi comment vous avez fouetté notre mère quand nous ne la détestions pas encore. Vous allez le payer. Capital et intérêts. Et la correction que vous nous avez infligée, à Chris et à moi ? Cela aussi, vous allez le payer. Plus tout le reste qui demeure gravé de façon indélébile dans ma mémoire. Ne vous avais-je pas dit que ce serait moi qui, un jour, tiendrais le fouet et qu'il y aurait dans la cuisine de la nourriture devant laquelle vous tireriez vainement la langue ? Eh bien, ce jour est arrivé, grand-mère !

Ses yeux enfoncés dans son visage décharné, chargés de haine et de méchanceté, me mettaient au défi d'oser la frapper.

— Par quoi vais-je commencer ? fis-je comme si je me parlais à moi-même. Par les verges ou par le goudron sur les cheveux ? A propos, où vous l'étiez-vous procuré, ce goudron ? Je me suis toujours posé la question. Aviez-vous prémédité de me le verser sur la tête et aviez-vous fait votre provision en attendant de trouver un prétexte pour agir ? Tenez, je vais vous avouer une chose que vous ignorez. Chris ne m'a pas tondue. Il m'a juste coupé une frange pour vous faire croire que j'avais le crâne rasé. La serviette dont je me servais comme d'un turban cachait ma chevelure. Oui, l'amour m'a sauvée, l'amour de Chris !

Elle émit un borborygme. Dieu ! Que j'aurais voulu qu'elle puisse parler !

— Pourquoi ne me dites-vous pas où vous vous êtes procuré ce goudron, grand-mère chérie ? Moi, je n'ai pas réussi à en trouver. Il n'y a pas le moindre chantier dans les environs. Aussi, je crois que je vais être obligée de me servir de cire chaude. Vous allez voir comme nous allons nous amuser, toutes les deux, grand-mère ! Et personne n'en saura rien, puisque vous ne pouvez ni parler ni écrire. Vous pouvez seulement souffrir à la mesure de mon bon plaisir.

Cependant, je me sentais affreusement mal à l'aise. Ma conscience contemplait avec réprobation la furie en collant blanc en quoi je m'étais métamorphosée. Voilà que j'étais prête à avoir pitié de cette vieille femme qui avait déjà eu deux attaques ! Mais c'était une autre moi-même qui gisait sur ce lit. La Foxworth cruelle et impitoyable que j'étais rabattit brusquement le drap.

Elle était vêtue d'une sorte de casaque à laquelle était épinglée cette broche incongrue qu'elle porterait sans aucun doute sur son lit de mort.

Il fallait qu'elle soit nue. Il fallait qu'elle soit déshabillée comme maman l'avait été, comme Chris l'avait été, comme je l'avais été moi-même. Il fallait qu'elle connaisse l'humiliation de la nudité, qu'elle se recroqueville sous un regard chargé de mépris. Inexorablement, j'empoignai le nauséabond caraco de coton jaune par le bas et le lui remontai jusqu'aux aisselles. Comme il cachait en partie son visage, je le redescendis un peu car je ne voulais rien perdre du spectacle !

Je la retournai brutalement sur le ventre, bien au milieu du lit.

— Et maintenant, grand-mère, je vais vous fouetter, lui dis-je. Je me suis juré de le faire un jour si l'occasion m'en était donnée.

Fermant les yeux et, en mon for intérieur, demandant à Dieu de me pardonner, je levai le bras et assenai de toutes mes forces un coup de baguette sur ses fesses flasques et blêmes.

Un frisson parcourut son corps, elle exhala un râle guttural et parut sombrer dans l'inconscience. Quand elle se mit à uriner sous elle, je fondis en larmes et me précipitai dans la salle de bains à la recherche d'un gant de toilette, de savon et d'une serviette. Quand je l'eus nettoyée et eus mis de la pommade sur la balafre sanguinolente qui labourait ses chairs, je la retournai à nouveau sur le dos et la recouvris pudiquement. Ce ne fut qu'à ce moment que je m'inquiétai de savoir si elle était encore vivante. Ses yeux gris étaient ouverts et me contemplaient d'un regard aveugle. Les larmes ruisselaient sur mes joues. Je vis alors s'allumer dans ses prunelles une lueur de triomphe muet !

*Lâche !* me disait-elle silencieusement. *Je savais bien que tu ne pouvais pas être autre chose qu'une poule mouillée ! Rien dans le ventre ! Une poltronne, voilà ce que tu es. Vas-y, tue-moi ! Qu'est-ce que tu attends ! Je te mets au défi d'aller jusqu'au bout et de me tuer !*

Ivre de fureur, je me ruai dans la bibliothèque pour m'emparer du premier chandelier qui me tomba sous la main. Mais je n'avais pas d'allumettes ! Je fouillai alors dans les tiroirs du bureau. Bart fumait. Il devait sûrement y avoir des allumettes ou un briquet quelque part. Je finis par trouver une pochette publicitaire au nom d'une boîte disco des environs.

La majesté des chandelles couleur d'ivoire était en parfaite harmonie avec celle de cette demeure. Maintenant, je lisais de la terreur dans les yeux de la vieille femme. J'en allumai une, l'inclinai pour que la cire fondue coule goutte à goutte sur le maigre toupet au ruban rose et sur son crâne. A la sixième ou septième goutte, je ne pus continuer. Elle avait raison. J'étais lâche. J'étais incapable de lui infliger ce qu'elle nous avait infligé.

J'éteignis la bougie et quittai la chambre.

A l'instant où j'arrivais dans la salle de bal, je me rappelai que j'avais oublié la mèche de Carrie à laquelle je tenais tant et remontai l'escalier. La grand-mère était toujours dans la position où je l'avais laissée. Sauf qu'elle avait la tête tournée de côté et que deux grosses larmes brillaient dans ses yeux braqués sur la boucle blonde.

Ah ! Cette fois, j'avais gagné !

Bart passait plus de temps à la maison que dans son palais. Il nous comblait de cadeaux, Jory et moi. Il prenait tous ses repas avec nous les jours où il n'était pas à son cabinet — que je soupçonnais d'ailleurs d'être plus une façade qu'autre chose. Je délaissais mon cours de danse mais cela m'était égal. J'étais maintenant une femme entretenue. Payée pour être sa maîtresse.

Jory était ravi des petites bottes style cow-boy que Bart venait de lui offrir.

— T'es mon papa, toi ? lui demanda-t-il.

— Non, mais je le voudrais bien.

Quand mon fils, qui allait avoir quatre ans, se fut éclipsé pour parader fièrement dans le jardin, Bart se laissa tomber avec lassitude dans un fauteuil.

— Vous ne devinerez jamais ce qui est arrivé, Cathy, commença-t-il. Je ne sais quel sadique débile a eu l'idée géniale de répandre de la cire fondue sur les cheveux de ma belle-mère. Et, qui plus est, elle a dans le dos des plaies qui ne se cicatriseront pas. L'infirmière n'y comprend rien. J'ai interrogé Olivia. Je lui ai demandé si c'était quelqu'un qu'elle connaissait. Elle a battu deux fois les paupières, ce qui, selon notre code, veut dire « non ». « Oui », c'est un seul battement. Je suis fou de rage ! Le coupable est certainement un domestique, mais avoir la cruauté de torturer une vieille femme sans défense, dans l'incapacité de bouger, cela me dépasse. Elle n'identifie aucun des noms que je lui cite. J'avais promis à Corinne de prendre soin d'elle et, maintenant, les chairs de la malheureuse sont tellement à vif que l'on est obligé de la laisser sur le ventre deux heures par jour et toute la nuit.

— Oh ! murmurai-je, pas très fière de moi. C'est horrible ! Mais pourquoi ses plaies ne se cicatriseront-elles pas ?

— Elle a une mauvaise circulation. Comment pourrait-il en être autrement, paralysée comme elle l'est ? Mais que cela ne vous bouleverse pas, ma chérie. C'est mon problème — et aussi le sien, évidemment —, pas le vôtre.

Il ouvrit les bras pour que je me pelotonne contre lui, et me couvrit de baisers brûlants. Puis il m'entraîna dans la chambre.

— En tout cas, si je découvre le monstre qui a fait ça, j'aurai plaisir à lui tordre le cou, ajouta-t-il en commençant à se déshabiller.

Dans l'apaisement qui suit l'amour, nous écoutions, enlacés, le mugissement du vent que ponctuaient les éclats de rire de Jory qui jouait avec le caniche à roulettes dont Bart lui avait fait cadeau. Quelques flocons de neige voltigeaient. Il fallait que je me hâte de me lever avant que mon fils ne vienne nous surprendre, ne serait-ce que pour nous faire savoir qu'il neigeait. Je soupirai, embrassai Bart et m'arrachai à son étreinte. Il se redressa sur un coude tandis que, lui tournant le dos, j'enfilais mon slip. Il me dit que j'étais ravissante de dos. Je le remerciai du compliment et répliquai : « Et de face ? » Il me répondit que ce n'était pas mal non plus et je lui lançai une chaussure à la figure.

— Cathy, pourquoi ne me dites-vous pas que vous m'aimez ?

Je me retournai, stupéfaite.

— Et vous, est-ce que vous m'avez jamais dit sérieusement que vous m'aimiez ? dis-je en agrafant un minuscule soutien-gorge.

— Comment pouvez-vous savoir que je ne parlais pas sérieusement ? riposta-t-il avec amertume.

— Oh ! ce n'est pas difficile. Quand on aime quelqu'un, on a envie de vivre avec lui. Or, vous évitez soigneusement le mot divorce et cela seul suffit pour m'éclairer sur votre affection et sur la place que j'occupe dans votre vie.

— Vous avez beaucoup souffert, n'est-ce pas, Cathy ? Je ne veux pas vous faire souffrir davantage. Vous vous amusez à me faire marcher, je le sais depuis le début. Qu'il s'agisse seulement de sexe et non d'amour, qu'elle importance cela a-t-il ? J'aimerais que vous me disiez où finit l'un et où commence l'autre.

Son ton railleur me poignardait car, sans l'avoir voulu, j'étais stupidement, ridiculement tombée amoureuse de lui.

A en juger par les commentaires enthousiastes de Bart, la longue cure de jouvence à laquelle sa femme s'était soumise avait fait merveille. A son retour, il l'avait trouvée transformée.

— Elle a perdu dix kilos et ce lifting, c'est quelque chose de prodigieux. Elle est sensationnelle et c'est fou ce qu'elle peut vous ressembler, maintenant. Je n'en reviens pas !

Il était manifestement très impressionné par ce rajeunissement et s'il essayait de saper ma confiance en moi, je me gardai de lui révéler ce que je ressentais. Il enchaîna en m'assurant que je lui étais toujours aussi indispensable mais sur un ton très peu convaincant.

— Elle a changé, Cathy. Elle est comme autrefois. Je retrouve la femme adorable et tendre que j'ai épousée.

Ah ! la crédulité des hommes ! Bien sûr que ma mère était redevenue adorable et tendre ! Elle savait qu'il avait une maîtresse à deux pas de chez lui. Une maîtresse qui n'était que sa propre fille. Elle ne pouvait pas l'ignorer, notre liaison était de notoriété publique, à présent.

— Mais pourquoi êtes-vous ici, alors qu'elle est de retour et qu'elle me ressemble tant, Bart ? Pourquoi ne vous rhabillez-vous pas et ne prenez-vous pas la porte en me disant que ce fut très agréable mais que c'est terminé ? Je vous répondrais en vous souhaitant tout le bonheur possible, on s'embrasserait une dernière fois et adieu !

— Je n'ai pas dit qu'elle était sensationnelle à ce point. Et puis, il y a en vous quelque chose... je ne sais pas quoi au juste, mais je ne crois pas que je pourrais vivre sans vous.

Il avait pris un ton grave et me regardait intensément.

J'avais gagné ! Gagné !

Un jour, par le plus grand des hasards, je tombai sur ma mère. A la poste. Quand elle me vit, elle éprouva un choc qui la fit visiblement frissonner. Elle releva le menton et détourna la tête, faisant mine de ne pas me connaître. J'affichai la même indifférence apparente mais, tandis que j'attendais mon carnet de timbres, elle posa les yeux sur mon fils. Il était si beau, si gracieux que les gens ne pouvaient pas s'empêcher de s'arrêter pour l'admirer et lui caresser les cheveux. Il sourit à ma mère sans aucun complexe et s'exclama :

— Bonjour. T'es jolie. Comme ma maman.

C'est fou ce que les enfants sont capables de sortir dans leur innocence ! D'instinct, ils vont droit à ce que les grandes personnes refusent d'admettre. Il s'approcha d'elle et palpa son manteau.

— Ma maman aussi, elle a un manteau en fourrure. C'est une danseuse. Et toi, tu sais danser ?

Elle soupira. Je retenais mon souffle. *C'est ton petit-fils, maman. Le petit-fils que tu ne serreras jamais dans tes bras. Que tu n'entendras jamais prononcer ton nom... jamais !*

— Non, murmura-t-elle, je ne sais pas danser.

Ses yeux s'embuèrent.

— Elle peut t'apprendre, ma maman.

— Non, je suis trop vieille.

Elle recula d'un pas.

— Non, t'es pas trop vieille. Dis, t'as pas un petit garçon pour que je joue avec lui ?

— Non, je n'ai pas d'enfants, balbutia-t-elle.

Je laissai alors tomber d'une voix froide et sèche :

— Il y a des femmes qui ne méritent pas d'en avoir. (Je réglai mes timbres et les glissai dans mon sac.) Des femmes comme vous, madame Winslow, qui préfèrent l'argent à des enfants qui peut-être les empêcheraient de mener la grande vie. Tôt ou tard, le temps vous dira si vous avez eu raison.

Elle frissonna de nouveau comme si elle grelottait malgré sa fourrure, fit demi-tour et sortit avec des allures de reine. Une limousine avec chauffeur l'attendait.

— Pourquoi tu l'aimes pas, la jolie madame, maman ? me demanda Jory. Moi, je l'aime tout plein. Elle est comme toi, sauf que t'es plus belle.

Je gardai le silence bien que j'eusse sur le bout de la langue une réplique si ignoble qu'il ne l'aurait jamais oubliée.

Un peu plus tard, assise derrière la fenêtre, je contemplais Foxworth Hall que le crépuscule enveloppait, me demandant ce que faisaient Bart et ma mère. J'avais les mains croisées sur mon ventre. Il était encore plat mais plus pour très longtemps. Un retard de règles parfois ne signifiait rien, mais je voulais avoir un enfant de Bart et un certain nombre de petits détails me donnaient la certitude que j'étais enceinte. Je cédai à un moment d'abattement : il ne la quitterait pas, ne sacrifierait pas sa fortune pour m'épouser et cet enfant, lui non plus, n'aurait pas de père. J'avais été idiote de me lancer dans une pareille aventure. Mais je m'étais toujours conduite comme une idiote !

Soudain, je distinguai une silhouette furtive qui se glissait dans le sous-bois et j'éclatai de rire. Je retrouvai ma belle confiance. Il m'aimait ! Il m'aimait... et dès que j'en aurais la certitude, je lui annoncerais qu'il allait être père.

Quand Bart entra, il y eut un brusque courant d'air qui renversa le vase posé sur la table. Je me levai et regardai les débris de verre et les pétales éparpillés sur le sol. Pourquoi le vent s'obstinait-il toujours à me dire quelque chose ? Quelque chose que je ne voulais pas entendre ?

## LA MISE EN SCÈNE

— Mais vous m'aviez dit qu'il était inutile de prendre des précautions !

— Bien sûr. Je voulais un enfant de vous.

— Un enfant de moi ! Mais qu'est-ce que vous imaginiez, Cathy ? Que je vous épouserais ?

— Non. J'ai simplement pensé que quand vous en auriez assez de moi, vous retourneriez auprès de votre femme et que vous chercheriez une nouvelle petite amie. Pour ma part, j'aurais alors ce que je voulais depuis le début : cet enfant. Maintenant, vous pouvez partir. Embrassons-nous et disons-nous adieu, Bart.

Il avait l'air furieux.

— Mais à quoi essayez-vous de me contraindre, Cathy ? Vous savez très bien que je ne peux pas vous épouser. Je ne vous ai jamais raconté d'histoires, je ne vous ai jamais laissé espérer que nous nous marierions un jour. (Son ton se fit implorant.) Je vous aime, c'est ainsi et je n'y peux rien. Je veux que vous soyez toujours auprès de moi. Et je veux aussi cet enfant. Quel jeu êtes-vous donc en train de jouer ?

— Le jeu que jouent toutes les femmes. Le seul où elles sont sûres d'être gagnantes.

Il s'efforça de recouvrer son sang-froid.

— Cathy, le retour de ma femme n'a rien changé. Vous aurez toujours une place dans ma vie...

— Dans votre vie ? Vous voulez dire, j'imagine en marge de votre vie ?

— Soyez raisonnable, Cathy. (Pour la première fois, je discernais une trace d'humilité dans sa voix.) Je vous aime et j'aime également ma femme. Je ne peux pas vous dissocier l'une de l'autre. Je vous l'ai déjà dit, elle n'est plus la même depuis son retour. Je retrouve à présent la jeune femme qu'elle était au moment de notre mariage. Peut-être cette cure de rajeunissement lui a-t-elle rendu confiance en elle, je ne sais pas, mais je suis heureux qu'il en soit ainsi. Même quand elle m'exaspérait, je l'aimais encore. Lorsqu'elle se montrait odieuse, je me vengeais en prenant des maîtresses, mais je l'aimais encore. Il n'y avait qu'un seul vrai problème : son refus d'avoir des enfants. Elle ne voulait même pas entendre parler d'une adoption. Et, maintenant, elle est évidemment trop âgée. Cathy, je vous en supplie, restez ! Ne partez pas ! N'emmenez pas mon enfant Dieu sait où en me laissant dans l'ignorance de son sort... et du vôtre.

— Soit, mais à une condition : que vous divorciez et m'épousiez. Sinon, je disparaîtrai avec l'enfant. Peut-être que je vous écrirai pour vous dire si c'est un garçon ou une fille, peut-être pas. Et, de toute façon, une fois que je serai partie, vous serez rayé de ma vie pour toujours.

*Regarde-le ! Il se comporte comme si le codicille interdisant à sa femme d'avoir des enfants n'existait pas,* me disais-je. Il la protégeait ! Exactement comme Chris ! Bart était forcément au courant puisque c'était lui qui avait rédigé le testament de Malcolm Foxworth.

Il s'était accoudé au manteau de la cheminée, regardait

le feu sans le voir, si désorienté que j'en fus émue. Brusquement, il se retourna et me fit face.

— Vous avez tout manigancé depuis le début, n'est-ce pas ? fit-il d'une voix étranglée. Si vous vous êtes installée ici, c'était pour mener vos projets à bien. Mais pourquoi... Pourquoi m'avoir choisi comme victime ? Quel mal vous ai-je fait, Cathy ? D'accord, au départ, il ne s'agissait que de sexe et je n'avais pas l'intention que cela aille plus loin. Seulement, c'est devenu autre chose. J'aime être avec vous, m'asseoir à côté de vous, parler avec vous, me promener dans les bois avec vous. Je me sens bien. J'aime votre façon de m'embrasser la joue au passage, de m'ébouriffer les cheveux, j'aime votre façon de sourire timidement quand vous vous réveillez et que vous voyez que je suis là. Vous êtes dix femmes en une et, désormais, je suis incapable de vivre sans vous. Mais je ne peux pas abandonner ma femme pour vous épouser ! Elle a besoin de moi.

— Vous avez raté votre vocation, Bart. Vous auriez dû être acteur. Vous me tirez les larmes des yeux.

— Vous devriez avoir honte de prendre les choses avec cette désinvolture ! gronda-t-il. Vous m'avez attaché au chevalet de torture et vous serrez les vis ! Ne m'obligez pas à vous détester, ne saccagez pas la période la plus heureuse de mon existence !

Sur ces mots, il s'enfuit.

Tout le monde — Emma, Jory et moi — trouva que faire un saut à Richmond pour acheter les cadeaux de Noël était une idée formidable. Je photographiai sous tous les angles mon fils juché sur l'épaule du Père Noël de service devant les magasins Thalimers. Je n'hésitai pas, même, à me mettre à plat ventre pour réussir les cadrages.

Ensuite, j'entrai dans une maison de couture dont j'avais entendu parler, confiai à la vendeuse le croquis que j'avais exécuté de mémoire et choisis le coloris exact du velours du corsage et celui, moins soutenu, de la mousseline de la jupe

— Je veux que les brides du corsage soient en strass. Et n'oubliez pas que les volants de la jupe doivent toucher le sol.

Pendant qu'Emma et Jory regardaient un Walt Disney, je me rendis dans un salon de coiffure où je me fis couper les cheveux beaucoup plus court qu'ils ne l'avaient jamais été. Ma nouvelle coiffure m'avantageait. C'était normal puisque, quinze ans auparavant, cette coupe allait si bien à ma mère.

— Oh ! maman ! s'écria Jory avec des larmes dans la voix quand nous nous retrouvâmes. T'as perdu tes cheveux ! Remets-les, tes cheveux longs. Tu ne ressembles plus à ma maman comme ça.

C'était bien ce que j'espérais. Ce Noël, je ne voulais plus me ressembler. Il fallait que je sois la copie exacte de ma mère telle que je l'avais vue danser avec Bart. Enfin, j'allais pouvoir me trouver face à face avec elle dans sa propre demeure avec la même robe, la même coiffure et le visage de sa jeunesse. Femme contre femme — et que la meilleure gagne ! Elle avait quarante-huit ans, elle avait subi une opération de chirurgie esthétique et je savais qu'elle était très belle. Mais comment pourrait-elle rivaliser avec sa fille ? Quand je me regardai dans la glace après avoir revêtu ma robe verte, j'éclatai de rire. Oui, j'étais ce qu'elle était. Le genre de femmes auxquelles les hommes étaient incapables de résister. Je possédais son pouvoir, sa beauté — et j'étais dix fois plus intelligente. Comment pourrait-elle gagner ?

Trois jours avant Noël, je téléphonai à Chris pour lui demander s'il voulait bien venir à Richmond avec moi. J'avais oublié quelques accessoires indispensables qu'il était impossible de trouver dans les petites boutiques de la localité.

— Tu ne me reverras que lorsque tu auras laissé tomber Bart, me répondit-il d'une voix sévère et hostile.

Du coup, je vis rouge !

— Très bien ! Reste où tu es ! Ne te venge pas si tu n'en

as pas envie mais ne compte pas sur moi pour renoncer ! Au revoir, Christopher Doll. Et que les punaises te bouffent !

Et je raccrochai.

Je délaissais quelque peu mes cours mais, pour le récital, j'étais fidèle au poste. Mes petits rats étaient ravis de s'exhiber en tutus devant leurs parents, leurs grands-parents et les amis de la famille. Ils étaient adorables. Il y eut un petit rôle pour Jory : il interprétait le flocon de neige du *Casse-Noisette*.

Il n'y avait pas, du moins à mes yeux, une manière plus merveilleuse de passer la soirée de Noël que d'assister en famille à ce ballet-là. Et c'était plus féerique encore quand votre propre petit garçon qui aurait bientôt quatre ans faisait partie du corps de ballet. Il était si mignon, avait tant de grâce enfantine, qu'il déchaîna les applaudissements et que le public, debout, lui fit une ovation lorsqu'il exécuta le solo dont j'avais spécialement réglé la chorégraphie pour lui.

J'avais fait jurer à Bart — quelle réussite ! qu'il forcerait ma mère à venir. Et ils étaient là tous les deux. Je les aperçus dans les premiers rangs par la fente du rideau de scène. M. et Mme Bartholomew Winslow. Lui semblait ravi. Elle faisait la tête. Parfait ! J'avais encore un peu d'ascendant sur Bart. La preuve, l'énorme bouquet auquel eut droit le professeur et la non moins énorme boîte qui vint récompenser la performance du flocon de neige.

— Qu'est-ce que ça peut-être ? demanda Jory, tout rouge de plaisir. Est-ce que je peux l'ouvrir ?

— Dès qu'on sera rentrés. Et, demain, le Père Noël t'aura apporté des tas de cadeaux.

— Pourquoi ?

— Parce qu'il t'aime.

— Pourquoi ?

— Parce qu'il ne peut pas faire autrement que de t'aimer, si tu veux savoir.

— Oh !

Le jour n'était pas encore levé qu'il était déjà en train de jouer avec le train électrique que Bart lui avait envoyé. La salle de séjour disparaissait sous les papiers multicolores qui avaient enveloppé les présents de Paul, de Henny, de Chris et du Père Noël. Emma lui avait fait cadeau d'une boîte de biscuits qu'elle avait confectionnés de ses propres mains.

— Je croyais que je me sentirais tout seul sans mes oncles, tu sais, maman ! s'exclama-t-il. Mais c'est pas vrai. Qu'est-ce que je m'amuse !

Contrairement à lui, moi, je me sentais bien seule. J'aurais voulu que Bart fût près de moi, pas là-bas, près d'elle. J'espérais qu'il trouverait une excuse afin de s'absenter un moment — passer à la pharmacie, par exemple — et qu'il en profiterait pour faire un saut. Mais, ce matin de Noël, il ne se manifesta que par une boîte qui contenait, avec deux douzaines de roses rouges, une somptueuse montre en diamants accompagnée d'un bristol : « Je t'aime, ballerine. »

Une seule femme avait dû mettre autant de soin que moi à sa toilette : Marie-Antoinette avant de partir pour l'échafaud. Je me fardai comme si mon visage allait être immortalisé en gros plan sur la couverture d'un magazine. Sous ma direction, Emma me coiffa comme ma mère l'était quinze ans auparavant.

Quand elle eut fini, je fus sidérée : j'étais le double presque parfait de maman telle qu'elle était quand, moi, j'avais douze ans ! Ma coiffure mettait pareillement en évidence mes pommettes. Comme dans un rêve dont je n'avais jamais tout à fait cru qu'il deviendrait vrai, je mis la robe verte. C'était un genre de robe qui ne se démodait pas. Quand je me regardai dans le miroir en pivotant sur moi-même, j'eus l'impression que j'étais elle, que je détenais l'irrésistible puissance d'attraction qu'elle exerçait sur les hommes.

Jusqu'à mon parfum qui était le même — musqué et

légèrement oriental. Mon sac en lamé était assorti à mes sandales à brides d'argent. Il ne me manquait plus que les émeraudes et les diamants qu'elle portait cette nuit-là. Mais je ne tarderais pas à les arborer. Il fallait bien que le destin fût de mon côté au moins une fois dans ma vie et j'étais persuadée que ce serait ce soir. Il ne pouvait en être autrement.

Ce serait la soirée des surprises. Elle allait savoir ce que c'est que de perdre ! Quel dommage que Chris ne fût pas là pour assister au dénouement de la pièce — une longue, une très longue pièce dont l'accident de voiture de notre père avait frappé les trois coups.

Après avoir jeté un dernier coup d'œil admiratif à mon reflet, je saisis l'étole de fourrure que m'avait offerte Bart et, rassemblant tout mon courage, déposai un baiser sur la joue rose de Jory qui, couché en chien de fusil, avait l'air d'un chérubin.

— Je t'aime, Jory, lui murmurai-je à l'oreille.

Il émergea du sommeil et me regarda comme si je faisais partie de son rêve.

— Oh ! Que tu es belle, maman ! Tu vas me ramener un nouveau papa ?

Je souris, l'embrassai à nouveau et lui dit que oui. En un sens, c'était exact.

— Merci de me trouver belle, mon chéri. Maintenant, rendors-toi et fais de beaux rêves. Et, demain, on fera un bonhomme de neige.

— Ramène un papa pour nous aider.

Il y avait une lettre de Paul sur la tablette de l'entrée : *Henny est au plus mal. Je suis navré que tu ne puisses pas ajourner tes projets pour lui rendre visite avant qu'il ne soit trop tard. Je te souhaite bonne chance, Catherine.*

Je posai le billet en soupirant et prit le mot qu'Henny y avait joint.

*Ma chère enfant,* avait-elle écrit en grosses lettres tremblées, *Henny est vieille. Henny est fatiguée. Henny est contente que son fils soit à ses côtés mais elle est triste parce que ses autres enfants sont loin.*

*Avant de partir pour un monde meilleur, je vais te confier le secret du bonheur. Il est simple. Il suffit de dire adieu aux amours d'hier et bonjour aux nouvelles. Regarde autour de toi et vois qui a le plus besoin de toi. Alors, tu ne pourras pas te tromper. Oublie ceux qui avaient besoin de toi hier.*

*Tu écris que tu as dans ton ventre un nouveau bébé que tu t'es fait faire par le mari de ta mère. Réjouis-toi de cet enfant, même si ton beau-père reste marié avec ta mère. Oublie-la, même si elle t'a fait du mal jadis. Personne n'est entièrement mauvais et tout ce qu'il y a de bon dans ses enfants vient sûrement d'elle. Quand tu pourras pardonner et oublier le passé, tu retrouveras la paix et l'amour. Et, cette fois, pour toujours.*

*Et si tu ne dois pas revoir Henny dans ce monde, rappelle-toi qu'elle t'aimait bien, qu'elle t'aimait comme si tu étais sa fille. Autant que j'aimais ta sœur, cet ange que je ne vais pas tarder à retrouver.*

*A bientôt au ciel*
*HENNY*

Je haussai les épaules pour chasser l'accablante tristesse qui m'avait envahie en lisant ces lignes. Il fallait faire ce qui devait être fait. Il y avait très longtemps que je m'étais engagée sur cette route et je devais la suivre jusqu'au bout, advienne que pourra.

Comme c'était étrange ! Le vent était tombé. Je me retournai et agitai le bras pour dire au revoir à Emma qui resterait cette nuit avec Jory. Mes pieds chaussés de sandales enfouis dans mes bottes, je me dirigeai résolument vers la voiture. Quel silence ! On eût dit que la nature m'observait en retenant son souffle.

Quelques flocons voletaient, légers comme du duvet. Je levai la tête. Le gris du ciel était comme celui des yeux de la grand-mère. Je mis le contact et pris la route de

Foxworth Hall, bien que je ne fusse pas au nombre des invités.

— Pourquoi n'avez-vous pas insisté ? avais-je demandé à Bart avec fureur. Pourquoi ne l'avez-vous pas forcée à m'inviter ?

— Franchement, Cathy, vous ne trouvez pas que cela aurait été quand même un peu fort ? Pouvais-je demander à ma femme de prier ma maîtresse d'assister à sa soirée ? Je suis peut-être stupide mais pas cruel à ce degré.

## LA NUIT DES RÉVÉLATIONS

Il n'était pas tout à fait 10 heures quand j'ouvris la porte de derrière à l'aide de la clé de bois et me glissai dans la vaste demeure. Il y avait déjà beaucoup de monde et les invités continuaient d'arriver. L'orchestre jouait un cantique de Noël dont me parvenaient les échos assourdis et cette mélodie ensorcelante de douceur me ramenait à mon enfance. Mais, cette fois, tandis que je descendais furtivement l'escalier, prête à me dissimuler dans les pans d'ombre si nécessaire, j'étais seule en territoire étranger, sans personne pour venir à mon aide. Arrivée dans la grande rotonde centrale, je m'approchai du bahut à l'intérieur duquel, une autre nuit de Noël, nous nous étions dissimulés, Chris et moi. J'aperçus dans la salle Bart Winslow et sa femme qui accueillaient leurs hôtes. Poignées de main, embrassades... Elle portait une robe de lamé rouge vif.

Je gagnai les somptueux appartements de ma mère. Le lit en forme de cygne était toujours là avec, à son pied, le bébé-cygne. Rien n'avait changé, sauf la tapisserie murale. Elle n'était plus fraise mais prune. Et il y avait un valet muet en cuivre prêt à recevoir un costume d'homme — c'était la seule différence. Sans perdre de temps, j'ouvris la penderie et, me mettant à genoux, je tirai le tiroir du bas. Je tâtonnai à la recherche du bouton qu'il fallait tourner d'une certaine façon pour former le chiffre de la combinaison secrète. Incroyable mais vrai : elle utilisait toujours sa date de naissance ! Inouï ! Sa confiance la perdrait.

Maintenant, le plateau de velours noir était là devant moi. Je m'emparai des bijoux qu'elle portait lors du réveillon où nous avions vu Bartholomew Winslow pour la première fois. Comme nous l'aimions, alors, notre maman ! Et comme nous détestions Bart ! La mort de notre père était encore toute récente et nous ne voulions pas que maman se remariât. Jamais !

Dans une sorte de transe, je mis les émeraudes et les diamants — c'était l'accord parfait avec ma robe verte — et m'examinai dans le miroir. Oui, je lui ressemblais. Pas tout à fait mais presque, malgré la différence d'âge ; suffisamment, en tout cas, pour être convaincante. D'ailleurs, deux feuilles du même arbre sont-elles jamais tout à fait identiques ? Je rangeai le plateau et refermai le tiroir. Tout était dans le même état qu'avant. Sauf que je portais à présent pour des centaines de milliers de dollars de bijoux qui ne m'appartenaient pas. Je consultai ma montre, 10 heures et demie. Il était encore trop tôt. Je voulais faire mon entrée à minuit. Comme Cendrillon — mais à l'envers !

Je regagnai l'aile nord en traversant une enfilade de corridors. La porte du fond était fermée mais la clé en bois tourna dans la serrure. Mon cœur battait à tout rompre. Il fallait que je me calme, que je sois en pleine possession de mes moyens, qu'il n'y ait pas la moindre bavure, que je ne me laisse pas intimider par cette maison qui avait tout fait pour nous détruire.

Quand j'entrai dans la chambre, ce fut comme si je replongeais dans mon enfance. Les couvre-pieds de satin molletonné posés sur les lits jumeaux n'avaient pas un faux pli. La petite télévision portative était toujours dans son coin. La maison de poupées et ses figurines de porcelaine attendaient que Carrie les fît renaître à la vie. Le vieux fauteuil à bascule que Chris avait descendu du grenier était à la même place. *Comme si le temps s'était figé ! Comme si nous ne nous étions jamais enfuis !*

Et les trois sinistres gravures figurant l'enfer ornaient toujours les murs. Seigneur ! Je n'avais pas imaginé que cette chambre me ferait un effet pareil. J'avais l'impression de me désagréger intérieurement. Et je ne pouvais me permettre de pleurer, à cause de mon mascara. Pourtant, comme j'aurais voulu ! Autour de moi voltigeaient les ombres de Cory et de Carrie — ils avaient cinq ans à peine, ils riaient, ils larmoyaient, ils réclamaient le soleil, et ils en étaient réduits à faire rouler de petits camions sur la route d'un San Francisco ou d'un Los Angeles imaginaires. Il y avait des rails dans toute la pièce, sous les meubles. Des wagons de charbon, des locomotives. Où s'en étaient-ils allés ? Je sortis de mon sac un mouchoir en papier pour me tamponner le coin des yeux et m'accroupis devant la maison de poupées. Les figurines de porcelaine étaient toutes là. Les femmes de chambre s'affairaient dans la cuisine. Le maître d'hôtel de faction à la porte accueillait les invités qui arrivaient dans une calèche tirée par deux chevaux. Et... Ça alors ! Le berceau était dans la nursery ! Le berceau qui s'était volatilisé. Nous l'avions cherché pendant des semaines, terrifiés à l'idée que la grand-mère s'aperçoive de sa disparition et punisse Carrie. Et il était là ! A sa place ! Mais pas le bébé. Ni ses parents. M. et Mme Parkins et leur petite Clara étaient désormais à moi et ils n'habiteraient jamais plus dans cette maison.

Etait-ce la grand-mère en personne qui avait subtilisé le berceau afin d'avoir un prétexte pour fouetter Carrie — et Cory aussi, par la même occasion, parce qu'il se serait précipité sans hésiter pour protéger sa jumelle ? Elle aurait bien été capable d'un tel machiavélisme. Mais si elle l'avait escamoté, pourquoi en était-elle restée là ? Pourquoi n'était-elle pas allée jusqu'au bout ? J'éclatai d'un rire amer. Si, elle était allée jusqu'au bout. Mais une correction, fi donc ! Ce n'était pas assez. Elle avait fait mieux. Elle avait fait pire. Cela n'avait pas été le fouet mais le poison. Des beignets sucrés à l'arsenic.

Je sursautai — j'avais cru entendre un rire d'enfant. Bien sûr, ce n'était que mon imagination. Il n'empêche qu'alors que j'aurais dû savoir que c'était de la folie, je me ruai vers le placard, vers l'étroite porte, vers l'escalier. Ces marches, je les avais montées un million de fois. Sans lampe électrique, sans bougie. Lorsque je fus dans l'immense et ténébreux, dans le gigantesque grenier, je cherchai à tâtons la cachette où Chris et moi serrions nos bougies et nos allumettes.

Elles étaient toujours là. Nous avions plusieurs chandeliers aux bobèches en forme de main. Ces chandeliers, nous les avions trouvés dans une vieille malle qui renfermait aussi des quantités de paquets de chandelles rudimentaires, qui dégageaient une terrible odeur de rance quand elles brûlaient.

Rien n'avait changé dans le grenier. J'en avais le souffle coupé. Les fleurs en papier dansaient comme des mobiles au moindre courant d'air et les autres, les fleurs géantes, décoraient toujours les murs. Sauf qu'elles étaient maintenant décolorées, ce n'étaient plus que des fleurs fantômes, toutes grises. Le ver de terre violet de Carrie était toujours là mais il n'était plus que l'ombre de lui-même. Quant à l'escargot de Cory il ne ressemblait plus du tout à un lumineux ballon de plage : on eût plutôt dit une orange écrasée, à moitié pourrie. Les pancartes que Chris et moi avions calligraphiées n'avaient pas bougé, les balançoires étaient toujours suspendues aux poutres. Je retrouvai même mes tutus et mes chaussons de danse, accrochés à leurs clous. Ils avaient pris une teinte pisseuse, ils étaient couverts de poussière et sentaient le moisi.

Je me dirigeai à la lueur vacillante du chandelier vers la salle d'étude. Des spectres s'éveillaient qui me suivaient en bâillant et en chuchotant. Non, ce n'était que le bruissement des volants de ma robe balayant le plancher, rien de plus ! Le cheval à bascule m'effraya tant que je portai ma main à la gorge pour ne pas crier. Puis mes yeux se posèrent sur le tableau noir où j'avais laissé mon énigmatique message d'adieu à l'intention de ceux qui entreraient un jour dans cette pièce. Comment aurais-je pu deviner que ce serait moi ?

NOUS AVONS VÉCU DANS LE GRENIER
CHRISTOPHER, CORY, CARRIE ET MOI.
NOUS NE SOMMES PLUS QUE TROIS
MAINTENANT.

Je m'assis non sans peine derrière le pupitre qui avait été celui de Cory. Je voulais faire le vide en moi, me mettre dans un état second, en quelque sorte, pour qu'il me parle et me dise où il reposait.

J'avais tout programmé, jusqu'au plus infime détail. Quand la grosse pendule de grand-mère commença à sonner les douze coups de minuit, j'apparus au milieu du balcon du premier étage. Je ne fis rien de particulier pour attirer les regards. J'étais là, simplement, parée comme une châsse. En bas, j'apercevais ma mère en profil perdu, avec sa robe de lamé écarlate et sa rivière de diamants. Ses cheveux bouffants, plus courts qu'ils ne l'avaient jamais été, mettaient admirablement en valeur l'ovale de son visage. Elle paraissait très jeune et très belle.

Le douzième coup de minuit retentit.

Une espèce de sixième sens dut l'avertir car elle se tourna lentement dans ma direction. Je commençai à descendre les marches et je la vis littéralement se pétrifier. Ses yeux s'obscurcirent et elle se mit à trembler si violemment qu'un peu du contenu du verre qu'elle tenait à la main tomba par terre.

Bart suivit son regard et ouvrit la bouche, comme s'il était témoin d'une apparition Voyant le maître et la maîtresse de maison ainsi hypnotisés, les invités se tournèrent à leur tour vers l'escalier, croyant sans doute qu'ils allaient assister à l'arrivée du Père Noël en personne. Mais ce n'était que moi. Moi telle qu'avait été ma mère quinze ans plus tôt, avec la même toilette, et beaucoup d'entre eux, j'en étais sûre, étaient présents, ce Noël-là. J'en reconnaissais certains. Ils avaient pris un coup de vieux mais il n'y avait pas à s'y tromper. Oh ! Que j'étais heureuse qu'ils fussent là !

Et je fis mon entrée triomphale ! Lentement, dans un silence total, car l'orchestre s'était arrêté de jouer, je descendis l'escalier comme seule une danseuse en est capable. J'étais Carabosse, la méchante fée qui se préparait à jeter un sort maléfique à la princesse Aurore. Non, plutôt la fée Lilas qui allait lui voler son prince charmant pendant qu'elle dormirait pour un siècle.

La main gracieusement posée sur la rampe en bois de rose, je m'approchai de l'endroit où se tenaient ma mère et son mari. Elle tremblait comme une feuille mais gardait néanmoins son maintien hautain. Je crus voir luire un éclair de panique dans ses yeux de porcelaine. Arrivée à l'avant-dernière marche, je lui dédiai mon sourire le plus aimable. Mon « Joyeux Noël » sonna comme un appel de trompette et une foule de personnes surgirent des autres pièces.

— Monsieur Winslow, enchaînai-je, venez danser avec moi comme vous avez dansé avec ma mère il y a quinze ans, quand j'avais douze ans et que j'étais cachée là-haut. Elle avait une robe en tous points semblable à la mienne.

Bart était stupéfait mais il demeurait obstinément à côté de ma mère. Ce fut lui qui me força à faire ce que je fis. Puisque tout le monde attendait des éclaircissements, eh bien, soit ! Je les tenais en haleine et ils n'allaient pas être déçus !

— Je vais me présenter, si vous le voulez bien, fis-je d'une voix claironnante. Je suis Catherine Leigh Foxworth, la fille aînée de Mme Bartholomew Winslow qui, je vous le rappelle, avait épousé mon père, Christopher Foxworth, en premières noces. Je vous rappelle aussi que Christopher Foxworth, le demi-oncle de ma mère, était le frère cadet de Malcolm Neal Foxworth qui déshérita sa fille et unique héritière parce qu'elle avait commis le crime de le prendre pour époux. Je tiens encore à préciser que j'ai également un frère prénommé Christopher. Il est médecin. J'avais aussi un frère et une sœur jumeaux de sept ans plus jeunes que moi, Cory et Carrie, mais ils sont morts tous les deux parce que... parce qu'ils... (Quelque chose m'empêcha d'aller jusqu'au bout de ma phrase et je la laissai en suspens.) Il y a quinze ans jour pour jour, lors de la soirée de Noël, j'étais cachée avec Chris dans le bahut du balcon. Les jumeaux pendant ce temps dormaient dans la chambre située au fond de l'aile nord. Notre cour de récréation était le grenier et jamais nous ne descendions. Nous étions des souris de grenier, des enfants indésirables et mal-aimés. Et ce, à partir du moment où des intérêts financiers étaient entrés en ligne de compte.

Bart s'approcha vivement de moi et s'écria :

— Bravo, Cathy! Vous avez tenu votre rôle à la perfection. Je vous fais tous mes compliments! (Il me prit par les épaules en m'adressant le plus désarmant des sourires et fit face aux invités qui ne savaient trop que penser ni qui croire — et encore moins quelle attitude adopter.) Mes chers amis, permettez-moi de vous présenter Catherine Dahl, la danseuse que nombre d'entre vous ont applaudie quand elle se produisait avec son mari, Julian Marquet. Ainsi que vous vous en êtes rendu compte, elle n'est pas seulement une ballerine mais aussi une actrice de talent. Cathy est une parente éloignée de ma femme, ce qui explique la ressemblance que vous avez peut-être remarquée. Comme vous le savez sans doute, Mme Julian Marquet est installée à présent dans la région. Et sa ressemblance avec ma femme est tellement extraordinaire que nous avons monté ce petit canular pour animer un peu la soirée. (Il me saisit par le bras, m'enlaça et me demanda de lui accorder une danse.) Venez, Cathy. Je suis sûr que vous mourez d'envie de faire montre de vos dons chorégraphiques après cette superbe performance de comédienne.

La musique reprit et il m'entraîna sur la piste. Je me retournai. Ma mère, sans force, s'appuyait sur l'épaule d'une amie. Elle était si pâle que son maquillage faisait une tache rouge sur ses joues livides. Et pourtant, elle ne parvenait pas à arracher son regard du couple que nous formions, son mari et moi.

— Espèce de sale petite garce ! gronda Bart d'une voix sourde. Comment avez-vous eu le front de venir ici faire scandale ? Je croyais vous aimer mais j'exècre les mégères. Je ne vous laisserai pas détruire ma femme. Quelle idée avez-vous eue d'inventer tous ces mensonges, malheureuse idiote ?

— C'est vous qui êtes idiot, ripostai-je malgré la panique qui montait en moi. (Et s'il ne me croyait pas ?) Regardez-moi. Comment aurais-je su qu'elle portait la même robe si je ne l'avais pas vue ? Eh oui, mon cher Bart, je suis bien la fille de votre femme et je sais que si l'on découvre qu'elle a eu quatre enfants de son premier mariage, vous perdrez tout, elle et vous. L'argent, les placements. Tout ce que vous avez acheté, il vous faudra le restituer. Horrible, n'est-ce pas ? Franchement, cela me donne envie de pleurer.

Nous dansions. Sa joue frôlait presque la mienne. Il arborait un sourire figé.

— Voulez-vous que je vous dise où j'ai trouvé ces bijoux ? Dans le tiroir à secret de sa penderie.

— Vous mentez.

Mais son ton manquait d'assurance.

— Je connais la combinaison. Ce sont les chiffres de sa date de naissance. J'avais douze ans quand elle me l'a dit. Oui, Bart, elle est ma mère. Elle nous a séquestrés pour hériter. Et vous êtes bien placé pour savoir que notre existence devait être gardée secrète puisque c'est vous qui avez rédigé le testament de notre grand-père, n'est-ce pas ? Souvenez-vous. Un soir, vous vous étiez endormi dans la chambre de ma mère et vous avez rêvé qu'une jeune fille vêtue d'une nuisette bleue entrait et vous embrassait. Ce n'était pas un rêve, Bart. La jeune fille en question n'était autre que moi. J'avais quinze ans à cette époque et j'étais venue dans l'intention de voler. Ne vous rappelez-vous pas que vous vous étonniez, elle et vous, parce que de l'argent disparaissait ? Vous soupçonniez les domestiques mais c'était Chris qui le volait. Moi, j'ai voulu le faire une fois, mais je suis repartie bredouille parce que vous étiez là et que j'ai eu peur.

— Non ! Ce n'est pas possible ! Elle n'aurait pas fait subir cela à ses propres enfants !

— Vous croyez ? Eh bien, vous vous trompez. Le bahut, là-haut, a un fin treillage en guise de fond. Nous étions à l'intérieur, Chris et moi, et nous voyions tout. Les extras qui faisaient les crêpes, les valets de pied en livrée noir et rouge. Il y avait une fontaine d'où coulait du champagne et deux gigantesques coupes à punch. Cela sentait si bon que nous en avions l'eau à la bouche. Nos repas étaient d'une affreuse monotonie et c'était toujours froid ou tiédasse. Les jumeaux ne mangeaient presque rien. Oui, Bart, la femme que vous avez épousée avait quatre enfants qu'elle a gardés au secret pendant trois ans et cinq mois. On jouait dans le grenier. Avez-vous jamais joué dans un grenier en plein été ? Et l'hiver ? Croyez-vous que ce soit plaisant ? Imaginez-vous ce que cela pouvait être d'attendre pendant des années la mort d'un vieil homme pour espérer commencer à vivre ? Et l'horreur de découvrir que l'argent l'intéressait plus que nous, ses enfants ? Les jumeaux souffraient de troubles de croissance. Ils étaient minuscules, ils avaient un regard hanté. Mais quand elle venait nous voir, elle ne les regardait même pas ! Elle feignait de ne pas se rendre compte de leur effroyable état de santé.

— Cathy, je vous en supplie, si vous mentez, arrêtez ! Ne m'obligez pas à la haïr !

— Et pourquoi ne la haïriez-vous pas ? Elle le mérite.

Tenez, je vais vous donner une preuve... Vous aviez dans le tiroir de votre table de chevet un livre pornographique d'aspect tout à fait innocent. Un titre comme « *Inventez vos modèles de broderie* » ou quelque chose d'approchant.

— « *Créez vous-même vos modèles de broderie* », corrigea-t-il. Non, tout ça, ce sont des inventions ! Vous lui en voulez parce que vous avez jeté votre dévolu sur moi et vous avez monté toute cette machination pour la perdre à mes yeux.

Mais Bart semblait ne plus croire à ce qu'il disait. Je souris imperceptiblement et effleurai sa joue de mes lèvres.

— Eh bien, qu'à cela ne tienne : je vais vous fournir d'autres preuves. Notre grand-mère portait invariablement des robes de taffetas gris avec un col au crochet auquel était fixée une broche composée de quatorze diamants. Elle ne s'en séparait jamais. Tous les matins, un peu avant 6 heures et demie, elle nous apportait un panier pique-nique. Au début, il n'y avait pas trop à se plaindre de ce côté mais, petit à petit, notre régime s'est détérioré. Finalement, nous n'avions plus à nous mettre sous la dent que des sandwiches au beurre de cacahuète ou à la confiture et, exceptionnellement, un peu de poulet et des pommes de terre en salade. Nous étions soumis à un règlement qui nous interdisait, notamment, d'ouvrir les rideaux des fenêtres. Pendant des mois et des années, nous avons vécu dans une chambre plongée dans la pénombre. Le soleil n'y entrait jamais. Il y avait même un autre tabou que nous étions censés strictement observer : ne jamais nous regarder les uns les autres — surtout s'il s'agissait de quelqu'un du sexe opposé.

— Mon Dieu ! s'exclama-t-il. C'est bien de ma belle-mère, ça. (Il poussa un profond soupir.) Et vous dites que vous êtes restés enfermés ainsi pendant des années ?

— Trois ans et presque cinq mois, répétai-je. Cela vous paraît long ? Eh bien, essayez d'imaginer ce que cela a pu être pour des enfants âgés respectivement de cinq, douze et quatorze ans ! Cinq minutes comptaient comme cinq heures, les jours étaient des mois et les mois des années.

Il était visible que le doute en lui livrait bataille à sa formation juridique. Il voyait clairement les conséquences qu'aurait mon récit s'il était véridique.

— Cathy, je vous demande d'être d'une sincérité totale. Répondez-moi franchement. Vous aviez deux frères et une sœur. Et vous avez vécu ici, cachés, à l'époque où j'habitais Foxworth Hall, moi aussi ?

— Au début, nous croyions tout ce qu'elle nous disait parce que nous l'aimions et que nous avions en elle une confiance absolue. Elle était notre unique espoir, notre seule planche de salut. Et nous voulions qu'elle hérite la fortune de son père. Nous étions d'accord pour rester enfermés jusqu'à ce qu'il meure, encore que, lorsqu'elle nous avait expliqué que nous allions vivre à Foxworth Hall, elle n'eût pas précisé que ce serait en tant qu'hôtes clandestins. Cela ne devait durer qu'un jour ou deux, une semaine au maximum. Seulement, les choses ne se sont pas passées ainsi. Pour meubler le temps, on jouait à des jeux de société. On priait et on dormait — beaucoup. Nous dépérissions, nous étions sous-alimentés. Nous avons même été entièrement privés de nourriture pendant que vous étiez en voyage de noces en Europe. Après, vous êtes allés dans le Vermont rendre visite à votre sœur et notre mère nous a rapporté une boîte de feuilles d'érable en sucre. Mais, à ce moment, nous avions commencé un nouveau régime : des beignets à l'arsenic.

Il me lança un regard farouche.

— Oui, c'est exact, elle a acheté cette boîte quand nous étions dans le Vermont. Mais vous pouvez dire tout ce que vous voulez, Cathy, jamais vous ne me ferez croire que ma femme a délibérément cherché à empoisonner ses propres enfants ! (Il me dévisagea, les yeux fous.) Oui, c'est vrai, vous lui ressemblez. Vous pourriez être sa fille, je l'admets. Mais prétendre que Corinne ait voulu assassiner ses fils et ses filles, ça non ! Jamais !

Je le repoussai et pivotai sur moi-même.

— Ecoutez-moi, tout le monde ! criai-je. Je suis la fille de Corinne Foxworth Winslow ! Corinne Foxworth Winslow qui nous a séquestrés, mes deux frères, ma sœur et moi, dans la chambre de l'aile nord. Notre grand-mère était complice et elle nous avait donné le grenier en guise de cour de récréation. Nous l'avons décoré de fleurs en papier pour faire plaisir aux jumeaux. Tout ça, pour que notre mère pût hériter de son père. Il fallait nous cacher car, sinon, il ne l'aurait jamais couchée sur son testament. Vous savez tous qu'il ne lui pardonnait pas de s'être mariée avec son demi-oncle. Elle nous a persuadés d'entrer dans son jeu, de ne pas faire plus de bruit que des souris. Et nous avions confiance en elle, nous étions sûrs qu'elle nous délivrerait aussitôt que son père serait mort. Mais elle n'a pas tenu parole ! Elle nous a gardés enfermés pendant neuf mois après qu'il eut été enterré !

J'avais encore bien des choses à dire mais ma mère m'interrompit en s'écriant d'une voix stridente :

— Non ! (Elle chancela et tendit les bras en avant, comme une aveugle.) Vous mentez ! Je ne vous connais pas ! Sortez de cette maison ! Sortez immédiatement ou j'appelle la police pour qu'elle vous jette dehors !

Ce n'était plus sur moi, c'était sur elle, maintenant, que se concentrait l'attention de tous. Il ne restait plus rien de son extraordinaire maîtrise d'elle-même ni de son arrogance. Tremblante et livide, elle m'aurait arraché les yeux si elle l'avait pu ! Elle ne se contrôlait plus. Les gens qui voyaient que j'étais son vivant portrait ne pouvaient plus la croire — je connaissais trop de choses vraies.

Bart la rejoignit. Il lui murmura quelque chose à l'oreille, entoura ses épaules d'un bras consolateur et l'embrassa sur la joue.

— Merci encore pour cette superbe démonstration de vos talents de comédienne, Cathy, me lança-t-il. Passons dans la bibliothèque, si vous voulez bien. Je vais vous régler votre cachet. (Il jeta un regard circulaire sur les invités qui se pressaient autour de nous et enchaîna d'une voix calme :) Je suis navré mais ma femme relève de maladie et je crains que cette petite plaisanterie ait été maladroite. J'ai mal choisi mon moment. Aussi, je vous demande de bien vouloir nous excuser. Mais que la fête continue. Amusez-vous, mangez, buvez et que l'allégresse règne. Et restez aussi longtemps qu'il vous plaira. Peut-être que Mlle Dahl nous garde d'autres surprises en réserve.

Oh ! Comme je le détestai à ce moment-là !

Il prit ma mère dans ses bras et se dirigea vers la bibliothèque. Obéissant à son signe de tête impératif, je lui emboîtai le pas.

Une fois arrivé, il la déposa avec la plus grande douceur dans un des fauteuils de cuir.

— Cathy, voulez-vous fermer la porte ? m'ordonna-t-il sur un ton cassant.

Ce fut seulement alors que je m'aperçus qu'il y avait quelqu'un d'autre dans la pièce — la grand-mère. Elle était assise dans le fauteuil roulant qui avait autrefois servi à son mari. Dans la cheminée ronflait un feu d'enfer. Son crâne chauve miroitait et une lueur mauvaise scintillait dans ses yeux de silex.

Il y avait aussi une infirmière que je vis à peine.

— Madame Mallory, auriez-vous l'obligeance de nous laisser ? dit Bart.

Ce n'était pas une prière mais un ordre.

— Bien sûr, monsieur, répondit l'infirmière en se levant précipitamment. Vous n'aurez qu'à sonner quand Mme Winslow souhaitera que je la couche, ajouta-t-elle au moment de sortir.

Bart s'était mis à faire les cent pas. Il paraissait près d'éclater mais j'avais l'impression que sa fureur était autant dirigée contre sa femme que contre moi.

— Bien, commença-t-il dès que Mme Mallory se fût éclipsée. Il va falloir vider ton sac, maintenant, Corinne. Je t'ai toujours soupçonnée de dissimuler un secret — et un secret de taille. J'ai bien souvent pensé que tu ne m'aimais pas vraiment mais l'idée ne m'était jamais venue que tu pouvais avoir quatre enfants cachés dans le grenier. Pourquoi ? Pourquoi ne m'as-tu pas dit la vérité ? (Il n'était plus maître de lui et se mit à hurler :) Comment as-tu pu être égoïste et inhumaine au point de les séquestrer et d'essayer de les empoisonner à l'arsenic ?

Ma mère s'affala au fond de son fauteuil et ferma les yeux. Le sang s'était retiré de ses joues.

— Ainsi, c'est elle que tu crois et pas moi ? fit-elle d'une voix atone. Tu sais parfaitement que je n'aurais jamais été capable d'empoisonner qui que ce soit. Et tu sais ausi que je n'ai pas d'enfants.

Moi non plus, je n'en revenais pas que ce fût moi qu'il crût et pas elle. Puis, je me dis que ce devait être une astuce d'avocat : il l'attaquait en espérant lui arracher la vérité par surprise. Mais c'était là une tactique vouée d'avance à l'échec avec elle. Il y avait trop longtemps qu'elle jouait ce jeu du mensonge pour tomber dans le piège.

Je m'approchai d'elle.

— Pourquoi ne parles-tu pas de Cory à Bart, maman ? Vas-y ! Raconte-lui comment vous l'avez enveloppé dans une couverture, ta mère et toi, en nous disant que vous alliez le conduire à l'hôpital. Raconte-lui comment tu es venue nous expliquer le lendemain qu'il était mort d'une pneumonie. Des mensonges ! Rien que des mensonges ! Chris a surpris une conversation entre le maître d'hôtel, John Amos Jackson, et une femme de chambre à qui il disait que la grand-mère montait de l'arsenic dans le grenier pour se débarrasser des souris. *Les souris qui mangeaient les beignets à l'arsenic, c'était nous, mère !* Nous avons eu la preuve qu'ils étaient empoisonnés. Tu te souviens de la petite souris de Cory ? Celle que nous avions apprivoisée ? Nous lui avons donné un petit morceau de beignet et elle en est morte ! Maintenant, pleure et ose prétendre que tu ne sais pas qui je suis, que tu ignores qui est Chris, qui étaient Cory et Carrie !

Elle se redressa et me toisa :

— Je ne vous ai jamais vue de ma vie, sauf sur scène à New York.

Bart nous jaugea tour à tour du regard en plissant les paupières.

— Cathy (c'était sur elle qu'étaient braqués ses yeux), Cathy, vous avez porté de très graves accusations. Vous accusez ma femme de meurtre — de meurtre avec préméditation. Si vos affirmations se révèlent véridiques, elle comparaîtra devant les assises. Est-ce cela que vous voulez ?

— Je veux la justice, c'est tout. Pas qu'elle aille en prison ou meure sur la chaise électrique... si la peine de mort est toujours en usage dans cet Etat.

— Elle ment, fit ma mère dans un souffle. Elle ment, elle ment, elle ment...

J'avais prévu ses dénégations. Je sortis posément de mon sac nos quatre certificats de naissance et les tendis à Bart qui alla les examiner sous une lampe. J'adressai à ma mère un sourire empreint d'une cruelle satisfaction.

— Quelle légèreté d'avoir cousu ces certificats dans la doublure de notre vieille valise, ma chère mère ! Sans eux, je n'aurais aucune preuve à soumettre à votre mari et, sans aucun doute, il continuerait de vous croire. Parce que, n'est-ce pas, je suis une actrice qui a l'habitude de jouer la comédie de façon convaincante ! Toutefois, ce qu'il ne sait pas, et c'est dommage, c'est que tu es meilleure actrice que moi. Je vais encore te dire une chose, maman. Carrie t'a rencontrée dans la rue et tu l'as repoussée, elle me l'a confié. Très peu de temps après, elle est tombée malade, malade à en mourir. Aussi, tu es en partie responsable de sa mort. Sans ces certificats de naissance, tes crimes auraient pu rester impunis car le greffe du tribunal de Gladstone a été détruit par un incendie, il y a dix ans. Tu vois comme le destin t'a été favorable, mère ? Mais tout ce que tu fais se retourne contre toi. Pourquoi ne les as-tu pas brûlés ? Pourquoi les as-tu conservés ? Quelle imprudence d'avoir gardé de telles pièces à conviction, ma très chère mère ! Il est vrai que tu as toujours été inconsidérée et extravagante. Tu t'imaginais que si tu assassinais tes quatre enfants, tu pourrais en avoir d'autres. Seulement, ton père t'a bien piégée, n'est-il pas vrai ?

— Cathy ! Asseyez-vous et laissez-moi prendre les choses en main comme je l'entends, m'ordonna Bart. Ma femme vient de subir une opération et je ne vous permettrai pas de mettre sa santé en danger.

Je m'assis.

— Corinne, reprit-il alors, si jamais tu m'as aimé, si jamais tu as eu tant soit peu d'affection pour moi... réponds-moi. Y a-t-il une part de vrai dans les accusations de Mlle Dahl ? Est-elle ta fille ?

— Oui, murmura ma mère d'une voix presque inaudible.

Je poussai un soupir. J'avais l'impression que la maison, elle aussi, soupirait. Et Bart. Je levai les yeux. La grand-mère me regardait. D'un drôle d'air.

— Oui, Bart, mais je n'ai pu me résoudre à te l'avouer. J'aurais voulu le faire mais j'avais peur que tu te détournes de moi si tu apprenais que j'avais quatre enfants et que j'étais sans le sou. Je t'aimais tant ! J'ai cherché désespérément une solution pour pouvoir tout garder, mes enfants et l'argent. Et je l'ai trouvée ! Cela a demandé des mois de préparation... mais j'ai trouvé un moyen !

— L'assassinat n'est jamais une solution, Corinne, riposta Bart sur un ton glacial, dressé devant elle comme la statue du Commandeur. Tu aurais dû tout me dire. J'aurais trouvé quelque moyen pour que tu puisses garder tes enfants, tout en préservant ton héritage.

— Mais tu ne comprends donc pas qu'il fallait que je trouve la solution moi-même ? J'estimais que, cet argent, mon père me le devait. (Elle éclata d'un rire nerveux : à nouveau elle n'était plus maîtresse d'elle-même.) Tout le monde me prenait pour une évaporée, une belle poupée sans une once de cervelle. Eh bien, je t'ai joliment dupée, mère ! lança-t-elle en se tournant vers la vieille femme. Et toi aussi, Malcolm Foxworth ! (cette fois, c'était à un portrait qu'elle s'adressait. Puis son regard enfiévré se posa sur moi :) Et toi également, Catherine. Tu croyais que c'était une terrible punition d'être enfermée, de ne pas aller à l'école, de ne pas avoir d'amis. Mais tu ne te rendais pas compte que ce que mon père me faisait à moi était bien pis ! Tu m'en voulais à mort, tu n'arrêtais pas de me demander quand je vous laisserais sortir. Pendant ce temps, il fallait que je me plie au bon plaisir de mon père, fais ceci, fais cela, sinon tu n'hériteras pas un sou et je dirai à ton amoureux que tu as quatre gosses !

Interloquée, je me levai d'un bond.

— Il savait ? Le grand-père était au courant de notre existence ?

A nouveau, elle éclata d'un rire âpre et sec.

— Oui, il savait. Quand je me suis enfuie de cette horrible maison avec Chris, il a lancé des détectives privés à nos trousses. Après la mort de mon mari, mon avocat m'a conseillé de demander à mes parents de m'aider. Comme il a dû se délecter ! Parce que, tu comprends, Cathy... (Les mots se bousculaient tant son débit était fébrile :) Il voulait nous avoir sous sa coupe, moi et mes enfants ! Il y avait longtemps qu'il préparait son coup avec ma mère. Il fallait me convaincre qu'il ignorait votre présence au grenier. Mais il savait, il savait tout dès le début. Ce qu'il voulait, c'est que vous restiez reclus toute votre vie !

Stupéfaite, je la dévisageai. J'étais quand même sceptique. Comment la croire encore après qu'elle eut montré de quoi elle était capable !

— Alors, la grand-mère était du complot ?

— Elle ? (Elle écrasa sa mère d'un regard chargé de mépris.) Elle était prête à lui obéir au doigt et à l'œil parce qu'elle me détestait. Depuis toujours. Quand j'étais petite, il m'adorait, au point de se désintéresser de ses fils à qui allait son affection, à elle. Et quand nous sommes tombés dans ses filets, il ne se tenait plus de joie. Les enfants de son demi-frère, enfermés comme des animaux en cage et qui resteraient prisonniers jusqu'à leur mort, cela le ravissait. Et, pendant que vous jouiez aux dames et décoriez le grenier, il ne cessait de me torturer. « Ils n'auraient jamais dû naître, tu ne crois pas ? », me disait-il d'un air cauteleux, laissant entendre que mieux vaudrait pour vous que vous soyez morts plutôt que de vivre pour toujours captifs. Au début, je ne croyais pas vraiment que telle était sa pensée. Je pensais que c'était une autre façon de me tourmenter. Et il enfonçait sans cesse le clou : vous étiez des enfants tarés, pervers, diaboliques, vous ne méritiez pas de vivre. Je pleurais, je l'implorais, je me jetais à ses pieds — lui, cela le faisait rire. Un soir, il se mit à m'invectiver : « Pauvre idiote ! Etais-tu donc assez bête pour croire que je pourrais te pardonner un jour d'avoir couché avec ton demi-oncle ? C'est le péché ultime contre Dieu. Moi, t'absoudre d'avoir porté ses enfants ? » Ce fut une scène épouvantable, délirante. Il faisait des moulinets avec sa canne, frappant tout ce qui se trouvait à sa portée. Ma mère, dans son coin, en bavait de plaisir. Mais il ne m'a dit qu'il savait tout qu'au bout de plusieurs semaines et, à ce moment, le piège était refermé. (Elle me suppliait de la croire, d'avoir pitié.) Ne peux-tu essayer de te mettre à ma place ? J'étais sans recours. Je n'avais pas d'argent et je pensais que ces terribles accès de rage finiraient par le tuer. Alors, je le provoquais — pour qu'il meure. En vain. Et il passait son temps à me traîner dans la boue — moi et mes enfants. Et quand je montais vous voir, c'était pour entendre vos jérémiades, vous vouliez sortir ! Surtout toi, Cathy, surtout toi.

— Et que faisait-il d'autre, ton père, pour te forcer à nous garder prisonniers ? rétorquai-je sur un ton sarcastique. A part crier, t'injurier et te donner des coups de canne qui ne devaient d'ailleurs pas te faire grand mal, car il était frêle et nous n'avons jamais vu de marques, sauf au début quand tu as été fouettée. Tu étais libre d'aller et venir à ton gré. Tu aurais pu imaginer un moyen pour nous faire quitter en secret cette maison. Mais tu guignais l'héritage et tu étais prête à tout pour l'avoir ! Cet argent t'intéressait plus que tes enfants !

Brusquement, son joli visage refait à neuf vieillit d'un seul coup et je crus voir celui de sa mère. Elle parut se ratatiner, comme écrasée déjà sous le poids de toutes les années qu'il lui restait à vivre avec ses remords.

— Je sais que tu me détestes, Cathy, mais...

— Oui, mère, je te hais.

— Tu ne me haïrais pas si tu comprenais...

— Ma chère mère, l'interrompis-je avec un rire sans joie, tu auras beau me dire tout ce que tu voudras, jamais je ne pourrai comprendre.

— Corinne, ta fille a raison. (La voix de Bart était comme morte, on eût dit qu'on lui avait arraché le cœur.) Tu nous expliques que ton père t'a obligée à empoisonner tes enfants. Mais comment te croire, alors que je ne l'ai jamais vu te regarder qu'avec amour et fierté ? Tu faisais tout ce que tu voulais. Il te couvrait d'argent et tu pouvais acheter toutes les toilettes qui te faisaient plaisir, sans parler du reste. Alors, qu'est-ce que c'est que cette histoire ridicule ? Ce père qui, selon toi, t'aurait martyrisée, contrainte à assassiner tes enfants ! Tiens, tu m'écœures !

Le regard de ma mère devint vitreux. Elle porta à sa gorge deux mains cireuses et tremblantes et se mit à tripoter nerveusement sa rivière de diamants.

— Non, Bart, je ne mens pas. Je reconnais t'avoir menti dans le passé, t'avoir abusé en prétendant que je n'avais pas d'enfants. Mais, maintenant, je dis la vérité. Pourquoi ne me crois-tu pas ?

Il était debout, campé sur ses jambes écartées comme un marin sur une mer houleuse, les poings serrés derrière le dos.

— Quel homme crois-tu donc que je suis — ou que j'étais ? Si, à l'époque, tu m'avais tout avoué, j'aurais compris. Je t'aimais, Corinne. J'aurais fait tout ce qu'il eût été légalement possible de faire pour déjouer les plans de ton père et t'aider à hériter sans empêcher tes enfants de mener une vie normale. Je ne suis pas un monstre et ce n'était pas pour ton argent que je t'ai épousée. Je t'aurais épousée même si tu n'avais pas eu un sou vaillant.

— Tu n'aurais jamais eu le dessus avec mon père ! s'exclama-t-elle.

Elle se leva brusquement et se mit à marcher de long en large. Finalement, ce fut à moi, le plus inexorable de ses juges, qu'elle s'adressa :

— Eh bien, soit, Cathy. Je savais que cette confrontation devait avoir lieu un jour ou l'autre. Je savais que ce serait toi qui m'arracherais la vérité. Christopher m'aimait, il avait confiance en moi. Pas toi. Jamais. Pourtant, au début, après la mort de votre père, j'ai essayé d'agir pour le mieux. Je vous ai dit ce que je croyais être vrai quand je vous ai demandé de venir à Foxworth Hall et de rester cachés jusqu'à ce que mon père me rende son affection. Sincèrement, je ne pensais pas que cela prendrait plus d'un jour ou deux.

Ses yeux m'imploraient : *Aie pitié, Cathy ! Crois-moi ! Je dis la vérité !*

Elle se tourna soudain vers Bart et évoqua le jour où ils s'étaient rencontrés chez des amis.

— Je ne voulais pas t'aimer, Bart, je ne voulais pas te mêler à cette inextricable situation. J'avais l'intention de t'avouer que j'avais des enfants et de te parler de la menace que mon père faisait peser sur eux. Au moment où je m'y suis décidée, son état s'est aggravé et j'ai préféré attendre. J'espérais que, tôt ou tard, tu comprendrais. Mon tort a été de garder le secret trop longtemps. Tu voulais que je sois ta femme. Mon père s'entêtait à dire non. Chaque jour, mes enfants me harcelaient pour que je les délivre. J'avais beau être consciente que leurs plaintes étaient légitimes, ils commençaient à m'exaspérer. Ils me culpabilisaient et en dépit de tout ce que je pouvais faire pour faciliter leur existence, j'avais honte. Et c'était Cathy, toujours elle, qui, malgré les cadeaux dont je la couvrais, était la plus agressive. (A nouveau, elle me lança un regard noir, comme si je l'avais littéralement martyrisée.) Pourtant, Cathy, je faisais le maximum. J'ai dit à mes parents que vous aviez tous des maladies cachées, surtout Cory. Ils ne demandaient pas mieux que de me croire, persuadés que Dieu vous poursuivait de sa colère. Et Cory avait tout le temps la grippe, sans compter son allergie. Ne comprends-tu pas ce que je cherchais ? Vous rendre malades, juste un petit peu. Alors, je vous aurais fait transporter à l'hôpital les uns après les autres et j'aurais raconté à ma mère que vous étiez morts. C'est pour cela que j'ai eu recours à l'arsenic. Mais en doses infimes, trop faibles pour être fatales. Uniquement pour vous faire quitter la maison.

J'étais atterrée qu'elle eût pu avoir l'idée d'un plan aussi stupide et dangereux. Mais sans doute n'était-ce qu'un mensonge destiné à Bart qui la contemplait fixement.

— Il y a un détail que tu oublies, maman : ton père était déjà mort quand on a commencé à nous apporter des beignets. Tu n'avais plus besoin de lui raconter des histoires puisqu'il était dans la tombe.

Son regard enfiévré se posa sur sa mère qui ne la quittait pas des yeux. L'expression de la vieille dame était sévère et rigide.

— Oui, je le savais ! S'il n'y avait pas eu le codicille, je n'aurais pas eu besoin de l'arsenic ! Mais mon père avait mis le maître d'hôtel dans la confidence et John me surveillait pour s'assurer que je vous garderais prisonniers jusqu'à votre mort à tous. Et s'il n'avait pas respecté ses consignes, ma mère aurait fait en sorte qu'il n'hérite pas les cinquante mille dollars qui lui avaient été promis !

Dans l'écrasant silence qui suivit cette déclaration, j'essayai de faire le point. Ainsi, le grand-père avait toujours su que nous étions là et il avait décidé que nous resterions enfermés jusqu'à ce que mort s'ensuive. Et comme si ce n'était pas un châtiment suffisant, il avait poussé sa fille à nous supprimer. Il était encore plus ignoble et plus inhumain que je ne le pensais ! Mais quand je remarquai la fébrilité avec laquelle ma mère nouait et dénouait un invisible collier de perles, quand je discernai l'angoisse qui palpitait dans ses yeux, je me rendis compte qu'elle mentait et me tournai vers la grand-mère. Apparemment, elle suffoquait d'indignation. Le front plissé, elle faisait un terrible effort pour essayer de parler, et sans doute aurait-elle apporté un cinglant démenti à sa fille si elle l'avait pu. Bart, le dos tourné à la cheminée, regardait sa femme comme si c'était une inconnue qu'il découvrait avec terreur.

— Maman, qu'as-tu fait du corps de Cory ? demandai-je d'une voix sans expression. Nous avons cherché sa tombe dans tous les cimetières de la région, fouillé les archives des hôpitaux, mais nous n'avons jamais trouvé trace du décès d'un petit garçon de huit ans, survenu dans la dernière semaine du mois d'octobre 1960.

Elle déglutit péniblement et se tordit les mains.

— Je ne savais qu'en faire, répondit-elle dans un chuchotement. Il est mort pendant le trajet. Il a soudain cessé de respirer et quand je me suis retournée, j'ai vu que tout était fini. (Ce souvenir lui arracha un sanglot.) Oh ! Comme je m'en suis voulu ! Je savais que je pouvais maintenant être inculpée d'assassinat. Pourtant, il n'avait jamais été dans mes intentions de le tuer. Je voulais simplement qu'il tombe malade ! Alors, j'ai jeté son cadavre dans un ravin et l'ai recouvert de feuilles, de branches et de pierres.

Son regard désespéré m'implorait.

Moi aussi, je respirais difficilement. Je pensais à Cory.

— Non, maman, cela ne s'est pas passé de cette manière. J'ai été faire un tour dans la chambre de l'aile nord avant de descendre dans la grande salle. (Je ménageai une pause pour accentuer le suspense.) Oui, avant je suis montée au grenier. Nous avions toujours pensé, Chris et moi, qu'il existait un autre accès. Et nous ne nous trompions pas. Il y avait une porte cachée derrière les gigantesques armoires que nous étions incapables de déplacer tant elles étaient lourdes. J'ai découvert une petite pièce où nous n'avions jamais mis les pieds. Il y régnait une étrange odeur. Une odeur de décomposition, de putréfaction. Une odeur de mort.

Elle était paralysée, incapable de faire un geste, le regard vide. Et puis, ses mains recommencèrent à s'agiter mais elle ne pouvait prononcer un mot. Et quand Bart ouvrit la bouche, elle se boucha les oreilles — elle ne voulait plus rien entendre.

Au même moment la porte s'ouvrit. Furieuse, je me retournai. Chris s'immobilisa sur le seuil et regarda notre mère. Elle tressaillit et tendit les bras comme pour le repousser. Etait-ce le fantôme de notre père qu'elle croyait voir ?

— Chris... c'est toi ? fit-elle. Je ne voulais pas faire ça, je te jure que je ne le voulais pas. Ne me regarde pas avec ces yeux-là, Chris ! Je les aimais ! Je ne voulais pas leur donner de l'arsenic. C'est mon père qui m'a forcée ! Il disait qu'ils n'auraient jamais dû naître. Il faisait tout pour me persuader qu'ils étaient pervers, qu'ils devaient mourir et que leur mort seule rachèterait le péché que j'avais commis en t'épousant. (Les larmes ruisselaient sur ses joues.) J'aimais mes enfants ! Nos enfants ! Mais que pouvais-je faire ? J'avais seulement l'intention de les rendre malades, juste ce qu'il fallait pour les sauver, c'est tout, c'est tout... Ne me regarde pas comme ça, Chris ! Tu sais bien que je n'aurais jamais tué nos enfants !

Les yeux bleus de mon frère avaient l'éclat de la glace.

— Alors, pourquoi as-tu délibérément cherché à nous empoisonner ? Après notre évasion, j'ai eu le temps de réfléchir posément et je me suis toujours refusé à croire que tu avais vraiment pu faire une chose pareille. Et pourtant, c'était vrai.

Elle se mit à hurler. Un hurlement hystérique, semblable à la lamentation stridente d'une démente. Je n'avais jamais rien entendu de pareil. Puis elle se dressa d'un bond et, sans cesser de hurler, se rua sur une porte que je remarquai pour la première fois et s'y engouffra.

— Je suis venu te chercher, Cathy, me dit alors Chris en se tournant vers moi. J'apporte de mauvaises nouvelles. Il faut que nous rentrions immédiatement à Clairmont.

— Vous êtes Christopher, le frère aîné de Cathy ? lui demanda Bart sans me laisser le temps de répondre.

— Oui, bien sûr. Je suis venu la chercher. On a besoin d'elle ailleurs.

Il me tendit la main et j'avançai vers lui.

— Une minute. J'ai quelques questions à vous poser. Il faut que je sache toute la vérité. Cette femme en rouge était-elle votre mère ?

Chris m'interrogea du regard et ce ne fut qu'après que je lui eus adressé un signe d'assentiment qu'il dévisagea Bart. Il y avait de l'animosité dans son regard.

— Oui, c'est ma mère. C'est la mère de Cathy. Et elle était aussi la mère de deux jumeaux nommés respectivement Cory et Carrie.

— Et elle vous a séquestrés pendant plus de trois ans ?

Le ton de Bart était encore empreint d'incrédulité.

— En effet. Trois ans quatre mois et seize jours. Un soir, elle a emmené Cory. Quand elle est revenue, elle nous a dit qu'il était mort de pneumonie. Mais si vous souhaitez en savoir davantage, vous devrez attendre. Notre présence est requise ailleurs. Viens, Cathy. (De nouveau, il me tendit la main.) Il faut faire vite. (Son regard croisa celui de la grand-mère et un sourire sans joie lui vint sur les lèvres.) Joyeux Noël, grand-mère. J'avais espéré ne plus jamais vous revoir mais je constate que le temps a su faire son œuvre de vengeance. Dépêche-toi,

Cathy. Où est ton manteau ? Jory et Mme Lindstrom sont en bas dans la voiture.

Je fus brusquement saisie d'appréhension. Que se passait-il ?

— Non, Cathy ne partira pas, laissa tomber Bart. Elle attend un enfant de moi et je ne veux pas qu'elle me quitte. (Il s'approcha et, m'enlaçant, me regarda tendrement.) Vous m'avez ouvert les yeux, Cathy. C'était vous qui aviez raison. J'étais sûrement né pour mener une existence meilleure mais je peux peut-être encore me racheter en faisant quelque chose d'utile.

Je lançai à la grand-mère un coup d'œil triomphant et, évitant de regarder Chris en face, je me laissai entraîner par Bart hors de la bibliothèque.

Dans la salle de bal, c'était l'affolement général. Tout le monde criait, se bousculait, cherchant qui son mari, qui sa femme. Et cela sentait la fumée !

— Mon Dieu ! Il y a le feu ! s'écria Bart. (Il me poussa dans les bras de Chris.) Emmenez-la dehors et veillez sur elle ! Il faut que je retrouve ma femme. (Il balaya la pièce du regard.) Corinne ! Corinne ! où es-tu ?

C'était la panique. Une épaisse fumée noire avait envahi l'escalier. Des femmes tombaient, se faisaient piétiner. Les invités n'avaient plus qu'une seule idée en tête — s'échapper, et malheur à qui n'avait pas la force de se frayer sauvagement son chemin jusqu'à la sortie ! J'aperçus Bart qui décrochait le téléphone, sans doute pour appeler les pompiers. Après quoi, il se lança à l'assaut de l'escalier, droit vers le foyer de l'incendie.

— *Non !* me mis-je à hurler. Bart... n'y allez pas... Vous n'en ressortirez pas vivant ! Bart ! Revenez !

Il dut m'entendre car il hésita un bref instant au milieu de l'escalier et me sourit. Je vis ses lèvres articuler : *Je vous aime,* puis il tendit le bras. Je ne compris pas ce que voulait dire ce geste mais Chris devina qu'il nous indiquait une autre issue.

Nous nous précipitâmes, à demi suffoqués, dans la

direction qu'il nous avait désignée. Nous traversâmes une enfilade de salons.

— Là, Cathy... regarde, haleta Chris. Des portes-fenêtres ! Les idiots ! Il y en a une douzaine et ces imbéciles veulent tous passer par la grande porte !

Nous pûmes ainsi nous échapper et nous courûmes vers la voiture où Emma, Jory dans ses bras, regardait, les yeux écarquillés, la demeure en flammes. Je me laissai aller contre l'épaule de Chris, en larmes. Bart ! Où était-il ? Pourquoi ne ressortait-il pas ?

Le hululement des sirènes de pompiers emplissait la nuit livrée aux coups de boutoir du vent et aux bourrasques de neige.

— Ne t'inquiète pas, Cathy, murmura Chris. Tu penses bien que Bart connaît toutes les issues.

Au même moment, je vis la robe rouge de ma mère. Deux hommes la ceinturaient tandis qu'elle hurlait le nom de son mari à tous les échos.

— Ma mère ! cria-t-elle. Elle est à l'intérieur ! Elle est paralysée !

Bart venait de surgir en haut du perron. A ces mots, il pivota sur ses talons et disparut dans les profondeurs de la maison. Mon Dieu ! Il allait sauver la vie de la grand-mère qui ne méritait pourtant pas de vivre. Il allait risquer la sienne, uniquement pour prouver que, en définitive, il n'était pas un toutou que l'on mène en laisse.

Quelqu'un cria : « Il y a des gens qui sont pris au piège à l'intérieur ! Sauvez-les ! » Et je crois que c'est moi qui prononçai ces mots.

Et tandis que les pompiers se démenaient avec une agilité et une rapidité surhumaines, je continuai à hurler :

— Bart ! Ne meurs pas ! Je voulais seulement que tu m'aimes, c'est tout ! Ne meurs pas, je t'en supplie !

Ma mère m'entendit et elle se rua vers la voiture.

— Toi ! s'exclama-t-elle. (Echevelée, elle avait l'air d'une folle.) Tu t'imagines qu'il t'aimait ? Qu'il t'aurait épousée ? Idiote ! Tu m'as trahie. Tu m'as toujours trahie. Et, maintenant, Bart va mourir à cause de toi.

— Non, mère, répondit Chris d'une voix glaciale sans cesser de m'étreindre. Ce n'est pas Cathy qui a rappelé à ton mari que ta mère était dans la maison. C'est toi. Tu as compris qu'il ne sortirait pas vivant de la fournaise, et mieux valait le voir mort que marié avec ta fille, n'est-ce pas ?

Elle le regarda. Ses mains s'agitaient fiévreusement. Et ses yeux soudain furent opaques. Tout ce qu'il y avait d'intelligence et de lucidité dans son regard disparut d'un seul coup.

— Christopher, mon fils, mon amour, je suis ta mère. Ne m'aimes-tu plus, Christopher ? Pourquoi ne m'aimes-tu plus ? Ne t'ai-je pas apporté tout ce dont tu avais besoin, tout ce que tu me demandais ? Des encyclopédies, des jeux, des vêtements ? Que te manque-t-il encore ? Dis-le-moi et j'irai te l'acheter immédiatement, dis-moi de quoi tu as envie, je t'en prie. Je ferai n'importe quoi, je te donnerai n'importe quoi pour compenser ce que tu as perdu. Tu seras récompensé au centuple quand mon père sera mort, et il va mourir d'un jour, d'une heure, d'une minute à l'autre. Je le sais. Je te jure que tu vas très bientôt être libre, très bientôt, très bientôt !

Pour ne pas entendre ses divagations, je me bouchai les oreilles et enfouis mon visage dans le cou de Chris.

Il fit signe aux ambulanciers qui s'approchèrent avec précaution. A leur vue, ma mère poussa à nouveau un cri perçant et fit mine de s'enfuir. Je la vis trébucher et tomber lorsque son talon se prit dans le bas de sa robe écarlate.

Quand on lui passa la camisole de force, elle continua de hurler que je l'avais trahie. Serrés l'un contre l'autre, nous étions redevenus des enfants, Chris et moi, des enfants impuissants, accablés de douleur et de remords.

On retrouva Bart Winslow dans la bibliothèque, le cadavre de la grand-mère dans les bras. Tous deux étaient morts asphyxiés. Je m'effondrai sur son corps. Une fois encore, la mort faisait irruption dans ma vie. C'était une fatalité qui me poursuivait. Je couvris de baisers son visage inanimé. Il était parti là où je ne pouvais pas le rejoindre pour lui avouer que je l'aimais depuis toujours — depuis quinze ans.

Chris m'obligea à me relever.

— Je t'en prie, Cathy, il faut absolument que nous partions. C'est fini, maintenant, nous n'avons plus rien à faire ici.

Fini, fini, c'était fini. Tout était fini.

L'ambulance où l'on avait déposé la dépouille de Bart et celle de la grand-mère s'éloigna. Elle, elle avait récolté ce qu'elle avait semé.

Je me tournai vers Chris et, une fois de plus, pleurai dans ses bras. Qui donc me permettrait de vivre assez longtemps pour connaître l'amour auquel j'avais droit ? Qui ?

L'aube était déjà levée quand l'incendie fut enfin circonscrit. La colossale bâtisse qu'avait été Foxworth Hall n'était plus qu'une carcasse fumante. Plus rien n'en restait, hormis un épais mur de brique couronné de huit cheminées et, incongru, le grand escalier à double révolution qui débouchait sur le vide.

Chris avait hâte de partir mais je ne m'y résolus que lorsque le vent de l'éternité eut dissipé jusqu'à la dernière volute de fumée. C'était un ultime adieu à Bartholomew Winslow pour qui mon cœur s'était enflammé lorsque j'avais douze ans. J'étais tombée amoureuse de lui dès le premier instant. Si amoureuse que j'avais demandé à Paul de se laisser pousser la moustache pour lui ressembler. Et que j'avais épousé Julian, qui avait les mêmes yeux noirs que Bart.

Mon Dieu ! Comment pourrais-je vivre en sachant que j'avais tué l'homme que j'avais aimé plus qu'aucun autre ?

— Voyons, Cathy ! la grand-mère n'est plus maintenant, encore que je ne puisse pas dire que cela me touche. Mais la mort de Bart me peine. Ce doit être notre mère qui a mis le feu. D'après la police, il a pris dans le cagibi du premier, en haut de l'escalier.

La voix de Chris semblait me parvenir de très loin. Je secouai la tête pour essayer d'y voir clair. Qui étais-je ? Qui était l'homme à côté de moi ? Qui était le petit garçon qui dormait, derrière, dans les bras d'une femme d'un certain âge ?

— Mais qu'est-ce qui te prend, Cathy ? insista Chris avec impatience. Ecoute-moi, veux-tu ? Henny a eu une attaque, cette nuit, et, en essayant de lui porter assistance, Paul a été frappé d'un infarctus. Il a besoin de nous. Alors ? Vas-tu rester ici toute la journée à pleurer un homme dont tu n'aurais jamais dû t'approcher et laisser mourir le seul qui ait tout fait pour nous ?

Il y avait du vrai dans ce que disait la grand-mère. J'étais mauvaise, corrompue de naissance. Tout était ma faute ! Tout ! Si seulement je n'étais pas venue, si seulement je n'étais pas venue ! me répétais-je comme une litanie en versant des larmes amères sur Bart — que j'avais perdu à jamais.

## LA MOISSON

C'était un autre automne. Nous étions en octobre et, cette année, après les gelées précoces, les arbres avaient les rouges et les ors de la passion. J'écossais des petits pois sur la terrasse en surveillant du coin de l'œil le petit Bart qui jouait avec son demi-frère. Nous l'avions prénommé Bart, ce n'était que justice, mais son patronyme était Sheffield, pas Winslow. J'étais maintenant la femme de Paul.

Jory allait avoir sept ans. Au début, il avait été un peu jaloux mais, à présent, il était enchanté d'avoir un petit frère — quelqu'un qu'il pût dominer, encore que, malgré son jeune âge, Bart ne s'en laissât pas si facilement imposer.

— Catherine...

J'abandonnai mes petits pois en entendant Paul m'appeler d'une voix faible et me hâtai en direction de sa chambre. Quand nous nous étions mariés, il ne pouvait quitter son lit mais, aujourd'hui, il était autorisé à faire de la chaise longue quelques heures par jour. Lors de notre nuit de noces, il m'avait simplement tenue dans ses bras.

Il avait terriblement maigri — il était décharné. Son apparence de jeunesse et sa vitalité avaient disparu presque du jour au lendemain. Pourtant, je fondais de tendresse quand il me souriait et m'ouvrait ses bras.

— Je t'ai simplement appelée afin de savoir si tu répondrais. Je t'avais pourtant conseillé de sortir un peu pour te changer les idées.

— Vous parlez trop. Vous savez pourtant bien que vous ne devez pas vous fatiguer.

C'était ce qui était le plus dur pour lui : écouter sans se mêler à la conversation. Cependant, il essayait de faire contre mauvaise fortune bon cœur.

Ce qu'il me dit ensuite me désarçonna totalement et, dans mon effarement, je fus pendant quelques instants incapable de faire autre chose que de le contempler bouche bée.

— Voyons, Paul, vous ne parlez pas sérieusement !

Il secoua la tête d'un air solennel.

— Catherine, mon amour, cela va bientôt faire trois ans que tu joues les gardes-malades. Tu t'échines comme une esclave pour que j'aie une fin de vie heureuse. Mais je ne me remettrai jamais. Je peux très bien continuer de vivre au ralenti pendant des années comme ton grand-père et toi, tu vieilliras peu à peu et gâcheras les plus belles années de ton existence.

— Qu'est-ce que vous racontez ! protestai-je en étouffant un sanglot.

Il m'adressa un bon sourire et, quand je me pelotonnai sur ses genoux, il me serra dans ses bras — qui n'avaient plus leur vigueur d'antan. Sous ses baisers, je retenais mon souffle. Oh ! être encore aimée... mais pas par lui, non, je n'en avais pas le droit !

— Réfléchis, ma chérie. Tes enfants ont besoin d'un père et je ne peux plus tenir ce rôle, désormais.

— C'est ma faute ! m'écriai-je. Si je vous avais épousé au lieu de Julian, j'aurais veillé sur vous, je vous aurais empêché de vous tuer à petit feu en travaillant jour et nuit ! Si nous n'avions pas fait irruption dans votre vie, vous n'auriez pas eu besoin de peiner comme vous l'avez fait pour payer les études de Chris et mes leçons de danse.

Il me fit taire en me bâillonnant de sa main. Si nous n'avions pas été là, riposta-t-il, il serait mort depuis longtemps. Et il enchaîna :

— Trois ans, Catherine. Et, finalement, tu es prisonnière. Presque comme lorsque tu étais à Foxworth Hall à attendre que ton grand-père casse sa pipe. Et je ne veux pas que Chris et toi en veniez à me haïr. Alors, réfléchis. Parle-lui — et prends ta décision.

— Mais Chris est médecin, Paul ! Vous savez très bien qu'il n'acceptera pas.

— Le temps est une peau de chagrin, Catherine. Et pas seulement pour moi : pour toi et pour Chris aussi. Jory aura bientôt sept ans. Il se rappellera les choses de façon de plus en plus précise. Il saura que Chris est son oncle mais si tu pars maintenant et si tu m'oublies, il le considérera non comme son oncle mais comme son beau-père.

J'éclatai en sanglots.

— Non ! Chris n'acceptera jamais !

— Ecoute-moi, Catherine. Il n'y aurait rien de mal à cela. Dorénavant, tu ne peux plus avoir d'enfants. J'ai été bouleversé que ton accouchement ait été si difficile mais peut-être est-ce finalement bien. Je suis impuissant. Je ne suis pas un vrai mari et tu ne vas pas tarder à être à nouveau veuve. Et il y a si longtemps que Chris attend. Tu ferais mieux de penser un peu à lui et de laisser tomber toutes ces histoires de péché.

Ainsi, nous avions tout comme maman écrit nos scénarios, Chris et moi. Peut-être n'étaient-ils d'ailleurs pas meilleurs que le sien. Moi, cependant, je n'avais jamais songé à tuer qui que ce fût, pas plus que je n'avais eu l'intention de la rendre folle au point de passer le reste de ses jours dans une maison de repos. Et, comble d'ironie, l'héritage qu'elle avait dû restituer était revenu à sa mère. On avait ouvert le testament de la grand-mère : toute sa fortune plus ce qui restait de Foxworth Hall appartenait désormais à une femme enfermée entre quatre murs dans une institution psychiatrique. Oh ! maman ! Si seulement tu avais pu prévoir l'avenir quand l'idée t'est venue d'emmener tes enfants à Foxworth Hall ! Riche comme Crésus et dans l'incapacité de dépenser un sou ! Nous ne verrions d'ailleurs pas la couleur de ces millions, nous non plus, car, à sa mort, tout irait à des œuvres de charité.

Un jour de printemps, l'année suivante, nous étions au bord de la rivière où Julia avait noyé Scotty. Jory et Bart faisaient naviguer des petits bateaux en pataugeant dans l'eau verdâtre qui ne leur arrivait qu'aux chevilles.

— Chris, murmurai-je avec embarras mais, aussi, avec joie, cette nuit, nous avons fait l'amour pour la première fois depuis sa maladie, Paul et moi. Nous étions tellement heureux que nous en avons pleuré. Cela n'est pas dangereux, n'est-ce pas ?

Chris baissa la tête, comme pour me cacher son visage. Le soleil flamboyait dans ses cheveux d'or.

— Je suis content pour vous deux. Non, il n'y a pas de danger à condition de ne pas exagérer et d'y aller doucement.

— Sois tranquille.

Oui, après quatre sérieux incidents cardiaques, mieux valait être prudents...

Jory poussa un cri perçant : il venait d'attraper un poisson. N'était-il pas trop petit ? Fallait-il le rejeter dans la rivière ?

— Oui, fit Chris, c'est un bébé poisson. Et on ne mange pas les bébés poissons, on ne mange que les gros.

— Allez, les enfants, c'est l'heure de dîner ! On rentre !

Nous montâmes dans la nouvelle voiture de Chris. Quand nous arrivâmes en vue de la maison, nous vîmes comme la première fois sur la terrasse un homme assis dans un fauteuil, les pieds posés sur la balustrade. Paul dormait, et il souriait dans son sommeil. Son journal lui avait échappé des mains.

— Je vais donner leur bain aux gosses, me dit Chris à mi-voix. Ramasse donc ce journal avant que le vent ne l'emporte.

On a beau prendre toutes les précautions voulues, quand on replie un journal, cela fait toujours du bruit et les yeux de Paul s'entrouvrirent.

— Bonjour, dit-il d'une voix ensommeillée en me souriant. Bonne journée ? Avez-vous fait bonne pêche ?

— Jory a attrapé deux poissons mais ils étaient trop petits et il les a remis à l'eau. A quoi rêviez-vous ? (Je me penchai sur lui pour l'embrasser.) Vous paraissiez si heureux ! C'était un rêve érotique ?

— Je rêvais à Julia. Elle était avec Scotty et tous deux me souriaient. Quand nous étions mariés, elle me souriait très rarement, tu sais.

— Pauvre Julia. (Je l'embrassai à nouveau.) Elle est passée à côté de tant de choses ! Je vous promets que mes sourires vous feront oublier tous ceux qu'elle ne vous a pas donnés.

— C'est déjà fait. (Il me caressa la joue et les cheveux.) Cela a été mon jour de chance quand vous avez gravi les marches de cette terrasse, en ce lointain dimanche.

— Cette saloperie de dimanche, rectifiai-je, ce qui lui arracha un sourire.

— Accorde-moi dix minutes avant de m'appeler pour dîner. Tu vois, j'aimerais bien le retrouver, ce chauffeur. Pour lui dire ce qu'est un dimanche, quand tu te trouves dans le car !

Je rejoignis Chris pour l'aider à préparer les garçons. Tandis qu'il boutonnait le pyjama de Jory, je passai le sien à Bart Scott Winslow Sheffield. La règle était de servir le dîner tôt, pour que nous puissions manger avec les enfants.

Les dix minutes de répit étaient écoulées et j'allai réveiller Paul. Je l'appelai doucement à trois reprises, lui effleurai la joue, puis lui soufflai dans l'oreille. Sans succès. Au moment où je me préparais à parler plus haut, il émit un faible bruit comme s'il prononçait un nom. La voix était si bizarre qu'une terrible appréhension s'empara de moi.

— Chris ! Viens vite...

Il devait être dans l'entrée, chargé par Emma de venir voir pourquoi nous mettions si longtemps, car il surgit instantanément de la maison en courant et s'approcha de Paul. Il lui tâta le pouls et puis lui renversa la tête en arrière et, lui pinçant le nez, colla sa bouche contre la sienne. Je me ruai sur le téléphone et appelai une ambulance.

Mais ni le bouche à bouche ni le massage du cœur ne donnèrent de résultat. Notre bienfaiteur, notre ange gardien, mon mari était mort. Chris m'entoura les épaules de son bras et m'attira contre sa poitrine.

— Il est parti comme je voudrais partir moi-même, Cathy. Dans son sommeil, et heureux. Sans souffrances. C'est une belle mort. Allons, ne fais pas ce visage. Ce n'est pas ta faute.

Rien n'était jamais ma faute. Je laissais derrière moi un sillage de cadavres. Mais étais-je responsable de toutes ces morts ? Non, bien sûr que non. A la voiture était accrochée une remorque contenant tous nos biens et, comme les pionniers d'antan, nous roulions vers l'Ouest en quête d'un nouvel avenir et d'une autre vie. Paul avait fait de moi son héritière universelle. Il m'avait tout laissé, y compris la maison de ses ancêtres. Toutefois, il était précisé dans ses dernières volontés que, si je décidais de la vendre, Amanda aurait la priorité.

Ainsi, la sœur de Paul possédait-elle maintenant la demeure ancestrale qu'elle voulait tellement récupérer. Mais il avait fallu qu'elle y mette le prix !

En Californie, nous louâmes provisoirement un appartement en attendant de faire construire la maison ranch dont nous avions dessiné les plans. Quatre chambres et deux salles de bains. Plus une chambre et une salle d'eau supplémentaires pour Emma. Mes fils appelaient mon frère papa. Ils savaient tous les deux qu'ils avaient un autre père parti au ciel avant qu'ils fussent nés. Pour le moment, ils ne se rendaient pas encore compte que Chris était leur oncle. Il y avait longtemps que Jory l'avait oublié. Peut-être que les enfants, eux aussi, oublient quand ils le veulent et ne posent pas de questions qui pourraient être embarrassantes.

Nous faisons un voyage au moins une fois par an. Nous allons dans l'Est rendre visite à des amis, dont Mme Marisha et Mme Zolta. L'une et l'autre s'extasiaient sur les dons de Jory et s'employaient avec zèle à faire également de Bart un danseur. Mais, jusqu'à présent, sa seule ambition est de devenir médecin. Nous fleurissons les tombes de nos êtres chers. Des fleurs rouges et violettes pour Carrie, des roses jaunes ou thé pour Paul et pour Henny. Nous sommes même allés à Gladstone sur la tombe de notre père. Et nous n'oublions jamais ni Julian ni Georges.

Il ne nous reste plus alors qu'à passer voir maman.

Elle habite une grande maison qui s'efforce en vain

d'avoir l'air confortable et accueillant. En général, dès qu'elle me voit, elle se met à hurler et elle essaie de m'arracher les cheveux. Lorsqu'on l'a maîtrisée, sa haine se retourne sur elle-même et elle tente de se défigurer pour faire définitivement disparaître toute ressemblance entre elle et moi. C'est à croire qu'elle ne se regarde jamais dans la glace car elle saurait alors que nous ne nous ressemblons plus. Les remords ont fait d'elle une créature pitoyable. Elle est devenue affreuse. Pourtant, comme elle était belle, autrefois ! Les médecins n'autorisent pas Chris à rester plus d'une heure avec elle. J'attends dehors pendant ce temps avec mes fils. Si elle guérit, elle ne sera pas inculpée d'homicide, car nous avons démenti, Chris et moi, qu'elle ait eu un quatrième enfant nommé Cory. Elle ne fait pas entièrement confiance à mon frère : elle croit qu'il subit ma mauvaise influence et que si elle cesse de se faire passer pour folle, elle risque une condamnation à mort. C'est pourquoi, année après année, elle s'accroche à cette supercherie calculée qui est aussi le moyen d'échapper à un avenir désert. A moins que, peut-être, et c'est plus vraisemblable, elle cherche seulement à me torturer à travers Chris qui persiste à avoir pitié d'elle. C'est là notre seul point de désaccord.

Et voilà ! Tous mes vieux rêves de perfection, de gloire, de richesse, d'amour éternel et sans faille s'en sont allés. Je les ai mis au rancart. J'ai mûri.

Il m'arrive souvent de me demander, en regardant Chris, ce qu'il voit en moi. Qu'est-ce qui le lie ainsi à moi ? Je me demande aussi comment il se fait qu'il ne s'inquiète pas de son avenir, car mes maris ne sont pas morts vieux... Mais quand il rentre, tout enjoué, il arbore un sourire radieux, nous nous jetons dans les bras l'un de l'autre et il crie : « Venez m'embrasser si vous m'aimez ! »

Il a une bonne clientèle mais suffisamment modeste pour lui laisser le temps de s'occuper du jardin où nous avons installé les marbres de Paul. Nous avons cherché dans la mesure du possible à reconstituer le parc de

Clairmont dans tous ses détails, à l'exception de la mousse espagnole qui s'accroche — qui s'accroche et qui tue.

Emma Lindstrom, notre cuisinière, gouvernante et amie partage notre vie comme Henny partageait la vie de Paul. Elle ne pose jamais de questions. Nous sommes sa seule famille, elle nous est dévouée et ne se mêle pas de ce qui ne la regarde pas.

Pragmatique, gai comme un pinson, mon éternel optimiste de Chris chante à tue-tête quand il jardine. Il fredonne des airs de ballet en se rasant le matin. Il n'éprouve ni émoi ni regrets comme si, jadis, ç'avait été lui l'homme qui dansait dans l'ombre du grenier, sans jamais, jamais me laisser voir son visage. Savait-il déjà alors que, de même qu'il gagnait immanquablement toutes les parties que nous jouions, je finirais au bout du compte par être à lui ?

Pourquoi ne l'avais-je pas pressenti ?

Qui m'avait bouché les yeux ?

Maman, sans doute, qui m'avait dit un jour : « Epouse un homme aux yeux noirs, Cathy. Les yeux noirs ont une intensité terrible. » Quelle plaisanterie ! Comme si les yeux bleus manquaient de profondeur ! Elle aurait pourtant dû le savoir.

Moi aussi, j'aurais dû. Je suis ennuyée. Hier, je suis montée dans le grenier et, dans une sorte de niche, j'ai découvert deux lits d'une personne, juste de la taille qu'il faut pour que deux petits garçons puissent y grandir et devenir des hommes.

Oh ! mon Dieu ! Qui a eu cette idée ? Jamais je ne séquestrerais mes fils, même si Jory devait se rappeler un jour que Chris n'est pas son beau-père mais son oncle. Non, jamais, même s'il le disait à son petit frère. Je ne pourrais supporter la gêne, la confusion et le scandale qui ruineraient la carrière de Chris. Et pourtant... pourtant, aujourd'hui même j'ai acheté un panier de pique-nique. Avec un double couvercle qui s'ouvre par le milieu. Exactement comme celui de la grand-mère.

Je me retourne dans mon lit sans pouvoir trouver le sommeil. J'ai peur de moi, de ce qu'il y a de pire en moi et j'essaie de m'accrocher farouchement à ce qu'il y a de meilleur. Je me pelotonne contre l'homme que j'aime et je crois entendre le vent froid venu des lointaines montagnes qu'estompe une brume bleutée.

C'est le passé que je suis incapable d'oublier, qui obscurcit mes jours, qui se tapit furtivement dans les recoins quand Chris est à la maison. Je m'efforce d'être semblable à lui, perpétuellement optimiste ; et pourtant ma nature me porte toujours à voir le revers des choses, à craindre le pire.

Mais... je ne suis pas comme elle ! Je lui ressemble peut-être physiquement mais, intérieurement, je suis honnête ! Je suis plus forte, plus déterminée. Le meilleur finira par l'emporter. Je le sais. Il faut bien que cela arrive de temps en temps... n'est-ce pas ?

*Achevé d'imprimer en mars 1997*
*sur presse Cameron*
*par* ***Bussière Camedan Imprimeries***
*à Saint-Amand-Montrond (Cher)*
*pour le compte de France Loisirs*
*123, boulevard de Grenelle, Paris*

N° d'édition : 27987. — N° d'impression : 1/649.
Dépôt légal : avril 1996.